KONSALIK

DIE
ECSTASY
AFFÄRE

ROMAN

BASTEI
LÜBBE

BASTEI-LÜBBE-TASCHENBUCH
Band 12847

Der Vernunft gewidmet.
Wo aber ist Vernunft?

Liebe ist das Gefäß,
in das man sein Blut schüttet.
Indische Weisheit

ERSTER TEIL

ERSTER TEIL

Er sah sie zum erstenmal im Prinzregenten-Stadion.

Sie lag etwas abseits vom Schwimmbecken im Gras, im Halbschatten eines Busches, auf einem rot-weiß gestreiften großen Badetuch. Ein mit bunten Blüten bedruckter, sehr knapper Bikini verbarg nichts von ihrem wohlgeformten Körper. Sie schien zu schlafen, hatte die Hände hinter dem Nacken verschränkt, und ihr Gesicht war von einer Flut von ausgebreiteten dunklen Locken umschlossen. Es war ein schmales Gesicht mit hoch angesetzten Wangenknochen, schmal gezupften Augenbrauen, langen Wimpern an bläulich getönten Lidern und einem Mund mit vollen Lippen, die in einem leuchtenden Signalrot geschminkt waren.

Es gab keinen Mann, der an ihr vorüberging, ohne einen Blick auf sie zu werfen. Ein älterer Mann mit Glatze und Bauchansatz, jenseits aller Chancen, aber nach wie vor vom Reiz eines schönen Frauenkörpers begeistert, holte seine Kamera und fotografierte sie heimlich aus einiger Entfernung mit dem Teleobjektiv.

Robert Habicht beobachtete das alles mit einem Lächeln. Er saß am Rand des Schwimmbeckens, ließ die Beine in das warme Wasser baumeln und hatte gerade überlegt, ob er eine Cola trinken sollte, als sein Blick an dem schlafenden Mädchen hängenblieb. In Erstaunen versetzte ihn, daß sie bei dem Lärm und dem Kindergeschrei im Schwimmbad schlafen konnte und anscheinend so fest, als läge sie in einem stillen Zimmer.

Es faszinierte Robert von jeher, wie tief Menschen

schlafen können. Er selbst brauchte nur wenig Schlaf, um Körper und Geist mit neuer Energie aufzuladen. Da war aber zum Beispiel sein Vater: Wenn der erst einmal im Bett lag, konnten Mauern einstürzen –, es weckte ihn nicht auf; höchstens drehte er sich auf die andere Seite. Die Mutter lag zusammengerollt wie eine Katze unter der Steppdecke und wurde erst wach, wenn der Wecker mitleidlos rappelte. Und Roberts Kameraden bei den Pfadfindern: Während eines Zeltlagers lagen sie auf ihren Luftmatratzen oder in ihren Schlafsäcken wie Puppen, und erst der Weckruf der Morgenfanfare jagte sie hinaus. Da saß er, Robert, schon längst am Fluß oder am See, wo man die Zelte aufgebaut hatte, und hatte das Morgenrot und das jubilierende Aufsteigen der Lerchen bewundert.

Robert stemmte sich vom Beckenrand hoch, strich sich mit beiden Händen über die nassen Haare und war unschlüssig, ob er nun wirklich im nahen Restaurant eine Cola trinken oder weiter das Mädchen beobachten sollte. Mit seinen achtzehn Jahren gehörte er nicht – wie viele seiner Schulkameraden, die alle das König-Ludwig-Gymnasium besuchten – zu den Draufgängern, die mit frechen Sprüchen die Mädchen ansprachen und sogar »Abschußlisten« führten. Er saß lieber am Klavier und spielte Chopin oder Beethoven, las die Philosophien von Spinoza und Montaigne und beschäftigte sich intensiv mit dem Phänomen außerirdischer Erscheinungen und dem Leben auf fernen, unbekannten Planeten.

Ein Mädchen »aufzureißen«, wie seine Freunde das augenzwinkernd nannten, war für Robert ein unbekanntes Spiel. Er hatte es noch nie versucht, schon aus Angst, spöttisch abgewiesen zu werden. Ihm war bewußt, daß ihm die Fähigkeit zum Flirten fehlte.

Das schlafende Mädchen aber dort drüben auf der Wiese mit dem Mini-Bikini und dem schwarzen Locken-schwall veränderte auf unerklärliche Weise Roberts Absichten. Er ging nicht zum Restaurant hinüber, un-terdrückte seinen Durst auf eine Cola. Statt dessen um-rundete er den Sprungturm des fünfzig mal zwanzig Meter großen Beckens und näherte sich dem Mädchen. Etwa drei Meter vor ihr setzte er sich ins Gras, zog die Beine an und stützte das Kinn auf.

Die Schlafende, das stellte er mit einer leichten in-nerlichen Erregung fest, hatte schöne feste, runde Brü-ste, lange schlanke Beine und überhaupt einen Körper, der keinerlei Fettwölbungen aufwies, weder an den Hüften noch am Bauch. Es war ein vollkommener Kör-per, vielleicht sogar in einem Fitneß-Center durchtrai-niert. Das schienen auch die braungebrannten jungen Männer zu denken, die an der Unbekannten vorbeipro-menierten, Miniplayboy-Typen, denen es weniger um das Schwimmen ging als um ein Abenteuer mit einem der vielen hübschen Mädchen, die das Bad bevölkerten. Das Prinzregenten-Stadion gehörte nicht zu den üb-lichen öffentlichen Badeanstalten der Stadt, sondern hatte sich den Ruf einer Münchener Institution er-worben: Hier aalten sich verhinderte Schönheitsköni-ginnen, Fotomodelle, Mannequins und hübsche junge Ehefrauen in der Sonne und ließen sich von emsigen Nichtstuern bewundern.

Robert fand es allmählich ordinär und belästigend, wie die Männer das schlafende Mädchen fixierten. Er konnte sich seine Empörung nicht erklären, sie war ein-fach da, und sie war plötzlich so stark, daß er hätte auf-springen und ausrufen können, man solle weitergehen und die Schlafende auch mit Blicken in Ruhe lassen.

Daß er selbst sie unentwegt ansah, verdrängte er dabei, ebenso den quälenden Gedanken, wie man mit ihr ins Gespräch kommen könnte, wenn sie aufwachte. Jetzt schon suchte er nach Worten, aber alles, was ihm einfiel, fand er fad, ja geradezu blöd und dazu angetan, sich lächerlich zu machen. Dennoch blieb Robert in drei Metern Entfernung von ihr sitzen, ließ den Blick nicht von ihren Schenkeln und Brüsten und rätselte: Wie sind ihre Augen? Sind sie braun oder grau oder gar grün ...? Blau bestimmt nicht, Schwarzhaarige mit blauen Augen sind eine Seltenheit. Er einigte sich auf ein warmes Dunkelbraun.

Seine Betrachtung wurde jäh unterbrochen. Kinder, die etwas entfernt mit einem Ball spielten und ihn hin und her schossen, was eigentlich verboten war, erlösten ihn von allem Rätselraten. Ein Schuß, zu hoch, um ihn aufzufangen, ließ den Ball in einem Bogen auf die Schlafende fallen und traf sie mitten auf den Bauch. Das Mädchen zuckte zusammen und richtete sich auf. Gleichzeitig war Robert emporgeschnellt, war mit einem Sprung neben ihr und nahm ihr den Ball aus der Hand. Er warf ihn den Kindern zurück, ging dann in die Hocke und sah das Mädchen an. Es hatte tiefbraune Augen, wie erwartet. Jetzt, wo sie saß, stachen die Rundungen ihrer Brüste noch mehr hervor. Das schmale Oberteil des Bikinis verdeckte sie kaum. Das Mädchen blickte Robert erstaunt an, mit einem kaum wahrnehmbaren Lächeln in den Mundwinkeln.

»Kinder«, sagte Robert unbeholfen. »Hat der Ball Ihnen weh getan?«

Es sei nicht der Rede wert, antwortete sie. Ihre Stimme war weich und dunkel wie ihre Augen. Sie griff zur Seite nach ihrer Sonnenbrille und setzte sie auf die schmale Nase. Im übrigen sei es gut, daß sie geweckt worden sei, sie hätte schon viel zu lange in der Sonne gelegen, und morgen habe sie wieder einen Sonnenbrand. Zum Glück habe sie eine gute Creme, die sofort half, ein Präparat, das in Hawaii hergestellt würde und die Brandschmerzen auf der Stelle linderte.

Auf Roberts Frage, ob sie auf Hawaii gewesen wäre, lachte sie, ein perlendes, kehliges Lachen, wie er es noch nie gehört hatte. Nein, das könne sie sich nicht leisten. Aber Hawaii sei ein Platz auf dieser Welt, von dem sie träume. Unter Palmen im weißen Sand liegen, das würde alle Sehnsüchte erfüllen. Nein, die Creme habe eine Freundin mitgebracht, die nach Hawaii eingeladen worden sei. Von einem spendablen Freund.

Für Robert wurde es problematisch, einen weiteren Gesprächsstoff zu finden. Eigentlich hätte er jetzt aufstehen und gehen müssen. Aber die Nähe dieses Mädchens – nein, sie war kein Mädchen mehr, das sah er jetzt, sondern eine junge Frau, vielleicht sogar verheiratet und um einige Jahre älter als er, die Nähe dieser bezaubernden Frau hielt ihn fest wie ein Magnet.

»Ich heiße Robert Habicht«, stellte er sich vor.

»Und ich bin Ulrike Sperling ...« Sie lachte wieder ihr gutturales Lachen. »Ist das nicht zum Kringeln? Ein Habicht trifft auf einen Sperling.«

Robert nickte stumm. Was seine Kameraden jetzt geantwortet hätten, wußte er genau. Das Harmloseste wäre gewesen: Das ist ja die reinste Vögelei! Aber er hätte nie gewagt, so etwas auszusprechen.

»Welch ein Zufall«, sagte er endlich. Und dann mit viel Mut: »Sind Sie öfter hier im Bad?«

»Ab und zu.« Er bemerkte, wie sie ihn hinter der Sonnenbrille musterte, und kam sich sehr unsicher vor. »Und Sie?«

»Auch ab und zu.«

Sie lehnte sich im Sitzen zurück und stützte sich mit den Armen auf. Dann sagte sie, daß er sicher nicht zu den hier herumstrolchenden Playboys gehöre und daß sie raten möchte, was er sei.

»Ein Student!« sagte sie.

»Noch nicht. Ich ... ich mache gerade erst Abitur.«

»Oh! Sie sehen aber älter aus. Eine indiskrete Frage: Wie alt sind Sie?«

»Interessiert Sie das wirklich?«

»Würde ich sonst fragen?«

»Achtzehn ...«

Als er es aussprach, dachte er, daß nun die einzige Konsequenz für ihn sei, aufzustehen und zu gehen. Aber ihre Entgegnung hielt ihn zurück.

»Da haben Sie ja noch das ganze Leben vor sich. Beneidenswert.«

»Warum sagen Sie das? Sie sind doch auch noch jung.«

»Das ist relativ.«

»Sie sind verheiratet?« Das war eine mutige Frage, und Robert wunderte sich selbst, daß er sie gestellt hatte. Sie schüttelte den Kopf und ließ die schwarzen Haare fliegen.

»Nein.«

»Unbegreiflich, darf ich das sagen? Sie sind eine schöne Frau.«

»Danke für das Kompliment.«

»Sie haben keine Komplimente nötig. Sie wissen, daß Sie attraktiv sind.«

Robert war über sich selbst verblüfft. Daß er plötzlich solche Sätze aussprechen konnte. Vor einer halben Stunde hätte er das für unmöglich gehalten. Aber nun kamen die Worte so selbstverständlich über seine Lippen, als sei er es gewöhnt, mit schönen Frauen zu parlieren.

Das Gespräch drohte wieder zu versanden. Robert fehlte der Anschluß. Nun hatte er gesagt, daß sie schön war, und sie hatte gelächelt. Was konnte man noch sagen? Thema Hawaii – erledigt. Verheiratet – abgeschlossen. Worüber konnte man sich jetzt noch unterhalten? Über Spinoza – unmöglich! Über Chopin – vielleicht. Aber wie fand man jetzt den Übergang zu Chopin? Oder sollte er frech fragen, welchen Beruf sie hatte? Daraus ergaben sich vielleicht die nächsten Themen.

Sie erlöste ihn von allen Fragen, indem sie auf ihre Armbanduhr blickte. Schon achtzehn Uhr, meinte sie. Es sei Zeit, aufzubrechen. Sie erhob sich, und er stellte fest, daß sie fast so groß war wie er. Einen Meter achtundsiebzig ... eine seltene Größe für eine Frau.

»Haben Sie einen Termin?« fragte er.

»Nein. Ich habe nur lange genug in der Sonne gelegen. Ich möchte nach Hause und mich mit der Hawaii-Creme einreiben.«

»Darf ich einen Vorschlag machen?«

»Ich ahne es!« Wieder das gutturale Lachen. »Wir trinken im Restaurant einen Orangensaft.«

»Falsch geraten. Ich lade Sie ein.«

»Ich trinke auch gern ein Kännchen Kaffee.«

»Wieder daneben! Ich lade Sie zum Abendessen ein. Drüben bei Käfer.«

»Käfer?« Sie nahm die Sonnenbrille ab, und ihre dunkelbraunen Augen musterten ihn mit einer Mischung aus Erstaunen und Spott. »Können Sie sich das leisten, Herr Habicht?«

»Ich habe einen großzügigen Vater ... und ich bin sparsam.«

»Und geben das gute Geld mit mir bei Käfer aus? Ausgerechnet mit mir?«

»Ich weiß keine bessere Geldanlage. Darf ich Sie einladen?«

»Wir kennen uns gerade eine halbe Stunde.«

»Man sollte nicht nach Uhrzeiten leben, sondern den Lebensrhythmus selbst bestimmen.«

»Das klingt philosophisch.«

»Ich lese viele philosophische Werke. Eine Macke von mir. Und ich spiele auch gern Klavier.«

»Jazz?«

»Chopin.«

Da wären wir also gut bei Chopin gelandet, sagte er sich. Aber sie liebt offensichtlich Jazz. Damit konnte er nicht dienen. Jazz, überhaupt die ganze moderne Musik, lagen außerhalb seines musikalischen Verständnisses. Wenn er eine Zwölfton-Sinfonie hörte, war es für ihn, als stimme das Orchester erst seine Instrumente. Er hörte nur ein Durcheinander von Klängen und Rhythmen heraus. Robert fand einfach keinen Zugang zu den modernen Kompositionen.

Ulrike musterte ihn wieder, gestand, noch nie Chopin gehört zu haben. Doch ja, einmal im Radio etwas von Mozart, doch da hatte sie schnell umgeschaltet. Das Trilli-tralla sei nicht ihr Geschmack. Aber Michael Jackson, dessen Songs gingen in die Beine, unter die Haut, und Robert antwortete, daß man bei Käfer Zeit genug habe, um darüber zu diskutieren.

Sie verabredeten sich in einer Viertelstunde in der Eingangshalle, dann drehte sie sich um und ging davon. Er starrte ihr nach, hing mit dem Blick an ihren Hüften, ihrem wiegenden Gang und ärgerte sich über die Männer, die ihr nachblickten oder sie sogar ansprachen. Sie warf dabei nur den Kopf in den Nacken und ging wortlos weiter, was Robert bestätigte, daß sie eine Frau mit Stolz war. Aber sie hatte seine Einladung zum Abendessen angenommen! Warum wohl? Sah sie in einem achtzehnjährigen Abiturienten keinen Mann? Diese Frage machte ihn wieder unsicher, und mit sehr gemischten Gefühlen wartete er später in der Eingangshalle auf sie.

Sie trug ein unauffälliges gelbes Sommerkleid mit weißen Tupfen. Die schwarzen Locken hatte sie mit einer gelben Schleife im Nacken zusammengebunden, ihre Füße steckten in hochhackigen Pumps aus bunt gestreiftem Leder, und – so stellte Robert freudig fest – sie sah jünger aus als vorhin ohne Make-up auf der Wiese des Bades. Aber auch sie verbarg ihr Staunen nicht: Im Anzug wirkte Robert so erwachsen, daß es schwer gewesen wäre, sein Alter zu schätzen.

»Können wir?« fragte sie fröhlich.

»Wir können.«

»Ein Vorschlag: Nicht zu Käfer, sondern in ein Lokal, das halb so teuer ist.«

»Auf gar keinen Fall! Ich habe mich auf Käfer eingeschossen, und da gehen wir jetzt hin.«

»Ich werde nur eine Suppe essen.«

»Erlauben Sie, daß ich das in die Hand nehme! Frau Sperling – der Habicht ist stärker!«

In diesen Augenblicken empfand er ein Hochgefühl. Der sonst mehr in sich gekehrte Robert Habicht war witzig geworden, warf die Pointen wie Ping-Pong-Bälle um sich, löste sich von allem inneren Krampf und wäre sogar bereit gewesen, ein Stück Jazz zu hören statt einer Sonate von Beethoven.

Da das Restaurant Käfer gleich schräg gegenüber vom Prinzregenten-Stadion lag, brauchten sie nur die Straße zu überqueren, um den Gourmet-Tempel zu erreichen. Um diese frühe Abendzeit fanden sie noch einen Tisch, der nicht wie üblich vorbestellt war, denn ein Käfer-Essen ohne Reservierung ist eine Art Lotteriegewinn. Sie bekamen sogar einen Tisch im vorderen Teil, in der Nähe der Treppe, wo sonst die In-Gäste saßen, die gesehen werden wollten und die man sehen wollte.

»Womit fangen wir an?« fragte Robert, noch bevor man ihnen die Speisekarte brachte. »Sagen wir: mit einem Glas rosé Champagner ...«

Sofort überfielen ihn wieder die Zweifel. War das richtig, rosé Champagner? War das nicht übertrieben und bewies nur, wie unerfahren er war? Er hätte sie vorher fragen müssen, ob sie überhaupt einen Apéritif wünschte. Aber einfach bestimmen ...? Er sah sie aus den Augenwinkeln an, aber er konnte in ihrem Blick keinen Protest lesen. Das beruhigte ihn wieder, und er beschäftigte sich mit der Speisekarte, die ihm der Kellner reichte.

Was er für sich bestellte, war völlig unbedeutend – es genügte, daß er dieser Frau gegenübersaß, sie ansehen konnte, ihre Stimme hörte, den Blick ihrer Augen aufnahm und in sich den verrückten Wunsch spürte, die Zeit möge stehenbleiben, und ein Stück Unendlichkeit sei um sie.

Ulrike wählte vorsichtig aus, um sein Taschengeld nicht zu sehr zu belasten. Als Vorspeise eine Kalbskopfsülze in einer sagenhaften Vinaigrette, danach Lammnüßchen provençalisch mit Pommes Dauphine, zum Nachtisch ein Zimteis mit Schokoladenflocken. Dazu tranken sie – auf Ulrikes Wunsch – einen offenen Wein, einen trockenen, herben Sancerre, und als der Viertel-literkrug leer war, wünschte sie sich Mineralwasser.

Sie hatte bei den Bestellungen nachgerechnet, was dieses Abendessen kosten würde, und beschimpfte sich innerlich selbst, diese Einladung angenommen zu haben. Die Rechnung war trotz aller Bescheidenheit hoch genug. Und was sollte das alles? fragte sie sich. Er ist ein lieber Junge, und es sieht so aus, als habe er heute zum erstenmal eine solche Einladung gewagt. Und ausgerechnet bei ihr! Was konnte er sich davon versprechen? Er war ein intelligenter Junge, las Philosophen, spielte Klavier, interessierte sich für Ufos, wie er im Gespräch erwähnte, und versuchte, ihr Chopin zu erklären. Aber sie begriff es doch nicht ... Er hätte sein Geld besser anlegen können, als mit ihr zu essen.

Als er gezahlt hatte und sie sagte, daß sie wirklich nach Hause müsse, fragte Robert, ob er sie wiedersehen könne.

»Warum?« fragte sie zurück.

»Nur so ...«

»Vielleicht bringt uns der Zufall wieder zusammen«, erwiderte sie ausweichend.

»Das ist mir zu unsicher. Zufälle kann man sich nicht herbeiwünschen. Aber ich wünsche mir, Sie wiederzusehen.«

»Um wieder viel Geld auszugeben?«

»Wir können auch nur einen Orangensaft trinken. Was macht das aus? Es war schön, hier mit Ihnen zu essen.«

»Mit einer Unbekannten. Sie haben mich nicht gefragt, wer ich bin, was ich tue, welch ein Leben ich führe ...«

»Sie werden es mir erzählen. Vielleicht beim nächsten Mal ...«

»Ob es ein nächstes Mal gibt?«

»Ich bin ein Mensch, der hoffen kann.«

Sie verließen das Lokal, standen dann draußen auf der Straße, und Ulrike Sperling zeigte zum Prinzregentenplatz hinüber. Dort stehe ihr Wagen, ein kleiner Fiat, aber er sei genau das Richtige für sie. Wendig, in jede Parklücke passend, ideal für eine Frau.

Als sie sich zum Abschied die Hand gaben, fragte Robert sie, ob er sie zum Wagen begleiten dürfe. Sie zögerte und fragte zurück, ob er denn keinen Wagen habe, sondern mit der S-Bahn oder dem Bus fahren würde. Das nicht, meinte er, sein Wagen stehe in der Neherstraße, gleich neben dem Stadion, aber wenn er sie trotzdem begleiten dürfte …

»Ich möchte eben so lange wie möglich mit Ihnen zusammen sein«, sagte er mit einem traurigen Ton. »Für mich war es ein einmaliger Abend.«

»Für mich auch.« Sie entzog ihm ihre Hand. »Deshalb sollten wir jetzt schnell auseinander gehen.«

Sie drehte sich um und ging die Straße hinunter bis zum Prinzregentenplatz. Robert blickte ihr nach, bis ihre Silhouette hinter den Bäumen verschwand. In seiner Erinnerung blieb ihr schwingendes gelbes Kleid zurück, der tänzelnde Schritt ihrer langen Beine und der Abdruck ihrer Hüften in dem weichen Stoff. Robert war ehrlich genug, sich einzugestehen, daß dieser Abend ein vermeidbarer Fehlschlag gewesen war. Sein Taschengeld war bis auf einen kleinen Rest aufgebraucht, er hatte zwei Stunden mit einer erregend schönen älteren Frau zusammengesessen, ein Milchgesicht voller Hemmungen, das es gewagt hatte, einen Schritt über sich selbst hinauszugehen. Aber trotz allem blieb ein Glücksgefühl in Robert zurück, das er sich mit einem nüchternen »Ich hab's geschafft!« erklärte. Und ein großer Wunsch blieb auch zurück: Ich muß sie wiedersehen.

Er überquerte die Straße und schloß seinen Wagen auf. Er hatte seit neun Wochen einen Führerschein, und sein Vater hatte ihm ein Auto geschenkt. Eine »Ente«, wie sie im Volksmund hieß, schon acht Jahre alt, aber ganz gut gepflegt bis auf einige klappernde Teile an der Karosserie. Sein Vater meinte, mit diesem Auto könne er erst einmal Fahrpraxis erlangen, ehe man ein besseres Gefährt kaufte. Nach einem Jahr wäre man geübt genug für ein neues Modell. Robert hatte das eingesehen, wie er überhaupt alles akzeptierte, was sein Vater sagte.

Während er nach Hause fuhr, dachte er unentwegt an Ulrike Sperling. Sie war nicht verheiratet, das war geklärt. Kaum verständlich war, daß eine so schöne Frau allein lebte, denn auch das hatte sie im Lauf des Gesprächs preisgegeben. Mehr aber nicht.

Wer war diese Ulrike Sperling wirklich? Wovon lebte sie? Woher nahm sie die Zeit, in einem Schwimmbad herumzuliegen, wenn andere arbeiten mußten? Für Robert war etwas Geheimnisvolles um sie, obwohl es so einfach gewesen wäre, sie nach allem zu fragen. Beim nächsten Mal, redete er sich ein. Es gibt ein Wiedersehen. Daran glaubte er fest. Dann werde ich sie fragen: Wie ist Ihr Leben?

Zu Hause warteten schon Vater und Mutter auf ihn. Der Tisch war noch gedeckt.

»Du kommst spät vom Schwimmen«, sagte der Vater, ohne daß es tadelnd klang. Eher verwundert.

»Ich habe noch zwei Freunde getroffen, und wir haben ein Bier getrunken.«

»Ich habe dein Essen warm gestellt ...«

»Ich habe keinen Hunger, Mama.« Robert suchte nach einem Grund, schnell auf sein Zimmer zu verschwinden. »Entschuldigt ... ich muß noch einen lateinischen Text durchlesen. Gute Nacht.«

»Gute Nacht, mein Junge.«

Das Entfliehen war gelungen. In seinem Zimmer warf Robert sich auf das Bett, starrte an die Decke und sah wie auf einer großen Leinwand ein gelbes Kleid, tänzelnde Schritte und schwingende Hüften, die sich unter dem Stoff abzeichneten.

Und morgen muß ich Papa um mehr Taschengeld bitten, dachte er.

Die Familie Habicht war das Musterbeispiel für eine anständige, angesehene deutsche Familie.

Mit eisern erspartem Eigenkapital und dem Darlehen einer Beamten-Bausparkasse hatte Dr. Hubert Habicht sich im Münchner Vorort Pasing ein Haus gebaut. 165 Quadratmeter Wohnfläche, ausgebaute Kellerräume, ein als Atelier genutzter Dachgeschoßraum, in dem Hubert Habicht früher gemalt und getöpfert hatte und der jetzt zum Musikzimmer umfunktioniert war, in dem Roberts Flügel stand, ein japanischer Stutzflügel, denn einen Steinway konnte Hubert sich nicht leisten. Um das Haus erstreckte sich ein Garten von neunzig Quadratmetern. Das war zwar nicht viel, aber ein Garten mache Arbeit, hatte Habicht beim Kauf des Grundstücks gesagt. Statt umzugraben und Blätter zu fegen, lagen seine Freizeitbeschäftigungen eher im Malen und Töpfern, was ein Besucher überall im Hause bemerken konnte: Kunstvoll bemalte Tongefäße standen überall herum. Später dann, als Robert, der einzige

Sohn, seine Klavierbegabung entdeckte, räumte Habicht klaglos sein Atelier und sammelte Briefmarken.

Dr. Hubert Habicht war Oberregierungsrat in der Bayerischen Landesregierung. Wenn man Frau Gerda Habicht, geborene Willkens, fragte, in welcher Abteilung ihr Mann denn dem Staat diene, erfuhr man, daß sie es nicht wußte. Wozu auch? Ein Oberregierungsrat mit dem Doktortitel der Juristik genügte ihr. Wozu soll man wissen, wo der Arbeitsplatz des Gatten ist? Eben in der Regierung!

Gerda Habicht war das Urbild einer Ehefrau und Mutter schlechthin. Sie diente der Familie, die ihr Mittelpunkt und ihre Welt war. Die aufrührerische Welle der Emanzipation floß an ihr wirkungslos vorbei. Ihr war es unverständlich, wie einer Ehefrau und Mutter etwas anderes wichtiger sein konnte als ihre Familie. Frauliche Selbstverwirklichung – was sollte das bedeuten? Gerda Habicht hatte einen Mann und einen Sohn, ein Haus und einen Hund, einen dunkel gestromten Boxer, der auf den Namen Bambus hörte. Sie hatte ihren schönen Blumengarten und jedes Jahr zur Urlaubszeit eine Familienreise nach Norderney oder sogar einmal an die türkische Riviera bei Antalya. Was wollte sie mehr? Was konnte das Leben noch Erstrebenswertes bieten? Was sollte dieser ganze Unsinn von Emanzipation? Das Glück liegt in der stillen Gemeinschaft, nicht in dem aufgärenden Egoismus einzelner, sagte sie sich.

Gerdas große Leidenschaft war ihr Sohn Robert. Seine Geburt war eine Qual gewesen – nach vierzehn Stunden Wehen erlöste sie sein erster Schrei, und der Arzt sagte sichtlich erleichtert, es sei ein strammer Junge, der sich gewehrt hätte, auf die Welt zu kommen, aber dann doch nachgegeben habe. Für Dr. Hubert Habicht war Robert eine Art Kronprinz. Wenn er zu anderen über ihn sprach, sagte er nie »Robert« oder »mein Sohn«, sondern immer nur »mein Sohn Robert«, als ziehe er etwas ganz Besonderes groß.

Oberregierungsrat Dr. Habicht war bei seinen Kollegen beliebt. Er fiel nicht auf. Er kletterte auf der Beamtenleiter ohne großen turnerischen Lärm höher, füllte seinen Posten aus und galt als parteitreu, was gerade in Bayern das solide Fundament für eine geradlinige Karriere war. So konnte also sein Sohn Robert in einem bürgerlichen Rosengarten aufwachsen, in dem alles blühte und alle widrigen Winde umgeleitet wurden. Die Entdeckung, daß Robert musikalisch begabt war, löste eine Art Enthusiasmus bei den Eltern aus, die im Kauf des japanischen Stutzflügels gipfelte. Roberts Klavierlehrerin bezeichnete den Jungen als ein großes Talent; er hätte das Zeug zum Solisten, zu einem Pianisten, dem einmal die Welt offenstand. Das hörte sich gut an, brachte aber etwas Unruhe in die Familie. Dr. Habichts Wunsch war es, aus seinem Sohn Robert einen Juristen zu machen, Mutter Gerda plädierte für eine Pianistenkarriere auf den internationalen Konzertbühnen.

Aber das waren heute noch Zukunftsträume. Zunächst stand das Abitur ins Haus, und hier konnte Dr. Habicht mit Stolz vermelden, daß sein Sohn Robert der zweitbeste Schüler der Klasse war. Er wäre der beste gewesen, wenn ihm nicht die Mathematik Schwierigkeiten bereitet hätte. Und wenn Robert fragte, warum er sich mit Sinus und Cosinus herumschlagen solle, wenn er das später nie im Leben gebrauchen könne, gab Dr. Habicht weise von sich, das gehöre zur gehobenen Allgemeinbildung. Und überhaupt stärke Mathematik das logische Denken, und das sei im Leben ungemein wichtig.

An diesem Abend nun lag Robert auf seinem Bett, erfüllt von einer ihm fremden Unruhe. Seine Gedanken beschworen das Bild dieser Ulrike Sperling herauf, und er begann, sie zu analysieren. Ihr Alter? Man könnte es auf Ende Zwanzig schätzen. Ihr Beruf? Da tappte man im dunkeln. Wo gab es einen Beruf mit viel Freizeit, vor allem am Nachmittag? Sie konnte Lehrerin sein. Ja, das war möglich. Ein Lehrer hat normalerweise nur am Vormittag Unterricht, bekommt die längsten Ferien, im Jahr etwa achtzig Tage. Aber Ulrike konnte auch selbständig sein, irgendeine künstlerische Tätigkeit oder einen Freiberuf ausüben, bei dem sie sich die Zeit nach Gutdünken einteilen konnte. Oder sie war die Tochter eines reichen Vaters, die ihr Leben zwischen Golf, Reiten, Modenschauen, Schwimmen und Friseurbesuchen verbrachte. Aber dann würde sie keinen Kleinwagen fahren, sondern irgendein Cabrio, das zu ihrer äußeren Erscheinung paßte.

Robert hatte sie angesprochen – dank des Balls, der auf sie geschossen worden war. Er war nach langer Zeit über seinen eigenen Schatten gesprungen. Er erinnerte sich, während er an die Decke starrte, an sein erstes Erlebnis mit einem Mädchen. Er war damals fünfzehn gewesen, und seine Mitschüler prahlten schon mit »tollen Weibern« und »Super-Miezen«, die sie befummelt oder sogar gebumst hätten, und nannten ihn einen Krüppelschwanz, weil er so provokativ anständig war und einer Tussi noch nie unter den Rock gefaßt hatte.

Und dann geschah es einmal, daß Robert in den Isarauen ein Mädchen des Humboldt-Gymnasiums traf. Sie hieß Julia und sonnte sich am Flußufer. Man kannte sich, denn Julia wohnte in Pasing in der Nachbarschaft. Als Robert sich zu ihr setzte, meinte sie, jetzt sei es noch heißer in der Sonne, und streifte ihr Bikini-Oberteil ab. Sie hatte schöne apfelförmige Brüste, und als sie bat, Robert möge sie doch mit Sonnencreme einreiben, und ihm die Cremetube reichte, tat er es auch, aber es berührte ihn nicht besonders. Erst als seine flache Hand über Julias Brustwarzen glitt, er ihr Aufseufzen hörte und das Emporschnellen ihres Unterkörpers wahrnahm, zog er die Finger zurück, als habe er sich verbrannt. Er war aufgesprungen, hatte den Cremerest an seinen Bauch geschmiert und war wortlos gegangen. Aber er hörte noch, was Julia ihm nachrief. Ein Arschloch sei er – oder ob er vielleicht schwul wäre? Das lastete lange auf ihm, und er fand nur Trost am Flügel bei Mozart und Scarlatti.

Um den Ruf der Unberührtheit abzustreifen, verwandelte Robert vor seinen Schulkameraden und Pfadfinderbrüdern diese Pleite mit Julia in ein sexuelles Vollerlebnis. Begeistert berichtete er von ihren hochstehenden Brustwarzen, ihrem erregt kreisenden Unterleib, ihren ihn umschlingenden Beinen und ihrem Mund, der stöhnend wimmernde Laute ausgestoßen hätte. Er beschrieb das so plastisch, daß auch Zweifler ihm glaubten. Von da an galt Robert als vollwertig im Kreise seiner Mitschüler. Und dadurch lernte er, daß gezielte Lügen die Anpassung fördern.

Jetzt aber vollzog sich in ihm eine Wandlung. Das Zusammentreffen mit Ulrike Sperling kam einem Deichbruch gleich: Was bisher eingedämmt war, floß nun ungehemmt in sein Lebensgefühl ein. Der Wunsch, Ulrike wiederzusehen, belastete sein Herz wie ein Gewicht. Robert hatte so etwas noch nie empfunden.

Es wurde für ihn eine unruhige und kurze Nacht. Ausgezogen im Bett liegend, empfand er den Druck der leichten Daunendecke wie das Anschmiegen von Ulrikes Haut, und als er sich auf die Seite drehte und in einen Wulst der Decke griff, zuckte er zurück, als habe er Ulrikes Brust berührt. So fest und doch weich mußte sie sein wie dieser Daunenhügel, der sich unter Roberts Händen bewegt hatte. Und zum erstenmal gab er einem unwiderstehlichen Drang nach, knüllte die Daunendecke zur Form einer Brust zusammen, küßte sie und vergrub sein Gesicht darin.

Unter diesem greifbaren Traum schlief er endlich ein.

Am nächsten Vormittag durchstreifte Robert wieder das Prinzregenten-Stadion. Aber Ulrike Sperling war nicht da. Auch am Tag darauf suchte er sie vergebens, und er war nun fast sicher, daß sie doch einen Beruf mit festen Arbeitszeiten hatte und lediglich einen freien Tag genutzt hatte, um im Stadion zu schwimmen und die Sonne zu genießen. Das war eine bedrückende Erkenntnis, denn sie verringerte die Möglichkeit eines Wiedersehens. Vielleicht am Samstag oder Sonntag, tröstete Robert sich. Das hatte sie sicherlich gemeint, als sie von einem Zufall sprach.

Am dritten Tag jedoch sah er sie wieder. Sie lag wie neulich auf der Wiese, fast am selben Fleck, trug jetzt einen einfarbig roten, aber ebenso knappen Bikini, und sie schlief nicht, sondern lag, ein zusammengerolltes Badetuch als Stütze unter dem Nacken, und las in einem Taschenbuch. Es war von einem bekannten Bestseller-Autor, den deutsche Literaturkritiker nicht wahrnehmen wollten. Millionenauflagen erzeugen bei elitären Geistern Mißtrauen und Abwehr.

Robert schlich sich leise an Ulrike heran, beugte sich über sie und sagte: »Sie lesen diese trivialen Ergüsse?«

Sie schrak zusammen und ließ das Buch in ihren Schoß fallen. Ein fast böser Ausdruck lag auf ihrem Gesicht. »Ich mag den Autor. Haben Sie schon etwas von ihm gelesen?«

»Nein.«

»Aber Sie üben Kritik! Sie sind nicht besser als diese Berufskritiker. Sie selbst rühren solche Bücher nicht an, aber Sie verdammen sie, ohne sie gelesen zu haben. Nur so, weil Ihnen der Schriftsteller nicht paßt.« Sie schien wirklich wütend zu sein, klappte das Buch zu und legte es zur Seite.

»Ich habe Sie erwartet«, sagte Robert, um seine Ungeschicklichkeit wieder gutzumachen. »An jedem Tag war ich hier.«

»Sie sollten Ihre Zeit nützlicher verwenden. Oder wollen Sie wieder mit mir bei Käfer essen gehen?«

»Dazu reicht mein Taschengeld nicht mehr.«

»Es gäbe die Möglichkeit, daß ich Sie einlade.«

»Ich möchte keine Belastung für Sie sein …«

»Belastung! Ich gönne mir selbst etwas und lasse Sie daran teilhaben. Ich habe heute zum Beispiel einen Mordsappetit auf Kaviar mit Schneekartoffeln.«

»Ein teures Vergnügen.«

»Ab und zu muß man mal über die Stränge schlagen, sonst ist das Leben ein Jammertal.«

Für Robert stand in diesem Augenblick fest, daß sie doch die Tochter eines reichen Vaters sein mußte. Zeit genug, Geld genug, Kaviar so nebenbei, wie man einen Keks ißt … Es war eigentlich unbegreiflich, daß diese Frau einem achtzehnjährigen Abiturienten überhaupt zuhörte.

Er schlug vor, zunächst einen Orangensaft im Stadion-Restaurant zu trinken. Aufmerksame Blicke der verhinderten Playboys folgten ihnen, als sie nebeneinander am Schwimmbecken vorbeigingen, und etwas wie Triumph stieg in Robert auf, daß ihm die Ehre zuteil wurde, diese schöne Frau zu begleiten. »Ich möchte mehr über Sie wissen«, sagte er, als sie im Restaurant an einem Ecktisch saßen.

»Warum?« fragte Ulrike.

»Ich habe vier Tage lang über Sie nachgedacht.«

»Nicht über Ihre Philosophen und diesen Popin?«

»Chopin.« Er lächelte verzeihend. Wie paßte das nun wieder zusammen? Als Tochter aus reichem Hause mußte sie eine gute Schulbildung genossen haben, und das schloß auch ein, daß man Chopin kannte. Da tat sich eine unerklärbare Kluft auf.

»Chopin! Muß man den kennen?« erkundigte Ulrike sich lächelnd.

Welche Frage für eine gebildete Frau! Robert spürte, wie er wieder unsicher wurde. Und dann fragte er geradeheraus: »Wer sind Sie, Ulrike Sperling?«

»Ich bin eine Frau von 33 Jahren, unverheiratet, auch nicht verwitwet, besitze eine Wohnung in Schwabing, eine Katze, die Lori heißt, und einen Fiat Punto. Zufrieden?«

»Nicht ganz …«

»Was möchten Sie sonst noch wissen?«

»Sie haben keine Geldsorgen?«

»So kann man es nennen.«

»Ihr Vater ist reich?«

»Ich hatte nur einen Stiefvater. Er war Bauarbeiter, fast immer besoffen, hat meine Mutter verprügelt und machte sich an mich ran, als ich vierzehn war. Ich habe

mich gewehrt, und da hat er mich grün und blau geschlagen. Und plötzlich war er weg. Keiner weiß bis
heute, wo er geblieben ist.« Sie sah Robert mit schräg
geneigtem Kopf an. »Enttäuscht?«

»Sie lügen«, erwiderte Robert. »Warum lügen Sie?«

»Warum sollte ich das? Es ist die Wahrheit.«

»Und Ihr Beruf?«

»Ich war einmal Tänzerin.« Sie hob die Hand und
wischte durch die Luft, als wolle sie diesen Teil ihres Lebens abtun. »Für die Staatsoper reichte es nicht, beim
Spitzentanz fiel ich immer hin ... Aber es gibt ja auch
noch andere Bühnen als die Oper. Ich wurde – na, sagen
wir: Ausdruckstänzerin.«

»Ich kann mir darunter nichts vorstellen.« Robert
merkte selbst, wie belegt seine Stimme klang.

Ulrike fuhr sich mit beiden Händen durch die Haare.
»Da gibt es kein Auf, sondern nur ein Ab. Nach drei Jah-
ren hatte ich die Nase voll und wechselte hinter den
Tresen.«

»Was heißt das?« fragte er unsicher.

»Ganz schlicht und einfach: Ich stehe hinter einer
Bar. Von acht Uhr abends bis manchmal vier Uhr früh.
Am Vormittag schlafe ich, am Nachmittag tanke ich
Sonne und Sauerstoff.«

»Sie sind also eine Barfrau?«

»Höflicher wäre Bardame.«

»Wo?«

»In der Toscana-Bar.« Ulrike schob ihr leeres Glas zurück. »Jetzt sind Sie enttäuscht, nicht wahr?«

Robert wußte darauf keine Antwort. Enttäuscht, so
konnte man das nicht nennen. Es war eher der Zusammenbruch seiner Phantasien. Was er in diese Frau hin-
eingedichtet hatte, fiel in Trümmer.

Ulrike half ihm aus der Verlegenheit, indem sie fragte, ob er schon einmal in einer Bar gewesen sei. Nein, noch nie, entgegnete er. Er kenne so etwas nur aus Fernsehfilmen, und da sei bestimmt vieles übertrieben und überzeichnet. Bardame, das sei doch ein ehrlicher Beruf, sicherlich sogar ein schwerer. Jede Nacht bis vier Uhr morgens …

»Es nervt«, sagte sie. »Aber ich liebe diesen Job trotzdem. Man lernt, wie unvollkommen, schwach und verlogen der Mensch von Natur aus ist.«

»Das klingt sehr bitter …«

»Ich habe mich immer allein durchschlagen müssen.« Sie blickte an ihm vorbei auf das Stadion. »Das ist gar nicht so einfach. – Ich möchte jetzt gehen.«

»Es ist noch früh«, protestierte Robert.

»Trotzdem!« Sie stand abrupt auf, und ihm blieb keine andere Wahl, als ihr zu folgen. Um ehrlich zu sein: Ihre Eile kam ihm gelegen. Was er in diesen Minuten alles erfahren hatte, bedurfte einer gewissen Verarbeitung. Wenn nur zehn Prozent von dem, was er im Fernsehen über Bardamen gesehen hatte, der Wahrheit entsprach, war das schon genug, um seine neue innere Zwiespältigkeit zu verstärken.

Robert begleitete Ulrike bis zum Ausgang des Bades und kehrte dann ins Stadion zurück. Sie hatten sich zum Abschied die Hände gereicht, aber es war ein anderer Händedruck gewesen als beim ersten Mal. Ulrike entzog Robert schnell ihre Finger und ging davon, ohne sich noch einmal nach ihm umzudrehen.

Er saß noch lange am Rand des Schwimmbeckens, sah den Turmspringern zu und dachte nach. Unmöglich konnte Ulrike so sein wie die Bardamen in den Filmen, die er kannte. So sah sie nicht aus. Aber was bedeutete das schon? In den Filmen waren die Bardamen immer die Hübschesten, aber auch die Verwerflichsten. Doch Ulrike war anders. Sie sprach anders, sie bewegte sich anders, ihre Augen hatten keinen verführerischen Blick. Sie ist eine Ausnahme, beschloß Robert.

Am nächsten Tag während der großen Pause erzählte er einem Klassenkameraden, der einen sensationellen Ruf als Mädchenaufreißer hatte, von seiner Bekanntschaft mit Ulrike. Der Schulfreund starrte ihn ungläubig an und schnalzte dann mit der Zunge.

»Du hast 'ne Bardame kennengelernt?« fragte er.

»Ja. Eine bildschöne Frau.«

»Junge, Junge ...«

»Was heißt das – Junge, Junge?«

»Eine Bartussi! Halt sie dir warm. Bei der kannste lernen, was richtiges Hacken ist ...«

»Du Blödmann! Sie ist eine anständige Frau!« Robert war wütend, aber die gemeinen Worte blieben in seiner Erinnerung haften. Sie setzten sich fest und peinigten ihn bis zum Herzrasen. Er suchte ein Ventil und fand es nur in seinem Klavierspiel. Mit einer bisher unbekannten Wut hieb er eine Beethoven-Sonate in die Tasten, daß es nur so dröhnte. Unten im Wohnzimmer hob Dr. Habicht den Kopf und sah zu seiner Frau hinüber.

»Hör dir das an«, sagte er stolz. »Dieser Anschlag! Der Junge macht sich ...«

»Ich habe mit Gerhard ausgemacht, daß er mir abends Nachhilfestunden in Mathematik gibt«, erklärte Robert drei Tage später, nachdem er im Schwimmbad vergeblich auf Ulrike gewartet hatte. »Es kann spät werden.«

Gerhard war der Klassenprimus in Mathe. Dr. Habicht konnte also nur zustimmend nicken.

31

Er glaubte, eine bemerkenswerte Aktivität seines Sohnes festzustellen, und war erfreut, daß die verhaßte Mathematik nun doch Roberts Interesse geweckt hatte. Auf Dr. Habichts Frage, ob die Nachhilfe eine ständige Einrichtung werden solle, entgegnete Robert, das wisse er noch nicht. Es hinge davon ab, ob sich ein Erfolg abzeichne. Und dann wagte er, das Wesentliche auszusprechen.

»Ich brauche mehr Taschengeld, Papa.«

»Wieviel?« fragte Dr. Habicht, durch Roberts Lerneifer in Gönnerlaune.

»Ich weiß es noch nicht. Bei aller Freundschaft ... Gerhard wird es nicht umsonst tun. Soll er auch nicht. Du weißt, daß Gerhards Vater ...«

»Wieviel brauchst du jetzt?«

»Im Moment hundert Mark.«

»Oho! Du gehst gleich in die Vollen!«

»In Erfolge muß man investieren, Papa.«

Dr. Habicht war in fröhlicher Stimmung. Er lachte über diesen Ausspruch und holte aus seiner Brieftasche einen Hundertmarkschein. »Gib ihn sinnvoll aus«, sagte er dabei. »Und wenn ihr einen trinken geht ...«

»Wir beschäftigen uns mit Mathe, nicht mit Alkohol.«

»Und wenn du in der Dunkelheit zurückkommst, fahr vorsichtig.«

Robert nickte, steckte den Geldschein in seine Jakkentasche und verließ schnell das Zimmer. Immer diese Belehrungen, diese dummen Ermahnungen, als ob er noch ein Kind sei! Es regte ihn auf, ständig diese elterlichen Vorhaltungen zu hören, unerträglich waren sie! Er wurde in den Augen seiner Erzeuger anscheinend nie erwachsen und war mit achtzehn Jahren für sie immer noch der Knirps, den man an der Hand führen mußte, damit er nicht über ein Steinchen stolperte. Verdammt noch mal, er war ein Mann! Wann akzeptierten sie das endlich?

Am Abend setzte Robert sich in seinen Citroën und fuhr nach Schwabing. Im Telefonbuch hatte er sich die Adresse der Toscana-Bar herausgesucht; es war leicht, sie zu finden. Er parkte nach langem Suchen in einer abgelegenen Seitenstraße, wo er noch eine Lücke am Straßenrand fand, und ging dann zu Fuß zum Toscana zurück. Vor dem Eingang blieb er stehen und betrachtete die Fassade.

Eine rote Neonschrift, eine dicke Tür, zwei verhängte Fenster. Robert beobachtete, wie zwei männliche Besucher auf eine Klingel drückten, sich in der Tür eine Klappe öffnete und anscheinend eine Gesichtskontrolle stattfand. Erst dann wurde der Eintritt freigegeben. Also nicht für jedermann, dachte Robert. Muß ein stinkfeiner Laden sein.

Zögernd überquerte er die Straße und legte den Finger auf die Klingel. Die Klappe öffnete sich. Ein Männergesicht tauchte im Halbdunkel auf. Ein harter Blick musterte ihn.

»Ja?« fragte eine Stimme. Sie klang abweisend.

»Ich möchte rein!« sagte Robert mit erzwungener Forschheit.

»Ich nehme an, Sie haben sich verlaufen.«

»Ist das ein öffentliches Lokal oder nicht?«

»Das bestimme ich!« Die Stimme wurde gröber. »Zisch ab, Junge …«

»Was gefällt Ihnen nicht an mir?«

»Dir kleben noch die Eierschalen an den Ohren! Mach 'ne Fliege, aber schnell!«

»Um es mal ganz klar auszudrücken: Sie machen jetzt die Tür auf, und ich komme rein!« Robert verfiel jetzt in den Ton, den man anscheinend hier gewöhnt war. »Ich bin ein Bekannter von Ulrike Sperling, und es wird Ärger geben, wenn Sie sich weiter so dämlich benehmen!«

»Ein Bekannter von Ulla?« Der Mann hinter der Türklappe lachte kurz auf. »Woher kennste Ulla?«

»Das geht dich einen Dreck an! Mach auf!«

Zur Männlichkeit gehörte anscheinend Grobheit ... Das war eine neue Lehre für Robert. Höflichkeit ist eine Tugend, die oft mit Dummheit oder Schwäche verwechselt wird. Das mußte man sich merken. Mit gut abgestufter Arroganz kam man im Leben weiter als mit einem untertänigen Diener. Robert hatte so etwas noch nie versucht, aber jetzt, schon beim ersten Mal, überraschte ihn die Wirkung: Die Tür wurde geöffnet.

Der unhöfliche Türsteher, Typ Muskelmann, musterte Robert von oben bis unten. Sie befanden sich in einem mit einer tief dunkelroten Tapete ausgestatteten Vorraum, dessen Längswand eine Garderobe einnahm. Hinter der Theke stand ein Mädchen mit knallenger Bluse und einem Superminirock, die alle Vorzüge ihres Körpers zwar bedeckten, aber gleichzeitig deutlich preisgaben. Dazu hatte die Kleine schulterlange blonde Haare und ein Puppengesicht, das Robert an eine Barbie-Puppe erinnerte. Sie lächelte ihn an und sagte mit einem Augenzwinkern: »Dreißig Mark.«

»Ich habe keine Garderobe abzugeben«, entgegnete er.

»Eintritt, mein Herr.«

»Ach so ...«

Er griff in die Jackentasche, holte den Hundertmarkschein heraus und ließ sich siebzig Mark herausgeben, was der Türsteher mit einem abfälligen Grunzen begleitete. Erst dann öffnete sich die breite Doppeltür im Hintergrund, und Robert betrat die Bar.

Die erste Reaktion auf dieses neue Abenteuer in seinem Leben war Staunen. Er sah einen großen Raum mit runden Tischen und gepolsterten Stühlen, einige Nischen mit von bunten Seidenbahnen bespannte Decken einen roten blumengemusterten Teppichboden und in der Mitte eine kreisrunde Tanzfläche aus weißem Marmor. In der halbdunklen schwülen Beleuchtung erkannte er Serviererinnen, so knapp bekleidet wie das Garderobenmädchen, und einige tanzende Paare. Eine Drei-Mann-Band spielte auf einem Podium in der rechten Ecke, und links, fast die ganze Wand einnehmend, befand sich die Bartheke, schimmernd in Chrom, Messing, poliertem Holz und Spiegeln. Davor standen die Barhocker, besetzt von sichtlich angeregten Paaren ... Eigentlich war alles so, wie Robert es aus den Filmen kannte, nur harmloser und weniger verworfen – im Grunde enttäuschend.

Was er nicht bei seinem Rundblick entdeckte, war die Welt hinter der Schmalwand, die durch eine Tür unterbrochen wurde. Dahinter lag ein langer Flur, von dem links und rechts eine Anzahl Türen abgingen, im ganzen zehn Zimmer, deren Einrichtung sehenswert war. Jedes dieser Appartements verfügte neben einem riesigen Rundbett und verspiegelten Wänden über einen Whirlpool, als Eckwanne gebaut, und einer Videokamera auf einem Stativ, mit der man auf Wunsch seine Aktionen aufnehmen und später auf Cassette als Andenken mitnehmen durfte. Ein spezieller Service, der sich in den interessierten Kreisen schnell herumgesprochen hatte und für eine gute Frequentierung der »Studios« sorgte.

Hinter der langen Bartheke sah Robert endlich auch Ulrike. Er konnte sie nur an ihren Haaren erkennen ... Das Gesicht war ihm fremd, durch Schminke fast entstellt, eine aufgemalte Maske, die nur durch die Augen und die grellrot bemalten Lippen lebte. Es war Robert wie ein Stich ins Herz. Das soll sie sein ... das ist sie? Wo ist die junge hübsche Frau aus dem Schwimmbad geblieben?

Als er sich der Bartheke näherte, erkannte Ulrike ihn, verließ sofort ihren Arbeitsplatz und kam auf ihn zu. Sie trug ein so tief ausgeschnittenes Kleid, daß ihre Brüste bis zur Hälfte freilagen, und es war so eng, daß man die Wölbung ihres Schoßes deutlich erkennen konnte. Die Farbe Pink unterstrich noch die beabsichtigte Wirkung.

Ihre Frage war wie eine Ohrfeige für ihn. »Was machen Sie denn hier?«

»Ich wollte sehen, wo Sie arbeiten.«

»Bitte, gehen Sie wieder.«

Er schüttelte den Kopf und kämpfte gegen sein Entsetzen an. »Ich bin ein Gast wie jeder andere hier.«

»Wieso hat Bolo, der Idiot, Sie überhaupt hereingelassen?«

»Ich habe gesagt, daß wir gut miteinander bekannt wären ...« Robert riß seinen Blick von ihrem fremden Gesicht los und nickte zur Bar hinüber. »Ich möchte etwas trinken.«

»Ein Cocktail kostet zwanzig Mark, eine Flasche Sekt dreihundert ...«

Er versuchte ein Lächeln, das seine Mundwinkel verzerrte. »Mixen Sie mir einen Cocktail Ihrer Wahl, Ulla ... So nennt man Sie doch hier?«

Sie drehte sich um, ging zur Theke zurück, und er folgte ihr, als zöge sie ihn an einem Strick hinter sich her. Erst hinter der Theke sah sie ihn wieder an. Robert setzte sich auf einen der Barhocker und fand ihn reichlich unbequem.

»Einen Cocktail – ja. Und dann gehen Sie bitte ...«, sagte sie. »Ich mixe Ihnen einen Pawpaw.«

»Mir ist gleichgültig, was Sie da zusammenrühren oder schütteln ... Warum wollen Sie mich rausschmeißen?«

»Sie gehören nicht hierher, Robert.«

Zum erstenmal sprach sie seinen Namen aus. Robert – wie das aus ihrem Mund klang! Er glaubte, seinen Namen noch nie so gehört zu haben, so weich, so melodiös – wie der Ton eines Cellos auf der G-Saite.

»Sagen Sie das noch mal: Robert.«

Er wußte nicht, wie unreif, ja, kindlich das war, und er bemerkte auch nicht Ulrikes mitleidigen Blick. Aber sie tat ihm den Gefallen.

»Robert.« Sie schob ihm ein Glas mit einem Plastikhalm hin. »Hier, Ihr Pawpaw. Auf Kosten des Hauses ...«

»Das heißt: Sie bezahlen ihn.«

»Ich bekomme Rabatt.«

»Das nehme ich nicht an. Was ich bestelle, das bezahle ich auch.« Er saugte an dem Halm und fand die Mischung aus Martinique-Rum, Limetten-, Orangen-, Ananas- und Papayasaft sowie frischen Papayastückchen sehr erfrischend und würzig. So etwas ist zwanzig Mark wert, redete er sich ein. Man bezahlt ja damit auch die ganze Atmosphäre drumherum. Die Musik, die Mädchen und den Blick auf die halb entblößten Brüste von Ulrike. Alles im Preis inbegriffen. Robert spürte wieder diesen Druck auf seinem Kehlkopf.

»Ulrike?« fragte er und umklammerte mit beiden Händen das Glas. »Warum tun Sie das?«

»Was?«

»Hier arbeiten?«

»Die Antwort können Sie sich selbst geben: um meine Miete zu bezahlen, um auf dem Viktualienmarkt einzukaufen, um mir ab und zu etwas Schönes an den Leib zu hängen, ganz einfach – um zu leben.«

»Es gibt genügend andere Arbeit.«

»Meinen Sie? Robert, was wissen Sie vom Leben? Sie sind in einem guten Elternhaus aufgewachsen ... Was ist Ihr Vater?«

»Oberregierungsrat.«

»Sieh an! Nie Not, nie Hunger, nie Probleme, kein Stiefvater, der einem an die Wäsche will, keine Chefs, denen die Finger jucken, wenn man mit ihnen allein ist, keine Kündigungen, weil man diese Finger wegschlägt ...«

»Und hier faßt Sie keiner an?« Er schluckte. »So, wie Sie jetzt aussehen?«

»Das bestimme ich. – Robert, trinken Sie aus und gehen Sie. Bitte.«

»Ich hätte Lust auf einen zweiten Cocktail.«

»Den bekommen Sie nicht von mir.«

»Dann wende ich mich an eine Ihrer Kolleginnen.«

»Also gut.« Sie seufzte und nahm das geleerte Glas an sich. »Aber nur, wenn Sie mir versprechen, nach diesem Drink zu gehen.«

»Versprochen.«

Die Bar füllte sich, je mehr die Zeit vorrückte. Einige Paare verschwanden hinter der Tür in der Rückwand, ohne daß Robert sich darüber Gedanken machte. Er hockte auf seinem Barstuhl, sah Ulrike zu, wie sie andere Gäste bediente, und ärgerte sich, als ein sichtbar angetrunkener Mann ihr einen Fünfzigmarkschein in den Ausschnitt steckte. Man sollte ihn ohrfeigen, dachte Robert. So behandelt man keine Frau, nicht Ulrike. Und sie lacht auch noch. Aber wie soll sie sonst reagieren? Es ist ihr Job. Ein Mistjob!

Er blieb mit seinem zweiten Cocktail, den er selbst bezahlte, bis gegen elf Uhr in der Bar. Und er gehorchte sogar, als Ulrike zu ihm sagte: »Nun sollten Sie aber wirklich gehen, Robert.«

Er nickte, und sie nahm es mit einem deutlichen Aufatmen auf. »Sehe ich Sie morgen im Schwimmbad?« fragte er.

»Ich weiß es nicht.«

»Wenn nicht, bin ich morgen abend wieder hier.«

»Das ist fast Erpressung ...«

»Das ist nur ein Wunsch.« Er gab ihr die Hand und hielt sie länger fest als bei einem normalen Abschied. »Sie sind meine sphärische Trigonometrie.«

»Was bin ich?«

»Die Untersuchung der Beziehungen zwischen Seiten und Winkeln von Kugeldreiecken ... Das hätte ich heute pauken sollen. Mathe! Aber Ihre Cocktails waren besser und für mich wertvoller. Bis morgen ...«

Er ließ ihre Hand los, lachte in ihr ratloses Gesicht und verließ die Bar. Im Vorraum traf er wieder auf den Türsteher, den Ulrike Bolo genannt hatte. Der Muskelberg sah ihn böse an.

»Nun kennen Sie mein Gesicht«, sagte Robert, während Bolo die Tür aufschloß. »Beim nächsten Mal also keine lange Diskussion ...«

»Das warten wir mal ab.« Bolo riß die Tür auf. »Mach 'ne Fliege ... Die frische Luft wird dir guttun ...«

Kaum hatte Robert die Bar verlassen, schälte sich aus dem schummerigen Hintergrund eine Gestalt und kam an die Theke. Es war ein südländischer Typ mit krausen schwarzen Haaren und einem dünnen Oberlippenbärtchen. Er lehnte sich an die Bar und wartete, bis Ulrike einen Gast bedient hatte.

»Wer war das?« fragte er mit italienischem Akzent.

»Wer?« fragte Ulrike zurück.

»Stell dich nicht so dämlich an, Ulla! Der junge Wichser, der gerade gegangen ist.«

»Ein Gast.«

»Du hast dich fast nur um ihn gekümmert.«

»Ist mir nicht aufgefallen.«

»Stehst du jetzt auf junge Spritzer?«

»Verdammt noch mal, er war zum erstenmal hier!«

»Bolo sagt, du kennst ihn.«

»Bolo ist ein Idiot!« erwiderte sie böse.

»Sei vorsichtig, Ulla. So 'n Junge lohnt sich nicht … Der fällt dir nach der ersten Runde aus dem Bett. Aber er könnte wache Augen haben. Kein Risiko, Madonna, auch wenn's juckt.«

»Du kannst mich mal!« fauchte sie, während sie einige Gläser zusammenschob.

»Immer, wenn du willst.« Er lachte und trommelte mit den Fingern auf die Theke. »Salvatore ist stets bereit.« Er winkte ihr zu und verschwand wieder im Halbdunkel der Bar, wo er sich an die Wand lehnte und die Gäste beobachtete.

Er hieß Salvatore Brunelli und kam aus dem Dörfchen San Marco in den Bergen um den Rocca Busambra, in der Nähe der Stadt Corleone auf Sizilien. Beruf: Elektriker.

Zweifellos ein bemerkenswerter Mann.

»Es kommt nicht alle Tage vor, daß man einen solchen Wink bekommt: Es sind zwanzig Kilogramm reines Heroin unterwegs. Von Vietnam über Polen nach München.« Mehr sagte der unbekannte Informant nicht, keinen Treffpunkt, keine Zeitangabe, nur: »Da kommt was.«

Für Kriminalhauptkommissar Peter Reiber vom Rauschgiftdezernat der Münchner Kripo bedeutete diese vage Meldung Alarmstufe eins. Für ihn stand außer Zweifel, daß es eine echte Nachricht war und kein übler Scherz, was er auch schon oft genug erlebt hatte. Anonyme Anrufe sind immer mit Vorsicht zu behandeln. Im Dienstzimmer vom Chef des Dezernats fand deshalb auch eine schnell einberufene Konferenz statt.

»Die Stimme des anonymen Informanten hatte einen östlichen Akzent.« Hauptkommissar Reiber hob bedauernd die Schultern. »Leider haben wir das Gespräch nicht mitgeschnitten; wir können ja nicht jeden Anruf auf Band nehmen. Es könnte sich also durchaus um einen Polen handeln. Ich frage mich nur, warum ein Pole einen solchen Millionen-Deal verrät, wenn es sich um eine vietnamesisch-polnische Aktion handelt. Und auch das ist neu: Vietnam. Wie bekannt, läuft der Rauschgiftschmuggel über drei große Schienen: die italienische Mafia, chinesische Triaden und die Russen-Mafia. Nun kommen die Vietnamesen noch dazu, vorausgesetzt, die Information trifft zu. Dann hätten wir es mit einer neuen Gruppe zu tun, die mit aller Brutalität ins Geschäft drängt. Mit anderen Worten: München bekommt einen neuen Kriegsschauplatz. Es könnte uns also noch allerhand bevorstehen.«

»Außer dem Telefongespräch haben wir keine anderen Hinweise?« fragte der Chef des Dezernats.

»Nichts. Nur: Zwanzig Kilogramm Heroin sind unterwegs.«

»Das heißt, sie können auch längst in München sein.«

»Dann wäre der Hinweis sinnlos.«

»Er ist es grundsätzlich. Was sollen wir damit anfangen, daß ein Deal stattfindet, ohne Ort und Zeit zu kennen?«

»Wir sollten beantragen, daß ab sofort die polnische Grenze verstärkt überwacht wird.«

Reiber sagte das, obwohl er wußte, daß solch ein Vorschlag nur ein frommer Wunsch bleiben würde. Die polnisch-deutsche Grenze war löcherig wie ein Sieb; sie intensiv zu überwachen war technisch und personell gar nicht möglich. Der Chef sprach denn auch aus, was Reiber dachte:

»Dann müßten wir entlang der polnischen Grenze eine Mauer à la Berlin bauen. Spaß beiseite – was können wir tun?«

»Nichts!« Reiber sagte es so brutal, daß einige Kollegen zusammenzuckten. Das Wort »nichts« ist innerhalb der Polizei ein verhaßtes Reizwort. »Nichts« bedeutet Ohnmacht gegenüber dem Verbrechen, und oft genug hatte man ohnmächtig zusehen müssen, wie die internationale Kriminalität unaufhaltsam wuchs und Deutschland zum Idealland ihrer Aktionen auswählte. Die Samthandschuhe der deutschen Gesetze waren ein fabelhafter Nährboden für Verbrechen jeglicher Art geworden, und das von Bonner Politikern stur und uneinsichtig gehütete Abhörverbot öffnete der Kriminalität weit den deutschen Markt. Hauptkommissar Reiber hatte es im vertrauten Kreis einmal besonders drastisch und frustriert ausgedrückt:

»Solange ein Bandenverbrechen mit vier Jahren, eine Steuerhinterziehung aber mit fünf Jahren bestraft wird, solange ein Mörder mit einem guten Anwalt, der auf psychische Schäden im Kindesalter plädiert, mit zehn Jahren davonkommt, in diesen zehn Jahren brav im Gefängniskirchenchor mitsingt und in der Zelle Marienbilder malt und deshalb als resozialisiert nach sechs Jahren entlassen wird, solange ist etwas faul in unserer Justiz! Denken Sie nur an den Fall in Norddeutschland: Da kommt eine Frau nach einigen Jahren Haft aus der Haftanstalt. Vorzeitig, wegen guter Führung. Und was geschieht? Ein paar Monate später begeht diese Frau einen Raubüberfall auf eine andere Frau und verletzt sie mit mehreren Messerstichen schwer. Verhaftung, Verhör, klarer Tatbestand. Und wie reagiert die Staatsanwaltschaft? Sie läßt die Frau frei. Kein Inhaftierungsgrund, weil ein nachweisbarer fester Wohnsitz vorhanden ist! – Ja, wo leben wir denn! – Angenommen, ich schlage dir jetzt den Schädel ein – mit 'nem Bierglas, nachdem ich schon vier Bier und zwei Schnäpse geschluckt habe. Was nun? Sehr wenig. Ich kann nachweisen, daß ich vor Jahren einen Autounfall hatte, mit einem Schädel-Hirn-Trauma. Ein Psychiater bescheinigt mir, daß ich im Augenblick des Mordes aufgrund einer Alkoholisierung in einem einmaligen Affekt-Tunnelsyndrom gehandelt habe, wobei das Wort ›einmalig‹ das wichtigste ist ... Kein Gericht wird mich wegen Mordes verurteilen, höchstens wegen Totschlags bei einer vorübergehenden Unzurechnungsfähigkeit. Da kommt ein mildes Urteil raus! Dabei wollte ich dich umbringen! Es war eiskalter Mord! Aber ich laufe weiter frei herum, und du bist tot! – Bei uns ist eine Menge faul in der Justiz.«

43

Jetzt sagte Reiber: »Es bleibt uns nur eins, und das wäre großes Glück oder Zufall: Wir bekommen einen Wink von einem unserer verdeckten Ermittler in der Szene. Aber dann ist das Heroin längst im Hafen.«

»Haben wir verdeckte Ermittler in Vietnamkreisen?«

»Nein. Aber in den polnischen.«

»Und da bleibt noch eine wichtige Frage offen.« Der Chef des Dezernats beugte sich etwas vor. »Wenn die Polen mitspielen, warum gibt uns dann ein Pole diesen Tip?«

»Das habe ich mich auch gefragt.« Reiber nahm einen Schluck aus dem Wasserglas, das vor ihm stand. Seine gegenwärtige Hilflosigkeit trocknete seine Kehle aus. »Da muß einer sein eigenes Süppchen kochen.«

»Indem er seine Kumpane verrät?«

»Möglich. Vielleicht aus persönlicher Rache ...«

»Dann hätte er genaue Angaben über den Deal gemacht. Aber diese vage Andeutung ... Ich glaube eher, daß da jemand der Polizei klarmachen will, daß sie in Zukunft mit einer neuen Verbrechergruppe zu rechnen hat.«

»Niemand gibt aus dem Untergrund sein Vorhandensein bekannt.«

»Man will Unruhe stiften! Die Polizei verunsichern. Ein neues Syndikat. Na, dann tappt mal schön im dunkeln.« Der Dezernat-Chef erhob sich. »So sehe ich das. Ein Affront gegen die Polizei! Was bleibt zu tun? Abwarten. Abwarten, ob es in Kürze Hinweise gibt, daß diese vietnamesisch-polnische Gruppe wirklich tätig ist.« Und dann setzte er erschreckend hilflos hinzu: »Was bleibt uns anderes übrig?«

Reibers verdeckte Ermittler wußten nichts Neues zu berichten. In der gesamten Szene war ein Deal von zwanzig Kilo Heroin unbekannt und wurde sogar angezweifelt. Von einer vietnamesisch-polnischen Gruppe hatte man noch nie gehört; wenn es so etwas gab, sprach es sich in den interessierten Kreisen schnell herum, schon wegen der »Marktsicherheit«. Da würden die Italiener und Chinesen sehr aktiv werden, vor allem, wenn die Preise unterboten wurden.

Vier Tage nach dem mysteriösen Telefongespräch rief der Leiter der Mordkommission, Kriminaloberrat Theo Wortke, bei Reiber an.

»Ich habe da im Gerichtsmedizinischen Institut eine Leiche auf dem Tisch liegen«, sagte er in seiner saloppen Art, die im ganzen Präsidium bekannt war. Wer sich seit über sechzehn Jahren nur mit auf unnatürliche Art ums Leben Gekommenen beschäftigt, dem wächst eine Hornhaut auf der Seele. »Wir haben ihn identifizieren können. Er heißt Karyl Podniewski. Ein Pole. Und da ich gehört habe, daß bei euch ...«

»Ich komme sofort rüber!« sagte Reiber und legte auf.

Eine halbe Stunde später standen er und Wortke vor der Leiche. Sie hatte in der Kühlbox gelegen, war tiefgefroren und sah aus wie ein friedlich Schlafender. Der Gerichtsmediziner deckte sie auf und wiederholte, was Wortke schon wußte:

»Der Tod ist eingetreten durch Erwürgen mit einer dünnen Stahlschlinge. Der Mann muß von hinten überrascht worden sein, denn am Körper sind keinerlei Kampfspuren zu entdecken. Todeszeit gestern zwischen siebzehn und achtzehn Uhr. Zu Mittag hatte er ein Schweineschnitzel mit grünen Bohnen gegessen ...«

»Ist das so wichtig?« sagte Peter Reiber gequält.

»Für uns ja.« Der Gerichtsmediziner deckte den Toten wieder zu. »Außerdem war er ein Fixer. Der Kör-

45

per weist nicht nur eine Vielzahl Einstiche auf, sondern enthält auch Reste von Heroin.«

»Und damit wären wir bei dir.« Wortke trat von dem Toten zurück und klopfte Reiber auf den Arm. »Er gehört zu deinen Drückerbrüdern. Was auffällig ist: Er hatte seine Papiere bei sich. Polnischer Paß, Einreisevisum nach Deutschland, gültig dreißig Tage lang. Reisezweck: Tourist. Alles einwandfrei – bis auf die fatale Tatsache, daß jemand ihn mit einem Draht erwürgt hat. Kannst du was damit anfangen?«

»Nein.«

»Erst der Anruf eines Polen bei dir, und jetzt liegt ein ermordeter Pole bei uns im Institut. Könnte da ein Zusammenhang bestehen?«

»Möglich – oder auch nicht. Es kann auch nur Zufall sein.« Reiber strebte aus dem Raum heraus, nachdem er dem Gerichtsmediziner zugenickt hatte. Er war nicht so abgebrüht wie Wortke, der einen Toten wie eine Sache und ein neu zu bearbeitendes Aktenstück betrachtete. Reiber wurde mit Leichen nur konfrontiert, wenn ein Fixer sich den Goldenen Schuß gesetzt hatte und die Rauschgiftszene zum wiederholten Male durchleuchtet werden mußte – wie so oft ohne große Ergebnisse. Aber auch da traf er immer wieder mit Wortke zusammen; Selbstmord fällt in die Zuständigkeit der Mordkommission. Wortke sagte dann jedesmal: »Schon wieder ein Engelchen! Peter, bei dir ist mehr los als bei mir. Wenn ihr nicht wäret, könnten wir gemütlich Schach spielen.« Das war natürlich übertrieben, aber Wortke liebte solche Sprüche.

»Was habt ihr bisher über diesen Mord rausbekommen?« fragte Reiber, als sie draußen im Flur standen. Wortke hob die Schultern, was genug ausdrückte.

»Wir haben den Toten im Westpark Ost gefunden. Eine Rentnerin, die ihren Hund gegen neun Uhr abends noch einmal Gassi führte, entdeckte die Leiche hinter einem Busch. Genauer: Der Hund entdeckte ihn. Jetzt liegt die Rentnerin im Krankenhaus mit einem Schock. Der Fundort ist nicht der Tatort ... Zwischen siebzehn und achtzehn Uhr, wie der Gerichtsmediziner festgestellt hat, erdrosselt man keinen im Westpark! Das fällt auf. So mutig ist kein Mörder.«

»Mit Ausnahme eines Asiaten ...«, sagte Reiber nachdenklich.

»Da kennst du dich besser aus mit deiner internationalen Klientel.«

»Sie töten blitzschnell, neben dir, in der Menge, im Bus, in der Straßenbahn, im Zug, im Kaufhaus, im Stadion beim Fußballspiel. Ich denke da an die Wochenlohnmorde von Soweto. Das liegt zwar nicht in Asien, sondern in Afrika, ist die Eingeborenenstadt bei Johannesburg, aber diese Morde sind typisch für schnelles, lautloses Töten. Es ist Wochenende. Die Arbeiter bekommen ihren Lohn. Rückfahrt nach Soweto. Busse, so überfüllt, daß man kaum atmen kann, Körper an Körper gepreßt. Da kann keiner mehr umfallen. Und da steht dann einer hinter dir, eng an dich gepreßt, und stößt dir eine spitz zugefeilte Fahrradspeiche von hinten mitten ins Herz. Du spürst nur einen Nadelstich und bist sofort tot. Erst wenn an der Endstation alle aussteigen, bleibt einer im Bus zurück und kann endlich umfallen: der Ermordete. Man hat diese Mörder noch nie gefaßt.«

»Übertragen wir das auf den Westpark.« Wortke wischte sich über die Stirn, als sähe er es vor sich. »Der Täter kommt von hinten, legt seinem Opfer blitzschnell die Schlinge um den Hals, ein fester Ruck, der Kehlkopf ist durchtrennt, das Opfer wird ins Gebüsch gestoßen ... Das geht sekundenschnell. Theoretisch gut, Peter, aber unmöglich. Ein toter Mann liegt nicht von siebzehn bis einundzwanzig Uhr im Westpark, ohne daß jemand aufmerksam wird. Hier fährt kein Bus nach Soweto. Der Pole muß erst kurz bevor der Hund der Rentnerin ihn aufstöberte ins Gebüsch gelegt worden sein. Aber in einem gebe ich dir recht: Es sieht nach einer asiatischen Tötungsart aus. Und damit wären wir bei deinen Vietnamesen.«

»Und mitten im dunklen Tunnel! Wir haben keinerlei Erkenntnisse. Noch nicht, aber wie heißt es so schön: Auch ein blindes Huhn findet einmal ein Korn.«

»Dann pickt mal fleißig weiter.« Wortke suchte in seinen Taschen nach einer Zigarettenschachtel, fand keine und steckte als Ersatz ein Streichholz zwischen seine Zähne und kaute darauf herum. Reiber konnte er nicht anschnorren, der Kollege war Nichtraucher. »Eines weiß ich jetzt schon sicher: Ich habe da eine Leiche, bei der der Paß falsch sein wird und die keiner kennt. Ein unbekannter Toter ... Die hängen mir besonders zum Hals raus! – Gehen wir ein Bier trinken?«

Das war ein guter Gedanke. Auch Reiber sehnte sich nach einem frisch gezapften Pils. Begegnungen mit Toten trockneten seinen Gaumen aus und erzeugten Durst.

Es war schon mutig von Robert, daß er am nächsten Abend wieder auf die Klingel des Toscana drückte. Nicht wegen möglicher Auseinandersetzungen, sondern wegen der fünfzig Mark, die er noch in der Tasche hatte, sein einziges Kapitel. Davon gingen jetzt dreißig Mark

Eintritt ab, blieben lächerliche zwanzig Mark für einen Cocktail. Zum erstenmal kam es Robert richtig zu Bewußtsein, daß er, der einzige Sohn eines Oberregierungsrates, ein armseligeres Leben führte als die Straßenmusikanten in der Kaufingerstraße. Die waren reich gegen ihn.

Bolo öffnete die Klappe in der Tür, stieß wieder sein bärenhaftes Grunzen aus und fragte: »Was willste?«

»Dreimal darfst du raten. Wie im Märchen.«

Die Tür flog auf, das Mädchen hinter der Garderobe kassierte die dreißig Mark Eintritt, aber als Robert die Doppeltür aufstoßen wollte, hielt Bolo ihn am Ärmel fest.

»Du wirst Ärger kriegen«, warnte er.

»Mit wem?« Robert schüttelte den Griff ab. »Solange ich meine Zeche bezahle, bin ich Gast wie jeder andere.«

»Wenn das mal kein Irrtum ist.« Bolo gab den Weg frei. »Hier habe ich schon Leute waagerecht fliegen sehen ...«

Ohne sich mit neuerlichen Rundblicken aufzuhalten, ging Robert sofort auf die Bartheke zu. Schon von weitem erkannte er, daß Ulrike mit einem Gast flirtete. Weiße Haare, Maßanzug, Bauchansatz, mit Sicherheit ein gut gefülltes Portemonnaie. Ulrike lachte und ließ dabei ihre Brüste hüpfen. Robert fand es ekelhaft. Als sie ihn auf die Bar zukommen sah, zog sie unwillkürlich den Ausschnitt ihres Kleides höher. Robert setzte sich neben den Weißhaarigen auf den Barhocker und starrte Ulrike eine Weile stumm an. Erst als sie fragte: »Was darf ich dem Herrn bringen?«, sagte er: »Einen Cocktail.«

»Wieder einen Pawpaw?«

»Nein. Heute einen Blade Runner.«

»Der ist sehr stark ...«

»Würde ich ihn sonst bestellen?«

Sie zögerte, holte dann aber doch Wodka, weißen Rum und Cointreau aus dem Regal, Zitronensaft und Bitter Lemon, schüttelte alles im Mixbecher und seihte dann über Eiswürfel das Getränk in ein hohes Glas. Der Herr neben Robert hatte seinen Hocker verlassen und war zur Toilette gegangen.

»Woher kennen Sie einen Blade Runner?« fragte Ulrike und stellte das Glas ziemlich hart auf die Theke.

»Ich habe mir heute nachmittag ein Cocktailbuch gekauft.« Robert probierte das Getränk; es schmeckte vorzüglich, war aber wirklich sehr stark. »Sie waren nicht im Schwimmbad …«

»Ich mußte Wäsche waschen.« Sie schüttelte den Kopf. »Sie hätten nicht kommen dürfen …«

»Es ist vorläufig auch das letzte Mal.« Er legte beide Hände auf die Theke und drehte die Handflächen nach oben. »Die zwanzig Mark für diesen Blade Runner sind mein letztes Geld. Aber ich werde sehen, woher ich welches bekomme … Ich muß Sie wiedersehen.«

»Ab und zu im Schwimmbad …«

»Nein, jeden Tag. Immer!«

»Das ist doch Unsinn!« Ulrikes Stimme klang ärgerlich, und doch schwang ein Ton von Mitleid mit. »Sie gehören nicht in meine Welt.«

»Weil ich erst achtzehn bin und keine weißen Haare habe wie der Mann, mit dem Sie eben geflirtet haben?«

Sie hörte seinen Vorwurf heraus und warf einen Blick in das Halbdunkel des Saales. Salvatore Brunelli lehnte wieder im Schatten einer Nische und sah zu ihnen herüber.

»Es ist mein Job, die Gäste zu animieren. Umsatz machen, das ist alles. Nur darauf kommt es an. Wer mir in den Ausschnitt starrt, bestellt mehr.«

Ihre Frivolität, der Ton, wie sie ihre Worte aussprach, die Bewegung ihres Oberkörpers dabei erzeugten in Robert einen inneren Kampf. Das ist sie nicht, versuchte er sich einzureden. Das ist nicht die wirkliche Ulrike Sperling ... Das ist nur eine Fassade, eine berufsbedingte Verkleidung, unter der sie selbst leidet, die sie selbst haßt, der sie entfliehen möchte, aus der sie aber keinen Ausweg sieht. Die wahre Ulrike glaubte er zu kennen, die junge Frau im Gras des Freibades, abweisend gegen alle Männerblicke – das war sie wirklich. Die Ulrike hinter der Bar war ein Kunstgeschöpf, eine Theaterrolle, eine unfreiwillige Tragödin.

»Wie lange wollen Sie das aushalten?« fragte er.

»Aushalten?« Sie lachte kurz auf. »Sie sehen das völlig falsch, Robert. Ich fühle mich hier wohl, ich verdiene gut, und ich bin noch verhältnismäßig jung. Sieben Jahre können es noch werden, dann bin ich vierzig. Bis dahin hoffe ich, genug gespart zu haben, um eine eigene Boutique aufzumachen.« Sie lachte wieder. »Oder ich habe reich geheiratet. Im Leben ein Ziel zu haben, ist meist eine Illusion. Die Wahrheit sieht man nicht, weil man auf ihr herumtrampelt. Wenn da nicht ab und zu die Überraschungen wären ...«

»Ich möchte Ihre Überraschung werden, Ulrike.« Er sagte das ganz ernst, es war wirklich kein Scherz oder eine charmant klingende Bemerkung. Er sah jedoch nicht das Erschrockensein in ihren Augen. Die Sinnlosigkeit seiner Worte entzog sich seinem Bewußtsein. Er hatte einfach ausgesprochen, was er dachte, was er wünschte, ohne die Realität einzubeziehen.

Der Name von Ulrike Sperling traf auf eine bittere Art zu, wenn man ihn wörtlich nahm: Sie war ein Gassenvogel. Ihrer trostlosen Kindheit folgte eine Jugend, in der sie fast immer auf der Flucht war: vor ihrem Stiefvater, der ihr nachstellte, in betrunkenem Zustand in der Wohnung ohne Hose herumlief und sein erigiertes Glied zur Schau stellte. Auf der Flucht auch vor den jungen Männern im Turn- und Schwimmverein, die nach Ulrikes Brüsten griffen. Mit fünfzehn wurde sie von einem Klassenkameraden während einer dreitägigen Klassen-Pilgerfahrt nach Lourdes entjungfert. Ulrike erlebte nicht das Wunder in der Heiligen Grotte, sondern die schmerzhafte Wandlung zur Frau. Das war für sie wie ein Schock, und es gab lange Zeit hindurch keinen Kontakt mehr mit einem männlichen Wesen. Das ergab sich von allein: Als sie in die Ballettschule aufgenommen wurde, traf sie auf Kollegen, für die eine Frau eine Art Neutrum war. Später in der Ballett-Truppe waren die Lesben zahlreicher als die männlichen Verehrer, die nach einer Aufführung meist vor der Tür des Künstlereinganges des Theaters warteten und mit schicken Sportwagen und brillantenbesetzten goldenen Uhren lockten.

Zu dieser Zeit war Ulrike Sperling noch die abweisende Spröde. Ein Porsche oder Ferrari waren keine Visitenkarte für sie. Das änderte sich erst, als sie die Ballett-Truppe verließ und »Ausdruckstänzerin« in einer Tanzbar mit Bühnenshow wurde. Da hatte sie endlich begriffen, daß ihr Körper auch ein Kapital sein konnte. Ein Kapital, mit dem man nach Gutdünken spekulieren konnte und das zum Goldesel wurde wie im Märchen. Esel, streck dich – und es klimperten die Taler.

Es war die Zeit, in der Ulrike Sperling ihre Moral in einen Kasten einschloß, einen Kasten gefüllt mit Geldscheinen. Aber sie sammelte nicht wahllos, sie ließ nicht jeden in ihr Bett, sie selektierte genau und verlor sich auf keinen Fall an eine längere Bindung. Sie gab und nahm – ein nüchternes Geschäft, dessen Spuren man schnell wieder abduschen konnte. Nur einmal vergaß sie ihren Vorsatz, sich nie in einen zahlenden Kunden zu verlieben. Das war vor drei Jahren gewesen. Sie war schon dreißig, da lernte sie einen Schweizer kennen, einen seriösen Geschäftsmann aus Bern, der sie höflich und wie eine Dame behandelte, sie für ein Wochenende nach Bern mitnahm, ihr seinen Betrieb – eine Treuhandgesellschaft und Vermögensverwaltung – zeigte, eine feudale Geschäftsetage mit sieben Computern. Und an diesem Sonntag verlebten sie dann am Thuner See Stunden der Zärtlichkeit und der wirklichen Hingabe. Zum erstenmal in ihrem Leben glaubte Ulrike, glücklich zu sein. Hier hatte sie einen Mann gefunden, dem sie ihr Vertrauen schenken konnte.

Sie lebten vier Monate zusammen; Ulrike gab ihr Engagement auf, schloß mit ihrem bisherigen Leben ab und fühlte sich wohl in der Rolle der Geliebten. Beat, wie der Schweizer hieß, trug sie auf Händen. Wenn sie einen Wunsch nur dachte, erfüllte er ihn sofort. So wurde die Wirklichkeit zum Traum und der Traum zur Erfüllung; es gab für Ulrike endlich eine Zukunft, der man entgegenleben konnte.

Es war an einem Herbsttag, als Beat mit dem Vorschlag zu Ulrike kam, ihr Vermögen zinsgünstig in Aktien anzulegen. Immerhin hatte sie sechzigtausend Mark zurückgelegt, in der Horizontale verdientes Geld, aber darüber sprach man nicht mehr, das war kein Thema mehr. Voller Enthusiasmus brachte Ulrike ihr kleines Vermögen zu Beat, dem Treuhänder. Schon die Bezeichnung Treuhänder beinhaltete ja Seriosität und

Vertrauen. Und wirklich – Beat legte das Geld gut an, zeigte Ulrike die gekauften Aktien, schöne, bunt bedruckte Papiere mit garantierten zehn Prozent Zinsen – mindestens – und verschloß sie in einem Banktresor.

Zwei Wochen später war Beat verschwunden. Die Aktien im Tresor waren nicht das Papier wert, auf dem sie gedruckt waren, denn die Aktiengesellschaft gab es gar nicht. Das feudale Büro in Bern stellte sich als unbewohnt heraus, nur die sieben Computer waren echt als Blickfang für gutgläubige Kunden, und nach langen Nachforschungen erfuhr Ulrike, daß Beat in Senegal untergetaucht war. Ein sicherer Platz.

Um all ihr Geld gebracht, stand Ulrike Sperling ohne eine Mark auf der Straße. Die ganze neue, glänzende Welt war zusammengebrochen, die Zukunft verbaut. Nur Haß war in ihr gewachsen, ein tödlicher Haß auf alles und jeden, Haß auf dieses Leben, das ihr bisher nur Betrug an ihrer Seele beschert hatte. Aber mit dem Haß wuchs Ulrikes Wille, sich nicht mehr weiter betrügen zu lassen, sondern diese Gesellschaft selbst zu betrügen. Das grausame Bibelwort »Aug' um Auge, Zahn um Zahn« wurde zu ihrer Devise. Danach wollte sie fortan leben und Rache nehmen an allem, was Mensch hieß. Daß sie dabei auch Unschuldige treffen konnte, war ihr gleichgültig. Sie war eine der Unschuldigen gewesen, und man hatte sie eiskalt zerstört. Das Leben war ein immerwährender Kampf, hatte sie nun erfahren, und nur der blieb Sieger, der gnadenloser war als sein Feind.

Und so begann es nun wieder von vorn: Das Bett wurde Ulrikes Geschäftslokal. Und in ihm lernte sie Franz von Gleichem kennen. Er hätte es nicht nötig, erklärte er sofort, für vorgespielte Liebe zu bezahlen, er käme nur auf Empfehlung eines Freundes, der ihn neugierig gemacht habe. Das interessiere sie nicht, hatte Ulrike geantwortet. Was seien seine Wünsche? Und wie lange? Und grundsätzlich: keine Perversitäten. Herr von Gleichem schien zufrieden gewesen zu sein, denn er rief zwei Tage später an und bestellte Ulrike in die Bar Toscana.

Das war für Ulrike Sperling kein unbekannter Ort. Barbesuche gehörten zu ihrem Geschäftsbereich; einen Freier auf der Straße anzusprechen, betrachtete sie als eine Entwürdigung. Für sie bedeutete der Straßenstrich die letzte Stufe des moralischen Abstiegs; so weit hinunterzusinken wäre die totale Aufgabe ihrer Persönlichkeit gewesen. So aber war sie immer nur Gast in einem Lokal, ließ sich in mehr oder minder interessante Gespräche ein, zierte sich und nahm den »Geldschein« dann doch in ihre Wohnung mit. Sie ließ den Männern das Triumphgefühl, sie erobert zu haben. Das wirkte sich auch pekuniär aus: Ein Eroberer investiert mehr in seinen Sieg. Die eitle Dummheit der Männer ist eine Goldgrube für eine geschickte Frau.

Im Toscana stieß Ulrike zunächst auf Bolo, den Türsteher. Als er den Namen von Gleichem hörte, fragte er nicht mehr, sondern öffnete die Pforte. In der Bar nahm Salvatore Brunelli sie in Empfang – mit einem starken Händedruck und schmieriger Höflichkeit. Offensichtlich hatte man Ulrike erwartet. Der Sizilianer führte sie in einen großen Raum hinter der Bar, der wie das Büro eines Industriemanagers eingerichtet war. Hinter einem ausladenden Schreibtisch erhob sich bei ihrem Eintritt Herr von Gleichem und kam ihr entgegen. Brunelli verließ sofort das Zimmer.

»Es freut mich, daß Sie meiner Einladung gefolgt sind«, sagte von Gleichem. Obwohl sie vor zwei Tagen miteinander im Bett gelegen hatten, sprach er sie wieder mit Sie an. Das schuf Distanz, sehr zu Ulrikes Verwunderung. Sie dachte an die zwei gemeinsam verbrachten Stunden und den Tausendmarkschein, den von Gleichem auf ihrem Nachttisch hinterlassen hatte, und fand es sonderbar, sich jetzt so zu benehmen, als sähe man sich zum erstenmal. »Ich hatte Sie schon gestern erwartet.«

»Ich brauchte Zeit, um zu überlegen.« Ulrike blickte sich im Zimmer um. Es gab keine Couch, nur breite Ledersessel, Bücherregale, Büroschränke und einen Schreibtisch. »Wie möchten Sie es haben: im Sessel oder auf dem Schreibtisch?«

»Lassen Sie das dumme Gerede!« Es klang ärgerlich und befehlend zugleich. »Ich habe Sie hergebeten ...«

»Gebeten?« wiederholte sie, als sei das für sie ein unbekanntes Wort.

»Ja, gebeten!« Von Gleichem kehrte hinter seinen Schreibtisch zurück und setzte sich. Da er ihr keinen Platz anbot, warf sie sich in einen der breiten Ledersessel und schlug die langen schönen Beine übereinander. Unter dem kurzen Rock trug sie nur einen winzigen Slip, aber das schien bei von Gleichem keine Wirkung zu haben. Er blickte ihr in die Augen, nicht zwischen die Schenkel. »Ich habe mir etwas überlegt.«

»Da bin ich aber gespannt.«

»Sie haben es nicht nötig, sich zu verkaufen.«

»Das kann nur jemand sagen, der genügend Geld hat.« Sie lehnte sich im Sessel zurück, winkte ab. »Wollen Sie mir einen Vortrag über Moral halten? Ausgerechnet Sie? Vor zwei Tagen ...«

»Vergessen wir diesen Abend. Ich sagte Ihnen ja, daß ich mir keine Frau zu kaufen brauche.«

56

»Sie pflücken sie wie Äpfel von den Bäumen ...« Ulrike beugte sich zu ihm vor. Ihre Stimme wurde provokativ. »Was wollen Sie von mir?«

»Ich habe einiges mit Ihnen vor.«

»Erklären Sie mir das genauer.«

Von Gleichem holte aus seinem Schreibtisch eine Cognacflasche und zwei Gläser und hob die Flasche hoch.

»Sie auch einen?«

»Danke. Ich trinke nur im Dienst.«

»Dienst ist ein guter Ausdruck.« Von Gleichem lachte und goß sein Glas voll. »Ich stelle fest, Sie haben sogar Humor. Das kann nicht schaden.« Er trank einen kurzen Schluck und legte dann die Hände übereinander.

Franz von Gleichem, in gewissen Münchner Kreisen vor allem unter dem Namen »Bar-Baron« bekannt, war ein sehr gebildeter, seriös wirkender Mittvierziger und hatte sich auf das Sammeln von Nachtlokalen und Bars spezialisiert. Von seinem Vater hatte er vier Millionen Mark geerbt, die dieser ehrlich mit einer Hopfensiederei verdient hatte. Sohn Franz, studierter Ökonom, sah allerdings seine Zukunft nicht im Hopfensieden, sondern im Immobiliengeschäft. Und hierbei bevorzugte er nicht den allgemeinen Wohnungs- und Büromarkt, sondern Liegenschaften, die dem Wortsinn näher kamen: Er kaufte zunächst drei alte Häuser, baute sie um und richtete Privatclubs ein – ein seriöser Name für Edelbordelle. Edel war dann auch seine Kundschaft; sie verschaffte Franz Verbindungen zu Industriellen und Würdenträgern, zu Politikern und Bankiers, zu Amtsträgern bis in die Regierungskreise hinein. Ein böses Wort von ihm kursierte im Bekanntenkreis: »Ab und zu findet bei mir eine kleine Bundestagssitzung statt ...« Das war natürlich übertrieben, aber jeder Eingeweihte wußte, wie es gemeint war. Die Clubs hatten einen guten Namen und waren sicher vor allen Polizeirazzien. Staatsanwälte im Schaumbad werden nicht gerne verhört.

Nach den Clubs kümmerte sich von Gleichem um das offizielle Nachtleben von München. Er kaufte Bars auf oder richtete neue ein, Bars mit Hinterzimmern, in denen Spielwiesen zur sexuellen Körperertüchtigung einluden. Was dem einen sein Bodybuilding, ist dem anderen seine erotische Gymnastik. Und da exklusive Dinge immer ihren Preis haben, wurde die väterliche Hopfensiederei zu einem Nebenverdienst. Die weiteren Millionen brachten die anderen Liegenschaften. Mittlerweile herrschte von Gleichem über ein Imperium von Lust-Immobilien und war unangreifbar geworden.

»Sie hören mit ihrem ›Dienst‹ auf«, sagte er jetzt in seiner bestimmenden Art, die jeden Widerspruch erstickte. »Und zwar ab sofort.«

»Und lebe vom Trinken aus der Wasserleitung ...« Ulrike schnellte aus ihrem Sessel hoch. »Was bilden Sie sich eigentlich ein? Wollen Sie über mich verfügen? Ich schätze meine Freiheit über alles! Ich will tun und lassen können, was ich will. Und das bleibt auch so! Wenn ich schlafen will, dann schlafe ich. Wenn ich essen will, dann esse ich, und wenn ich bumsen will, dann bumse ich! Alles ist allein meine Entscheidung! Da redet mir keiner drein – schon gar nicht Sie!«

»Wir mißverstehen uns. Mag sein, daß ich mich nicht deutlich genug ausgedrückt habe.«

»Sie haben gar nichts gesagt.« Ulrike kam auf seinen Schreibtisch zu und stützte die Hände auf die Tischplatte. Ihr wütender Blick imponierte ihm und faszinierte ihn gleichzeitig. Sie war eine schöne temperamentvolle Frau, eine halb gebändigte Wildkatze, und von

Gleichem hatte gar kein Interesse daran, sie vollends zu bändigen. So wie sie war, war sie richtig. »Kann ich gehen?« fragte sie zornig.

»Nur noch ein paar Worte.«

»Wozu?«

»Gefällt Ihnen das Toscana?«

»Ein Geldschlucker wie andere Bars auch.«

»Es gehört mir.«

»Das habe ich mir fast gedacht.« Franz von Gleichem nahm ihren Spott mit Gelassenheit hin. Er lächelte sogar, was wiederum Ulrike irritierte. Wie konnte er lächeln, wenn man ihm dauernd gegen das Schienbein trat?

»Ich biete Ihnen einen Job an. Hier im Toscana. Als Bardame.«

»Ich hinter der Theke – und Sie als Chef. Nein, danke.«

Das klang endgültig, aber nichts ist endgültig bei einer Frau. Ein Kenner der weiblichen Psyche überhört solche Endgültigkeiten. Es sind nur rhetorische Schutzwälle; man kann sie leicht einreißen.

»Sie bekommen fünfzehn Prozent vom Umsatz – ein Spitzensatz – und schlafen für Geld mit keinem Mann mehr.«

»Sondern nur noch mit Ihnen, sehe ich das richtig?«

»Falsch. Ich lege mich nicht ins Bett meiner Angestellten. Vielleicht bin ich da anders als andere, aber ich teste keine Neueinstellungen.«

»Und wie war das vorgestern?«

»Ich sagte schon: Vergessen wir diesen Tag! – Ihre Barbetätigung wird nur vorübergehend sein; ich habe mehr mit Ihnen vor.«

»Können Sie das genauer erklären?«

Er sah, wie sich ihre Abwehr verstärkte. Aber er

schüttelte den Kopf und widmete sich wieder seinem Cognacglas.

»Noch nicht. Ich muß Sie erst beobachten.«

»Darauf verzichte ich. Guten Abend.«

Sie drehte sich um und ging zur Tür. Aber bevor sie die Klinke hinunterdrücken konnte, hielt seine Stimme sie auf.

»Ulrike ...«, sagte er so sanft, als wolle er sie mit Worten streicheln. »Sie könnten in absehbarer Zeit eine reiche Frau sein. Eine eigene Villa mit großem Garten und einem Swimmingpool, ein Oberklassewagen, Urlaub auf Barbados oder Tahiti, Modellkleider, Schmuck, ein Bankkonto in der Schweiz ... Reizt Sie das nicht?«

»So viel verdient man an einer Bartheke?« Sie drehte sich wieder zu Franz von Gleichem um.

»Natürlich nicht.«

»Und was muß ich dafür tun?«

»Später.« Von Gleichem winkte ab und trank sein Glas leer. »Das große Geld nimmt oft krumme Wege. Ich muß erst sehen, ob Sie wendig genug für die vielen Kurven sind. Ulrike, ich biete Ihnen eine einmalige Chance.«

»Und warum gerade mir?«

»Weil ich das Gefühl habe, daß Sie clever genug für diesen Job sind. Ich habe mich immer auf mein Gefühl verlassen können, es hat mich nie getrogen.«

»Sie sprechen in Rätseln, Herr von Gleichem. Ich habe nie gerne Rätsel gelöst, im Gegensatz zu meiner Mutter, die sich auf jedes Kreuzworträtsel stürzte.«

»Überlegen Sie es sich, Ulrike.« Von Gleichems Ton ließ keinen Zweifel, daß er damit das Gespräch beenden wollte. »Kommen Sie in drei Tagen wieder zu mir ins Toscana. Und wenn Sie dann nein sagen, habe ich

Sie überschätzt. Dann sind Sie ein dummer Mensch. Und – verzichten Sie ab sofort auf Ihren ›Dienst‹.«

»Ich will mir Mühe geben.«

Sie verließ das Zimmer und wurde draußen von Salvatore Brunelli erwartet. Er forschte in ihrem Gesicht, aber sie setzte eine Pokermiene auf, an der seine Neugier abprallte. Auch Bolo an der Eingangstür sah sie neugierig an und bekam nur einen kalten, abweisenden Blick. Trotzdem fragte er vertraulich:

»Sehen wir uns wieder?«

»Das lies mal im Horoskop nach«, sagte Ulrike, trat auf die Straße hinaus und holte tief Atem. Hinter ihr knallte die schwere Tür zu. Jetzt erst, von Gleichems Stimme entronnen, registrierte sie ihre Verwirrung, die bei seinen letzten Sätzen über sie gekommen war. Die Zukunft, die von Gleichem ihr geschildert hatte – das war stets ihr großer Traum gewesen, von dem sie wußte, daß er immer ein Wolkengebilde bleiben würde. Nun aber bot jemand ihr diese Zukunft an, ohne zu erklären, welche Wege dahin führten. Kurvenreiche Wege, hatte von Gleichem gesagt – was sollte sie darunter verstehen?

Ulrike setzte sich in ein nahegelegenes Café, bestellte einen doppelten Espresso und verjagte einen Herrn, der an ihrem Tischchen Platz nehmen wollte. »Es sind noch genügend andere Tische frei!« zischte sie grob.

Die Begegnung mit von Gleichem zeigte Wirkung: In den drei Tagen Bedenkzeit verzichtete Ulrike auf ihre üblichen Einnahmen, wanderte durch den Münchener Zoo, pilgerte durch die Fußgängerzonen der Innenstadt und strich an den Schaufenstern der großen Couturiers auf der Maximilianstraße entlang. Sie bewunderte die

Modelle und die Preise und verlor sich an den Gedanken: Das könntest du dir alles leisten, wenn du nur ein einziges Wort sagst: Ja! Aber was folgte diesem Ja? Gab sie sich damit völlig in die Hand Franz von Gleichems, verlor sie ihr eigenes Ich? War es so etwas wie ein Pakt mit dem Teufel, der irdische Wonnen versprach und dafür ihre Seele forderte? Wer war überhaupt dieser Franz von Gleichem?

An den drei folgenden Abenden war Ulrike unterwegs, von Bar zu Bar, kreuz und quer durch München, nicht, um einen »Kunden« zu suchen, sondern um Informationen zu sammeln. Und wo sie auch anfragte, überall bekam sie die fast gleichlautende Antwort:

»Franz, der ›Baron‹? Was willste denn mit dem? Kennst du ihn? Mädchen, der hat überall, was mit dem hiesigen Nachtleben zu tun hat, seine Finger drin. Eine ganz große Nummer ist das. Wie kommst du denn an den? Das ist nicht deine Kragenweite.«

Es waren Auskünfte, die Ulrike nicht alarmierten, sondern beruhigten. Ihr Verdacht, Franz von Gleichem könne ein großsprecherischer Blender sein, schmolz bei der deutlichen Ehrfurcht, mit der man über ihn sprach. Nur eine Frage lastete schwer auf ihr: Warum sie, ausgerechnet sie? Sie war hübsch anzusehen, gewiß, aber es gab in München Tausende Mädchen, die ihrer Ansicht nach hübscher waren. Das konnte es also nicht sein, was von Gleichems Interesse geweckt hatte, und die paar Stunden mit ihr im Bett wollte er sogar vergessen, womit von Beginn an klar war, daß sie nicht seine Geliebte werden sollte, die er zur Glamourfrau hochstylen wollte. Und trotzdem versprach er ihr den materiellen Himmel auf Erden ... Wie sollte man das begreifen?

Die drei Tage des Wartens dehnten sich für Ulrike

fast bis ins Unerträgliche. In der letzten Nacht wälzte sie sich im Bett herum und schlief nur ein, um in kurzen Abständen wieder aufzuschrecken. Sie saß dann auf dem Bett, starrte gegen die dunkle Wand und überlegte immer wieder: Soll ich? Soll ich nicht? Man könnte es versuchen und jederzeit aussteigen, wenn Versprechungen zerplatzen. Ich werde deutlich machen, daß ich meinen eigenen Willen habe, daß niemand meinen Willen beugen kann, auch nicht mit einer Villa, mit Schmuck, Pelzen und einem Jaguar-Cabriolet. Genau das werde ich ihm sagen.

Am Abend nach den drei Tagen klingelte Ulrike wieder an der Tür des Toscana. Das gut eingespielte Stück lief wieder ab: Bolo öffnete die Klappe, grunzte, schloß die Tür auf, ließ Ulrike eintreten, sagte: »Das hab ich erwartet, daß du wiederkommst!«, reichte sie an Salvatore weiter, der sie zu der Tür hinter der Bar führte und anklopfte.

Und dann stand sie wieder vor Franz von Gleichem und sprach aus, was sie den ganzen Tag über geübt hatte:

»Ich habe mich entschlossen, Ihren Vorschlag anzunehmen.«

»Das ist eine Glücksentscheidung, Ulrike.«

»Nein. Neugier. Ich will wissen, was Sie mit mir vorhaben.«

Von Gleichem kam wieder um den Schreibtisch herum und gab ihr die Hand. Ein fester, schneller Händedruck war es, völlig unpersönlich. Ulrike erinnerte sich plötzlich, wie zärtlich diese Hände über ihren Körper gestreichelt hatten –, das hatte sie damals verwundert, denn die meisten Männer hielten sich mit solchen Vorspielen nicht auf, sondern kamen wie ein Preßlufthammer über sie. Sie hatte dann immer die Augen geschlossen und an das Geld gedacht.

»Sie arbeiten ab morgen abend an der Bar«, sagte Franz von Gleichem.

»Und weiter?«

»Weiter nichts.«

»Wie ist es mit einem Nebenverdienst? Ich weiß, daß im Hinterhaus eine Reihe Zimmer für gut zahlende Gäste reserviert sind.«

»Verboten.«

»So fängt es an!« Ulrike schüttelte den Kopf. »Sie wissen: Ich lasse mir nichts verbieten. Verboten? Das bedeutet für mich, daß ich jetzt wieder gehe. Wir kommen nicht zusammen, Herr von Gleichem.«

»Sie werden wichtige Männer kennenlernen, aber nicht in den Hinterzimmern. Ulrike, warum immer diese Igelstellung? Warten Sie doch erst mal die Entwicklung ab. Große Kunstwerke haben meist eine lange Entstehungszeit.«

»Was habe ich mit Kunst zu tun?« fragte sie spöttisch. »Wieso Kunst?«

»Was ich plane, ist auf seinem Gebiet ein Kunstwerk, und das muß wachsen ...«

»Erklären Sie das etwas genauer.«

Von Gleichem kehrte zu seinem Schreibtisch zurück und setzte sich. »Später. Lieben Sie keine Überraschungen?«

»Nicht, wenn sie mich in eine schiefe Lage bringen.«

»Schiefe Lage ...« Von Gleichem lachte kurz auf. »Das aus Ihrem Mund! Bisher haben Sie mit Ihrer schiefen Lage gut verdient.« Er winkte ab, als Ulrike etwas sagen wollte. »Schwamm drüber! Das war einmal! Morgen abend um neun Uhr fangen Sie hier an.«

»Ich habe keinerlei Erfahrung als Bardame.«

»René mixt, Sie servieren und lächeln den Gast an ... Das ist alles. Und wenn dieser Gast, wie viele Männer an der Bar, Ihnen sein Herz ausschüttet und seine Alltagssorgen bei Ihnen ablädt, hören Sie geduldig zu und bedauern ihn, das tut ihm gut. Und sorgen Sie dafür, daß er noch einen trinkt und noch einen ... Ist das so schwer?«

Ulrike nickte. »Ich wiederhole meine Frage: Warum ausgerechnet ich?«

»Wollen Sie wirklich meine Antwort hören?«

»Ja!«

»Sie haben das Aussehen eines Engels, aber Sie sind die Tochter des Satans – darum.«

»Das hat mir noch keiner gesagt.« Ulrike stand wie erstarrt vor Franz von Gleichem. Sein Lächeln reizte sie, ihm ins Gesicht zu schlagen, und sie hatte Mühe, es nicht zu tun. Sie ballte nur die Fäuste und drückte sie an ihren Körper.

»Weil sie alle unehrlich waren oder es nicht erkannten. Ihnen wachsen Flügel, wenn die Banknoten stimmen. Für Geld kennen Sie keine Grenzen ...«

»Das ist nicht wahr!« Sie ging drei Schritte vom Schreibtisch weg. »Ich möchte nur so viel verdienen, daß ich ein normales Leben führen kann ...«

»Was nennen Sie normal? Normalität ist ein individueller Begriff. Für den einen sind eine Dreizimmerwohnung und ein abendliches Pils normal. Für den anderen muß es eine Villa und Champagner sein. Was sagt Ihnen mehr zu: Pils oder Champagner?«

»Champagner.«

»Na also! Ich glaube, Sie werden noch viel Zeit aufwenden müssen, um sich selbst zu entdecken.« Ein energischer Wink, plötzlich eine härtere Sprache: »Sie können gehen, Ulrike.«

Ulrike zögerte. Sie hatte noch viel zu fragen und zu sagen, aber von Gleichems plötzlich verschlossenes Gesicht hinderte sie daran. Sie nickte nur stumm, drehte sich um und verließ das Zimmer. Draußen erwartete Salvatore Brunelli sie und führte sie an die lange blitzende Theke der Bar.

»Zur Begrüßung der neuen Mitarbeiterin ein Cocktail auf Kosten des Hauses«, sagte er fröhlich. »Ich freue mich, daß du jetzt zu uns gehörst. Was soll's sein?«

»Das überlasse ich dir.«

»Einen Montego Beach?«

»Von mir aus …«

Später stand Ulrike dann draußen vor dem Toscana, starrte auf die Leuchtreklame und fragte sich, ob sie die richtige Entscheidung getroffen hatte. Wie von Gleichem sie einschätzte, hatte sie erschüttert. Ein Engel, der die Tochter des Satans ist – das war ungeheuerlich und durch nichts begründet. Sie selbst sah sich ganz anders: als einen Menschen, den das Leben bisher immer nur in den Hintern getreten hatte, der nie erfahren hatte, was Glück war, der immer nur um sich geboxt hatte, um nicht erdrückt zu werden, der nur gestrampelt hatte, um nicht zu ertrinken. Wo sollte da in ihr der Satan sein? War es satanisch, um ein klein wenig Sicherheit im Leben zu kämpfen?

Ulrike wandte sich ab, ging schnell die Straße hinunter, gönnte sich ein Taxi und ließ sich nach Hause bringen. In ihrer kleinen Wohnung riß sie zunächst das Frotteetuch vom Bett, mit dem sie das Laken vor der Unsauberkeit ihrer »Gäste« geschützt hatte, und schleuderte es in eine Ecke. Vorbei! Vorbei! Auf ihrem

Lebensweg war sie an eine Kreuzung gekommen, und Ulrike hatte sich für die rechte Abzweigung entschlossen. War es auch der rechte Weg? Man würde bald sehen, wohin er führte.

Am nächsten Abend, pünktlich um neun Uhr, stand Ulrike hinter der Bar.

Es war, als sei es nie anders gewesen ...

Die Veränderung, die Robert durchmachte, fiel zuerst seiner Mutter auf.

Gerda Habicht, im Gegensatz zu ihrem nüchternen Beamtengatten, kunstsinnig und musikbegeistert, hörte aus dem Klavierspiel ihres Sohnes Robert eine Wandlung heraus. Sie hielt das für einen Reifeprozeß und sprach eines Abends ihren Mann darauf an, als Robert im »Musikzimmer« kräftig in die Tasten griff.

»Hörst du das, Hubert?« fragte sie und lauschte angestrengt.

»Was?« Hubert Habicht hob den Kopf. Er las gerade einen Bericht über die letzte Sitzung des Bayerischen Landtags. Dabei ärgerte er sich über einen neuen Antrag der Grünen, einen Neubau zu verhindern, weil dafür drei alte Bäume gefällt werden müßten. Es handelte sich um den Erweiterungsbau eines Krankenhauses, und es erhob sich die Frage, was wichtiger war: die Gesundheit der Menschen oder der Erhalt dreier knorriger Bäume.

»Robert spielt Chopin ...«

»Das tut er doch immer.«

»Aber jetzt spielt er ihn so, als sei es der junge Beethoven ... So stürmisch, so wild, so aufbrausend ...«

Hubert Habicht nickte. Ihm entging diese Wandlung völlig, er hatte kein Gehör für solche Feinheiten. Überhaupt Musik – da tappte der Herr Oberregierungsrat herum wie ein blinder Bär. Vor allem, wenn seine Frau ihn dazu animierte, eine Oper zu besuchen. Da saß er dann in der Münchner Staatsoper in einer der ersten Reihen und sagte etwa in der Pause bei »Siegfried«: »Da schlägt der mit seinem Schwert den Amboß kaputt ... Das ist doch materialmäßig gar nicht möglich!« Oder nach »Rheingold«: »Da ziehen die Götter auf einem Regenbogen nach Walhall. Was soll das? Ein Regenbogen ist doch bloß eine Luftspiegelung.« Nach einem solchen Abend kam Gerda Habicht sich immer sehr einsam vor.

»Robert verändert sich«, sagte sie jetzt mit Nachdruck. »In der Musik schwingt die Seele ... Robert hat irgendwelche Probleme.«

»Stimmt! In Mathematik.«

»Das ist es nicht.«

»Was sonst?«

»Es sitzt tiefer.«

»Was soll mein Sohn Robert sonst für Probleme haben? Er nimmt Nachhilfestunden in Mathe; das beweist, daß er das Problem angeht und bewältigen wird.«

Damit war für Dr. Habicht die Diskussion beendet. Der Antrag der Grünen im Landtag beschäftigte ihn mehr, obwohl er da in keiner Weise eingreifen konnte. Habicht gehörte zu den stillen Politikern, deren politisches Genie nur in den eigenen vier Wänden aufblühte, wo dann allerdings weltverändernde Reformen geboren wurden. Daß solche Genialität nie an die Öffentlichkeit dringt, gehört zur Tragik der einsamen Weltverbesserer.

An diesem Abend kochte Gerda Habicht einen Schokoladenpudding, den Robert so gern aß. Nach dem Essen fragte sie: »Bedrückt dich etwas, Robert?«

»Nein, Mama.« Er blickte an ihr vorbei. »Wieso?«

»Ach, es war nur so eine Frage. Mit der Schule oder so …«

»Nein, Mama. Es ist alles in Ordnung.« Und dann, bewußt fröhlich: »Ich habe alles im Griff.«

Das klang so glaubhaft, daß Gerda Habicht den beethovenschen Chopin als eine einmalige Gemütsaufwallung bewertete. So blieb auch ihr die innere Zerrissenheit ihres Sohnes zunächst verborgen.

Sie hätte allerdings auch bei Kenntnis der Tatsachen nicht helfen können. Der letzte Besuch in der Toscana-Bar, die Entdeckung, daß man durch eine Hintertür auf einen Korridor kam, von dem zehn Türen zu zehn kleinen Zimmern führten, in denen halbwüchsige Mädchen die Betten quietschen ließen, meist Mädchen aus Polen, Rußland, Ungarn und Tschechien, auch eine Asiatin war dabei, und die Drohung Bolos beim Verlassen der Bar: »Komm nicht wieder, wenn du gesund bleiben willst!« Das alles bestärkte Robert in seiner Absicht, Ulrike aus diesem Milieu herauszuholen.

Herausholen – ein großes Wort! Herausholen – aber wie und wohin? Was war er denn schon? Ein achtzehnjähriger Abiturient mit leeren Taschen, dessen einziges Kapital eine überdurchschnittliche Intelligenz und gutes Klavierspiel war. Wie kann man damit einen Menschen retten? Daß Robert sich bei solchen Gedanken gar nicht fragte, ob Ulrike überhaupt »gerettet« werden wollte, ob es nicht barer Unsinn sei, sich in ihr Leben einzumischen, von dem er so gut wie nichts wußte, merkte er gar nicht. Und überhaupt: Was berechtigte ihn dazu, dermaßen missionarisch zu denken, nur aus einem Gefühl heraus, für das er selbst noch keinen Namen fand.

Liebe? Was ist Liebe? Diese Frage beschäftigte Robert sehr. Wenn er seinen Klassenkameraden zuhörte, die von Bumsereien auf einer Bank oder im Keller berichteten, dann konnte er sich nicht vorstellen, daß so etwas mit dem Himmelsgefühl echter Liebe zu tun hatte. Immer wieder dachte er an sein Erlebnis mit dem Mädchen in den Isarauen, das so wollüstig seine sie eincremende Hand reagiert hatte, daß er zurückgeschreckt war. Beschimpfungen hatte es ihm eingebracht. Lief wirklich alles nur darauf hinaus, einen weiblichen Körper zu malträtieren und hinterher stolz zu verkünden: »Jungs, ich hab sie umgelegt!« Ist das die höchste Wonne, wie Wagner sie in »Tristan und Isolde« geradezu selbstzerstörerisch beschreibt? Nein, es mußte etwas geben, das mehr war.

Mit Ulrike verband ihn nur ein Händedruck. Und da waren noch ein paar Blicke, die mehr waren als ein bloßes Ansehen, und die Bewunderung ihres Körpers, ihrer Augen, ihrer Stimme, ihrer Bewegungen. Und da gab es noch einen unsichtbaren Strom, der von ihr zu ihm hinüberfloß, eine plötzliche Seelengemeinschaft ... So sah Robert es zumindest. Wenn er Ulrike anblickte, spürte er sein Herz, nicht sein Geschlecht. Es war so ganz anders als bei seinen Freunden, die immer die Hand am Reißverschluß der Hose hatten.

Mit großer Überwindung gelang es Robert, vier Tage nicht in der Bar zu erscheinen. Aber am fünften Tag – Vater Hubert hatte seinem Sohn Robert erneut hundert Mark Taschengeld gegeben – war der Drang, Ulrike zu sehen, übermächtig geworden.

Bolo musterte Robert durch die Türklappe. Er ließ ihn eintreten, hielt ihn jedoch fest, als er den Vorraum durchquerte.

»Ich warne dich!« sagte er, nicht grob, sondern fast freundschaftlich.

»Wovor?« Robert blieb ruckartig stehen. »Warnst du jeden Gast?«

»Sei kein Blödmann! Warum kriechst du Ulla in den Hintern?«

»Tu' ich das? Ich will nur einen Cocktail trinken.«

»Und sitzt dann stundenlang da und glotzt sie an.«

»Der eine spielt Skat, der andere Billard, der dritte nagelt im Hinterzimmer eine Nutte ... Ich sehe Ulla an. Jedem das Seine.«

»Du bist ein Idiot!«

»Das habe ich schon mehrfach gehört ... Ich habe mich daran gewöhnt. Kann ich jetzt rein?«

»Für Ulla bist du eine Null.«

»Auch die Null ist wichtig, wenn sie hinter einer Zahl steht.«

Für Bolo war dieser Satz zu hoch. Er zuckte mit den Schultern und gab den Weg frei. »Sag später nicht, ich hätte dich nicht gewarnt. Salvatore ist ein harter Bursche.«

Die Bar war um diese Zeit schon gut besucht. Der Discjockey hinter seinem Mischpult hatte Rockmusik aufgelegt, einige Paare vollführten rhythmische Zuckungen auf der Tanzfläche. Robert ging um sie herum und setzte sich an die Theke. René, der Mixer, sah ihn zuerst und stieß mit dem Ellenbogen Ulla in die Seite. Sie kümmerte sich gerade um einen dicklichen Gast, der von seinen Erlebnissen auf Ibiza erzählte. Dort habe er in einer Nacht drei Mädchen hintereinander vernascht.

Ulla entschuldigte sich mit den Worten: »Alles Angabe, Mann. Du bist doch froh, wenn du einen hochkriegst!« und kam zu Robert.

»Du?« sagte sie. Nur: du. Aber ihre Blicke schienen ihn zu streicheln.

»Ja. Ich.«

»Ich habe dich vermißt ...«

»Wirklich?« Sein Herz krampfte sich zusammen.

»Wirklich.«

»Bolo sagt, ich wäre für dich eine Null.«

»Bolo hat das Hirn eines Gorillas.«

»Muß er wohl, denn er ist ja ein Gorilla ... So nennt man das doch wohl?«

»Wo warst du?«

»Zu Hause. Ich habe Mathe geübt, Mozart und Schumann gespielt, ein Buch über Ufos gelesen ... Und ich hatte kein Geld. Das war der wichtigste Grund.«

»Und nun hast du Geld?«

»Für zwei Cocktails reicht es.«

»Darf ich dich einladen?«

»Ich bin gern unabhängig.«

»Red keinen Unsinn!«

»Und was hast du gemacht?« erkundigte Robert sich.

»Ein Abend ist wie der andere.«

»Und am Tag?«

»Als wir zum letztenmal im Prinzregentenbad waren, hat ein Fotograf ein Foto von uns gemacht. Erinnerst du dich? Ich habe das Foto abgeholt und es mir angesehen.«

»Hast du es bei dir?«

»Nein ... Es steht bei mir auf einer Kommode ...«

»Du ... du hast es eingerahmt?«

Es fiel ihnen nicht auf, daß sie sich plötzlich duzten. Bei Roberts letztem Besuch war noch das förmliche Sie zwischen ihnen gewesen. Ulrike nickte.

»Es ist ein schönes Foto. Nur deshalb.«

»Nur deshalb ...« Robert sah René an, der ihm einen

Cocktail brachte, obwohl er noch keinen bestellt hatte. Der Cocktail hatte eine giftgrüne Farbe und roch nach Crème de Menthe. »Danke. Was ist das für ein Zeug?«

René stellte das Glas vor ihn hin. »Ein Voodoo«, sagte er dabei. »Der macht Tote lebendig oder Lebende zu Toten.« Dabei blickte er zu Salvatore Brunelli hinüber, der wie immer an einer Säule lehnte und alles beobachtete. »Wohl bekomm's!«

Am anderen Ende der Bartheke winkte der Dicke mit beiden Händen Ulla zu. »Was ist?« rief er. »Du kannst doch nicht einfach weggehen! Wer kümmert sich um mich?«

»Er meint dich«, sagte Robert und nippte an seinem Cocktail.

»Ja, er meint mich.«

»Geh zu ihm.« Und mit etwas Bitterkeit fügte er hinzu: »Es ist dein Geschäft.«

Sie zögerte, verstand den Unterton, ging aber dann doch zu dem winkenden Gast und sagte so laut, daß es alle an der Theke hörten: »Erzähl weiter, Dickerchen: Du bist also nur nach Ibiza geflogen, um zu bumsen ...«

Eine Hand hielt Roberts Hand fest, als er wieder nach seinem Glas greifen wollte. Salvatore stand hinter ihm, so nahe, daß er dessen Parfüm riechen konnte. Ein süßlicher Duft war es, ein Damenparfüm.

»Eine meiner Aufgaben ist es, mich um das Wohl unserer Mitarbeiter zu kümmern. Du störst das Wohl. Habe ich das deutlich ausgesprochen?« sagte Salvatore so leise, daß es nur Robert hören konnte.

»Sehr deutlich ... Nur verstehe ich es nicht.« Robert drehte sich auf seinem Barhocker um. Brunellis dunkle Augen waren jetzt ganz nah. »Ich bin keiner Ihrer Huren den Lohn schuldig.«

»Sei vorsichtig, Junge ...« Salvatores Nasenflügel spannten sich etwas. »Es könnte böse enden.«

»Haben Ihre Mädchen Aids?«

»Du kleiner Wichser, paß jetzt genau auf!« Salvatore schob die Unterlippe vor und blies Robert seinen Atem ins Gesicht. »Du verläßt jetzt das Lokal in senkrechter Haltung ... Andernfalls schwebst du waagerecht auf die Straße. Ist das klar?«

»Nicht ganz.«

»Wo sind da noch Fragen?«

»Nur eine: Warum soll ich hier nicht meinen Cocktail trinken?«

»Weil ich es nicht will.«

»Das ist keine Begründung.«

»Für mich schon.« Brunelli zog den Kopf etwas zurück. Er ging auf Distanz. Auf Schlagdistanz. Eine alte Boxerregel: Der beste Schlag kommt nie aus dem Infight. »Laß deine Eierfinger von Ulla!«

»Wir sind befreundet.«

»Einen Dreck seid ihr! Und nun raus, du Mutterfikker!«

In diesem Augenblick zerplatzte in Robert die Vernunft. Man beleidigte seine Mutter, man erniedrigte sie in gemeinster Weise, seine Mutter, die er anbetete.

Robert zögerte nicht lange. Aus einer Drehung auf seinem Barhocker heraus schlug er Brunelli mit der flachen Hand ins Gesicht. Es gab einen klatschenden Laut, begleitet von einem hellen Aufschrei Ullas. Aber einem Mann wie Brunelli gibt man keine Ohrfeige, man muß ihn vielmehr mit der Faust voll auf die Kinnspitze treffen. Nur das zeigt Wirkung, alles andere ist sinnlos.

Brunelli zögerte keine Sekunde. Seine Faust erwischte Robert voll im Gesicht, schleuderte ihn vom Barhocker auf den Boden, und als er sich halb betäubt aufrichten wollte, bekam er einen Tritt in die Hüfte, einen zweiten vor die Brust und einen dritten gegen den Kopf. Blut schoß aus Roberts Nase, er krümmte sich vor Schmerzen auf dem Boden, versuchte, von der Bar wegzukriechen, aber da war Ulrike schon bei ihm, umklammerte ihn und drückte eine große Serviette auf sein blutverschmiertes Gesicht. Brunelli war zurückgetreten und hob beide Arme wie ein Fußballspieler, der ein Foul bedauert.

»Ihr alle seid Zeugen, daß er zuerst geschlagen hat! Ihr habt es alle gesehen!« rief er und trat noch einen Schritt zurück. »Es war Notwehr. Reine Notwehr …«

»Er hat nur seine Mutter vor dir verteidigt, du Sau!« schrie Ulrike zurück. »Faß ihn nie wieder an. Nie wieder! Ich bringe dich sonst um!«

Brunelli starrte sie an, als stünde sie wirklich mit einem Messer oder einer Schußwaffe vor ihm. Sie würde es tun, durchfuhr es ihn. Verdammt, sie ist dazu fähig! Diese Augen, dieser zuckende Mund, die angespannten Muskeln … Sie ist wie ein Raubtier, das gleich zum Sprung ansetzt. Er trat noch zwei Schritte zurück und sah zu, wie Ulrike Robert mühsam auf die Beine half. Sie lehnte ihn an die Wand, wischte wieder mit der Serviette das Blut von seinem Gesicht und hielt ihn so lange fest, bis er wieder auf eigenen Beinen stehen konnte.

»Komm«, sagte sie dann, und eine ihr bisher völlig fremde Zärtlichkeit lag in ihrer Stimme. »Komm, ich bringe dich nach Hause.«

Robert schüttelte den Kopf. »Ich kann allein gehen.« Es klang trotzig; er nahm Ulrike die Serviette aus der

Hand, wischte sich selbst über das Gesicht und betrachtete dann das blutgetränkte Tuch. »Ich kann allein gehen«, wiederholte er.

»Das kannst du nicht. Ich rufe ein Taxi.«

»Mein Wagen steht eine Straße weiter …«

»Du kannst doch so nicht fahren!«

»Ich kann!« Er stieß sich von der Wand ab, wehrte Ulrikes stützende Hände ab und schwankte durch das Lokal zum Ausgang. Brunelli blickte ihm nach, noch immer in der Haltung eines reuigen Foulspielers, und auch jetzt war niemand zur Stelle, der Robert half, der ihn stützte und zur Tür führte. Henri, der Discjockey, legte eine flotte Platte auf, die Stimme Tina Turners hallte durch die Bar. Zwei Paare begannen sogar wieder zu tanzen, als sei nichts geschehen.

Mit Mühe erreichte Robert die Garderobe. Dort nahm Bolo ihn in Empfang und schüttelte den Kopf.

»Ich hab's dir gesagt!« sagte er vorwurfsvoll. »Ich hab dich gewarnt. Nun haste die Bescherung! Du bist doch ein Idiot!«

Er öffnete die Tür, ließ Robert auf die Straße und rief dem Wegtaumelnden nach:

»Ich hab's dir gesagt! Komm nie wieder! Vergiß Ulla …«

In seinem Wagen blieb Robert ungefähr eine halbe Stunde sitzen, bis er sich stark genug fühlte, nach Hause zu fahren. Sich ins Haus zu schleichen, wie er gehofft hatte, war nicht möglich. Hubert Habicht saß noch im Wohnzimmer, las ein bekanntes Wochenmagazin und ärgerte sich über einen Bericht, der Bundeskanzler Kohl einen Aussitzer der Probleme nannte. Gerda Habicht lag schon im Bett, in einen Roman über ein dramatisches Dreiecksverhältnis vertieft, anscheinend ein moderner Lebensstil, für den sie keinerlei Verständnis aufbrachte. Ihr wäre es nie in den Sinn gekommen, einen jüngeren Liebhaber zu nehmen; schon die Idee, mit einem »Knäblein« im Bett zu liegen, ekelte sie an.

Robert blieb keine Wahl; er mußte an seinem Vater vorbei.

Hubert Habicht hob nur kurz den Kopf, als er seinen Sohn eintreten hörte, und wollte sich wieder dem Kohl-Artikel zuwenden, als er, gewissermaßen aus den Augenwinkeln heraus, den großen Blutfleck auf Roberts Hemd bemerkte. Habicht fuhr hoch und sah erst jetzt das zerschlagene Gesicht. Sein erster Gedanke war naheliegend.

»Ein Autounfall?« fragte er und stemmte sich aus dem Sessel hoch. »Großer Schaden? Wie ist das passiert? Bist du schuld?«

»Am Wagen ist alles in Ordnung, Papa.« Robert kam näher. Es hatte keinen Sinn, sich zu drücken.

»Aber du ... dein Gesicht ... alles voller Blut ...«

»Ich ... ich bin überfallen worden, Papa.«

»Überfallen?« Hubert Habicht starrte seinen Sohn an. Das verkrustete Blut ließ sein Gesicht wie eine Maske wirken. »Mein Gott, du bist überfallen worden? Aber wieso denn? Wo denn? Von wem denn?« Er trat an Robert heran und tastete ihn ab. »Wie fühlst du dich? Hast du innere Verletzungen? Ich rufe sofort Dr. Heimes an! Überfallen! Mein Sohn Robert überfallen! Aber so ist das bei unserer laschen Gesetzgebung. Man ist nirgendwo sicher! Es ist schon ein Abenteuer geworden, in der Dunkelheit spazieren zu gehen! Ich rufe Dr. Heimes.«

»Es war ein Ausländer. Ein Asiat. Ich kam gerade dazu, als er meinen Wagen aufbrechen wollte. Er war schneller und stärker als ich – und er konnte Kung-Fu. Ich bin einfach durch die Luft geflogen ...«

»Mein lieber armer Junge!« Habicht drückte seinen Sohn an sich und küßte ihn auf die blutverschmierte Stirn. Aber dann überkam ihn heiliger Zorn. »Immer diese Ausländer!« rief er mit vor Empörung zitternder Stimme. »Wie lange sollen wir uns das noch gefallen lassen? Italienische Mafia, russische Mafia, rumänische Banden, polnische Gangster, chinesische Triaden, Kossovo-Killer ... In welchem Land leben wir denn? Mehr als 50 Prozent aller Straftaten entfallen auf Ausländer. Und was macht die Regierung? Sie dreht Däumchen. Und die Polizei? Wir sind fast machtlos, gesteht sie. Du lieber Himmel, wohin steuern wir nur in Deutschland?!« Habicht atmete schwer, rannte dann zum Telefon und rief den Hausarzt der Familie, Dr. Julius Heimes an, der sofort zu kommen versprach. Der zweite Anruf ging an die Kriminalpolizei München, Morddezernat. Aber dort erfuhr Habicht, daß man nicht zuständig sei, der Überfallene lebe ja noch. Doch man verband ihn höflich weiter zum Dezernat für organisierte Kriminalität, das 13. Dezernat, das auch zuständig war für Rauschgift, Bandenverbrechen, Schutzgelderpressung und verdeckte Ermittler. Kriminalhauptkommissar Peter Reiber meldete sich am Telefon.

Er hörte sich geduldig an, was ihm der völlig aufgelöste Habicht berichtete, und sagte dann: »Bitte, kommen Sie mit Ihrem Sohn Robert zum Protokoll ins Kommissariat.«

»Kommen? Mein Sohn ist schwer verletzt!« schrie Habicht empört ins Telefon.

»Liegt er im Krankenhaus?« fragte Reiber ruhig.

»Nein! Er ist hier bei mir zu Hause.«

»Ist er gehfähig?«

»Die Beine hat man ihm nicht abgeschlagen!« brüllte Habicht außer sich. »Es ist Ihre Pflicht, hierher zu einem Schwerverletzten zu kommen! Hier spricht Oberregierungsrat Habicht vom Bayerischen Staatsministerium. Sie sollten wissen, daß ...«

»Wir kommen!« Reiber legte auf. Es gab genügend Konflikte – er brauchte nicht auch noch einen persönlichen. Auch wenn hinterher alles im Sande verlief, die Unannehmlichkeiten belasteten doch.

»Na also!« sagte Habicht und knallte den Hörer auf. »Die sollen von vornherein wissen, daß sie es nicht mit Otto Normalverbraucher zu tun haben!«

Eine halbe Stunde später klingelten Kriminalbeamte an Habichts Haustür in Pasing. Dr. Heimes war schon da, hatte Robert untersucht, keine inneren Verletzungen festgestellt, nur eine angebrochene Nase, blaue Flecken an Hüfte, Schulter und Brust, eine geschwollene linke Gesichtshälfte und eine Platzwunde am linken Haaransatz. Der Arzt hatte Roberts Kopf verbunden, was sehr dramatisch aussah. Als Hauptkommissar Reiber eintrat, saß Robert in einem tiefen Ledersessel, noch immer mit dem blutgetränkten Oberhemd bekleidet, was den Eindruck eines schwerverletzten Mannes verstärkte.

»Na endlich!« sagte Habicht angriffslustig. »Das hat aber lange gedauert.«

»Wir sind in einen Stau gekommen«, erklärte Reiber höflich.

»In einen Stau? Die Polizei in einem Stau!« Habichts Stimme troff vor Ironie. »Haben Sie keine Sirene?«

»Wir gebrauchen die Sirene nur im akuten Einsatz.«

»Ach! Und der Überfall auf meinen Sohn Robert ist

nicht akut? Bei jedem Dreck hört man das Tatü-tata, aber wenn ein Schwerverletzter um Hilfe ruft ...«

Reiber überhörte die beleidigenden Worte. Wozu Komplikationen? Es würde immer heißen: Da hat ein übererregter Vater Luft abgelassen.

»Erzählen Sie mal, wie das war«, wandte Reiber sich an Robert. »Wo und wann?«

»So gegen 22 Uhr 30 in der Holzwiesenstraße.«

»In Neu-Perlach?«

»Ja. In der Konstantinstraße wohnt mein Freund, bei dem nehme ich Nachhilfestunden in Mathematik. In seiner Straße habe ich leider keinen Parkplatz mehr gefunden.« Robert schloß die Augen. Er stellte sich vor, wie es passiert sein könnte, und schilderte es nun auch so. »Ich komme also von meinem Freund und sehe schon von weitem, wie sich jemand an meinem Wagen zu schaffen macht. Ich renne auf ihn zu, rufe: ›Was machen Sie da?‹, will ihn packen ... Ja, und dann weiß ich nur noch, daß mich ein Schlag mitten ins Gesicht traf und ich durch die Luft flog. Als ich mich wieder aufrappeln konnte, war der Kerl längst weg. Reiner Kung-Fu ...«

»Wieso Kung-Fu?« Reiber wurde hellhörig.

»Der Mann war ein Asiat ...«

»Wissen Sie das genau?«

»Natürlich. Ich hatte ihn doch vorn an seiner Windjacke gepackt und genau sein Gesicht gesehen.«

»War es ein Chinese, ein Koreaner, ein Vietnamese?«

»Mein Sohn Robert ist kein Sinologe!« warf Habicht erregt ein. »Es ist empörend genug, daß solch ein Gesindel bei uns frei herumläuft!«

»Das gleiche mögen die Asiaten auch von uns denken.« Reibers Stimme ließ keinen Zweifel daran, was er von Habichts rassistischen Ausfällen hielt. Hubert begriff das sofort und holte tief Luft. Aber er verzichtete auf eine Entgegnung, wohl wissend, daß er hier den kürzeren ziehen würde.

»Doch weiter ...« Reiber musterte Roberts dick verbundenen Kopf. »Was taten Sie dann?«

»Ich setzte mich in meinen Wagen und wartete, bis ich fahrfähig war. Dann fuhr ich nach Hause.«

»Sie sind nicht sofort zu Ihrem Freund zurückgelaufen?«

»Nein. Warum?«

»Das ist doch das Naheliegendste. Bei solchen Verletzungen ... Erste Hilfe, direkt um die Ecke ...«

»Daran habe ich nicht gedacht. Ich war wie gelähmt. Und als ich wieder denken konnte, war da nur der Wunsch: sofort nach Hause.«

»Das ist ja wohl klar!« fiel Habicht wieder ein. »Hier ist ein Hort der Sicherheit.«

»Was für einen Wagen fahren Sie?« Reiber machte sich einige Notizen in ein kleines Notizbuch. Wie im Fernsehen bei Inspektor Columbo, dachte Robert unwillkürlich. Nur der zerknitterte Mantel fehlt.

»Einen Citroën 2 CV.«

»Eine sogenannte Ente?«

»Ich liebe diesen Wagen. Er macht richtig Spaß.«

»Und man kann ihn überall hinstellen ohne Sorge, daß er gestohlen wird.«

»Was soll das heißen?« fragte Habicht steif. Ihm als Jurist gefiel diese Bemerkung gar nicht. Sie warf Zweifel auf.

»Mit Autodieben haben wir große Erfahrungen.« Reiber klappte sein Notizbuch zu und steckte es in die Rocktasche. »Polnische und rumänische Banden haben sich darauf spezialisiert, aber bisher keinerlei asiatische Kriminelle. Die haben andere Spezialitäten. Was gestohlen wird, sind Mittelklassewagen, aber vor allem die Oberklasse. Mercedes, BMW, Audi, Volvo, Lancia, Alfa Romeo, Porsche, Jaguar ... Das lohnt sich. Das zahlt sich jenseits der Grenze aus. Aber noch nie ist eine Ente von professionellen Autodieben entwendet worden. Und jetzt soll ein Asiat einen 2 CV stehlen wollen?«

»Wollen Sie damit sagen, daß mein Sohn Robert lügt?« brauste Habicht auf. »Eine Unerhörtheit! Ich werde über Sie Beschwerde einreichen! Da sitzt mein Sohn, zusammengeschlagen und schwerverletzt, und die Polizei zweifelt seine Aussage an! Das wird ja immer toller in diesem Deutschland!«

»Vater ...« Robert hob begütigend die Hand. »Reg dich nicht auf. Ich lebe noch, den Wagen gibt es noch ... Darüber sollten wir froh sein.« Und zu Reiber gewandt: »Wie geht es nun weiter, Herr Kommissar?«

»Sie kommen morgen ins Kommissariat, und wir protokollieren Ihre Aussage.«

»Mein Sohn Robert wird bis zur völligen Genesung das Haus nicht verlassen!« Habicht zeigte auf den Arzt. »Dr. Heimes wird das attestieren.«

»Aber warum denn, Vater?« Robert nickte Reiber zu. »Es ist doch alles halb so schlimm. Ich bin morgen bei Ihnen, Herr Kommissar.«

Reiber war froh, schnell wieder das Haus Habicht verlassen zu können. Im Wagen sagte sein Begleiter, ein Kriminalobermeister, mit geblähten Backen: »Puh, der Herr Oberregierungsrat war aber in Fahrt. Wenn der über dich eine Beschwerde losläßt ... Das gibt 'ne wüste Schreiberei.«

»Gar nichts wird er tun.« Reiber winkte ab und ließ

den Motor an. »Ich kenne solche Typen. Die gibt's auch bei der Polizei. Die lassen heiße Luft ab und sind hinterher ein schlaffer Ballon. Am besten ist: alles überhören. Das Ohrenschmalz aktivieren, und die Ohren damit verstopfen.«

»Du glaubst diesem Robert Habicht nicht, Peter?«

»Seine Darstellung des Überfalls ist ungewöhnlich. Sie entspricht nicht den Erfahrungen, die wir mit Autodieben haben. Schon gar nicht mit der organisierten Kriminalität.«

»Ein Einzelgänger vielleicht.«

»Der will einen 2 CV klauen, und nebenan stehen die Nobelkarrosen? Das muß ein Schwachsinniger gewesen sein! Und dann auch noch Kung-Fu! Professionelle verschwinden lautlos im Dunkeln. Irgend etwas stimmt da nicht! Wer weiß, was der Junge vertuschen will? Aber warten wir bis morgen. Da quetsche ich ihn aus, ohne Vaters Gegenwart …«

Doch auch am nächsten Tag blieb Robert bei seiner ersten Aussage. Er erschien ohne seinen Vater bei Hauptkommissar Reiber im 13. Dezernat, dafür begleitete ihn Dr. Heimes, der Hausarzt. Reiber war es recht; er hörte sich den medizinischen Bericht und die Aufzählung der Verletzungen an, fertigte das Protokoll an, ließ es unterschreiben und steckte es zwischen zwei Aktendeckel. Dort würde es im Laufe der Jahre verstauben.

»Eins weiß ich jetzt genau«, sagte Reiber, als Robert und Dr. Heimes gegangen waren. »Es war kein Überfall und kein Kung-Fu! Was der Arzt an Verletzungen aufzählte, kann man niemals von einem Kung-Fu-Wurf bekommen. Der Junge ist in eine massive Schlägerei geraten und hat den Überfall als Schutzbehauptung erfunden. Aus Angst vor dem Herrn Papa! Und damit ist für uns die Sache erledigt. Ich ärgere mich nur, daß wir immer wieder mit solchem Mist belästigt werden!«

Der Fall des im Westpark Ost gefundenen ermordeten Polen Karyl Podniewski wurde zu einer Aktenleiche. Es gab nicht die geringsten Hinweise, keinerlei Verdacht, keine Verbindungen. Karyl war ein harmloser Tourist gewesen. Auffällig war nur, daß er auf beste asiatische Weise ermordet worden war, mit einer dünnen Stahlschlinge.

Auch die Nachforschungen in Polen ergaben ein harmloses Bild: Zuletzt wohnhaft in Warka, einer Kleinstadt an der Pilica, südlich von Warschau, von Beruf Apotheker, ledig, nicht vorbestraft, guter Leumund, eigenes Häuschen, unauffällig. Ein biederer Bürger. Daß er heroinsüchtig gewesen war, wußte offenbar niemand.

Warum ermordet man solch einen Menschen mit einer Stahlschlinge?

Kriminaloberrat Wortke flüchtete in eine kühne Erklärung: »Der Mann war 46 Jahre alt, unverheiratet. Er könnte ein Homo gewesen sein ... dann war's ein Schwulenmord.«

»Am hellichten Tag im Westpark Ost? Mit einer Stahlschlinge?«

»Unter den Strichjungen sind viele Asiaten, das wissen wir doch.«

»Mit fällt etwas anderes auf.« Reiber blätterte noch einmal in der Akte, bevor Wortke sie wegschloß.

»Daß er vor seiner Entleibung ein Schweineschnitzel mit grünen Bohnen gegessen hat?« Es war eine typische Wortke-Bemerkung. Der ständige Umgang mit Mördern macht irgendwie zynisch.

»Dieser Karyl war Apotheker.«

»Wäre dir ein Gynäkologe lieber gewesen?«

»Apotheker haben große chemische Kenntnisse ...«

»Du meinst ...«

»Nur ein Gedanke. Drogenhandel über Apotheken, das wäre ein unauffälliger Weg.«

»Womit wir wieder da wären, wo wir neulich waren: Mein Toter ist eigentlich dein Toter. Nimm ihn dir, wenn er in deinen Raster paßt ...«

»Da ist immer noch dieser rätselhafte Anruf, daß Heroin von Polen hereinkommen soll. Und da ist eine neue Organisation, die auf den Markt drängt: die Vietnamesen. Nun kombiniere mal: Da ist ein ermordeter Pole, der auf asiatische Art umgebracht wurde. Und der Tote ist Apotheker. Ergibt das kein Bild?«

»Ein gewagtes, verschwommenes Bild, mein Lieber.«

»Aber immerhin mit Konturen.«

»Und was bringen die?«

»Zusammenhänge.«

»Und wo ist der Knoten?«

»Unbekannt.«

»Gratuliere! Du hast den Fall fast gelöst.« Wortkes Spott traf Reiber nicht. Er wußte, daß keine Gemeinheit dahinter steckte, sondern freundschaftliche Aufmunterung.

»Man sollte seine Apotheke in Warka mal unter die Lupe nehmen.«

»Bravo!«

»Wieso?«

»Daß du den Namen dieses Nests behalten hast. – Was, meinst du, kommt dabei heraus, wenn wir die polnischen Behörden einschalten?«

»Wenig.«

»Also vergiß es. Außerdem wird Heroin nicht im Keller hergestellt, schon gar nicht in Warka, sondern es kommt fertig, mehr oder weniger rein, aus dem Goldenen Dreieck oder aus Kolumbien. Aber wem erzähle ich das!«

»Kokain wäre für einen Apotheker möglich. Und vor allem LSD. Und dann ... Ecstasy.« Reiber schlug sich plötzlich vor die Stirn. »Ich Rindvieh! Daß ich daran nicht sofort gedacht habe! Ecstasy, unsere Modedroge! Der Himmel der Jugendlichen. Der ganz große Hammer der Energiepillen! Ecstasy kann jeder Apotheker herstellen, jeder halbwegs begabte Chemiedilettant! Jeder Laborant kann solch ein Teufelszeug mixen ... Theo ...« Reiber wurde immer aufgeregter und zog die Akte des Ermordeten wieder heran. »Das verschwommene Bild wird klarer: Da kommt ein Apotheker aus Polen nach München und wird umgebracht. Von Asiaten? Geht es hier um Machtkämpfe – Heroin gegen Ecstasy? Wir wissen, daß bestimmte Arten der Ecstasy-Pillen aus Polen stammen. Bisher heimlich, unauffällig, unter der Hand ... Beginnt Ecstasy jetzt, den asiatischen Drogenmarkt zu stören? Mein Gott, wenn das wahr ist ...«

»Was dann?«

»Dann haben wir hier in Kürze einen regelrechten Bandenkrieg, und bei dir stapeln sich die Toten. Da wird es gnadenlos zugehen, da ist eine Stahlschlinge noch das Harmloseste!«

»Und wie packst du die Sache an?« fragte Wortke, obwohl er die Antwort im voraus kannte.

»Wie immer – abwarten!«

»Also alles Scheiße!«

»Die Ecstasy-Szene ist völlig unübersichtlich. Und sie ist weit verzweigt. Es ist die In-Droge der Jugendlichen, zusammen mit der Techno-Musik die große Welle, die in den Discos alles überrollt. Wir haben Ecstasy-Verteiler schon auf Schulhöfen festgenommen, wo sie Probepillen an die Kinder verschenkten, schon von dreizehn Jahren an aufwärts. Und wer solch einen Drops einmal genommen hat, will einen zweiten und dritten, und schon ist er in den Fängen der Abhängigkeit. Das ist die simple Taktik dieser Verteiler: Verschenk drei – und du hast einen neuen festen Kunden!«

»Und weiter?«

»Weiter nichts. Die Aufreißer sind auch Jugendliche, manchmal sogar jünger als ihre Kunden, und damit nicht strafmündig. Sie haben einen festen Wohnsitz – eben das Elternhaus –, die Eltern sind völlig ahnungslos, verdreschen vielleicht ihren Nachwuchs, aber was hilft das? Diese Mini-Gangster schweigen wie ihre großen Kollegen von Mafia und Triaden. Keine Bezugsquellen, keine Namen, keine Adressen, und wenn mal einer auspackt, dann greifen wir auch nur wieder einen Verteiler, der sich in Schweigen hüllt. Und das Scheißspiel fängt von vorne an! An die Lieferanten von Ecstasy, an die Produktionsstätten kommen wir nicht heran. Wir wissen nur eines aus vielen Verhören: Die meisten der Pillen, ganze Wagenladungen, kommen aus Polen und Tschechien. Ein Millionengeschäft. Hundert Tabletten werden auf dem Schwarzmarkt für 7,5 Pfennig pro Stück angeboten und für 43 Pfennig weiterverkauft! Ein Bombengeschäft! Sind die Pillen auch noch mit Heroin oder Speed verschnitten, was vor allem bei polnischer Ware der Fall ist, steigt der Preis enorm. Wir haben geschätzt, daß allein in München jedes Wochenende bis zehntausend Pillen Ecstasy an die jugendliche Kundschaft verkauft werden! Das wäre ein Wochenend-Umsatz von knapp fünftausend Mark! Und bei einem Preis von 43 bis 60 Pfennig pro Stück kann sich das jeder Jugendliche leisten. Dagegen ist Heroin eine Luxusdroge. Da kostet jeder Schuß über hundert Mark! Denken wir also logisch: Der Heroin- und Kokain-Markt schrumpft, der Ecstasy-Markt aber expandiert. Das heißt: Das organisierte Verbrechen muß sich umstellen. Die großen ›Konzerne‹ Mafia und Triaden werden um den neuen Markt kämpfen. Und man wird die bisherigen Lieferanten aus Polen, Tschechien und den Niederlanden liquidieren – wie den lieben Touristen Karyl, den Apotheker aus Warka an der Pilica.«

»Das klingt überzeugend.« Wortke legte seine Faust auf die Akte Podniewski. »Der Junge gehört dir. Wenn du recht hast, müssen wir in der Gerichtsmedizin mehr Kühlboxen anschaffen.«

»Kaum.« Reiber ging auf Wortkes Zynismus ein. »Es werden lauter unbekannte Tote sein. Kein Hinterbliebener wird sich melden.«

»Und du hast wieder die alten Gegner mit neuen Methoden.«

»Das hat auch seine Vorteile.« Reiber ließ sich von Wortke eine Zigarette geben und zündete sie an. »Der jetzige Ecstasy-Markt ist total unübersichtlich. Da kommen die Pillen aus allen möglichen Gegenden herein. Übernehmen allerdings Mafia und Triaden den Markt, wird er straff, ja, geradezu militärisch perfekt organisiert. Dadurch kennen wir unsere Ganoven! Wir können gezielter vorgehen.«

»Dein Optimismus ist unübertroffen.«

»Mein lieber Theo ...« Reiber grinste. »Was wären wir ohne das kleine bißchen Hoffnung? Sie gehört zu unserem täglichen Brot.«

Für Hubert Habicht war nach dem Protokoll auf dem 13. Dezernat der Überfall auf seinen Robert noch längst nicht zu den Akten gelegt. Er nahm die Gelegenheit wahr, nach fast zwanzig Jahren stiller Amtstätigkeit und Unauffälligkeit auf seiner Dienststelle von sich reden zu machen.

Oberregierungsrat Habicht reichte bei seinem vorgesetzten Ministerialdirigenten einen Bericht ein. Titel: »Die Gefährdung der Bevölkerung durch ausländische Kriminalität«. Er schilderte darin nichts Unbekanntes, aber der Umstand, daß der Sohn eines hohen Ministerialbeamten von einem Asiaten überfallen und schwer verletzt worden war, reichte aus, um sich des Falles anzunehmen.

Die Münchner Kriminalpolizei wurde um einen Bericht gebeten, Hubert Habicht schilderte höheren Ortes das »Drama in seinem Haus« und erwähnte dabei – in vorsichtigen Worten natürlich – die Großzügigkeit der deutschen Ausländerpolitik. Die Polizei sei unterbesetzt, unterbezahlt und mangelhaft ausgerüstet, wogegen man für Asylanten zig Millionen von den Steuern abzweige. Das Gleichgewicht sei grob gestört. Eine Frau, die abends allein durch eine Grünanlage gehe, sei schon fast eine halbe Selbstmörderin. Zu schärferen Äußerungen raffte Hubert Habicht sich nicht auf. Ein deutscher Beamter ist bei aller Staatskritik immer noch ein getreuer Diener dieses Staates. Dafür wird man auch mit einer Pension belohnt, die es in keinem anderen Beruf gibt.

Natürlich hatte Habichts Bericht nur den Effekt, daß man auf ihn – für eine kurze Zeit – aufmerksam wurde. Alles, was in seinem Bericht stehe, so teilte man ihm mit, entspräche leider den Tatsachen. Die kenne man genau, sogar höchsten Ortes, aber Gesetzesänderungen bedürften einer parlamentarischen Mehrheit, das wisse er doch auch, und so etwas würde immer an der Opposition scheitern, die grundsätzlich ständig dagegen sei, was die Regierung vorlegte. Das sei im Grunde unlogisch, aber immerhin demokratisch, und man sei nun einmal eine Demokratie, die ein Vorbild sein wolle.

Habicht hatte dagegen nichts einzuwenden. Die Demokratie zu bezweifeln, wäre ein Harakiri-Akt gewesen. Also verließ Habicht seinen Chef mit dem Gefühl, gründlich die Wahrheit gesagt zu haben, ohne das Staatsgefüge zu erschüttern. Sein Sohn Robert war das Opfer seiner Zeit geworden, so sah Hubert es jetzt.

Im Gegensatz zu seinem Vater war Robert froh, daß sehr schnell Gras über die ganze Affäre wuchs. Seine Notlüge hatte keinerlei Folgen, bis auf den fatalen Entschluß, den Habicht gefaßt hatte: Er fuhr ab jetzt seinen Sohn Robert zur Mathe-Nachhilfestunde in die Konstantinstraße und holte ihn nach zwei Stunden wieder ab. Der bisher ahnungslose Freund spielte mit, nachdem Robert ihm gebeichtet hatte, wo er bisher Nachhilfeunterricht genommen hatte.

»Und du hast sie bisher noch nie gebumst?« fragte Gerhard verblüfft.

»Nein. Verdammt, nein!«

»Unbegreiflich. Da angelst du dir eine Bar-Tussi und legst sie nicht um? Du bist nicht normal, Robert! Was willst du denn von ihr?«

»Ich weiß es nicht. Du würdest anders handeln ...«

»Aber so sicher, wie ein Eierkuchen aus Eiern besteht! Ran an die Wäsche und Bajonett gefällt zum Angriff.«

»Sie ist keine Hure!«

»Bist du da so sicher?« Der Freund holte eine Cola mit

Schuß und hielt sie Robert hin. »Robby, mach mal 'ne Probe. Faß sie an die Titten.«

»Ihr seid Schweine! Alle seid ihr Schweine!« Robert stand auf und schob die Cola zur Seite. »Ihr kennt Ulrike nicht, sie ist anders.«

»Etwa 'ne Lesbe?«

»Es hat keinen Sinn, mit dir darüber zu sprechen. Tu mir nur einen Gefallen: Wenn mein Vater dich fragt – ich war immer bei dir.«

»Ehrensache. Aber wenn du 'ne Fünf in Mathe bekommst, bin ich in den Augen deines Vaters mitschuldig.«

»Du kannst immer sagen, ich sei ein Rindvieh in Mathematik.«

»Und bei den Weibern!«

Als Hubert an diesem Abend seinen Sohn wieder abholte, fragte er wie immer: »Na, wie läuft es, Junge?«

»Schlecht, Papa.« Robert starrte auf die nächtliche Straße. Die Fassaden der Häuser schienen ihn anzugrinsen. Jedes Fenster ein Gesicht voller Hohn. »Ich begreife Bachs Fugen, aber keine Mathematik. Ich glaube nicht, daß sich das ändert.«

»Im Willen liegt die Stärke.« Habicht hob die Hand. »Oder volkstümlich: Wo ein Wille ist, da ist auch ein Weg.«

»Das sind Sprüche, Papa.«

»Das sind uralte Weisheiten, Junge. Rüstzeug fürs Leben. Ich habe immer danach gehandelt.«

»Ich möchte nie Oberregierungsrat werden …«

»Das ist bekannt. Deine Mutter sieht dich schon als zweiten Svatoslaw Richter auf dem Konzertpodium. Aber noch ist ja nichts entschieden.«

Robert schwieg. Irrtum, Vater, dachte er und lehnte

sich im Autositz zurück. Vielleicht ist jetzt schon mehr entschieden, als wir alle glauben. Ihr habt nicht gesehen, wie Ulrike neben mir gekniet hat, wie sie mit der Serviette mein Blut zu stillen suchte, wie sie diesen Brunelli angeschrien, wie sie mich in die Arme genommen hat. Das alles habt ihr nicht gesehen.

Ich liebe sie. Das ist das Einzige, was ich von der Zukunft weiß.

Sie sahen sich zehn Tage lang nicht.

Zehn Tage, in denen sich die Blutergüsse an Roberts Körper auflösten, die Schrammen zuheilten, die Schwellungen abklangen.

Zehn Tage, in denen er von seiner Mutter gepflegt wurde, als hätte man ihn zerstückelt. Sie war immer um ihn, rieb ihn mit Heparinsalbe ein, kochte ihm literweise Kakao, den er so gern trank, und wenn er in sanfter Abwehr der mütterlichen Übervorsorge sagte, ihm täte nichts mehr weh, er sei wieder völlig in Ordnung, wehrte sie seinen Protest mit den Worten ab: »Sei still! Eine Mutter sieht, ob ihr Kind krank ist. Und ich sehe, du bist krank.« Es fehlte nur noch, daß sie ihn bei den Mahlzeiten fütterte und ihm den Mund abwischte.

Es waren auch zehn Tage, an denen Robert fleißig Mathe büffelte, weil sein Vater ihn zu seinem Schulfreund brachte, zehn Tage, in denen er bei seinen Klassenkameraden an Achtung gewann, denn mit Kung-Fu war noch keiner von ihnen in Berührung gekommen. Man kannte das nur vom Fernsehen, aus Filmen von Bruce Lee, und daß Robert einen solchen Angriff überlebt hatte, war überhaupt ein Wunder.

Es waren aber vor allem zehn Tage, in denen Robert spürte, wie sehr Ulrike ihm fehlte. Von Tag zu Tag wuchs

seine Unruhe, und seine Phantasien schlugen Purzel-
bäume. Was geschah jetzt mit Ulrike? Was stellte dieser
widerliche Brunelli mit ihr an, nachdem sie ihn angeschrien hatte, daß sie ihn umbringen wolle? Schlug er
sie? Ein Gedanke, der Robert halb verrückt machte. Und
dann immer wieder die Frage: Warum arbeitete Ulrike
in dieser Bar? Warum suchte sie sich keinen anderen
Job? Es gab doch für eine junge Frau so viele Möglichkeiten, sich in anderen Berufen zu bewähren.

Es waren Tage, in denen Robert immer stiller wurde,
sich förmlich in sich selbst verkroch und sich seiner
angsterfüllten Sehnsucht hingab. Für Mutter Gerda war
das ein Beweis, daß ihr Sohn noch immer an den Folgen
des Überfalls litt, und auch Hubert Habicht schloß sich
dieser Meinung an, als man am Abend im Bett darüber
sprach.

»Robert ist eben ein sensibler Junge«, sagte Habicht,
und so etwas wie Bedauern schwang in seiner Stimme
mit. »Er ist eben mehr eine Künstlernatur – leider.«

»Wär' dir ein Boxer lieber?« fragte Gerda spitz.

»Warum immer diese Extreme!« Habicht beschloß,
solche bereits bekannten, unfruchtbaren Diskussionen
mit seiner Frau auch diesmal abzubrechen. »Bei Robert
dauert eben alles etwas länger. Aber dann ist es um so
gründlicher.«

Er sprach damit unbewußt etwas aus, das sich in
naher Zukunft bewahrheiten sollte …

Als sein Gesicht wieder in einem normalen Zustand
war und es keine Hämatome an seinem Körper mehr
gab, besuchte Robert wieder das Prinzregenten-Bad.
Seine große Hoffnung war, Ulrike dort wiederzutreffen.
Wenn es, außer in der Bar, eine Möglichkeit gab, sie zu
sehen, dann hier im Stadion.

Und sie war da!

Sie lag wie bei ihrer ersten Begegnung am Rand des Pools in der Sonne, diesmal in einem roten Tanga mit einem superknappen Oberteil, und ihr Haar leuchtete und glänzte. Sie war so schön, so unsagbar schön.

Robert blieb hinter dem Sprungturm stehen und sah sie lange an. Aber nicht Begehrlichkeit lag in seinem Blick, sondern Bewunderung, so wie man ein Kunstwerk bestaunt. Erst als Ulrike sich aufrichtete und hochsetzte, kam er um sein Versteck herum und ging langsam auf sie zu.

Sie sah ihn kommen, aber sie sprang nicht auf oder winkte ihm, sie gab überhaupt kein Zeichen, daß sie ihn bemerkt hatte. Sie blieb sitzen, bis er vor ihr stand, streckte dann beide Arme nach ihm aus und sagte nur:

»Wie schön, daß du da bist.«

»Wie schön, daß auch du da bist.« Er erkannte seine Stimme kaum wieder, sie hatte einen völlig anderen Klang. Als er sich neben Ulrike setzte, strich sie mit beiden Händen über sein Gesicht und seine Schultern.

»Wie geht es dir?« fragte sie.

»Du siehst, es sind keine Spuren zurückgeblieben.«

»Ich hatte Angst um dich.«

»Und ich um dich.«

Sie schüttelte den Kopf und ließ die Hände in ihren Schoß sinken. Der Tanga war so knapp, daß an den Stoffrändern einzelne Haare ihrer Scham hervorquollen. Robert sah es, als er der Bewegung ihrer Hände folgte.

»Mich faßt niemand an«, sagte sie, bemerkte seinen Blick und zog den Stoff auseinander, um die Löckchen zu verdecken. »Warum bist du nicht gekommen?«

»Wohin?«

»Hierher. Ich habe jeden Tag auf dich gewartet.«

»Das wußte ich nicht. Meine Eltern haben mich wie einen Schwerverletzten behandelt. Kein Schritt ohne Stütze.«

»Du hast gute Eltern, nicht wahr?«

»Zu gut. Manchmal sind sie wie eine Fessel. Aber das ist ja wohl immer so: Man bleibt immer das Kind.«

»Ich weiß es nicht. Ich mußte schon als Kind erwachsen sein.« Sie legte sich wieder auf ihr weiß-gelb gestreiftes Badetuch und schob die Hände unter ihren Nacken. In der Sonne schimmerte ihre Haut, und das schmale Bikini-Oberteil bedeckte gerade die Spitzen ihrer Brüste. »Du hättest anrufen können.«

»Wo denn? In der Bar? Du hast mir nie deine Privatnummer gegeben.«

»Ach Gott, ja. Du kennst sie ja nicht.«

»Ich weiß auch nicht, wo du wohnst. Ich weiß nur, daß du eine Wohnung in Schwabing hast, in der eine Katze mit Namen Lori herumläuft, und daß du einen Fiat Punto fährst.«

»Das ist schon eine Menge.« Sie lachte, und dabei wippten ihre Brüste. »Fügen wir den Rest hinzu: Ich wohne in der Agnesstraße. Zwei Zimmer, Küche, Bad und WC, Blick in den Hinterhof, aber mit Balkon und Morgensonne. Das ist alles.«

»Und Telefon?«

Sie nannte ihm eine Nummer, und er wiederholte sie sechsmal, bis er sie behalten hatte. »Ich habe eben kein Zahlengedächtnis«, sagte er lachend. »Ob du es glaubst oder nicht: Ich könnte dir jetzt die Telefonnummer meiner Eltern nicht sagen. Ich merke sie mir einfach nicht. Aber deine Nummer behalte ich. Ich rufe dich nachher an.«

»Nachher?« erkundigte sie sich lächelnd.

»Während du dich umziehst für diese Mistbar.«

Sie nickte, schloß die Augen und gab sich ganz der Wärme der Sonne hin. Robert saß neben ihr, streichelte sie mit seinen Blicken, und als ihre linke Hand von ihrem Oberschenkel fiel, nahm er sie vorsichtig und legte sie auf seine Knie. Es war eine wohlgeformte schmale Hand mit langgliedrigen Fingern. Die Hand einer Pianistin, dachte Robert verträumt. Wie geschaffen, über die Tastatur zu schweben. Oder wie geschaffen, um zärtlich über einen Körper zu streicheln.

»Ich liebe dich«, sagte er plötzlich.

Sie öffnete die Augen, ohne ihre Haltung zu verändern. »Sag das nie wieder.«

»Ich werde es tausendmal sagen! Ich liebe dich!«

»Das ist der dümmste Satz deines ganzen Lebens.« Sie stützte sich auf den Ellbogen und schüttelte das Haar aus ihrem Gesicht. »So unendlich dumm.«

»Weil du fünfzehn Jahre älter bist als ich?«

»Das ist es nicht.«

»Weil du eine Bardame bist? Weil du ein Leben hinter dir hast, von dem ich gar nichts wissen will? Ich liebe doch nicht die Vergangenheit, ich liebe das Heute und unsere Zukunft.«

»*Unsere* Zukunft? Wo könnte die denn liegen? Ich denke, du bist ein logisch denkender Mensch ... Aber was du jetzt sagst, ist ohne jede Logik.«

»Du liebst mich doch auch ... Du sagst es nur nicht.«

»Ich mag dich, das ist ein großer Unterschied.« Sie setzte sich jetzt auf, griff nach dem neben ihr liegenden breitkrempigen Strohhut und drückte ihn auf ihr Haar. Es war, als wolle sie damit zwischen ihnen eine Distanz schaffen. »Gehen wir eine Cola trinken.«

»Ulrike, ich habe mir in den letzten zehn Tagen vieles überlegt ...«

»Und viel Falsches.« Sie stand auf, faltete ihr Badetuch zusammen und klemmte es unter den Arm. Robert hielt sie fest, als sie sich abwandte und gehen wollte.

»Ulrike, du lügst. Verzeih, aber du lügst ...«

»Warum wollen wir alles komplizieren, Robert? Laß es bleiben, wie es ist.«

»Das ist auf die Dauer kein Zustand.«

»Dauer! Was ist Dauer?« Sie lachte kurz auf, und es klang hart, ein völlig anderes Lachen, als Robert es bisher von ihr gehört hatte. »Dauer ist ein schreckliches Wort. Es klingt nach Fessel! Und ich hasse Fesseln ... Ich bin ein Mensch, der die Freiheit anbetet. Ein Dauerzustand ist für mich nur der Tod.« Sie wandte sich zu ihm um und schüttelte den Kopf. »Sprich nie wieder davon, Robert. Heute ist heute – das ist unsere Zeitspanne. Mehr nicht.«

Nach der Cola hatte Ulrike es eilig, nach Hause zu fahren. Robert brachte sie zu ihrem Wagen, aber als sie schon einsteigen wollte, drehte sie sich noch einmal zu ihm um. Sie gab ihm einen Kuß zwischen die Augen, warf sich dann auf den Sitz, schloß die Tür und fuhr an, obwohl Robert gegen die Scheibe trommelte.

»Ja! Du lügst!« schrie er dem Wagen nach. »Ich weiß, daß du lügst. Ich fühle es! Warum läufst du denn davon?«

An diesem Abend ging er nicht zur Mathe-Nachhilfe. Sein Freund hatte Karten für ein Rockkonzert bekommen und besuchte es mit seiner Freundin Isabelle. »Die Puppe mit dem geilen Arsch«, wie er sie nannte. Es war eine Ausdrucksweise, die Robert zum Kotzen fand.

Gerda Habicht hob wieder den Kopf, als ihr Sohn am Flügel saß und spielte. Hubert Habicht betrachtete unter der Lupe einige neu erworbene Briefmarken.

»Hör dir das an!« sagte Gerda verzückt. »Hör nur ...«

»Ich weiß, er spielt Chopin wie ein junger Beethoven ...«, sagte er gelangweilt

»Er spielt Liszt!« verbesserte sie ihn beleidigt. »So zärtlich habe ich Liszt noch nie gehört.«

»Ist das nun gut oder schlecht?«

»Mit dir kann man über gar nichts reden!« sagte sie abfällig. »Kennst du überhaupt Liszt?«

»Er war der Schwiegervater von Richard Wagner.«

»Na, wenigstens etwas ...«

Sie lehnte sich zurück und lauschte verzückt dem Klavierspiel ihres Sohnes.

Es kam selten vor, daß Franz von Gleichem das Toscana besuchte. Wenn er in der Bar erschien, dann nur, um zu inspizieren, ob alles so ablief, wie er es für seine sämtlichen Lokale angeordnet hatte. Er kam plötzlich, unangemeldet, aber Salvatore Brunelli fürchtete Überraschungen nicht; sein Toscana war ein Musterbetrieb.

Auch an diesem Tag hatte von Gleichem nichts auszusetzen: Die Bar war gut besucht, die Hinterzimmer waren bis auf zwei belegt, aber es war ja noch früh am Abend, kurz nach zehn Uhr.

»Etwas Besonderes?« fragte von Gleichem. Brunelli schüttelte den Kopf.

»Nichts.«

Den Vorfall mit Ullas jugendlichem Liebhaber bewertete er als ein Nichts. Der Junge hatte die Warnung geschluckt, es gab keine Polizeiverhöre, also lag auch keine Anzeige vor. Auch daß eines der Mädchen von einem enttäuschten Kunden verprügelt worden war, betrachtete der Sizilianer nicht als erwähnenswert. So etwas ist nichts Besonderes, sondern Alltag.

Von Gleichem betrat dann auch schnell sein Büro hinter der Bar und ließ Ulrike zu sich rufen. Brunellis warnender Blick begleitete sie bis zur Tür.

»Sie sehen gut aus, Ulla«, sagte von Gleichem, als Ulrike vor dem Schreibtisch Platz nahm. »Sonnengebräunt, vital, jünger, als Sie sind.«

»Komplimente müssen Sie anscheinend noch lernen«, entgegnete sie, aber es klang nicht vorwurfsvoll.

»Sie sehen irgendwie glücklich aus. Sind Sie verliebt?«

»Trauen Sie mir so etwas zu, Herr von Gleichem?«

»Wer kann schon in die Seele einer Frau eindringen?« Er winkte ab und wechselte das Thema. »Es fängt an ... oder besser: Es konzentriert sich.«

»Was?« Ulrike sah ihn verständnislos an.

»Als ich Sie einstellte, sagte ich Ihnen, daß ich Großes mit Ihnen vorhabe. Daß ich an einem Kunstwerk bastle ...«

»Ich erinnere mich. Fast hätte ich es vergessen. Bisher ist ja nichts geschehen.«

»Alles, was wächst, braucht seine bestimmte Zeit. Nun ist alles so weit gereift, daß wir uns an den Blüten erfreuen können.«

»Wollen Sie einen Band mit Gedichten herausbringen?«

»Wir werden morgen abend Besuch von drei Geschäftsfreunden bekommen. Polen. Ich möchte, daß Sie sich besonders um sie kümmern ...«

»Gleich drei auf einmal? Das habe ich noch nicht gemacht ...«

»Ulrike, lassen Sie diesen Spott! Sie sollen die Herren nicht waagerecht bedienen, sondern nur besonders charmant sein. Wenn Sie das können ...«

»Ich werde wie Honig fließen …«

»Die Herren sind sehr wichtig.« Von Gleichem lehnte sich zurück und zündete sich eine Zigarre an. An dem irischen Whiskey, den René ihm vorher gebracht hatte, nippte er nur. »Ich will Ihnen etwas anvertrauen, Ulrike.«

»Warum gerade mir?«

»Weil Sie ein Teufel in Engelsgestalt sind.«

»Das haben Sie auch schon mal gesagt.«

»Es geht um Millionen.«

»Für mich?« fragte sie keck. Noch nahm sie von Gleichem nicht ernst.

»Das ist eine Frage der Prozente.« Er blies aus seiner Zigarre Kringel in die Luft – eine Kunst, die in der Gesellschaft immer bewundert wurde. »Wir haben Krieg.«

»Krieg? Bei uns? Seit wann? In den Nachrichten …«

»Ulrike … ein Krieg im dunkeln. Es gibt auf unserem Arbeitsgebiet zwei große Gruppen, die bei aller Konkurrenz bisher – wenigstens nach außen hin – friedlich miteinander lebten: die italienische Mafia und die chinesischen Triaden. Gestört wird dieser trügerische Burgfrieden seit neuestem durch die Russen, und da gibt es schon eine Reihe von Toten. Nun kommt aber ein vierter Konkurrent hinzu, der den gut aufgeteilten Markt verunsichert mit einer Ware, die man etwas makaber ›volkstümlich‹ nennen kann. Dieser Vierte bin ich.«

Ulrike starrte von Gleichem an und verstand nichts. »Wieso Sie?«

»Zusammen mit polnischen Geschäftsfreunden werden wir das Kunstwerk schaffen, ganze Generationen an uns zu binden. Die Jugend gehört uns.«

»Ich verstehe noch immer nicht.« Ulrike hob die Schultern. »Wer gehört Ihnen?«

»Jeder Jugendliche ab fünfzehn Jahren aufwärts. Sogar noch jüngere ... Und man wird uns dankbar sein, denn wir verteilen Glücksgefühle, Liebessehnsucht, gesteigerte Denkkraft, selige Rauschzustände, schöpferische Impulse. Die Welt und das Weltbild öffnen sich.«

»Das hört sich an, als schwärmten Sie von Kokain.«

»Kokain ist out! Auch das Heroingeschäft wird leiden, und das ist der Krieg, der auf uns zukommt. Wir werden Mafia und Triaden gegen uns haben. Wissen Sie, was das bedeutet?«

»Ich ahne es«, sagte Ulrike leise. »Sie ... Sie haben eine neue Droge?«

»So neu ist sie nicht. In England nehmen sie bereits 500 000 Jugendliche, in Österreich sollen es bisher 70 000 sein, in den USA gehört sie zum Alltagsleben wie Aspirin oder Hustenbonbons. In allen zivilisierten Ländern steigt die Zahl der Verbraucher. Nur der deutsche Markt ist noch ziemlich unterversorgt.«

»Und was ist das für eine Droge?« Heiserkeit lag in Ulrikes Stimme.

»Man nennt sie Ecstasy.«

»Du meine Güte ...«

»Sie kennen sie?«

»Ich habe davon gehört ... in Illustrierten gelesen ...«

»Hier liegt das Geld sprichwörtlich auf der Straße. Und wir müssen jetzt schneller sein als die großen ›Konzerne‹, um den deutschen Markt zu kontrollieren. Noch gibt es keine straffe Organisation. Aber das werden wir ändern durch Zentraleinkauf und Verteilerfilialen. Dazu brauchen wir unsere polnischen Freunde. Aus Polen kommt das beste Ecstasy, das habe ich seit einem halben Jahr an rund sechshundert Verbrauchern getestet.«

»Und was habe ich damit zu tun?« wiederholte sie ihre Frage. Sie begriff noch immer nicht, warum man ihr das erzählte.

Von Gleichem sah sie seinerseits so verwundert an, als begreife nun er nicht, wieso sie eine solche Frage stellen konnte.

»Sie werden sich zunächst um die polnischen Herren kümmern.«

»Das sagten Sie bereits. Nur charmant sein, nicht mit ihnen ins Bett.« Sie verzog die Lippen zu einem spöttischen Lächeln. »Es wird eine Abwehrschlacht werden. Und was weiter?«

»Das Toscana soll zur Zentrale werden. Alle Lieferungen aus Polen, Tschechien, Holland und Ungarn werden hier ankommen. Und von hier aus wird eine gut durchorganisierte Truppe von Verteilern die Pillen an die Interessenten weitergeben. Für die Abrechnungen der Verkäufer brauche ich eine Person, der ich hundertprozentig vertrauen kann, die mich nicht betrügt, die fähig ist, den Außendienst fest in der Hand zu halten – Sie!«

»Das … das ist doch nicht Ihr Ernst?« Sie spürte, wie plötzlich ihre Knie weich wurden und sie Mühe hatte, sich aufrecht zu halten. Sie war bei dem Wort »Sie« aufgesprungen, nun mußte sie sich wieder setzen. Es war ein Hineinfallen in den Sessel. Von Gleichem lächelte verständnisvoll. »Ich kann das doch gar nicht … Und außerdem haben Sie nicht gefragt, ob ich das überhaupt will!«

»Sie wollen, Ulrike.«

»Ich will nicht!«

»Und warum nicht? Mich interessieren Ihre Gründe.«

»Ich will nie etwas mit Rauschgift zu tun haben.«

»Das haben Sie auch nicht.« Von Gleichem lehnte

sich zurück und schüttelte den Kopf, als sei alles ein Mißverständnis. »Ecstasy ist kein Rauschgift.«

»Es ist eine Droge!«

»Das ist Alkohol auch! Und den verkaufen Sie in vielen Variationen jeden Abend literweise. Man könnte argumentieren: Alkohol zerstört die Leber und die Hirnzellen. Sie machen sich also mitschuldig an der Zerstörung menschlicher Körper.«

»Das ist doch Unsinn! Wortklauberei!« Ulrike sprang wieder aus dem Sessel hoch. »Wie können Sie Alkohol mit Ecstasy vergleichen?«

»Ganz einfach: Es ist eine andere Art von Rausch, weiter nichts. Alkohol vernebelt die Sinne, Ecstasy weckt sie zu Hochleistungen. Es wäre eine Streitfrage, was besser ist: Alkoholstumpfsinn oder sprudelndes Lebensgefühl? Was würden Sie vorziehen, Ulrike?«

»Ein normales Leben ohne Drogen.«

»Was ist heute normal?« Von Gleichem winkte ab, als habe Ulrike etwas Superdummes gesagt. »Der heutige Mensch braucht zum Leben die ständige Berieselung seiner Nerven. Disco, Radio, Musik, Fernsehen, Fußballschlachten, plattgehauene Boxernasen, durch die Luft fliegende Tennisspieler, Mord auf der Mattscheibe, je grausamer, um so schöner. Und dann die Kriege und Greueltaten überall auf der Welt, Bombenexplosionen, Killerkommandos, Flugzeugabstürze, Erdbeben. Welch ein Nervenkitzel, wenn man das alles vom sicheren Sessel aus sieht und miterlebt! Wie fad und traurig wäre das Leben, wenn der Mensch nicht solch eine aus den Fugen geratene Bestie wäre!«

»Wenn man Ihnen zuhört, bekommt man eine Gänsehaut. Sie verachten die Menschen!«

»Nein, ich benutze nur ihre Schwächen. Ich will

ihnen nur das geben, was sie glauben, brauchen zu müssen: in unserem Fall Ecstasy.« Von Gleichem beugte sich zu Ulrike über den Schreibtisch. »Sie machen mit?«

»Wieviel Prozent?«

»Ich wußte es: Sie sind der teuflische Engel!«

»Ich will aus dem Sumpf meines Lebens heraus und endlich einmal die Sonne der Unabhängigkeit erleben. Auch der Unabhängigkeit von Ihnen.«

»Zehn Prozent vom Umsatz?« bot er.

»In der Anfangsphase. Dann fünfzehn Prozent!«

»Staffeln wir: Zehn Prozent in den ersten zwei Jahren. Bis zum fünften Jahr zwölf Prozent, ab dem sechsten Jahr fünfzehn. Das ist ein Spitzenangebot.«

»Ich soll also die Dealer heranzüchten?«

»So ist es. Ich besorge – Sie verteilen. Die einfachste Form der Zusammenarbeit.«

»Wobei das ganze Risiko bei mir liegt. Man schnappt immer nur die Dealer, selten die Hintermänner.«

Von Gleichem lehnte sich zufrieden zurück. Aus seinem Schreibtisch holte er eine Kristallkaraffe mit einem fünfzig Jahre alten Cognac, dazu zwei Napoléongläser, in die er das golden schimmernde Getränk einschenkte. Ein Glas schob er zu Ulrike hinüber, das andere nahm er selbst zwischen seine Hände, als wolle er den Cognac anwärmen.

»Nehmen wir an, Sie haben in München einen Wochenumsatz von hunderttausend Mark. Das ist keine Utopie. Mir sind andere Zahlen bekannt. So erreicht Ecstasy zum Beispiel in Chicago einen wöchentlichen Umsatz von über einer Million Mark! Aber München ist nicht Chicago. Bei hunderttausend Mark wäre Ihr Anteil zehntausend Mark, im Monat also vierzigtausend. Bauen wir eine gute Organisation auf, die ganz Bayern umfaßt und sich später auf andere Länder ausweitet, vor allem auf die ›hungrigen‹ neuen Länder Ostdeutschlands, dann braucht man kein Mathematiker zu sein, um auszurechnen, welche Erträge wir einsammeln können. Ihr Unabhängigkeitsziel ist greifbar nahe.«

»Ich klebe mit Ihnen zusammen!«

»Aber nur mit mir! Und das ist keine Abhängigkeit, denn wir sind Partner! So sollten Sie das sehen, Ulrike.«

Sie schwieg. Sie starrte auf das Glas mit Cognac und wagte nicht, die Hand nach ihm auszustrecken. Wenn ich es ergreife, das wußte sie, bedeutet das eine Zusage. Eine Verbindung mit von Gleichem, die nie mehr zu lösen ist. Eine Zusage, die mir den Himmel öffnet, indem ich die Hölle verbreite.

Ecstasy.

Ich werde Generationen verseuchen.

Mit kleinen Pillen, die Hirn, Herz und Leber zerstören.

Mit Pillen, die Glückseligkeit herbeizaubern, die einen schweben lassen, die den Kreislauf hochjubeln, die jede Müdigkeit vertreiben. Pillen, die die Schutzmaßnahmen des Körpers außer Kraft setzen.

Aber man kann damit, wenn die Organisation steht, hunderttausend Mark verdienen. Pro Woche! Das sind vierhunderttausend Mark im Monat. Man kann in drei Monaten Millionär sein! In einem Jahr …

Ulrikes Hand zuckte vor und umfaßte das Cognacglas. Sie hob es von Gleichem entgegen und stieß mit ihm an. Und sie trank es in einem Zug leer.

Mit diesem Schluck hatte sie ihr endgültiges Schicksal bestimmt.

Ein Weg in die Sonne, über zerstörte Körper hinweg …

Und es gab keine Umkehr mehr.

»Ich habe die Möglichkeit, vierzehn Tage durch England zu reisen«, sagte eines Abends Robert zu seinen Eltern. Sie saßen noch am Eßtisch, es hatte Gulasch mit grünen Bandnudeln gegeben, dazu ein Glas alkoholfreies Bier und Mineralwasser, streng natriumarm. Hubert Habicht liebte ein warmes Abendessen, das Mittagessen im ministerialen Restaurant nannte er fade und feldküchenverwandt. Außerdem war es für ihn ein Genuß, mit gefülltem Magen später vor dem Fernseher zu sitzen, die Nachrichten zu sehen und die Meldungen zu kommentieren, was meistens darauf hinauslief, daß er sagte: »Die Welt wird immer verrückter.«

»England?« Habicht hob den Kopf. »Wieso England?«

»Unsere Pfadfindergruppe wird dieses Jahr die Insel besuchen. Im Austausch. Die britischen Kameraden kommen zu uns, wir beziehen ihr Lager. Ich habe mich für die Reise angemeldet. Wir werden in Zeltlagern wohnen. Es ist auch ein Kulturaustausch.«

Kultur war für Habicht einer der Begriffe, bei denen er besonders aufmerksam wurde. Kultur – sie hebt den Menschen vom Tier ab. Ein Tier kann denken, sogar logisch denken, es hat Gefühle, empfindet Schmerz und Freude, entwickelt Charakter und sogar schöpferische Phantasie. Aber nur der Mensch ist fähig, Kultur zu schaffen, was auch immer unter diesem Wort verstanden werden mag.

»Eine gute Idee.« Habicht warf einen schnellen Blick auf die Uhr. Kurz vor zehn … Gleich begannen die Abendnachrichten im Fernsehen. Es war Zeit, ins Wohnzimmer zu gehen. »Wann soll es denn losgehen?« fragte er, indem er aufstand.

»Am kommenden Sonntag.«

»Kosten?«

»Wir rechnen mit rund fünfhundert Mark.«

»Sauber, sauber! Die Väter deiner Pfadfindergruppe scheinen alles Millionäre zu sein. Ich bin nur ein kleiner Staatsbeamter ...«

Habicht ging ins Wohnzimmer, setzte sich in den Ohrensessel, der nur ihm vorbehalten war, und knipste den Fernseher an. Robert nahm neben ihm auf der Couch Platz.

»Ein Glück, daß wir so sparsam sind«, sagte Habicht. »Ich hebe morgen das Geld vom Konto ab.«

»Danke, Papa.«

Die Nachrichten begannen. Überall Terror, Kriege, Tote, Bombenanschläge, Demonstrationen, Politiker-Blaba, Gewalt, Morde, Krisen, Drohungen ... Ein Wunder, daß diese Welt nicht explodierte.

»Es heißt immer, der Mensch sei die Krone der Schöpfung«, philosophierte Habicht bitter. »Nein! Er ist eine Mißgeburt der Schöpfung.«

»Und trotzdem ist das Leben schön.«

»Ja. Das ist es ja.« Habicht sah seinen Sohn Robert an. »Wir belügen uns selbst und machen diese Lüge zum Lebenssinn. Wie könnten wir sonst überleben? Mein Junge, du weißt nicht, was dir noch alles im Leben bevorsteht. Du fährst nach Großbritannien, und im irischen Teil zerfleischen sie sich in einem Religionskrieg. Ein Religionskrieg in unserem Jahrhundert! Widersinniger geht es nicht!«

Es wurde nach den Nachrichten noch lange über den Irrsinn in der Welt debattiert; Robert hörte nur halb zu und überließ seinem Vater den großen weltpolitischen Monolog. Er dachte immer nur: Ich habe das Geld, ich kann mir zehn Tage Freiheit erobern. Das war eine gute Idee, diese Englandreise.

Am Sonntag brachte Habicht seinen Sohn Robert bis zum Hauptbahnhof, gab ihm noch einige väterliche Ratschläge mit auf die Reise und sah ihm nach, wie er in der Bahnhofshalle verschwand. Dann fuhr er nach Hause zurück, machte einen Umweg über einen Biergarten und trank ein Glas Pils. Es war ein warmer, sonniger Vormittag, an dem ein echter Bayer nicht an einem Biergarten vorbeigehen kann.

Robert wartete in der Bahnhofshalle eine halbe Stunde, um ganz sicher zu sein, daß sein Vater weggefahren war. Er trank einen Schokoladen-Milch-Shake, schulterte dann seinen Rucksack, nahm ein Taxi und fuhr nach Schwabing in die Agnesstraße.

Das Haus, in dem Ulrike wohnte, war ein Gebäude aus der Jahrhundertwende, das eine Restaurierung dringend notwendig hatte. Auf der Klingeltafel fand er den Namen Sperling. Viertes Stockwerk. Die Haustür war nur angelehnt. Robert betrat den weiträumigen Eingangsflur. Es gab keinen Lift, nur eine breite Holztreppe führte nach oben. Die alten blankgescheuerten Stufen knarrten, als er langsam hinaufstieg.

An der geschnitzten, alten schweren Eichentür im vierten Stockwerk sah er dann das ovale Messingschild mit Ulrikes Namen. Bevor er auf den Klingelknopf drückte, blickte er erst auf seine Uhr.

Sieben Minuten vor halb elf.

Durch die Tür hörte Robert das Klingelsignal. Es war ein harmonischer Dreiklang, kein schrilles Läuten. Er wartete, aber nichts in der Wohnung rührte sich. Noch dreimal drückte er auf den Knopf, ehe er ein Geräusch im Inneren der Wohnung zu hören glaubte. Beim fünften Dreiklang der Glocke hörte er endlich hinter der Tür Ulrikes Stimme.

»Wer ist da?«

»Ich«, antwortete Robert.

»Wer ist ich?«

»Robert ...«

Stille, nur zwei Sekunden lang, aber für ihn eine unendliche Stille. Dann wieder Ulrikes Stimme, ungläubig und mit einem Unterton des Erschreckens: »Du?«

»Ja. Machst du auf?«

Ein Schlüssel drehte sich im Schloß, ein Riegel glitt zur Seite, die Tür öffnete sich. Und dann sahen sie sich an und sprachen kein Wort.

Ulrike trug nur einen knappen Slip und darüber einen durchsichtigen Morgenmantel, ein Hauch von Stoff, der ihren sonst nackten Körper durchschimmern ließ. Zum erstenmal sah Robert ihre unverhüllten nackten Brüste, und eine Erinnerung stieg jäh in ihm auf an jenen Morgen, an dem er daheim ins Badezimmer gekommen war, dessen Tür nur angelehnt gewesen war, und er seine Mutter unter der Dusche hatte stehen sehen, seitlich ihm zugewandt, eine schöne Frau in wasserglänzender Nacktheit, die sich unter den warmen Strahlen drehte. Ein Anblick, von dem Robert sich mit Gewalt losreißen mußte, um leise die Tür wieder zu schließen. Damals war er über sein Gefühl so verwirrt gewesen, daß er am Frühstückstisch kaum ein Wort hervorbrachte und jeden Bissen mehrmals im Mund umdrehen mußte, ehe er ihn hinunterschlucken konnte. Seine Mutter, die ihm jetzt angekleidet gegenübersaß, verwirrte ihn plötzlich. Sie hatte einen Teil ihrer Mütterlichkeit verloren. Wenn Robert sie anblickte, sah er immer nur die schöne nackte Frau in der Dusche.

Das wiederholte sich jetzt bei Ulrikes Anblick. Robert spürte, wie seine Kehle plötzlich austrocknete.

»Darf ... darf ich eintreten?«

»Aber ja. Komm herein.«

Ulrike trat zur Seite, gab die Tür frei und warf sie hinter ihm wieder zu. Der Sicherheitsriegel ratschte in den Bügel. Robert streifte seinen Rucksack von den Schultern und ließ ihn auf den Boden fallen. Ein Parkettboden, auf dem ein kleiner Perserteppich lag. Es war eine kleine Diele mit einer eingebauten Garderobe und einem körperhohen Spiegel. Eine Kassettentür führte offensichtlich in das Gäste-WC.

»Was ... was willst du hier?« fragte Ulrike und stieß die Tür zum Wohnzimmer auf.

Robert ging an ihr vorbei ins Zimmer und schleifte den Rucksack hinter sich her.

»Ich bin in England ...«

»Wie soll ich das verstehen?«

»Ich bin offiziell in England. Zehn Tage lang, mit einer Pfadfindergruppe. Zehn Tage, Ulrike! Wir haben zehn Tage für uns ...«

»Heißt das, du willst zehn Tage bei mir bleiben?«

»So habe ich mir das gedacht.« Er ließ den Rucksack los, setzte sich in eine Ecke der Wohnlandschaft, eine Rundkonstruktion aus blaßrosa Leder auf einem dunkelroten großen Afghanteppich. Darauf standen ein breiter Glastisch auf weißen Marmorsäulen und zwei Stehlampen, sogenannte Deckenfluter, die abends ein weiches, indirektes Licht über die Decke streuten. An der Längswand befand sich ein geschnitzter Eichenschrank mit einem Fernsehfach. Die Gardinen an den beiden Fenstern waren gerafft und aus gelber Seide. »Schön hast du es hier. Nach deiner Schilderung hatte ich es mir anders vorgestellt.«

»Primitiver?«

»Einfacher.«

»Es ist eine Eigentumswohnung. Ich habe sie mir damals als ... Tänzerin gekauft. Damals konnte man so etwas noch bezahlen.« Ulrike blieb in ihrer kaum verhüllten Nacktheit vor ihm stehen und blickte auf ihn hinunter. »Was hast du dir eigentlich dabei gedacht, hierher zu kommen?«

»Ich habe mir gedacht, zehn Tage aus meiner Welt auszubrechen. Zehn Tage bei dir ... Mehr habe ich eigentlich nicht gedacht.«

»Und wenn man erfährt, daß du nicht in England, sondern bei mir bist?«

»Wie soll man das erfahren?«

»Ich könnte ja Besuch bekommen.«

»Erwartest du Besuch?«

»Nein. Aber ...«

»Wir sollten das Wort ›aber‹ aus unserem Vokabular streichen.« Robert lehnte sich in das Lederpolster zurück und umfaßte Ulrike mit einem langen Blick. »Du siehst wundervoll aus ...«

Als habe er etwas Frivoles gesagt, raffte sie den Morgenmantel zusammen. Es nützte nichts, der schleierartige Stoff konnte nichts verbergen. Sie schüttelte den Kopf, verließ das Zimmer durch eine andere Tür, die wohl in das Schlafzimmer führte, und kam nach wenigen Minuten in Rock und Bluse zurück.

Robert hatte diese Minuten genutzt und sich in der Wohnung umgesehen. Vom Wohnzimmer führte eine zweite Tür in die Küche, eine moderne Küche mit allen elektrischen Geräten, sogar einem Mikrowellenherd, besser eingerichtet als die Küche im Haus der Habichts. Vor einem Foto in einem Mahagonirahmen blieb Robert stehen. Es zeigte einen sportlich wirkenden Mann mit angegrauten Schläfen, der in die Kamera lächelte. Er trug eine weiße Jacke, ein offenes gelbes Hemd und sah verdammt gut aus. Als Robert hörte, daß Ulrike zurückgekommen war, nahm er das Bild von der Wand.

»Wer ist das?« fragte er.

»Ich könnte sagen: mein Onkel. Aber das ist er nicht. Er ist ein Bekannter.«

»Ein Liebhaber von dir?«

»Robert, ich bin eine Frau von dreiunddreißig Jahren mit einem Vorleben.«

»Ein Vorleben, das wir streichen wollen, streichen mit allen Erinnerungen. Auch dieser Mann hier ist gestrichen.« Er zog eine Schublade des Eichenschrankes auf und warf das Bild hinein. »Ab heute ist alles anders.«

»Für zehn Tage.« Ulrikes Stimme klang spöttisch und abweisend zugleich. »Du hättest doch nach England fahren sollen!«

»Du freust dich nicht, daß ich zu dir gekommen bin?«

»Natürlich freue ich mich ... Nur solche Überraschungen liebe ich nicht.« Und ganz bewußt sagte sie dann: »Ich hätte ja nicht allein sein können ...«

Er schüttelte den Kopf und ging zur Sitzecke zurück. »Ich möchte nicht, daß du so redest. Du bist für mich Ulrike ... und nicht Ulla, die Vergangenheit.«

»Ich bin jede Nacht Ulla hinter der Bartheke.«

»Das ist ein Beruf, der aufhört, wenn du das Toscana verlassen hast. Wenn du durch diese Tür hier kommst, bist du Ulrike. So will ich das sehen.«

Es hatte keinen Sinn, mit Robert darüber zu diskutieren. Ulrike sah es ein und fügte sich. Was sollte sie in diesen Augenblicken auch sonst tun? »Hast du gefrühstückt?« fragte sie. Es klang ein wenig hilflos.

»Ja, danke. Und du?«

»Ich nicht. Du hast mich ja erst geweckt. Ich schlafe sonst bis elf. Heute war es besonders spät geworden in der Bar. Bis vier Uhr! Wir hatten Gäste aus Polen. Die können saufen bis zum Umfallen. Immer noch einen Wodka mehr. Salvatore hat sie dann mit zwei Taxis in ihr Hotel bringen lassen. Und jetzt bist du da.«

Sie ging in die Küche, und Robert hörte, wie sie mit dem Geschirr klapperte. Dann brutzelte etwas in der Pfanne. Spiegeleier, Robert roch es ganz deutlich, und dazu Speck oder Schinken. Er nahm seinen Rucksack vom Teppich und trug ihn zum Schlafzimmer hinüber. Ein breites Doppelbett mit einem blauen Tüllhimmel beherrschte den Raum. Eine ganze Wand bestand nur aus Spiegelschränken, in denen man sich, im Bett liegend, sehen konnte, und als Robert sich auf die Bettkante setzte, das zerwühlte, noch von ihrer Körperwärme vollgesogene Daunenplumeau zur Seite schob, stellte er sich vor, wie erregend der Anblick sein mußte, zwei Menschen beim Liebesspiel in dieser Spiegelwand zu beobachten.

Aber auch ein anderer Gedanke war da: Was hatte dieser Spiegel alles zurückgeworfen an Leidenschaft und Ekstase, an Zärtlichkeit und Erfüllung in all den Jahren, die Ulrike in diesem Bett gelegen hatte. Robert starrte sich im Spiegel an, warf sich auf den Rücken, streckte beide Beine hoch in die Luft und verfolgte dieses Spiel auf der großen glänzenden Fläche.

So bemerkte er erst nach einer Weile, daß Ulrike in der Tür stand und ihm zusah. Er setzte sich wieder auf und legte beide Hände auf seine Knie.

»Ja, so ist das!« sagte sie in provozierendem Ton. »Ich liebe Spiegel. Ich sehe mir gern selbst zu. Ich liebe meinen Körper. Ich könnte ihm dauernd zusehen, jede Bewegung betrachten, vom Heben des kleinen Fingers bis zum Berühren der Zehen. Vor einem Spiegel kann ich glücklich sein.«

»Auch zu zweit ...«

»Auch das!« Sie nickte zum Wohnzimmer hin. »Das Frühstück ist fertig.«

Robert stemmte sich vom Bett hoch und ging ihr nach. Über den Glastisch hatte sie eine violette Decke gebreitet, und darauf standen Tassen, Teller, die Kaffeekanne, ein Tablett mit Spiegeleiern und Räucherspeck, zwei Gläser mit Orangensaft, eine Platte mit aufgeschnittener Wurst – Zungenwurst, Salami, geräucherte Mettwurst und einer Diätwurst aus Putenfleisch, dazu zwei geviertelte kalte Eier, sicherlich vom Vortag.

Robert setzte sich auf die Couch.

»Ich habe keinen Hunger«, sagte er gepreßt.

»Aber ich. Und was für einen! Doch eine Tasse Kaffee trinkst du doch mit?« Ulrike setzte sich ihm gegenüber, goß den Kaffee ein, gab ein Spiegelei auf ihren Teller und begann zu essen. Robert sah ihr stumm zu, und als sie das Brötchen gegessen hatte, fragte er:

»Wo kann ich meinen Rucksack auspacken?«

»Im Schlafzimmer. Hinter der Schranktür ganz rechts ist alles frei.«

»Für Gäste.« Es klang bitter.

Sie nickte und griff nach einer Scheibe Putenwurst. »Du hast es erraten. Ich glaube, es hängt noch ein Herrenbademantel darin. Schieb ihn zur Seite.«

»Ich werde ihn zerfetzen!«

»Wenn es dir Spaß macht! Ich weiß sowieso nicht, wer ihn dort vergessen hat. Der Mantel hängt schon lange da.«

Sie frühstückte weiter, als er ins Schlafzimmer zurückkehrte, seinen Rucksack aufschnürte, die Schranktür aufriß, den Bademantel zur Seite schleuderte und seine Sachen hineinhängte. Es war nicht viel, was ein Pfadfinder braucht: ein Trainingsanzug, Unterwäsche, Socken zum Wechseln, zwei Hemden, ein Paar Schuhe, eine Hose, eine Jacke, Rasierzeug, eine Haarbürste – und eine Mundharmonika. Da seine Mutter ihm beim Packen geholfen hatte, mußte Robert sie mitnehmen; sie gehörte zur Ausrüstung. Es war üblich, daß abends vor den Zelten und um das Lagerfeuer herum musiziert und gesungen wurde. Einige seiner Kameraden brachten Gitarren und Lauten mit, einer sogar eine Trommel, und es waren immer schöne Abende gewesen, mit fröhlicher Musik unter dem Nachthimmel.

Als Robert zurückkam, saß Ulrike weit zurückgelehnt im Sessel und rauchte eine Zigarette. »Jetzt ist dein Kaffee kalt«, sagte sie. »Ich hol' dir eine neue Tasse.«

»Nicht nötig.«

Sie blieb sitzen, blies den Rauch gegen die Decke und schloß für einen Moment die Augen. »Und wie soll es weitergehen?« fragte sie. Eine Antwort darauf wußte sie selbst nicht. Ich habe jetzt einen Jungen hier sitzen, dachte sie, der ein Mann sein will. Er hat mit Sicherheit noch nie eine Frau berührt, aber seine ganze Sehnsucht vibriert dem Augenblick entgegen, zum erstenmal den Himmel aufbrechen zu sehen. Welch eine verrückte Situation! Er hätte darüber mit seinem Vater sprechen sollen. Ich kenne moderne Väter, die mit ihrem Sohn in ein Bordell gehen und sagen: »Nun lern mal schön!« und lassen dafür fünfhundert Mark springen. Hat denn nie ein Mädchen aus seiner Umgebung versucht, ihm ihre

Reize anzubieten? Zum Teufel, da sitzt er und starrt mich an wie ein Raubtier hinter Gittern. Daß es so etwas noch gibt – ein erwachsener Junge, der noch nie versucht hat, ein Mädchen auf den Rücken zu legen! In welcher Welt hat er denn bisher gelebt? Sohn eines Oberregierungsrates ... Auch dort bringt die Kinder doch nicht der Klapperstorch!

Ulrike versuchte, sich die Familie Habicht vorzustellen. Superbürgerlich und verklemmt, wenn man nur an den unteren Körperteil dachte. Erotik, was ist das? Sex ist absolute Schweinerei, Porno ein reines Teufelszeug. Bumsen? Nur mit Ehering und zum Zweck der Kinderzeugung. Getreu der katholischen Maxime: Lustempfinden ist pervers, und Perversität ist eine Sünde. Sünde ist überhaupt alles, was Freude am Körper weckt. Und keiner erinnert den Pfarrer daran, daß Jesus' Freundin Maria Magdalena eine Hure war. Ist Robert so erzogen worden? Welch ein armer Junge ...

»Ich bin hier ...«, hörte sie ihn sagen. »Und ich bin glücklich. Ich liebe dich.«

»Du weißt ja gar nicht, was Liebe ist.«

»Ich weiß es.« Er griff nach der Tasse mit dem kalten Kaffee und trank einen Schluck. »Liebe ist das Wissen, daß zwei Menschen zueinander gehören, daß sie füreinander geboren wurden. Daß sie ein gemeinsames Schicksal haben.«

»Der Abiturient als Philosoph!« Sie lachte etwas gequält. »Alles, was du sagst, paßt nicht zu uns.«

»Doch. Es paßt! Du weißt es nur noch nicht ...«

Es wurde ein Tag, bei dem die Stunden zäh dahintropften. Ulrike fuhr mit Robert an den Tegernsee. In einem Waldrestaurant aßen sie und machten dann eine Schiffsrundfahrt am Malerwinkel vorbei und nach Bad

Wiessee. Am Abend fuhren sie nach Schwabing zurück, und Ulrike zog sich um. Das tief ausgeschnittene enge Kleid, das Make-up, das ihr Gesicht verfremdete, die hohen Stöckelschuhe, die ihre Beine noch länger erscheinen ließen, als sie schon waren ... Robert sah ihr stumm zu.

»Deine Abende bei mir werden dir langweilig werden«, sagte sie nach ihrer Verwandlung in Ulla. »Ich kann mir keine zehn Tage freigeben lassen. Ich muß Geld verdienen. Ich bin darauf angewiesen. Ich habe keinen Papa, der mich ernährt.«

»Ich werde fernsehen und auf dich warten. Der Tag gehört uns.«

»Ein halber Tag.«

»Genug, um glücklich zu sein.«

Sie ging. In der Diele aber rief sie noch ins Wohnzimmer zurück: »Wenn du Hunger hast – im Kühlschrank ist alles, was du brauchst.« Dann fiel die Tür zu.

Roberts erster »Englandtag« war vorüber, aber er war mit ihm zufrieden. Er lebte bei Ulrike, sie hatte ihn nicht hinausgeworfen, und ihm blieb die Hoffnung, daß sich in den kommenden neun Tagen ein neues unbekanntes Leben für ihn entwickeln konnte.

Bis gegen ein Uhr morgens blieb Robert vor dem Fernseher sitzen, zog sich dann aus und legte sich in das große Bett unter dem Tüllhimmel. Überall roch er Ulrikes Parfüm, die Kopfkissen waren wie getränkt damit, und er vergrub sein Gesicht in den Kissen, warf sich später auf den Rücken, betrachtete seinen nackten Körper in der Spiegelwand und deckte sich schnell wieder zu, weil er an Ulrike denken mußte und sein Geschlecht darauf reagierte.

Als Ulrike gegen drei Uhr nach Hause kam, schlief er

fest und nahm ihr Kommen nicht wahr. Auch als sie neben ihn unter die Daunendecke schlüpfte, schlief er weiter und merkte nicht, wie sie die Decke vorsichtig von ihm schob und seinen nackten Körper betrachtete. Sie saß eine Weile neben ihm, streckte die Hand aus und fuhr über die Konturen seines Leibes. Mit einem Seufzer drehte sie sich dann von ihm weg und löschte das schwache Licht der Nachttischlampe.

Wer wußte, was sie in diesem Augenblick dachte ...

Peter Reiber hatte seine Mitarbeiter vom 13. Dezernat zur täglichen Morgenbesprechung um sich versammelt.

Dieser Morgenvortrag war ein wichtiger Teil der kriminalistischen Arbeit. Es wurde nicht nur ein Rückblick gehalten, sondern neue Erkenntnisse, Ergebnisse und kommende Ermittlungstaktiken kamen zur Sprache, Einsätze wurden diskutiert, die Berichte der verdeckten Ermittler ausgewertet und zu einem Überblick zusammengefaßt.

An diesem Morgen konnte der Kriminalhauptkommissar mit einer Neuigkeit aufwarten. Er knallte einen noch dünnen Aktenordner auf den Tisch, was für alle Anwesenden bedeutete, daß etwas Unangenehmes zur Sprache kommen würde.

Reiber begann ohne Umschweife.

»Nach den letzten Beobachtungen der Szene scheint es so, als mache sich eine neue Gruppe der organisierten Kriminalität in München breit. Ich hatte es bei der letzten Besprechung schon angedeutet: Ecstasy. Gestern nacht sind drei Mädchen im Alter von fünfzehn und siebzehn Jahren und drei Jungen im Alter von achtzehn bis neunzehn Jahren in völlig desolatem Zustand aufgegriffen und auf die Polizeiwachen gebracht worden. Sie waren total high, voller Wahnvorstellungen, die wir früher nur von LSD-Süchtigen kannten. Diese Mode-drogen-Welle ist vorbei, dachten wir in den letzten Jahren, weil LSD kaum noch verbraucht wurde und die Szene sich auf Hasch, Kokain und vor allem Heroin umstellte. Auch jetzt ist es kein LSD, sondern es sind kleine Pillen, die man Ecstasy getauft hat, weil sie einen User – so nennen sich die Konsumenten – in Ekstase versetzen, einen Rauschzustand, der vom Gehirn aus nicht mehr kontrolliert werden kann, weil das Hirn durch die Droge umfunktioniert worden ist. Ich habe Ihnen bei unserer letzten Besprechung geschildert, daß diese Pillen im Vergleich zu einem Heroinschuß so billig sind, daß jeder Jugendliche sie von seinem Taschengeld problemlos bezahlen kann. Und vor allem Jugendliche sind es, die sich diese angeblich harmlosen Pillen einwerfen. Eine Razzia in vier In-Lokalen der Techno-Szene hat ergeben: Neunzig Prozent der Jugendlichen hatten Ecstasy geschluckt, beschlagnahmt wurden 1200 Pillen! Die Dealer wurden verhaftet, aber schweigen natürlich wie die Fische. Doch die Tatsache, daß plötzlich in der Techno-Szene so viel Ecstasy auftaucht, weist darauf hin, daß eine organisierte Verteilertruppe aufgebaut ist oder wird. Klar ausgedrückt: Wir haben es mit einer neuen hochkriminellen Gruppe zu tun. Alarmierend dabei ist, daß einer der festgenommenen Dealer ein Pole ist.«

»Wie der Tote im Westpark Ost.« Ein junger Kriminalbeamter hob die Hand. »Weiß man inzwischen mehr über den Mord?«

»Nichts Neues. Er war Apotheker, aber das ist ja längst bekannt. Nach den neuesten Erkenntnissen sollen die Ecstasy-Pillen aus Polen kommen, aber der Lieferant ist niemals der Verteiler. Da etabliert sich eine neue Bande.«

»Eine Ecstasy-Mafia?«

»So weit möchte ich noch nicht denken. Ich glaube vielmehr an eine Art ›Familienunternehmen‹. An eine völlig harmlos aussehende Zentrale, die ebenso harmlos aussehende Verteiler losschickt. Junge Männer und Frauen, die im Betrieb der Techno-Szene gar nicht auffallen. Ein Opa, und das ist man ja bei diesen Jungen schon mit 25 Jahren, wäre ein Fremdkörper. Und das macht die Ermittlungen so schwer. Wenn wir in einer dieser verrückten Discos erscheinen, geht sofort alles in volle Deckung. Und fünfzehnjährige Kriminalbeamte gibt es nun einmal nicht.«

»Man sollte diesen Jahrgang als Vertrauensleute einschleusen«, warf einer der Beamten ein. Peter Reiber winkte fast entsetzt ab.

»Du lieber Himmel, was reden Sie da! Wenn man schon einen Lauschangriff verbietet, weil es gegen das Grundgesetz ist, wie wollen Sie dann durchsetzen, daß man Jugendliche als verdeckte Ermittler einsetzt? Das hieße, das ganze Jugendschutzgesetz umwerfen.«

»Aber es geschieht doch zum Schutz der Jugend.«

»Erklären Sie das mal einem Politiker! Die verteidigen jeden Paragraphen wie ihren eigenen Schwanz.«

»So sollte mal einer in Bonn reden, Herr Hauptkommissar.«

»Auch das brächte nichts als eine Abmahnung. Wir hier müssen andere Wege finden, die auch in den Augen der Politiker legal sind. Und legal ist – nach interner Auffassung – alles, was nicht auffällt. Da sind auch Steuerhinterziehungen straffrei und legal, wenn man damit einen Minister schützt.« Reiber blies die Backen auf und sah sich im Kreise um. »Wer hat einen Vorschlag zur Sache?«

Natürlich hatte keiner einen Vorschlag. Jeder in diesem Raum kannte die Probleme der Polizei zu genau, um Sinnloses zu unterbreiten, sinnlos insofern, als für eine Aufrüstung der Polizei auf das Niveau der Mafia kein Geld zur Verfügung stand oder die Angst der Politiker vor Menschenrechtsdebatten alle Neuerungen abwürgte. Für die Bekämpfung der aus Rumänen, Jugoslawen, Kosovo-Albanern, Vietnamesen, Ghanaer, Polen, Russen, Libanesen, Kurden, Chinesen oder Südamerikanern bestehenden Banden blieben die Regierungskassen verschlossen. Die erschreckende Folge: Fast 73 Prozent aller in der Bundesrepublik begangenen Straftaten wurden von ausländischen Kriminellen verübt.

Peter Reiber wartete, ob sich jemand mit einem Vorschlag meldete, zuckte dann mit den Schultern und schlug die vor ihm liegende Akte auf. Jetzt kommen seine berühmten Statistiken ... Die Beamten des Dezernats wappneten sich mit Geduld. Aber was sie heute hörten, war kein totes Zahlenmaterial, sondern ein erschreckendes Kapitel deutscher Polizeigeschichte.

»Mir liegen hier die neuesten Zahlen unserer Polizeikollegen aus Berlin vor«, sagte Reiber in dozierendem Ton, »und die Zahlen sind insofern interessant, da wir sie mit unserer Situation hier in München vergleichen können. Vorweg: So wie in Berlin sehen mehr oder minder auch die Probleme in anderen Bundesländern und Großstädten aus, wie wir gleich erkennen werden. Die Berliner Polizei hat einen Personalbestand von 19 300 Kriminalbeamten und Schutzpolizei. Hinzu kommen rund 11 000 Verwaltungsangestellte, also zusammen rund 30 000 Beschäftigte, davon 21,7 Prozent

Frauen. Diese Truppe besitzt 1231 Personenwagen, der größte Teil überaltert, es sind sogar über 450 Ladas aus DDR-Beständen darunter. Hinzu kommen 1142 Minibusse, Mannschaftswagen und sonstige Fahrzeuge. 246 Motorräder sind im Einsatz, 63 Pferde und 30 Fahrräder.«

Ein Glucksen ging durch die Versammlung, aber Reiber winkte energisch ab.

»Lachen Sie nicht! Während die Gangster mit modernsten Autos, Funkanlagen, Handys und sogar Nachtsichtanlagen herumfahren, zockeln wir in Berlin mit uralten Ladas hinter ihnen her. Das ist nicht zum Lachen, das ist zum Weinen! Aber weiter: Für den gesamten Verwaltungsaufwand der größten deutschen Stadt und zukünftigen Metropole, also auch für Einsatzplanung, Ermittlung, Erkennungsdienst und Datenverarbeitung stehen der Berliner Polizei ganze 400 Computer zur Verfügung. 400 Computer – weniger, als sie heute jeder Großbetrieb in den Büros stehen hat! Ich wette, daß die Finanzämter damit besser ausgerüstet sind als die Polizei!«

»Wette im voraus gewonnen!« rief einer der Beamten. Das kurze Lachen nutzte Reiber, um in seiner Akte zu blättern.

»Das war Berlin. Wir alle wissen, daß es hier in München etwas anders aussieht, aber durchaus nicht zufriedenstellend und schon gar nicht bedarfsdeckend. Gut, wir fahren keine Ladas, sondern gute BMWs, wir haben auch mehr als 30 Fahrräder ...« Wieder Lachen und sogar Händeklatschen. »Aber gegen die organisierte Kriminalität sind wir wie ein Hüftlahmer gegen einen Sprinter. Die Mafia – nehmen wir den Namen als Sammelbegriff für all diese Banden – ist uns immer voraus.

Trotz unserer verdeckten Ermittler und V-Männer kommen wir meistens erst dann zum Zug, wenn die Tat geschehen ist. Wir sind eine Art Müllmänner, die in den Schäden herumwühlen. Von einer Tatvereitelung ist kaum die Rede ... siehe Verbot des Lauschangriffs! Und damit wären wir bei einem brennenden Problem, vor dem nicht nur die Berliner Kollegen hilflos dastehen, sondern auch wir hier in München: das alarmierende Anwachsen der Jugendkriminalität!« Reiber hielt einige Blätter aus seiner Akte hoch. »Ich habe mir Zahlenmaterial unserer anderen Dezernate geben lassen. Nachdem ich es gelesen habe, kann ich verstehen, daß man im Präsidium nur sehr zögernd solche Informationen an die Öffentlichkeit geben will.«

Reiber räusperte sich und holte tief Atem. »Im vergangenen Jahr stieg die Jugendkriminalität um über fünfzig Prozent an. Tendenz in diesem Jahr: steigend! Dabei handelt es sich nicht um Bagatellfälle wie Fahrraddiebstahl oder einfacher Diebstahl. Die Skala reicht vom Einbruch über Raubüberfall bis zur schweren Körperverletzung. Dazu werden Eisenstangen, Baseballschläger, große Schraubenschlüssel, Fahrradketten, Schlagringe, ja, sogar Betonpfähle benutzt. Über die Hälfte der Raubüberfälle auf unseren Straßen wird von Jugendbanden begangen und zwar mit einer Brutalität, die bisher unbekannt und nicht für möglich gehalten worden war. So trieb eine Bande von zwölf- bis fünfzehnjährigen Mädchen ein wahres Terrorunwesen. Allein zwölf Raubüberfälle gingen auf das Konto der Mädchen-Gang. Zielgruppe: junge Frauen und alte Leute. Sie wurden regelrecht zusammengeschlagen. Einziges Motiv: ›Wir wollen Geld!‹ Nach unseren bisherigen Erkenntnissen haben wir es in München mit rund dreißig Jugendbanden zu tun – in Berlin sind es über fünfzig – und achtzig sogenannten ›Spontangruppen‹, die nur ab und zu zuschlagen, aus reiner Lust am Terror oder eben auch, um sich genug Geld für Vergnügungen zu verschaffen. Vergnügungen, das sind: Drogen, Alkohol, Szene-Treffs, Techno-Nächte. Fast jede Beute wird sofort konsumiert. Und die Polizei? Unsere Gesetze? Jugendliche Straftäter sind mit Samthandschuhen anzufassen, und vor dem Gesetz ist ein dreizehnjähriges Mädchen, das einen Rentner krankenhausreif schlägt, nicht strafmündig! Allenfalls kommen solche Jugendlichen in Erziehungsheime, und dort lernen sie oft die Hohe Schule des Verbrechens kennen. Es ist ja bekannt, daß eine Strafvollzugsanstalt die Universität des Verbrechers ist. Das wissen wir alle, und wir wissen auch, daß das nicht zu ändern ist. Das ist ein unlösbares Problem in allen Ländern dieser Erde.«

Reiber legte die Papiere in die Akte zurück. »Und nun das Wichtigste, was uns angeht: Diese Explosion der Jugendkriminalität ist verbunden mit dem Drogenkonsum, und hier ist die Pille Ecstasy auf dem Vormarsch. Auch in München und Amsterdam, Berlin, Paris und Wien. Wenn ich lese, daß in Berlin 11 527 schwere Straftaten allein von Jugendlichen begangen wurden, dann kann ich für München nur sagen: Uns stehen verdammt schwere Zeiten bevor.«

Reiber schwieg und schlug den Aktendeckel zu. Er sah die Wirkung seiner Worte – seine Beamten schwiegen. Täglich erlebten sie die durch Verordnungen eingeengte Tätigkeit der Polizei.

»Wir müssen dem Vordringen des Ecstasy-Kults entgegenwirken«, fuhr Reiber fort, und prompt fiel aus der Mitte der Versammelten die Frage: »Wie?«

»Durch vermehrte Kontrollen und Razzien in den uns bekannten Lokalitäten. Durch das Aufspüren von noch nicht bekannten Treffs. Durch Aufsammeln von Konsumenten der Droge.«

»Dafür sind wir völlig unterbesetzt.«

»So ist es. Und das wird sich auch nicht bessern. Nehmen wir wieder das Beispiel Berlin: Trotz der lawinenartigen Ausbreitung der Kriminalität will Berlin im Rahmen einer ›Polizeireform‹ achtzig Millionen Mark an Ausrüstung einsparen und zweitausend Polizeistellen abbauen. Auch wir in München sind, im Vergleich zu der organisierten Kriminalität, ein kleines Häuflein herumschnüffelnder Hunde. Wir kämpfen um jedes zusätzliche Funkgerät, während die Mafia bereits Laserwaffen einsetzt, über Satelliten-Telefone kommuniziert und im Panzer-Mercedes schußsicher herumfährt. In dieser Situation gibt es nur einen Ausweg, um als Polizei erfolgreich zu sein: Wir müssen mehr V-Leute in die Szene einschleusen. Jugendliche im gleichen Alter wie die User. Wir kommen an die jugendlichen Täter nur durch Jugendliche heran! Wenn ich lese, daß die Aufklärungsquote in Berlin schlappe 43,8 Prozent beträgt, dann schwöre ich mir, diese Untergangszahl in München nicht zu erreichen. Ich habe, im Einvernehmen mit der LKA, neue Einsatzpläne vorbereitet, die wir nachher gemeinsam besprechen werden. Grundgedanke: Informanten aus der Jugendkriminalität zu uns herüberzuziehen.«

»Und was können wir denen versprechen?« warf ein Beamter ein.

»Da sitzen wir ganz schön in der Scheiße!« Reiber bemühte sich gar nicht, das gewählter auszudrücken. Er war dafür bekannt, daß er die Dinge beim Namen nannte. »Jede Mark für solche Informanten muß extra

beantragt werden und wird zum trägen Verwaltungs-
akt. Und eine verbesserte Kronzeugenregelung und ein
umfassender Zeugenschutz, wie man ihn in den USA
kennt, gehen wieder über den Tisch der Politiker in
Bonn. Was dabei herauskommt, ahnen wir! Eigentlich
sollte bei jedem Politiker einmal eingebrochen und geraubt werden, damit sie lernen, realer zu denken.« Reiber räusperte sich wieder. »Diesen Satz vergessen Sie
bitte sofort! Es ist meine Privatmeinung; sie bleibt unter
uns. Fangen wir also an mit der Aufgabe unseres Kom-
missariats: Einschleusung von jugendlichen Informanten in die neue Ecstasy-Szene.«

Was an diesem Morgen im 13. Dezernat besprochen
wurde, war allerdings bereits von der Wirklichkeit über-
holt worden.

Die jungen Ecstasy-Verteiler und »Kundenwerber«
erhielten von Franz von Gleichem eine höhere Provi-
sion, als die Polizei an Spitzellohn versprechen konnte.
Die Mafia war wieder zwei Schritte voraus. Und das Versprechen einer Strafmilderung stieß auf Mißtrauen.

Auf ein gerechtfertigtes Mißtrauen, denn eine Garantie konnte niemand geben.

Ohne daß er es bereits wußte, ging Reibers Schlag
nur noch ins Wasser.

Roberts Erwachen war eine plötzliche Reaktion.

Im Halbschlaf spürte er die Wärme eines Körpers an
seiner Seite. Er schrak hoch, drehte sich auf die Seite
und sah Ulrike neben sich liegen. Auf ihren Gesichts-
zügen, von ausgebreitetem Haar umgeben, spiegelt sich
ein Lächeln, und ihr bis auf den Minislip nackter Körper strahlte Ruhe und Entspannung aus. Sie atmete in
gleichmäßigen tiefen Zügen, und ab und zu lief ein

leichtes Zittern über ihre Haut oder vibrierten die Innenseiten ihrer Schenkel.

Vorsichtig, um sie nicht zu wecken, setzte Robert sich auf und blickte auf die Uhr. Es war kurz nach acht Uhr morgens. Durch die vorgezogene Übergardine drängte die Sonne und warf Streifen über Ulrikes Leib. In der Spiegelwand sah er ihre Füße und Beine und die Wölbungen ihrer Brüste. Sie hatte die Daunendecke zur Seite getreten, und Robert verfolgte im Spiegel die Bewegung seiner Hand, die über Ulrikes Haut glitt, ohne sie zu berühren. Ein schwebendes Streicheln war es nur; trotzdem spürte er, wie seine Handflächen heiß wurden, als glitten sie über ein glimmendes Feuer.

So saß er einige Minuten neben ihr, nahm jede Linie ihres Körpers in sich auf, fotografierte sie in seinem Hirn und zeichnete sie in der Luft nach. Ein tiefes Durchatmen ließ ihn aufschrecken, aber Ulrike wachte nicht auf, sondern drehte den Kopf zur Seite. Dabei dehnte sie sich etwas, und ihre Brüste wölbten sich ihm entgegen, als könnten sie selbständig denken und um seine streichelnden Hände bitten.

Roberts Hände, glühend wie sein Blut und seine Wünsche, senkten sich vorsichtig auf Ulrikes Brüste. Er umfaßte die festen Rundungen, zwischen seinen Fingern spürte er die Härte ihrer Warzen, und als er jetzt wieder einen Blick in die Spiegel warf, sah er einen jungen muskulösen Männerkörper, der sich über eine nackte Frau beugte und dessen Erregung sich deutlich zwischen den Schenkeln abzeichnete.

Zum erstenmal war ihm dieser Anblick nicht peinlich, aber bevor er sich von dem Bild abwandte, umschlangen ihn zwei Arme und drückten sein Gesicht herunter. Einen Moment lang rang Robert nach Atem, sein Mund wurde fest gegen Ulrikes Busen gepreßt, doch dann löste sich der Griff, ein Bein drückte ihn vollends auf ihren Körper, und dann steckte er in der Klammer von zwei Beinen, die ihn mit einem sich hebenden Leib verbanden.

Robert war nicht fähig, ein Wort zu sagen, Ulrikes Namen zu stammeln, irgendeine Bewegung zu machen ... Er spürte nur ihre Hände, die ihn leiteten, spürte einen feuchten Schoß, der ihn aufnahm, spürte, wie eine fremde, alles Denken vertreibende Wärme von ihm Besitz nahm, wie sein Körper in einen Rhythmus verfiel, der ihm vorgegeben wurde, wie ein Brennen durch seine Lenden zog und ein Schrei sich in seiner Kehle zusammenballte. Im Augenblick der Erlösung schien sein Herzschlag auszusetzen, er empfand die Entrückung von dieser Welt, die die Asiaten den »Kleinen Tod« nennen, und fiel mit der ganzen Schwere seines Körpers auf Ulrike nieder.

Sie rührte sich nicht mehr. Sie lag unter ihm, die Beine noch immer um seine Hüften geschlungen, aber jetzt ohne Druck, ohne Kraft, wie eine warme Last. Sie hielt die Augen geschlossen, und als Robert sich abstemmte und sie ansah, bemerkte er, daß Schweiß ihre Haut überzogen hatte und ein Rinnsal von Schweiß zwischen ihren Brüsten schimmerte.

Seine Stimme brach fast, als er ihren Namen rief, leise, zitternd, von Panik ergriffen. »Ulrike, ich ... ich ...«

Und sie antwortete, noch immer mit geschlossenen Augen, aber in einem erschreckend nüchternen Ton: »Na also ... du kannst es doch.«

»Ich wollte es nicht. Glaub mir, ich ...«

»Aber ich wollte es.« Sie schob ihn zur Seite, doch sie

blieb liegen, griff nur nach einem Handtuch auf dem Nachttisch und preßte es zwischen ihre Schenkel. »Hast du alles im Spiegel gesehen?«

»Nichts habe ich gesehen. Ich war nicht mehr auf dieser Welt.«

»Das mußt du noch lernen, Bob.«

Sie rollte ihn auf den Rücken zurück, beugte sich über ihn, und während er im Spiegel sah, was sie mit ihm tat, wußte er, daß dieser Tag sein Leben für immer verändert hatte.

Und von diesem Morgen an nannte sie ihn Bob statt Robert.

Sie hatten gemeinsam geduscht und sich unter den warmen Wasserstrahlen wieder vereinigt, und nun saß Robert auf der Ledercouch, in ein großes Badetuch gewickelt, und wartete auf das Frühstück. Er fühlte sich nicht ermüdet, sondern kraftvoll entspannt. Während er dem Geklapper aus der Küche zuhörte, fielen ihm einige Erzählungen seiner Klassenkameraden ein. Sie berichteten am Montag immer, was sie am Sonntag mit ihren Mädchen erlebt hatten, sie kamen sich gewaltig männlich vor mit ihren detaillierten Schilderungen, und es hatte Robert immer beeindruckt, zu welchen Taten die Burschen fähig waren. Jetzt wußte er, daß sich vieles nur in der Phantasie abgespielt hatte. Die Wirklichkeit, wie er sie erlebt hatte, war nicht mit Worten zu schildern. Hier versagte die Sprache – es gab nur eines, was diesen Liebesrausch beschreiben konnte: die Musik.

»Tristan und Isolde«, dachte Robert. Der zweite Akt. Eine Musik, die man nur erfühlen kann. *Komm hernieder, Nacht der Liebe* ... Oder »Der fliegende Holländer«, erster

Akt ... Holländer und Senta stehen sich stumm gegenüber, aber die Musik strahlt alles wider, was ihre Herzen
empfinden. Oder Chopin, Liszt, Schumann, Schubert ...
Nur Musik vermag unendliche Liebe auszudrücken.

Der Gedanke, eine Klaviersonate für Ulrike zu komponieren, setzte sich in Robert fest. Aus dieser Stimmung schrak er hoch, als sie mit einem großen Tablett
aus der Küche kam. Es duftete nach Brötchen – auf dem
Toaster aufgewärmt –, gebratenem Schinkenspeck und
Eiern, anscheinend das Stammfrühstück von Ulrike. Sie
ging noch nackt herum, umhüllt von einer Parfüm-
wolke, die nach Limonen duftete. Ihr Haar hatte sie im
Nacken zusammengebunden, und sie trug bunt be-
stickte orientalische Pantoffeln mit einer Wollsohle. Es
war, als schwebe sie, so lautlos war ihr Gang.

Während sie aßen, fragte Robert plötzlich: »Liebst du
mich?«

»Ich weiß es nicht.« Sie neigte den Kopf etwas zur
Seite und betrachtete ihn wie ein Bild. »Ich weiß es
wirklich nicht, Bob.«

»Nach diesem Morgen?« Es klang enttäuscht.

»Ich hatte Lust auf dich – das war es. Dein schöner junger Körper, deine noch ungebrochene Kraft, das
neu entdeckte wilde Tier in dir ... Zugegeben, es war
schön.«

»Mehr nicht?«

»Ich weiß es noch nicht.«

»Das ›noch‹ beruhigt mich. Wir haben noch neun
Tage und Nächte vor uns.«

»Aber du liebst mich?«

»Auch wenn es abgedroschen klingt: Wahnsinnig!
Unendlich! Du wirst mein Leben ausfüllen. Mit dir habe
ich eine greifbare Zukunft.«

»Glaubst du?«

»Ich weiß es! Nach dem Abitur werde ich mich voll auf das Klavierspielen stürzen. Du wirst es erleben: In zwei, drei Jahren gebe ich meine ersten Solistenkonzerte.«

»Und wer finanziert diese Jahre? Dein Vater wirft dich raus, wenn er von unserem Verhältnis erfährt.«

»Ich werde Geld verdienen. Als Pianist in einer Bar ...«

»Du Spinner! Das ist 19. Jahrhundert. Heute spielen sie in einer Bar Techno-Rock, und der Discjockey legt die Platten auf.«

»Das kann ich auch, CDs in einen Apparat schieben. Irgendwie werde ich Geld verdienen. Genug Geld.«

»Und dann bist du eines Tages ein bekannter Konzertpianist. Robert Habicht spielt Beethoven. Im Frack am Flügel. Und ich warte im Künstlerzimmer auf den großen Meister, im Abendkleid, umgeben von Blumensträußen, und werde gnädige Frau genannt. Glaubst du wirklich, daß ich da hineinpasse?«

»Wir alle wachsen in unsere Aufgaben hinein. Du wirst einmal der Mittelpunkt der Gesellschaft sein.«

»Die mich ankotzt!«

»Du kennst sie nicht.«

»Ich lese genug von ihr. Ein Klumpen Heuchelei, mit Schmuck behängt. Da passe ich nie hinein!«

»Und was wäre dein Lebensziel?«

»Eine Boutique. Exklusiv, leicht verrückt und so teuer, daß es sich herumspricht: Bei Ulla kauft nur der Jet-Set.«

»Genau die, die du nicht magst.«

»Richtig. Aber ich bescheiße sie mit jedem Pullover, jedem Kleid, jedem Kostüm, jeder Abendrobe, die sie bei mir kaufen. Das macht mich fröhlich.«

»Und warum diese Abneigung?«

»Ich will es dir ganz deutlich sagen!« Sie beugte sich zu ihm, und er war versucht, nach ihren schönen Brüsten zu greifen. »Weil ich aus der Gosse komme. Weil ein Sektfrühstück dieser Schickimickis ausgereicht hätte, mich und meine Mutter einen Monat lang zu ernähren. Weil sie sich quer Beet durch die Gesellschaft bumsen und man das schick nennt ... Bei uns heißt es: Du bist eine Hure! Bob, du hast diese Welt nie kennengelernt. Du bist in Daunenkissen aufgewachsen. Und nach Daunenkissen sehnst du dich auch – auf dem Umweg über mich.«

Er schüttelte energisch den Kopf, griff dann doch zu und umspannte mit seinen Händen Ulrikes Brüste. »Du siehst das alles völlig falsch«, sagte er.

»Ich sehe es richtig.« Sie zerrte an seinen Händen. »Laß mich los ... Oder willst du schon wieder?«

»Nein! Nicht so!« Er gab sie frei und lehnte sich zurück. Er wußte, daß sie jetzt bewußt ordinär sprach, um ihn zu verunsichern oder gar zu prüfen. »Einigen wir uns auf einen Kompromiß: Du bekommst deine Boutique, ich gebe Konzerte.«

»Das kann der eine auch ohne den anderen tun.«

»Nein, ich werde bei jedem Konzert an dich denken – und eigentlich nur für dich spielen. So wie Robert Schumann immer an seine Clara gedacht hat.«

»Robert Schumann? Robert? Ist das ein Patenonkel von dir?«

»Nicht ganz.« Er stand auf und streifte das Badetuch ab. »Ich ziehe mich an.«

Sie nickte und spürte, daß sie etwas Dummes gesagt hatte. Resigniert rührte sie in ihrem erkalteten Kaffee herum. »Ich bin eben eine dumme Nuß!«

»Das Glück hängt nicht davon ab, ob man Robert Schumann kennt«, sagte er, ging ins Schlafzimmer und zog sich an. Ulrike folgte ihm sofort, lehnte sich in den Türrahmen, und er sah sie wieder im Spiegel. Diese unwiderstehliche Verlockung ...

»Treffen wir ein Abkommen«, schlug sie vor, kam ans Bett und setzte sich auf die Kante. Ihre leicht gespreizten Beine im Spiegelbild rissen Robert herum. »Du bringst mir Bildung bei – und ich dir die Liebe! Abgemacht? Wer war Robert Schumann?«

»Ein berühmter deutscher Komponist. Die herrlichsten Kinderlieder sind von ihm.«

»Und ich zeige dir den ›Wind im Lotosteich‹! Los, Bob, zieh dich wieder aus ...«

Hua Dinh Son wurde in An Khe, einer kleinen Stadt in Süd-Vietnam am Fluß Ba geboren und hatte seine Jugend in Saigon verbracht, zunächst als Straßenbettler, dann als Laufjunge in einem drittklassigen Hotel und als Schlepper für amerikanische und französische Touristen zu den Bordells. Sein Lockspruch war: »Junge Blüte, kaum geöffnet!«, was bei den Weißen immer gut ankam und ihm ein anständiges Trinkgeld einbrachte. Seine Eltern kannte er nicht. Er wuchs zwischen Müllbergen und stinkendem Abfall auf und konnte sich nur schwach daran erinnern, daß man ihn eines Tages auf ein abgeerntetes Reisfeld gesetzt und allein gelassen hatte. Damals war er drei Jahre alt gewesen, und rückblickend war ihm später klargeworden, daß es seine Zieheltern waren, die ihn bis zu diesem Alter ernährt hatten und ihn dann einfach wegwarfen wie einen durchlöcherten Topf. Ein Lastwagenfahrer nahm ihn dann mit nach Saigon und lieferte ihn bei der Polizei ab.

Was soll die Polizei mit einem knapp dreijährigen Kind? In einem Kinderheim bekam er keinen Platz, alle waren überfüllt – und außerdem: Wer sollte die Kosten tragen? So kam die Polizei auf die einfachste Lösung: Sie setzte den kleinen Son in einen Park unter einen Oleanderbusch, gab ihm noch eine Schüssel Reis und einen gebratenen Fisch mit und überließ es dem Schicksal, was mit Hua Dinh Son geschehen würde.

Son war ein zähes Bürschchen. Mit asiatischer Erfindungsgabe gesegnet, spielte er ein verkrüppeltes Kind, saß in Saigon an belebten Straßenecken und bettelte sich durch, bis er bereits mit zehn Jahren entdeckte, daß das Vermitteln von Huren ein gutes Geschäft war. Nachts schlief er in Parks oder im Ufergras des Ba-Flusses, aber schon mit fünfzehn baute er sich eine Schilfhütte, las in einem Park von Saigon ein vierzehnjähriges Mädchen auf, das genauso heimatlos und armselig war wie er, nahm es zu sich und verkaufte es stundenweise an amerikanische Soldaten.

Ein gutes Geschäft. Die »halb offene Blüte« Nungjei besaß bald eine Stammkundenkartei, aus der Schilfhütte wurde ein festes Holzhaus, Son legte sich ein Motorboot zu, fuhr zum Fischen oder tuckerte mit Touristen durch den Küstendschungel, und es sah ganz so aus, als hätten Son und Nungjei den Aufstieg aus dem Müll geschafft.

Aber dann kam die Katastrophe: Die Amerikaner räumten Vietnam, auf Saigon rückte der kommunistische Vietkong vor, aus Saigon wurde Ho-Chi-Minh-Stadt, und die Quelle des Wohlstands versiegte. Die Jagd auf die Kollaborateure begann. Tausende wurden hingerichtet, zum Teil öffentlich auf den Plätzen oder im Fußballstadion.

Wie Tausende seiner Landsleute beschloß auch Son, aus Vietnam zu flüchten. Er hatte es besser als viele andere … Er zwängte sich nicht in alte verrottete Fischerboote, die später auf offener See, vor allem im Südchinesischen Meer von Piraten überfallen, ausgeraubt und deren Besatzung getötet wurden. Er hatte sein eigenes Motorboot, kaufte auf dem Schwarzmarkt soviel Benzin, wie er haben konnte, belud das Boot mit Konserven, Wasserballons, einem amerikanischen Schnellfeuergewehr, genügend Munition, Reissäcken, einem Propangas-Kocher, Töpfen und Pfannen und verließ seine Heimat. Für immer – das war ihm klar.

Nungjei nahm er mit, um ihr das Schicksal einer Vietkong-Hure zu ersparen. Schließlich hatte sie wesentlich dazu beigetragen, daß sie gemeinsam einen bescheidenen Wohlstand erreicht hatten. Aber nach drei Tagen auf dem Südchinesischen Meer, als Son am Horizont die Aufbauten eines großen Frachtschiffes erkennen konnte und damit die Gewißheit erlangte, daß er gerettet werden würde, sagte er zu Nungjei:

»Ich habe mir überlegt, Nungjei, daß leben auch immer opfern heißt. Man muß etwas verlassen können, um Neues zu erringen. Und das Neue ist in Sicht.«

Als er das sagte, standen sie an der Bordwand. Son streichelte Nungjeis ovales Gesicht mit den großen tiefbraunen Augen, küßte sie auf die Stirn, gab ihr dann einen kräftigen Stoß vor die Brust und ließ sie über Bord fallen.

Sie schrie auf, als sie in die Wellen klatschte, streckte die Arme nach ihm aus, aber er ging, ohne sich umzublicken, ins Ruderhaus, warf den Motorhebel herum und rauschte mit Vollgas davon.

Es wird schnell gehen, dachte er. Sie kann nicht

schwimmen, und die Haie sind überall, gerade hier an der internationalen Schiffahrtslinie. Es tut mir leid, Nungjei, aber das Leben ist nun einmal hart. Wie sagte ich? Man muß opfern können ...

Sons weiterer Weg vom Auffanglager für Vietnamflüchtlinge in Singapur bis nach Wolomin, einer kleinen Stadt nördlich von Warschau, blieb im dunkeln. Auch wie es möglich war, daß Hua Dinh Son in Wolomin eines Tages ein Sägewerk betrieb, blieb rätselhaft. Auf jeden Fall war er trotz seiner asiatischen Herkunft bei den traditionsbewußten Wolominer Bürgern beliebt. Er hatte eine Polin geheiratet, sprach ein leidliches Polnisch und war sogar zum katholischen Glauben übergetreten. Das rechnete man ihm besonders an, und wenn das Ehepaar Dinh sonntags in der Kirche saß, ruhte das Auge des Priesters wohlgefällig auf Son.

Ab und zu, vielleicht zweimal im Monat, mußte Son verreisen. »Neue Kunden werben«, sagte er dann immer. »Holz verkauft sich nicht von allein wie Brötchen oder Gurken, und die Konkurrenz ist groß. Wer weiß schon, wie mühsam es ist, zehn Festmeter gesägte Bretter zu verkaufen? Da muß man die Kunden streicheln, sonst sind die Teller leer.«

Er schien Erfolg zu haben. Wenn er von seinen Reisen zurückkam, brachte er immer Bargeld mit. Meistens Dollars, von denen er die Hälfte in Zloty eintauschte und die andere Hälfte in einem Stahltresor einschloß. Das brachte zwar keine Zinsen, aber das Leben ist – wie gesagt – hart, und man weiß nie, ob man nicht über Nacht eine neue Bleibe suchen muß. Da sind einige tausend Dollar ein gutes Polster, auf dem sich prächtig schlafen läßt.

Sons letzte Reise hatte ihn nach München geführt.

Ein einfacher Auftrag war es gewesen, aber immerhin fünftausend Dollar wert. Der »Kunde« hatte keine Mühe gemacht; als Son ihm die Stahlschlinge um den Hals warf und sofort zuzog, hatte der Mann nur kurz gezuckt, die Arme haltsuchend nach vorn geworfen, und war dann lautlos zusammengesackt. Son hatte ihn einfach neben einem Busch liegen lassen, war danach in ein bayerisches Bierlokal gegangen und hatte ein Glas Weißbier getrunken. Es war erfrischend und herb-würzig. So etwas gab es in Polen nicht.

Seine Auftraggeber kannte Son nicht; sie nahmen nur telefonisch Kontakt mit ihm auf. Aber sie redeten in der Sprache seiner Heimat, hielten ihr Wort, betrogen ihn nie, hinterlegten den Lohn seiner guten Arbeit meistens in einem Bahnschließfach, dessen Schlüssel sie in Sons Hotel schickten. Es waren immer kleine Hotels am Rande der Städte, die sich über jeden Gast freuten und ihre Zimmer auch stundenweise vermieteten. Hier brauchte Son sich in keinen Meldezettel einzutragen; er kam anonym, und er reiste anonym wieder ab, ein Mann, der keine Spuren hinterließ. Es gab ihn einfach nicht.

Zu Anfang hatte er sich gefragt, woher seine Landsleute seinen Namen und seine Adresse in Wolomin kannten, vor allem aber wußten, daß er für »Problembereinigungen« geeignet war. Nach seiner Flucht um die halbe Erde bis nach Polen, auf der er irgendwelche Skrupel nur als Ballast betrachtet und dem Leben – getreu seiner Philosophie – oftmals Opfer gebracht hatte, war er in diesem kleinen Nest Wolomin hängengeblieben. Der Grund war Marika, ein ältliches Mädchen mit einem linksseitigen Klumpfuß, das den Vorzug hatte, die einzige Tochter des Sägewerkbesitzers Josef Dschulanski zu sein. Ein angesehener Mann, ein gesunder Betrieb, eine rettende Insel für den heimatlosen Son.

Natürlich war Josef Dschulanski sofort gegen einen Vietnamesen und warf ihn, als er sich als Arbeiter bewarb, aus dem Haus. Doch Son erkannte seine Chance. Tochter Marika, wegen ihres Leidens ziemlich ohne Aussicht, einen Ehemann zu bekommen, verfiel dem flotten Fremden, vor allem aber berauschte sie seine asiatische Liebeskunst. Marika opferte alle Vernunft in dem Holzschuppen zwischen Sägespänen und frisch duftenden Brettern, bis sie zu ihrem Vater sagen mußte:

»Vater, ich bekomme ein Kind.«

»Von wem?« hatte Josef Dschulanski gebrüllt. »Her mit dem Kerl!«

Er befürchtete das Schlimmste; wer sich an Marika heranmachte, mußte entweder blind oder ein Idiot sein. Aber immerhin: Es gab einen Enkel.

Dschulanskis Befürchtungen wurden noch übertroffen, als Marika dann mit sichtlichem Stolz Hua Dinh Son als Vater ihres Kindes präsentierte.

»Ein asiatisches Balg!« schrie Dschulanski herum. »Von einem Vietnamesen! Ich kann mich im Sägemehl begraben! Was hast du dir dabei gedacht, du Trampel? Die Leute werden sich bepinkeln vor Lachen und Schadenfreude. Dschulanskis Tochter mit einem Gelben!«

»Ich liebe ihn!« antwortete Marika. »Er ist ein fleißiger Mann.«

»Das sieht man! Und nun?«

»Ich werde ihn heiraten.«

Und so geschah es auch. Im streng katholischen Wolomin mußte ein Kind einen legitimen Vater, einen ehelichen Erzeuger haben. Ob nun weiß, schwarz oder gelb – ein Kind ist immer ein Geschenk Gottes. Die Stimmung in Wolomin schlug völlig um, als Son den katholischen Glauben annahm. Ein christlicher Bruder ist stets willkommen.

Aber das Leben braucht Opfer – wir wissen das.

Im sechsten Monat erlitt Marika eine Fehlgeburt: Sie war im oberen Holzlager ausgeglitten und vier Meter tief auf einen Stapel Bretter gefallen. Ein rätselhafter Sturz: Marika berichtete, ihr sei plötzlich schwindelig geworden, und dann sei sie in die Tiefe geflogen. Den Fall habe sie ohne Verletzungen überstanden, nur das Kind hatte den Aufprall nicht überlebt und mußte herausgeholt werden.

Son errichtete für sein totes Kind – es wäre ein Sohn gewesen – einen Altar in Form eines Kruzifixes und eines Gnadenbildes der Schwarzen Madonna von Tschenstochau. Auch das trug dazu bei, daß ganz Wolomin den Vietnamesen ins Herz schloß.

Doch nicht genug des grausamen Schicksals: Ein halbes Jahr später geriet Josef Dschulanski in den Sog eines Vertikalgatters und wurde der Länge nach durchgesägt wie ein Baumstamm. Ein Unfall, wie er in älteren Sägewerken manchmal vorkommt. Oft sind es nur eine Hand oder ein Arm, die das Opfer verliert, hier war's der ganze Dschulanski, der den Tod fand.

Auch für ihn errichtete Son einen Altar; nur brannte jetzt eine Kerze nicht vor der Schwarzen Madonna, sondern vor einem Foto des ehrwürdigen Verblichenen. Die Polizei kam zu dem Ergebnis: Unachtsamkeit und veraltete Schutzvorrichtungen. Son nahm sich das sehr zu Herzen und modernisierte sofort alle Maschinen. Er war nun Besitzer des Sägewerkes, hütete sich, seiner Frau Marika ein zweites Kind zu machen, und gewöhnte sich an ein behäbiges, sorgloses Leben.

Tja, und dann kam eines Tages dieser Anruf, der Sons Lebenslauf in eine zweite Bahn drängte.

»Du bist übermorgen in Berlin!« sagte eine Stimme auf vietnamesisch.

Son starrte gegen die tapezierte Wand seines Wohnzimmers und schüttelte ungläubig den Kopf. »Wer ist da?« fragte er auf polnisch zurück.

Die Stimme ging auf diese dumme Frage nicht ein. Sie fuhr fort: »Du steigst im Hotel ›Gloria‹ ab. Dort wird dir der Portier einen Brief übergeben. Führe alles aus, was in dem Brief steht. Hast du verstanden?«

Son war kein feiger Mensch, das war er nie gewesen, auch jetzt nicht. Die Schule des Lebens, die er bisher durchlaufen hatte, hatte ihm die Lehre mitgegeben: Was, wie und wo auch immer – wehre dich! Das Leben ist ein Kampf.

»Wißt ihr, was ein Arsch ist?« fragte er. »Den könnt ihr lecken.«

»Dein Arsch ist wertlos.« Die Stimme blieb gleichmütig, ohne ein Zeichen von Ärger. »Aber wichtig ist dein Kopf.«

Das war ein Satz, den Son sofort verstand. Da gab es kein Fragen mehr.

Er wiederholte: »Übermorgen in Berlin, Hotel ›Gloria‹. Und in dem Brief steht alles.« Son holte tief Atem. »Woher kennt ihr mich?«

»Wir kennen alle Landsleute, die für uns arbeiten können ...«

»Es ist also Arbeit?«

»Eine leichte.«

»Und die kann kein anderer tun?«

»Du wirst sie tun! Warum fragst du noch?«

»Ich kenne Berlin nicht.«

»Du wirst auch wenig davon sehen. Nach deiner Arbeit fährst du sofort zurück nach Polen. Es liegen tausend Dollar für dich bereit. Hua Dinh Son, wir warten auf dich.«

Das Gespräch war beendet. Son legte ebenfalls auf, und ein Gefühl überkam ihn wie damals in Saigon, als der Vietkong näherrückte und wie mit einer Sense die Menschen wegmähte. Noch einmal zu flüchten, noch einmal ins Ungewisse zu verschwinden, lehnte Son ab. Er hatte einen sicheren Lebensstandort erreicht, er besaß ein Sägewerk, ein großes Haus, die Achtung der Bürger von Wolomin. Er hatte ein Ziel erreicht und war nicht bereit, das alles aufzugeben.

Warten wir ab, was mich in Berlin erwartet, sagte er sich. Es gibt keine Arbeit, die ich nicht ausführen könnte. Und tausend Dollar sind es wert, sich mit einem Angebot zu beschäftigen.

Nur die Bedrohung seines Kopfes gefiel ihm nicht; sie deutete auf eine ungewöhnliche Arbeit hin.

Zum erstenmal erfand Son die Erklärung, warum er dringend verreisen müsse. Marika fragte nicht lange; Aufträge für das Sägewerk hereinzuholen, sogar aus dem Ausland, fand sie selbstverständlich. Der Gedanke, daß mit Holz aus Wolomin in fremden Ländern gebaut werden sollte, erfüllte sie sogar mit Stolz. Son war ein guter Geschäftsmann; ihr Vater hätte jetzt allen Grund, auf seinen Schwiegersohn mit großem Wohlwollen zu blicken.

Zwei Tage später fand in Berlin ein Spaziergänger in einem Gebüsch am Landwehrkanal eine Leiche. Die Berliner Mordkommission, einiges gewöhnt seit der Wende, nahm den neuen Fall routinemäßig auf.

Mord mittels Durchtrennen der Kehle. Kein Raubmord, der Tote hatte Brieftasche, Geld und Ausweis bei sich. Ein Russe war es, illegal in Berlin.

»Nummer fünf«, sagte der Kriminalrat nüchtern. »Natürlich sind die Papiere falsch, der Tote ist nicht zu identifizieren. Ein typischer Mafia-Mord. Eine Aktenleiche mehr. Es ist zum Kotzen. Wenn das so weitergeht, wird Berlin bald die europäische Metropole des Verbrechens sein. Was können wir in diesem neuen Fall tun, meine Herren? Nichts. Das sind Killer-Spezialisten, die keine Spuren hinterlassen. Sie kommen, morden und verschwinden. Es wird bald ein kriminelles Dreieck geben: Moskau–Palermo–Berlin.«

Schon am dritten Tag kehrte Son nach Wolomin zurück.

Zum erstenmal verschloß er fünfhundert Dollar in seinem Panzerschrank, war sehr einsilbig bei Marikas Fragen und ließ nur soviel verlauten, daß das Holzgeschäft, international gesehen, ein verdammt hartes Geschäft sei. Mit dem Berlin-Auftrag habe es nicht geklappt, aber man habe ihm weitere gute Kontakte versprochen.

Genau besehen, war das Berlin-Geschäft leicht auszuführen gewesen. Alles Wissenswerte fand Son in dem Brief vor, den ihm der Portier des Hotels Gloria übergeben hatte.

Name, Treffpunkt, Zeit und ein Foto, alles sofort zu vernichten. Tausend Dollar in einem Schließfach, abzuholen nach vollendeter Arbeit.

So einfach kann man Geld verdienen.

Son hatte auf der Rückfahrt Zeit genug, seine neue Situation zu überdenken. Ihm war bewußt, daß diesem Auftrag ein zweiter, dritter und immer mehr folgen würden. Mit diesem Tag in Berlin war er zum Vollstrekker einer Gruppe geworden, von der er nur eine Stimme kannte. Eine heimatliche Stimme aus Vietnam. Und immer wieder quälte ihn die Frage: Woher kennen die mich? Wie konnten sie von Wolomin wissen? Warum haben sie gerade mich ausgewählt? Habe ich irgendwo auf meinem Weg nach Polen eine Spur hinterlassen? Wo habe ich etwas falsch gemacht?

Hua Dinh Son wartete ab. Wartete auf einen neuen Anruf, auf einen Hinweis, der ihn seinen Auftraggebern näher brachte.

Es war eine dumme Hoffnung.

Noch fünfmal rief die Stimme an, und es war immer das gleiche Muster: Ort, Zeit, Brief im Hotel, Dollars im Schließfach.

Son fuhr nach Köln, Amsterdam, Paris und Frankfurt. Zuletzt nach München.

So lernt man Europa kennen, sagte er einmal zu sich selbst mit makabrem Sarkasmus. Und wird dazu auch noch gut bezahlt.

Hua Dinh Son, man kann sich an alles gewöhnen – auch an die leichte Art des Tötens.

Zehn Tage reichen aus, um zehn Himmel oder zehn Höllen zu erleben.

Für Robert war es beides. Die nächtliche Hölle, wenn Ulrike ihren Dienst in der Toscana-Bar antrat und er allein in der Wohnung herumsaß, auf die Mattscheibe starrte, zwei Flaschen Bier trank und das Fell der Katze Lori streichelte. Sie hatte sich sofort an Robert gewöhnt, ließ sich kraulen, schlief zusammengeringelt auf seinem Schoß, spielte mit eingezogenen Krallen mit seinen Fingern oder rieb sich schnurrend an seinen Beinen. Dann sprach er manchmal zu ihr und sagte ihr, wie sehr er Ulrike liebe und daß es ihn zerreiße, wenn er daran denke, daß sie jetzt hinter der Bartheke stehe und jeder ihren kaum verdeckten Busen anstarren könne.

Der Himmel begann, wenn Ulrike nach Hause kam, meistens so gegen drei Uhr morgens, sich schnell duschte und dann neben Robert ins Bett schlüpfte. Dabei kuschelte sie sich an ihn wie ein Kind, das Wärme und Geborgenheit suchte, und er schob seinen Arm unter ihren Nacken, küßte ihre geschlossenen Augen und schlief, von dem Duft ihrer Haut umhüllt, wieder ein.

Am Morgen aber, meistens gegen neun Uhr, öffnete sich für ihn das Paradies. Es war die Zeit, in der Ulrike ausgeschlafen hatte, die Daunendecken wegstrampelte, ihre Hände über Roberts Körper gleiten ließ und zu ihm sagte:

»Blick in den Spiegel. Sieh dir an, was die beiden miteinander treiben ...«

Es begann dann die Stunde der Ekstase, das Herunterfallen des Himmels auf zwei zuckende Körper. Im Spiegel wirkte es wie ein satanischer Tanz, bei dem die Glieder auseinandergerissen wurden, unter heftigen Bewegungen zusammensanken oder sich verschlangen.

In den Pausen dieser »Lehrstunden« griff Ulrike nach einer Zigarette, trank Orangensaft und manchmal auch eine Cola mit einem Schuß Wodka darin, lag auf dem Rücken, die Knie angezogen, und blies Robert den Rauch zu.

»Ich glaube, ich könnte dich lieben«, sagte sie einmal mit träger Stimme.

Er stützte sich auf die Ellbogen und küßte ihre Brust. »›Könnte‹ ist nicht ›ist‹ ...«

144

»Es ist immer das gleiche: Du weißt gar nichts von mir.«

»Es gibt nichts zu wissen. Wir haben mit der Stunde null begonnen – und dafür weiß ich schon genug von dir.«

»Ich bin ein schlechter Mensch, Bob.«

»Du bist ein Zauberwesen.«

»Du kennst nur meinen Körper. Das ist ein Gegenstand, wenn man so will. Ein Mensch ist aber mehr als ein Körper.« Sie drückte die Zigarette aus, nahm einen Schluck Wodka-Cola und setzte sich. Plötzlich fand sie ihr Spiegelbild häßlich. Zerzauste, schweißverklebte Haare, ein Gesicht mit der Schlaffheit der Erschöpfung. Mein Gott, dachte sie, ich bin mit 33 Jahren schon eine alte Frau! Ich schaffe nicht mehr einen neunzehnjährigen Geliebten! »Sieh mich an!« Es klang wie ein Befehl.

»Ich tu' nichts anderes.«

»Was siehst du?«

»Eine Göttin.«

»Kann es nicht auch eine böse Göttin sein?«

»Für mich bist du immer ein Strahl der Sonne, ohne die es kein Leben gibt.«

»Das klingt verdammt kitschig.«

»Gibt es etwas Kitschigeres als einen Sonnenuntergang, wenn man ihn malt oder beschreibt? Und doch ist er Wahrheit. Kennst du das Violinkonzert von Max Bruch? Das ist Kitsch hoch zwei, werden viele sagen, aber man schließt die Augen, läßt sich wegtragen von der schwebenden, süßen Musik und weiß: Der Mann, der solche Töne niederschrieb, muß unendlich verliebt gewesen sein.«

»Ich kenne diese Musik nicht.« Ulrike glitt aus dem Bett und vermied es, sich im Spiegel anzusehen, während sie nackt im Zimmer herumlief. Sie kämmte ihr Haar, band eine Schleife darum und griff nach ihrem durchsichtigen Morgenmantel. »Willst du Geld verdienen?« fragte sie plötzlich. »Viel Geld?«

»Wer will das nicht?« Robert lachte und verschränkte die Arme hinter seinem Nacken. »Liegt es auf der Straße?«

»So kann man es nennen. Es liegt wirklich auf der Straße.«

»Sag mir die genaue Adresse«, erwiderte er belustigt. »Ich war immer ein begeisterter Pilzsammler ... Da werde ich wohl auch Geld auflesen können.«

»Ich meine es ernst, Bob.« Sie setzte sich neben ihn auf die Bettkante und zog die Daunendecke über seinen Unterleib. Es war die stumme Forderung: Schluß jetzt mit der Sexstunde. »Ich habe neben meiner Bartätigkeit noch einen anderen Job angenommen.«

»Einen anderen Job?« Er sah sie verwundert an. »Seit wann?«

»Seit zwei Wochen.«

»Und das sagst du so nebenher? Auch ein Nachtjob?«

»Im Augenblick noch. Aber ich will ihn als Hauptjob aufbauen. Dann kann ich die Bar aufgeben.«

»Das wäre fabelhaft.« Er richtete sich auf, schob die Beine aus dem Bett und setzte sich neben Ulrike. Diese Neuigkeit war eine große Freude für ihn. Weg aus der Bar, aus diesem Milieu, aus dem Zwielicht, weg von den angeheiterten Männern, die ihre Geilheit nicht verbargen, weg von den Geldscheinen, die man Ulrike in den Ausschnitt stopfte. War das der erste Schritt in eine neue Zukunft? Ließ sie ihr bisheriges Leben endlich hinter sich?

»Was ist das für ein Job?« fragte Robert.

146

»Ich habe eine Vertretung übernommen ...«

»Vertretung? Das mußt du mir genauer erklären.«

»Ich bin dabei, eine Verkaufsorganisation aufzubauen. Vertrieb eines Markenartikels. Erst in München, dann in ganz Bayern.« Sie stand auf, warf ihren Morgenmantel auf den Boden und ging ins Badezimmer. Robert folgte ihr, um wieder mit ihr gemeinsam zu duschen, aber sie winkte ab. Ihr war jetzt nicht danach, in der Glaskabine wieder seine Männlichkeit zu spüren. »Es ist ein Modeartikel, der sehr begehrt ist. In Amerika, in Holland, in Österreich, in Frankreich – auch schon in Berlin hat der Artikel gute Absatzzahlen. In München wird er ebenfalls verkauft, aber es fehlt eine straffe Organisation. Es sind bisher nur Streuverkäufe, doch ich will den Handel konzentrieren und den Markt beherrschen.«

Sie ging unter die Dusche, ließ aber die Tür der Kabine offen. Während sie sich unter den Wasserstrahlen drehte und dehnte, sprach sie weiter.

»Es wird anfangs viel Mühe kosten, Bob. Es ist so etwas wie ein Kampf um den Kunden. Man muß hart und clever sein, man muß boxen können, sonst überrollt einen die Konkurrenz. Ich habe mir gedacht, daß du mir dabei helfen könntest.«

»Ich habe noch nie geboxt«, sagte er fröhlich. »Das muß ja ein toller Artikel sein, den du da vertreibst. Waschmittel können es nicht sein.«

Sie kam aus der Dusche. Robert nahm das große Badetuch, hüllte sie darin ein und rubbelte sie trocken. Dabei schlossen sich seine Hände um ihre Brüste, aber Ulrike schlug ihm auf die Finger.

»Laß das!« sagte sie in hartem Ton, den Robert bisher nicht von ihr gewöhnt war. »Laß uns ernst darüber reden! Es hängt viel Geld daran – auch für dich.«

»Geld, das auf dem Boden liegt? Also doch ein Putzmittel ...«

»Bitte, stell die Blödelei ein! Es ist ein Medikament.«

»Das kann doch nicht wahr sein! Du hast eine Pharmazie-Vertretung übernommen?«

»Was ist daran so erstaunlich? Nur weil ich keinen Schumann oder Bruch kenne oder deinen Liebling Chopin, bin ich kein hirnloser Mensch! Ich vertreibe ein Präparat, das begeistert aufgenommen wird.«

»Apothekenfrei ...«

»Davon gibt es Hunderte Mittel.«

»Und wogegen hilft es?«

»Gegen Müdigkeit und Unlust. Gegen Depressionen und Liebesmüdigkeit. Gegen mangelnde Ausdauer und Konzentrationsschwäche. Es hebt das allgemeine Wohlbefinden.«

»Du hast den Beipackzettel gut auswendig gelernt. Fassen wir alles zusammen: Es ist ein Aufputschmittel!«

»Unsinn! Es ist harmlos wie eine Vitaminpille. Wie viele Millionen Vitaminpräparate werden täglich geschluckt? Wo sind nicht überall Vitamine drin? Vom Fruchtsaft bis zum Joghurt, vom Tiefkühlspinat bis zum Schellfisch. Überall steht drauf: Reich an Vitaminen. Ich verkaufe ein neues Mittel: Hirnnahrung.«

»Und was, denkst du, soll ich damit zu tun haben?« Robert war plötzlich ernst geworden, nahm das Handtuch von Ulrikes Körper und warf es in eine Ecke des Badezimmers. Ein Psychopharmakum, dachte er. Ulrike verkauft Anregungspillen. Und die Leute, die sie schlukken, glauben an ihre Wirkung. Wieviel hat man darüber schon gelesen! Gesund wird nicht der Patient, sondern der Hersteller. Selbst diese Vitaminsucht ist umstritten, da gehen die Ansichten der Wissenschaftler auseinander. Und jetzt steigt Ulrike in ein so umstrittenes Geschäft ein.

Das Geld liegt auf der Straße ...

»Du sollst mir helfen, junge Verkäufer einzustellen«, beantwortete Ulrike Roberts letzte Frage.

»Ausgerechnet ich?« Er mußte wieder lachen, aber aus diesem Lachen hörte sie schon Abwehr heraus. »Soll ich zu meinen Kameraden sagen: Hört mal, ihr könnt euer Taschengeld vermehren, wenn ihr dubiose Pillen an den Mann bringt!«

»Das ›dubios‹ könntest du weglassen. Es ist ein reelles Geschäft. Vom Schlafmittel bis zur Venensalbe wird tausenderlei frei verkauft ... Wir bieten keinen Schlaf an, im Gegenteil, wir verkaufen Energie!«

»Sogenannte Weckamine ...«

»Wie du gebildeter Mensch das nennst, ist wurscht! Aber überleg mal: Deine Klassenkameraden, deren Freunde, deine Pfadfindergruppen – sie alle klagen darüber, daß sie so wenig Taschengeld bekommen.«

»Stimmt. Unter uns gibt es nur zwei Millionärssöhne.«

»Das kann sich ändern.« Ulrike begann sich anzuziehen. Über München lag brütende Hitze, es war ein Frühsommertag, bei dem sich die Biergartenwirte die Hände rieben und die Straßen zu den umliegenden Seen verstopft waren. Ulrike entschloß sich für eine weite Bluse ohne BH, einen Minislip und einen so kurzen Rock, daß man die Hälfte ihrer schlanken Oberschenkel sah. Sie konnte sich das noch leisten, ihre glatte Haut zeigte keinerlei Ansätze von Cellulite. »Was hast du heute vor?«

»Ich dachte, wir fahren zum Chiemsee, mieten ein Segelboot, werfen in der Mitte des Sees den Anker und lieben uns in der Sonne.«

»An etwas anderes kannst du wohl nicht mehr denken?«

»Nicht, wenn du vor mir stehst.«

»Dann hast du heute Gedankenfreiheit. Ich fahre gleich weg. Allein. Ich habe eine Besprechung.«

»Ich komme mit.«

»Nein!« Sie sagte es so hart, daß Robert zusammenzuckte.

»Warum?« fragte er. Das Mißtrauen in seinen Augen amüsierte Ulrike.

»Ich treffe mich mit einigen Männern. Kein Grund zur Eifersucht, Bob. Es ist rein geschäftlich.«

»Deine Pillendreher?«

»Nein, die Großhändler. Zufrieden?«

»Nicht ganz.« Robert folgte ihr, als sie ins Wohnzimmer ging. Er blickte auf ihr bei jedem Schritt wippendes Gesäß und hielt an sich, nicht danach zu greifen. Seit der »Lehrstunde« kreisten seine Gedanken nur noch um den Besitz von Ulrikes Körper, um das Erlebnis, in diesen warmen Körper einzudringen und die Explosion aller Gefühle zu genießen. Robert war sich darüber im klaren, daß er dieser Frau verfallen war, daß sie seinen Willen gebrochen hatte, daß seine Welt zusammengeschrumpft war auf einen vibrierenden Leib. Manchmal, an den einsamen Abenden, an denen er allein, mit der Katze Lori im Schoß, vor dem Fernseher saß und auf Ulrike wartete, sagte Robert zu sich: Du bist wahnsinnig. Du bist komplett wahnsinnig ... Aber es ist ein wundervoller, seliger Wahnsinn, aus dem man nie erwachen möchte. Vielleicht ein tödlicher Wahnsinn, aber man kann ihm nicht mehr entfliehen.

»Mir gefällt diese Pillengeschichte nicht!« sagte Robert jetzt. »Ulrike, halt dich da raus.«

Sie hob als Antwort nur die Schultern, hängte sich ihre Tasche um und verließ die Wohnung. Auch als er ihr nachrief: »Überlege es dir noch mal!« reagierte sie nicht. Es war die erste Dissonanz in ihrem nun sechstägigen Zusammensein, und als Ulrike nach vier Stunden zurückkam, sprach sie kein Wort mit Robert, ging in die Küche und bereitete ein schnelles Mittagessen, mitgebrachte Hamburger und aufgewärmte Pommes frites.

Erst viel später, nachdem sie eine neue Illustrierte durchgeblättert hatte, redete sie wieder mit Robert.

»Hast du kein Vertrauen zu mir?« fragte sie.

»Ich habe kein Vertrauen zu dieser Arznei.« Er war glücklich, daß das furchtbare Schweigen gebrochen war. »Zeig mir eine von den Schachteln.«

Sie zögerte kurz und sagte dann: »Ich habe keine bei mir. Aber morgen bringe ich dir eine mit.«

»Ich möchte eine von diesen Wunderpillen probieren.« Er bemerkte nicht ihren entsetzten Blick, sondern meinte lachend: »Eine Intelligenzpille? Mal sehen, vielleicht hilft sie mir bei der Mathematik!«

Am neunten und am zehnten Abend, dem letzten, hatte Robert nach langem Bitten erreicht, daß er Ulrike zur Bar bringen und gegen drei Uhr morgens wieder abholen durfte. Er wartete gegenüber dem Toscana, beobachtete das Kommen und Gehen der Gäste und Dirnen, die nach einiger Zeit in Begleitung wieder herauskamen und mit Taxis oder Privatwagen davonfuhren.

Natürlich fiel es Bolo auf, daß der Bar gegenüber Ulrikes Auto parkte und hinter dem Steuer ein Mann wartete. Er gab seine Beobachtung an Salvatore Brunelli weiter, der nur einen kurzen Blick durch die Türklappe zu werfen brauchte, um sich Klarheit zu verschaffen.

»Haste dir nun doch den Kleinen gekrallt, Ulla?«
fragte er und unterstrich seine Worte mit einem hämischen Grinsen.

»Das geht dich einen Dreck an!« antwortete Ulrike.

»Wenn das mal kein Irrtum ist. Der Junge ist mir zu
sauber gewaschen. Im Bett ein strammer Max, aber
sonst eine Mimose. Es wird für uns alle gefährlich, wenn
er zuviel weiß ...«

»Er wird nie gefährlich werden. Er liebt mich.«

»Das sind die Superidioten! Ulla, bau bloß keinen
Scheiß, nur weil er wie ein Karnickelbock rammelt.«

Am nächsten Abend ließ Franz von Gleichem Ulrike
in sein Büro rufen. Noch bevor er zum Sprechen ansetzte, kam sie ihm zuvor.

»Ich weiß, was Sie sagen wollen. Salvatore hat Ihnen
die Ohren vollgegeigt. Ja, es stimmt: Ich habe einen
Geliebten, der fünfzehn Jahre jünger ist als ich. Was
spricht dagegen?«

»Sie lieben ihn?«

»Sagen wir: Ich mag ihn.«

Von Gleichem holte wieder seine Cognacflasche und
die beiden Napoléongläser aus dem Schreibtischfach.
Es war eine Angewohnheit von ihm, kritische Gespräche durch einen Cognac zu unterstützen. Er goß die Gläser halb voll, schob eines zu Ulrike hinüber und deutete
auf den Stuhl. Noch stand sie.

»Ihr Privatleben geht mich nichts an«, sagte er und hob
das Glas. »Nicht, solange es nicht unsere gemeinsamen
Interessen tangiert. Sie können sich einen Harem zulegen – wenn er aus Blinden besteht. Verstehen wir uns?«

Ulrike setzte sich, aber sie rührte den Cognac nicht
an. Trotz kam in ihr hoch, Angriffslust gegen diesen
Mann, der da so selbstsicher und mit souveräner Ele-

ganz vor ihr saß. Ein freundlicher Mann, der Eiseskälte ausströmte.

»Sie haben Angst?« fragte sie hämisch.

»Nein. Ich neige nur zur Vorsicht. Angst habe ich um Sie, Ulrike. Wenn der junge Mann etwas von unserem Geschäft erfährt und plaudert, sind Sie erledigt.«

»Das war deutlich.«

»Darum sitzen wir ja hier. Ehrlichkeit zwischen uns beiden sollte die Basis unserer Verbindung sein. Die Welt, in der wir leben, ist schwierig genug; wir sollten keine zusätzlichen Schwierigkeiten produzieren.«

»Bob ist kein Risiko.«

»Also Bob heißt er. Ich nehme an, das kommt von Robert. Und wie weiter?«

»Was heißt weiter?«

»Der Nachname.«

»Ist er so wichtig?«

»Über Wichtigkeiten entscheide ich.«

Wieder so ein Satz, den Ulrike wie einen Schlag empfand. Sie versteifte den Rücken und schob das Cognacglas von sich.

»Herr von Gleichem«, sagte sie betont. »Ich habe Ihnen bei unserem ersten Gespräch gesagt, daß ich mir nichts befehlen lasse! Daß ich mich gegen alles wehre, was meine Freiheit bedroht. Jetzt ist sie bedroht.«

»Sie sehen das falsch, Ulrike.« Immer noch dieser gemütliche Tonfall, diese in Jovialität gekleidete Überlegenheit! »Es hat sich viel geändert, grundlegend geändert. Sie haben sich auf ein heißes Geschäft eingelassen und sollten von nun an dicke Handschuhe tragen. Freiheit hat Grenzen – dort, wo sie gefährlich wird.«

»Bob ist keine Gefahr«, beharrte sie.

»Darauf können Sie keine Garantie geben.«

»Doch.« Sie holte tief Atem und schleuderte ihm den nächsten Satz ins Gesicht. »Er ist mir hörig! Total hörig! Genügt das?«

Von Gleichem trank seinen Cognac aus und verzog leicht die Lippen. Es wirkte so spöttisch, daß Ulrike sich beherrschen mußte, um nicht aufzuspringen und ihm den Inhalt ihres Glases ins Gesicht zu schütten.

»Das uralte Spiel ...«, sagte von Gleichem. »Die Herrin nimmt sich einen Jungen und macht ihn zu ihrem Sklaven. Auch wenn sie ihn mit Füßen tritt, wird es für ihn ein Wohlgefühl sein. Aber Sklaven können sich auch befreien, können gegen ihre Herrin aufstehen. Denken Sie an den Sklavenaufstand des Spartacus im alten Rom. Er erschütterte ein Weltreich ... Wenn Ihr Sklave uns erschüttert, kann das unser Untergang sein. Ulrike ...« Er beugte sich vor, und jetzt war seine Stimme wie ein schneidendes Messer. »Der volle Name! Keine Ausflüchte. Der volle Name.«

»Habicht. Robert Habicht.« Sie war vor dieser Stimme erschrocken zurückgeprallt und spürte plötzlich Angst in sich emporsteigen. Würgende Angst, als sie nun auch in Franz von Gleichems Augen starrte. Kalte Augen waren es, Wolfsaugen. Ein Raubtierblick. »Er ist der Sohn eines Oberregierungsrates.«

»Sind Sie verrückt geworden?« Von Gleichems Stimme war verhaltener, leiser und damit gefährlicher geworden. Brüllen war nicht seine Art. Bei großen Entscheidungen flüsterte er fast, und immer hatte es danach Opfer gegeben. »Sie ziehen in Ihrem Bett eine Sprengladung groß!«

»Im Gegenteil. Bob wird uns helfen ...«

»Helfen? Habe ich einen Hörfehler?«

»Er wird junge Leute anwerben, die für uns tätig sein

werden. Er wird selbst zum Verkäufer werden. Er wird alles tun, was ich will. Ich ... ich habe ihm schon von den Pillen erzählt ...«

»Sie haben ...« Von Gleichems Stimme wurde noch leiser. »Mein Verstand sagt mir, ich müßte Sie jetzt verschwinden lassen.«

»Das würde schwierig sein ... Bob wartet draußen im Wagen.«

»Das ist kein Problem für Salvatore.« Von Gleichem goß sich einen neuen Cognac ein und schüttelte den Kopf, als begriffe er soviel Dummheit nicht. »Was haben Sie Bob alles erzählt?«

»Ich habe ihm erklärt, daß es ein Präparat zur Anregung der Psyche ist, zur Belebung des Allgemeinzustandes. Eine Ergänzung zu Vitaminen.«

»Sie haben wirklich Humor, Ulrike. Ergänzung zu Vitaminen – fabelhaft!« Von Gleichem lächelte breit, seine Stimme hob sich wieder. »Und er glaubt das?«

»Ja. Den Namen Ecstasy habe ich nie erwähnt. Das kommt noch, wenn Robert selbst auf Ecstasy nicht mehr verzichten kann. Ich werde ihm heute abend die erste Tablette geben. Ich bin gespannt, wie er darauf reagiert.«

»Und wenn er versagt?«

»Er muß darauf reagieren. Er ist ein labiler Mensch, ein Junge voller Sensibilität.«

»Lassen wir uns überraschen.« Von Gleichem schien beruhigt zu sein. »Sie haben das gut aufgebaut, Ulrike: erst sexuell hörig, dann ecstasysüchtig ... Ich habe es immer gesagt: Sie sind ein engelhafter Teufel. Ich habe mich nicht in Ihnen getäuscht.«

In dieser Nacht schluckte Robert eine kleine runde Pille von bläulicher Farbe. Auf einer Seite war ein grinsendes Gesicht eingeprägt. Pünktchen, Pünktchen,

Komma, Strich ... In der Szene nannte man die Pille deshalb Smiley.

»Eine merkwürdige Prägung«, sagte Robert, bevor er die Pille mit einem Schluck Bier hinunterspülte.

»Weil die Pille glücklich macht – und weil sie so harmlos ist wie dieses Gesicht. Du wirst sehen, in einer Viertelstunde muß ich dich festhalten, damit du keine Bäume ausreißt.«

»Oder dich auffresse!« sagte er lachend.

»Ich werde es aushalten.« Ulrike streifte ihr Barkleid ab und ging wie jeden Morgen zur Dusche hinüber. Ihre Nacktheit war eine einzige Provokation. »Ich bin zäher, als du denkst.«

»Da haben wir es, Peter. Komm rüber, und dann fahren wir gemeinsam hin.« Theo Wortke, der Mordspezialist, winkte seinen an der Tür wartenden Beamten zu, sie sollten schon gehen. »Eine Tote im Keller eines Abbruchhauses am Abstellbahnhof Steinhausen.«

»Was habe ich damit zu tun?« Peter Reiber kämpfte mit seiner Müdigkeit. Er hatte in der vergangenen Nacht zusammen mit der Sittenpolizei eine Razzia hinter sich gebracht, 200 Gramm Kokain beschlagnahmt, drei Dealer festgenommen und war von Jugendlichen in einer Techno-Disco bespuckt worden. Den Kerlen auf den Mund zu schlagen, war verboten. »Unverhältnismäßiger Einsatz« hätte man das genannt. In solchen Fällen hat die Polizei immer unrecht. Bespucken tut ja nicht weh. »Das ist dein Bier«, setzte Reiber abwehrend hinzu.

»Irrtum. Ecstasy ...«

»Scheiße!«

»Die Kleine hat noch zehn Pillen in der Tasche. Darum ist es dein Bier.«

Die Umgebung des Hauses nahe den Bahngleisen war weiträumig abgesperrt, als hätte man eine Bombe gefunden. Vor dem Haus saß ein zitternder, zerlumpter, nach Fusel und Urin stinkender Pennbruder auf seiner zusammengerollten Schlafdecke. Er sah mit wackelndem Kopf den Kriminalbeamten entgegen und rief sofort, die Arme hoch in die Luft werfend: »I hab mit 'n Mord nix zu tun! I hab des Madel nur g'funden! I bin a ehrlicher Mensch ...«

Wortke und Reiber kümmerten sich nicht um den Penner, sondern folgten dem Polizisten, der ihnen den Weg zeigte. Im Keller des Hauses, an die Wand gedrückt, die Beine wie im Krampf angezogen, mit weit aufgerissenen Augen, als hätten sie als letztes etwas unsagbar Schönes oder unfaßbar Grauenhaftes gesehen, lag das Mädchen auf dem Betonboden. Es trug einen hellroten Parka, einen gelben Pullover und ausgefranste, verblichene Jeans. Die langen goldblonden Haare verdeckten teilweise ihr Gesicht, nur die weiten Augen und eine spitze Nase ragten aus den Strähnen hervor. Mit einer Handbewegung strich der Polizist die Haare weg.

»Höchstens siebzehn Jahre!« sagte Reiber gepreßt.

Wortke nickte. »So hübsch, so jung und so versaut.«

Reiber schüttelte den Kopf. Er sagte nichts, er kannte Wortkes rauhe Ausdrucksweise. Neben der Toten lagen, in einem Plastikbeutel der Polizei verwahrt, zehn bläuliche Tabletten. Auch sie hatten eine Prägung: einen Häschenkopf mit langen, aufrecht stehenden Ohren.

»Die Pille ›Playboy‹«, sagte Reiber und hob den Plastikbeutel auf. »Wird vor allem in Berlin vertrieben. Herkunft höchstwahrscheinlich Polen. Ein Sauzeug voller Verunreinigungen. Die Wirkung ist nicht mehr kontrollierbar.«

»Und jetzt ist sie in München. Gratuliere, Peter. Polenpillen, ein toter Pole im Westpark Ost, Stahldrahtmord à la Asien, eine Tote durch die Polenpille ... Wann gehst du in Frühpension?«

Mittlerweile waren der Polizeiarzt und der Fotograf eingetroffen und machten sich an ihre Routinearbeit: Fotos der Leiche von allen Seiten, Großaufnahme des Gesichts mit den aufgerissenen Augen; eine erste Untersuchung mit Feststellung des Todes und die übliche Frage von Wortke:

»Ungefähre Todeszeit, Ludwig?«

Der Polizeiarzt blickte hoch. Er kniete vor der Toten. »Schwer zu sagen. Aber sie ist mindestens zehn Stunden tot.«

»Das heißt, der Tod kann gegen Mitternacht eingetreten sein.«

»So ungefähr. Todesursache Herzversagen. Aber Genaueres wissen wir erst nach der Obduktion.«

»Das kann ich dir jetzt schon sagen: Überdosis Ecstasy.« Reiber wandte sich ab, als die Zinkwanne in den Keller getragen wurde, in der man die »Fundtoten« abtransportierte. Nur Wortke sah abgebrüht zu, wie man das Mädchen in die Wanne legte, ein Tuch darüber deckte und den Deckel zuklappte.

»Die Kleine ist nicht hier gestorben«, sagte Wortke plötzlich. »Der Fundort ist nicht der Tatort. Sie ist schon tot hierher transportiert worden.«

»Bravo. Das war mir von Anfang an klar.« Reiber wandte sich zu seinem Kollegen um. »Woran siehst du das, Theo?«

»Wir Mordknaben sind nicht so doof, wie ihr denkt. Zunächst: Keiner verkriecht sich in einen Abbruchkeller, um Ecstasy zu schlucken. Was soll er damit im Keller? Er schluckt die Pille in einer Disco oder vor einem Disco-Besuch, um in der Gemeinschaft high zu sein. Er will sein Lebensgefühl potenzieren, genau wie seinen Sexualtrieb. Er will keine Müdigkeit mehr spüren, sondern stundenlang unter dem Hämmern der Techno-Musik herumzucken. Er will, um im Jargon der Jugend zu reden, voll drauf sein. Sein Bewegungsdrang wird bis ins Extreme gesteigert ... Was will er damit in einem einsamen Keller?«

»Ich bin sprachlos ...«, gab Reiber zu.

»Endlich einmal!« Wortke grinste breit. »Nach deinem ersten Vortrag über Ecstasy im Zusammenhang mit dem Mordfall im Westpark Ost habe ich mir Drogenliteratur besorgt. Mir war klar, daß ich bald weitere Leichen auf dem Tisch liegen habe, und ich wollte nicht als Dümmling dastehen. Heutiges Resümee: Das Mädchen ist aus einer Disco oder von einer Privatparty hierher gebracht worden. Tot! Es gibt also eine Menge Mitwisser und Zeugen. Das hört sich gut für uns an.«

»Erfahrungsgemäß ja. Mitwisser oder Zeugen haben irgendwo einen Vertrauten, dem sie ihr Erlebnis erzählen. Und der Vertraute hat wieder einen Vertrauten ... Und so wandert die Geschichte weiter, bis das Geheimnis an die Oberfläche kommt. Das ist tausendmal erlebt worden: der Kommissar Geschwätzigkeit.« Reiber blickte den Trägern nach, die die Zinkwanne die enge Kellertreppe hinaufwuchteten. »Nur, mein lieber Theo, in der Szene, mit der wir es hier zu tun haben, ist alles anders. Diese User, wie sie sich nennen, sind ein bunt schimmernder Fischschwarm, der sich untereinander versteht, aber sonst stumm ist. Da kannst du einen herausangeln – er weiß von nichts. Er kennt auch kein Schuldgefühl, weil es für ihn kein Unrecht ist, diese Pille zu nehmen. Sie ziehen sich nur eine glücklichere Welt rein und verstehen uns nicht, die wir sie davor schützen wollen. Techno-Kids leben in einer eigenen Welt, die sie sich selbst erschaffen. Es trifft sie deshalb auch wenig, wenn jemand an dieser Morddroge zugrunde geht. Hat eben Pech gehabt; im täglichen Leben bleiben auch ohne Ecstasy genügend auf der Strecke, und keiner ruft dann nach der Polizei. Oder hast du schon einmal erlebt, daß jemand zu dir kommt, wenn ein Jugendlicher sich aufhängt und einen Brief hinterläßt: ›Mein Mörder ist mein Arbeitgeber Johannes Schulze. Er hat mir gekündigt.‹ Ermittelst du dann wegen Mordes?«

»Blöde Frage«, knurrte Wortke.

»Um die User zu verstehen, müssen wir umdenken, Theo. Wir sind zu realistisch, und genau das wollen die Techno-Kids nicht. Sie wollen der Realität entfliehen und sich – für Stunden – eine ausufernde Ersatzwelt schaffen. Und das gelingt ihnen jetzt mit Ecstasy, wie es ihnen in den sechziger Jahren mit LSD gelungen ist. Mit anderen Worten: Hoffen wir nicht auf Hinweise aus der Szene.«

»Ich werde diesen Fall auf klassische Art aufrollen!« sagte Wortke, und es klang wie ein Schwur. Dabei blickte er auf die Stelle, wo das Mädchen gelegen hatte. »Elternhaus, Erziehung, Bildung, Umfeld, Freunde, Hobbys, Vorlieben, auffällige Eigenschaften … Ich garantiere dir: Irgendwo finde ich das Ende eines Fadens und rolle das Knäuel auf. Ich kann noch logisch denken, diese Techno-Kids kaum noch. Sie zerlöchern ihr Gehirn.«

Als sie wieder nach oben kamen, waren bis auf einen Mannschaftswagen der Polizei und Wortkes Auto alle anderen bereits abgefahren. Ein Kriminalbeamter aus Wortkes Dezernat reichte ihm die neben der Leiche gefundene Umhängetasche des Mädchens mit dem üblichen Inhalt: zwei Lippenstifte, eine verbeulte Puderdose, ein Taschentuch, ein Schlüsselbund, eine alte Kinokarte, ein Drehbleistift, ein Kamm mit zwei fehlenden Zinken, eine runde Haarbürste, ein Portemonnaie mit 42,50 Mark Inhalt, eine Klarsichthülle mit dem Foto von Vater und Mutter sowie eine Dreierpackung Präservative.

»Eins wissen wir jetzt«, sagte Wortke zynisch und blätterte die in einem Sonderetui steckenden Papiere durch. »Jungfrau war die nicht mehr. Wie heißt sie? Lisa Brunnmeier. Typisch bayerischer Name, Brunnmeier. Alter: Wie du geschätzt hast, siebzehn Jahre. Wohnhaft in Menzing ... Das ist weit weg von hier und dem Keller.«

Wortke steckte alles in die Umhängetasche zurück. Er atmete tief durch. »Ich habe nun etwas zu tun, was du nie nötig hast: Ich muß die Eltern besuchen und ihnen mein Beileid aussprechen. Weißt du, was das für verdammte Minuten sind? Da stehst du vor zwei ahnungslosen Menschen, stellst dich vor: ›Ich bin Theo Wortke von der Mordkommission München‹, und dann siehst du das Entsetzen in ihre Augen springen und nickst und sagst: ›Ja, es tut mir leid ... Ihre Tochter Lisa ist tot.‹ Was kannst du dann noch mehr sagen? Glaub mir, das sind immer die schlimmsten Minuten in meinem Beruf. Und deshalb hasse ich jeden Täter. Hasse ihn abgrundtief!« Er sah Reiber an, als habe man ihn angeschossen. »Kommst du mit?«

»Wenn ich dir helfen kann, Theo.«

»Du könntest den Eltern erklären, was Ecstasy ist. Das kannst du besser als ich. Vielleicht können uns die Eltern einen Hinweis geben – auf Freunde, auf Discos, was sie beobachtet haben, ohne sich Gedanken darüber zu machen.«

»Okay. Ich komme mit.«

»Danke. Manchmal bist du wirklich ein Freund – aber nur manchmal!«

Das war wieder der Wortke, wie Reiber ihn kannte und liebte.

Der Rausch, dieser wahnwitzige Rausch hielt bis gegen zehn Uhr an. Dann fiel Robert auf dem Bett zusammen, warf die Hände vor das Gesicht und versank in einer lähmenden Dumpfheit.

Was er von drei Uhr morgens bis jetzt, zehn Uhr, durchlebt hatte, diese sieben Stunden eines von einer unbremsbaren Motorik angetriebenen Lebens, blieb in der Erinnerung zurück als eine Art glücksgetränkter Ekstase.

Zuerst war es Schwerelosigkeit gewesen, die Robert wie auf Flügeln durch Ulrikes Wohnung schweben ließ. Er hatte den Plattenspieler angestellt, eine von Ulrikes Rockscheiben aufgelegt, und dann hatte er mit ihr getanzt, mit den wildesten Verrenkungen und ohne eine Spur von Müdigkeit. Platte um Platte hatte er laufen lassen, und Ulrike hatte das Licht gelöscht bis auf drei Kerzen in einem gläsernen Leuchter, der im matten Schein hellviolett schimmerte.

Plötzlich drängten in Robert andere Gefühle hoch, eine Lust, ein Drang, ein Zwang, seinen Körper, den er im Tanz wiegte und zucken ließ, auf den anderen Körper ihm gegenüber zu werfen, und er griff nach Ulrike, riß ihr den Slip vom Leib, warf sie auf den Boden und fiel über sie her mit einer so kraftvollen Gewalt, daß sie aufschrie und mit den Fäusten auf seine Brust trommelte.

Als er von ihr abließ, sie hochzog und zwang, weiter mit ihm zu tanzen, war ihr Körper von seinen Bissen gerötet, es gab keine Stelle, die nicht gezeichnet war, aber als sie schon fürchtete, Robert könne sie umbringen, und mit Händen und Füßen nach ihm schlug, fiel er plötzlich in sich zusammen und begann zu weinen.

Doch auch diese Phase war nur kurz. Er sprang wieder auf, warf sich in einen Sessel, streckte die Beine von sich, und ein unendliches Glücksgefühl, von dem er fast meinte, es greifen zu können, erfüllte ihn, und er wünschte sich, nie mehr zurückzukehren in eine andere Welt. Radikal, grausam, mit wildem Herzklopfen und einer bleiernen Schwere in den Gliedern erfolgten dann der Zusammenbruch und das Hinübergleiten in eine entsetzliche Depression.

So lag Robert lange auf dem Bett, die Hände vor dem Gesicht, und fuhr erst hoch, als Ulrike ihm einen kalten, nassen Lappen auf die Brust legte. Er hob den Kopf, starrte sie an und sah die vielen Bißwunden auf ihrer nackten Haut.

»Verzeih mir ...«, stammelte er und streckte die Arme nach ihr aus. »Bitte, verzeih mir. Ich ... ich konnte nicht anders ...«

Sie setzte sich neben ihn, rieb seine Brust mit dem nassen Tuch ab und wischte auch über sein zuckendes Gesicht. Wie gut das tat! Das Herzflimmern verflüchtigte sich, Roberts Atem wurde ruhiger, das bleierne Gefühl verschwand. Auch sein klares Denken kehrte langsam zurück, war aber immer noch behaftet mit dem vergangenen Glücksgefühl. Er fühlte sich wieder stark und hörte alle Geräusche wie durch einen Verstärker. Das Knirschen der Matratze zum Beispiel, wenn Ulrike sich bewegte, empfand er wie spitze Schreie.

»Was hast du mit mir gemacht?« fragte Robert und umklammerte ihre Hand. »Ich habe mich noch nie so losgelöst, so glücklich, so stark gefühlt.«

»Wir haben sieben Stunden getanzt und uns geliebt, ununterbrochen.« Sie erhob sich von der Bettkante und legte das nasse Tuch auf den Nachttisch.

»Sieben Stunden? Das ist ja Wahnsinn ...«

»Ja, es war Wahnsinn.«

»Wahnsinnig schön. – Wieviel Uhr ist es?«

»Gleich halb elf ...«

»Ich muß nach Hause. Der Zug von Dover nach Paris und weiter nach München ist längst angekommen. Die ... die England-Fahrt ist zu Ende. Ich muß weg, Ulrike, aber ich will nicht! Ich will bei dir bleiben! Ich will nicht mehr nach Hause. Nie mehr!«

»Du mußt!« sagte sie nüchtern. »Du kannst nicht einfach hierbleiben.«

»Ich werde jeden Tag bei dir sein ...« Er ging unter die Dusche, zog sich dann an und packte seinen Rucksack. Eine Scheibe Toast mit Schinken schlang er hastig hinunter und spülte mit einer Tasse Kaffee nach.

»Soll ich dich irgendwo hinbringen?« fragte sie.

»Nein. Ich nehme ein Taxi.« Er kam von der Tür zu ihr zurück und umfaßte mit beiden Händen ihren Kopf. »Ich liebe dich ... Und ich weiß jetzt, daß auch du mich liebst. Diese zehn Tage waren die schönsten meines Lebens.«

»Du bist so jung ... Es werden noch viele schöne Tage kommen.«

»Mit dir. Nur mit dir.«

Sie drängte ihn zur Tür und gab ihm einen flüchtigen Kuß. Sie trug wieder ihren durchsichtigen Morgenmantel; ihr Körper bekam dadurch etwas Geheimnisvolles und Aufreizendes. »Jetzt mußt du aber wirklich gehen ...«

»Ich bin morgen früh wieder da.«

»Nein. Du bist in der Schule.«

»Ich werde mich krankmelden. Und es ist sogar die Wahrheit. Ich bin krank. Krank nach dir. Du bist wie ein Fieber in mir.« Er hängte sich seinen Rucksack um und zögerte noch immer, die Wohnung zu verlassen. Erst als Ulrike die Tür aufriß und ihn in das Treppenhaus schob, setzte er sich in Bewegung, tat drei Schritte, drehte sich wieder um und wollte zurück. Sie streckte den Arm aus, zeigte auf die Treppe und sagte energisch: »Dort hinunter!«

»Du stehst da wie der Engel Gabriel vor dem Paradies.«

»Und ich laß dich auch nicht mehr herein.«

Er nickte, stieg die Treppen hinunter und verließ das Haus.

Eine Stunde später umarmte seine Mutter ihn voller Aufregung und mit Tränen in den Augen.

»Endlich!« rief sie. »Endlich! Mein Junge, wo warst du bloß? Seit vier Stunden warten wir auf dich. Papa hat schon ein paarmal angerufen; er hat auch bei der Bahn angerufen, und die haben gesagt, der Zug aus Paris sei längst angekommen. Wo warst du denn so lange?«

»Wir haben noch Abschied gefeiert, Mama. Du weißt doch, wie das so unter Kameraden ist.«

»Und nicht eine Karte hast du aus England geschrieben. Keinen Gruß.«

»Ach, Mama.« Er ging ins Wohnzimmer und warf sich auf die Couch. »Dazu hatten wir keine Zeit. Was wir alles gesehen und erlebt haben …«

»War es schön?«

»Wunderschön. Unvergeßliche Tage.«

»Du siehst müde aus, Robert.«

»Ist das ein Wunder?« Er versuchte ein Lachen, aber es klang sehr gepreßt. »Zehn Tage kreuz und quer durch England, das strengt an.«

»Dann ruh dich jetzt aus.« Gerda Habichts Muttergefühl strömte über. »Leg dich ins Bett, Robert. Ich bringe dir einen Becher mit Kakao. Und dann schlaf dich aus. Ich rufe Papa im Amt an und sage ihm, daß du gesund zurückgekommen bist. Er hat sich auch Sorgen gemacht. Aber eine Ansichtskarte hättest du doch schreiben können. Wir wollten doch wissen, wie es in England aussieht.«

Am Abend wiederholte sich der Dialog. Auch Hubert Habicht mahnte bei seinem Sohn Robert die fehlenden Postkarten an.

»Es war einfach nicht möglich«, wiederholte Robert. »Wir waren jeden Tag woanders. Zelte aufbauen, abbauen, aufbauen. Und dann die Besichtigungen, den ganzen Tag lang. Wir haben viel gesehen.«

»Das ist vernünftig.« Habicht blickte seinen Sohn Robert wohlgefällig an. »Eine Bildungsreise ist eine Investition für das ganze Leben. Sie war dir sicherlich von Nutzen.«

»Ja, Papa.« Robert, nun ausgeschlafen und mit einem Schnitzel und Blumenkohl verwöhnt, blickte an seinem Vater vorbei. Die Sehnsucht nach Ulrikes Hingabe glühte in ihm auf. »Ich habe viel gelernt ... sehr viel. Für mein ganzes Leben ...«

Fassungslosen Eltern zu sagen, daß ihr Kind tot ist, gehört zum Schwersten, was man tun kann.

Und fassungslos war die Familie Brunnmeier, als sich am Morgen herausstellte, daß ihre Tochter Lisa nicht in ihrem Bett lag. Elfriede, die Mutter, wollte sie wecken.

Sie tat das immer mit dem Ruf: »Lisa, Liebling, aufstehen!« Und Lisa antwortete dann immer: »Ja, Mama. Gleich.« Aber dieses Mal gab es keine Antwort, das Bett war unberührt; Lisa war nicht nach Hause gekommen.

»Da steckt ein Bursche dahinter!« schrie Josef Brunnmeier sofort, als Elfriede ihm die Nachricht brachte. »Wenn ich den Kerl erwische, kennt den keiner mehr wieder. Meine Tochter! Bleibt die Nacht über weg! Aber das ist deine Erziehung! Das Mädchen muß mehr Freiheit haben. Das Mädchen ist siebzehn! Mein Gott, so 'ne Disco ist doch harmlos, da gehen sie doch alle hin ... Soll sie eine Hure werden? Bleibt einfach bei so einem Kerl! Na, laß die mal nach Hause kommen! Die kann was erleben!«

Und dann standen zwei Männer von der Kriminalpolizei in der Tür, wiesen sich aus und sagten: »Wir haben eine schlechte Nachricht für Sie: Ihre Tochter ist tot.«

Die Brunnmeiers sanken zusammen, jeder in einen Sessel, und starrten Reiber und Wortke an, als hätten diese in einer unbekannten Sprache gesprochen. Elfriede begriff es zuerst. Sie warf beide Hände vor das Gesicht und begann laut zu weinen. Josef Brunnmeier schüttelte den Kopf. Es war die einzige Bewegung, die er machen konnte, sonst saß er wie gelähmt da.

»Tot?« fragte er. Es war eine völlig tonlose Stimme. »Tot? Wieso? Wo und wie? Das ist doch nicht möglich? – Mord? Das gibt es doch nicht ...«

»Es war kein Mord, Herr Brunnmeier.« Wortke stieß Reiber in die Seite. Nun mach du doch mal den Mund auf! Erklär es ihnen, hieß das. »Sie hat sich selbst umgebracht.«

»Lisa? Unmöglich.« Brunnmeier starrte Reiber und Wortke an. Wer kann begreifen, daß sich ein junges fröhliches Mädchen selbst umbringt? Am allerwenigsten der Vater. So etwas wie Hoffnung glomm in Brunnmeiers Augen auf. »Ist ... ist es auch wirklich Lisa? Liegt da kein Irrtum vor? Keine Verwechslung?«

»Ihre Tochter hatte ihre Papiere bei sich.« Reiber trat einen Schritt näher. »Das Foto auf der Kennkarte stimmt mit dem Gesicht der Toten überein. Außerdem werden wir Sie bitten müssen, sie zu identifizieren. Nicht sofort ...« Er blickte auf Elfriede Brunnmeier, die in dem Sessel zusammengesunken war. »Wenn Sie sich beruhigt haben. Sie sollten sich um Ihre Frau kümmern, Herr Brunnmeier. Wo kann ich ein Glas Wasser holen?«

»Lisa ...« Brunnmeier schüttelte wieder den Kopf. Er rührte sich noch immer nicht. Wortke ging durch das Haus, fand die Küche und kam mit einem Glas kalten Wassers zurück. Er hielt es Elfriede hin, aber sie schüttelte ebenfalls den Kopf und weinte hemmungslos weiter. »Lisa hatte doch gar keinen Grund ...«

»Es war ein Unfall, Herr Brunnmeier.«

»Unfall? Also kein Selbstmord?«

»Beides. Sie hat sich selbst getötet, indem sie den Unfall provozierte.«

»Wo?«

»Das wissen wir noch nicht.«

»Ist sie überfahren worden?« Brunnmeier sprang auf. »Sie müssen doch wissen, wo Sie meine Tochter gefunden haben!«

Es dauerte lange, bis Brunnmeier begriff, was mit Lisa geschehen war. Immer wieder sagte er: »Unmöglich. Das kann nicht sein. Das hätten wir doch merken müssen. So etwas tut Lisa doch nicht!« Aber als er endlich begriff, daß sie ein Drogenopfer geworden war, starrte er fassungslos vor sich hin und sagte:

»Mein Gott, wir haben unser eigenes Kind nicht ge-kannt. Wir haben uns zu wenig um sie gekümmert. Es ist auch unsere Schuld.«

Und dann begann auch er zu weinen.

Was Reiber und Wortke an diesem Vormittag an In-formationen zusammentrugen, war der Werdegang eines jungen Mädchens, wie er hunderttausendfach vorkommt: ein geordnetes Elternhaus, der Vater Instal-lateurmeister, die Mutter vor der Ehe Verkäuferin in einem Supermarkt. Die üblichen Kinderkrankheiten wie Masern und Windpocken, keine psychischen Bela-stungen, Volksschule, eine Lehre als Friseurin, vor einem Jahr die Gesellenprüfung, tätig im Friseursalon »Evita«. Lisa liebte Rockmusik, kleidete sich unauffällig, aber doch mit einem Hauch von Sex, hatte keinen fe-sten Freund, besuchte gern Discos, tanzte leidenschaft-lich gern, zog Cola oder Limo alkoholischen Getränken vor, aß gerne Eis und Kebab oder Big Macs, hatte einen großen Freundeskreis und kannte als Friseurin eine Menge Leute. Ein ganz normales Leben – plötzlich aus-gelöscht durch Ecstasy.

Nach dem schweren Gang zur Gerichtsmedizin, wo die Brunnmeiers ihre Tochter identifizierten und El-friede neben der Leiche ohnmächtig wurde, saßen Wortke und Reiber im 13. Dezernat zusammen und lasen noch einmal die ersten Ermittlungen durch.

»Da haben wir den berühmten Heuhaufen, in dem man die Nadel suchen soll«, sagte Wortke. »Ein breit ge-streutes Umfeld. Wer hat ihr die Pillen geliefert? Peter, das wird wieder ein Puzzlespiel. Da wirst du ganz schön herumrennen müssen. Hunderte von Befragungen ...«

»Oder nur wenige, wenn wir Glück haben.« Reiber las noch einmal die Notizen durch. »Irgendwo hat sie die

Pillen geschluckt. Dann starb sie an Herzversagen. Aber sie war nicht allein. Mindestens einer war bei ihr, hat sie weggeschafft und in dem Keller am Abstellbahnhof Steinhausen abgelegt. Das ist ein Hinweis: Welcher normale Bürger kennt ein Abbruchhaus neben dem Abstellbahnhof? Von diesen Ruinen haben meistens nur Mitglieder der Szene eine Ahnung. Hier hat der Untergrund seine Verstecke, hier wird mit Drogen gehandelt, hier werden auch Techno-Partys gefeiert, man ist sicher vor Polizeistreifen. Logisch also, daß Lisa Brunnmeier in diesen Kreisen verkehrte, ohne daß jemand es wußte. Sie war nach außen hin immer die brave Tochter. Aber wenn es dunkel wurde, streifte sie das bürgerliche Kleid ab. Vor allem am Sonnabend oder Sonntag. Und heute ist Montag; da durfte es eine lange Sonntagnacht werden, denn am Montag haben die Friseurgeschäfte geschlossen. Nur wurde es jetzt eine ewige Nacht.«

»Einleuchtend.« Wortke griff nach der Flasche Bier, die auf Reibers Schreibtisch stand, setzte sie an den Mund und nahm einen kräftigen Schluck. Es war wie immer: Leichen machten ihn durstig. »Also mischen wir ab morgen die Szene auf. Und wenn's eine Privatparty gewesen ist?«

»Ich werde ihren Freundeskreis durch die Mangel drehen.« Reiber hieb mit der Faust auf die Tischplatte. »Ich werde die Quelle entdecken, aus der das Ecstasy nach München kommt. Lisa ist die erste Ecstasy-Tote – und sie soll die letzte sein. Ich will in München keine Amsterdamer Verhältnisse haben!«

»Ein gewaltiges Wort, Peter.« Wortke erhob sich, ging an das Fenster und blickte über die Straße. Gegenüber lag der Münchner Hauptbahnhof. »Mit viel Glück erwischst du den oder die Leichenabschlepper und vielleicht auch noch den örtlichen Dealer der Droge. Aber an die Lieferanten und Produzenten der Trendpille kommst du nicht heran. Gib dich da keinen Illusionen hin. Du hast es selbst einmal gesagt: Das Problem ist grenzüberschreitend. Verdammt, diese Hilflosigkeit macht mich ganz krank ...«

Noch in der Nacht von Montag auf Dienstag kamen Polizeistreifen in die bekannten Discos und Techno-Clubs. Sie verhörten Hunderte, meist Jugendliche, beschlagnahmten Klappmesser, Gummiknüppel mit Stahleinlagen, Baseballschläger, zwei Pistolen, zehn Gramm Kokain, sechs Gramm reines Heroin, ein Kilo Hasch, zwölf Saugpapierblättchen, vollgesogen mit LSD, und dreihundertvierzig Ecstasy-Pillen der Typen Smiley, Playboy und Zwerg Seppi. Letztere war der Renner bei den Techno-Kids, ein fast reines Präparat ohne Verschnitt. Sie war auch die teuerste auf dem Drogenmarkt: pro Stück siebzig Mark, für einen Junkie fast schon unerschwinglich. Eine Smiley kann man schon für vierzig Mark haben, eine Namenlos, die unreinste von allen Pillen, geht bereits für zehn Mark weg. In Amsterdam, dem Drogenmekka Europas, kauft man dagegen auf dem Schwarzmarkt hundert Tabletten für 72 Pfennig! Welch ein Geschäft!

So erfolgreich diese Razzien gewesen waren, für Reiber waren sie unbefriedigend. Die vierundzwanzig Verhaftungen brachten keine Erkenntnisse. Niemand hatte Lisa Brunnmeier gekannt, in den Techno-Schuppen war sie angeblich völlig unbekannt, Fotos der Toten wurden gleichgültig und mit einem Schulterzucken betrachtet. »Nie gesehen«. Vollkommenes Schweigen herrschte bei den Fragen nach der Herkunft der Drogen. Nur einer der Inhaftierten ließ sich herab, zu erzählen:

»Da ist so ein Typ, der geht von Schuppen zu Schuppen und hat so 'n Holzkoffer bei sich. Den klappt er auf wie 'n Bauchladen, und da kannste dir alles aussuchen, was du willst. Vom Schuß bis zum Blättchen, alles drin. Der läuft mit seinem Bauchladen in den Schuppen herum wie ein Blumenverkäufer.«

Reiber ließ ihn abführen, ohne ihn weiter zu befragen. »Der verarscht uns«, sagte er resignierend. »Und morgen läßt ihn der Haftrichter wieder frei. – Der Nächste.«

Wie Reiber vorausgesehen hatte: Die Aktion war ein Schlag ins Wasser, was den Fall Lisa Brunnmeier betraf. Auch nähere Freunde, die man in den nächsten Tagen verhörte und deren Namen Reiber von Lisas Eltern bekommen hatte, wußten nur, daß die Tote gern getanzt hatte, viel lachte, immer fröhlich war, ein richtiger Kumpel. Drogen? Nie! Ecstasy? Keine Ahnung. In welche Disco sie öfter ging? Das waren drei. Und da soll es Ecstasy geben? Nie gesehen. Wir sind sauber, Herr Kommissar.

Es war, als liefe Reiber gegen eine Gummiwand.

»Das habe ich nicht anders erwartet«, sagte er zu Wortke, als sie sich wieder zu einem Austausch ihrer Ergebnisse trafen. »Wir haben alle bekannten Discos und Clubs untersucht. Aber wieviel unbekannte gibt es in München? Darüber liegt der Nebel. Ich muß auf meinen alten Plan zurückkommen: Wir brauchen Informanten aus der Techno-Szene. Jugendliche V-Männer.«

»Das kriegst du nie genehmigt!« Wortke winkte ab.

»Dann mache ich es ohne Genehmigung!«

»Wie alt bist du, Peter?«

»Dreiunddreißig.«

»Eigentlich zu jung, um den Rest deines Lebens als

Heimgärtner zu verbringen. Wenn das herauskommt, feuern sie dich sofort.«

»Und wenn ich Erfolg damit habe?«

»Der wird hingenommen, und dann fliegst du trotzdem. Erfolge anullieren keine Kompetenzüberschreitungen! Junge, wir sind doch Beamte.« Wortke holte aus seiner Rocktasche zwei Blatt Papier und strich sie auf Reibers Schreibtisch glatt. »Was ich hier habe, ist viel aktueller. Der Bericht der Obduktion. Ich habe ihn vorweg abgeschrieben, der amtliche Text kommt morgen. Und nun hör mal zu: Diese brave Lisa hatte vor ihrem Tod noch Geschlechtsverkehr. Obwohl sie drei Präservative im Täschchen hatte, verzichtete sie darauf. Warum wohl?«

»Weil sie da schon vollkommen high war und sich nicht mehr kontrollieren konnte.«

»So ist es. Der Tod ist durch Atemlähmung eingetreten, durch eine Überdosis von MDMA, also Methylendioxymetamphetamin, verschnitten mit dem halluzinogenen MDEA und etwas Heroin.«

»Eine Teufelsmischung!« sagte Reiber und nahm Wortke die Notizen aus der Hand. »Wer so etwas herstellt, ist ein Mörder!«

»Nach unseren Gesetzen verstößt er nur gegen das Arzneimittelgesetz.« Wortke tippte gegen das Blatt Papier, das Reiber in den Händen hielt. »Interessant ist der Geschlechtsverkehr. Der kann kaum in einer öffentlichen Disco stattgefunden haben.«

»Warum nicht? Da gibt es dunkle Ecken genug, Hinterhöfe, Flure, Türnischen.«

»Alles möglich. Die große Frage: Hat Lisa Brunnmeier die Kopulation überlebt, oder ist sie an den Folgen der großen Erregung in Zusammenhang mit Ecstasy an Herzversagen gestorben? Wenn das der Fall ist, kann der Partner sie nicht weggeschleppt haben, ohne bemerkt zu werden. Ich denke mir deshalb ...«

»Sie ist auf einer Privatparty gestorben. Vielleicht war sie sogar allein mit ihrem Partner – in einer Wohnung, auf einem Zimmer, in einem dieser Untergrundverstecke.«

»Die keiner kennt. Es gibt viele Möglichkeiten.«

»Scheiße!«

»Das kannst du laut sagen. Wenn nur ein Mann beteiligt war, wenn es keinerlei Zeugen von Lisas Sterben gibt, stehen wir nackt da.«

»Ich glaube es einfach nicht!« Reiber warf Wortkes Notizen auf den Tisch. »Im Umfeld von Lisa Brunnmeier finden wir den oder die Mitwisser. Wir werden alle noch einmal vernehmen. Und dann ein drittes und viertes Mal – bis einer den Fehler macht, der ihn verrät. Du weißt doch, Theo: Fehler macht jeder früher oder später. Man muß nur Geduld haben und bohren, bohren, bohren. So hart ist kein Brett, daß man nicht durchkommt.«

»Übermorgen wird Lisa Brunnmeier begraben. Die Staatsanwaltschaft hat die Leiche freigegeben.«

»Ich weiß.«

»Gehst du zur Beerdigung?«

»Ja. Und du?«

»Ich werde etwas abseits stehen. Und beobachten. Ich habe schon öfter erlebt, daß Mörder Blümchen ins Grab werfen.«

»Deine Mörder sind eine andere Sorte! Hier hat jemand nur eine Tote weggeschleppt und versteckt. Er hat sie nicht umgebracht, er hatte nur Angst, Panik, Entsetzen. Die wahren Mörder sitzen woanders, und an die will ich ran!«

Reiber zerknüllte das abgeschriebene Obduktionsprotokoll und warf es in den Papierkorb. In der Heftigkeit seines Wurfes drückte sich seine ohnmächtige Wut aus.

»Wir müssen noch einmal miteinander reden«, sagte von Gleichem und hatte sein obligatorisches Cognacglas vor sich stehen. Er hatte Ulrike rufen lassen und sprach mit verhaltener Stimme. Es konnte also eine gefährliche Unterhaltung werden. »Ich habe lange über diesen Robert Habicht nachgedacht. Ich habe auch Erkundigungen eingezogen. Vater in der Bayerischen Landesregierung, guter Beamter, aber unscheinbar, ein typischer Stuhlfurzer mit Pensionsberechtigung. Eigenes Haus, keine Kredite. Sohn Robert, Ihr Liebhaber, ein braver Junge, macht Abitur, spielt vorzüglich Piano, wandert mit den Pfadfindern, hat sonst keine Ambitionen als die Musik, ist das, was man häufig als Muttersöhnchen bezeichnet. Und ausgerechnet so etwas ziehen Sie sich ins Bett, Ulrike. Das ist doch pervers!«

»Sie sehen das falsch, Herr von Gleichem.« Ulrike lächelte ihn überlegen an. Was du von Robert herausbekommen hast, sind nur Äußerlichkeiten ... Ich kenne ihn besser. Ich habe den wahren Robert Habicht erweckt. »Jeder Mensch ist entwicklungsfähig.«

»Und Sie haben die richtigen Mittel dazu ...«

»Ich glaube, Sie trauen mir das zu.«

»Ich traue Ihnen alles zu, jeden Himmel und jede Hölle. Trotzdem, der Knabe ist mir zu sensibel, zu labil.«

»Das sagten Sie schon einmal. Er hat sich gewandelt.«

»In was?«

»Er ist ein Mann geworden. Und dieser Mann hat mit dem ehemaligen Robert Habicht nur noch den Namen gemeinsam.«

175

»Sie hätten Änderungsschneiderin werden sollen.«
Von Gleichems Zynismus traf Ulrike nicht, sie hatte sich
daran gewöhnt. Seine Sprüche und Bonmots zeigten bei
ihr keine Wirkung mehr. »Wie sieht der Knabe denn
jetzt aus?«

»Er wird mit mir zusammen das ›Geschäft‹ aufbauen.«

»Oha! Das muß noch diskutiert werden.«

»Er hat eine Ecstasy-Pille genommen und wird von
nun an nicht mehr davon loskommen.«

»Sind Sie so sicher?«

»Er wird keinen eigenen Willen mehr haben. Er wird
nur noch tun, was ich ihm sage. ›Ich lebe in dir‹, hat er
einmal zu mir gesagt. ›Ohne dich bin ich leer.‹«

»Liest der Junge auch noch Kitschromane?« Von Gleichem lachte kurz auf. »Ulrike, wie ich das jetzt sehe,
sind Sie wirklich in ihn verliebt. Und Sie haben ihn sich
hörig gemacht. Aber eines Tages wird er aus diesem Zustand erwachen. Was dann?«

»Daran denke ich nicht.«

»Aber ich! Ein Millionengeschäft hängt an diesem Erwachen! Oder einige Jahre gesiebte Luft! Ulrike, Sie
waren sehr unvorsichtig! In unserer Branche denkt man
mit dem Kopf, nicht mit dem Unterleib. Ich habe mich
gestern den ganzen Tag über gefragt: Was machen wir
mit diesem Robert Habicht?«

»Er wird für uns arbeiten.«

»Ulrike, Sie halten Ihren Kopf dafür hin!«

»Ich habe keine Angst, ihn zu verlieren.« Sie sah von
Gleichem kampflustig in die Augen. Was weißt du von
Robert, dachte sie. Er ist aus seiner Kindheit erwacht
und hat eine Welt betreten, die ihm niemand außer mir
bieten kann. Wir werden zusammen dieses Geschäft

hochziehen und in ein oder zwei Jahren auf Mallorca oder auf Madeira den Reichtum genießen, den wir zusammengescharrt haben. Verdammt, ja, ich liebe ihn ... Aber er ist auch ein Werkzeug, das ich brauche, um die Straßen zu kehren, auf denen das Geld liegt. Und später ... Denken wir nicht an später. Robert wird auch jede Falte lieben, die ich eines Tages bekomme.

»Wir leben gefährlich, vergessen Sie das nicht.« Von Gleichem legte die Hände gegeneinander. Es sah aus, als bete er. »Gestern nacht gab es einen Todesfall. Eine Überdosis Ecstasy aus unserem Vertrieb. Diese verfluchten Polen liefern uns unsaubere, verschnittene Pillen. Das merke ich erst jetzt. Wir müssen die Pillen sofort auswechseln. Es ist die Marke Playboy. Alles wieder einsammeln.«

»Bei wem? Kennen Sie die Hunderte von Käufern? Die meisten Pillen sind außerdem längst geschluckt.«

»Und wenn es noch mehr Tote gibt? Nicht alle können so unauffällig weggeschafft werden!«

»Wir sind nicht verantwortlich für die Unvernunft der Verbraucher. Man kann auch krank werden, wenn man zuviel Eis ißt, und man kann sich zu Tode saufen.«

»In unserem Fall aber können wir die Polizei an den Hals bekommen.«

»Wo sollte die Polizei ansetzen?«

»Oft sind Sie ein eiskalter Profi, manchmal aber auch von einer umwerfenden Naivität. Ein Drogentoter hat eine Menge Mitwisser, und irgendwann fällt einer mal um.« Von Gleichem hatte seit Beginn seines Einstiegs in die Drogenszene alle Schutzmaßnahmen durchgespielt, die bei Schwierigkeiten mit der Polizei einzusetzen waren. Das größte Risiko blieben immer die Zeugen eines Vorfalls. Auch wenn Schweigen, schon als Selbstschutz, die beste Abwehr war – gerade Drogensüchtige sind mit einem labilen Charakter behaftet. Die beste Methode, diese Mauer des Schweigens einzureißen, ist der Entzug. Nicht der vorsichtig-klinische, sondern der brutale. Von heute auf morgen keinen Stoff mehr. Und wenn dann die Qualen einsetzen, das Zittern und die Krämpfe, wenn das Herz rast, die Augen scheinbar aus dem Kopf quellen und die Zunge zu einem Lederlappen wird, dann steht jemand da, hält eine Pille hoch und erklärt: »Du bekommst sie, wenn du sagst, woher du sie bisher bekommen hast.« Dann schreit man den Namen heraus, den Ort, alles, alles brüllt man aus sich heraus, um das Feuer in sich zu ersticken.

So weit kann es eines Tages kommen, hatte von Gleichem gedacht. Noch darf die Polizei zwar solche Methoden nicht anwenden, denn sie verstoßen gegen die Menschenwürde, sie werden als Folterung eingestuft, sie verletzen das Recht auf die Unantastbarkeit der Persönlichkeit. Aber es könnte Interessenten geben, die keine Skrupel kennen, um mit diesen Methoden in den Markt einzudringen, die Konkurrenz zu enttarnen und sie der Staatsgewalt auszuliefern, um dann später selbst in das Millionengeschäft einzusteigen. Ein Süchtiger kann so zur tödlichen Gefahr werden ...

Von Gleichem blickte Ulrike an. Er sah in erschreckend kalte Augen, in ein Gesicht, das wie eine erstarrte Maske wirkte, das keine Regung zeigte. Was denkt sie jetzt? Was geht in diesem Kopf vor? fragte er sich. Die Augen eines Bären können nicht ausdrucksloser sein. So grenzenlos, wie sie liebt, kann sie auch zerstören. Eine Satanstochter im Körper einer Nymphe.

»Wir ziehen also die Pille Playboy zurück«, sagte er. »Wir steigen um auf Smiley, Barney und Chanel. Übermorgen kommen die Herren aus Polen wieder nach München. Ich werde die Verträge kündigen.«

»Wenn sie sich das gefallen lassen.«

Ulrikes Einwurf war berechtigt. Man kann in diesem Geschäftszweig nicht einfach sagen: Schluß! Aus! Steckt euch euer Mistzeug in den Hintern! Das erzeugt Widerstand, und Widerstand in dieser Branche endet oft in einem Sarg. Auch von Gleichem rechnete mit einem gnadenlosen Kampf.

»Ich habe Vorsorge getroffen«, sagte er und lehnte sich in seinem Sessel zurück. »Die Herren werden sehr zahm sein.«

»Das wäre etwas Neues.«

»Neu für sie werden meine Absicherungen sein. Es gibt Überraschungen, die verblüffen, sonst wären es keine Überraschungen.« Er fuhr mit der rechten Hand durch die Luft, als wolle er damit das Thema wegwischen. »Doch zurück zu diesem Robert Habicht. Setzen wir voraus, er ist Ihnen wirklich hörig, er tut alles, was Sie von ihm verlangen, er wird süchtig nach der Ecstasy-Pille, er verliert den letzten Verstand in Ihrem Bett … Wie würde er reagieren, wenn er miterlebt, daß ein Mädchen, dem er Ecstasy verkauft hat, vor seinen Augen stirbt? Kann er das, trotz aller Hörigkeit, schlucken? Er wird sich immer vorwerfen: Ich habe ihr den Tod verkauft. Und diese Anklage wird in ihm wachsen und wachsen, bis sie explodiert. Die Auswirkungen brauche ich Ihnen nicht zu erklären.«

»Das ist eine dumme Konstruktion!« sagte Ulrike hart.

»Wieso dumm?« Von Gleichem schüttelte den Kopf. »Sie ist logisch. Bei Habichts Charakter sogar zwingend logisch.«

»Wenn es wieder Tote gibt, kommt er damit nicht in Berührung. Er gibt die Tabletten an die Dealer weiter, er ist gemeinsam mit mir eine Art Großhändler, er kommt mit den Konsumenten nie zusammen, er wird nie mit dem Tod unmittelbar konfrontiert werden.«

»Aber er hört davon und weiß, daß er die Tabletten verkauft hat.«

»Hängt sich ein Schnapsfabrikant auf, weil sich jemand an seinem Doppelkorn zu Tode gesoffen hat?«

»Wir drehen uns im Kreis, Ulrike.« Von Gleichem begriff, daß es sinnlos war, mit ihr über Robert Habicht zu diskutieren. Er mußte einen anderen Weg finden, um diese Verbindung zu zerreißen. »Der Junge mag dank Ihrer Erfahrung und Liebeskunst ein vorzüglicher Liebhaber werden, zusammen mit Ecstasy unermüdlich, ausdauernd und stark ... Er bleibt trotzdem ein Weichling, dem ich nichts zutraue. Er mag hervorragend Chopin spielen – für unser Geschäft ist er nicht geeignet. Und dabei bleibe ich, auch wenn Sie das anders sehen.«

Ulrike schlief nur wenig in dieser Nacht.

Kurz vor acht Uhr morgens klingelte es. Sie schrak hoch, blickte auf den Wecker auf dem Nachttisch und drehte sich auf die andere Seite. Um zehn vor acht hat keiner bei mir zu klingeln, dachte sie. Bis elf Uhr mindestens bin ich nicht zu sprechen. Laßt mich schlafen. Wer da auch draußen steht – hau ab!

Aber es klingelte weiter, ohne Unterbrechung. Jemand mußte wohl den Daumen ständig auf den Knopf drücken.

Ulrike setzte sich auf und ballte die Fäuste. »Ruhe!« schrie sie. Natürlich hörte der Quälgeist, der unten an der Haustür stand, dies nicht. »Ich will schlafen! Hau ab, du Wildsau!«

Als habe der Klingler es gehört, unterbrach er sein Schellen, um es dann von neuem, diesmal rhythmisch, aufzunehmen. Dreimal kurz, dreimal lang, dreimal kurz, dreimal lang, immer und immer wieder. Es war nervtötend.

Ulrike sprang aus dem Bett, rannte zur Wohnungstür, drückte auf den elektrischen Türöffner, zog ihren Morgenmantel an und legte die Sicherheitskette vor. Dann öffnete sie die Tür einen Spalt.

Die Treppe herauf hetzte eine große schlanke Gestalt und blieb schwer atmend im Treppenhaus stehen. Ulrike öffnete die Tür ganz.

»Du Idiot!« sagte sie grob. »Was willst du hier? Du weißt doch, daß ich um diese Zeit schlafe …«

»Genau das ist es.« Robert Habicht lächelte sie an, und dieses jungenhafte Lächeln zerbrach ihren Widerstand. »Ich will bei dir sein, wenn du schläfst.«

Sie trat zur Seite. »Komm rein!« sagte sie. »Warum bist du nicht in der Schule?«

»Ich habe angerufen. Ich bin krank. Für eine Woche. Wir haben wieder eine Woche für uns. Eine Woche lang jeden Vormittag von acht bis eins.«

»Und dann soll ich schlafen?«

»Willst du das?« Er streifte den Morgenmantel von ihrer Schulter, beugte sich zu ihr und küßte ihre Brüste. Auch wenn sie sich innerlich noch wehrte, durchrann sie ein Kribbeln, das von den Zehen bis zu den Haarspitzen zog. Sie krümmte die Zehen, als Roberts Lippen sich an ihren Warzen festsaugten, und als seine Hand nach ihrem Schoß tastete, drängte sie sich ihm entgegen. Es gab einfach keine Gegenwehr. Nur noch das Verlangen war da, zwingend, ungebändigt, mit dem Blut in jeder noch so kleinen Ader pulsierend.

Auf dem Bett liegend, seine kraftvolle Nacktheit von Ulrikes Beinen umschlungen, hob Robert plötzlich den Kopf und unterbrach seine Liebkosungen.

»Gib mir eine Pille …«, sagte er mit schwerem Atem.

»Nein!« Sie stemmte die Hände gegen seine Brust. »Nein, Bob!«

»Bitte! Ich will das wieder erleben wie zuletzt … Dieser Himmel, der auf mich fällt. Dieses Schweben. Dieses Abheben von der Erde. Bitte …«

»Nein, Bob! Nein!«

»Ich *muß* es wieder erleben. Sei nicht so grausam. Bitte, bitte …«

Und sie gab ihm die Pille, Ecstasy, Marke Smiley.

Nach knapp einer Stunde setzte die Wirkung ein.

In Robert brach ein Vulkan auf, vier Stunden lang.

Es waren Stunden voller Leidenschaft und irrsinnigem Glück. Vier Stunden lang war Robert ein Mensch voll geballter Energie. Einer künstlichen Energie, die das Herz in Flimmern versetzte und das Gehirn paralysierte.

Es war ein Rausch, der einen Übermenschen schuf.

Und seine Vernichtung.

Hua Dinh Son bekam wieder einen Anruf. Es war eine andere Stimme, aber sie sprach vietnamesisch. Ein Bruder aus der Heimat. Son freute sich, auch wenn er wußte, warum dieser Anruf ihn erreichte.

»Du wirst eine schöne Reise machen«, sagte die Stimme mit all der Freundlichkeit und Höflichkeit, die einem Asiaten angeboren sind.

»Ich bin bereit, die Welt zu sehen«, antwortete Son ebenso höflich. »In welcher Himmelsrichtung liegt das Glück?«

»Im Westen, Bruder. Wieder in München.«

»München ist eine schöne Stadt. Es hat mir dort sehr gefallen.«

»Du wirst vier Menschen begegnen, die einen unangenehmen Geruch ausströmen. Sie sollten gewaschen werden.«

»Gleich vier?« Son wiegte den Kopf. Er scheute sich nicht vor Arbeit, aber vier Aufträge waren selbst für einen so gewandten Menschen wie ihn sehr ungewöhnlich. »Gibt es keinen anderen als mich? Muß ich die Arbeit allein tun?« Eine Frage, die er laut aussprach. »Bitte bedenkt, daß ich nur zwei Hände besitze. Zwei weitere Hände könnten nützlich sein.«

»Du bist ein Spezialist«, sagte die Stimme mit mildem Tadel. »Wir haben keinen frei, der dir helfen könnte. Lies in den nächsten Tagen deutsche Zeitungen, dann weißt du, was ich meine. In Berlin, Hamburg, Frankfurt und Köln sind Aufträge zu erledigen; für München gibt es nur dich. Und denk an den goldenen Segen, der in einem Schließfach liegt. Viermal dreitausend Dollar.«

»Das sind zwölftausend.« Son starrte an die Zimmerdecke. Ein wirklich wichtiger Auftrag, ohne Zweifel. Aber bestimmt auch sehr schwierig, wenn man die Taschen so weit öffnete. Darüber muß man Genaueres wissen, ehe man nach München fliegt. »Erzähl weiter, Bruder.«

»Es sind drei Polen und ein Deutscher.«

»Schon wieder Polen?«

»Du findest wie immer alles in einem Brief in deinem Hotel. Dieses Mal wohnst du im Hotel ›König Karl‹. Dein Zimmer wird bezahlt sein, wenn du eintriffst.«

»Ich muß auch essen und trinken, Bruder.«

»Es ist alles geregelt wie bisher ... Oder hattest du Grund, unzufrieden zu sein? Dann sag es jetzt.«

»O nein, nein, es war alles gut vorbereitet.« Son war

auf der Hut. Man soll nicht unbescheiden sein, nicht gegenüber einem Auftraggeber, den niemand kennt. Wie sagt ein Sprichwort: Durchstoße nicht die Nebelwand, warte, bis sie sich verzogen hat.

»Wann soll ich reisen, Bruder?« fragte Son.

»Am nächsten Montag. Du nimmst die Morgenmaschine von Warschau nach Frankfurt und dann weiter nach München. Du kannst dich drei Tage in München aufhalten, um deine Arbeit zu tun. Die Flugkarten liegen am Warschauer Flughafen am Schalter der LOT. Du siehst, wir nehmen dir alle Mühe ab.«

»Ihr seid wirklich gute Freunde.« Son machte am Telefon eine Verbeugung. Ehrfurcht dem, dem sie gebührt. »Ich werde alles in eurem Sinn vollenden.«

Das Gespräch brach ab. Son räusperte sich, erhob sich dann aus seinem Sessel und stieg hinunter in den Keller. Dort schloß er eine Tür auf, zu der nur er einen Schlüssel besaß, und betrat den Raum.

Es war ein kahles Kellergewölbe, fensterlos, vor über hundert Jahren mit den Steinen aus dem nahen Fluß gebaut, dicke, von den Wassern blank geschliffene Steine, die niemand durchbrechen konnte. Wozu einmal, in früher Zeit, dieser Raum nützlich gewesen sein sollte, konnte Son sich nicht erklären. Er hatte ihn umfunktioniert, seine Frau Marika hatte ihn nie betreten, sie war noch nie in die Kellergewölbe hinabgestiegen. Sie hatte Angst vor Spinnen und Ratten und glaubte Son, der ihr erzählte, er habe dort unten Ratten gesehen, so groß und dick wie Biber.

In dem kahlen Raum waren drei dicke Pfähle in den Boden geschraubt, und auf jeden Pfahl war ein kunstvoll aus Holz geschnitzter Kopf gepflockt. Keine einfachen runden Köpfe, sondern welche, die Gesichter hatten, verschiedene Halsweiten, schmale oder dicke Nacken, lange Hälse oder gedrungene. Sogar Augen blickten Son aus diesen Köpfen an. Augen aus Glas, wie man sie auch bei Prothesen verwendet. Blaue, braune und grün-graue Augen, die im Licht der von der Decke hängenden Glühbirne mit Leben erfüllt schienen.

Son ging zu einem aus Holz geschnitzten Kasten, der auf einem kleinen verrotteten Tisch stand, öffnete den Deckel und entnahm ihm drei dünne Stahldrähte von unterschiedlicher Stärke. Mit einem langen Blick auf den Hals des ersten Kopfes wählte er einen Draht aus, wirbelte ihn durch die Luft, faßte dann mit beiden Händen die Enden und straffte sie. Geduckt schlich er, lautlos und nach vorn gebeugt, auf den Kopf zu, einer Raubkatze gleich, die zum Sprung ansetzt, um ihre Fangzähne in den Nacken des Opfers zu schlagen.

Jetzt stand Son hinter dem Kopf, sein Blick bohrte sich in den Nacken, und blitzschnell, man sah kaum eine Bewegung, schnellten die Hände über den Kopf, der dünne Stahldraht schnitt in die Kehle, wurde nach hinten straff gezogen und würgte die Luft ab, wenn es ein menschlicher Kopf gewesen wäre.

Son zog den Draht zurück und war mit sich unzufrieden.

Zu langsam. Viel zu langsam. Da blieb noch Zeit für einen Schrei, für ein Aufbäumen, sogar für Gegenwehr. In der Schnelligkeit lag auch die Lautlosigkeit. Es durfte kein Zucken geben, selbst die Sekunde des Erschreckens mußte durchschnitten werden.

Son trat von dem Kopf zurück und blickte zu dem zweiten Schädel hinüber. Der dicke, gedrungene Hals – er war die schwerste Aufgabe. Hier kam es darauf an, den kurzen Zwischenraum zwischen Kinn und Kehle zu treffen und den Kehlkopfknorpel mit einem straffen Zug einzudrücken. Man muß üben, Son, dachte er und drehte die Stahlschlinge zwischen seinen Fingern. Üben, üben. Der schnelle, lautlose Tod ist eine Kunst, und ein Künstler, der nicht übt, fällt in das Mittelmaß zurück. Hua Dinh Son, du kannst dir keinen Fehlgriff leisten.

Auch bei dem zweiten Kopf war er zu langsam. Die Stahlschlinge blieb am Kinn hängen. Das wäre am lebenden Opfer eine Katastrophe gewesen. Son fluchte, schlug das Stahlseil gegen die dicke Steinmauer, griff dann nach einem ganz dünnen Draht und stürzte sich auf den dritten Kopf.

Schon bessser. Aber das war auch der dünnste Hals, und solch ein Hals ist selten. Es ist ein asiatischer Hals, aber kein europäischer, kein polnischer oder deutscher Hals.

Zwei Stunden lang übte Son das Erwürgen mit der Stahlschlinge. Er übte es am zweiten Kopf mit dem gedrungenen Hals. Gelang ihm hier das sekundenschnelle, lautlose Töten, gab es später keine Schwierigkeiten mehr.

Am Montag mußte er nach München. Das hieß, er konnte noch bis Sonntag trainieren.

Noch drei Tage.

Son starrte auf den Kopf und spannte den Stahldraht in seinen Händen.

Es waren blaue Augen, die ihn ansahen. Und plötzlich haßte Son sie ... Der nächste Wurf war perfekt. Die Schlinge lag genau auf dem Kehlkopf.

Die drei Herren aus Polen erschienen nicht zur vereinbarten Zeit im Toscana. Franz von Gleichem wartete eine Stunde lang, ehe er im Hotel anrief. Dort sagte man ihm, die Herren hätten das Hotel vor etwa einer Stunde verlassen, mit einem Taxi. Nein, sie hätten keine Nachricht hinterlassen.

Von Gleichem wartete weiter. Salvatore Brunelli hatte seine Pistole in den Hosenbund gesteckt, und auch Bolo war bewaffnet; er trug eine Minimaschinenpistole unter seinem langen Portiersmantel. Es war eine der kleinen, aber ungemein wirksamen Waffen, die die Mafia-Unterhändler oft in ihren Aktenkoffern mitschleppen – oder in Geschenkkartons, in denen man eine Pralinenschachtel vermutet. Von Gleichem war also für eine erregte Auseinandersetzung gerüstet, auch wenn er nicht glaubte, daß die Polen in aller Öffentlichkeit brutal werden würden.

Aber die Herren kamen nicht in die Bar.

Dafür erschien ein kleiner, elegant gekleideter Gast im Toscana, hockte sich an die Bar, bestellte einen Cocktail Montego Beach und blickte stumm vor sich hin. Ein unauffälliger Gast mit einem asiatischen Gesicht. Ulrike, die ihn bediente, fragte sich, ob er Japaner, Chinese, Vietnamese oder Koreaner war. Für einen Europäer sehen sie alle gleich aus, nur ein Asiat erkennt die Unterschiede.

Der Gast trank noch einen Cocktail, blickte dann auf seine Armbanduhr, eine mit Brillanten verzierte Luxusuhr, Schweizer Fabrikat, winkte Ulrike zu und sagte höflich:

»Ich möchte bitte Herrn von Gleichem sprechen.« Er sagte das in tadellosem Deutsch.

Ulrike sah ihn erstaunt an. »Ich weiß nicht, ob Herr von Gleichem im Haus ist«, antwortete sie.

»Er ist im Haus.«

»Dann wissen Sie mehr als ich.«

»Ich weiß immer mehr als andere.« Der Gast lächelte verhalten. »Bitte, melden Sie mich an.«

»Das kann ich nicht.«

»Sie können es.«

»Sie wissen eben doch nicht alles.« Ulrike verbarg ihren Ärger nicht. Wer so mit ihr sprach, wenn auch sehr höflich, stieß auf Granit. »Sie müssen sich an den Geschäftsführer, Herrn Brunelli, wenden, wenn Sie mit Herrn von Gleichem sprechen wollen.«

»Ist das der Italiener, der dort an der Säule lehnt? Ein unsympathischer Mensch. Ich spreche nicht mit Menschen, die ich nicht mag. In meiner Heimat sagt man: Blick in ein Gesicht, es ist wie ein aufgeschlagenes Buch.«

»Wo ist Ihre Heimat? In China?«

»Vietnam. Ein wunderschönes Land. Man muß es lieben. Es hat so viele schöne Frauen, schön wie Sie ... aber anders. Ich heiße Lok. Meinen ganzen Namen zu nennen, wäre zu schwierig. Lok genügt. Lok ist einfach auszusprechen.« Er lächelte Ulrike wieder an und schob sich vom Barhocker. »Führen Sie mich jetzt zu Herrn von Gleichem, Ulla?«

Ulrike zuckte zusammen. Er kennt meinen Namen! Woher weiß er, wie ich heiße? Er war noch nie im Toscana. Salvatore, komm her, hier stimmt etwas nicht. Aber statt Brunelli einen Wink zu geben, fragte sie:

»Woher wissen Sie meinen Namen, Herr Lok?«

»Ich sagte es schon: Ich weiß alles.« Lok deutete zu der Tür im Hintergrund der Bar. »Ich weiß auch, daß Herr von Gleichem dort im Zimmer sitzt und auf drei Herren aus Polen wartet. Genügt das? Ist das eine Eintrittskarte zu Herrn von Gleichem?«

Ulrike zögerte. Salvatore, komm her ... Ich habe ein ganz dummes Gefühl. Was will ein Vietnamese beim Chef? Plötzlich erinnerte sie sich an Bilder, die sie im Fernsehen und in Illustrierten gesehen hatte: Leichen in einem Wohnhaus. Zwei Tote. Genickschuß. Eine regelrechte Hinrichtung, sagte die Polizei. Ein Mafia-Mord durch Vietnamesen. Zwei Banden kämpften um den Markt in Berlin. Zigarettenschmuggel, Schutzgelder. Was hat von Gleichem mit Zigaretten zu tun? Und Schutzgelder? Die zahlt er schon an die italienische Mafia. Wollen jetzt auch die Vietnamesen Kasse machen? Salvatore, zum Teufel, steh nicht so herum an deiner Säule. Komm her!

Lok wartete nicht auf Ulrikes Antwort. Ohne Hast, mit einer beispiellosen Selbstsicherheit, ging er um die Bar herum, öffnete die Tür zu von Gleichems Büro und stieß sie hinter sich wieder zu. Das hatte nun auch Brunelli gesehen. Er hechtete durch das Lokal, riß seine Pistole aus dem Hosenbund und stürzte ins Zimmer, als Lok gerade sagte:

»Jagen Sie Ihren sizilianischen Affen weg!«

Damit war Salvatore gemeint. Lok schien wirklich alles zu wissen und sogar zu ahnen. Von Gleichem war ein paar Augenblicke lang sprachlos. Das kam selten vor; er war bekannt dafür, daß bei ihm Schrecksekunden wirklich nur eine Sekunde dauerten.

»Was wollen Sie?« schrie er dann. Und leiser, gefährlicher: »Wer sind Sie?«

»Mein Name ist Lok. Das sagt Ihnen nichts, aber es wird Ihnen etwas sagen, wenn ich mein Wissen andeute: Sie erwarten drei Herren aus Polen ...«

Von Gleichem hob die Augenbrauen, setzte sich und nickte Brunelli zu. »Du kannst gehen.«

»Ich warte vor der Tür, Chef. Er kommt hier nicht mehr raus. Es wird keiner hören. Ich habe den Schalldämpfer drauf.«

Lok wartete, bis Salvatore das Zimmer verlassen

hatte, zog dann einen Stuhl vor den Schreibtisch und setzte sich.

»Ein unhöflicher Mensch«, sagte er, als ekele er sich. »Primitiv! Wie können Sie solch eine Mißgeburt in Ihrer Nähe dulden!«

»Was wollen Sie?« Von Gleichem hatte keine Lust, in Loks Plauderton zu verfallen. »Sie dringen hier ein ...«

»Aber nein, ich besuche Sie.«

»Das ist Auffassungssache. Also?«

»Wie ich schon andeutete: Sie erwarten drei Geschäftsfreunde aus Polen. Bitte, warten Sie nicht. Sie werden nicht kommen.«

»Ich wüßte nicht, woher Sie ...«

»Aber bitte!« Lok hob abwehrend die rechte Hand. »Keine Aufregung, Herr von Gleichem. Lesen Sie die Zeitungen von übermorgen, und sehen Sie sich morgen die Nachrichten im Fernsehen an. Für die Zeitungen ist es schon zu spät. Um so mehr steht übermorgen in den Gazetten. Die drei Herren aus Polen waren in einen Unfall verwickelt ...«

»Ihr Taxi ist verunglückt?« Von Gleichem sprang wieder auf. »Das ist ja schrecklich!«

»Sagen wir es so: Sie haben ein unglückliches Taxi genommen.«

»Sind sie schwer verletzt?«

Lok blickte auf seine Brillantuhr. »Ich nehme an, sie werden gerade zur Gerichtsmedizin gebracht.«

»Gerichtsmedizin?« Von Gleichem starrte Lok an; noch begriff er nicht ganz, was der Vietnamese so freundlich umschrieb. »Sind ... sind sie tot?«

»Des Menschen Straße ist kurz, aber unendlich der Himmel.«

»Mein Gott!« Von Gleichem sank in seinen Sessel zurück. »Wie ist das passiert? Und woher wissen Sie das? Waren Sie dabei? Sind Sie ein Zeuge des Unfalls?«

»Säße ich dann hier? Ich wußte, daß der Unfall geschieht.«

»Sie wußten?«

»Kein alltäglicher Unfall ... Aber Sie werden das ja alles in den Zeitungen lesen.« Lok griff in seine linke Jackentasche, holte drei zusammengefaltete Papiere heraus und breitete sie vor von Gleichem aus. »Wenn Sie das bitte durchlesen würden.«

»Was ist das?« Von Gleichem lehnte sich zurück.

»Ein Vertrag«, sagte Lok und lächelte höflich.

»Vertrag? Ich verstehe nicht ...«

»Ein Asiat würde das sofort begreifen. Warum braucht ihr Europäer immer lange Erklärungen? Überdenken Sie Ihre Situation, Herr von Gleichem. Sie hatten drei Partner: die Herren aus Polen. Sie lieferten Ihnen Drogen. LSD, aber vor allem Ecstasy, die Wunderpille der Jugend. Wir wissen, daß es schlechte Ware war. Unrein, verschnitten, gefährlich. Nun gibt es diese drei Herren nicht mehr, und Sie brauchen neue Lieferanten. Ehrliche Partner. Geschäftsfreunde.«

»Und das sind Sie?« fragte von Gleichem. Sein Zynismus brach wieder durch. »Sie heißen Lok? Ich nehme an, Sie sind Vietnamese.«

»Da haben wir schon einen Schritt zur Verständigung.«

»Klarer ausgedrückt: Die vietnamesische Mafia will München erobern, so wie sie bereits Berlin erobert hat. Nur das Produkt wechselt. Statt Zigaretten nun Ecstasy.«

»Ich bewundere Ihre Intelligenz«, warf Lok höflich ein.

»Und ich bewundere Ihre Frechheit. Damit sind wir quitt.«

»Der Vertrag, Herr von Gleichem.«

»In den Papierkorb. Zum Hintern abwischen ist das Papier zu hart.«

»Ich bemerke, Sie haben auch Humor.« Lok beugte sich etwas vor. Er verlor nichts von seiner Höflichkeit, als er fortfuhr: »Uns interessiert nicht der Verteilermarkt, es geht nur um die Lieferung. Unsere Drogenküchen liefern die reinsten Produkte. Die Gewinnspanne für Sie ist zwar etwas geringer als bei den Polen, dafür genießen Sie aber neben einer einwandfreien Ware auch einen umfassenden Gebietsschutz. Sie sollten den Vertrag wirklich lesen, Herr von Gleichem.«

»Ich will erst Ihre Produkte prüfen, Herr Lok.«

»Zugestanden.« Lok erhob sich und vollführte eine leichte Verbeugung. »Morgen schicken wir Ihnen eine Auswahl zu. Ich weiß, Sie werden den Vertrag unterschreiben. Jetzt, wo die drei polnischen Herren Sie verlassen haben ...«

Er ging zur Tür, aber bevor er die Klinke hinunterdrückte, hielt ihn eine Frage von Gleichems auf. »Wo ist der Unfall passiert?«

»Im Nymphenburger Park.«

»Du lieber Himmel! Was hatten sie denn dort zu suchen? Sie wollten doch hierher!«

»Man hat sie im Nymphenburger Park gefunden. Sie lagen nebeneinander.«

»Gefunden? Nebeneinander?« Von Gleichem war sichtlich irritiert. »Und das Taxi?«

»Es war kein Taxi da.«

»Aber der Wagen muß doch ...«

»Sie starben schnell und schmerzlos.« Lok öffnete die Tür. Salvatore, der draußen wartete, hörte die Worte so klar wie Franz von Gleichem. »Sie wurden erwürgt.

Mit einer Stahlschlinge. Ich wünsche Ihnen noch eine erfreuliche Nacht ...«

Niemand hinderte Lok daran, das Toscana zu verlassen.

Bei der Münchner Mordkommission war Großalarm ausgelöst worden. Kriminaloberrat Wortke wurde aus dem Bett geholt, der wiederum rief Reiber an und schrie ins Telefon:

»Die Scheiße läuft über! Drei Tote im Nymphenburger Park, sauber nebeneinander gelegt, ein toter Taxifahrer in seinem Wagen am Hirschgarten. Und alle vier mit einem Stahldraht erwürgt. Das sind klassische OK-Morde!« Die Abkürzung bedeutete, daß es sich um Morde der organisierten Kriminalität handelte.

Danach ließ er sich noch einmal mit seinem Kommissariat verbinden. Dort lief alles mit größter Routine ab. Polizeiarzt, Fotografen, vier Zinkwannen waren schon unterwegs. Die Spurensicherung mußte bereits am Fundort der Leichen sein. Die Polizei sperrte das Gebiet ab.

»Vier auf einmal!« sagte Wortke, als er im Auto saß, zu seinem Fahrer, einem Kriminalhauptwachtmeister. »Ich wußte gar nicht, wie nahe München bei Palermo liegt. Oder ist es Hongkong? Ich wette, auch diese vier werden als Akte im Regal verstauben. Was nützen Reiber und dem LKA ihre verdeckten Ermittler? Hier wütet jemand herum, der unsichtbar bleibt! An den keiner herankommt.«

»Es kann nicht nur einer sein, Herr Oberrat.« Der Hauptwachtmeister schüttelte den Kopf. »Unmöglich. Man kann doch nicht vier Menschen gleichzeitig umbringen!«

»Das werden wir uns genau ansehen, Hermann. Ich lasse mich nicht mehr überraschen, alles ist möglich, auch wenn es noch so verrückt und absurd scheint.«

»Wenn der Mörder geschossen hätte ... Aber mit einer Drahtschlinge erwürgt? Vier auf einmal? Das geht doch nicht.«

Kurz nach Wortke traf auch Reiber an der Fundstelle ein. Der Fotograf hatte die drei Toten fotografiert, der Polizeiarzt machte sich Notizen. Ein anderes Team der Mordkommission untersuchte den toten Taxifahrer im Hirschgarten und stand per Funk mit Wortke in Verbindung.

»Polen!« sagte Wortke, als Reiber zu den Leichen trat. »Was sagste nun? Da räumt einer auf, um in die möblierte Wohnung zu ziehen. Den Bandenkrieg ... nun haste ihn! Erstaunlich, daß es so lange gedauert hat.«

»Noch kann es eine Privatauseinandersetzung sein.«

»Ein herrliches Beamtenwort! Wer steht wem im Wege und wo? Polen gegen Drahtschlingenwerfer. Was haben sie gemeinsam, was den anderen stört?«

»Den Drogenmarkt. Wenn wir das Leben der drei Polen aufgerollt haben, wissen wir mehr. Der erste Tote war Apotheker. Ich bin gespannt, aus welcher Ecke diese drei kommen.«

Eine Überraschung bescherte ihnen der tote Taxifahrer.

Der oder die Mörder hatten nicht daran gedacht, daß der Taxometer eingestellt war, die Kilometeruhr, die den Fahrpreis anzeigt. An ihr konnte man ablesen, wie viele Kilometer der Wagen gefahren war.

»Das kommt rechnerisch nicht hin«, stellte Wortke erstaunt fest. Er hatte nach dem Fahrpreis die Kilometerzahl ermittelt. »Noch wissen wir nicht, wo die Polen und der Fahrer ermordet worden sind und wieso die drei Toten im Nymphenburger Park liegen und der Taxifahrer im Hirschgarten. Das liegt zwar fast nebeneinander, aber warum hat man die Toten verteilt? Nehmen wir an, das Taxi hat die Polen vom Hotel abgeholt ...«

»Das wir auch noch nicht kennen«, warf Reiber ein.

»Die Ermittlung läuft ... Also: Sie werden abgeholt, von wo auch immer ... Was die Uhr anzeigt, ist völlig rätselhaft. Danach müssen sie kreuz und quer durch München gefahren sein, sonst kommen die Kilometer nicht zusammen.«

»Oder die Polen haben in gar keinem Hotel gewohnt, sondern sich von außerhalb Münchens abholen lassen. Aus Rottach oder sogar vom Chiemsee oder wer weiß woher. Nach den gefahrenen Kilometern können wir den Radius errechnen.«

»Mit anderen Worten: Wir sollen in halb Oberbayern suchen.« Wortke legte den Bleistift hin, mit dem er sich Notizen gemacht hatte. »Das ist gut. Das ist sehr gut.«

»Wieso?« fragte Reiber erstaunt.

»Weil ich damit den Fall abgeben kann. Das ist jetzt Sache des Landeskriminalamtes. Daran soll sich das LKA die Zähne ausbeißen. Wir sind nur für München zuständig. Das LKA wird, wie in solchen Fällen immer, eine Sonderkommission bilden und breiträumig ermitteln. Etwas Besseres kann uns gar nicht passieren.«

»Und wenn die Polen doch in einem Münchner Hotel abgestiegen waren?«

»Dann baden wir im Dreck.«

Um sechs Uhr vierzig wußten Wortke und Reiber, daß der vierfache Mord an ihnen hängenblieb: Die Nachfragen bei den Hotels hatten ergeben, daß die drei Polen im Hotel Raphael abgestiegen waren. Und – so sagte der Portier aus – sie waren von einem Taxi abgeholt worden. So gegen 22 Uhr.«

»Hotel Raphael ... Es waren also keine armen Leute.« Wortke blickte wieder in seine Notizen. »Dann stimmt die Taxiuhr nicht. Vom Raphael bis zum Hirschgarten ergibt das nicht diese Summe.«

»Und wie kommen die drei Toten in den Nymphenburger Park?« fragte Reiber. »Der oder die Mörder haben sie ja nicht auf den Schultern dahin getragen. Das paßt doch alles nicht zusammen.«

»Es paßt nichts zusammen!« Wortke hieb mit der Faust auf seinen Schreibtisch. »Drei Polen und ein Taxifahrer brummen durch die Nacht. Dann werden sie, an zwei verschiedenen Stellen, durch ein Drahtseil erwürgt. Wie ist der Mörder an sie herangekommen? In einem fahrenden Taxi ist man relativ sicher.«

»Relativ – das ist es!« Reiber stand vor der großen Wandkarte von München und verfolgte mit dem Zeigefinger die Strecke vom Hotel Raphael zum Hirschgarten. »Du siehst, alles ist möglich. Man kann in einem fahrenden Taxi ermordet werden, einschließlich Fahrer.«

»Das grenzt schon an Zauberei.« Wortkes Sarkasmus war nicht mehr zurückzuhalten. »Wir sollten als Ermittler David Copperfield engagieren.«

»Der nützt uns auch nichts.« Reiber ging auf Wortkes Ton ein. »Er kann zwar durch die Luft schweben und sich in zwei Teile sägen lassen, aber an zwei verschiedenen Orten vier Menschen gleichzeitig zu ermorden, das schafft auch er mit allen Tricks nicht.«

»Ergo müssen es mehrere Täter gewesen sein.«

»Das ist die einzige vernünftige Überlegung.«

Eine Überlegung, über die Hua Dinh Son nur lachen konnte.

Er war immer wieder verblüfft, wie detailliert die Informationen waren, die er von seinen unbekannten Auftraggebern erhielt.

Auch dieses Mal enthielt der Umschlag, den ihm der Portier des Hotels aushändigte, genaueste Instruktionen. Fotos der drei Polen, Personenbeschreibung, Größe, ungefähres geschätztes Gewicht, die Zimmernummern im Hotel Raphael, die Uhrzeit, wann sie sich mit einem Herrn von Gleichem treffen wollten, wann sie also ein Taxi brauchten, um zur Bar Toscana gebracht zu werden.

Son war davon überzeugt, daß seine Auftraggeber tatsächlich alles wußten. Bei ihm erzeugte das große Hochachtung, aber gleichzeitig die Gewißheit, daß man ihn zum Vollstrecker auserwählt hatte und es in seinem ganzen ferneren Leben keine Flucht vor diesen Aufträgen mehr gab. Er war ein Werkzeug geworden, willenlos in den Händen dieser Unbekannten. Wo immer sie auch saßen und ihn dirigierten – sie hatten sein Leben fest im Griff.

Immer wieder hatte Son versucht, herauszufinden, woher die Instruktionen kamen. Auf den Kuverts gab es keine Poststempel, also waren sie abgegeben worden. Die Portiers im Hotel konnten nur vage Auskünfte geben: Ein Junge hätte den Brief gebracht, ein Ausländer mit asiatischem Aussehen, einmal sogar ein Mädchen. Ja, ebenfalls eine Asiatin. Ob sie aus Vietnam kam, wer konnte das feststellen? Für einen Deutschen sahen sie alle gleich aus. Ja, und alle sprachen deutsch und waren sehr höflich und bedankten sich für die Mühe, den Brief an den Herrn Hua Dinh Son weiterzugeben. Sie mußten sich sehr sicher fühlen, daß sie seinen richtigen Namen nannten; aber der tauchte ja auch nirgendwo auf, da

Son sich nie auf einem Meldezettel eintragen mußte. Die kleinen Hotels, die man ihm zuwies, betrachteten sein Logis gern als steuerfreie Nebeneinnahme, und eine Polizeikontrolle fand ja sowieso nicht statt. Hinzu kam, daß Sons Zimmer immer schon im voraus bezahlt war, zusammen mit einem anständigen Trinkgeld für die Rezeption. Da nimmt man es nicht so genau mit den ohnehin viel zu vielen Gesetzen, die das Leben in Deutschland einschränken.

Nach einigem Nachdenken war Sons Plan einfach und komplikationslos und durchaus kein Fall für einen Zauberer.

Er rief im Hotel Raphael an und verlangte Herrn Pawel Szunowski zu sprechen.

Szunowski schöpfte keinerlei Verdacht, als er hörte:

»Sir, hier ist Ihr Taxi-Chauffeur.« Son sprach ein gutes Englisch; er hatte es im Auffanglager für Vietnam- flüchtlinge in Hongkong und später im Lager von Singa- pur gelernt. »Ich bin beauftragt, Sie und die beiden an- deren Herren im Auftrage von Herrn von Gleichem abzuholen. Wann brauchen Sie das Taxi?«

»So gegen 22 Uhr.« Szunowski sagte es völlig ah- nungslos. Er war sogar hoch erfreut, daß von Gleichem einen solch freundlichen Service bot. Ihm fiel dabei nicht auf, daß der Taxifahrer englisch sprach, immerhin etwas ungewöhnlich, selbst in München.

»Ich melde mich, wenn ich vor dem Hotel warte«, sagte Son mit all seiner Höflichkeit. Und dann ganz ohne Ironie: »Noch einen schönen Abend, Sir ...«

Nach diesem Gespräch studierte Son den Stadtplan von München, den er sich bei seinem ersten Münchner Auftrag gekauft hatte. Ein Taxi in der Innenstadt zu be- sorgen war nicht nur riskant, sondern fast unmöglich.

Es war also sinnvoller, in eine abgelegene Gegend aus-
zuweichen und einen Wagen dorthin zu bestellen.
Dafür suchte Son sich den Hirschpark aus, fuhr mit dem
Bus bis zum Steubenplatz, bummelte dann durch den
Park, fand eine Fernsprechzelle und rief bei der Taxizen-
trale an und erbat einen Wagen.

Die Tötung des Taxifahrers war für Son kein Problem.
Er setzte sich auf den Hintersitz, beugte sich nach vorn,
warf die Stahlschlinge blitzschnell um den Hals des Opfers und zog sie mit einem Ruck zu, noch bevor der Fahrer reagieren konnte. Wie an seinen Holzköpfen geübt,
zerbarst der Kehlkopfknorpel, der Überfallene sackte in
sich zusammen, ohne einen Laut von sich zu geben. Son
schob ihn auf den Beifahrersitz, setzte sich ans Steuer,
fuhr an den Rand des Hirschparkes, wuchtete dort den
Toten in den Kofferraum und fuhr in die Innenstadt zurück. Er hatte keine Bedenken, daß man ihn hätte beobachten können; um diese späte Abendzeit war niemand
mehr im Hirschpark. Auch Hundebesitzer hatten ihre
Lieblinge längst herumgeführt.

Vor dem Hotel Raphael parkte er, was nur Taxis er-
laubt war, meldete sich bei dem Portier und ließ Mr.
Szunowski ausrichten, daß das Taxi warte. Auch der
Portier wunderte sich nicht; in München fahren so viele
Ausländer Taxis, von Jugoslawen über Türken bis zu
Schwarzafrikanern, daß auch ein Asiat nicht mehr auf-
fällt.

Son war, wie gesagt, ein Virtuose des Tötens. Statt
nach Schwabing zum Toscana fuhr er entgegengesetzt
in Richtung Nymphenburger Park. Die Fahrstrecke hatte
er vorher im Stadtplan genau studiert. Er saß schweigend hinter dem Steuer, bis einer der Polen erstaunt
sagte: »Hier geht es aber nicht nach Schwabing.«

»Nein, Sir.« Son sah ihn im Rückspiegel an. »Ich habe von Herrn von Gleichem den Auftrag bekommen, Sie zu seinem Privathaus zu bringen. Es liegt etwas außerhalb von München.«

»Aber es war vereinbart …«

»Sorry, ich kann dazu nichts sagen, Sir. Ich habe meinen Auftrag.«

Die drei Herren aus Polen begannen in ihrer Sprache zu diskutieren. Irgend etwas schien ihnen nicht zu gefallen, machte sie stutzig, paßte nicht in ihre Planung. Der Pole auf dem Nebensitz legte seine Hand auf Sons Arm.

»Halten Sie bitte an.«

»Hier, Sir?« fragte Son. »Wir sind am Nymphenburger Park.«

»Fahren Sie uns bitte in die Stadt zurück. Aber vorher halten Sie an.«

Son bremste. Die drei Polen stiegen aus, und das war ihr tödlicher Fehler. Auch Son verließ das Taxi, in dessen Kofferraum der tote Fahrer lag, und während die Polen noch immer miteinander diskutierten, holte Son einen Einkaufsbeutel, den er mitgenommen hatte, unter seinem Sitz hervor und zog einen mit nassem Sand gefüllten Strumpf hervor.

So eine mit Sand gefüllte Langsocke ist ein hervorragendes Betäubungsinstrument. Der dumpfe Schlag auf den Kopf lähmt sofort alle Nerven und führt zur Bewußtlosigkeit. Der größte Vorteil aber ist, daß er keine Verletzungen hinterläßt, nicht einmal einen Bluterguß oder eine Beule. Ein Strumpf mit nassem Sand ist kein harter Gegenstand, der äußerliche Wunden verursacht.

Son war ein schneller Mann: Drei Schläge hintereinander wie drei Paukenschläge, und die Polen sanken um. Nun war es für Son ein leichtes, seine Stahlschlinge um die Hälse zu legen und sie zuzuziehen.

Er war von jeher ein ordentlicher Mensch. Darum ließ er die drei Leichen nicht einfach liegen, sondern schleppte sie zur Seite an ein Gebüsch, legte sie, als habe er sie sortiert, nebeneinander auf den Rücken, als würden sie schlafen, schloß ihnen sogar die Augenlider, wie man es bei Toten pietätvoll tut, stieg dann in das Taxi, fuhr zum Hirschpark hinüber, holte den Taxifahrer aus dem Kofferraum, setzte ihn wieder hinter das Steuer und bummelte dann eine Stunde lang durch die Gegend, bis er in der Arnulfstraße in einen Bus stieg und sich in die Innenstadt bringen ließ.

Im Restaurant des Augustinerbräus bestellte er sich Schweinshaxe mit Sauerkraut, auf die er sich schon den ganzen Tag über gefreut hatte, trank dazu ein Weißbier und fühlte sich rundum wohl. Er hatte seine Auftraggeber nicht enttäuscht. Darauf war er stolz.

So einfach ist es, vier Menschen auf einmal umzubringen, wenn man so begabt im Töten ist wie Hua Dinh Son, der am nächsten Tag die Stadt verließ.

Jeden Morgen, wenn er eigentlich in der Schule sein sollte, klingelte Robert an Ulrikes Tür. Nach dem vierten Mal war es Ulrike zu lästig, immer aus dem Bett zu springen und zu öffnen, sie gab Robert einen Schlüssel.

Und jeden Morgen wiederholten sich die Stunden der Ekstase: Robert zog sich aus, schluckte einen Smiley, kroch zu Ulrike ins Bett, schmiegte sich an sie, und wenn er spürte, daß die Wirkung der Droge einsetzte, wenn er sich so leicht fühlte, als könne er mit ausgebreiteten Armen fliegen, wenn das Glücksgefühl alle Hemmungen verdrängte und in seinen Lenden das Blut zu pochen begann, warf er sich über sie, und damit verschwanden Zeit und Raum und alle vom Verstand gesteuerten Hemmnisse.

Am fünften Tag wagte Ulrike einen Versuch: Sie nahm Robert mit zum Toscana.

Ohne den bunten Lichterkranz, die Disco-Musik, die Mädchen und Gäste wirkte die Bar erschreckend abstoßend.

Deprimierend waren auch die hochgestellten Stühle, die alten Seiden- und Samtdekorationen und Drapierungen, die unbeleuchtete lange Bartheke, die Tischplatten, deren Flecken nicht mehr von Tischtüchern überdeckt waren, die Lampen, deren Kristallbehänge nichts mehr von dem Glanz ahnen ließen, den sie am Abend verbreiteten. Eine erloschene Glitzerwelt, in der es keine Illusionen mehr gab.

Sie waren allein. Brunelli und Bolo erschienen erst am frühen Abend, die Mädchen, der Discjockey, die Kellner ebenso. Nur zwei Putzfrauen, vergrämte ältere Türkinnen, wischten den Boden und polierten die Messingstangen an der Bar und den Barhockern. Von Ulrike und Robert nahmen sie kaum Notiz. Sie waren es gewöhnt, selbst auch nicht wahrgenommen zu werden.

Zuerst hatte Robert gezögert, das Toscana zu betreten. Aber als Ulrike versprach, daß sie dort allein sein würden, hatte er seine Bedenken aufgegeben. Nun stand er mitten im Lokal, während Ulrike hinter einer Tür verschwunden war, die in den Keller führte. Dort gab es einen Raum hinter dem Faßlager und der Bierstation, der mit einer Stahltür gesichert war und in dem zwei Tresore standen, zu denen nur von Gleichem und Ulrike einen Schlüssel hatten und deren Schloßkombinationen sie kannten. In diesen Panzerschränken lagen, Karton auf Karton gestapelt, über hunderttausend Ecstasy-Pillen mit einem Schwarzmarktwert von zwei Millionen Mark und einem Verkaufswert von über vier Millionen Mark. Es war ein Restbestand; eine neue Lieferung war für die nächste Woche vorgesehen, wenn die Verhandlungen mit den Polen sinnvoll verlaufen würden. Daß sich das alles ändern würde, ahnte Ulrike zu diesem Zeitpunkt noch nicht. Erst am Abend dieses Tages lieferte die Vietnam-Mafia den Beweis, daß nur sie als Geschäftspartner in Frage kam.

Als Ulrike mit einigen Kartons wieder im Lokal erschien, saß Robert auf einem Stuhl und hatte sich an der Bar ein Bier gezapft. »Was sollen wir hier?« fragte er ungehalten. »Du hast mir versprochen, mir etwas zu zeigen.« Es war gegen vier Uhr nachmittags. Zu seiner Mutter hatte Robert gesagt, daß er mit zwei Pfadfinderkameraden eine neue Trommel aussuchen müsse, eine sei bei der Englandreise kaputt gegangen.

»Liebst du mich?« fragte Ulrike als Antwort und stellte die Kartons auf einen Tisch.

»Aber das weißt du doch.«

»Wie liebst du mich?«

»Mein Leben ist wertlos ohne dich.«

»Vergiß das nicht.« Sie beugte sich zu ihm und küßte ihn flüchtig. »Du wirst mir helfen, die Pillen, die du so gern nimmst, zu verkaufen.«

Robert starrte sie an, als habe sie in einer fremden Sprache gesprochen. »Ich soll …«, sagte er dann stockend. »Ich soll …«

»Warst du nicht glücklich, wenn du diese Smiley genommen hast?«

»Wunderbar glücklich.«

»Und jetzt hilfst du mit, daß auch andere dieses

Glück erleben können. Ist das etwas Schlechtes? Du bringst den anderen doch nur Freude. Du hilfst ihnen, fröhlich und stark und liebevoll zu sein. Und es sind viele, die bei uns das Glück kaufen können. Das ist doch nichts Verbotenes.«

»Aber ... aber es sind unerlaubte Pillen.«

»Die du mit Begeisterung schluckst, ohne die du nicht mehr leben kannst. Bist du nicht ein anderer stärkerer Mensch geworden?«

»Das bin ich wirklich ...«

»Um vier Uhr kommen die Verkäufer.« Ulrike schob Robert einen großen Karton zu und öffnete den Deckel. Sauber aufgereiht lagen hier zweitausend blaßviolette Pillen. In ihre Oberfläche war das fröhliche Comicgesicht von Barney geprägt, die Kultgestalt des Fernsehzeichentrickfilms »Fred Feuerstein«.

»Das hier sind die besten und teuersten. Das Stück für vierzig Mark. Du kannst an jeder Pille vier Mark verdienen.« Sie hatte den nächsten Karton geöffnet, in dem sich die Tabletten Smiley befanden. Robert blickte hinein und lehnte sich zurück. »Dann liegt hier ja ein kleines Vermögen«, sagte er betroffen.

»Es kommt darauf an, wieviel du verkaufst. Es liegt nur an dir. Die Händler, die gleich kommen, sind alte Kunden. Du kannst eine Menge verdienen, wenn du neue Kunden wirbst. Ich habe dir doch gesagt: Du kannst eines Tages, in kurzer Zeit, reich werden. Man wird dir das Geld in die Hände drücken. Du brauchst sie nur aufzuhalten.«

Er starrte sie an, als begreife er erst jetzt, was er alles gehört hatte. »Wie lange tust du das schon?« fragte er. Seine Stimme hatte einen heiseren Klang.

»Seit ein paar Wochen.« Als ahne sie, was er dachte,

fügte sie schnell hinzu: »Es ist nichts Unrechtes, Bob! Wir machen die Menschen nur glücklich. Du spürst es doch am eigenen Leib. Und du liebst mich doch.«

»Was hat das damit zu tun?«

»Es verbindet uns für immer.«

Er nickte und blickte ihr nach, wie sie durch das Lokal ging und im Vorraum verschwand. Dann hörte Robert, wie sie die Haustür aufschloß und die draußen bereits Wartenden hineinließ. Es waren drei Jungen im Alter von Robert, in Jeans und T-Shirts mit bunten Aufdrucken. Sie schienen sich hier auszukennen, denn sie kamen direkt auf den Tisch zu, wo die Kartons standen.

»He!« sagte der eine, ein großer, schlaksiger Langhaartyp. »Neu hier?« Und zu Ulrike, die neben ihn trat: »Wo habt ihr den denn her? Der sauberste Unternehmerjunkie. Macht ihr jetzt auf Konzern?« Er lachte, tippte auf Roberts Karton und schnalzte mit den Fingern. »Zweihundert von den Barneys. Gibt's da Rabatt?«

»Feste Preise.« Ulrike schob seine Hand weg. »Hier ist kein Basar von Istanbul. Leg das Geld hin, achttausend Mäuse, dann zählt Bob dir die zweihundert ab.«

»Aha, du bist Bob!« Ein kleiner etwas dicklicher Dealer mit einem Pickelgesicht grinste Robert an. »Wo kommste her, Bob?«

»Direkt aus der Schule!« sagte Robert giftig. »In Mathe 'ne Fünf, in Musik 'ne Eins. Willst du noch mehr wissen?«

»Ist ja schon gut.« Der Dicke winkte ab. »Ich nehme dieses Mal nur fünfzig Barneys. Für meine Kunden sind die zu teuer. Aber ich kann fünfhundert Playboys gebrauchen.«

»Nicht mehr im Angebot.« Ulrike zeigte auf ihren Karton. »Nur noch Smiley.«

»Scheiße!« Der Picklige zog ein enttäuschtes Gesicht. »Und wann kommt Playboy wieder?«

»Bei uns nicht mehr.«

»Und warum?«

»Geschäftspolitik.« Ulrike sah keinen Anlaß, den Tod des Mädchens zu erwähnen, schon gar nicht in Gegenwart von Robert. »Wir stellen um.«

»Wenn ich das Wort Politik höre, muß ich sofort kotzen!« Der kleine Dicke ahmte täuschend echt ein Würgen nach. »Also gut, fünfhundert Smiley. Rabatt?«

»Faß dich an den Sack!« sagte Ulrike grob.

»Wenn du's tust, schreie ich nicht.«

Ein kurzes lautes Gelächter ertönte, und dann begann das Abzählen. Sie hatten alle Plastiksäckchen mitgebracht, zählten mit, legten das Geld auf den Tisch und verließen das Toscana.

»Bis morgen«, sagte der Langmähnige zum Abschied. »Ich kriege neue Kunden. Hab noch 'ne trockene Disco entdeckt ... So was gibt's auch noch! Und morgen früh besuche ich das Holbein-Gymnasium. Die sind auch noch clean. Da hängt noch was drin. Ciao!«

Robert blickte ihm nach. Seine Miene hatte sich versteinert. »Ich kenne das Holbein-Gymnasium«, sagte er, nachdem die drei das Lokal verlassen hatten. »Nette Jungs. Wir Abiturklassen haben mal gegeneinander Fußball gespielt. Sie haben drei zu null gegen uns gewonnen. Gute Sportler. Und jetzt will er denen Smiley verkaufen?«

»Das solltest du bei deinen Freunden auch mal versuchen.« Ulrike sagte es so leichthin, als frage sie: Willst du eine Cola?

»Bei meinen Freunden? Nie!«

»Gönnst du ihnen kein Glück?«

»Das ist es nicht, aber ...«

»Aber du liebst mich doch ...«

»Das weißt du doch.«

»Dann tu es. Versuch es.« Sie gab ihm wieder einen Kuß und strich ihm liebevoll über das Haar und das Gesicht. »Mir zuliebe...«

Robert konnte keine Antwort mehr geben, denn die nächsten Kunden kamen in die Bar. Zwei Jungen, nicht älter als sechzehn Jahre, in braven Anzügen und mit gelockten blonden Haaren. Sie gaben sich lässig und gingen durch das Lokal, als hätten sie die Bewegungen von Gary Cooper abgeguckt. Und auch sie holten aus ihren Taschen die Geldscheine; der eine tausend Mark, der andere sogar eintausendfünfhundert. Sie hatten es bei ihren Kumpels eingesammelt. An diesem Tag holten vierzehn Dealer ihre Ecstasypillen ab.

Bis sechs Uhr hielt Ulrike die Tür offen, dann schloß sie ab. Um sieben würden Salvatore Brunelli und Bolo eintreffen.

»Zufrieden?« fragte Ulrike und stülpte die Deckel auf die fast leeren Kartons. »Was hast du verkauft? Für 6700 Mark? Das sind für dich 325 Mark. An einem Tag! Was sagst du nun?«

»Nichts.«

»Du wirst in einer Woche das Dreifache vom Gehalt deines Vaters verdienen. In einem Monat das Zehnfache! Freust du dich nicht?«

Robert zögerte. »Ich muß mich erst daran gewöhnen, was ich da verkaufe. Ich darf nicht denken ...«

Er steckte das Geld, das Ulrike ihm hinschob, in seine Jackentasche und zog schnell die Hand zurück, als habe er etwas Ekliges angefaßt.

»Du mußt denken, daß du reich wirst, unabhängig ... und daß du mich liebst.«

Das war das stärkste Argument. Es überzeugte.

Ich liebe sie, alles andere ist unwichtig, dachte Robert, spielt im Leben keine Rolle mehr.

Er war ein Sklave, der sogar die Peitsche küssen würde, die ihn schlug.

Die Zeitungen des übernächsten Tages brachten riesige Schlagzeilen auf der ersten Seite.

Vier Mafia-Morde in München!

Drei polnische Geschäftsleute und ein Taxifahrer Opfer einer asiatischen Gang?

Wird München Hauptstadt der internationalen Kriminalität?

Drogenkrieg nun auch in München? Die machtlose Polizei.

Beginnt die blutige Aufteilung des Drogenmarktes?

Vier Morde in einer Nacht. Die Polizei tappt im dunkeln.

Das entsprach nicht ganz der Wahrheit. Wortke und Reiber hatten mit Genehmigung des Polizeipräsidenten und des LKA über ihre Ermittlungen völliges Redeverbot angeordnet. Bis auf die Tatsache, daß man vier mit Drahtschlingen erwürgte Leichen gefunden hatte, bekam die Presse keinerlei Informationen mehr. Das löste natürlich die wildesten Vermutungen aus, die die Schlagzeilen der nächsten Tage reißerisch verkündeten, aber Wortke und Reiber standen es durch. Ihre Nerven hielten die Schimpfkanonaden der Medien aus.

Die Münchner Taxifahrer fuhren am Tag des Begräbnisses ihres Kollegen mit schwarzen Wimpeln herum, an den Radioantennen flatterten die Trauerflore, die Presse berief sich auf die garantierte Pressefreiheit, doch das Informationsverbot wurde nicht gelockert. Nicht einmal Fotos der Toten, mit Ausnahme des Taxifahrers, konnten veröffentlicht werden. Kein Name der drei Polen, keine Hintergründe wurden genannt. Ein Skandal, schäumten die Zeitungen, und eine bekannte Illustrierte bot – das erfuhr Wortke durch einen seiner Beamten – sogar zehntausend Mark Bestechungsgeld, wenn ein Foto der Erwürgten aus dem Dezernat geschmuggelt werden würde.

Je weniger nach außen drang, um so mehr hatten die Ermittlungen Erfolg. Die Kleinarbeit, das tägliche Brot der Kriminalisten, erbrachte schließlich ein Bild, was an dem Mordabend geschehen war.

Wortke und Reiber, in bester Zusammenarbeit, hatten das Puzzle zusammengesetzt:

Die drei Polen waren am Vortag ihres Todes mit dem Flugzeug aus Warschau gekommen.

Sie waren angesehene Kaufleute gewesen. Der eine Fuhrunternehmer, der zweite ein Rechtsanwalt, der dritte ein Chemiker.

Aha! Chemiker!

Das war ein Aufhänger. Der erste Pole, der erwürgt worden war, hatte eine Apotheke besessen. Gab es da einen Zusammenhang?

Ja, denn auch er wurde mit einem Drahtseil erwürgt.

Privat galten die drei Polen als untadelig. Gute Familienväter, in ihrer Umgebung geachtet, nicht vorbestraft; nur wußte keiner, warum sie gemeinsam nach München geflogen waren. Auch die Ehefrauen konnten darüber keine Erklärungen abgeben, nur soviel: Ihre Männer waren beruflich manchmal auf Reisen. Wohin, das sagten sie selten. Beruf ist die eine Sache, Familienleben die andere ... Beides soll man trennen. Die Frauen hatten darüber nie zu klagen gehabt. Die wirtschaftlichen Verhältnisse der Familien waren solide. Nicht reich, aber wohlhabend. Der Tod ihrer Männer war allen unerklärlich, ebenso die Frage, warum sie zu dritt nach München geflogen waren.

Im Hotel Raphael war man glücklich, daß der Name des Hotels durch die Nachrichtensperre nicht in die Zeitungen kam. Aber gerade hier brachten die Ermittlungen von Wortke und Reiber wertvolle Hinweise. Der Portier war eine Informationsquelle ersten Ranges.

Die drei Herren waren nach seinen Worten mit kleinem Gepäck angekommen. Das hatte die Kriminalpolizei bereits beschlagnahmt und zum Labor des LKA geschickt. Es bewies aber, daß die Toten nur an einen kurzen Aufenthalt in München gedacht hatten.

Am Abend hatte ein Taxifahrer angerufen und nach Herrn Pawel Szunowski gefragt. In englischer Sprache. Um was das Gespräch ging? Der Portier war beleidigt; man höre doch keine Gastgespräche ab!

Aber: Um 22 Uhr hatte ein Taxi vor dem Hotel gehalten und die drei Herren abgeholt. Der Taxifahrer hatte sich an der Rezeption gemeldet. Ein Ausländer. Ein Asiat.

»Volltreffer!« sagte Wortke bei dieser Aussage genüßlich zu Reiber. »Deine lieben Jungs! Das ist eine Superspur! Wir brauchen jetzt nur nachzufragen, bei wem ein Asiat Taxi fährt. Und was kommt dabei heraus?«

»Nichts. Denn der tote Taxifahrer war ein Deutscher.« Reiber kratzte sich nachdenklich die Nase. »Aber wir haben jetzt eine Ahnung vom Tathergang. Der Mörder hat zuerst den Taxifahrer umgebracht, ist dann zum Hotel gefahren und hat die drei Polen abgeholt. Diese konnten keinen Verdacht schöpfen, denn er hatte sich ja vorher in englischer Sprache angemeldet und dabei erfahren, wann sie abgeholt werden wollten. Im Nymphenburger Park hat er dann die drei erdrosselt, mit dem toten Taxifahrer im Kofferraum.«

»Raffiniert«, stimmte Wortke zu.

»Von einer einmaligen Kaltblütigkeit.«

»Und warum hat er das Taxi nicht in Nymphenburg stehen lassen, sondern ist zum Hirschpark zurückgefahren?«

»Um uns seine Genialität zu zeigen ... Eine andere Erklärung gibt es nicht. Er wollte die deutsche Polizei lächerlich machen. Seht an, ich kann machen, was ich will. Ich bin unangreifbar. Ein Satansspiel! Dieser Mörder muß das Morden geradezu lieben!«

»Fassen wir zusammen.« Wortke überblickte die Notizen. »Ein Fuhrunternehmer, ein Rechtsanwalt und ein Chemiker fliegen gemeinsam von Warschau nach München. Diese drei Berufe könnte man zusammenfügen. Der Chemiker stellt Drogen her, der Fuhrunternehmer sorgt für den Transport, und der Anwalt kümmert sich um unverdächtige, anerkannte Zollpapiere. Mit guten Verbindungen kann man so etwas sogar als Diplomatenumzugsgut deklarieren. Eine fabelhafte Dreieinigkeit. Aber da kommen sie einer asiatischen Mafia ins Gehege, und die schlägt zu. Sofort, eiskalt, wie gewohnt. Es geht um den Markt. Frage: Mit wem wollten die Polen in München verhandeln?«

»Mit einer anderen Gruppe der Drogen-Mafia.« Reiber hob die Schultern. »Wenn wir das wüßten, könnten wir die Akten schließen und um den Tisch tanzen.« Wortke sah ihm erstaunt zu, wie er auf einem Notizblock einige Strichmännchen malte, bei einigen die Konturen verstärkte, andere wieder durchstrich und sie dann mit Nummern versah.

»Willst du ein zweiter Mihó werden?« fragte Wortke.

»Ich bringe Ordnung in das Durcheinander.« Reiber tippte mit dem Bleistift auf seine Zeichnungen. »In Ber-

lin töten Vietnamesen-Gangs ihre Gegner durch Genick-
schüsse. Die chinesischen Triaden variieren elegant: erschießen, erstechen, überfahren, aufhängen, aufschlit-
zen, köpfen ...«

»Nur so ein Seelenkrüppel wie du kann das elegant
nennen«, warf Wortke mit gespielter Erschütterung ein.

»Die Koreaner spielen keine Rolle – noch nicht. Die
japanische Mafia hat Deutschland ebenfalls noch nicht
entdeckt und operiert vor allem in den USA und im pa-
zifischen Raum. Die Russen und Rumänen, Albaner und
Polen beenden ihre Streitigkeiten im klassischen Sinne:
Sie schießen. Von der italienischen Mafia brauchen wir
gar nicht zu reden, deren Methoden sind bekannt und
für die internationale Kriminalität beispielhaft.«

»Ausdrücke hast du!« sagte Wortke vorwurfsvoll.

»Aber nun taucht eine neue, bisher nur vereinzelt
praktizierte Tötungsart auf: die Drahtschlinge, eine
fernöstliche Spezialität. Logisch gedacht: Es bleiben als
Täterkreis nur zwei Gruppen übrig, die chinesischen
Triaden und die Vietnam-Mafia. Ich bin der Ansicht, daß
wir die Chinesen in diesem Fall ausschließen können.
Hätten sie Interesse an diesem Markt, würden sie längst
zugeschlagen haben. Was ist also logisch, Herr Kriminalrat?«

»Es handelt sich um eine neue vietnamesische
Gruppe. Und das ausgerechnet in München.«

»Irgendwo müssen sie ja mal anfangen.« Reiber verfiel wieder in Sarkasmus. »Nehmen wir an, meine Theorie stimmt: Wo ist dann die Gegenseite?«

»Ringelringelreihe, wir drehen uns im Kreise.« Wortke
legte seine breite Hand über Reibers Strichmännchen.
»Ich bleibe bei meinem außerhalb der Legalität stehenden Vorschlag: Wir brauchen Informanten aus der

Jugendszene. Jugendliche Ermittler, Strafbefreiung für beteiligte Zeugen. Das erzeugt zwar bei unseren Politikern eine humanitäre Gänsehaut, aber anders dringen wir nicht in die Zirkel ein. Verdeckte Ermittler kriechen sonst überall unter, aber bei den Usern haben sie keine Chancen. Das ist eine besondere Welt, in die sie nicht eindringen können, weil sie – wie du schon sagtest – einfach zu alt sind. Sie sind Opas für die Jungen.«

»Stop!« Reiber wedelte mit der Hand durch die Luft. »Du nimmst an, daß hier die Ecstasy-Welle hochspült.«

»Das tote Mädchen am Abstellbahnhof ...«

»Das sind zwei verschiedene Schuhe, Theo.«

»Für mich nicht.«

»Die Dreierseilschaft der Polen kann auch mit Heroin zu tun haben. Oder Kokain. Oder auch nur mit Schmuggel von gestohlenen Autos und Zigaretten.«

»Autos interessieren die Vietnamesen nicht.«

»Richtig.«

»Und Zigaretten ... Das ist eine Berliner Spezialität.«

»Nicht ausschließlich.«

»In München hat der Zigarettenschmuggel nie eine große Rolle gespielt. Das weißt du besser als ich. Die löcherigen Grenzen liegen im Osten und im Westen. Amsterdam ist ein reger Umschlagplatz. Bei uns kann es sich nur um Ecstasy handeln. Ich habe mich da hineingekniet: Allein in Österreich gibt es, nach Schätzungen der dortigen Sicherheitsbüros, über 70 000 Konsumenten der Teufelspillen. Und es werden täglich mehr. Es ist wie eine Lawine, die alles überrollt. Es liegen Expertenzahlen vor: In Wien sollen an jedem Wochenende bis zu zehntausend Ecstasy-Bonbons verkauft werden. Und an was grenzt Bayern? Na? An Österreich.«

»Ich habe die Zahlen ebenfalls.« Reiber fühlte sich

von Wortke angegriffen. »Mein Gott, das wissen wir doch alles! Das habe ich sogar in einer Dokumentation zum internen Gebrauch zusammengestellt. Aber Beweise, Theo, Beweise – nur die zählen! Wir tappen doch im dunkeln, gib es zu. Wer weiß denn besser als ich, daß in München bei Razzien in den Techno-Diskotheken immer mehr Ecstasy-Tabletten beschlagnahmt werden! Und jetzt haben wir sogar die erste Tote, Lisa Brunnmeier. Aber nirgendwo ein Hinweis, daß eine Vietnam-Gang das Geschäft kontrolliert! So logisch das alles ist, wir pinkeln uns auf die eigenen Schuhe.«

»In diese Gedanken hinein platzte Wortkes Stimme: »Irgendwoher müssen die Satanspillen doch kommen!«

»Vor allem aus Polen.«

»Aha!«

»Aber auch aus einheimischen Labors. Jeder halbwegs begabte Chemiestudent kann Ecstasy herstellen, Heroin und Kokain aber nicht.« Reiber griff nach seinem Schmierzettel mit den Strichmännchen, zerknüllte ihn und warf ihn in den Papierkorb. »Ich halte am Freitag einen Vortrag über Ecstasy, in Zusammenarbeit mit dem LKA und der Sonderkommission ›E‹ ... Das ist die Abkürzung der Kids für die Pille. Ein Drogen- und ein Medizinexperte werden ihre Untersuchungen vorlegen. Die Veranstaltung für einen ausgewählten Kreis findet im Sitzungssaal des Landeskriminalamtes statt. Kommst du auch?«

»Was für eine Frage!« Wortke spielte den Beleidigten. »Ein Morddezernat sammelt nicht nur Leichen ein.«

Der Überblick über die gesammelten Erkenntnisse blieb mager, zeigte aber auch viel Interessantes. Die Verhöre in Lisa Brunnmeiers Umfeld endeten zwar mit Achselzucken, verdichteten sich jedoch zu einem Bild, das gar nicht zu dem paßte, das sich die Eltern bisher von ihrer braven Tochter gemacht hatten.

Ein Doppelleben wurde Stück für Stück aufgedeckt.

Die fleißige Friseurin, das beliebte Mädchen von nebenan, die fröhliche Siebzehnjährige ohne Fehl und Tadel – und auf der anderen Seite die Userin, das ekstatische Partygirl, die Techno-Süchtige, die Ecstasy-Schluckerin, die allzeit Bereite für einen erstaunlichen Mehrfachverkehr. Allein sieben Jungen gabelte Wortke auf, die mit Lisa geschlafen hatten – in den vergangenen drei Wochen!

Wie paßte das zusammen? Wie konnten Tag und Nacht so unterschiedlich sein?

Für die Eltern Brunnmeier war es ein gewaltiger Schock. Während Mutter Elfriede nur noch weinte, tobte Josef, der biedere Installateurmeister, herum.

»Ich habe eine Hure großgezogen!« brüllte er und attackierte vor allem seine Frau rücksichtslos und ungerecht. »Ist das meine Schuld? Nein! Nein! Es ist deine Schuld! Gib dem Kind mehr Freiheit … Laß sie doch tanzen gehen … Was ist denn schon dabei, wenn sie sich mit Freunden trifft … Gönn ihr doch das harmlose Vergnügen … Harmlos! Ha! Schluckt Drogen und macht überall die Beine breit! Meine Tochter! Diese Schande! Ich kann die Firma aufgeben, das Haus verkaufen, wir können auswandern. Wer bestellt bei mir denn noch ein Badezimmer oder Wasserleitungen? Höchstens noch verstopfte Klobecken, die darf ich reinigen. Wer eine solche Scheißtochter hat, kann auch nur noch Scheißhäuser reparieren!«

Sein Zorn ging soweit, daß er vier Jungen, die mit Lisa verkehrt hatten, auflauerte und sie so verprügelte, daß ihm Anzeigen wegen Körperverletzung ins Haus flatterten. Aber so sehr Josef Brunnmeier sich auch auf seine Art bemühte, mehr Licht in den Hintergrund von Lisas Doppelleben zu bringen – wie die Kriminalpolizei stieß auch er auf eine Gummiwand des Schweigens. Alle Fragen, alle Nachforschungen federten zurück. Keiner wußte etwas Genaues. Ecstasy? Bei uns in der Disco? Nee! Nie gehört ... Das heißt, gehört ja, aber nie in der Hand gehabt. Wie sehen denn die Dinger aus? Wie saure Drops?

Lisas Liebhaber waren, wie konnte es anders sein, besonders ahnungslos. Nun ja, Lisa war eine wilde Hummel gewesen, aber drogensüchtig? Nie bemerkt. Natürlich war sie oft high, aber nicht von Ecstasy, sondern immer dann, wenn sie einem Jungen, der ihr gefiel, den Reißverschluß an der Hose herunterzog. Sie war eben eine geile Muschi ... Ist das verboten?

Wortke hörte sich das alles geduldig an. Manchmal war er versucht, einigen der sturen oder sogar aufsässigen Kids in den Hintern zu treten, vor allem, wenn er merkte, daß ihm als Bulle keinerlei Sympathie entgegenschlug, sondern im Gegenteil nur passiver Widerstand, Schweigen und unverschämtes Grinsen. Nun frag mal schön ... Genausogut kannst du dich mit Fischen unterhalten.

Wortke trat die Kids nicht in den Hintern, ein deutscher Beamter muß sich beherrschen können. Auch wenn es, gerade bei der Kripo, oft schwer ist, die Nerven zu behalten. Man muß die Provokationen einfach hinunterschlucken, auch wenn sie einem fast die Luft abschnüren. Da kann ein Verbrecher beim Verhör fragen: »Was willst du Arsch eigentlich von mir? Fick dich doch ins Knie!« Und man muß das hinnehmen und unbeeindruckt weiter seine Fragen stellen. Es gehört schon ein starkes Nervenkostüm dazu, Kriminalbeamter zu sein.

Wortke war klar, daß alle aus dem Freundeskreis von Lisa Brunnmeier mehr wußten als nur: »Sie war 'ne tolle Nummer!« Auch war anzunehmen, daß in den Discos, in denen Lisa sich ausgetobt hatte, Ecstasy zu den »Muntermachern« gehörte und verkauft wurde. Das Säckchen voller Pillen, das man bei der Toten gefunden hatte, wies darauf hin, daß sie sich kurz vor dem Drogenunfall mit neuer Ware versorgt hatte. Nur war bisher nicht festzustellen, wo Lisa an diesem Abend getanzt und geliebt hatte und dann gestorben war. Es war kein einsames Sterben gewesen, die frischen Spermaspuren verrieten, daß zumindest ein Mann Zeuge ihres Todes gewesen war. Der Mann, der sie dann im Keller eines verfallenen Hauses abgelegt hatte.

»Ich glaube, wir haben eine heiße Spur«, zog Reiber Bilanz. »Wir sehen sie nur noch nicht. Ich rieche den Braten, aber die Pfanne fehlt mir noch. Wir haben da in einen Ameisenhaufen hineingestochen, und nun wimmelt alles durcheinander. Und einer dieser Aufgescheuchten wird einen Fehler begehen, das sagt mir meine Erfahrung. Unsicherheit ist ein Gift, das an den Nerven frißt. Warten wir es ab.«

»Für die Medien heißt das: Die Polizei ist unfähig!« erwiderte Wortke bitter.

»Kratzt dich das noch, Theo?«

»Nein.« Wortke schüttelte wild den Kopf. »Aber es bleibt die bittere Erkenntnis: In diesem Land kann dich jeder mit Dreck bewerfen ...«

Die Zeitungen, die von Gleichem in den nächsten Tagen sammelte und mit einem schmerzlichen inneren Druck las, bestätigten ihm, daß er in eine verteufelt heiße Situation geraten war.

Lok, der Besucher aus Vietnam, hatte keine leeren Worte ausgesprochen. Die drei polnischen Geschäftsfreunde erschienen nicht im Toscana; man fand sie, nebeneinander aufgereiht, ermordet im Nymphenburger Park. Mehr hatte die Pressestelle des LKA nicht bekanntgegeben. Die wilden Vermutungen in der Presse und im Fernsehen interessierten Franz von Gleichem nicht. Er wußte jetzt ganz genau, daß alle Verhandlungen mit der unbekannten Mafia-Gruppe nur ein Diktat sein würden. Er wußte auch, daß es um seinen Kopf ging. Der Markt in München und in ganz Bayern wurde aufgeteilt, ganz nach den Vorstellungen der Vietnamesen. Es gab keine Ausflüchte mehr, nur die Flucht aus München. Aber dagegen wehrte sich von Gleichem. Er war der Barkönig dieser Stadt, in der Gesellschaft beliebt, geehrt und bewundert. In seinen Clubs, die nichts anderes waren als exklusive Bordelle mit ausgesucht hübschen Mädchen, verkehrten Leute aus Wirtschaft, Politik und Kultur, die weithin bekannt waren und immer wieder in den Gesellschaftsnachrichten der Boulevardpresse auftauchten. Leute von internationaler Bedeutung. Dieses kleine Imperium aufzugeben, das von Gleichem in über zwei Jahrzehnten aufgebaut hatte, hätte das Ende eines arbeitsreichen Lebens bedeutet. Der große Einstieg in die Ecstasy-Szene war ein Fehler gewesen, das sah er jetzt ein. Und sein Kopf war ihm viel zu kostbar, um ihn für einen Kampf um Marktanteile einzusetzen.

Das ist keine Feigheit, das ist Besinnung auf das Wesentliche, sagte er sich. Feigheit hatte er von jeher gehaßt; er war immer ein Kämpfer gewesen. Aber da gibt es ein altes chinesisches Sprichwort: Wer sich zurückzieht, kann auch siegen. – Maos langer Marsch war dafür der beste Beweis. Mao hatte gesiegt.

Fünf Tage nach dem Tod der drei Polen erschien Lok wieder im Toscana.

Dieses Mal ließ Ulrike ihn sofort durch die Hintertür; von Gleichem hatte in den vergangenen Tagen auf Loks Besuch gewartet.

Er erhob sich, als Lok ins Büro kam, und preßte die Lippen zusammen, als der Vietnamese sich überaus höflich verbeugte und sich dann in einen der Ledersessel setzte. Er lächelte dabei, aber es war ein gefrorenes, maskenhaftes Lächeln.

»Haben Sie die Zeitungen gelesen?« fragte Lok in freundlichem Ton.

Von Gleichem empfand diese Höflichkeit wie ein Anspucken. »Warum halten wir uns mit dummen Vorreden auf?« erwiderte er grob. »Ihre Vorschläge!«

»Liegen auf Ihrem Tisch.«

»Waren diese Morde notwendig?«

»Es waren keine Morde.« Lok lehnte sich zurück und schlug die Beine übereinander. »Die deutsche Sprache ist so unelegant. So grob. Wir nennen das Bereinigung. Niemand würde sich beschweren, wenn man sein Haus sauber hält. Verjage das Ungeziefer, und du schläfst ruhiger. Die alten Weisheiten sind immer noch die besten Lebensregeln.« Er lächelte wieder. »Jetzt ist unser Haus rein.«

»Sie wollen den Ecstasy-Markt?« fragte von Gleichem gepreßt. Loks Freundlichkeit zerrte an seinen Nerven.

»Wir wollen – sagen wir es so – den Ecstasy-Markt schützen.«

»Vor wem?«

»Vor den wilden Händlern, die aus Amsterdam und

Österreich kommen. Vor den Polen und Russen. Und vor den kleinen Küchen, in denen die Tabletten gebraut und gepreßt werden. Das ist eine große Aufgabe, Herr von Gleichem. Das erfordert eine straffe Organisation. Das macht auch einen Kapitaleinsatz notwendig.«

»Präzise ausgedrückt: Ich zahle Schutzgeld.« Von Gleichem hob die Papiere hoch, die auf seinem Schreibtisch lagen. »Was mir hier übergeben wurde, ist ein normaler Versicherungsvertrag. Eine Hausratversicherung. Was soll der Unsinn?«

»Ist das nicht dasselbe? Wir sichern Ihr Geschäft, Ihr Haus ...«

»Aber Sie wollen doch mehr!«

»Dazu geben Sie mir Ihre Hand, das genügt. Ein Händedruck gilt bei uns als Vertrag. Vertrau deinem Nächsten wie dir selbst, und dein Leben ist wohlgetan.«

»Vertrauen!« Von Gleichem rümpfte die Nase. »Gibt es das überhaupt?«

»Bei uns.« Loks Maskenlächeln weichte nicht auf, obwohl er die verdeckte Beleidigung verstand. »Der Untreue ist wie faulendes Korn; es muß geschnitten werden.«

»Sie haben wohl für alles einen alten Spruch!«

»Nur die Tradition ist der Acker für neues Leben.«

»Da dachte Mao anders.«

»Was ist von ihm geblieben? Das neue China baut die alten Tempel wieder auf, die Mao zerstörte. Aber warum reden wir über China? Wir sollten über München reden.«

»Konkret: Was wollen Sie wirklich?«

»Eine Zweiteilung.«

»Gebietsschutz. Auch für ganz Bayern?« Von Gleichem warf den Hausratversicherungsvertrag auf den

Tisch zurück. »Wir nehmen eine Landkarte, ziehen einen Strich und dann: linke Seite du, rechte Seite ich. Sehe ich das richtig?«

»Falsch. Sie sehen das völlig falsch, Herr von Gleichem.« Lok beugte sich im Sessel etwas vor. »Unsere Zusammenarbeit ist viel unproblematischer: Wir liefern die Ware, und Sie verkaufen sie. Dazu übernehmen wir auch noch den Schutz. Sie bleiben voll im Geschäft wie bisher, nur Ihre Gewinnspanne wird sich etwas reduzieren.«

Von Gleichem mußte sich setzen. Diese Wendung hatte er nicht erwartet, das war ein völlig neuer Aspekt, mit dem er nie gerechnet hatte, weil er ihm undenkbar erschienen war. Es ging den Vietnamesen nicht um den Markt, sondern um die Lieferung. Es blieb alles beim alten, nur die Polen waren aus dem Geschäft.

»Und weiter?« fragte Franz von Gleichem vorsichtig.

»Kein weiter.«

»Das wäre alles?«

»Sie haben noch nicht nach unseren Bedingungen gefragt, Herr von Gleichem.«

»Also frage ich: welche Bedingungen?«

»Sie werden Ecstasy bei uns etwas teurer einkaufen müssen. Dafür bekommen Sie die reinste Ware, die möglich ist. Vom Umsatz führen Sie dreißig Prozent an uns ab. Ein wirklicher Freundschaftsbeweis.« Lok faltete die Hände über seinem hochgezogenen Knie. »Ein Weiser sagte einmal: Der Geldeintreiber wird nie den Himmel sehen.«

»Diesen Spruch sollte man als Schild in jedes Finanzamt hängen!«

»Doch nicht Sie, Herr von Gleichem.« Lok lachte kurz auf. »Wie heißt es: Wer den Reichen schenkt, ist ein Narr. Sie waren nie ein Narr. Wir sind es auch nicht.«

»Und wann können Sie Ihr Ecstasy liefern?« Von Gleichem hatte keine Lust, mit Lok über die Steuern zu diskutieren. Der Drogenverkauf war ein Millionengeschäft am Finanzamt vorbei. Weltweit waren es Milliarden, mehr als der Staatshaushalt der USA ausmachte. Ecstasy spielte nur eine kleine Rolle, das große Geld brachten immer noch Heroin, Kokain und Hasch. Aber die Modedroge der Jugend hatte begonnen, überall einzusickern. In die Discos, die Bars, bei Jugendtreffen, sogar in die Schulen, wo Dealer in den Pausen auf dem Schulhof die Pillen verkauften und sofort wieder verschwanden. Völlig ungefährlich, hieß es immer. Dein Hirn blüht auf, du fühlst dich happy, du bist plötzlich stark, du kennst keine Müdigkeit mehr. Was dich hemmt, fällt von dir ab, du bist ganz einfach glücklich, du bist so, wie du immer sein wolltest: ein toller Typ! Und wer einmal Ecstasy geschluckt hat, wird Mühe haben, davon loszukommen. Das ist der große Eimer, der niemals leer wird. Und wie bei einem Brünnlein plätschert das Geld ...

»Wir liefern sofort.« Lok deutete auf den Vertrag. »Unterschreiben Sie bitte.«

Bitte! Welch teuflische Höflichkeit!

»Was liefern Sie?« fragte von Gleichem und griff nach seinem Kugelschreiber. Das Wort »Hausratversicherung« schien ihn höhnisch anzugrinsen. »Barney? Smiley? Oder Chanel?«

»Wir wollen Altes nicht kopieren. Wir stellen ein neues Präparat her.«

Von Gleichem ließ den Kugelschreiber wieder sinken. Ein neues Ecstasy? Vorsicht! Darin kann eine unwägbare Gefahr liegen. Man will die Jugend ja nicht vergiften, sondern anregen. Das ist der Unterschied zwischen der Glückspille und den harten Drogen.

»Warum etwas Neues?« fragte er abweisend. »Mit den bisherigen Pillen hatten wir Erfahrungen.«

»Und Tote! In England über fünfzig, in den USA einige hundert, in anderen Ländern vereinzelte, in Berlin zwei, in München ein ›Unfall‹.«

»Ich habe ›Playboy‹ sofort vom Markt genommen«, sagte von Gleichem, als müsse er sich verteidigen.

»Sind Sie ein Mensch, der ökologisch denkt?« fragte Lok.

Von Gleichem blickte ihn verständnislos an. »Was meinen Sie damit?«

»Sie haben gespendet für den Erhalt des brasilianischen Urwaldes, für die Reinhaltung der Gewässer und Seen, für die Artenerhaltung der Pandabären und der Tiger, für das Verbot der Giftverklappung in die Nordsee, für ökologischen Obst- und Gemüseanbau ... Sie sehen, wir wissen alles über Sie. Sie sind ein geachteter Mäzen des Umweltschutzes.«

Von Gleichem war verblüfft und erschrocken zugleich. Was wissen die alles? Die Aufzählung entsprach der Wahrheit. Er stiftete auch noch für Greenpeace, den WWF und die Gesellschaft zur Rettung Schiffbrüchiger. Bei Sammlungen zur Hilfe bei Katastrophen fehlte sein Name nie auf der Liste der Spender. Auch das hatte dazu beigetragen, ein überall geachteter Mann zu sein.

»Was soll das?« fragte er und hörte, daß seine Stimme einen heiseren Klang bekommen hatte.

»Es muß Sie erfreuen, daß die von uns neu entwickelte Ecstasy-Pille ökologisch einwandfrei ist.«

»Das ist doch ein Witz!«

»Lassen Sie mich das erklären.« Lok legte den Kopf in den Nacken und blickte an die Zimmerdecke. Es war, als läse er die kommenden Sätze dort ab. »Dieses Ecstasy unterscheidet sich schon in der Verpackung von allen anderen Präparaten. Es ist keine Pille und keine Tablette, sondern eine attraktive kleine Pyramide aus mit bunten Bildchen bedrucktem Papier. Ecstasy in Pulverform. Man kann es leicht in jedes Getränk mischen oder mit jedem Getränk hinunterspülen. Die Mischung besteht aus reinen Naturstoffen, von denen keines verboten ist. Dieses Ecstasy enthält Ginseng, Grünen Tee, Gingko Bilboa, Guarana, Raw Cola und Traubenzucker. Diese Mischung im richtigen Verhältnis erzeugt die gleiche Wirkung wie die anderen Ecstasy-Pillen, nur: Es sind naturreine Rohstoffe. Keine Chemie, sondern alles ökologisch. Wir haben dieses Ecstasy ›100 percent natural vegetarian‹ getauft und in den USA getestet. Mit den besten Ergebnissen. Und es ist billig: pro Pyramide nur 2,10 Mark im Einkauf.« Lok lächelte wieder und senkte den Kopf. Sein Blick wurde scharf und stechend. »Welch eine Gewinnspanne für Sie, wenn Sie sie für unter zehn Mark verkaufen! Sie werden damit den Markt beherrschen. Da gibt es keine Konkurrenten mehr! Mit unserem Ökopulver erobern wir die Welt. Und was am wichtigsten ist: Es sind alles Naturstoffe, nicht verboten, sondern völlig legal.«

Von Gleichem atmete tief durch. »Wenn das alles stimmt ... Das wäre wirklich eine Revolution.«

»Es ist wahr. Die Erfolge in den USA bestätigen es. Hier produziert keine Giftküche.«

»Auch Zyankali ist ein Naturprodukt, wenn man es aus bittern Mandeln gewinnt. Und das Gift des brasilianischen Gelbfrosches ist auch Natur. Die Indios präparieren damit ihre Pfeilspitzen. Unter Ökologie verstehe ich etwas anderes.«

»Unser Vertrag baut auf unserem Präparat auf.« Loks Stimme klang wie immer ruhig, aber von Gleichem hörte doch die versteckte Drohung heraus. »Wir sind die Hersteller und die Lieferanten. Bei uns gibt es nur dieses Ecstasy. Was läßt Sie so kritisch reagieren, Herr von Gleichem? Bisher haben Sie Glück verkauft, hinter dem der Tod wartet. An unserer Pyramide ist noch niemand gestorben. Erfahrungen sind wie Brücken über den Fluß ...«

»Ich lasse mich gern überzeugen.« Von Gleichem griff wieder nach seinem Kugelschreiber. Er war bereit, das Abenteuer einzugehen.

Ohne Zögern unterschrieb er den Vertrag.

Auch eine Krankheit muß einmal vorüber sein, vor allem, wenn sie vorgetäuscht wurde.

Nach acht leidenschaftlichen Vormittagen mußte Robert wieder in der Schule erscheinen. Seine Kameraden nahmen davon wenig Notiz; er war immer eine Art Außenseiter gewesen. Kein Mädchen, keine amourösen Wochenend-Abenteuer, keine Haschzigarette, keine Discos, keine lockeren Sprüche. Im Sport fast eine Niete, bis auf Schwimmen, dazu noch Pfadfinder, was die meisten lächerlich fanden, keinen Bock auf eine zünftige Party, immer nur Klavier, Chopin, Debussy, Beethoven und Schumann, sowie die Beschäftigung mit außerirdischen Phänomenen – ein Langweiler wie aus dem Bilderbuch! Nur Roberts bester Freund, der Mathematikprimus Gerhard, fragte ihn kurz: »Wieder okay?«

Und Robert antwortete ebenso kurz: »Es geht schon wieder.«

Niemand merkte, daß er ein anderer Mensch geworden war. Nur Gerda Habicht, seiner Mutter, schien eine

Wandlung aufzufallen. Sie sprach darüber mit ihrem Mann, aber zu einer denkbar ungünstigen Zeit; sie störte ihn bei seiner Briefmarkensammlung.

»Robert gefällt mir in der letzten Zeit nicht«, sagte Gerda besorgt.

»Stimmt.« Habicht sah brummend von seiner Sammlung hoch. »Er sollte sich mal wieder die Haare schneiden lassen.«

»Das ist es nicht, Hubert.«

»Was sonst?« Verzückt betrachtete Habicht eine englische Briefmarke aus dem Jahre 1901.

»Er sieht müde und blaß aus. Er arbeitet zuviel.«

»Für ein gutes Abitur muß man arbeiten. Da fällt einem nichts in den Schoß. Bildung ist Mühe.«

»Robert hat so einen merkwürdigen Blick. Hast du mal seine Augen gesehen?«

»Natürlich kenne ich die Augen meines Sohnes Robert!« Habicht wurde ungeduldig. Bei seinen Briefmarken wollte er nicht gestört werden. Jeder Mann muß ein ihn ausfüllendes Hobby haben, vor allem ein Beamter in einer Landesregierung. Der Dienst am Schreibtisch ist erdrückend genug. »Sie sind blau.«

»Ich möchte mit dir vernünftig reden.« Gerda Habicht war pikiert und setzte sich ihrem Mann gegenüber auf einen Stuhl. Habicht seufzte ahnungsvoll. Wenn Gerda über ihren Sohn sprach, artete das immer in eine Diskussion aus.

»Was hast du an ihm auszusetzen?« fragte er und legte die Lupe aus der Hand, mit der er seine Briefmarken betrachtete. »Spielt er Chopin wieder im Stil von Beethoven?«

»Robert treibt Raubbau mit seinen Kräften!« sagte Gerda. »Manchmal läuft er wie geistesabwesend herum.

Ich habe gesehen, wie er im Garten sitzt und vor sich hin starrt. Bewegungslos, völlig bewegungslos. Ich glaube, er hat Depressionen.«

»Er wird an Mathematik denken; da kann man bei einer drohenden Fünf im Zeugnis schon depressiv werden.«

»Deine dumme Mathematik! Ich mache mir Sorgen um Robert!«

»Völlig unnötige.«

»Er ist abgemagert.«

»Auswirkungen von England. Ich mag das englische Essen auch nicht.«

»Und diese Ringe unter den Augen. Robert ist krank!«

Habicht hatte Mühe, seine Ungeduld zu zügeln. »Gut, gut«, sagte er und griff wieder nach seiner Lupe. »Ich werde mich darum kümmern. Ich werde mit meinem Sohn Robert reden. Zufrieden?«

Gerda Habicht sah ein, daß es zwecklos war, weiter mit ihrem Mann darüber zu sprechen. Sie warf den Kopf in den Nacken, was ihre Empörung ausdrücken sollte, und verließ das Arbeitszimmer. Habicht atmete auf. Er griff nach einem Kuvert neu angekommener Briefmarken und sortierte sie mit einer Pinzette. Bloß keine Zahnung beschädigen, eine Briefmarke ist empfindlicher als Glas. Jeder Sammler weiß das.

Mit seinem Sohn Robert sprach Habicht natürlich nicht über die Sorgen seiner Mutter. Er hatte das Thema längst vergessen. Krank war man erst, wenn es nötig war, im Bett Zuflucht zu suchen. Das hatte Hubert von seinem Vater gelernt, und der war ein alter Soldat gewesen. Die heutige Jugend verweichlichte immer mehr ...

So entging Robert einem elterlichen Verhör, das er

doch nur mit Lügen beantwortet hätte. Brav nahm er angeblich weiter Nachhilfeunterricht bei seinem Freund, jetzt an den langen Nachmittagen. Da saß Robert im Toscana, verkaufte Smiley, Barney und das sehr teure Chanel, das reinste Ecstasy, das in Deutschland angeboten wurde.

»Wo bist du eigentlich wirklich?« fragte ihn sein Freund einmal während der Schulpause. »Weißt du, daß du mich blamierst? Ich gebe dir Mathe-Unterricht, so denken alle, und du baust nachher im Abi eine Superfünf! Mein Ruf ist hin!«

»Du überlebst es mit deiner Eins. Ich bin und bleibe eben dämlich, wenn's über das große Einmaleins hinausgeht. Und ich ertrag' meine Dämlichkeit.«

»Dann sag mir wenigstens, wo du dich herumtreibst.«

»Ich habe ein Mädchen.«

Das klang einfach und einleuchtend. Der Freund grinste breit, aber dann wurde er sofort wieder ernst. »Sag bloß, diese Bar-Tussi!«

»Warum nicht?« Robert nickte. Gerhard war sein Freund, dem er das anvertrauen konnte. »Ich liebe sie ...«

»Du Arsch!«

»Danke.«

»Ehrlich, du bist ein Arschloch! So etwas kann man bumsen, aber nicht lieben. Wie soll das denn weitergehen?«

»Sie liebt mich auch.«

»Und das glaubst du?«

»Ich weiß es. Wir werden zusammenbleiben. Nach dem Abi werde ich Musik studieren. Ich sehe meine Zukunft als Konzertpianist. Wie Barenboim ... am Flügel und vor dem Orchester.«

»Barenboim hatte keine Tussi im Schlepp!«

»Was weißt du von Ulrike?« Robert winkte ab, als der Freund weitersprechen wollte. »Sie gibt mir Kraft, Glück und Selbstvertrauen. Sie ist eine wunderbare Frau. Ich brauche sie.«

»Im Bett.«

»Nein! Für mein Leben! Aber das verstehst du nicht.«

»Zugegeben, nein! Ich ahne nur, daß sie dich kaputt macht.«

»Auch das ist meine Sache!« Robert sah seinen Freund mit zusammengekniffenen Lippen an. »Du mußt mir versprechen, keinen Ton davon zu sagen. Wie sich auch alles entwickeln wird: kein Wort.«

»Versprochen. Aber ich bin gespannt, ob ich dich jemals in der Philharmonie hören werde. Robert Habicht spielt das 1. Klavierkonzert von Tschaikowsky.«

»Du bekommst eine Freikarte. Erste Reihe, Mitte.« Roberts Lachen klang siegesgewiß. »Und wehe dir, wenn du pfeifst!«

Auf einem Bankkonto, das Robert mit achtzehn Jahren eröffnen konnte, lagen jetzt bereits 7645 Mark. Täglich erhöhte sich die Summe, die Geschäfte gingen gut. Nur vor einem schreckte Robert zurück: die Pillen seinen Klassenkameraden anzubieten. Er wußte, daß zwei von ihnen Marihuana nahmen, und sie wären vermutlich auch seine ersten selbst geworbenen Kunden geworden, aber bei aller Ungefährlichkeit der Glücksdroge, wie Ulrike immer betonte, hielt ihn eine moralische Sperre zurück. Nicht meine Kameraden, dachte Robert. Sie sollen sauber bleiben.

Dagegen entschloß er sich, eine der Techno-Partys zu besuchen. Dort mußte man, wenn man den Umsatz hochrechnete, Ecstasy schlucken wie Hustenbonbons.

Es mußte ein Erlebnis sein, einen ganzen Stall voll Verzückter zu beobachten.

Ulrike sagte er von seinem Vorhaben nichts, aber er steckte sich an einem der Verkaufsnachmittage zwanzig Smiley in die Tasche, nahm von zu Hause eine verwaschene Jeans und ein T-Shirt mit dem Aufdruck »Ich bin eine Insel« mit, ein Souvenir von einem Helgoland-Ausflug vor Jahren, zog sich im Auto um und betrat einen In-Schuppen, der einmal ein Stall gewesen war und den man umgebaut hatte. Die Adresse hatte er einem der jungen Dealer entlockt, ohne daß Ulrike es gemerkt hatte.

Zum erstenmal betrat Robert eine fremde Welt.

Eine völlig fremde Welt, nicht vergleichbar mit dem Toscana.

Der weite Raum lag fast im Dunkeln, aber von der Decke blitzten in einem wilden Rhythmus bunte Scheinwerferstrahlen, gingen an und aus, sich in Wirbeln drehend. Dazu hämmerte eine stampfende, auf die Nerven niederprasselnde Musik aus ungezählten Lautsprechern, die überall im Schuppen verteilt waren, überlaut, das Trommelfell sprengend und in die Körper eindringend. Eine Menge zuckender, sich krümmender und zueinander stoßender Leiber füllten die Tanzfläche, das Gewirbel von Armen und Händen schien in den Lichtstrahlen zu Riesenschlangen zu werden, die sich zu den Tönen schaukelten. Es war ein Gedröhne und Stampfen, daß Robert Mühe hatte, überhaupt einzelne Töne zu unterscheiden, aber auch sie ergaben nichts, was in seinen Ohren wie Musik klang. Es war nur Rhythmus, ein Hineinhämmern in diese zuckenden Körper und in die von Lichtblitzen erhellten Gesichter. Und jung waren die Tanzenden, so jung, daß Robert sich betroffen fragte:

Wie alt bist du denn? Gehörst du noch dazu? Was willst du in dieser fremden, dröhnenden Welt?

Er zwängte sich an den Tanzenden und den an den Wänden stehenden Tischen vorbei und suchte eine Theke. Er fand sie an der Hinterwand, rustikal aus Holzbohlen gezimmert, an den Wänden Plakate von Techno-Bands, deren Namen Robert noch nie gehört hatte, und zog sich einen Stuhl heran. Am Tresen standen einige Jungen in seinem Alter, tranken Cola oder einen Fruchtcocktail, zwei von ihnen zitterten so stark, daß sie ihr Glas mit beiden Händen umklammern mußten, und das kam nicht vom Alkohol, denn nirgendwo entdeckte Robert die Regale mit den Alkoholflaschen, wie er sie im Toscana gesehen hatte.

Die Jungen beachteten ihn nicht. Robert atmete auf. Er gehörte also doch zu ihnen, er fiel nicht auf.

Bei einem mißmutig dreinblickenden Barkeeper bestellte er eine Cola. Er hatte gerade den ersten Schluck getrunken, als sich ein Mädchen an seine Seite schob. Es hatte einen Orangensaft in der Hand und war noch nicht so verschwitzt wie die Mädchen, die von der Tanzfläche zurückkamen. Aus den Augenwinkeln sah Robert sie an. Lange blonde Haare bis über die Schultern, ein runder Busen, der sich unter der Bluse abzeichnete, schmale Hüften und schlanke Beine in Sportschuhen mit flachen Absätzen. Ihr Gesicht, das ihn an amerikanische Illustriertengirls erinnerte, war ihm voll zugewandt. Sie hatte schmale Lippen und eine kindliche Nase. Sie lächelte jetzt, und in ihrem linken Mundwinkel blühte ein Grübchen auf. Hübsch, dachte Robert. Ein Puppengesicht. Und Haare wie goldene Seide.

Er zuckte zusammen, als sie ihn plötzlich fragte: »Du bist neu hier?«

»Seh' ich so aus?« fragte er zurück.

»Ich habe dich noch nie hier gesehen.«

»Bei dem Gewühl falle ich nicht auf, das wird es sein.«

Sie lachte. Ihre Stimme war hell wie ihr Haar. »Du tanzt nicht?« fragte sie weiter.

»Du tanzt doch auch nicht.«

»Ich hab's heute im Rücken. Vom Sport, weißt du. Ich spiele Hockey.«

»Das ist selten. Ich habe noch nie ein Mädchen getroffen, das Hockey spielt. Ich schwimme gern.«

»Das ist mein zweitliebster Sport.«

»Ich kann auch Turmspringen, und dabei bin ich vorgestern falsch aufs Wasser geknallt. Die linke Hüfte ist blau wie 'n Adriahimmel.«

»Adriahimmel ist gut.« Sie lachte wieder, trank einen Schluck und stellte das Glas auf die Theke. »Dann können wir heute beide nicht tanzen.«

»Das befürchte ich, leider.« Sie mußten sich anschreien, so laut war das Hämmern der Techno-Band. Roberts Interesse wuchs. Die Kleine hatte Augen wie dunkler Bernstein. Sie gaben dem Gesicht einen besonderen Reiz. Augen, die man erforschen mußte. »Ich heiße Robert«, sagte er. Er mußte es einfach sagen.

»Ich bin Christa.«

»Und was machen wir nun?« Er fühlte sich durch ihre Nähe plötzlich wohler in diesem rasenden Schuppen, der »777« hieß ... »Wir können nicht tanzen, wir sind beide Sport-Invaliden ... Das ist schon ein Problem.«

Das Turmspringen war natürlich gelogen; über das Einmeterbrett war Robert nie hinausgekommen und hatte nie Lust verspürt, sich aus großer Höhe ins Wasser zu stürzen. Wasser konnte verdammt hart sein. Dagegen glaubte er Christa das Hockeyspielen; er konnte sich gut vorstellen, wie sie über den Rasen rannte und den Schläger schwang.

»Wir könnten auf der Stelle tanzen, Robert«, sagte sie. »So hin und her, weißt du?«

»Das ist doch langweilig.«

»Weißt du was Besseres?«

»Wir könnten dem Krach hier entfliehen und draußen spazieren gehen. Es ist eine helle, warme Frühsommernacht.«

»Bist du romantisch?«

Bei dieser Frage legte sie den Kopf schief. Die Bernsteinaugen funkelten. Sie ist hübsch, dachte Robert. Wirklich, sie ist sogar verdammt hübsch.

»Romantisch?« wiederholte er. »Ab und zu.«

»Ist jetzt ab oder zu?«

»Zu! Hinaus an die frische Luft. Hier kann man ja kaum noch atmen.«

Sie verließen das »777« und lehnten sich an die getünchte Außenmauer. Ein schimmernder Halbmond erhellte ein paar streifige Wolken, die träge im Wind davontrieben. Es war noch so warm, als atme die Erde die Sonne des Tages aus.

»Bist du öfter hier?« fragte Robert, nachdem er vergebens gewartet hatte, daß Christa das erste Wort sagte.

»Auch ab und zu.« Sie lachte wieder ihr helles Lachen und warf mit einem Schwung ihre langen Haare aus dem Gesicht. »Ich bin kein richtiger Techno-Typ. Ich tu' nur so.«

»Und warum gehst du hin?«

»Um aus dem Alltagsmief herauszukommen. Du, das Leben ist irgendwie beschissen. Immer nur fernsehen, das dumme Genörgel und Gesülze zu Hause – da muß man doch flüchten. Hier ist wenigstens was los. Hier triffst du Typen, die dich verstehen. Die genau wie du das große Kotzen haben und die 'ne richtige Randale machen wollen. So was braucht man einfach mal. Den Putz abkloppen.« Sie blickte zu Robert hoch. »Wie ist das bei dir?«

Einen Augenblick war er betroffen gewesen, als er Christas Redeweise hörte. Sie paßte so gar nicht zu ihrem Äußeren, ihrer Puppenhaftigkeit.

»Randale, sagst du?« Robert legte den Arm um ihre Schulter. Sie duldete es ohne das geringste Zusammenzucken. »Bist du eine von den militanten Extremisten, die bei keiner Demo fehlen und alles kurz und klein schlagen, Autos anstecken, Geschäfte plündern, Polizisten mit Molotow-Cocktails bewerfen, Straßen aufreißen ...«

»Habe ich das gesagt? Ich habe nur gesagt, daß das Leben stinklangweilig ist. Du hängst nur noch rum.«

»Es gibt Kinos, Christa.«

»Immer der gleiche Mist.«

»Besuch mal ein Konzert.«

»Bloß das nicht! Da schlafe ich ein.«

»Lies ein Buch.«

»Bist du bekloppt? Ein Buch? Lesen? Ich bin doch kein Selbstverstümmler!« Sie reckte den Kopf zu ihm hoch. »Liest du Bücher?«

»Ja. Gern.«

»Krimis?«

»Weniger.«

»Pornos?«

»Auch nicht. Bücher über Raumfahrt und mögliche ferne Welten.«

»Aha! Du liest von den kleinen grünen Männchen.« Sie

lachte wieder. »Hast du dich ins ›777‹ verirrt?« Sie zeigte zu dem Halbmond hinauf und schmiegte sich enger an Robert. »Was denkst du, wenn du den Mond ansiehst?«

»Er ist 384 403 Kilometer von uns entfernt. Sein Durchmesser beträgt 3480 Kilometer. Die Schwerkraft auf der Mondoberfläche beträgt ein Sechstel der irdischen Schwerkraft.«

»Und das ist alles?«

»Was noch?«

»Wo lebt der Mann im Mond?«

»Es gibt keinen Mann im Mond.«

»Siehst du, und ich glaube, daß es ihn gibt! Ich bin doch romantischer als du.«

Diese Antwort entwaffnete ihn. Dagegen gab es kein Argument mehr. »Du hast recht«, sagte er und fühlte sich immer wohler, je näher er Christas hübschen Körper spürte. »Glauben wir an den Mann im Mond. Aber jetzt schläft er.«

»Wieso schläft er?«

»Weil es Halbmond ist. Er schläft auf der dunklen Seite des Mondes. Ist doch klar!«

»Völlig klar.« Ihre Hand tastete nach der von Robert, umklammerte sie und hielt sie fest. »Robert … Bis auf deine grünen Männchen bist du ein netter Kerl.«

»Und du ein nettes Mädel.«

»Werde ich dich wiedertreffen?«

»Christa, das klingt, als wolltest du weggehen.«

»Es ist jetzt 23 Uhr. Ich muß pünktlich zu Hause sein. Mein Alter steht mit der Stoppuhr am Fenster.«

»Wie kommst du heim?«

»Mit der S-Bahn.«

»Darf ich dich in meinem Auto mitnehmen?«

»Du darfst. Du hast ein Auto? Was für eins?«

»Eine Ente.«

»Klasse!« Sie hob sich auf die Zehenspitzen und hauchte ihm einen Kuß auf die Wange. »Robert, du bist 'n toller Typ ...«

»Hast du keinen Freund?« Er fragte es, weil ihm plötzlich auffiel, daß sie allein ins »777« gekommen war.

»Freunde? Genug. Schon vom Hockey her. Aber so 'n fester Freund, wie das heißt, den habe ich nicht. Alle sind 'n bißchen doof. Wennste mit denen drei Colas trinkst, wollen sie dich begrapschen. Das mag ich nicht.«

»Und hier im Techno-Schuppen packt dich keiner an?« fragte Robert zweifelnd.

»Hier wird getanzt, bis man verrückt wird. Hier knallt einem der Sound auf die Birne, da fängt dein Body an, von selbst durchzustarten, da kannste nichts dagegen tun. Das ist einfach Spitze.«

Sie gingen zum Parkplatz, und es war wie selbstverständlich, daß jeder den Arm um die Taille des anderen gelegt hatte. Erst vor dem Wagen ließen sie sich los.

»Warum findest du das Leben so zum Kotzen?« fragte Robert. »Du hast doch alles. Was willst du noch?«

»Was hab ich denn?« Ihre goldschimmernden Augen blitzten ihn wieder an. In diesem Blick funkelte Auflehnung.

»Deinen Hockeyclub ...«

»Jeden Samstag nachmittag. Öfter kann ich ja nicht.«

»Wegen der Arbeit?«

»Genau. Hast du mal acht Stunden in Kaufhausluft gestanden? Dieser Mief! Wennste als Käufer kommst, merkste das nicht, aber acht Stunden da zu stehen ... Tausende Menschen kommen und gehen. ›He, Fräulein, bedienen Sie hier?‹ ›Was soll 'n das, der paßt doch nicht, ich brauche Körbchen C!‹ ›Fräulein, ich brauche was, das meine Brust hebt, nein, bei dem quillt was an der Seite raus.‹ ›Fräulein, ich warte nun schon eine Viertelstunde, daß mich jemand bedient!‹ ›Fräulein, ich suche die Strapse, die neulich im Fernsehen waren.‹ ›Fräulein, das kneift mich im Rücken ...‹ Hundertmal derselbe Scheiß. Das nervt, sag' ich dir. Und dann biste abends zu Hause, und alles muffelt rum. Da kriegste Lust auf 'ne große Sause.«

»Du bist also Verkäuferin.«

»Kluger Junge. Im Kaufhaus, Abteilung Damen-Trikotagen. Und immer freundlich sein, der Kunde ist König. Sagen die da oben in der Geschäftsleitung. Haben die jemals 'ne zickige Kundin bedient?«

»Verkaufen heißt Bedienen. Und Bedienen kommt von Dienen.«

»Fang bloß nicht an, dämliche Sprüche zu klopfen.« Sie riß die Tür des Autos auf und lehnte sich dagegen. »Ich mag dich, Robert, aber hör auf, den Bildungsheini zu spielen.«

»Wie alt bist du?« fragte er. Ihre Ansicht vom Leben klang, als habe sie Jahrzehnte von Enttäuschungen hinter sich.

»Sechzehn. Und du?«

»Etwas über achtzehn.«

»Aber du benimmst dich, als wärste dreißig.«

Dreißig schien für sie schon ein hohes Alter zu sein. Der Beginn zum Opa.

Sie stieg in den Wagen, zog die Tür zu und wartete, bis Robert hinter dem Steuer Platz genommen hatte.

Christas Rock war hochgerutscht und gab ihre schlanken Oberschenkel frei. Im fahlen Mondlicht schimmerte ihre Haut wie hellbraun getönte Seide. Sie lehnte sich im Sitz zurück, streckte die Beine von sich, zog den

Ausschnitt ihres Kleides etwas höher und schob mit beiden Händen die seidigen Haare in den Nacken.

»Ich mag dich auch!« sagte Robert plötzlich. Er sagte es ohne jenes Gefühl, das er bei Ulrike empfunden hatte. Aber er mußte es sagen.

»Dann ist ja alles okay.« Sie lachte wieder ihr Glokkenlachen. »Gib Gas, Robert.«

»Wohin?«

»Bring mich nach Gräfelfing. Ich sag' dann halt.«

Sie sagte es in der Killerstraße, Ecke Schulstraße. Robert trat auf die Bremse.

»Du lebst gefährlich«, scherzte er. »Killerstraße!«

»Ich wohne nicht hier. In der Nähe.«

»Schulstraße ist genauso tötend. Schule!«

»Auch nicht. Woanders ...«

»Und warum willst du mir das nicht sagen? Wo soll ich dich abholen, wo treffen wir uns wieder?«

»Im ›777‹. Bloß nicht bei mir. Mein Vater ... ich sag' dir doch: Der steht mit der Stoppuhr am Fenster. Der reinste Frust, Bob.«

Robert zuckte zusammen. Sein Gesicht bekam plötzlich harte Konturen. Etwas Kaltes, Erdrückendes legte sich auf sein Herz.

»Nenn mich nicht Bob«, sagte er gepreßt. »Ich bin Robert.«

»Bob gefällt mir besser. Warum nicht Bob?«

»Das ... das gefällt mir nicht.«

»Bei dir kennt sich keiner aus.« Christa öffnete die Wagentür und stieg aus. »Robert, das klingt so verdammt spießig. Robert, der Oberförster vom Märchenwald.«

»Es gibt aber auch eine Oper von Meyerbeer: Robert, der Teufel ...«

»Schon wieder dieser Bildungsscheiß! Verdammt, laß das sein!« Sie schlug die Tür zu, aber dann beugte sie sich vor und rief durch die Scheibe: »Ich bin am Freitag wieder im ›777‹. Tschüs …«

Er blickte ihr nach, bis sie um die Straßenecke verschwunden war, ein tanzendes Püppchen im Mondlicht.

Christa …

Robert startete den Motor, wischte sich über die Augen und fuhr langsam nach Hause. Er mußte langsam fahren, tausend Gedanken wirbelten ihm durch den Kopf und ließen sich nicht ordnen.

Der Sitzungssaal des Landeskriminalamtes war voll besetzt, als Kriminalhauptkommissar Reiber an das Pult trat und sein Manuskript hinlegte.

Sie waren alle gekommen, die Dezernatsleiter, die Experten, der Vizepräsident des LKA, der Polizeipräsident sogar, auch einige Politiker sah Reiber in den ersten Reihen, Stadträte und Landespolitiker. Auf sie freute er sich besonders … Wenn sie nachher den Saal verließen, sollte es in ihren Ohren klingeln.

Reiber wartete, bis sich das Gemurmel der Geladenen gelegt hatte, und klopfte mit dem Finger an das Mikrofon. In Ordnung. Der Ton war da. Man soll der Technik nicht blindlings vertrauen. Das Klopfzeichen war aber auch ein Signal für die Zuhörer. Schweigen legte sich über den Saal.

»Meine Damen und Herren! Liebe Kolleginnen und Kollegen«, begann Reiber im üblichen Vortragston. Aber dann, schon beim ersten Satz, kündigte er an, was die Versammelten erwartete. »Dies hier ist kein Bericht, sondern ein Alarm. Sie werden Altbekanntes und erschreckend Neues hören, und Sie werden sich fragen: Was kann man dagegen tun? Das frage ich mich auch als Leiter des 13. Dezernats, der ich täglich damit beschäftigt bin, unsere Polizei aus der Ohnmacht herauszuholen, die man ihr vorwirft.«

Er blickte in die ersten Reihen. Die Politiker zogen sich hinter erwartungsvolle Mienen zurück, der Polizeipräsident blinzelte Hauptkommissar Reiber an.

»Es geht, wie Sie wissen, um die organisierte Kriminalität«, fuhr Reiber fort. »Ein besonders trauriges Kapitel unserer Kriminalgeschichte. OK beherrscht heute bereits weitgehend die Kriminalstatistik: im Drogengeschäft, im Menschenhandel, in der Prostitution, in der Schutzgelderpressung, im Schmuggel und – weiter anwachsend – im Mord. Ich möchte hier nicht die bekannten Tatsachen erzählen, daß in Deutschland an vielen Orten ein Bandenkrieg stattfindet, der an die besten Chicagoer Jahre erinnert. Ein trauriges Beispiel ist Berlin: In einem Jahr über fünfzig Mafia-Morde. Täter: Russen, Vietnamesen, Rumänen. In den letzten Monaten tobt der Kampf um den Zigarettenmarkt. Jeder Außenstehende wird sich fragen: Zigaretten? Was ist denn daran so viel zu verdienen? Das ist doch Pfennigkram. Heroin, Kokain, Marihuana, Speed, Crack, Mädchenhandel, Prostitution, das leuchtet ein – aber Zigaretten? Ich will Ihnen nur ein paar Zahlen nennen: Bei jeder Zigarette, die zollfrei eingeschmuggelt wird, verliert der Staat 14 Pfennig. Allein von Januar bis April dieses Jahres ist es den Polizeiorganen gelungen, 260 Millionen Stück Schwarzmarktzigaretten zu beschlagnahmen. Das ist ein Steuerverlust von 36,4 Millionen Mark. In vier Monaten! Das waren die beschlagnahmten Zigaretten. Aber wieviel gelangen illegal auf den Markt? Das kann man überhaupt nicht schätzen! Für die Mafia also ein Bombengeschäft und ein sicherer Markt. Um ihn zu beherrschen, muß man morden ... So einfach ist die Denkweise der organisierten Kriminalität. Aber das sollte nur als Beispiel gelten. Heute geht es um einen anderen Markt, der sich in großem Stil noch in einer Art Aufbauphase befindet. Unsere Erkenntnisse sind da weit fortgeschritten, aber Erkenntnisse sind noch keine Erfolge. Wir sehen das Aufblähen dieser neuen OK-Aktivität, aber wir sind dagegen machtlos. Das klingt erschreckend, und es ist auch erschreckend! Es handelt sich um das Vordringen der Modedroge Ecstasy in eine Konsumentengruppe, die bisher für die Nadel noch zu jung war: die Jugendlichen zwischen vierzehn und achtzehn Jahren.« Er hob beide Hände, um einen möglichen Einwurf sofort abzuwehren. »Ich weiß, es gibt genug Fixer in dieser Altersgruppe, aber sie bilden mehr oder weniger eine Gemeinschaft. Sie bleiben unter sich, häufig kent man sich, hat seine Fixerplätze. Bei Ecstasy ist das anders. Da ist eine Breitenwirkung vorhanden wie bei einem Schnupfen.«

Reiber blätterte in seinem Manuskript. Die Zuhörer schwiegen. Von Betroffenheit war noch nichts zu spüren. Was Reiber da vortrug, war bekannt. Die wirklichen Knaller mußten noch kommen.

»Warum ist Ecstasy so gefährlich?« fragte Reiber in die erwartungsvollen Gesichter hinein. »Als die Pillen zum erstenmal auftauchten, galten sie für harmloser als Hasch. Mit sechs Cuba Libre kann man sich mehr auftanken als mit einer Ecstasy, so hieß es. Und Cuba Libre ist Rum, Limettensaft, aufgefüllt mit Cola, mit Eis verrührt. Und wenn man es ganz vornehm ausdrücken wollte, sagte man zu Ecstasy schlicht Designerdroge.

Aber da kommen wir schon der Wahrheit sehr nahe: Es ist eine Droge! Um Ihnen die besten Informationen zu geben, habe ich den Drogenexperten Professor Dr. Hans Eberlein gebeten, Ihnen Ecstasy vorzustellen und zu erklären. – Bitte, Herr Professor Eberlein.«

Reiber trat zur Seite. Aus der ersten Reihe erhob sich ein älterer Herr mit deutlichem Bauchansatz, ging zum Pult, breitete einen Haufen Papiere aus und räusperte sich.

»Ich beschäftige mich seit fast zwanzig Jahren mit Ecstasy, als es in den USA auftauchte und in Europa noch unbekannt war«, begann er seinen Vortrag. »Auch in den USA hielt man die Pillen für so harmlos wie Coca Cola, zumal sie keine verbotenen Substanzen enthielten und nicht unter das Arzneimittelgesetz fielen. Doch davon später. In den USA konnten die Pillen frei verkauft werden wie alle freien Mittelchen gegen Kopfschmerzen, Schlaflosigkeit, Durchfall, Hautjucken oder Insektenstiche. Sie lagen neben den Vitaminpillen, und wer das Zeug kaufte, war selber schuld. Verbote gab es nicht. Aber schon damals warnten Pharmakologen und Mediziner vor Ecstasy, nur mit wenig Erfolg. Die Herstellerlobby war stärker und kapitalkräftiger. Man kennt das ja auch in der Politik.«

Ein böser Satz. Die Politiker unter den Gästen grinsten verlegen ... Sie nahmen die Worte als bloßes Bonmot hin.

»Das lief lustig so weiter, bis es den ersten Toten gab, ein Junge von neunzehn Jahren. Hirnblutung. Unfallfolge nach einem Baseball-Spiel? Die Obduktion verriet: kein Unfall, kein geplatztes Hirnaneurysma, sondern ein Teil der Adern im Gehirn waren zerdünnt, die Aderwände lösten sich auf. Hinzu gekommen war ein Kreis-

laufkollaps. Die Nieren zeigten eine deutliche Insuffi-
zienz. Der junge Mann hatte also drei Todesarten in
sich, nur war das Gehirn bei diesem Wettlauf schneller
gewesen. Das war für mich der Anlaß, mich mit Ecstasy
zu beschäftigen. Die Gerichtsmediziner in den USA
sprachen den Verdacht einer gefährlichen Droge aus.«
Professor Eberlein holte tief Atem. »Seitdem hat sich
viel geändert ... und nicht zum Besten. Am besten sind
die Ecstasy-Pillen geworden; damit ist gemeint: gefährlicher.«

Eberlein machte eine Pause und nippte an einem
Glas Mineralwasser, das auf dem Pult stand. Er hielt
diese etwas langatmige Einleitung für notwendig zum
Verständnis seiner folgenden Erklärungen.

»Was ist nun Ecstasy?« fragte er. »Es ist ein Amphetamin-Derivat. Das sagt Ihnen gar nichts. Chemisch gesehen ist es Methylendioxymetamphetamin, abgekürzt
MDMA, und nichts anderes als ein Appetitzügler. So
etwas ist nicht verboten, das hat freie Fahrt. Nur wenn
man das MDMA mit anderen Substanzen vermischt, wie
zum Beispiel dem MDEA, das halluzinogen wirkt, oder
Koffein hineinbraut, wird die Designerdroge zur Höllen-
pille. Es gibt sogar Pillen, die mit Heroin versetzt sind
oder mit Speed ... Dann wirkt das Heroin verstärkt und
macht unrettbar abhängig. Ecstasy kann also auch eine
Einstiegspille in härtere Drogen sein, denn es gibt kein
einheitliches Ecstasyrezept. Jede Pillensorte ist anders.
In Europa kennen wir bisher sechs Fabrikate: Smiley,
Barney, Chanel, Zwerg Seppi, Playboy und Namenlos.
Von ihnen ist Namenlos ein elendes Gemisch.«

Eberlein trat vom Rednerpult zurück, ging zu einer
großen Rolle, die an einem Haken an der Wand hing,
löste die Verschnürung und entrollte ein Plakat. Es

zeige neben den verschiedenen Pillenformen auch einen schematisch gezeichneten menschlichen Körper mit den inneren Organen, den Hauptadern und Muskeln. Bevor Eberlein wieder an das Pult trat, nahm er noch einen großen Schluck Mineralwasser. Die kommenden Erklärungen würden lange dauern, und nichts behindert mehr beim Sprechen als ein trockener Hals.

»Sehen wir uns die Pille ›Namenlos‹ an. Sie tauchte zuerst im Raum Hamburg auf. Der Zusammensetzung nach ist es eine Pille aus dem Osten, also aus Polen, mit starken Verunreinigungen und mit Amphetaminen und Koffein vermischt. Das macht sie besonders gefährlich. Der Körper reagiert darauf mit Herzrasen und einem Kreislaufkollaps, der zum Tode führen kann. In München ist ›Namenlos‹ – der Name wurde erfunden, weil die Pille keine Prägung hat wie die anderen Ecstasy-Präparate – bisher selten aufgetaucht. Man befürchtet aber, daß sie bald auch hier auf den Markt kommt, weil sie die billigste Pille ist. Die teuerste Tablette – Chanel – hat Deutschland und Österreich bereits erobert. Ihre Wirkung ist erschreckend: Sie baut die Kontrolle über den Körper ab! Der Drogenanteil von ›Chanel‹ ist besonders hoch. Dadurch schleicht er sich über die Blutbahn ins Gehirn und aktiviert jene Botenstoffe, die ein Glücksgefühl auslösen. Das normale Herzklopfen steigert sich zum Herzflattern, die Motorik wird maßlos übersteigert, aber dabei das Verlangen nach Flüssigkeit so weit unterdrückt, daß es im Zusammenwirken aller Organe zum Tode führen kann. Wir nennen das ›Multiples Organversagen‹. Anders ist es bei ›Barney‹, eine der viel gekauften Pillen. Sie enthält 115 Milligramm MDMA und kaum Verunreinigungen. Ihre Wirkung ist extrem: zuerst eine überschäumende Euphorie, der dann später schwere Depressionen folgen. Himmel und Hölle im Wechsel. Trotzdem gilt ›Barney‹ bei den Bayern als die klassische E-Tablette. Zuerst in Berlin auftauchend, also auch aus Polen stammend, hat sich die Pille ›Playboy‹ etabliert. In München ist sie gut auf dem Markt vertreten. ›Playboy‹ ist eine schmutzige Pille, das heißt, die Verunreinigungen sind stark. Ihre Wirkung auf den Menschen ist völlig unkontrollierbar. In Berlin sind einige Fälle aktenkundig, daß ›Playboy‹ Paranoia auslösen kann. Paranoia ist nach den heutigen Erkenntnissen eine Erkrankung mit systematisiertem Wahn, die, entgegen der Schizophrenie, auf der paranoiden Entwicklung einer Charakterstörung basiert und sich durch erlebnisreaktive Wahnentstehung manifestiert. Also genau die Wirkung von Ecstasy!«

Eberlein nahm wieder einen Schluck Wasser. »An ihren betroffenen Gesichtern sehe ich, daß Sie die ungeheure Gefahr für unsere Jugend erkennen. Aber das ist noch nicht alles! Die in München am weitesten verbreitete Pille ist die mit dem schönen Namen ›Smiley‹. Auch sie kommt aus dem Herstellerland Polen und hat vor allem in Österreich, in den Räumen Linz und Salzburg, Aufsehen erregt. ›Smiley‹ ist stark verunreinigt – wie alle Ostprodukte – und enthält neben dem üblichen MDMA das halluzinogene MDEA. Folge: Die Pille erzeugt Halluzinationen. Also Trugwahrnehmungen, Sinnestäuschungen, Sinnesreizungen, Wahnvorstellungen. Das kann bis zum Selbstmord führen.«

Professor Eberlein wandte sich um und ging zu dem großen Plakat an der Wand. Dabei warf er einen Blick auf die Zuhörer. Er sah in entsetzte Gesichter, die gleichzeitig eine große Hilflosigkeit ausdrückten.

Eberlein deutete auf das Plakat. »Sie sehen hier einen

menschlichen Körper mit den Adern und Organen, mit Gehirn und den Drüsen, die der Ecstasy-Droge ausgesetzt sind. Es würde zu weit führen, wenn ich Ihnen all das aufzeige, was möglich ist. Ich muß mich auf das Wesentliche beschränken. Fangen wir mit dem Gehirn an. Durch Ecstasy werden Botenstoffe aktiviert, die ein großes Glücksgefühl hervorrufen. Folge: Wer dreimal oder viermal ›E‹ zu sich nimmt, gewöhnt sich an dieses euphorische Gefühl, so daß eine geistige Abhängigkeit entsteht. Ohne Droge keinen Lebenssinn! Das Auge, das man das Tor zur Seele nennt, reagiert mit einer Erweiterung der Pupillen auf die doppelte Größe. Daran erkennt man sofort den Drogenkonsumenten! Womit keiner der User rechnet: Bei dauerndem Ecstasyschlucken kommt es zu Schädigungen der Nervenstränge und zu einer rapiden Abnahme der Sehfähigkeit. Das Gehör – und das reizt die Ecstasy-Fans besonders – verstärkt sich so, daß der Drogensüchtige zu einem totalen Klangerlebnis kommt. Die Töne kulminieren, Musik wird zum Rausch. Die Welt löst sich in Klängen auf. Ein überwältigendes Erlebnis, aber es kann zur Taubheit führen!«

Professor Eberlein tippte mit dem Zeigefinger auf die Schautafel. Er war jetzt selbst gefangen von dem, was er vorführte. Die monatelangen Untersuchungen von Ecstasy-Opfern hatten auch ihn, den sonst kühlen Wissenschaftler, erschüttert, vor allem, weil die Betroffenen alle im Alter von sechzehn bis neunzehn Jahren gewesen waren. Am gegenwärtigsten war ihm die Begegnung mit einem vierzehnjährigen Jungen, dessen Gehirn bereits zerstört war und der jetzt, unheilbar krank, in einer Anstalt lebte. Ecstasy hatte er von jugendlichen Dealern gekauft – auf dem Schulhof. Wöchentlich zweimal waren sie in der Schule erschienen, vor dem Unterricht, in der Pause oder nach dem Unterricht. Sie lauerten wie Wölfe auf ihre Opfer.

»Hier haben wir den Mund«, sagte der Professor, »der auf seine Art reagiert. Es kommt zu einer Austrocknung der Mundschleimhaut und der Kehle. Die Lippen werden rissig und springen auf. Die Pille aber verhindert den Feuchtigkeitsausgleich, sie unterdrückt das Verlangen nach Flüssigkeit. Der Protest des Körpers ist sogar hörbar: Die Zähne und die Kiefer mahlen aufeinander; es ist das Zähneknirschen der Ekstase. Wandern wir weiter durch den Körper. Da ist die Leber. Ihnen allen ist bekannt, daß alle Gifte von der Leber verarbeitet werden müssen. Sie ist der große Reiniger. Bei Ecstasy aber muß sie früher oder später kapitulieren. Es ist wie bei chronischem Alkoholismus: Der Grundstoff von Ecstasy, das MDMA, lagert sich in der Leber ab, es kommt zu einer tödlichen Vergiftung. Da gibt es keine Hilfe mehr! Einen Alkoholiker kann man bis zu einem gewissen Stadium entgiften, einen Ecstasy-Freak nicht. Und nun das Herz. Dieses Organ, das im Menschen die größte und schwerste Arbeit zu leisten hat und am meisten vernachlässigt wird, ist auch das Schicksalsorgan der Ecstasy-Berauschten. Wer diese Designer-Droge – welch ein verbrecherisch verniedlichendes Wort! – nimmt, der verursacht damit auch ein heftiges Herzjagen. Die Frequenz schnellt nach oben, der Puls rennt davon, der Kreislauf explodiert. Welches Herz hält das auf Dauer aus? Je länger man sich in diese Ekstase versetzt, um so schneller erfolgt der Zusammenbruch. Ich habe Fälle untersucht, wo nach einem vier Tage dauernden Ecstasy-Rausch die Pillenschlucker in akute Lebensgefahr geraten sind. Nur ein sofortiges Eingreifen des Arztes verhinderte den Herztod.

Wo aber ist zum Beispiel bei einer Techno-Party sofort ein Arzt greifbar?«

Ein Zwischenruf aus dem Kreis der Zuhörer unterbrach den Professor. Ein junger Kriminalbeamter hob die Hand wie in der Schule. Als er sprach, drehten sich alle Köpfe zu ihm hin.

»Ist ein Arzt, der einen solchen Fall behandelt, zur Meldung an die Kripo oder das Gesundheitsamt verpflichtet?« fragte er.

Die Antwort gab Peter Reiber. Er stand dazu auf und trat an das Pult.

»Es gibt dazu kein zwingendes Gesetz. Drogenmißbrauch muß gemeldet werden, er verstößt gegen das Betäubungsmittelgesetz. Bei Ecstasy ist dieses Gesetz umstritten, denn die Pillen bestehen aus frei zugänglichen Substanzen. Auch das Gesetz gegen den Mißbrauch von Arzneimitteln greift hier nicht. Ecstasy ist kein Arzneimittel. Ein Arzt wird also – schon um nicht in peinliche Ermittlungen zu geraten – auf seine ärztliche Schweigepflicht zurückgreifen und seinen Patienten nicht zur Anzeige bringen. Er wird ihn warnen, ihn aufklären, ihn von der Droge wegzuholen versuchen, was meist mißlingt, aber nur in seltenen Fällen wird er sich an uns wenden. Etwas anderes ist es, wenn durch Ecstasy-Mißbrauch ein Todesfall eintritt. Da bekommen wir den ganzen Dreck auf den Tisch und rennen gegen die berühmte Gummimauer: Keiner sagt etwas, alle schweigen. Das Höchste, was wir erfahren, ist der große Unbekannte, der mit den Pillen herumzieht und sie verkauft. Natürlich wäre es zweckmäßig, wenn uns jeder Ecstasy-Konsument gemeldet wird ...«

»Dann bräuchten wir ein Sonderkommissariat«, fiel der junge Kriminalbeamte ein.

»Nicht nur das.« Reiber lächelte gequält. »Allein in München müßten wir einige tausend Familien durchleuchten. Auf ganz Deutschland bezogen wären es einige hunderttausend! Das ist praktisch gar nicht durchführbar. Und was käme dabei auch heraus? Wir kassieren einige hundert Dealer, die sofort nachwachsen, denn an die Hintermänner kommen wir nicht heran. Die Großhändler, vor allem aber die Fabrikanten der Droge sitzen im Ausland und sind bestens organisiert. Wir haben es ja eben gehört: Die Pillen kommen vornehmlich aus Polen und Holland. Doch zurück zu Ihrer Frage, Herr Kollege. Wenn ein Arzt einen jungen Patienten untersucht, der an Herzrasen oder Nierenversagen, Leberschmerzen oder Depressionen leidet, wird dieser Arzt nach allen möglichen Ursachen suchen. Die Frage nach Ecstasy wird er vielleicht zuletzt stellen und die Antwort bekommen: Nein! Was ist Ecstasy? Außerdem: Akute Ecstasy-Fälle sind selten. Das Teuflische an dieser Modedroge ist der schleichende Zerfall. Die Gehirnschädigungen gehen stufenweise vor sich, die Nervenzellen werden zerstört, der Kontakt mit dem Hirn vermindert sich unaufhörlich. Wenn dann irgendwann der Zusammenbruch erfolgt, ist es zu spät. Die abgestorbenen Zellen erneuern sich nicht mehr.« Er wandte sich an Eberlein, der noch immer an der Schautafel stand. »Ist es so, Herr Professor?«

»Sie sagen es.« Eberlein nickte mehrmals. »Da Ecstasy die Flüssigkeitszufuhr bremst, ist die größte Gefahr neben den Herzrhythmusstörungen die Austrocknung der Nieren. Hier könnte man noch helfen, wenn man rechtzeitig eingreift. Aber was heißt rechtzeitig? Jeder Körper reagiert anders auf das Gift. Es kommt nur selten zu spontanen Todesfällen. Es ist ein Tod auf

Zeit. Ein Mord auf Zeit! Aber sehen wir uns weiter das Bild an.«

Er tippte auf die Zeichnung. »Wie wirkt Ecstasy auf das Geschlecht? Das ist ein Kapitel, das neben dem Glücksgefühl die stärkste Antriebskraft für den Konsumenten darstellt. Es gibt da zwei konträre Wirkungen: Die Libido, also der Sexualtrieb, läßt kontinuierlich nach, die Befriedigung sexueller Bedürfnisse verringert sich, die Fähigkeit zum Orgasmus wird immer schwächer – oder es geschieht genau das Gegenteil. Der sexuelle Drang explodiert und entzieht sich jeder Kontrolle, weil das durch Ecstasy angeregte Gehirn die dazu nötigen Botenstoffe ausschüttet. Es kommt zu unkontrollierten Ekstasen, zu Exzessen größter Triebhaftigkeit. Die wiederum belasten Herz und Kreislauf bis zum Kollaps. Die Körpertemperatur steigt dabei auf über 40 Grad! Durch den Körper rast ein künstliches Fieber. Wenn sich das laufend wiederholt, können Sie sich denken, in welch desolaten Zustand eines Tages ein solcher Pillenschlucker gerät. Von den Nieren haben wir schon gesprochen; durch die Unterdrückung des Durstgefühls wird die Durchspülung der Nieren mit Flüssigkeit so stark vermindert, daß es zu einer Vergiftung kommt.« Professor Eberlein trat von dem Schaubild an das Pult zurück. »Das war nur ein grober Überblick. Die Wirkung von Ecstasy ist viel differenzierter.« Er räusperte sich. »Haben die Herren noch Fragen?«

»Was kann man dagegen tun?« rief jemand aus der Mitte der Zuhörer.

»Die Frage gebe ich zurück: Was können Sie als Polizei dagegen tun?«

Betroffenes Schweigen. Jeder erkannte das Problem, aber niemand wußte einen Vorschlag zur Lösung. Der

Einzige, der etwas zu sagen hatte, war ausgerechnet Theo Wortke von der Mordkommission.

»Schärfere Gesetze!« rief er.

»Das ist ein langer Weg.« Reiber schüttelte den Kopf. »Gesetze durchlaufen in Bonn einen Ausschuß, den Bundestag, den Bundesrat. Hinzu kommt der Parteienstreit. Sagt die eine Partei ja, ruft die andere Partei nein. Wir erleben doch gegenwärtig ein Musterbeispiel dieses Theaters: den großen Lauschangriff! Ohne diese Möglichkeit tanzen uns die Mafia-Banden auf der Nase herum, wiehern vor Lachen über dieses deutsche Demokratieverständnis, leben hier wie im Kriminal-Schlaraffenland und pinkeln uns, wo sie nur können, an die Hose.«

»Aber bitte, Herr Reiber ...«, sagte der Polizeipräsident leicht tadelnd.

»Verzeihung.« Reiber machte eine knappe Verbeugung. »Aber seien wir doch wenigstens hier im vertrauten Kreis ehrlich: Bei uns existiert die organisierte Kriminalität, als befände sie sich in Kur. In Berlin gibt es bisher 54 Morde der vietnamesischen Zigaretten-Mafia, und fast jeden Tag entdeckt man neue Morde des Gangsterkrieges. Was kann die Polizei dagegen tun? Razzien, Verhaftungen, sinnlose Verhöre ... Die Kleinen löchert man, die Großen im Hintergrund liegen an der Riviera am Strand. Sagen wir es doch ganz klar: Wir, die Polizei, sind der Mafia rettungslos unterlegen! Und warum? Weil wir die bösen Bullen sind und sie die genialen Verbrecher, über die man sogar glorifizierende Filme dreht. Millionen von Zigaretten werden schwarz gekauft, und damit unterstützt man die Mafia, ja, macht sie im Grunde erst möglich, pumpt sie zu einer Macht hoch – und wir, wir sind die Doofen, die diesen wohlfeilen Konsum unterbinden wollen. Nicht anders ist es bei Ecstasy.

Die jungen User sehen in uns Idioten, die nichts von der neuen Zeit verstehen, die das Glück der Jugend unterdrücken wollen. Wir sind die großen Ärsche, die im Vorgestern leben ...«

»Herr Reiber!« ließ sich der Polizeipräsident wieder vernehmen. Aber Reiber entschuldigte sich jetzt nicht mehr.

»Was können wir tun? Aufklärung? Plakate, Postwurfsendungen, Schriften, Kontaktgespräche, Fernsehspots? Die, an die wir uns wenden, lachen uns doch aus! Und wer soll die Aktionen bezahlen? Bonn, die Länder, die Gemeinden? Die drehen ihre Taschen nach außen: leer! Die haben das Geld verpulvert mit klotzigen Rathausbauten, Sportstadien, kommunalen Glaspalästen, Plätzen mit Luxuspflasterungen. Ecstasy? Achselzucken. Bei Aids war das etwas anderes, da wurden alle munter, da ging es um eine drohende Volksseuche. Da sprangen einem von jeder Plakatwand, jeder Litfaßsäule, aus allen Zeitungen und in allen Fernsehprogrammen die Kondome förmlich ins Gesicht. Aber hat einer von Ihnen schon mal ein Plakat gesehen: Nimm Ecstasy – und gib dein Gehirn dafür ab? Diese Trägheit ist nicht nur zum Kotzen, sie zeigt erschreckend die Gleichgültigkeit unserer Gesellschaft vor der Selbstvernichtung!«

»Und wie willst du das ändern?« rief Wortke.

»Ich weiß es nicht.« Reiber hob die Schultern. »Ich bin genauso hilflos wie ihr alle. Man wirft uns vor: Immer, wenn's brennt, ruft ihr nach dem Staat! Ich meine, wenn dieser Staat Milliardenbeträge in die EU pumpt, Milliarden Entwicklungshilfe an fremde Länder zahlt und die Steuern bis zum Unerträglichen hochschraubt, um das alles zu finanzieren, dann sollte dieser Staat sich auch darum kümmern, daß in seinem Inneren, daß mit seiner Jugend alles in Ordnung ist. Nur: Da ist man kurzsichtig, da erkennt man die Probleme nicht, da verharmlost man die Tatsachen. Sie bringen ja politisch auch keine Erfolge, mit denen man sich schmükken kann. Herr Polizeipräsident, auch wenn das nicht die Sprache eines Beamten ist, aber – alles in allem gesehen: Es ist Scheiße! Ich danke Ihnen, meine Damen und Herren.«

Reiber trat vom Pult zurück. Schweigen umgab ihn, nur einer klatschte und rief »Bravo!«: Wortke.

Aber von dem war man solche Äußerungen ja gewöhnt ...

Robert hatte sich zu einem umsatzstarken Verteiler entwickelt.

Sein unter dem Namen Fred Schneider bei einer Bank in Klein-Walsertal eingerichtetes Bankkonto schwoll an. Es war für Robert ein völlig neues, geradezu erhebendes Gefühl, plötzlich über viel Geld zu verfügen, das ihm von seinen Kunden förmlich aufgedrängt wurde. Wo er erschien, vor allem in den Discos und Jugendtreffs, wurde er wie ein Wohltäter empfangen. Er war der Lieferant der Träume, der Führer ins Paradies, der Wegbereiter ins Glück.

»Es ist schon komisch«, sagte er eines Abends zu Ulrike. Er hatte nach zwei »Chanel« wieder einen Liebesrausch erlebt, nach dem er mit weichen Knochen auf dem Bett lag und zur Beruhigung einen Joint rauchte. Ulrike hatte ihm das empfohlen. »Das bringt dich wieder runter!« hatte sie gesagt. »Glaub mir, der Kreislauf normalisiert sich. So ein Joint wirkt Wunder.« Robert hatte es probiert und tatsächlich das Gefühl gehabt, seinen rasenden Puls damit zu beherrschen. Ein Trugschluß: In Wahrheit pendelte Robert von einer Droge zur anderen. Sein Körper wurde dem Gift hörig, so wie er Ulrike hörig geworden war.

»Was ist komisch, Bob?« fragte sie.

»Ich habe in drei Wochen mehr verdient als mein Vater in zwei Jahren ...«

»Freu dich doch. Und wieso ist das komisch? Wir haben ein Geschäft.«

»Kein normales.«

»Was nennst du normal?« Ulrike drehte sich auf die Seite. »Die größten Gewinne erwirtschaften die Skrupellosen. Man nennt das ›die Hand am Puls der Zeit haben‹. Jedes Jahr vor Beginn der Reisezeit im Sommer erhöhen die Mineralölgesellschaften den Benzinpreis. Warum wohl? Weil die Autofahrer sich nicht wehren können und auf Benzin angewiesen sind, zu welchem Preis auch immer. Ändert sich das Eßverhalten der Verbraucher, und sie verlangen mehr Schweinefleisch, ruckzuck wird es teurer. Überall, wo etwas knapp wird, aber die Nachfrage steigt, wird es teurer. Automatisch teurer, auch wenn die Lager überquellen. Immer heißt es: Spart Energie. Und was kommt? Weil der Verbrauch sich vermindert, steigen die Preise für Strom und Gas. Wegen der Rentabilität, um Arbeitsplätze zu sichern. Was man auch tut, hüh oder hott, es ist immer falsch. Unsere Designerpillen sind gefragt, also verdienen wir gutes Geld. So mußt du das sehen, Bob.«

So sehr ihn immer wieder Ulrikes Leidenschaft und ihr geschmeidiger Körper faszinierten, irgendwo in Robert baute sich nach einer solchen ekstatischen Stunde eine Art widerwilliger Übersättigung auf. Er hatte keine Erklärung dafür, aber auch jetzt, nach diesen wilden Umarmungen, mußte er plötzlich an das Mädchen Christa denken, an das freche, kecke Püppchen vom »777«, an ihren Glauben an den Mann im Mond und ihre Erkenntnis, daß man mit sechzehn Jahren schon das Leben ätzend finden kann. Warum er gerade jetzt an Christa denken mußte, wo Ulrike nackt neben ihm lag, begann ihn zu beschäftigen.

Er richtete sich auf, zerdrückte den Joint in einem Aschenbecher auf dem Nachttisch und stellte die Füße auf den Teppichboden.

»Wohin?« Ulrikes Frage war wie ein Stoß in seinen Rücken.

»Unter die Dusche.«

»Du bist heute so anders, Bob.«

»Wieso bin ich anders?«

»Ich spüre das.«

»Du hast mich ausgesogen. Ich brauche eine kalte Dusche. Du kannst einen Mann kaputtmachen.«

»Nein. Das ist es nicht.« Sie setzte sich im Bett auf. Robert drehte den Kopf nach ihr und seufzte. Sie ist so schön, daß man wahnsinnig werden kann. Diese leicht gebräunte, schimmernde Haut, diese Haare, diese vollen Brüste, der Schwung der Hüften, der stark behaarte Schoß, die langen Beine ... Verdammt, sie weiß genau, wie unwiderstehlich sie ist. Wenn sie jetzt die Arme ausbreitet, stürze ich wieder hinein. Ich mag für sie der Frühling sein – sie ist der Sommer für mich mit all seiner Fülle.

Er ging weiter, aber an der Tür zum Badezimmer blieb er noch einmal stehen.

»Was soll es sonst sein?« fragte er zurück.

»Irgend etwas. Du hast dich verändert, von einem Tag zum anderen. Frauen fühlen so etwas. Sie haben dafür einen siebenten Sinn. Etwas Fremdes ist an dir ...«

»Sieh mich an!« Er stellte sich in Positur wie ein Model vor der Kamera und lachte. »Sag mir, was du an mir noch nicht kennst. Was ist fremd? Welcher Winkel, welche Falte fehlt dir noch?«

»Du kleiner Idiot!« Sie lächelte dabei, und sie meinte es auch zärtlich. »Dein Körper ist kein Geheimnis ... Es liegt in dir. Und da kann ich nicht hineinsehen. – Hast du Schwierigkeiten mit deinen Eltern?«

»Nicht die geringsten. Sie ahnen nichts. Nur Mama meint, ich sähe jetzt immer so blaß aus.« Er lachte wieder, aber es klang nicht sehr fröhlich. »Wenn sie uns so sähe, sie würde erblinden.«

»Sie haben dich auch nicht im Dunkeln gezeugt.«

»Wer weiß das? Ich habe noch nie gesehen, daß mein Vater meine Mutter küßt; sie müssen das heimlich tun, wenn überhaupt.«

Sie lachte auf, und Robert verschwand im Badezimmer.

Am nächsten Abend – er nahm natürlich wieder angeblich Nachhilfeunterricht in Mathe – fuhr er zum »777« in der Hoffnung, Christa dort zu sehen. Und wirklich, sie war da! Sie hüpfte zu dem wilden Techno-Sound im Saal herum, verzückt und glücklich. Aber als sie Robert sah, verließ sie sofort die Tanzfläche und kam auf ihn zu.

»He!« rief sie über den Höllenlärm hinweg. »Da bist du ja!«

»Ich soll dir einen schönen Gruß bringen«, sagte er und ergriff ihre beiden Hände.

»Von wem?«

»Vom Mann im Mond.«

Sie hängte sich bei ihm ein und legte den Kopf an seine Schulter. »Wann hast du mit ihm gesprochen?«

»Dreimal. In jeder vergangenen Nacht. Er will dich sehen.«

»Ach nee! Und was hast du geantwortet?«

»Ich habe gesagt: Wenn Christa will, sehen wir uns morgen abend. Und das ist heute.«

»Du Spinner!« Sie deutete zum Ausgang. »Du willst mich nur hier weghaben.«

»Erraten.«

»Du magst die Bude nicht?«

»Es gibt Schöneres.«

»Deine Opern, die Konzerte und so 'n Scheiß. Mensch, Robert, hau ab damit.«

»Hast du schon mal beobachtet, wie die Erde atmet?«

Sie blickte zu ihm hoch, als habe er in einer fremden Sprache zu ihr gesprochen.

»Was tut die Erde?«

»Atmen. Man kann es sogar riechen.«

»Du hast vielleicht 'ne Macke! Und das riecht?«

»Ja. Nach Würze, nach Heu und Moos ... nach Sonne.«

»Die Sonne riecht doch nicht.«

»Laß dich überraschen.« Robert legte den Arm um Christas Schulter. »Gehen wir hinaus.«

»Zum Mann im Mond?«

»Auch.«

Sie schob die Unterlippe vor wie ein trotziges Mädchen, aber sie gab nach und folgte ihm vor die Tür des »777«. Stumm gingen sie durch die helle Nacht, bis sie ein Wiesenstück erreichten, abseits der Straße. Hecken und Büsche belebten das Gelände, einige zerzauste Bäume grenzten die Straße ab, sogar ein Getreidefeld schimmerte im Mondlicht. Als Robert stehenblieb, trat Christa einen Schritt von ihm zurück.

»Du!« sagte sie sehr ernst. »Ich bin nicht so eine, die man hinterm Busch flachlegen kann! Das schmink dir mal ab!«

Robert schüttelte den Kopf. Er zog seine Jacke aus und breitete sie auf der Wiese aus. Steif, voller Abwehr sah Christa ihm zu. Ihre Bernsteinaugen verengten sich. »Versuch es nicht! Du bist 'n netter Kerl, aber ich keine Tussi! Wenn du mich jetzt anpackst, haste Funken vor den Augen, das schwöre ich dir. Mich hat einmal ein Kerl mit Gewalt umgelegt, aber das kommt nicht mehr vor.«

»Setz dich«, sagte er und ließ sich zuerst auf der Jacke nieder.

»Warum?« Auch ihre Stimme war voller Abwehr. Sie trat sogar noch einen Schritt zurück.

»Hast du Angst vor mir?«

»Vertrauen ist oft Dummheit.«

»Wo hast du das denn aufgeschnappt?«

»Hab ich mal in so 'nem Heftroman gelesen.«

»Du hast keinen Grund, mir zu mißtrauen. Komm, setz dich. Ich will dir etwas zeigen.«

»Kann man das nicht im Stehen?«

»Nein.« Er klopfte auf die Jacke. »Komm schon …«

Sie zögerte, aber dann kam sie doch näher, setzte sich neben ihn und zog die Beine an. Mit beiden Armen umschlang sie ihre Knie – eine Barriere. »Und nun?« fragte sie und blickte Robert abwartend an. In ihrem Blick lag offene Kampfbereitschaft.

Robert zeigte nach oben in den Himmel. Eine wolkenlose Unendlichkeit war er, in der Mond und Sterne schwammen, zum Greifen nahe, als könnte man sie wie Blüten pflücken.

»Da!« Robert streckte den Arm aus. »Der Mann im Mond. Siehst du ihn?«

»Wo?« Sie warf den Kopf in den Nacken und starrte hinauf zum Mond. Er war seit ihrem letzten Treffen runder geworden. Die Krater hoben sich deutlich ab, die Ebenen und Täler aus Staub und Gestein.

»Da ist er doch, Christa, der Mann im Mond. Sieh genau hin. Dort die Augen, das faltige Gesicht, der gebogene Mund, das runde Kinn. Sieh nur, er lächelt dir zu. Er sieht dich an, er sieht dich tatsächlich an. Und wenn du ganz still bist, hörst du ihn auch. Er sagt zu dir: ›Christa, du bist ein hübsches Mädchen. Ich mag dich.‹«

Sie nickte und lehnte den Kopf wieder an Roberts Schulter. »Ich höre ihn. Und er sagt noch mehr. Er sagt: Robert kannst du vertrauen.«

»Wie gut der Mann im Mond mich kennt.«

Sie schwiegen wieder, blickten in den Sternenhimmel, und es war ein großer Frieden um sie, eine ganz eigene Welt, die nur ihnen allein zu gehören schien.

»Leg dein Gesicht ins Gras«, sagte Robert leise. »So, als wolltest du schlafen.«

Sie tat es, legte sich auf die Erde, zog die Beine an und drückte das Gesicht in das Gras. Die Erde war noch warm von der Sonne, und diese Wärme strömte über die Pflanzen wieder zurück in die reine Nachtluft.

»Spürst du den Atem der Erde?« fragte Robert.

»Ja, sie atmet wirklich.« Es war für Christa ein fremdes, überwältigendes Erlebnis. »Sie atmet. Und … und es riecht nach Sonne.« Sie streckte sich ganz auf der Wiese aus und vergrub das Gesicht in den Gräsern. »Es ist wundervoll. Es ist toll! Ich habe das nicht gewußt.« Sie tastete nach Robert, und er ergriff ihre Hand und hielt sie fest. »Warum habe ich das nicht gewußt?«

»Nur die wenigsten Menschen wissen es und können davon erzählen.«

»Und wer hat es dir erzählt?«

»Niemand. Ich habe es selbst entdeckt. Ich liege gern und oft im Gras, unter einem Baum, an einem See, an einem Flußufer, am Waldrand. Die Natur ist der wirkliche Freund der Menschen, aber der Mensch zerstört sie systematisch. Die Menschen werden seelenlos. Warum nennt der Russe sein Land Mütterchen Rußland? Weil er weiß, daß diese Erde die Quelle aller Kraft ist. Die Ureinwohner Australiens, die Aborigines, schlafen wie seit dreißigtausend Jahren auf der Erde. Man hat ihnen Hütten gebaut, wollte sie domestizieren, wie es so schön heißt. Sie haben die Hütten als Brennholz benutzt und schlafen weiter auf der Erde. Die Erde ist ihre Urmutter. Nichts kann sie ersetzen. Der Geruch der Erde ist ihr Lebenselixier. Dieses Gefühl haben wir alle verloren. Wir Menschen verrohen immer mehr, je weiter wir uns entwickeln. Fortschritt wird bei uns zum Seelensterben.«

»Du redest wie ein Pfarrer.« Christa setzte sich wieder auf Roberts Jacke. »Aber eins bewundere ich: Du bist 'n kluger Junge. Ich bin eine dumme Nuß!«

»Du hast noch viel Zeit, etwas zu lernen.«

»Will ich das? Nee!« Sie legte sich wieder auf die Wiese und roch am Gras. »Was hab ich davon, wenn ich weiß, wieviel dieser Mozart zusammengeschrieben hat! Wenn ich im Kaufhaus BHs und Slips verkaufe, hab ich am Abend die Nase voll und will Remmidemmi um mich haben. So 'n richtiger Hammer-Sound. Was soll ich da mit so 'nem Scheiß wie ›Dies Bildnis ist bezaubernd schön ...‹«

»Zauberflöte. Woher kennst du das?«

»Hab ich im Radio gehört. Mein Alter bekommt dann wäßrige Augen.« Sie streckte sich wieder lang auf der Erde aus. »Du ... ich könnte im Gras schlafen. Es riecht wirklich gut. Hast du schon mal auf 'ner Wiese geschlafen?«

»Oft.«

»Wo denn?«

»Überall. Auf unseren Ausflügen schlafen wir Pfadfinder meist in Zelten.«

»Du bist ...« Sie hob den Kopf und umklammerte ihn, als stehe sie in einem starken Wind und müsse ihre Haare festhalten. »Das hältste ja im Kopf nicht aus. Du bist Pfadfinder? Jeden Tag eine gute Tat ... Da jubelt der Hund in der Pfanne ...«

»Du hast doch zu Hause ein richtiges Bett«, wich er aus. Jeden Tag eine gute Tat? Jetzt verkaufte er jeden Tag Ecstasy-Pillen. Auch eine gute Tat? Für die jungen Käufer bestimmt ... Er, Robert, lieferte ihnen ein Glücksgefühl, ein Schweben über dem Alltag, die Kraft, stundenlang durchzutanzen, ohne zu ermüden, den Rausch der Liebe, ein anderes, bisher verborgenes Leben. Es war eine gute Tat – Robert spürte sie ja am eigenen Leibe.

»Ein Bett?« Christa blickte hoch. »So 'n Kastenbett, das man tagsüber in 'ne Couch verwandeln kann. Was soll ich mit 'ner Couch? Tagsüber stehe ich im Kaufhaus zwischen den Regalen ...«

»Und abends, nach Feierabend?«

»Da sitz' ich bei den Alten, gucke in die Glotze oder bin im ›777‹.« Sie streckte sich wieder auf der Wiese aus. »Ich möchte mal im Gras schlafen. Mit dir ...« Sie merkte sofort den Doppelsinn ihrer Worte und wedelte mit den Händen. »Schlafen heißt nicht bumsen! Ich meine, wirklich schlafen ...«

»Wir könnten am nächsten Sonntag zum Wörthsee

fahren und dort zelten. So richtig zünftig. Mit Gaskocher, Erbsensuppe im Eisentopf, kalter Cola aus der Kühltasche, Luftmatratze und Schlafsack. Bei Mondschein im See baden, das Zirpen der Grillen hören, das Quaken der Frösche, das Plätschern der Wellen ...«

»Das wäre toll, Robert.«

»Ich hole dich am Sonntag morgen ab.«

»Nein, wir treffen uns wieder Ecke Killer- und Schulstraße. Wenn mein Alter sieht, daß mich ein Junge abholt, springt der im Quadrat. Aber wenn ich sage: Ich fahre zum Hockeytraining, dann glaubt der das. Der ist noch von vorgestern.« Sie schob sich wieder auf Roberts Jacke und legte ihren Kopf auf seinen rechten Oberschenkel. Es war keine sexuelle Aufforderung, sie wollte einfach ihren Kopf höher legen. »Um wieviel Uhr?«

»Ist zehn Uhr recht?« Robert griff in ihre Haare und ließ die Strähnen durch seine Finger gleiten. »Zu früh?«

»Genau richtig. – Hast du ein schönes Zelt?«

»Laß dich überraschen.« Er schob alle zehn Finger in ihr Haar. Seide. Wirklich wie Seidenfäden, ein Hauch von goldenem Gewebe. Ulrikes Haare sind härter, dikker. Darin kann man sich festkrallen, hier muß man streicheln. Der plötzliche Gedanke an Ulrike, dieser Vergleich, beengte seinen Atem. Robert holte tief Luft, um den inneren Druck loszuwerden. »Es wird dir gefallen.«

»Bestimmt.«

»Aber wie willst du deinem Vater erklären, daß du in der Nacht nicht zu Hause bist?«

»Ich schlafe bei Moni, sage ich. Moni ist meine beste Freundin. Im Kaufhaus ist sie in der Lederwaren-Abteilung. Mein Alter kennt sie. Ich habe schon ab und zu bei Moni geschlafen, ehrlich, nicht bei 'nem Jungen, wirklich bei Moni. Mein Alter mag die Moni. Die ist zwanzig.

Die möchte mein Alter am liebsten begrapschen, glaub'
ich. Das kotzt mich auch an ... Immer Moralpredigten
und selbst heiß wie Nachbars Lumpi. Ich sag' ja: Alle
lügen! Am ehrlichsten sind die Typen im ›777‹.«

»Vergiß mich nicht.«

Sie schob den Kopf auf seinem Oberschenkel ein
Stück höher und sagte ganz ernst: »Du bist was ganz Besonderes, Robert. So was wie dich habe ich noch nicht
kennengelernt. Du bist wie der Mann im Mond: so
fremd und doch so nah.«

»Und du bist wie eine Elfe, aus einem Blütenkelch gestiegen.«

»Quatsch!« Sie richtete sich auf und strich sich die
Bluse glatt. »Ich bin Christa Helling, Tochter des Fritz
Helling und BH-Spezialistin im Kaufhaus. Alles andere
ist Blablabla ...«

Zum erstenmal nannte sie ihren vollen Namen. Helling. Wenn die Hellings Telefon hatten, war es jetzt
leicht, ihre Adresse herauszufinden.

»Gehen wir?« fragte Robert.

»Wohin?«

»Zurück in den Schuppen.«

»Keine Lust. Hier ist es so schön. Du, ich glaube, ich
könnte mich auch außerhalb des ›777‹ wohlfühlen. Aber
nur mit dir ...«

»Das hoffe ich. Und keine Angst mehr?«

»Nein. Du bist ein anständiger Junge.« Sie legte den
Kopf wieder auf seinen Oberschenkel und starrte in den
glitzernden Sternenhimmel. »Wieviel Sterne gibt es?«
fragte sie plötzlich.

»Milliarden. Ich weiß es nicht.«

»Ach, es gibt was, was du nicht weißt?« Sie stieß ihm
die Faust in den Magen, aber nicht wie ein Boxhieb,

sondern mehr wie ein liebevoller Stups. Robert hielt ihre kleine Faust fest, zog sie an seine Lippen und küßte sie.

»Ich weiß so vieles nicht. Was willst du von den Sternen?«

»Ich möchte, daß du mir einen schenkst.«

»Wunsch erfüllt.« Er vergrub seine Finger wieder in dem seidigen Gold ihres Haares. »Welchen willst du haben?«

»Den dort.« Sie zeigte in den Himmel. »Der letzte da, der am Ende des Bogens.«

»Warum ausgerechnet der?«

»Er gefällt mir.«

»Du bringst die ganze Astronomie durcheinander. Ich kann ihn dir nicht schenken. Es ist der letzte Stern vom Großen Wagen.«

»Hach! Du kennst ihn also doch!« Sie räkelte sich auf seinem Schenkel und schob ihren Kopf auf seinen Schoß. »Dann such mir einen aus!«

Er blickte eine Weile in den Sternenhimmel und suchte einen glitzernden Punkt, weit, weit weg von den anderen. In der Unendlichkeit entdeckte er dann ein Glimmen, ein schwaches Glitzern, dessen Schein an und aus ging wie bei einer Signallampe.

»Der dort! Das ist er. Siehst du ihn?« Robert streckte den Arm aus und drehte mit der anderen Hand Christas Gesicht in die Richtung, die er meinte. »Da ist ein dicker Stern ... und dann kommt Dunkelheit. Und dann, links davon, flimmert dein Stern. Hast du ihn?«

»Ja.« Christa sprach es voller Enttäuschung aus. »Der geht an und aus ...«

»Das sieht nur so aus. Er blinzelt dir zu, und er ruft dir zu: Ich bin der Stern Christa ...«

»Und wie weit ist er weg?«

»Millionen Lichtjahre. Aber wenn du ihn ansiehst, ist er immer bei dir.« Robert winkte mit dem freien Arm zum Firmament hinauf. »Hallo, Stern Christa ...«

»Und du hast keinen Stern?« fragte sie. Er lächelte voll unbewußter Zärtlichkeit.

»Ich habe sogar zwei ...«, sagte er leise.

»Wo?«

»Deine Augen ...«

»Jetzt wirst du wieder doof!« Sie schnellte aus seinem Schoß hoch und setzte sich steif neben ihn. Ihre Reaktion verwirrte Robert; er hatte erwartet, daß sie sich zumindest freute, daß sie ein bißchen glücklich war, so etwas zu hören. Statt dessen fuhr sie wieder ihre Krallen aus. Auch eine Katze, die man streichelt, kann kratzen, und man weiß nicht, warum. »Gehen wir?« fragte Christa.

»Zurück zur Techno-Party?«

»Nein. Nach Hause.«

»So plötzlich?«

»Ich bin müde.« Sie stand auf und klopfte das Gras von ihrem Kleid. »Bring mich zur Ecke, du weißt schon, was ich meine.«

Der plötzliche Umschwung in ihrer Stimmung irritierte ihn. Er wußte keine Erklärung dafür. Wo war hier ein falsches Wort gefallen? Ich habe gesagt, daß ihre Augen meine Sterne sind ... Was regt sie daran so auf? Du bist ein rätselhaftes Mädchen, Christa. Du siehst den Mann im Mond, ich soll dir einen Stern schenken – aber ein einziges Wort zerstört allen Zauber.

Sie fuhren wortlos bis zur Killerstraße, Ecke Schulstraße. Dort legte Christa ihre Hand auf Roberts Arm, nickte und stieg aus.

»Bleibt es dabei?« fragte er, als sie immer noch kein Wort sprach. »Sonntag morgen um zehn Uhr?«

»Okay und tschüs!«

Er zögerte, trat dann aufs Gaspedal und fuhr los.

Christa blieb stehen und blickte ihm nach, bis sie nur noch zwei kleine rote Rücklichter sah. Erst dann hob sie die Arme, ballte die Fäuste und schrie in die stille, dunkle Straße: »Ich liebe dich! Verdammt, ich liebe dich!«

Sie spreizte die Finger, fuhr sich damit durch die Haare und zerzauste sie mit einigen wilden Bewegungen.

»Ich liebe dich wirklich ...«, sagte sie dabei leise. »Es ist verrückt – verrückt, aber ich liebe dich, du kluger Idiot!«

Wenn Oberregierungsrat Dr. Hubert Habicht beim Durchblättern seiner Briefmarkenalben gestört wurde, konnte er sehr ungnädig werden. Trotzdem störte ihn seine Frau Gerda in seiner konzentrierten Ruhe, huschte in das sogenannte Herrenzimmer und blieb an der Tür stehen.

»Verzeih, Hubert«, sagte sie. »Aber es ist wichtig.«

Habicht blickte hoch. Er hatte sich gerade am Anblick einer Marke von 1914 aus Deutsch-Südwest-Afrika ergötzt. Sie stammte aus der letzten Serie vor Ausbruch des Ersten Weltkrieges, wo Südwest-Afrika noch deutsche Kolonie gewesen war. Welch eine große Zeit, dachte Habicht beim Betrachten dieser Briefmarke.

»Was ist so wichtig, Gerda?« fragte er unwillig.

»Ein Anruf für dich.«

»Ich erwarte keine wichtigen Anrufe. Wer ist es denn?«

»Ein Herr Dr. Pupp ...«

»Emil?« Habicht runzelte die Stirn. »Stell durch, Gerda.«

Er wartete, bis seine Frau von der Diele aus das Telefon zum Herrenzimmer durchgestellt hatte, und hob nach dem Klingelzeichen ab.

»Habicht …«

»Hier Pupp, Emil … Grüß dich, altes Haus.«

Habicht blähte die Nasenflügel. Dr. Emil Pupp, Oberstudienrat, kannte er vom Studium her. Sie waren in der gleichen Studentenverbindung, der Urania, gewesen, hatten zusammen gottserbärmlich gesoffen, hatten sogar zusammen gepaukt, waren an Feiertagen in vollem Wichs herummarschiert, hatten aber jetzt als »Alte Herren« nur noch wenig Kontakt miteinander, bis auf den Umstand, daß Dr. Pupp an dem Gymnasium unterrichtete, das Huberts Sohn Robert besuchte. So war es zu einem lockeren Umgang gekommen, der aber nicht berechtigte, ihn jetzt als ›altes Haus‹ zu betiteln. Auch der Ministerialdirigent war ein Uranier, aber Habicht hätte sich nie erlaubt, ihn mit ›Grüß Gott, du Flasche!‹ anzureden.

»Emil, wie geht es dir?« erkundigte Habicht sich mit deutlich reservierter Stimme. »Gerda sagt, es sei wichtig. Ich bin sehr beschäftigt.«

»Ihr Ministerialbeamten seid das immer. Leider sieht man keine Wüchse, nur Auswüchse. Haha! Es dauert nicht lange, ich fasse mich kurz, im Gegensatz zu euren Elaboraten.« Dr. Pupp schien fröhlichster Laune zu sein; das ärgerte Habicht. »Es geht um deinen Sohn.«

»Mein Sohn Robert?«

»Hast du noch mehr, du fauler Hund? Also Robert …« Dr. Pupp räusperte sich. »Du weißt, ich bin sein Mathematiklehrer. Und ich bin seit über 25 Jahren Mathematiker, aber so etwas wie deinen Sohn Robert habe ich noch nicht gehabt! Ich habe immer geleugnet, daß es wirkliche Genies gibt, aber jetzt glaube ich daran! Dein Sohn ist das absolute Genie einer Mathe-Niete! Sein mathematisches Niveau ist beim Addieren stehengeblieben. Wurzeln sieht er als Gemüse an. Trigonometrie hält er für Chinesisch. Ich habe das noch nie erlebt! Verzeih, daß ich so offen spreche, aber da muß etwas geschehen.«

»Mein Sohn Robert nimmt seit Wochen Nachhilfestunden in Mathe.«

»Davon merke ich aber nichts.«

»Er gibt sich alle Mühe. Er paukt bis in die Nachtstunden hinein. Mehr kann man nicht tun. Ich habe damals in Chemie auch nichts begriffen und habe trotzdem mein Abitur mit einer Zwei hingekriegt. Er ist eben mehr ein Künstler als ein trockener Realdenker.«

»Zugegeben, Robert ist ein begabter Pianist. Um auf die Tasten zu hämmern, braucht man keinen Sinus und Cosinus. Man braucht auch nicht die Einsteinsche Relativitätstheorie, um Beethoven zu spielen. Aber auch in anderen Fächern hängt dein Sohn nach, sagten mir die Kollegen. Manchmal schläft er sogar im Unterricht ein! Latein, da war er immer gut ... jetzt taucht er unter.«

»Das ist das erste, was ich höre.« Habicht klappte sein Briefmarkenalbum zu. Diese Nachricht war wirklich beunruhigend. »Auch Latein?«

»Unter anderem.«

»Wo sonst noch?«

»Überall.« Dr. Pupp putzte sich die Nase; Habicht hörte es deutlich im Telefon und ärgerte sich wieder. »Ein rätselhafter, radikaler Abfall der Leistungen. Plötzlich, seit einigen Wochen. Der Junge stiert vor sich hin, und wenn man ihn anspricht, scheint er gar nicht anwesend zu sein. Erst beim zweiten Mal reagiert er und sieht einen an, als habe er mit offenen Augen geträumt. Habt ihr das noch nie an ihm bemerkt?«

»Nie!« Habicht fühlte sich etwas verwirrt. »Bei uns ist er völlig normal. Das heißt: Mein Sohn Robert ist immer normal. Was da in der Schule vorkommt, dafür habe ich keine Erklärung. Mathematik war immer seine Schwäche, aber da kniet er sich jetzt rein. Intensiv! Das weiß ich. Er ist jeden Tag zur Nachhilfe, bis spät am Abend.«

»Wirklich unerklärlich.«

Habicht zuckte zusammen. Ein jäher Gedanke, der ihm durch den Kopf schoß, schien das Rätsel zu erklären. »Da ist doch etwas«, sagte er stockend.

»Werde deutlicher, Hubert.«

»Vor Wochen ist mein Sohn Robert überfallen worden. Ein Asiat wollte seinen Wagen aufbrechen. Als Robert ihn dabei überraschte, wurde er brutal niedergeschlagen. Das muß es sein. Ein Spätschaden! Du lieber Himmel, wenn das wahr ist! Ich werde morgen sofort Dr. Heimes, unseren Hausarzt, kommen lassen. O Gott, das ist ja furchtbar.«

»Das kann man wohl sagen, Hubert.« Dr. Pupps fröhliche Stimme wurde nüchterner. »Ich erinnere mich, Robert hat einige Tage gefehlt und kam dann mit einem Kopfverband in die Schule. So eine Sauerei! Immer diese Ausländer!«

»Du sagst es. Ich glaube, wir haben den Grund von Roberts Nachlassen gefunden. Er ist krank! Das solltet ihr Lehrer berücksichtigen bei eurer Beurteilung.« Habicht atmete tief durch. »Ich danke dir für deine offenen Worte, Emil.«

»Aber bitte, bitte, sie mußten sein.« Dr. Pupp wurde wieder fröhlich. »Kopf hoch, alter Sünder! Du schaffst das schon. Und wenn das Abitur in die Hosen geht ... Klavierspielen kann er ja immer.«

Dr. Pupp legte auf, und Habicht verzog den Mund, als

habe er Essig getrunken. Er war versucht, laut »Arschloch!« zu sagen, aber da kam Gerda ins Zimmer, und er schluckte das befreiende Wort hinunter.

»Was wollte Dr. Pupp?« fragte sie. Habicht winkte ab.

»Unser Sohn Robert läßt in der Schule nach. In Mathe ist er ein Minus-Genie. Ich werde heute abend mit ihm ein ernstes Wort reden.« Er sah seine Frau fragend an. »Glaubst du, daß er krank sein könnte?«

»Er wird immer blasser und verliert an Gewicht ...«

»Das hast du schon mal gesagt. Hast du mit ihm darüber gesprochen?«

»Ja. Er hat gelacht. ›Mama‹, hat er gesagt, ›das ist die Blässe des Geistes, hat mal ein Dichter gesagt. Aber du wirst immer schöner.‹ Des Geistes Blässe – war das Goethe?«

»Möglich. Und du hast dich damit zufriedengegeben?«

»Was soll man da noch sagen, Hubert?«

»Mir tanzt er nicht auf der Nase herum!« Habicht stand aus seinem Sessel auf und trug das dicke Briefmarkenalbum zu einem Eichenschrank, wo er es einschloß. »Wir werden ein klärendes Wort unter Männern sprechen.«

Von einer Klärung war am späten Abend allerdings nichts zu merken.

Mutter Gerda ließ Mann und Sohn im Herrenzimmer allein, ließ aber die Tür einen Spalt offen, um in der Diele das Gespräch mitzuhören.

»Dr. Pupp hat angerufen«, begann Habicht.

»Ach, der Puppi!« Robert lachte, doch in seinen Augen glomm Vorsicht auf.

»Puppi!« wiederholte Habicht. »Habt ihr keinen Respekt mehr?«

»Gegenfrage: Habt ihr früher nie Spitznamen für eure Lehrer gehabt?«

»Natürlich, ja.« Habicht winkte ab. Einen, der hieß Wassermann, nannten wir Wasserkopp, dachte er. Und ein anderer mit dem unglücklichen Namen Bordel wurde zum Puff. Darin ändert sich die Jugend nicht. Das gehört zur Schule. »Puppi ... ich meine Dr. Pupp beschwert sich über dich. Er hat angerufen. Du sollst in der Schule schlafen.«

»Bei Puppi muß man schlafen.«

»Auch in Latein?«

»Ich halte Tacitus für äußerst langweilig. Und Caesar hat die Germanen durch die falsche Brille gesehen.«

»Das ist kein Grund, den Unterricht zu verpennen.« Habicht beugte sich etwas zu seinem Sohn Robert vor. »Hast du ab und zu Kopfschmerzen?«

»Nein, Papa.«

»Ab und zu ein Schwindelgefühl? Eine plötzlich ausbrechende Müdigkeit? Das Gefühl einer Blutleere im Gehirn, Ohrensausen oder sogar Sehstörungen?«

»Nein, Papa. Ich fühle mich wohl.«

Habicht griff jetzt auf die Beobachtungen seiner Frau zurück. »Mama sagt, du siehst so blaß aus und du wärst dünner geworden.«

Robert lachte wieder, aber es klang unnatürlich fröhlich, nach aufgesetzter guter Laune. »Du kennst doch Mama«, sagte er und warf einen schnellen Blick an seinem Vater vorbei auf den Türspalt. Sie hört mit, stellte er fest. Soll sie's hören! »Wenn ich huste, habe ich sofort die Schwindsucht. Und wenn ich mal nicht essen mag, muß das eine Magenschleimhautentzündung sein. Papa, findest du, daß ich bleich wie eine Leiche bin?«

»Das nicht gerade ...«

»Und dünn wie ein tapeziertes Skelett?«

»Ausdrücke hast du!« Habicht mußte trotz allen Ernstes lächeln. Ihm kam Robert vor wie immer; nur warum seine schulischen Leistungen in den letzten Wochen so abfielen, war noch zu klären. »Was meint dein Freund über deine Nachhilfestunden in Mathe?«

»Er meint, ich sei ein Loch in einem Vakuum. Man kann hineinschütten, was man will, es verschwindet spurlos.«

»Ein kluger Ausspruch.« Habicht räusperte sich. »Morgen wird Dr. Heimes dich untersuchen.«

»Warum das denn?« Roberts Rücken versteifte sich. Er erkannte die Gefahr, die da auf ihn zukam. »Dr. Heimes ist Arzt und kein Vakuumstopfer.«

»Er will dich auf mögliche Spätschäden von deinem Überfall untersuchen.«

»Das ist doch Quatsch, Papa! Ich fühle mich blendend. Wer ist denn auf diese Idee gekommen?«

»Ich. Dr. Pupp meinte ...«

»Puppi soll rechnen, aber nicht meinen. Bestell Dr. Heimes ab, Papa.«

»Nur zur Sicherheit ...«, beharrte Dr. Habicht.

»Ich werde Dr. Heimes anfurzen, wenn er mich untersucht!«

»Was sind denn das für Reden?« Habicht sprang empört auf. Es war das erste Mal, daß er von seinem Sohn eine solche ungeheure Antwort bekam. »Ist das die Kultur unserer Jugend?! Ich verbitte mir, in meiner Gegenwart ...«

»Du hast bisher nie über einen aufsässigen Sohn klagen müssen. Ich habe mich immer nach deiner Lebensauffassung benommen, ich war immer der brave Junge. Aber darüber scheinst du vergessen zu haben, daß ich demnächst neunzehn werde und meine eigene Meinung habe. Ich bin wahlberechtigt, und wenn ich wählen darf, welche Pfeifen uns in Bonn regieren sollen, dann habe ich auch das Recht, mein eigenes Denken auszudrücken. Dein Vater war mit neunzehn schon Leutnant in der Großdeutschen Wehrmacht und durfte – wenn auch auf Befehl – Menschen erschießen ...«

»Wie sprichst du über deinen Großvater!« Es war wie ein Aufschrei Habichts. »Du grüner Rotzjunge!«

»Ich weiß, auf deinen Vater bist du stolz. Er ist in den Pripjet-Sümpfen in Rußland gefallen. Was glaubst du, was er gesagt hätte, wenn man ihn einen grünen Rotzjungen genannt hätte? Vater, begreif doch endlich, daß ich ein erwachsener Mensch bin und nicht mehr das Robertle im Spielhöschen. Ich suche nach meinem eigenen Leben!«

»Noch streckst du die Beine unter unserem Tisch aus, und wir ernähren dich! Und solange ich – jetzt rede ich in deiner Sprache – dich am Kacken halte, wird getan, was ich will!«

»Gut! So gefällst du mir schon besser, lieber Papa!« Scharfer Spott lag in Roberts Stimme. »Bleiben wir beim Kacken! Du wirst bald nicht mehr diesen Genuß haben.«

»Was heißt das?« schrie Habicht. »Willst du ausziehen?«

»Ein guter Gedanke.«

»Und wohin? Unter eine Isarbrücke? Als Penner?«

»Auch das wäre zu überlegen.« Robert löste sich von dem Schrank, an dem er bisher gelehnt hatte. »Fangen wir damit an: Ich komme heute nacht nicht nach Hause.«

»Du bleibst hier!« brüllte Habicht. Er griff sich an die Brust, aber das übersah Robert. Es ist nur Theater! Er ist nicht herzkrank. Ein Oberregierungsrat reibt sich im Amt nicht auf.

»Ich nehme keine Befehle an.« Robert machte zwei Schritte zur Tür, aber Habicht folgte ihm und hielt ihn am Ärmel fest.

»Ich sage dir ...«

»Papa!« Robert blieb stehen. »Ich sage *dir*: Nimm die Finger von mir! Ich möchte sie nicht wegschlagen ...«

»Du wärst in der Lage, deinen Vater zu schlagen?« stotterte Habicht. Sein Atem ging stoßweise, und wirklich, er zitterte. »Du könntest deinen Vater ...«

»Laß mich los!«

»Robert, du bist wirklich krank!«

»Dann mach mich nicht noch kränker als ich bin. Laß los!«

Mit einem Ruck schüttelte Robert die Hand seines Vaters ab, ging zur Tür, riß sie auf und prallte auf seine Mutter, die mit gefalteten Händen in der Diele stand. Sie weinte lautlos.

»Robert ...«, sagte sie. »Mein Junge ...« Dann versagte ihr die Stimme.

»Kümmere dich um Vater, Mama!« Er rannte zur Haustür und riß sie auf. Warme Sommerluft strömte ins Haus. »Er begreift nichts. Mach dir keine Sorgen, mir geht's gut. Und ich komme wieder, das verspreche ich dir. Eines Tages ... bald ...«

Er stürzte hinaus in die Nacht, lief zu seinem Wagen, warf sich hinter das Steuer und fuhr mit aufheulendem Motor davon. Habicht, der jetzt in der Haustür stand, blickte ihm mit starren Augen nach.

»Er ist krank«, sagte er hilflos. »Gerda, er ist wirklich krank. Er kann doch nicht einfach weglaufen ... Da müssen wir doch was tun ...«

Sie umarmten sich, drückten sich aneinander, zum erstenmal seit vielen Jahren, und sie weinten gemeinsam ... Aber was sie tun sollten, wußten sie nicht.

Eine Stunde später erschien Robert in Ulrikes Wohnung. Sie saß am Tisch und zählte die Tageseinnahmen zusammen.

»Nanu?« sagte sie. »Du hier? Das ist eine Überraschung.« Sie tippte auf die vor ihr liegenden Geldscheine. »Wir haben 4750 Mark kassiert. Ein guter Tag.«

»Ich habe noch eine Überraschung.« Robert beugte sich über Ulrike und küßte ihren Nacken. Er wußte, daß dann jedesmal ein Schauer durch ihren Körper lief. »Ich bleibe hier.«

»Bis morgen früh?«

»Länger. Für immer ...«

Sie warf den Kopf zurück und starrte Robert an. »Bob! Was ist passiert?«

»Ich habe endlich meinem Vater die Zähne gezeigt. Ich bin weg von zu Hause.«

»Ob das klug war?« Sie schob die Geldscheine zusammen und steckte sie in eine braune Kunststofftasche. »Du willst jetzt hier wohnen?«

»Ja. Wir gehören doch zusammen.«

»Und wenn dein Vater dich sucht?«

»Er rennt doch nicht durch München, von Straße zu Straße.«

»Durch die Polizei ...«, sagte sie nervös.

»Nie! Nie! Da kennst du meinen Vater nicht. Der Sohn eines Oberregierungsrates haut nicht von zu Hause ab!« Er küßte wieder ihren Nacken und spürte das Zittern in ihr. »Hast du Angst?«

»Ich habe ein ungutes Gefühl.«

»Ich genau das Gegenteil. Ich bin jetzt frei! Frei! Ich brauche niemanden mehr zu fragen! Frei!«

In dieser Nacht nahm Robert zwei Ecstasy und liebte Ulrike bis zur Erschöpfung. Er war wie rasend und nahm keine Rücksicht auf sie.

Nach dem Rausch weinte er und bettelte um Ulrikes Verzeihung.

Und zum ersten Mal dachte er: Jetzt könnte ich mich umbringen ...

»Ich bin zufrieden mit Ihnen, Ulla. Das heißt, nicht sehr zufrieden, aber ich möchte mit Ihnen sehr zufrieden sein.«

Franz von Gleichem hatte die Wocheneinnahmen quittiert, schloß sie jetzt in seinem Schreibtisch ein, griff nach der Quittung, zerriß sie in kleine Fetzen und zündete sie in einem großen Aschenbecher aus Onyx an. Die Quittierung war nur ein symbolischer Akt; sie dokumentierte lediglich das Vertrauen. Ohne Vertrauen sind solche Geschäfte sinnlos.

Ulrike klickte die Kunststofftasche zu, mit der sie das Geld gebracht hatte. Von Gleichems Lob war gleichzeitig ein Tadel, und sie war nicht gewillt, ihn hinzunehmen.

»Wir sind neu in der Szene«, sagte sie. »Wir bauen ja erst auf!«

»Und das ist Ihre Aufgabe.«

»Ich habe bis jetzt 47 Verkäufer. Das ist für diese kurze Zeit eine Menge. Außerdem müssen wir gegen eine Konkurrenz ankämpfen, die schon länger im Geschäft ist. Ich habe drei Leute von ihr abgeworben. Die haben ausgepackt. Hinter ihnen steht eine polnische Organisation, die offiziell als Landwirtschaftliche Im- und Export-Gesellschaft eingetragen ist. Sie liefert verderbliche Waren in plombierten Kühlwagen. So kommen sie ohne große Schwierigkeiten über die Grenze. Die tiefgefrorenen Gänse zum Beispiel sind vollgestopft mit Ecstasy-Pillen. Welcher Zollbeamte schlitzt zur Kontrolle jede Gans auf?«

»Ich weiß. Wir sind dabei, diese Transporte zu unterbinden.« Von Gleichem griff in eine andere Schublade und baute vor sich eine Reihe bunt bedruckter Papierpyramiden auf. Ein großer schwarz-gelber Schmetterling war darauf abgebildet. »Die polnischen Pillen sind Schnee von vorgestern. Die neue Ecstasy-Generation steht hier vor Ihnen.«

»Papiertütchen?« Ulrike nahm eine der kleinen Pyramiden in die Hand und drehte sie zwischen den Fingern. »Das ist doch Spielerei.«

»Im Gegenteil. Das ist die Lücke, die uns straffrei macht. Öko-Ecstasy ...«

»Ein Witz!«

»Dieses Ecstasy besteht aus reinen Naturprodukten. Ginseng, Gingko Bilboa, Grüner Tee, Guarana, Raw Cola und etwas Koffein. Überall erhältlich – aber auf die Mischung kommt es an. Und das Wichtigste: Dieses Pulver verstößt nicht gegen das Betäubungsmittelgesetz, nicht gegen das Arzneimittelgesetz, nicht gegen das Lebensmittelgesetz. In den USA ist es frei verkäuflich. Die Behörden sind machtlos. Die ›100 percent natural vegetarian‹ entziehen sich allen Gesetzen! Und nun der Clou: Zehn Stück kosten im Einkauf 21 Mark, also pro Stück 2,10 Mark. Wir werfen sie auf den Markt mit zunächst 25 Mark.« Von Gleichem lehnte sich zurück und schob die Pyramiden hin und her. »Das wird ein Millionengeschäft, Ulrike. Und – wir haben keine Konkurrenz! Übermorgen erfolgt die erste Lieferung. Die bisherigen Pillen ziehen wir zurück.« Er blinzelte Ulrike zu. »Sie jubeln ja gar nicht. Sie blicken drein wie ein Salzsäuretrinker. Meine Liebe, wir haben keine Polizei mehr zu fürchten. Alles ist legal! Sonst müßte man auch Pfefferminzbonbons verbieten. Und sollte man wirklich Öko-Ecstasy auf die Verbotsliste setzen, dauert das Jahre. Wer will denn Ginseng und Grünen Tee aus dem Verkehr ziehen?«

»Die Polen werden das nicht einfach hinnehmen, Herr von Gleichem.«

»Die Polen!« Er winkte verächtlich ab. »Die neuen Lieferanten haben Möglichkeiten, den Markt allein zu beherrschen.«

»Und wer sind die neuen Lieferanten?« fragte sie.

Von Gleichem schüttelte den Kopf. »Wissen ist Macht, sagt ein Sprichwort. Zuviel Wissen ist hier fatal. Ulrike, nehmen Sie einfach die Tatsache hin, daß wir in ein neues Ecstasy-Zeitalter kommen. Die Glücksdroge des 21. Jahrhunderts. Sie können sich Ihren schönen Körper mit Gold aufwiegen lassen. Das geht aber nur, wenn Sie – beziehungsweise wir – den Münchner und den Bayerischen Markt allein beherrschen. Mit Ihren 47 Verteilern lacht man uns aus. Wir müssen Bayern mit einem Netz von Leuten überziehen.«

»Ich bin nur vorsichtig. Ich nehme nicht jeden, der sich anbietet. Es könnten Kontaktleute der Polizei dabei sein.«

»Unwahrscheinlich. Die Polizei beschäftigt keine jugendlichen Spitzel. Das darf sie gar nicht. Da sind die deutschen Gesetze auf unserer Seite.« Von Gleichem lachte kurz auf. Er fand es amüsant, sich hinter dem deutschen Gesetzesdschungel zu verstecken. »Nehmen wir uns ein Beispiel an der Zigarettenmafia in Berlin. Da gehen Millionen durch die Hände, und wenn man bei

Razzien, die eigentlich mehr Show sind, ein paar Zigarettenverkäufer schnappt, meist Vietnamesen, was geschieht dann? Nichts! Wer einen festen Wohnsitz vorweisen kann, und das können alle, weil sie Asylanten sind, muß freigelassen werden. So lautet das Gesetz. Und im übrigen schweigen sie. Gelingt es wirklich, einen Händler zum Reden zu bringen, ist das sein Todesurteil. Genickschuß. Ende der Ermittlungen. Soweit können wir auch in München kommen. Wer mit uns arbeitet, verdient gutes Geld, aber er schleppt immer die Angst im Nacken mit sich herum.«

»Sie ... Sie würden töten lassen?« Ulrikes Stimme hatte jeden Klang verloren. »Sie könnten wirklich ...«

»Ich nicht.« Von Gleichem schob die Papierpyramiden zusammen und baute damit spielerisch einen Kreis. »Das übernimmt die Organisation. Unsere Hände bleiben rein.«

»Wir arbeiten mit Gangstern zusammen?«

»Mit cleveren Geschäftsleuten, höre ich lieber.« Von Gleichem musterte sie mit einem langen forschenden Blick. Ulrikes Feststellungen gefielen ihm nicht. Mit seinem ausgeprägten Gespür für Gefahr ahnte er eine innere Wandlung bei ihr. Darum schoß er eine Frage ab, von der er wußte, daß sie wie ein Treffer war. »Wie verhält sich Ihr Schützling Robert? Oder soll ich sagen, Ihr Liebhaber?«

»Er ist ein guter Mitarbeiter.«

»Das glaube ich.« Von Gleichems Spott war beißend. »Ich dachte weniger an das Bett als an seine Verkaufspraktiken.«

»Er arbeitet sich ein ...«

»Bei Ihnen als Lehrmeisterin muß er zum Meisterschüler werden.« Wieder dieser triefende Hohn. Ulrike preßte die Lippen aufeinander. Sie unterdrückte das Verlangen, jetzt aufzuspringen und zu gehen. »Was machen seine Skrupel?«

»Er hat nie welche gehabt, weil er glaubt, er verkaufe harmlose Pillen.«

»So ungeheuer dämlich kann doch niemand sein!«

»Er glaubt, was ich ihm sage.«

»Das Denken mit dem Unterleib!« Von Gleichem nickte. »Aber wenn er mal sein Hirn aktiviert ...«

»Robert wohnt seit gestern bei mir. Er hat sein Elternhaus verlassen.«

»Was hat er?« Von Gleichem war nahe daran, entsetzt aufzuspringen. Diese Mitteilung ließ alle seine Vorurteile hervorbrechen. »Er ist bei Ihnen eingezogen?«

»Ja.«

»Und das sagen Sie so daher, als wechselten Sie Ihr Hemd? Begreifen Sie nicht die Gefahr, die Sie sich da ins Haus geholt haben?«

»Wieso ist Robert eine Gefahr, wenn er jetzt bei mir wohnt?«

»Ihr Jüngelchen ist aus einer heilen Welt ausgebrochen, aber mit dem Herzen hängt er noch an Papa und Mama. Er will frei sein, flüchtet in das Bett einer erfahrenen Frau, sucht dort eine neue Welt, die Bestätigung seiner Phantasie, aber im Inneren weint er Mamas Schweinebraten nach. Ulla, Sie können ihm kein vollwertiger Ersatz für sein Elternhaus sein. Sie doch nicht!«

»Wir lieben uns!« sagte sie trotzig. »Das ist stärker.«

»Du lieber Himmel, solch einen Unsinn sagt eine Edelnutte!«

Das war der Augenblick, wo Ulrike aufsprang. Mit einer Handbewegung fegte sie die kleinen Papierpyramiden vom Tisch.

»Ich war nie eine Nutte!« schrie sie. »Ich wollte nur nicht verhungern.«

»Sie sehen verdammt aufreizend aus, wenn Sie wütend sind, Ulla.« Von Gleichem lehnte sich in seinem Sessel gemütlich zurück. »Also gut, gut ... Sie lieben den Kleinen. Jetzt wohnen Sie auch noch zusammen, und die Zukunft sieht für euch rosig aus. Und was ist mit den fünfzehn Jahren?«

»Welche fünfzehn Jahre?«

»Die Sie älter sind als er! In zehn Jahren ist er achtundzwanzig, Sie aber dreiundvierzig. Dann haben Sie Cellulite, der Busen hängt etwas, an den Augen bilden sich Fältchen, auch die Mundpartie ist nicht mehr so glatt ...«

»Die Kosmetik meines Körpers sollten Sie mir überlassen!«

»Ich weiß, daß Sie sich mit allen Salben, Cremes und Ampullen beschmieren werden, um die Jahre zu überlisten. Aber Ihr süßer Junge Robert, durch Ihre Kunst zum Sexualmeister gereift, wird feststellen, daß ein knackiger zwanzigjähriger Hintern sich anders anfühlt als ein etwas schwammig gewordener Matronenarsch.«

»Sie können mich mal!« Ulrike wandte sich zur Tür. Hinter ihr lachte von Gleichem laut auf.

»Das habe ich schon! – Ulla, Sie bleiben!«

»Nein. Gute Nacht!«

Sie griff zur Klinke, aber von Gleichems Stimme hielt sie dennoch fest.

»Ich will Ihnen helfen, begreifen Sie das nicht? Hören Sie doch einmal auf einen Mann, der das Leben von den Höhen bis zu den Tiefen kennt. Haben Sie nie daran gedacht, daß Ihr Liebling einmal abspringen könnte?«

»Nein!« Sie blieb an der Tür stehen, mit dem Rücken zu ihm.

»Weil er Ihr Sklave ist? Auch Sklaven ...«

»Ich weiß. Auch das haben Sie mir schon gesagt. Spartacus ...«

»Ganz brutal: Reize schleifen sich ab! Auch Ihre, Ulla. Spielen Sie den Gedanken einmal durch: Was würden Sie tun, wenn Ihr Robert ein junges Mädchen auftut und Jugend sich zu Jugend findet? Habe ich das diskret genug ausgedrückt?«

»Das wird nie stattfinden.«

»Und wenn doch? Es gibt Blitze ohne Wolken, aus dem blauen Himmel heraus.«

»Was ich dann tun würde?« Sie drehte sich langsam wieder zu von Gleichem um. »Ich weiß es nicht. Ich weiß nur, daß ich es nicht ertragen könnte. Es wäre zu schrecklich.«

»Aber wenn es passiert ...«, bohrte von Gleichem weiter. »Was dann?«

»Vielleicht könnte ich ihn umbringen ... Ich weiß es nicht.«

»Sie würden es tun! Ja, Sie würden ihn umbringen, so gut kenne ich Sie! Sie würden nicht zögern. Es ist nicht Ihre Art, aufzugeben ... Eher würden Sie alles vernichten.«

»Möglich.« Sie starrte von Gleichem ins Gesicht. Ihre Augen hatten einen höllischen Glanz. «Ich würde Robert nie einer anderen Frau überlassen. Nie!«

»Sie sind besessen!«

»Nein. Ich bin glücklich. Und dieses Glück nimmt mir keiner weg ...«

»Womit ich jetzt weiß, wie alles enden wird.« Von Gleichem erhob sich und machte eine leichte Verbeugung. »Sie können gehen, Teufelsengel ...«

An jedem Freitag hatte Gerda Habicht ihren Bridge-nachmittag.

Eine ihrer Freundinnen holte sie dann ab. Gerda selbst fuhr nicht Auto, hatte keinen Führerschein erworben und besaß deshalb auch keinen eigenen Wagen. Außerdem war Hubert Habicht dagegen. »Zwei Autos haben wir schon in der Familie«, hatte er gesagt. »Ein dritter Wagen wäre einfach zuviel. Es wäre auch den anderen Kollegen gegenüber nicht angebracht. Man muß Grenzen kennen.« So war Gerda Habicht die einzige im Freundinnenkreis, die keinen eigenen Wagen besaß.

Meist fand die Bridgerunde in der Villa des Chirurgen Professor Dr. Himmel statt, ein fataler Name für einen Arzt, der menschliche Körper aufschneidet. Es war eine exklusive Damengesellschaft, die da zusammenkam, Karten spielte, Teegebäck knabberte, Tee trank und ab und zu einen Sherry.

An diesem Freitag wartete Robert in einer Nebenstraße, bis seine Mutter abgeholt worden war, dann betrat er sein Elternhaus und suchte seine Zeltausrüstung zusammen. Auf den Sonntag mit Christa freute er sich wie über ein schönes Geschenk; sie würden das Zelt aufbauen, im See schwimmen, in der Sonne liegen, die Gräser und Blumen riechen, eine Dose Erbsensuppe mit Speck aufwärmen und aus der Kühltasche Cola oder Orangensaft trinken. Er würde den CD-Spieler anstellen und eine CD von Michael Jackson oder von Prince oder auch von einer dieser ganz wilden Bands auflegen, deren Namen er nicht kannte, aber in der Musikhandlung würde man ihm schon das Richtige empfehlen. Und dann würde er eine CD mit Klaviermusik auflegen, ein Nocturne von Chopin etwa, und würde Christa erklären, wie sie diese Musik hören und erfühlen müsse.

Und er glaubte zu wissen, daß sie ihn verstehen würde, auch wenn sie zuerst »So 'n Scheiß!« sagte.

Bei Ulrike sah Robert keine Probleme. Ihr wollte er sagen, daß er mit seinen Eltern einen Geburtstagsbesuch bei einem wichtigen Mann der Staatsregierung hinter sich bringen müsse, eine glaubwürdige Lüge, wenn der Vater Oberregierungsrat war.

An diesem Abend nach dem Essen – Ulrike hatte auf dem kleinen Balkon zum Hinterhof hinaus Würstchen und zwei Schnitzel gegrillt – stellte sie die kleine Papierpyramide auf den Tisch. Robert sah sie verblüfft an.

»Seit wann nimmst du Brausepulver?« fragte er.

»Brausepulver ist gut!« Sie lachte ihr girrendes Lachen und schnippte mit den Fingern die Pyramide zu Robert hinüber. »Brausepulver ist sogar sehr gut ... So können wir es den Kids mühelos verkaufen.«

»Verkaufen?« Robert nahm die Pyramide in die Hand und drehte sie zwischen den Fingern. »Du machst Witze ...«

»Das ist Ecstasy, Bob. Öko-Ecstasy. Das Allerneueste. Konkurrenzlos.«

»Auch das ist doch ein Witz. Öko-Ecstasy! Das ist doch verrückt.«

»Verrückt ist, daß wir den Alleinvertrieb für München und ganz Bayern haben.«

»Und was mach' ich mit den rund siebentausend Pillen, die ich noch habe?«

»Die verkaufen wir noch aus. Eine Barney, gekoppelt mit einer Öko-E. So schaffen wir einen nahtlosen Übergang und behalten unsere Kunden. Und da es Öko ist, die große Masche, werden wir neue Abnehmer aufreißen, die bisher von ›E‹ nichts wissen wollten. Öko-E ist keine Modepille, sondern das Glück der Zukunft! Naturrein!«

»Und die Wirkung?«

»Wie Großvater Barney, Smiley oder Zwerg Seppi.«

Robert ließ die kleine Papierpyramide auf seiner Handfläche tanzen. Was Ulrike sagte, hörte sich gut an. Naturrein – das ist ein Zauberwort in unserer Zeit. Das überzeugt. Naturrein kann nie schlecht sein. Naturrein ist wie ein Gütesiegel.

»Wie viele von diesen Dingern hast du?« fragte er.

»Nur dieses eine. Als Probe …«

»Ich werde es nachher einnehmen.« Er stellte die Pyramide auf den Tisch zurück und trank das Glas Bier leer, das Ulrike zu den Grillwürstchen serviert hatte. »Übrigens, am Sonntag bin ich nicht hier. Ich muß zu einer wichtigen Geburtstagsfeier mit meinen Eltern.«

»Ich denke, du hast …«

»Nur eine Formsache! Eine gesellschaftliche Verpflichtung. Händeschütteln, höfliche Konversation, kaltes Büfett, dumme Komplimente, politische Biergespräche … das Übliche.«

»Und danach schläfst du wieder zu Hause?«

»Nur diese eine Nacht bei meinen Eltern. Mein Zuhause ist jetzt bei dir.«

»Das hast du lieb gesagt, Bob.« Sie beugte sich vor und küßte ihn. »Aber es wird Streit geben.«

»Auch das überlebe ich. Am Montag mittag bin ich wieder bei dir und erhole mich in deinen Armen.«

Damit war das Thema beendet. Robert gratulierte sich selbst, es hatte keine langen Fragen gegeben. Ulrike glaubte ihm. Sonntag nacht im Zelt. Neben sich Christa. Und der Mann im Mond schaute zu …

Bevor sie ins Bett gingen, nachdem sie gemeinsam geduscht und sich unter den Wasserstrahlen mit Zärtlichkeiten überschüttet hatten, riß Robert die kleine Papierpyramide auf, schüttete das Ecstasy-Pulver in ein halbes Glas Mineralwasser und schluckte es hinunter. Ulrike, in glänzender Nacktheit auf dem Bett sitzend, sah ihm zu, wie er den Kopf in den Nacken warf und die Droge einnahm. Sie hatte ihren Körper mit Parfüm besprüht; sie roch nach frischen Gräsern und Jasmin.

Die Wirkung der neuen Öko-Ecstasy setzte etwas später ein als bei Barney oder Smiley. Auch war sie nicht so stark. Wohl überströmte das herrliche Glücksgefühl wie immer den ganzen Körper, jegliche Müdigkeit verflog, das Gehirn schickte die Signale für Kraft und lustvolle Sehnsucht aus, aber es entwickelte sich nicht die höllische Ekstase, in der Robert Ulrikes Leib hätte zerreißen können. Sie liebten sich zwar drei Stunden lang ohne Unterbrechung bis zur Atemlosigkeit, doch dann lagen sie wie leere Hüllen auf den Laken. Ulrike schlief schnell ein, bei Robert jedoch stellte sich ein wildes Herzrasen ein, das dann absank in eine Schwäche, bei der er tief Atem holen mußte, um das Gefühl zu verjagen, er würde ersticken.

In dieser Nacht fand er keinen Schlaf. Er wälzte sich hin und her, stand auf, lief voller innerer Unruhe im Zimmer herum, duschte sich sogar eiskalt, aber erst gegen Morgen schlief er ein, während er noch auf dem Bett saß. Er fiel einfach um, als habe ihn ein Schlag getroffen.

Die »Probe« überzeugte Robert nicht völlig, er war schärfere Sachen gewöhnt. Das ist eben eine Öko-Pille, gebremstes Weggleiten in eine andere ersehnte Welt. Kein Hammerschlag, sondern ein fortwährendes Klopfen. Aber vielleicht war das gut so ... Die Ökologie des Rausches schonte das Gehirn.

Welch ein Irrtum!

Gerda Habicht verfügte nicht über die Sturheit ihres Mannes. Sie war weder ein Dickkopf noch ein Beamter. Während nach Roberts Auszug aus dem elterlichen Heim kein Wort mehr über ihn fiel, sah man Gerda das Leid an, das Leid einer Mutter, der der einzige Sohn davongelaufen war. Sie huschte durch das Haus mit einer gespenstischen Lautlosigkeit, bis Dr. Habicht endlich fragte: »Hast du das Sprechen eingestellt?«

Sie ließ sich in einen Sessel sinken, blickte auf die aufgeschlagenen Briefmarkenalben und haßte sie plötzlich.

»Daß du so ruhig sein kannst!« sagte sie.

Habicht hielt mit der Pinzette eine Briefmarke gegen das Licht und bewunderte die Darstellung eines klassischen Diskuswerfers. Eine Olympia-Marke.

»Worüber soll ich mich aufregen?«

»Machst du dir keine Sorgen, wo Robert jetzt ist?«

»Er hat gesagt, er sei ein Mann. Und ein Mann muß wissen, was er tut.«

»Das sind doch dumme Sprüche, Hubert.« Sie wunderte sich selbst über den Mut, daß sie so mit ihrem Mann redete. »Er hat nichts mitgenommen ... Hast du schon mal darüber nachgedacht? Keine Unterwäsche, keine Hemden, nichts zum Wechseln, kein Rasierzeug, nicht mal einen Kamm und eine Zahnbürste ...«

»Und kein Geld.«, Habichts Stimme klang zufrieden.

»Auch das nicht.«

»Und das beruhigt mich. Ohne Geld wird die schöne Freiheit zur häßlichen Fratze. Mein Sohn Robert wird wiederkommen, schneller, als er glaubt. Er kennt das nicht, eine leere Tasche zu haben.«

»Und sonst hast du nichts dazu zu sagen?«

»Nein!« Habicht ließ die Briefmarke sinken und steckte sie wieder in das Album. »Er war jedenfalls in der Schule. Ich habe mich erkundigt. Wenigstens seine Pflicht erfüllt er.«

»Die Pflicht! Das ist für dich der Mittelpunkt des Lebens!«

»Ein Mensch ohne Pflichtbewußtsein ist ein Parasit! Wenigstens das hat mein Sohn Robert behalten.« Er blickte zur Seite auf seine Frau. Sie hockte mit gefalteten Händen im Sessel, schmal, blaß, um Jahre gealtert. »Ist noch etwas?«

»Ja!« Sie stand auf. »Zum erstenmal merke ich, wie fremd du mir geworden bist, so fremd ... du ungezahnte Briefmarke!«

Ehe Habicht, erschüttert über diese Titulierung, antworten konnte, hatte Gerda das Zimmer verlassen und und die Tür hinter sich mit aller Kraft zugeknallt.

»Na so was«, sagte er nur hilflos. »Man muß doch die Nerven behalten ...«

Sie wartete schon seit zehn Minuten an der Kreuzung Killer-/Schulstraße, als sie den Citroën 2 CV um die Ecke biegen sah. Mit beiden Armen winkte sie Robert zu und lief ihm sogar ein paar Meter entgegen. Dabei zog sie die Hockeyschlägertasche hinter sich her. An der linken Hand baumelte ein hellblauer Segeltuchbeutel. Robert bremste mit lautem Quietschen neben ihr.

»Endlich!« rief Christa. Ihre Bernsteinaugen strahlten. »Du bist fünf Minuten zu spät.«

»Und du bist das erste Mädchen, das pünktlich ist!« Er half ihr, Hockeyschläger und Beutel im Wagen zu verstauen, und wartete, bis sie neben ihm saß. Sie trug ein buntes T-Shirt mit dem Bild eines grinsenden Bären, knallenge, kurze Shorts, weiße Söckchen und leichte Leinenschuhe. Um das Weizenhaar hatte sie ein blaues

Band gebunden. Es gab keine andere Bezeichnung: Sie sah süß aus.

»Mit den Hockeyschlägern kannst du am Wörthsee nichts anfangen«, sagte Robert.

»Die mußte ich doch mitnehmen. Mein Alter hätte sich gewundert, wenn ich ohne Schläger zum Training gehe.«

»Und ... und mit der Nacht ist alles klar?«

»Geritzt! Meine Freundin hält dicht.«

»Dann los in den schönsten Tag meines Lebens ...«

Robert fuhr an, Christa legte den Arm auf seine Schulter, er hatte die Scheiben geöffnet, und der Fahrtwind wehte ihr Haar über sein Gesicht. Ein seidiges Streicheln war es, das ein Kribbeln bis in die Zehenspitzen erzeugte.

»Warst du schon mal am Wörthsee?« fragte Robert, als sie von der Autobahn abbogen.

»Nein. Aber am Chiemsee. Segeln. Das war toll!«

»Du kannst auch segeln?«

»Nein. Unser Abteilungsleiter hat ein Boot in Prien. Der hat uns einmal eingeladen, uns alle von der Trikotagenabteilung. Aber nur einmal; wir haben uns bestimmt zu dämlich benommen.« Sie lachte laut und schlug mit der flachen Hand auf Roberts Oberschenkel. Ihre Fröhlichkeit war ansteckend ... Er lachte mit, stellte das Radio an und hatte Glück. Der Sender brachte »Tanz in den Sommer«, kein progressives Gehämmer. Christa beugte sich zum Radio vor.

»Haste nichts anderes? Danach haben ja schon Oma und Opa getanzt.«

»Am Sonntag morgen hörst du nur so etwas im Radio. Aber ich hab ein paar CD's mit.«

»Klasse!«

»Michael Jackson …«

»Auch 'n Opa!«

»Die Rolling Stones …«

»Ist was für Grufties. Robert, beim nächstenmal zeig' ich dir, was Musik ist.«

Er nickte und spürte einen seligen Druck auf seinem Herzen. Sie dachte schon an das nächste Mal. Sie machte Pläne, sie hatte Vertrauen zu ihm. Robert drehte das Radio lauter und pfiff die Melodie mit, die er zufällig kannte. Nicht nur Mozart ist schön, da hat sie recht, dachte er. Auch ein Schlager kann zu Herzen gehen.

Und dann stand das Zelt.

Christa musterte es, die Hände auf dem Rücken, und schien enttäuscht zu sein.

»Groß ist es nicht«, sagte sie.

»Immerhin ein Zweimannzelt. Es ist innen größer, als du denkst. Zu einem Hauszelt habe ich es noch nicht gebracht.«

Sie gab keine Antwort, sondern ging in die Knie und kroch in das Zelt. Es dauerte nicht lange, und sie kam wieder heraus. »Es passen tatsächlich zwei rein!« erklärte sie.

»Sag' ich doch.«

»Wie die Heringe. Und das soll schön sein?« Sie setzte sich vor dem Zelt ins Gras und zog die Beine an. »Ich mag das nicht, so eng zusammen schlafen. Ich hab das noch nie getan. Nicht mit 'nem Jungen.«

»Zwischen uns sind die Schlafsäcke. Mein Gott, wir haben noch nicht mal Mittag, und du machst dir schon Gedanken über das Schlafen.«

Es wurde ein schöner Tag. Ein Tag, der verzaubert schien.

Sie schwammen im See, kochten auf dem Gaskocher ihre Erbsensuppe, sie tranken Cola, lagen in der Sonne im warmen, duftenden Gras, und Christas zierlicher sechzehnjähriger Körper in dem knappen Bikini glänzte in der Sonne. Robert lag auf dem Bauch, sah sie unentwegt an, und sie spielte die Schlafende, dehnte und reckte sich und war wie ein Wesen, das Gott soeben erschaffen hatte, um allen zu zeigen, wie schön Jugend ist.

Immer und immer wieder schwammen sie hinaus in den See, frottierten sich dann gegenseitig ab, und immer, wenn Robert dabei unwillkürlich Christas Brust berührte oder ihre Schenkel und den Rücken abtrocknete, durchlief es ihn heiß.

Über was sie an diesem Tag alles sprachen – sie wußten es vom einen Augenblick zum anderen schon nicht mehr. Sie hörten sich nur zu und vergaßen Zeit und Raum.

So kam der Abend, schneller als erwartet. Robert wärmte in einer Pfanne gebratene Hamburger auf, öffnete eine Plastikdose mit fertigem Kartoffelsalat und holte sogar eine Flasche Bier aus der Kühlbox. Er hatte das alles am Samstag abend gekauft, in den Lädchen im Hauptbahnhof, nachdem er seine Verkaufstour durch die Discos beendet hatte.

Christa war aus dem Bikini in einen leichten Trainingsanzug geschlüpft, lag auf der Wiese und hatte das Gesicht ins Gras gedrückt. »Es fängt an«, sagte sie, während Robert die Hamburger briet.

»Was fängt an?«

»Das Atmen der Erde. Es riecht nach Heu.«

»Es war heute ein heißer Sonnentag. Das Gras ist ausgetrocknet. Paß mal auf.«

Er nahm eine Mineralwasserflasche, ging zu ihr und schüttete etwas Wasser auf die Wiese vor ihrem Gesicht. Sie schnupperte laut wie ein kleiner Hund.

»Wie ist es jetzt?« fragte Robert.

»Jetzt ist ein Duft da ... ein ganz toller Duft ... Ich möchte hier draußen schlafen.«

»Millionen Mücken werden über dich herfallen.« Er schob die Hamburger aus der Pfanne auf einen Plastikteller neben den Kartoffelsalat und brachte sie zu Christa hinüber. »Guten Appetit. Senf habe ich leider vergessen.«

»Bei Senf läuft mir immer die Nase.« Sie setzte sich, griff nach einem heißen Hamburger und biß hinein. Plötzlich, nach dem dritten Bissen, veränderte sich ihr Gesicht. Ein fragender Blick traf Robert.

»Mit wie vielen Mädchen hast du schon hier gesessen?«

»Mit keinem.« Er brauchte nicht zu lügen. Es war die Wahrheit.

»Und woanders? Zusammen im Zelt?«

»Du bist die Erste.«

»Glaub' ich nicht. So wie du bist ... Die Mädchen fliegen doch auf dich.«

»Ich hatte nie Zeit und Lust, mich darum zu kümmern.«

»Und jetzt auf einmal hast du Zeit und Lust?«

»Ja. Seit wir uns kennengelernt haben. Ist es bei dir anders?«

»Es war nur so 'ne Frage.« Sie wich einer Antwort aus und aß weiter ihren Hamburger.

Die Propangaslampe, die Robert mitgenommen hatte, brauchten sie nicht. Es war eine helle Nacht. Der nun fast runde Mond überflutete mit seinem Licht Wälder und See. Es war eine glanzvolle Stille um sie; nur irgendwo in den Bäumen klang der Gesang eines Vogels zu ihnen herüber.

»Ist das eine Nachtigall?« fragte Christa.

»Ich weiß es nicht. Ich glaube nicht, daß es am Wörthsee Nachtigallen gibt. Aber ich kann mich irren.«

»Ich will, daß es eine Nachtigall ist.«

»Kein Widerspruch; es ist eine Nachtigall.«

Sie warf den Kopf in den Nacken und zeigte hinauf in den Himmel. »Wo ist mein Stern?«

»Er ist heute nicht zu sehen.«

»Das ist gemein! Ich will, daß er immer zu sehen ist. Mein Stern soll immer leuchten!«

»Ich werde es dem Mann im Mond sagen.«

Sie lächelte und war wie ein Kind, dem man sein liebstes Spielzeug in die Hand drückt. Mit kleiner flinker Zunge leckte sie ihre fettigen Finger ab und griff nach einem zweiten Hamburger. »Du hast gesagt, du hättest CDs bei dir ...«

»Opa Jackson.«

»Besser als gar nichts.«

Robert holte den CD-Spieler aus dem Auto und schob eine CD ein. Jacksons Stimme kreischte durch den stillen Abend. »Ist das Musik?« fragte Robert, als die Scheibe zu Ende war. Christa, die, sich auf den Armen abstützend, nach hinten gelehnt zugehört hatte, nickte zustimmend.

»Immer noch besser als ›Schwarzbraun ist die Haselnuß‹.«

»Das ist Geschmackssache. Ich habe noch eine andere CD da.«

»Techno?«

»Etwas völlig anderes. Nocturne ...«

»Ist das 'ne neue Pop-Gruppe?«

»Nocturnes sind Nachtstücke, Kompositionen für Klavier, voll sinnlicher Romantik, eine Darstellung nächtlicher Sehnsucht, Gesänge der Nacht, die nur die Seele hört ...«

»Sag mal, spinnst du?« Sie starrte ihn fast entsetzt an. »Das soll ich mir anhören?«

»Wer eine Nachtigall singen hört, begreift auch ein Nocturne. Und du hast vorhin eine Nachtigall gehört.« Robert schob die CD in den Spieler. »Svatoslav Richter spielt Chopin ... Schließ die Augen, sei ganz still und hör nur zu ...«

Sie tat ihm den Gefallen, schloß die Augen, zog einen Schmollmund und wartete auf die Qual dieser Scheißmusik.

Und dann spielte Svatoslav Richter. Die Nacht bekam plötzlich Gestalt, die Sehnsucht wurde zum Leben, die Erinnerung an Glück senkte sich wie ein Schleier hernieder, die Melodie eines fernen Tanzes verklang im Ohr. Und dann das Weggleiten ins Nichts, in die Unendlichkeit ...

Als das Nocturne verklungen war, lag Schweigen über ihnen. Nur der unbekannte Vogel im Geäst sang wieder seine ganz eigene Weise. Christas Nachtigall. Sie hatte noch immer die Augen geschlossen, als lausche sie dem letzten Ton hinterher. Robert wagte nicht, die Stille zu zerstören. Er sah sie nur an, ihr dem Mondschein entgegengehobenes Gesicht, die weizenblonden Haare, und er dachte: Wie wunderbar ist sie. Welch ein Strahlen geht von ihr aus. Es war ein ganz anderes Gefühl als bei Ulrike. Irgendwie reiner, beglückender, sauberer. Er wäre jetzt nie auf den Gedanken gekommen, näher an Christa heranzurücken und sie anzufassen, die Jacke ihres Trainingsanzuges hochzuschieben und ihre Brüste zu küssen. Er sah sie an wie ein Gemälde, das gleich durch einen göttlichen Hauch zum Leben erwachen mußte.

Plötzlich öffnete Christa die Augen, ihr Kopf drehte sich zu Robert. »Schön ...«, sagte sie leise. »Aber trotzdem Mist. Ich will nicht sentimental werden, sondern lachen und tanzen. An diesem Chop ...«

»Chopin.«

»... hast du Gefallen?«

»Ich spiele ihn selbst auf dem Flügel. Und ich glaube, ganz gut.«

»Willst du mal Pianist werden, so wie der, der eben gespielt hat?«

»Vielleicht. Aber Richter werde ich nie erreichen.«

»Ist er berühmt?«

»Der beste Pianist der Welt.«

»Verdient er viel Geld?«

»Bestimmt.«

»Dann isses gut. Alles, was Geld bringt, ist gut.« Sie lachte und schüttelte damit ihre Sentimentalität ab. »Du, ich muß dich etwas fragen. Das wollte ich schon im ›777‹. Was hältste von Ecstasy?«

»Christa!« Robert starrte sie betroffen an. »Woher kennst du die Pillen?«

»Ich kenne genug Typen, die werfen sich jeden Abend so 'nen Drops ein. Und dann drehen sie auf wie 'ne Turbine.«

»Hast du auch schon Ecstasy genommen?«

»Nee. Aber ich möcht's mal probieren.«

»Warum?«

»Warum? Warum? Ich will nur mal wissen, wie das ist! Was da alles erzählt wird. Da soll man stundenlang tanzen können, ohne müde zu werden. Stimmt das?«

»Unter anderem ...«

»Und da soll man das Gefühl haben: Alles ist scheißegal ...«

»Es ist eine Art Glücksgefühl.«

»Ah! Du weißt Bescheid! Hast du auch schon Ecstasy genommen? Ehrlich, Robert?«

»Ja. Schon öfter.«

»Mensch! Erzähl mal!« Sie rückte nahe an ihn heran. In ihren Augen erkannte er Neugier und Verlangen. »Wie ist das? Alle sagen: Du hebst einfach ab. Die meisten Techno-Kids schwören darauf. Wie ist das bei dir?«

»Ganz verschieden.« Er dachte an die wilden Stunden mit Ulrike, an das Davonschweben ohne irdische Schwere, an die Unermüdlichkeit seines Körpers. »Man steigert sich ungemein«, sagte er vorsichtig.

»Hast du heute schon eine Ecstasy genommen?«

»Nein, Christa.«

»Aber du hast welche bei dir?« Ihr weibliches Gespür sagte ihr, daß ihre Annahme richtig war. »Natürlich hast du sie!« Sie streckte die Hand aus. »Zeig mir eine.«

»Die Nacht ist so schön. Schöner kann Ecstasy sie auch nicht machen, Christa. Sie kann sie nur verderben.«

»Ich möchte aber eine sehen.« Ihr Schmollmund war wieder da, ihr Gesicht zeigte kindlichen Trotz. »Nur sehen ... weiter nichts. Die Typen haben immer davon gequatscht, aber gezeigt hat mir das Zeug noch keiner. Was ist denn so Geheimnisvolles dran?«

»Die Pillen sind offiziell verboten. Sie fallen unter das Drogengesetz.«

»Aber viele haben sie. Ist das wie Koks?«

»Aber nein. Ecstasy ist ungefährlicher, als alle meinen. Ich habe mir das genau erklären lassen. An und für sich ist die Pille nur eine Abwandlung eines Appetitzüglers, eines überall erhältlichen Schlankheitsmittels. Nur die Zusammensetzung ist etwas verschoben, und darauf reagiert das Gehirn. Die Pillen bleiben – im Sinn von Drogen – ungefährlich. Es ist ein Amphetamin-Derivat und ...«

»Mensch, langweil mich nicht mit solchem Wissenschaftsscheiß! Zeig mir die Pille.«

»Nur ansehen, Christa ...«

»Was sonst?«

»Man nennt Ecstasy auch die Pille der Verliebten.«

»Ach nee!« Sie blickte ihn mit ihren Bernsteinaugen an. »Wieso?«

»Das Gefühl der Verliebtheit wird gesteigert. Das Herz beginnt zu rasen, im Körper breitet sich ein Flimmern aus, die Hemmungen verlieren sich ...«

»Hast du das auch schon erlebt?«

»Ja.«

»Mit anderen Mädchen?« Sie blitzte ihn an und ballte die Fäuste. »Ich hasse diese verdammten Weiber! Nun zeig mir schon die Pille.«

Robert zögerte, zog dann aber doch einen Brotbeutel heran und holte ein kleines Plastiksäckchen heraus. Es war mit runden blaßvioletten Tabletten gefüllt. Er holte eine Pille heraus und legte sie auf die Handfläche, die Christa ihm entgegenstreckte.

»Verrückt!« sagte sie und beugte sich über ihre Hand. »Da ist ein Bild drauf. Das kenne ich.«

»Barney ...«

»Barney Geröllheimer aus der ›Familie Feuerstein‹. Du, da hab ich mir jede Folge angesehen. Und jetzt gibt es ein Barney-Ecstasy! Wird man dabei so lustig wie er?«

»Auch. Man hat plötzlich keine Probleme mehr. Alles kommt von allein.«

»Und man wird willenlos?« Lauern lag in Christas Stimme.

»Manchmal.«

»Auch in der Liebe?«

»Gerade da.«

»Versuchen wir es ...«

Ihre Hand zuckte zum Mund und warf die Pille hinein. Es geschah so plötzlich, daß Robert es nicht mehr verhindern konnte. Aber dann packte er Christa an den Schultern, schüttelte sie, preßte beide Hände zwischen ihre zusammengebissenen Zähne und versuchte, sie auseinanderzureißen.

»Spuck es aus!« schrie er dabei. »Christa, spuck es aus! Schluck es nicht runter! Christa, sei vernünftig. Spuck es aus!«

Sie drückte ihn von sich weg, warf sich in das Gras und rollte zur Seite.

»Zu spät! Zu spät!« Sie lachte, ihre helle Stimme jubelte. »Ich will das alles erleben! Mit dir erleben! Wann wirkt die Pille?«

»In ungefähr zwanzig Minuten. Bei jedem ist das verschieden. Christa, du hattest mir versprochen ...«

»Ich hab dir versprochen, sie anzusehen. Den lieben kleinen Barney. Aber wie er mich anlachte ... da konnte ich nicht anders.« Sie richtete sich auf und duckte sich dann wie eine Wildkatze, die zum Sprung auf ihr Opfer ansetzt. »Hast du Angst? Warum hast du Angst? Ich will so sein wie all die Mädchen, die du gehabt hast! Da gibt es nur einen Unterschied: Ich liebe dich – trotz des dusseligen Chopin!«

»Christa!« Er krallte sich in ihrer Trainingsjacke fest, zog sie über die Wiese an sich und drückte sie an seine Brust. Ihr Geständnis war ihm nicht neu, er hatte es längst in ihren Augen gelesen. Aber jetzt sprach sie es aus, als habe der Anblick der Barney-Pille sie schon verzaubert.

»Wie fängt es an?« fragte Christa und kuschelte sich an Roberts Brust.

»Du wirst eine Sehnsucht spüren, die dich überwältigt.«

»Sie ist schon da ...« Trotzdem löste sie sich ein Stückchen von ihm. »Nicht hier. Im Zelt. Komm, Robert ...«

Sie krochen in das Zelt, und Christa hob beide Arme, damit er die Jacke über ihren Kopf streifen konnte. Sie trug nichts darunter. Seine Hände berührten die schimmernde Haut ihrer kleinen runden Brüste. Auch Robert zog sein Hemd aus, und Christa beugte sich vor, fuhr mit den Lippen über seine Schultern und seinen Hals, ertastete die Wölbung seines Magens und den Ansatz seiner Hüften. Es war ein Küssen und Streicheln, das ein Zittern bis in die Zehenspitzen jagte, das das Atmen schwermachte und gleichzeitig das Herz sprengte.

»Ich habe das noch nie getan«, flüsterte Christa und vergrub ihr Gesicht in Roberts Halsbeuge. »Noch nie. Glaub mir das ...«

»Ich glaube es dir«, flüsterte er zurück.

»Ich liebe dich unbeschreiblich ...«

»Ich dich auch.«

Sie streifte die Trainingshose herunter und lag nun nackt vor ihm auf dem Gummiboden des Zeltes. »Küß mich«, sagte sie, und es klang so kindlich. »Küß mich überall ... und komm jetzt ... komm, bitte, bitte ...«

Noch während sie sich liebten, setzte die Wirkung der Ecstasy ein. Robert merkte es daran, daß Christas zärtliche, fast scheue Hingabe langsam in eine heftige Leidenschaft überging, ihr Rhythmus wurde wilder, unkontrollierter, ihre Beine schlangen sich um seine Hüften, und sie öffnete sich ihm weit. Ihr Atem verwandelte sich in ein stoßweises Seufzen, ab und zu stieß sie kleine spitze Schreie aus, und dann krallten sich ihre Fingernägel in seinen Rücken, ihr Kopf flog hin und her, und sie schrie: »Ich sterbe ... halt mich fest! Oh, ich sterbe ... sterbe ...« Und sie biß ihn in die Schulter, saugte sich an seiner Brust fest, und ihre Finger zerrten an seinen Haaren.

Als sie voneinander abließen und zur Seite fielen, bestand Christas Körper nur noch aus Zittern und Keuchen. »Es ist so schön«, sagte sie. »Ich bin so glücklich ... so glücklich. Jetzt möchte ich tanzen und singen und dich lieben, immer lieben. Robert ...«

»Christa ...«

»Wo bin ich? Ich schwebe ...«

»Wir sind in unserer eigenen Welt. Sie gehört nur uns.«

»Dann halt mich fest, halt mich ganz fest ... Ich möchte hier bleiben ...«

Er küßte sie, küßte ihren ganzen Körper, und er fühlte sich in seiner Zierlichkeit völlig anders an als Ulrikes Körper, fester, glatter, es war die Makellosigkeit der Jugend.

Irgendwann schlief Robert ein, müde und erschöpft, ohne die Drogenwirkung von Ecstasy. Aber für Christa blieb die Welt verwandelt. Es war ein Schweben, ein drängendes Glücksgefühl; die vom Gift angeregte Motorik trieb sie an. In Händen und Füßen spürte sie ein Kribbeln, ein unbezähmbarer Bewegungsdrang hetzte sie empor. Sie kroch aus dem Zelt, breitete weit die Arme aus, schrie hinauf in den Nachthimmel: »Mann im Mond, sieh mich an!« Und dann begann sie zu tanzen, wirbelte um das Zelt und über die Wiese, badete ihre Nacktheit im hellen Mondlicht, eine hüpfende Elfe, die zu singen begann, im Tanz fast losgelöst von aller Erdenschwere, trunken von einem Glück, das mit keinem anderen Gefühl vergleichbar war.

Plötzlich hielt sie im Tanz inne, so, als jage ein Gedanke durch ihren Kopf. Auf Zehenspitzen, als könne jemand sie hören, schlich sie zu Roberts Gepäck, suchte im Brotbeutel das Säckchen mit den blaßvioletten Pillen und öffnete es.

»Du bist ein toller Kerl, Barney«, sagte Christa zu der Ecstasy-Tablette. »Ein ganz toller Kerl! Ich bin ein anderer Mensch geworden. Was kannst du noch mehr?«

Sie griff in den Plastiksack, holte drei Barneys heraus, ließ sie auf ihrer Handfläche tanzen und warf sie sich dann mit einem Schwung in den Mund. Noch einmal tanzte Christa über die Wiese und um das Zelt, und es war ihr völlig gleichgültig, ob von der Straße her jemand sie sehen konnte. Ab und zu hörte sie ein Auto hupen, eine Anerkennung ihrer nackten Schönheit, und sie freute sich darüber, winkte zur Straße hinunter und tanzte weiter mit ausgebreiteten, schwingenden Armen.

Nach einiger Zeit spürte Christa, wie ihr Herz hämmerte und ab und zu aussetzte, wie sie Luftnot bekam und wie es heiß in ihr wurde, als träfe sie ein Fieberstoß. Dieses rasende Herz, dieses plötzliche Schwindelgefühl, diese Hitze in ihren Adern ... Sie brach mitten im Tanz zusammen, fiel auf die Knie, und eine lähmende Angst überfiel sie. Da begann sie, auf allen Vieren zum Zelt zurückzukriechen, immer um Luft ringend und innerlich glühend, als wachse in ihr ein Brand.

Robert schrak hoch. Christa war über ihn gefallen, ihr heißer Atem wehte über sein Gesicht, ihre Hände hatten sich in ihre Brüste gekrallt und zogen sie auseinander, als könne ihr das mehr Luft verschaffen. Ihr Mund stand weit offen, aber sie war unfähig, noch ein Wort zu sagen. Nur lallen konnte sie noch.

»Christa! Mein Gott, was ist denn?« rief er. Er wälzte sie von sich, legte sie auf den Rücken und spürte ihren fiebrigen, zitternden Körper. »Christa!«

Er zog sie an den Beinen aus dem Zelt, schleifte sie über die Wiese, schüttelte sie und versuchte, ihre Hände von ihren Brüsten zu lösen. Erst da begriff er vollständig, wie heiß sie war, wie sie nach Atem rang und mit den Beinen auf den Boden trampelte, wenn die Luft wegblieb.

Als Robert zu seiner Kühltasche stürzte, um die letzte Flasche Mineralwasser zu holen, sah er, daß neben seinem Brotbeutel das geöffnete Plastiksäckchen mit den Ecstasy-Pillen lag. Einen Augenblick lang kniete er wie gelähmt davor, begriff, was geschehen war, rannte zurück zu Christa und schüttete das kalte Wasser über ihren Körper. Ein Liter Wasser gegen einen von innen brennenden Körper ... Das kochende Blut nahm diese Kühlung überhaupt nicht wahr.

Was kann ich tun, dachte Robert. Was kann ich hier noch tun? Panik kam in ihm hoch, das Gefühl einer erdrückenden Hilflosigkeit. Er blickte hinunter auf die Straße, ob ein Auto kam, das er anhalten konnte. Aber um diese Nachtzeit war es still um den Wörthsee, und jede Minute untätigen Wartens verschlimmerte Christas Zustand.

Aber was tun? Lieber, lieber Gott, was tun? Wieviel Ecstasy hat sie genommen? Noch eine oder zwei oder drei? Und wenn – es kann ja nur ein vorübergehender Krampf sein, ein Aufbäumen der Nerven gegen das Aufputschen ... Die Pillen sind ja ungefährlich, hat Ulrike gesagt. Glücksdrops, weiter nichts. Und wieviele habe ich schon verkauft, und keiner ist zu mir gekommen und hat gesagt: Du, die Dinger sind Mist. Erst schwebst du, und dann hauen sie dich um! Keiner hat das bisher gesagt. Alle waren nur glücklich und haben sich laufend die Drops reingeschmissen. Ich hab's doch gesehen. In den Discos und Technos verkaufe ich über siebzig Prozent, und da ist noch keiner umgefallen. Christa, Christa … nun atme doch mal tief durch. Christa …

Robert beugte sich wieder über sie. Sie hatte die Augen geschlossen, aber ihr Mund war weit aufgerissen, verzerrt, als wolle sie einen Schrei ausstoßen, der nur ein flaches Stöhnen wurde. Sie trampelte wieder mit den Füßen auf die Wiese, schlug jetzt sogar mit den Armen um sich, umschlang dann Roberts Nacken und drückte ihn auf ihre Brüste … Und dann plötzlich, ganz lautlos, erschlaffte sie, die Arme fielen zurück, die Beine streckten sich, der Kopf sank nach hinten, der verzerrte Mund entspannte sich, wurde weich. Sie atmete nicht mehr.

»Christa!« schrie Robert. Er schüttelte sie, aber es war nur noch ein erschlaffter Körper, den er hielt. »Christa …«

Verzweifelt versuchte Robert eine Mund-zu-Mund-Beatmung und drückte rhythmisch ihren Brustkorb auf und nieder, wie er es beim Erste-Hilfe-Kurs bei den Pfadfindern gelernt hatte. Immer und immer wieder tat er das, blies seine Atemluft in ihren Mund, aber sie bewegte sich nicht mehr. Eine fahle Blässe überzog ihr Gesicht, als sauge es den Mondschein auf.

»Christa …« Robert richtete sich auf. Er stellte die Wiederbelebungsversuche ein; er sah ein, daß Christa unter seinen Händen gestorben war. Wie zur Totenwache setzte er sich neben sie, nahm ihre schlaffe Hand in seine

Hand und starrte in den Himmel. Der Stern Christa war jetzt zu sehen, das schwache unterbrochene Glitzern über Millionen Lichtjahre hinweg. Christas Stern. Es gibt Milliarden Sterne ... Ist es möglich. daß ein Mensch nach seinem Erdenleben ein Stern werden kann? Noch niemand hat daran gedacht, was Gott möglich ist.

Merkwürdig: Wie Robert so neben der Toten saß und ihre erkaltende Hand hielt, empfand er keine Trauer. Nur Einsamkeit war um ihn, die Stille eines Vakuums, vollkommene Leere. Aber sie füllte sich allmählich auf, je länger er abwechselnd zum Stern Christa und auf den bleichen, nackten Körper der Toten blickte. Es war Wut, die in ihm wuchs, ein Drang nach Rache, ein Wille zur Vernichtung, denn diese Zerstörung hier hatte nur einen Namen: Ulrike.

Robert saß so fast eine Stunde neben der Leiche, dann begann er, das Zelt abzubrechen. Er ging mit großer Überlegung vor, mit geradezu akribischer Ordnung.

Zuerst trug er Christa zu einer Buschgruppe am Rande der Wiese und legte sie unter die Zweige. Er legte sie so nackt hin, wie sie gestorben war, band ihre Kleider und die Wäsche zu einem Bündel zusammen, räumte den Platz auf, verstaute alles in seinen Wagen und suchte dann die Wiese ab, ob er Spuren übersehen hatte. Zum Schluß ging er noch einmal zu Christa hinüber, beugte sich über sie und küßte sie mit einer Innigkeit, die ihm die Tränen in die Augen trieb. Ihr Körper fühlte sich jetzt kühl an. Die Todeskälte zog in ihr hoch.

Robert sprach kein Wort des Abschieds. Er streichelte über Christas Gesicht, das jetzt, losgelöst von allem Irdischen, wie ein blonder Puppenkopf aussah. In den Mundwinkeln lag sogar ein Lächeln, als habe sie das tödliche Glücksgefühl hinübergenommen in die Ewigkeit. Noch einmal legte Robert seine Stirn zwischen ihre Brüste, riß sich dann los und rannte den Wiesenhang hinunter zu seinem Wagen. Ohne noch einmal zurückzublicken, fuhr er davon.

Als er auf die Autobahn einbog, war er ganz ruhig geworden. Seine Gedanken waren klar und nüchtern.

Rache! Vergeltung! Vernichtung!

Er war ein Werkzeug geworden – aber er würde es nicht länger sein.

Der Sklave zerbrach seine Fesseln.

Ulrikes Widerstreben war groß, als es an ihrer Tür läutete.

Sie hatte im tiefen Schlaf gelegen, als das Klingeln sie weckte. Zuerst blickte sie auf die Uhr auf dem Nachttisch. Viertel nach zwei ... Um diese Nachtzeit hatte niemand bei ihr zu klingeln. Sie blieb liegen, aber als die Glocke weiterschrillte, stand Ulrike auf, warf sich den Morgenmantel um und ging zur Tür. Dabei entsicherte sie eine Pistole, die sie aus einer Schublade im Wohnzimmer hervorholte.

»Wer ist da?« fragte Ulrike laut. »Hauen Sie ab!«

»Ich bin es.«

»Robert?« Sie steckte die Pistole in die Manteltasche und schob den Sicherheitsriegel zurück. Sie schloß die Tür auf und wurde zurückgeschleudert. Robert stürzte in die Wohnung und warf sich im Wohnzimmer in einen Sessel.

»Warum riegelst du ab?« rief er.

»Ich schiebe immer den Riegel vor, wenn ich allein bin. Ich wußte ja nicht, daß du noch kommst. Du wolltest bei deinen Eltern schlafen.«

»Du siehst, ich bin hier.« Er entdeckte den Knauf der

Pistole in ihrer Manteltasche und preßte die Lippen aufeinander. »Du hast eine Waffe?«

»Schon immer.« Sie griff nach der Pistole und legte sie auf einen Tisch. »Eine Frau allein in der Großstadt ist heute Freiwild. Ich weiß mich zu wehren.«

»Hast du einen Waffenschein?«

»Natürlich nicht.« Sie lachte, setzte sich neben Robert auf die Couch und schlug die Beine übereinander. Wie immer hatte sie auch heute nackt geschlafen ... Er sah ihre Oberschenkel und das dunkle Dreieck ihres Geschlechtes. Und plötzlich ekelte er sich.

»War nichts los auf der Geburtstagsparty?« fragte Ulrike.

»Nichts Besonderes ... Es hat nur einen Toten gegeben ...«

»Oha! War das eine Mafia-Party?« Es sollte ein Scherz sein, aber Robert fuhr zu ihr herum.

»Ja. Es war ein Mafia-Toter! Eine Mafia-Tote! Ein sechzehnjähriges hübsches, lebensfrohes, verliebtes Mädchen ...«

»Mein Gott, wie traurig!« Ulrike lehnte sich zurück. »Erzähl ... wie ist es passiert? Ein Unfall?«

»Ich nenne es Mord!«

»Mord in deinen Kreisen? Das wird eine Sensation.« Sie blickte Robert mit einer Art Mitleid an. »Mord? Warst du dabei?«

»Ja, ich war dabei!«

»Wie ist sie umgebracht worden?«

»Mit Ecstasy ...«

»Robert, mach nicht solch makabre Witze. Wer hat sie ermordet? Kennt man den Mörder?«

»Sogar seinen Namen und seine Wohnung. Er heißt Ulrike Sperling ...«

»Bob!« Ulrike richtete sich steif auf. Ihre Augen verengten sich. »Ein Mord ist keine Angelegenheit, über die man Witze macht. Außerdem dumme Witze!«

»Das Mädchen hieß Christa Helling. Eine Verkäuferin im Kaufhaus. Ein Wesen wie ein Rauschgold-Engel. Sie hat Ecstasy genommen, das ich von dir habe und für dich verkaufe. Die harmlose Glückspille, so ungefährlich wie Frucht-Drops. Nimm eine ›E‹, und die ganze Welt liebt dich, und du liebst die ganze Welt. Ist das nicht euer Spruch? Macht ihr damit nicht die Jugend besoffen? Bohrt ihr euch damit nicht in die Hirne und Seelen von halben Kindern?«

»Stop, Bob!« Ulrike sprang von der Couch auf. Dabei öffnete sich ihr Morgenmantel und gab ihre Nacktheit preis. In Robert verstärkte sich der Ekel. »Und mit welchen Argumenten verkaufst du Ecstasy?«

»Mit deinen Argumenten. Weil ich an sie glaubte. Weil ich ein so unbeschreiblicher Idiot war, daß ich nicht wissen wollte, wie gefährlich diese Pillen sind.«

»Du hast sie doch auch genommen und warst der glücklichste Mensch auf der Welt. Das hast du immer gesagt. Du wolltest die ganze Menschheit umarmen und hast mich umarmt, weil ich deine Welt bin.«

»Das war ein Irrtum!« schrie er. »Jetzt weiß ich: Ich habe mit einer Mörderin geschlafen! Mit einem Satan, der den Tod auf Zeit verkauft! Du hast Christa auf dem Gewissen!«

»Christa ...« Ulrike wich zurück bis zur Tischplatte, auf der ihre Pistole lag. Ihr Gesicht war eine steinerne Maske. »Wer ist diese Christa? Wo hat sie Ecstasy genommen? Auf der Geburtstagsparty? Wie kommt sie dahin? Ein Kaufhaus-Mädchen in einer Millionärsvilla? War sie nebenbei noch ein Freizeit-Girl?«

»Sie war das süßeste Mädchen … Verdammt, sprich nicht in solchem Ton von ihr!«

»Du kanntest sie schon vorher?«

»Ja, und ich war auch auf keiner Geburtstagsparty … Ich war am Wörthsee. Mit meinem Zelt!«

»Und mit ihr«, ergänzte Ulrike.

»Ja, und mit ihr.« Es war für ihn ein Triumph, das zu sagen.

»Du hast sie gebumst!«

»Ja, ich habe sie gebumst!«

»Du hast mich mit einem kleinen Pipimädchen betrogen? Mich betrogen?«

Sie griff hinter sich und umklammerte den Griff der Pistole. Robert blieb im Sessel sitzen und lächelte verzerrt.

»Willst du mich erschießen? Bitte, tu es. Schieß! Ein Mord mehr – was ist das schon?«

»Wenn du sie mit Ecstasy geil machen wolltest, was kann ich dafür? Sie hat es eben nicht verkraftet, dein Püppchen Christa. Pech, ein Unfall! Jeder Mensch reagiert anders. Wir haben Tausende von Pillen verkauft, und es ist nichts passiert. Und war es überhaupt Ecstasy? Vielleicht hast du sie zu Tode gevögelt.«

»Ich hasse dich!« sagte er, jedes Wort betonend. »Himmel, wie hasse ich dich!«

»Ihren Tod kannst du mir nicht in die Schuhe schieben … Aber daß du sie gebumst hast, das werden wir noch unter uns ausmachen.« Sie ließ die Pistole los, raffte den Morgenmantel zusammen und ging zur Schlafzimmertür. »Wo hast du sie gelassen, diese Christa?«

»Ich habe sie unter einen blühenden Busch gelegt.«

»Wie romantisch!« Ulrike lächelte, und es war ein breites und zugleich grausames Lächeln. Sie kam Robert so fremd vor, so unendlich fremd. »Weißt du, daß du eine ganz arme Sau bist? Ein Wink bei der Kripo ...«

»Und auch du bist erledigt! Genau das habe ich vor. Ich packe aus ...«

»Du hast ja einen Stich, Bob! Dann fliegt alles auf!«

»Das bin ich Christa schuldig.«

»Darüber sollten wir noch sprechen.« Sie blieb in der Schlafzimmertür stehen. »Leg dich auf die Couch. Wag bloß nicht, zu mir ins Bett zu kommen. Ich mag keine Männer, die wahllos herumvögeln.«

»Und das sagt eine Hure!« stieß er hervor.

Sie starrte ihn an, ihre Mundwinkel zogen sich nach unten. »Das hättest du nicht sagen dürfen, gerade jetzt nicht, wo du mich betrogen hast. Denk einmal nach: Ich habe dich wirklich geliebt ...«

Sie warf die Tür hinter sich zu, und er hörte, wie sich der Schlüssel im Schloß drehte.

Der Besitzer der Wiese am Wörthsee, ein Schreiner, der nebenbei auch noch eine kleine Landwirtschaft versorgte, fand die nackte Leiche am nächsten Morgen. Das heißt, sein Jagdhund fand sie, als er über die Wiese tollte.

Entsetzt, ja, fassungslos starrte der Bauer auf die Tote, zog dann seine Jacke aus und deckte sie über den zierlichen Körper. Vom nächsten Haus aus, das keine fünfzig Meter entfernt lag und einem Zahnarzt gehörte, rief er die Polizei in Steinebach an.

»Eine Tote bei Ihnen auf der Wiese?« Der Zahnarzt nickte mehrmals empört. »Wenn man sieht, wie die Leute hier über die Straße fegen, vor allem die Motorradfahrer. War's ein Unfall?«

»Wohl kaum. Das Mädchen ist nackt ...«

»Nackt?« Der Zahnarzt erstarrte. »Sie meinen, ein Mord? Sexualmord? Praktisch neben meinem Haus ... Das ist mir aber sehr unangenehm ...«

In München besuchte eine Viertelstunde später Theo Wortke seinen Kollegen Peter Reiber. Es war gegen neun Uhr; der morgendliche Lagebericht im 13. Dezernat war gerade beendet. Reiber saß hinter seinem Schreibtisch, trank eine Tasse Kaffee und aß ein Croissant dazu.

»Nanu?« sagte er. »Mord-Theo bei der Organisierten Kriminalität? Eine Tasse Kaffee gefällig?«

»Hast du Lust auf den Wörthsee?« fragte Wortke, griff nach Reibers Tasse und trank sie aus.

»Habt ihr so wenig zu tun, daß du jetzt schon schwimmen gehen kannst? Und wenn du schon meinen Kaffee trinkst ...«

»Ich wollte dir nur helfen, mit dem Frühstück schneller fertig zu werden. Wir haben's eilig.«

»Wir?«

»Am Wörthsee liegt ein nacktes junges Mädchen. Eben kam der Anruf der Steinebacher Polizei. Sieht nicht nach Mord aus, eher wie ein Drogenunfall. Und das ist deine Sache. Die Mannschaft ist schon unterwegs. Nun los, iß dein Croissant und komm mit ...«

Während der Fahrt zum Wörthsee nahm Wortke per Funktelefon Verbindung mit seinen Beamten auf. Sie waren bereits auf der Wiese, hatten sie abgesperrt. Die Spurensicherung hatte ihre Tätigkeit aufgenommen.

»Es ist zum Kotzen«, sagte ein altgedienter Kriminalhauptwachtmeister am Telefon. »So ein junges schönes Mädchen, bestimmt nicht älter als siebzehn Jahre. Einfach nackt unter einen Busch gelegt. Ich hab selbst zwei Töchter, und wenn ...«

»Max! Denk nicht daran!« Wortke atmete tief durch. »Wir sind in zehn Minuten bei euch. Ist der Doktor schon gekommen?«

»Gerade eingetroffen.«

Wortke schaltete das Funkgerät ab. »Recht hat er«, sagte Reiber.

»Du hast doch gar nicht gehört, was Max gesagt hat.«

»Aber ich kann es mir denken. Ich weiß, daß er zwei Töchter hat. Das war's doch, nicht wahr?«

Wortke brummte etwas und nickte. Er hatte es in seinen 23 Dienstjahren oft erlebt: der Schrei der Väter und Mütter nach Gerechtigkeit. Das fassungslose Entsetzen, wenn ein Mörder fünfzehn Jahre Haft erhielt, weil ihn ein »Kindheitstrauma« belastete. Und dann ging der Verurteilte grinsend in seine Zelle zurück und warf einen dankbaren Blick zu dem Psychiater hinüber.

Als sie bei der Wiese eintrafen, hatte die Spurensicherung schon einige wertvolle Hinweise aufgenommen. Max Hallerer, der Hauptwachtmeister, trug vor.

»Spuren genug«, sagte er, »um die Lage zu rekonstruieren. Auf der Wiese war ein Zelt aufgebaut worden ... Die Löcher der Heringe für die Straffseile sind der Beweis. Ferner wurde hier gegessen. Wir haben Krümel von Hamburgern oder Frikadellen im Gras gefunden. Das Mädchen und der oder die Mörder haben auf der Wiese gezeltet. Was dann passiert ist, können wir nur zu rekonstruieren versuchen.«

»Phantasie ist Quatsch.« Wortke nahm Max die Notizen aus der Hand. »Wir brauchen einen handfesten Tathergang. Aber was wir bis jetzt haben, kann uns weiterbringen. Ein Zelt, Camping mit allem Pipapo ... Das muß man von der Straße aus gesehen haben! Da gibt es Augenzeugen. Wenigstens ein Lichtblick!«

Sie gingen zu der Leiche hinüber. Die Polizei hatte sie mit einer Plastikplane abgedeckt. Schreiner Pichelmaier, etwas abseits stehend, hatte seine Jacke wieder an sich genommen, aber nicht wieder angezogen. Es war ihm unmöglich, sie wieder zu tragen, nachdem er damit eine Tote zugedeckt hatte. Er trug sie jetzt über dem linken Unterarm und wollte sie heute noch bei der Kleidersammlung des Roten Kreuzes abgeben.

Max lüftete die Plane. Wortke und Reiber blickten auf das lächelnde bleiche junge Puppengesicht. Im Tod hatte sich wieder ihr Schmollmund gebildet.

»Es gibt mir immer einen Stich, wenn ich so was sehe«, sagte Wortke. »So abgebrüht wird man nie, um zu sagen: Toter Nummer 46.«

Reiber kniete sich neben die Leiche und beugte sich über sie. Der Polizeiarzt zog gerade seine Gummihandschuhe aus. Wortke sah ihn fragend an.

»Keine äußeren Gewaltanwendungen.« Der Arzt klappte seinen Koffer zusammen. »Genaueres wird die Obduktion zeigen. Todeszeit zwischen 22 und 1 Uhr nachts. Die Tote hatte vor ihrem Ableben Geschlechtsverkehr. Keine inneren Spermaspuren, aber Spermareste in den Schamhaaren. Sieht nach einem Coitus interruptus aus. Vorsichtiger Bursche. Keine Anzeichen einer Vergewaltigung. Die Flecken auf der Haut sind Knutsch- und Saugflecken. Da muß es hoch hergegangen sein ...«

»Dieser ärztliche Sarkasmus schlägt mir immer auf den Magen.« Wortke wandte sich Reiber zu. »Machst du Gesichtsdiagnosen?«

»So ähnlich.« Reiber sah zu Wortke hoch. Er kniete noch immer vor der Toten. »Sie lächelt im Tod. Eine Ermordete lächelt nicht.«

»Bumm! Das schlägt ein! Also Drogentod?«

»Es sieht ganz so aus. Sie mag unter Qualen gestorben sein, aber als der Tod zu ihr kam, überfiel sie wieder ein heftiges Glücksgefühl. Mit dem letzten Atemzug kam das tänzerische Schweben zurück.«

»Diese Glückspille. Ecstasy ...«

»Ich bin mir fast sicher. Die Obduktion wird es beweisen.«

»Das habe ich geahnt.« Wortke trat zwei Schritte zurück. Im Hintergrund warteten bereits die Träger der Zinkwanne, um die Tote in die Gerichtsmedizin zu bringen. »Bleibt jetzt nur noch festzustellen, wer sie ist. Warten wir ab, ob Vermißtenmeldungen eingehen. Und ihr Bild müssen wir auch veröffentlichen.«

Unten auf der Straße bremste ein Wagen. »Aha! Der Herr Staatsanwalt Dr. Johannes Krähmann. Wenn ich so hieße, hätte ich nie Staatsanwalt werden mögen. Es plädiert Dr. Krähmann – da lacht jeder Angeklagte.« Wortke nickte zu der Toten hinüber. »Glaubst du an einen Zusammenhang mit der toten Lisa Brunnmeier? Die hat man in ein Abbruchhaus gebracht, nachdem sie den Ecstasy-Tod gestorben ist. Hier hat man das Opfer unter einen Busch gelegt. Und auch noch nackt.«

»Der Begleiter des Mädchens muß in Panik geraten sein. Anders als bei Lisa Brunnmeier. Nein, ich sehe da keinen Zusammenhang außer: Beide wurden durch Ecstasy getötet.«

»Hier war keine Panik im Spiel. Der Kerl wollte alle Spuren verwischen, hat die Kleidung mitgenommen, hat ganz systematisch gehandelt. Ein eiskalter Bursche!«

»Ich habe da Zweifel, Theo. Ich kenne die Szene. Ich kenne die Mentalität der User oder – wie es in deren

313

Kreisen heißt – der User. Das sind keine Kriminellen, das sind nur Typen, die in Ecstasy eine Ersatzwelt suchen, weil diese Welt, in der sie leben, sie ankotzt. Sie suchen ein Glück, das ihnen sonst keiner geben kann, nur diese Pille. Und wenn dann einer von ihnen verreckt, werden sie kopflos, werden wie die kleinen Kinder, deren Puppe oder Spielzeugauto zerbrochen ist. Die wirklichen Täter des schleichenden Todes sind die Dealer, die Verteiler, die Großhändler, die Fabrikanten von Ecstasy. Was da in den Discos und auf Techno-Partys herumzuckt, sind die Opfer, sind die Flüchtenden in eine Glückswelt.«

»Ein Plädoyer für die verseuchte Jugend!« Wortke zeigte auf die zugedeckte Tote. »Der arme verirrte Junge, der diesem Mädchen die Pille in den Mund gesteckt hat ...«

»Weißt du, ob es so gewesen ist? Vielleicht waren beide erfahrene User?«

»Das bekommen wir heraus. Wenn wir den Namen des Mädchens wissen ...«

»... stehen wir vor einer Mauer des Schweigens wie bei Lisa Brunnmeier.«

»Oder wir stoßen eine Tür auf.«

Die Tote wurde in dem Zinksarg weggetragen, nachdem auch Staatsanwalt Dr. Krähmann sie besichtigt hatte. Er ließ sich von Wortke und Reiber berichten und stimmte ihnen zu. »Das ist ein typischer Ecstasy-Fall!« sagte er. »Der 58. Fall in Deutschland. Da kommt noch etwas auf uns zu, was uns die Hosen auszieht. Eine Massenkriminalität!«

Er blickte dem Zinksarg nach. »Es muß eine umfassende Aufklärung der Jugend ins Leben gerufen werden. Bloße Plakate ›Keine Macht den Drogen‹ werden von den Konsumenten belächelt. Sie wissen es besser. Ein Rausch ist allemal reizvoller als eine laue Mahnung. Wir müssen in einen Dialog mit der Jugend kommen.«

»Eine schöne Theorie, Herr Staatsanwalt.« Reiber sprach aus seiner täglichen Erfahrung. »Die es angeht, die wollen nicht diskutieren. Nicht mit uns. Wir sind Vertreter einer Gegenwart, die der Jugend keine Heimat mehr bietet. Warum ist Ecstasy zur Modedroge geworden? Weil sich die Jugend verraten und verlassen vorkommt.«

»Aber das ist sie doch gar nicht!« Dr. Krähmann sah Reiber empört an. »Was wird in unserem Staat nicht alles für die Jugend getan! Ich verstehe diese Undankbarkeit nicht. Gerade der Sozialstandard der deutschen Jugend ist der höchste in Europa. Das zentrale Problem ist, so sehe jedenfalls ich es: Der Jugend geht es zu gut! Sie ist übersättigt. Sie hat nie morgens um fünf Uhr für zweihundert Gramm Brot Schlange stehen müssen. Sie hat nie pro Woche mit hundertfünfzig Gramm Wurst auskommen müssen. Sie mußte sich nie von Wassersuppen und Kohlrübenschnitzel ernähren. Hier liegt der Hase im Pfeffer: Ihre Umwelt kann ihnen nichts mehr bieten, sie sind kotzsatt ... Also dann los: Flucht in eine andere, imaginäre Welt. Her mit den Drogen! Das betäubt das Rülpsgefühl.«

»Und wissen Sie ein Mittel dagegen, Herr Staatsanwalt?« fragte Reiber.

»Wozu haben wir unsere Experten? Die Drogenbeauftragten? Die Jugendpsychologen? Diesen ganzen Haufen superkluger Männer mit ihren Untersuchungen, Expertisen und Therapie-Theorien? Hunderttausend Worte, aber kein konstruktiver Gedanke.«

»Da gebe ich Ihnen recht. Ich werde täglich damit

konfrontiert. Wenn einer die Drogenszene kennt, dann ist es unser Dezernat. Auch das LKA steht an vorderster Front ... aber wir können nur abwehren, beobachten, ermitteln, verhaften, doch das ist, als schlage man mit der flachen Hand aufs Wasser. Es spritzt ein bißchen, ein paar Wellen entstehen, aber das Wasser bleibt. Wir haben im vergangenen Jahr 239 051 Ecstasy-Tabletten beschlagnahmt, in diesem Jahr sind es bis zum Mai bereits 170 834 Pillen, also schon über das Doppelte vom Vorjahr, und die Flut wächst weiter. Wir wissen, daß es in den Niederlanden, vor allem in Limburg und Nordbrabant zahlreiche Labors gibt, die Millionen von Pillen herstellen. Die holländische Polizei hat in diesem Jahr vierzehn Labors und elf Depots entdeckt und ausgehoben. Aber was von Polen herüberkommt, aus anderen Oststaaten, aus uns unbekannten Ländern, das hat noch niemand aufgeschlüsselt. Europa ist eingekreist von Ecstasy, aber niemand nimmt das wirklich wahr. Es fehlt die Masseninformation. Und wenn wirklich alle Welt das Problem kennt – welche Wirkung hat dieses Wissen? Jeder weiß, was Heroin ist, alle kennen Kokain, Hasch ist ein geflügeltes Wort geworden, aber der Drogenstrom fließt trotzdem unvermindert. Im Gegenteil: Er schwillt von Jahr zu Jahr an. Selbst die Zigaretten sind kriminalisiert worden. Der Krieg der Vietnamesen-Mafia in Berlin hat bisher über 55 Genickschußtote gefordert, aber man kauft und kauft diese blutgetränkten Zigaretten fröhlich weiter. Das ist die wirkliche Reaktion des Volkes auf alle Aufklärung.«

»Aber wir können doch nicht vor der organisierten Kriminalität kapitulieren!« rief Dr. Krähmann in heller Aufregung.

»Solange wir solche Gesetze haben wie jetzt, ist es

eine Kapitulation. Schon jetzt ist die Ausländerkriminalität ein Tabu-Thema geworden. Niemand, am wenigsten unsere Politiker, wagt es, dieses Wort überhaupt in
den Mund zu nehmen. Dabei ist nachgewiesen, daß
heute 65 Prozent aller Verbrechen auf das Konto von
Ausländern gehen. Und die Quote steigt. Aber dieses
Thema wird unter den Teppich gekehrt. Bloß keinen
Ausländerhaß aufkommen lassen! Das Menschenrecht
ist Grundgesetz. Kriminelle hat es immer gegeben ...
Jetzt ist die Schichtung eben anders. Jugoslawen, Rumänen, Polen, Vietnamesen, Chinesen, Kosovo-Albaner ...
Völkerwanderungen vermischen eben das Gefüge. Ich
weiß nur nicht, wie wir mit diesem Denken der internationalen Kriminalität Einhalt gebieten sollen.«

»Mit anderen Worten ...« Jetzt mischte sich auch
Wortke in die Diskussion ein. »Unsere Gesetze sind ab-
fallreif. Aber hier haben wir uns nicht um Gesetze zu
kümmern, sondern um ein nacktes junges Mädchen.
Die Spurensicherung ist abgeschlossen. Sehen wir mal
in der Nachbarschaft nach.«

Die Aussage des Schreiners Pichelmaier war kurz. Er
war gegen acht Uhr morgens zur Wiese gegangen, um
seinen Jagdhund Franz-Josef zum morgendlichen Her-
umflitzen zu führen, und dabei hatte Franz-Josef die Tote
entdeckt. Er, Pichelmaier, habe dann sofort die Polizei angerufen und bei der Leiche gewartet. Das war alles.

»Noch eine Frage: Wieso heißt der Hund Franz-
Josef?«

»Jo mei.« Pichelmaier grinste breit. »Der Franz-Josef
woar a guater Jager. I hob ihn imma g'wählt ...«

»Haben auf Ihrer Wiese öfter Leute gezeltet?«

»Ab und zu. Meist junge Madl und Buabn ...«

»Sie haben nie nach ihren Namen gefragt?«

»Naa. Warum denn?«

»Haben Sie die Tote schon mal gesehen?«

»Naa. So an hübsches Madl, des hätt' i mir g'merkt.«

Auch die Aussage des unmittelbaren Nachbarn, des Zahnarztes, war mager.

»Ich habe nichts gesehen und nichts gehört«, sagte er. »Zur Wiese hin habe ich nur ein Fenster von der Ordination. Und da bin ich ja nachts nicht.«

»Aber am Tage.«

»Gestern war Sonntag. Da behandele ich nur Notfälle. Es kam aber kein Notfall an diesem Sonntag.«

»Haben Sie Musik gehört? Die jungen Leute haben fast immer ein Radio bei sich.«

»Nichts.« Der Zahnarzt schüttelte zum wiederholten Male den Kopf. »Außerdem habe ich an diesem Tag meinen Rasen gemäht. Das Motorknattern …«

»Das bringt also nichts«, sagte Wortke zu Reiber, als sie zur Wiese zurückgingen. »Gehen wir an die Öffentlichkeit. Morgen ist das Bild der Toten in allen Zeitungen und flimmert über die Bildschirme. Das Mädchen muß doch Eltern, Verwandte, Bekannte, Freundinnen haben. Morgen mittag haben wir einen vollständigen Überblick über ihr Leben. Ich spüre es, Peter, dieser Kerl entwischt uns nicht. Auch wenn er an ihrem Tod nicht schuld ist – es ist eine Sauerei, ein nacktes Mädchen einfach hinter irgendeinen Busch zu werfen.«

Eine schlaflose Nacht gebiert viele Gedanken.

Die wachen Stunden sind ein fruchtbares Feld für Erinnerungen und Pläne. Aber auch für die Ballung von Gefühlen und Erkenntnissen.

Bis zum Morgengrauen lief Robert in der Wohnung herum, blieb ab und zu an der Schlafzimmertür stehen und hielt den Atem an. Schlief Ulrike? Konnte sie wirklich schlafen? Ihr mußte doch klar sein, daß Christas Tod auch der Tod ihrer Beziehung war, daß es kein Aufeinanderzugehen mehr gab, keinen Rest von Liebe, aus dem nach einem Stillstand wieder eine neue Liebe erwachsen konnte. Die Trennung war beschlossen, und es gab keine Brücke, die über die Kluft führte.

Seinen weiteren Weg sah Robert ohne Illusionen vor sich. Zunächst Rückkehr in das Elternhaus, dann das Abitur. Für diesen Abschluß wollte er büffeln bis zum Umfallen. Weiter Klavierunterricht, Prüfung an der Musikhochschule – auch wenn der Vater enttäuscht war, daß aus seinem einzigen Sohn kein Jurist wurde. Und dann … Es würde sich zeigen, ob der Name Robert Habicht einmal auf einem Programmzettel stehen würde. Dafür wollte Robert leben, darin sah er einen Sinn, daß er überhaupt geboren worden war. Und eine Sonate würde er komponieren: Christas Stern. Eine Musik, bei der man das Firmament vor sich sehen konnte und eine Liebe erahnte, die in der Ewigkeit fortlebte.

Es war erst sieben Uhr, als sich der Schlüssel im Schloß der Schlafzimmertür drehte. Ulrike kam heraus, nackt wie gewohnt, um ins Badezimmer zu gehen. Man sah ihr die schlaflose Nacht nicht an. Sie schien sogar fröhlich zu sein und tänzelte auf ihren langen Beinen an Robert vorbei. Früher hätte er sofort die Arme vorgestreckt, Ulrike gepackt und an sich gezogen. Jetzt widerte ihn ihr Anblick an. Er drehte ihr den Rücken zu und setzte sich auf die Couch.

»Hast du dir überlegt, was nun wird?« fragte Ulrike. Ihre Stimme hatte einen heiseren Klang.

»Ja, genau. Bis in alle Einzelheiten«, antwortete er.

»Und die wären?«

»Ich ziehe morgen wieder zu meinen Eltern.«

»Der verlorene Sohn kehrt heim. Wie rührend! Mama wird vor Glück weinen.«

»Ich verbiete dir, so von meiner Mutter zu reden!« sagte er scharf.

»Mir hat noch nie jemand etwas verboten. Und du erst recht nicht! Spiel bloß nicht den zu Tode Betroffenen! Du hast herumgehurt! Und wie stehe ich jetzt da?«

»Nackt wie immer.«

»Du hast dich wirklich hervorragend entwickelt.« Sie kreuzte die Arme vor der Brust. »Was hast du dir eigentlich dabei gedacht, so ein kleines Pipimädchen zu vögeln?«

»Ich habe an dich gedacht.«

»An mich?« Sie starrte ihn an, als habe er eine fremde Sprache gesprochen. Er drehte sich zu ihr. Seine haßerfüllten Augen erschreckten sie.

»Ich habe an dich gedacht, als sie in meinen Armen starb. Und in diesen Minuten hätte ich dich umbringen können. Dein verfluchtes Ecstasy! Du hast gewußt, was du da verkaufst. Du hast den schleichenden Tod losgelassen – aus reiner Geldgier. Es ist dir egal, wieviel Jungen und Mädchen daran krepieren, ob ihre Herzen, Gehirne, Lebern oder Nieren zerstört werden ... Dir geht es nur um Geld! Einmal eine Villa auf Mallorca haben ...«

»Irrtum. Auf den Bahamas.«

»Reich sein, nur reich sein ... ohne eine Frage nach den Opfern, die du hinterläßt.«

»Bist du fertig?«

»Nein. Ich könnte dir tausend Sätze ins Gesicht schleudern.«

»So verschwendet man unnütz Energie.« Sie lehnte sich an den Türrahmen. Ihre verführerische Nacktheit, dieser voll erblühte Körper hatten für Robert keinerlei Reiz mehr. »Lies einmal die Biografien der Superreichen … Das sind Krimis der Extraklasse. Aber nimmt man ihnen übel, wie sie ihre Millionen oder Milliarden gemacht haben? Sie haben sie, und damit basta! Bei dem großen Geld fragt man nicht, woher es kommt. In Amerika waren die Mafia-Paten die treuesten Kirchgänger. Sie stifteten sogar Gotteshäuser. Hat da ein Bischof gefragt: Mein Sohn, wieviel Blut klebt an den Dollars? Robert, in welcher Zeit lebst du denn? Wer Geld hat, dem blasen sie sogar Zucker in den Hintern.«

»Du hast recht.« Er wandte sich wieder von ihr ab. »Deine Welt ist nicht meine Welt. Es war ein Irrtum. Darum verlasse ich sie.«

»Ich würde mir das genau überlegen, Bob.«

»Dazu hatte ich Zeit genug.«

Sie hob die Schultern, ging ins Badezimmer, und dann hörte er das Rauschen der Dusche. Ohne auf Ulrikes Rückkehr zu warten, verließ er die Wohnung, fuhr weit hinaus aus der Stadt nach Holzkirchen, suchte dort einen Container und warf das Bündel mit Christas Kleidung hinein. Den Hockeyschläger warf er auf einem Rastplatz der Autobahn in ein Waldstück. Er glaubte, damit alle Spuren beseitigt zu haben. Mittags saß er in einem Rasthaus am Chiemsee, aß Geselchtes mit Sauerkraut und fuhr dann mit dem Schiff zur Insel Herrenchiemsee hinüber.

Vergessen. Sich loslösen vom Vergangenen. Zurückkehren zur Vernunft.

In einer entlegenen Bucht der Insel schüttete Robert die Ecstasy-Pillen ins Wasser. Es war der letzte Bruch mit seiner Verirrung.

Erst spät am Abend kam er in Ulrikes Wohnung zurück. Sie war nicht da, und Robert atmete auf. Sie wird in der Bar sein, dachte er. Vielleicht wäre ich jetzt mit den Fäusten auf sie losgegangen. Er hatte die Abendzeitung und die TZ gekauft, und überall sah er das Foto von Christa. Das Bild einer wunderschönen Toten mit einem Lächeln in den Mundwinkeln.

Wo ist sie jetzt? In der Gerichtsmedizin? Hat man sie aufgeschnitten? Diesen zarten, kleinen, seidigen Körper aufgeschlitzt?

Robert wurde übel, er rannte ins Badezimmer und übergab sich.

Und dann weinte er, die Finger in Christas Zeitungsbild verkrallt.

Es war, als hätte Franz von Gleichem Ulrikes Besuch erwartet. Er hatte zwei Cognacgläser auf dem Schreibtisch stehen und die entkorkte Flasche. Von Gleichem wies auf einen der Ledersessel und lehnte sich zurück.

»Sie sehen irgendwie erregt aus, Ulrike«, sagte er. »Ihre Augen haben einen anderen Ausdruck. Was bedrückt Sie?«

»Haben Sie die Zeitungen gelesen?« Sie setzte sich – und tatsächlich, ihre Hände zitterten leicht.

»Das tote Mädchen vom Wörthsee? Natürlich habe ich das gelesen. Sagen Sie bloß, Sie kennen sie.«

»Nein – aber Robert.«

»Ihr Goldjunge?« Von Gleichem wurde sehr ernst. »Ulrike, so sehr er Ihnen ans Herz gewachsen ist, ich mag ihn immer weniger. Kommt das Mädchen aus seinen Kreisen?«

»Nein. Er … er hat sie irgendwo kennengelernt.« Ihre Finger verkrampften sich ineinander. »Und dann sind sie zum Wörthsee gefahren, dort hat er sie gebumst …«

»Wundert Sie das?«

»Er hat mich betrogen!« schrie sie.

»Denken Sie an meine Worte. Der Sklave Spartacus hat seine Fesseln gesprengt. Das mußte so kommen. Aber Sie haben mich ausgelacht.«

»Und dann ist dieses Mädchen in seinen Armen gestorben. An Ecstasy ...«

Von Gleichem schwieg. Er goß den Cognac in die Gläser, schob ein Glas Ulrike zu und nahm einen Schluck. Er war sehr nachdenklich dabei.

»Das ist peinlich«, sagte er dann leise. Seine gesenkte Stimme bewies, wie gefährlich es jetzt wurde. »Peinlich für das Mädchen, aber auch peinlich für Robert Habicht. Natürlich hat er einen Schock erlitten.«

»Er will mich verlassen und alles hinschmeißen.«

»Das heißt, er will aus dem Geschäft aussteigen?«

»Ja.«

»Ich sage ja: Ihr Jüngling befindet sich in einer peinlichen Lage. Aus unserem Geschäft steigt man nicht einfach aus. Es ist auf Vertrauensbasis aufgebaut, und wenn das Vertrauen fehlt, gibt es keinen Konsens mehr. Ich habe Ihnen immer gesagt, Ulrike: Robert ist ein Risiko. Unsere Geschäfte aber müssen risikolos sein. Das bin ich schon unseren Partnern schuldig. Es sind Geschäftsleute, die gradlinig denken. Hier ist ein Weg, den gehen wir, und was im Weg liegt, muß zur Seite geschoben werden. Eine klare Richtung. Nun liegt plötzlich Ihr Robert auf dem Weg ... Was machen wir da? Das ist eine heikle Frage.«

»Deshalb bin ich zu Ihnen gekommen.«

»Lieben Sie ihn noch?«

»Ja. Aber er hat mich betrogen, hat mich verraten. So ein junges Ding ... Was konnte sie ihm schon bieten?«

»Ihre Jugend. Dagegen kommen Sie nicht an, Ulrike. Kämpfen Sie nicht gegen Windmühlen wie Don Quichote. Sie werden immer wieder verlieren.« Von Gleichem trank seinen Cognac aus. Ulrike hatte ihren noch nicht berührt. »Sie sagten einmal: Wenn Robert mich betrügt, bringe ich ihn um.«

»Ja, das habe ich gesagt.«

»Und nun? Er hat Sie betrogen.«

»Ich hätte ihn gestern töten können. Ich hatte die Pistole schon in der Hand. Aber dann konnte ich es doch nicht. Ich konnte es einfach nicht.«

»Ich wüßte eine Möglichkeit, Ihnen die Entscheidung abzunehmen.«

»Sie ... Sie wollen ...« Ulrike kroch in sich zusammen. Panische Angst überfiel sie. Erst jetzt erkannte sie, daß von Gleichem von Beginn des Gespräches an nichts anderes gedacht hatte. »Das ... das geht doch nicht ...«

»Analysieren Sie unsere Situation.« Von Gleichem sprach, als halte er einen Vortrag. »Da ist ein totes Mädchen. Durch Ecstasy. Schon jetzt hat die Polizei ihren Namen und rollt ihr Umfeld auf. Dabei kann man auf Ihren Robert stoßen. Welch eine Gefahr für uns. Kommt Robert bei den Ermittlungen nicht in den Polizeicomputer, sorgt er selbst dafür: Er will aussteigen, hat er gedroht. Aussteigen heißt aber auch: Er läßt uns hochgehen! Das meint er, der Toten schuldig zu sein. O ja, ich kenne genau die Gedankengänge dieses Jungen. Er will Rache. An wem? An Ihnen und unserem Geschäft. Für ihn sind Sie jetzt eine Mörderin ...«

»Ja, genau das hat er gesagt.«

»Und Sie begreifen die Gefahr nicht, in die er uns alle bringt? Ulrike, hier muß schnell gehandelt werden. Es geht um unsere ganze Organisation! Und wenn Sie ihn

324

schützen wollen, sind auch Sie in größter Gefahr. Legen Sie sich nicht auch noch in den Weg. Unsere Partner ...«

»Sie würden auch mich töten?«

»Die Sicherheit kostet Opfer. Aber Sie wollen doch leben, Ulrike. Wollen Sie durch Ihren Goldjungen vernichtet werden? Sie haben eine glänzende Zukunft vor sich, wenn Sie jetzt Augen und Herz verschließen.«

»Ich soll ...« Sie warf die Hände vor das Gesicht und den Kopf weit in den Nacken. »Wie soll das alles gehen?«

»Vor allem schnell. Wir müssen der Kripo zuvorkommen. Wir werden gleich einen Plan entwickeln. Morgen früh ...«

»Schon morgen?« schrie sie auf. Sie schwankte in ihrem Sessel.

»Morgen früh«, fuhr von Gleichem ungerührt fort, »fahren wir, das heißt Robert, Sie und Salvatore, über Land ...«

»Salvatore soll ...« Ihr Entsetzen war so groß, daß sie kaum Luft bekam.

»Salvatore hat beste Mafia-Erfahrung. Also, Sie fahren aufs Land, und dort wird das Problem gelöst.«

»Ich bin keine Mörderin!« schrie Ulrike. Sie sprang aus dem Sessel auf und rannte zur Tür, aber sie verließ den Raum nicht. Sie preßte nur ihr Gesicht gegen die Tür und ballte die Fäuste.

»Nein. Sie sind keine Mörderin. Wer verlangt das denn von Ihnen? Ist ein Bauer, der am Schlachthof ein Kalb abliefert, ein Mörder? Er hat es nur hingeführt. Mehr sollen Sie auch nicht tun. Dann können Sie spazieren gehen.«

»Begreifen Sie, was Sie da von mir verlangen?« schrie Ulrike gegen die Tür.

»Sie retten Ihr Leben. Und Sie sind hart genug, das zu

ertragen. Ich weiß es, ich habe mich noch nie in Menschen getäuscht. Doch, einmal. Es war ein guter Freund. Sogar ein Schulfreund. Leider ist er im Starnberger See ertrunken. So etwas kommt vor, auch bei guten Schwimmern.«

Ulrike drehte sich wieder zu von Gleichem um. Ihre Augen waren gerötet, das Gesicht wirkte wie bei einer Siebzigjährigen. Es war eingefallen.

»Und wie soll ich Robert in diese Falle locken?«

»Mit der Liebe.«

»Ich verstehe nicht?«

»Beim Bild des toten Mädchens kam mir dieser Gedanke. Wenn Sie ihn hören, werden Sie mir recht geben, daß er genial ist. Hören Sie zu ...«

Von Gleichem entwickelte seinen Plan, als erkläre er den Grundriß eines Hauses. Es war eine ganz einfache Falle, in die Robert hineinlaufen würde, weil sie seinem seelischen Zustand entgegenkam. Dabei zeigte sich, wie genau Franz von Gleichem Roberts Psyche kannte.

Als er zu Ende gesprochen hatte, starrte Ulrike ihn voller Angst und Grauen an.

»Ich habe Sie für einen Menschen gehalten«, sagte sie stockend. »Das war ein Irrtum. Sie sind ein Teufel!«

Und von Gleichem antwortete mit einem breiten Lächeln: »Und Sie sind, wie ich schon immer sagte, ein Satansengel. Darum passen wir auch so gut zusammen.«

Auch diese Nacht ging vorüber.

Fast schweigend saßen sie sich gegenüber wie Fremde, die zufällig an einem gemeinsamen Tisch essen mußten, nur ab und zu ein paar belanglose Worte sprechend beim späten Abendessen wie »Gib mir mal die Butter rüber« oder »Wo ist das Salz?«

Erst als Ulrike abgeräumt hatte, brach Robert das belastende Schweigen.

»Ich ziehe morgen mittag aus.«

»Hast du dir das genau überlegt?« Sie lehnte an der Wand neben dem Fernseher und hatte die Augenbrauen zusammengezogen. Wenn Robert jetzt sagen würde, sie sollten es doch noch einmal miteinander versuchen, war sie bereit, gegen von Gleichem um ihn zu kämpfen. Sie glaubte sogar, Christa vergessen zu können und Robert von seinem Schock zu befreien. Es konnte alles wieder so werden wie vorher, und in der Zukunft lag ihr gemeinsames Glück. Noch zwei, drei Jahre, dann würden sie im weißen Sand einer Bahama-Insel liegen, ein schönes Strandhaus bewohnen, unter Palmen träumen und die Vergangenheit dem Vergessen überlassen. Eine neue Welt ...

Warum greifst du nicht zu, Bob? Kein Leben verläuft geradlinig, die Umwege sind zahlreich, und ab und zu liegt vielleicht auch ein Toter auf der Straße zum Ziel. Man darf sich nicht aufhalten lassen, man muß mit einem großen Schritt darüber hinwegsteigen. Du mußt nur denken: Ich will dahin, in die Sonne des Lebens, und nichts hält mich auf! Bob, wir können es gemeinsam schaffen, auch jetzt noch. Sag, daß wir darüber reden können.

Aber Robert sagte in einem Ton, der Endgültigkeit signalisierte:

»Es gibt nichts mehr zu überlegen. Ich kehre um ...«

»Davon wird Christa auch nicht mehr lebendig.«

»Sie hätte gar nicht zu sterben brauchen!«

»Hab ich ihr Ecstasy in den Mund gesteckt?«

»Wer hat mich mit Ecstasy bekannt gemacht? Wer hat mich über die Wirkung belogen? Wer hat mich mit dieser Droge zum Narren gemacht?«

327

»Waren wir nicht glücklich?«

»Ein höllisches Glück. Ein chemischer Rausch. Aber jetzt bin ich aufgewacht.«

»Bist du das? Dann solltest du auch klar sehen, in welcher Situation du dich befindest.«

»Ich sehe sie ganz klar: Ich bin frei!« Er breitete die Arme aus, als stünde er nach langer Hitze endlich in einem kühlenden Regen. »Frei von dir!«

Ulrike schloß einen Moment die Augen. Dieser Satz war ein Urteil, und Robert verurteilte sich damit selbst. Es gab kein Überlegen mehr, kein Ausweichen, auch keine Flucht ... Selbst Mitleid oder Reue empfand sie nicht mehr.

»Ich habe nur noch einen Wunsch ...«, sagte Ulrike und führte damit den Plan aus, den von Gleichem entwickelt hatte. »Und dann ist – wie du willst – Schluß.«

»Was ist das für ein Wunsch?«

»Fahr mich zu der Stelle, wo Christa gestorben ist.«

Er fuhr herum, als hätte sie ihn geschlagen, und ballte dabei beide Fäuste.

»Du bist verrückt!« rief er. »Total verrückt! Was soll dieses Theater?«

»Ich möchte an dieser Stelle Abschied von dir nehmen. Für immer ...«

»Das ist doch völliger Wahnsinn! Wie kannst du so was von mir verlangen? Das ist geradezu pervers!«

»Ich habe dich durch dieses Mädchen verloren, und ich will sehen, wo es geschehen ist. Mein letzter Wunsch an dich ... Dann will ich dich nie wiedersehen. Betrachte es als Abschiedsgeschenk ...«

»Vergiß es!«

»Hast du Angst?«

»Angst wovor?«

»Daß jetzt, nach zwei Tagen, alles anders aussieht als in jener Nacht? Nüchterner, dich nicht mehr auf den falschen Weg treibend. Ohne diesen plötzlichen Schock. Du bist doch kein Feigling, Bob. Begreif doch ... Ich jage dich nicht fort, weil du diese Göre gebumst hast, ich kann darüber hinwegkommen ...«

Es war ihr letzter Wunsch, dem Schicksal eine andere Wendung zu geben. Ein Anker, den sie auch für sich selbst auswarf.

Aber Robert schüttelte den Kopf. »Ich werde diese Nacht nie vergessen können. Du hast nicht gesehen, wie sie gestorben ist. Du hast nicht diese Augen gesehen, diesen aufgerissenen Mund, die Atemnot, das innere Glühen, das Zerbrechen ihres Herzens ... Wie kann man das jemals verdrängen?« Er stellte den Fernseher an, eine dumme Quizsendung lief gerade, in der der Moderator fragte: »Wo liegt die Seufzerbrücke?«

»Bitte, laß mich in Ruhe!« Robert stellte den Ton bewußt laut und rief mit noch lauterer Stimme: »Nur noch ein paar Stunden, dann bin ich weg. Sei wenigstens für diese Stunden still!«

Sie ging ins Schlafzimmer, schloß sich ein und setzte sich auf das Bett. Die Spiegelwand warf ihr Bild zurück: ein versteinertes Gesicht, verengte Augen, heruntergezogene Lippen, Falten in den Mundwinkeln. Die Erbärmlichkeit eines weggestoßenen Menschens.

Von diesem Blick in den Spiegel an haßte sie Robert, vernichtete ihn mit einem Haß, zu dem nur eine in der Seele zerstörte Frau fähig war.

Der Morgen des Abschieds sah aus, als wäre es der Morgen eines sonnigen Ferientages für zwei glückliche Menschen. Es war wie eine Opfergabe für einen

Toten, wenn man wußte, wie dieser Morgen ausgehen sollte.

Ulrike hatte den Kaffeetisch gedeckt, Spiegeleier mit Speck gebraten, vorgebackene Brötchen im Ofen knusprig gebacken, einen starken Kaffee gekocht, verschiedene Sorten Wurst hübsch auf einem Teller garniert, gekühlten Orangensaft in hohe Gläser gefüllt, sogar die Servietten waren zu Schiffchen gefaltet ... Eine gute Überfahrt in das Niemandsland.

Das alles hatte Ulrike arrangiert, während Robert unter der Dusche stand. Sein Erstaunen war deshalb groß, als er den festlich gedeckten Tisch sah, aber zugleich zeigte er Ulrike auch seine Abwehr.

»Was soll das?« fragte er.

»Ich habe gedacht, das sei so üblich«, antwortete sie leichthin. »Die Henkersmahlzeit.«

»Hier wird niemand gehenkt ... Wir gehen nur auseinander.«

»Für mich ist es das gleiche.«

Er gab darauf keine Antwort, um keine neue Diskussion zu entfachen, zog sich an und setzte sich an den Frühstückstisch. Aus der Küche kam Ulrike mit den nach Speck duftenden Spiegeleiern. Sie hatte Make-up aufgelegt, die Haare über Nacht zu Löckchen gedreht, die Lippen glänzten purpurrot ... Sie sah einfach hinreißend aus. Das Minikleidchen umspielte ihre Formen, die langen Beine, gebräunt von den Sonnenbädern im Prinzregenten-Stadion, steckten in hochhackigen weiß-rot-gold geblümten Pumps. Es war die Ulrike Sperling, wie Robert sie kennengelernt hatte, die erfahrene Frau, die ihre Mädchenhaftigkeit ausspielen konnte, wenn das gebraucht wurde. Noch vor zehn Tagen hätte Robert ihr das Minikleidchen wieder abgestreift und sie ins Schlafzimmer getragen oder auf die Couch geworfen. Jetzt dachte er nur: Es hat keinen Sinn mehr, Ulrike.

»Wann willst du fahren?« fragte sie.

»Sofort nach dem Frühstück.«

»Zum Wörthsee?«

»Wenn das so wichtig ist – meinetwegen! Ich habe es mir in der Nacht überlegt. Wenn du dort stehst, wo Christa gestorben ist, werde ich dich verfluchen! Das ist der beste Abschied.«

Sie antwortete nicht, sondern ging in die Küche und griff dort nach dem Telefon. In der Toscana-Bar war Salvatore Brunelli sofort am Apparat.

»In einer halben Stunde fahren wir zum Wörthsee. Es hat geklappt.«

Sie legte schnell wieder auf, brachte die Kaffeekanne mit und setzte sich wieder Robert gegenüber. Lange sah sie ihn stumm an, während er ein Brötchen mit gekochtem Schinken aß.

»Warum starrst du mich so an?« fragte er zwischen zwei Bissen.

»Ich will das Bild eines Mannes in mir einbrennen, den ich nie wiedersehen werde.«

»Ich würde es an deiner Stelle aus deinem Gedächtnis streichen ... so wie ich es tue.«

Haß. Haß. Haß.

Salvatore, dachte Ulrike, ich werde nicht spazieren gehen. Ich will dabei sein, ich will es sehen! Wie nennt von Gleichem mich? Satansengel. Ich werde diesen Namen wie einen Orden tragen.

Nach fast genau einer halben Stunde stand Robert abfahrbereit vor seinem Wagen. Er blickte sich um. Ulrikes Auto war nicht zu sehen.

»Ich denke, du willst hinter mir herfahren?« fragte er.

»Habe ich das gesagt? Ich steige bei dir ein.«

»Und wie kommst du zurück? Ich fahre weiter zu meinen Eltern.«

»Mit der S-Bahn.« Sie riß die Tür des Citroën auf. »Ich möchte noch einmal an deiner Seite durch das Land fahren. Kannst du das noch aushalten?«

»Ich halte alles aus, um endlich frei zu sein! Steig ein.«

Haß. Haß. Haß.

Während sie über den Mittleren Ring zur Autobahn Lindau fuhren, sagte Robert plötzlich: »Die letzten Ecstasy habe ich gestern in den Chiemsee geschüttet.«

»Das war Dummheit. Wieviel?«

»Ich weiß es nicht. Ich konnte sie einfach nicht mehr bei mir tragen.«

»Aber jetzt fehlen sie bei der Abrechnung.«

»Du kannst das Geld von meinem Konto abbuchen. Es ist genug drauf.«

»Und du Idiot willst das alles aufgeben! Wegen eines dummen Unfalls?«

Die letzte Chance, die allerletzte. Noch können wir umkehren und in die andere Richtung fahren. Zum Tegernsee. Mittagessen bei Bachmaier.

Aber Robert antwortete: »Ich will Frieden mit mir selbst machen. Ich will meine Schuld abtragen. In meiner Welt, nicht in deiner Welt. Ich werde mein gesamtes Geld anonym an Christas Eltern überweisen.«

»Tote kann man nicht kaufen. Kein Geld kann sie wieder lebendig machen.«

»Du sagst es. Aber auch dieses mit Gift zusammengeraffte Geld kann ich nicht mehr ertragen. Du wirst einmal reich sein durch Ecstasy, weil du kein Gewissen hast. Ich habe es behalten. Gott sei Dank!«

Die letzten zwei Kilometer bis zum Wörthsee. Und dann die leicht kurvige Straße, das sanft ansteigende Wiesenstück, der Platz, wo das Zelt gestanden hatte, wo sie Erbsensuppe gekocht und Hamburger gebraten hatten, die Buschgruppe, unter der Robert die Leiche abgelegt hatte, das Gras, in das Christa ihre kleine Nase gesteckt und gesagt hatte: »Ich rieche die Erde, ich rieche die Sonne ... Und dort oben ist mein Stern ...«

Sie kamen an einem Mercedes vorbei, der in einer Ausbuchtung der Straße parkte. Ulrike zog den Kopf zwischen die Schultern und starrte geradeaus.

Salvatore ist da. Die Uhr tickt die letzten Minuten. Bob, halt nicht an. Fahr weiter, fahr weiter! Ich will die Stelle doch gar nicht sehen. Es war von Gleichems Idee. Fahr ... fahr ...

Panik kroch in ihr hoch. Sie krallte ihre Finger in Roberts Arm, der plötzliche Schmerz ließ ihn den Kopf zu ihr wenden. Er sah in ein Gesicht, das er kaum wiedererkannte. Mit einem Ruck versuchte Robert, sich von Ulrikes Griff zu befreien, aber ihre Nägel drangen nur noch tiefer in sein Fleisch.

»Was ist denn mit dir los?« rief er. »Was soll das? Hast du plötzlich ein Gewissen? *Du* wolltest doch die Stelle sehen. Hier ist sie.«

Er bremste, stieg aus und zeigte auf den Hang.

»Laß ... laß uns weiterfahren, Bob«, stammelte sie. »Ich habe genug gesehen. Es ist nur eine Wiese ... eine Wiese wie tausend andere auch. Sie hat für mich keine Bedeutung.«

»Aber für mich. Jetzt will *ich* noch einmal die Stelle sehen, wo ich Christa verlassen habe.«

Ulrike wollte ihn wieder festhalten, aber er schüttelte sie ab und ging durch das Gras, in das Christa ihr Gesicht gepreßt hatte. Ulrike lehnte sich gegen den Wagen. Mein Herz! Mein Herz zerspringt. Bob! Bob! Sie haben mich gezwungen, es zu tun. Ich habe das nicht gewollt. Ich habe um dich gekämpft ... aber dein Leben oder sein Leben – oder euer beider Leben, haben sie gesagt. Und ich will doch leben ... Ja, ja, ich hasse dich jetzt, du hast mich betrogen, mit dieser verdammten Jugend betrogen ... aber ich liebe dich doch ... und Haß, Haß ist doch auch eine Art von Liebe. Man kann nur hassen, was man liebt ... Und aus Haß kann doch wieder Liebe werden. Bob! Bob!

Sie fuhr herum, als habe sie einen heißen Hauch im Nacken verspürt. Salvatore kam auf sie zu. Er ging die Straße hinunter wie ein fröhlicher Wanderer. Ulrike hörte ihn nicht, aber es war ihr, als pfeife er leise vor sich hin.

Da stürzte sie in den Wagen, krümmte sich auf dem Sitz zusammen, drückte die Hände gegen ihre Ohren und biß in das Polster.

Robert war zu dem Busch gegangen, unter dem er Christa niedergelegt hatte. Die Polizei hatte die Lage der Leiche mit Kreide nachgezeichnet, und als Robert nun davor stand und auf die Konturen starrte, schienen sie sich aufzufüllen, wurden zu einem greifbaren Körper, lag Christa wieder vor ihm wie in jener Mondnacht. Und wie in diesen schrecklichen, unbegreiflichen Minuten fiel Robert wieder auf die Knie, beugte sich über die Zeichnung, und er sah Christas Gesicht wieder, ihr Weizenhaar, ihren im Tod entspannten, lächelnden Mund und den Mondglanz auf ihrer nackten Haut.

Er beugte sich tief hinunter, um sie noch einmal zu küssen, und sein Nacken lag bloß.

Die ideale Haltung. Besser konnte sie nicht sein.

Salvatore war lautlos wie ein Raubtier über die Wiese gekommen. Er blickte sich schnell um. Die Straße war leer bis auf Roberts Auto, kein Mensch weit und breit ... Der Sizilianer hob die Pistole mit dem aufgeschraubten Schalldämpfer, hielt sie zehn Zentimeter von Roberts Nacken entfernt, und dann war nur noch ein dumpfes Plop zu hören, das Robert nicht mehr wahrnahm. Er fiel nach vorn über die Zeichnung, sein Mund lag genau auf der Stelle, wo Christas Lippen gewesen waren, und das Blut aus seinem Nacken rann über die Umrisse ihres Kopfes.

Salvatore steckte die Pistole ein, ging zurück zu Roberts Wagen und riß die Tür auf. »Komm!« sagte er. »Steig um. Wo wollen wir zu Mittag essen? Ich kenne ein gutes Lokal am Starnberger See.«

Ein Schüttelfrost erfaßte Ulrikes Körper, aber sie stieg aus und folgte Salvatore zu dem wartenden Mercedes, ohne sich noch einmal umzublicken.

Zwei Stunden später läutete bei Wortke das Telefon. Die Polizei von Steinebach.

»Wir haben noch 'n Toten«, sagte der Revierleiter. »An derselben Stelle. Ganz frisch. Genickschuß ...«

»Jetzt sitzen wir mitten in der Scheiße!« antwortete Wortke in seiner bekannt drastischen Art. »Ecstasy und Mafia-Mord ... Was wollen wir noch mehr?«

ZWEITER TEIL

ZWEITER TEIL

Nun kommt etwas Licht in die Sache«, stellte Wortke fest. »Und trotzdem wird sie komplizierter.«
Zusammen mit Reiber hatte er Tatort und Leiche besichtigt, die Spurensicherung hatte leichte Arbeit gehabt, der Polizeiarzt war eigentlich bei einem so offensichtlichen Genickschuß gar nicht nötig, die Tatzeit war fast genau zu berechnen. Aber da waren trotzdem viele Dinge, die bei Morden ungewöhnlich waren.

»Das war eine einwandfreie Hinrichtung«, fuhr Wortke fort. »In bester Mafia-Art. Aber anstatt Spuren zu verwischen, hat er uns das Opfer wie auf einem Tablett serviert. Der Tote heißt Robert Habicht, hat alle Papiere bei sich, unten steht sein Auto, und darin liegen Luftmatratzen und das zusammengepackte Zelt, Gaskocher, Topf, Pfanne. Wir wissen jetzt also, daß dieser Habicht mit Christa Helling hier gezeltet hat, daß er Zeuge ihres Todes war und sie unter den Busch gelegt hat. Er muß ihr Ecstasy gegeben haben, offensichtlich zuviel, und ihr plötzlicher Tod hat ihn in Panik versetzt. Der Hergang dürfte nun klar sein. Warum aber ist Habicht hierher zurückgekehrt, und wer hat ihn hingerichtet – genau an der Stelle, wo das tote Mädchen gelegen hat? Hast du dafür eine Erklärung?«

Reiber hatte sich bei Besichtigung des Tatorts eigene Gedanken gemacht. Sie waren so abwegig, daß er sie Wortke bisher noch nicht mitgeteilt hatte.

»Es gibt drei Möglichkeiten«, meinte er jetzt. »Die erste: Habicht war irgendwie mit der Mafia verbunden, wollte nach dem Unfall mit Christa aussteigen, und das bedeutet immer das Todesurteil. Zum zweiten: Es kann ein Eifersuchtsdrama gewesen sein. Zum dritten: Einer der Verwandten von Christa hat die wahren Zusammenhänge herausbekommen, vielleicht durch Tagebuchaufzeichnungen, die wir übersehen haben, und hat Selbstjustiz angewandt.«

»Drei gute Theorien, Peter ... nur mit einem Haken: Wie bekommt man einen von den Ereignissen verstörten Jungen freiwillig wieder an den Tatort? Sogar mit dem eigenen Wagen, voll mit Beweisen? Stell dir vor: Da fährt jemand mit seinem Mörder im eigenen Auto zu einem Ort, den er nie wiedersehen wollte! Das widerspricht aller Vernunft.«

Reiber schwieg. Er dachte an die Stunden dieses Dienstags, als das Foto von Christa in allen Zeitungen und auf allen Bildschirmen erschien und sich ein Fritz Helling bei der Mordkommission meldete und schrie: »Das ist meine Tochter! Das ist meine Christa! Was hat man mit ihr gemacht? Mein Kind ...« Und später, als man ihm vorsichtig den Sachverhalt erklärt hatte, war er aufgesprungen und hatte gebrüllt: »Faßt den Kerl! Faßt ihn ... und dann laßt mich mit ihm eine Minute allein. Da braucht ihr kein Gericht mehr! Nur eine Minute, das reicht!« Darauf war er zusammengebrochen und in eine Klinik eingeliefert worden.

Die Ermittlungen in Christas Umgebung brachten nur einen Hinweis: Die Freundin, bei der Christa angeblich übernachten wollte, sagte aus, daß sie sich bereit erklärt hatte, als Alibi zu dienen. Mit einem Jungen wollte Christa zelten, das wußte die Freundin. Mehr nicht. Auch den Namen des Mannes hatte Christa nicht verraten.

Der war nun kein Geheimnis mehr. Er hieß Robert Habicht und lag mit einem Genickschuß an der Stelle, wo man Christa Helling gefunden hatte.

Wenn das keine verwirrende Situation war ...

»Machen wir uns also auf zu den Habichts.« Wortke nahm von einem Polizisten, der von der Straße kam, einen Zettel entgegen. Die erste Information über die Familie Habicht. Wortke gab den Zettel an Reiber weiter.

»Oje«, seufzte der. »Auch das noch!«

»Oberregierungsrat Dr. Hubert Habicht. Bayerische Staatsregierung. Junge aus gutem Hause. Das ist das richtige Fressen für die Presse! Davon leben jetzt die Schlagzeilen der nächsten Woche.« Wortke steckte den Zettel in die Tasche. »Da haben wir die Sensation frei Haus: Hoher Beamtensohn – ein Mitglied der Mafia? Ich halte es für das Beste, daß wir Dr. Habicht im Amt besuchen und erst später zur Wohnung fahren.«

Zu Regierungsräten vorzudringen, ist im allgemeinen schwierig. Für Wortke und Reiber stand Dr. Habicht allerdings sofort zur Verfügung, als die Sekretärin mit gedämpfter Stimme meldete: »Zwei Herren möchten Sie sprechen. Kriminalpolizei. Mordkommission.«

Dr. Habicht glaubte, nicht richtig gehört zu haben.

»Wer?« fragte er verblüfft.

»Mordkommission ...«

»Ich lasse bitten.«

Er erhob sich hinter seinem Schreibtisch, kam um ihn herum und wartete auf den merkwürdigen Besuch. Wortke und Reiber stellten sich vor und ließen die witzige Begrüßung über sich ergehen: »Hat ein enttäuschter Wähler jemanden umgebracht?«

Solche Bemerkungen ärgerten Wortke. Wer täglich mit Toten konfrontiert wird, verabscheut Witze über Tote. Er fragte deshalb auch direkt, ohne Umschweife: »Sie haben einen Sohn?«

»Ja.« Habicht fühlte einen Stich in der Brust, ein Zittern in den Beinen, sein Gesicht verlor alle Straffheit. »Ich habe einen Sohn Robert.«

»Er wurde heute morgen am Wörthsee gefunden. Auf einer Wiese ...«, sagte Reiber verhalten. Aber Wortke ergänzte den Satz:

»Ermordet!«

»Das kann nicht sein!« Habicht sank auf den am nächsten stehenden Stuhl und starrte die beiden Kriminalbeamten fassungslos an. Er begriff im Moment noch gar nicht, was er gehört hatte. »Das ist unmöglich. Das muß ein Irrtum sein ...«

»Wir sprechen Ihnen unser tiefstes Beileid aus ... aber Sie werden den Toten nachher in der Gerichtsmedizin identifizieren müssen. Es gibt keine Zweifel. Er hatte seine Papiere bei sich.«

»Ermordet? Robert ermordet? Das gibt es doch nicht!« Habichts Kopf sank auf seine Brust. Er fiel regelrecht in sich zusammen. Ein kraftloses Bündel Mensch lag auf dem Stuhl, das jeden Augenblick auf den Boden zu rutschen drohte. Reiber stellte sich hinter den Stuhl und hielt Dr. Habicht fest. Wortke, der diese Minuten der Wahrheit haßte, preßte die Lippen zusammen. Wie oft hatte er diese Minuten schon erlebt, das Aufschreien, die Zusammenbrüche, das fassungslose, stumme Leiden, das haltlose Weinen, das Toben gegen das Schicksal ... Und man konnte nur ohnmächtig zusehen, und wußte, daß alle Worte, die man sagte, sinnlos waren. Es gibt für diese Minuten keine Worte mehr. Keines vermag in solch einen Schmerz einzudringen.

Habicht hob den Kopf. Seine Augen waren leer, sein Mund zitterte. »Wer ... wer hat das getan?«

»Um das zu ermitteln, sind wir da. Noch wissen wir nichts.«

»Waren ... waren Sie schon bei mir zu Hause?«

»Nein, wir dachten, es sei besser, zuerst mit Ihnen zu sprechen.«

»Ich danke Ihnen. Meine Frau hätte das nicht überlebt. Nur ich allein kann es ihr sagen.« Habicht atmete tief durch. Robert tot, ermordet. Unbegreiflich. »Bitte, sagen Sie mir alles. Ich bin stark genug, das zu ertragen.«

»Es ist ein für uns bisher noch rätselhafter Tod.« Wortke blickte zu Reiber, der hinter Habicht stand und noch immer die Hand auf seine Schulter gelegt hatte. Er machte ein Zeichen: Theo, bring es ihm so sanft wie möglich bei. So stark ist er nicht, wie er meint. Er fällt mir vom Stuhl. »Es ist alles sehr eindeutig und doch sehr verworren.«

»Reden Sie nicht darum herum, Herr Kommissar. Was genau ist passiert?«

»Ihr Sohn wurde hinterrücks erschossen.«

»Erschossen ...«

»Auf einer Wiese am Wörthsee, auf der wir vor drei Tagen die Leiche eines Mädchens gefunden haben, das durch Ecstasy, diese Modedroge, gestorben ist. Das hat die Obduktion ergeben. Sie hat dort mit einem Mann in einem Zelt übernachtet, und dieser Mann muß ihr die tödliche Droge gegeben haben. Wir wissen nun, und das ist sicher, daß dieser Mann Ihr Sohn war ...«

»Mein Sohn Robert hat niemals mit Drogen zu tun gehabt!« Dr. Habicht hob abwehrend beide Hände. »Unmöglich! Das wäre das Letzte, was man ihm nachsagen könnte.«

»Wann haben Sie Ihren Sohn zuletzt gesehen?«

»Vor etwa drei Wochen.«

Wortke und Reiber warfen sich einen schnellen Blick zu. Da dringen wir jetzt in eine Familie ein, die immer als mustergültig galt. Das gute Bürgertum. Aber wie morsch war es oft hinter den Fassaden! Vor allem Reiber hatte darin Erfahrungen gesammelt; bei Rauschgiftrazzien stieß er immer wieder auf Töchter und Söhne aus bestem Haus, wo Reichtum oftmals Einsamkeit und Übersättigung erzeugte.

»Vor drei Wochen?« wiederholte Wortke. »Wie soll ich das verstehen?«

»Mein Sohn Robert und ich hatten eine familiäre Auseinandersetzung. Er hat daraufhin unser Haus verlassen.«

»Und wo hat er dann gewohnt?«

»Das weiß ich nicht.« Habicht senkte wieder den Kopf. »Er hat gesagt, er will frei sein. Er wird in diesem Jahr neunzehn. Ich hatte keine Angst um ihn, er war immer ein guter Junge. Warten wir es ab, habe ich gedacht. Soll er bei einem Freund wohnen, er kommt bald wieder. Mein Sohn Robert tut nichts Böses.«

»Er muß in Kreise gekommen sein, die ihn mit Drogen vollpumpten.« Reiber kam um Habicht herum. Er brauchte ihn nicht mehr festzuhalten. »Er muß in Mafia-Kreise hineingerutscht sein.«

»Mafia?« Habichts Kopf schnellte empor. »Das ist doch absurd!«

»Er wurde auf Mafia-Art getötet. Hinrichtung per Genickschuß.«

»Mafia! Mafia! Mafia! Überall höre ich Mafia. Im Fernsehen, in allen Zeitungen … in Frankfurt, Hamburg, Berlin, München … überall Mafia!« Habicht sprang von seinem Stuhl auf. Sein ganzer Schmerz entlud sich jetzt in einem sich überschlagenden Schreien. »Russische, italienische, polnische Mafia … alles Fremde, alles Ausländer. Deutschland, der Himmel der Mafia! Und was tun

Sie dagegen? Ja, auch Sie! Was tun Sie? Sie stehen herum und geben dämliche Erklärungen ab. Sie geben zu, daß die Polizei machtlos ist, daß die Mafia besser ausgerüstet ist, daß die internationalen Kontakte vorzüglich klappen, daß man mit einer Steigerung der kriminellen Tätigkeit rechnet – aber was tut man dagegen? Die Politiker stecken den Kopf in den Sand, neue härtere Gesetze scheitern am Parteienstreit. Die Ausländerpolitik ist wie ein Abführmittel – wer sie anfaßt, macht sich in die Hose! Mein Sohn Robert ist von der Mafia erschossen worden! Ich klage euch alle der passiven Mithilfe an. Euch, die Polizei – und alle Politiker!«

Habicht faßte sich ans Herz, sank wieder auf den Stuhl und fiel in sich zusammen. Und plötzlich weinte er und preßte beide Hände vor die Augen.

Wortke nickte Reiber zu. »Da hat er recht«, sagte er. »Nur die Polizei soll er weglassen. Wir werden doch immer als erste von allen Seiten in den Hintern getreten.«

Er wartete, bis Habicht sich ein wenig beruhigt und seinen Atem wieder unter Kontrolle hatte. »Können wir weiter?« fragte er.

»Ich kann nichts mehr sagen.« Habicht schüttelte den Kopf. »Was wollen Sie denn noch wissen?«

»Hat Ihr Sohn irgendwann einmal von einem Mädchen gesprochen?«

»Mein Sohn Robert hatte zu Mädchen wenig Kontakt. Wenn er verliebt war, dann in seine Musik.«

»Er hat sich nie mit Mädchen getroffen?«

»Ich habe nie danach gefragt. Er ging selten aus, und wenn, dann zu seinen Pfadfindern.«

»Deshalb auch die komplette Zeltausrüstung.«

»Ja. Ich habe sie ihm zu Weihnachten geschenkt. Vor drei Jahren ...«

»Halten Sie es für möglich, daß er heimlich Drogen genommen hat?«

»Nein! Das hätten wir doch merken müssen.«

»Die Eltern sind meistens die Letzten, die darauf aufmerksam werden. Wichtig für uns ist jetzt vordringlich: Wo hat Ihr Sohn die letzten drei Wochen gewohnt? Trauen Sie ihm zu, daß er drei Wochen lang irgendwo in seinem Zelt übernachtet hat?«

»Ich kann nichts mehr sagen.« Habicht hob hilflos die Schultern. »Alles, was Sie fragen, paßt nicht zu meinem Sohn Robert. Sie fragen nach einem mir fremden Menschen. Das ist er einfach nicht ...«

»Ich weiß, Sie stehen vor einem fürchterlichen Rätsel. Wir auch. Aber ich habe die große Hoffnung, daß wir Licht in dieses Dunkel bringen.«

»Wenn mein Sohn Robert von der Mafia hingerichtet wurde, können Sie die Akten schließen. Sie werden nie den Mörder finden. Wo wollen Sie ihn denn suchen?«

»In der Drogenszene«, sagte Reiber. »Da kennen wir uns gut aus.«

»Sagen Sie das noch mal!« Habicht holte wieder tief Atem. Dieser Schmerz, dieser irrsinnige Schmerz! Robert ist tot. Robert ist ermordet worden! Warum atmest du noch? »Da kennen Sie sich gut aus?« Und dann schrie er wieder, um den inneren Druck loszuwerden, der ihn fast erstickte: »Sie kennen sich aus ... aber für Hunderte Millionen Mark wird weiter Rauschgift verkauft! Ist die Polizei eine Schlafgemeinschaft?«

»Immer wir armen Bullen!« Wortke ging zum Telefon und hob den Hörer ab. »Ich lade Sie ein, vierundzwanzig Stunden in meinem Kommissariat zu verleben. Dann denken Sie anders.« Er tippte auf das Telefon. »Darf ich?«

»Bitte.«

Wortke wählte eine Nummer, nannte seinen Namen und sagte dann nur: »Wir sind in einer halben Stunde da.« Er legte auf und trat vom Schreibtisch zurück. »Das war die Gerichtsmedizin. Können wir fahren, Herr Dr. Habicht?«

Und Habicht, sich mühsam straffend, nickte nur.

Die Identifizierung des Toten dauerte keine fünf Minuten.

Die Kälte des gekachelten Raumes, die Reihe der Kühlboxen, in denen die Leichen lagen, die Rollbahre, auf der Robert herausgezogen wurde, das alles ging an Habichts Bewußtsein vorbei. Er war an die Bahre getreten, der Arzt hatte kurz das Tuch gelüftet, ein kurzer Blick auf das bleiche Gesicht … Habicht nickte.

»Es ist mein Sohn Robert.«

Seine jetzige Haltung war bewundernswürdig. Die Schlaffheit war einer völligen Starrheit gewichen. Er verließ den Kühlraum mit steifen, wie aufgezogenen Schritten und sprach erst wieder ein Wort, als sie in Wortkes Wagen stiegen.

»Was jetzt?« fragte er mit fast tonloser Stimme.

»Sie müssen den schwersten Gang antreten, Herr Oberregierungsrat«, antwortete Reiber.

»Zu meiner Frau …«

»Haben Sie einen Hausarzt?«

»Ja. Dr. Heimes.«

»Sie sollten ihn anrufen, damit er zugegen ist, um Ihre Frau zu betreuen.«

»Ja. Rufen wir ihn an. Soll er schon unterrichtet werden?«

»Ich halte das für notwendig. Kannte er Ihren Sohn gut?«

»Er ist seit zwölf Jahren unser Hausarzt. Er hat Roberts Entwicklung miterlebt.«

»Und auch er hat nichts von Drogen bemerkt?«

»Nein. Dann wüßte ich es auch. Dann hätten wir alle Maßnahmen ergriffen, die möglich sind. Meine Herren, ich glaube nicht an Ihre Drogen-Theorie. Der Mord muß ein Irrtum gewesen sein.«

»Die Beweise sind eindeutig.« Wortke setzte sich hinten neben Habicht. Reiber fuhr den Wagen. »Wie wollen Sie es Ihrer Frau sagen?«

Dr. Habicht rief Dr. Heimes nicht an ... auf dem Weg zu seinem Haus fuhren sie bei dem Arzt vorbei. Er war in der Praxis, im Wartezimmer saßen drei Patienten. Entsetzt hörte er das Unglaubliche, schloß sofort die Ordination, schickte die Patienten nach Hause. »Ein Notfall, ich bitte um Verständnis. Bitte, kommen Sie morgen früh wieder. Es tut mir leid.« Dann umarmte er Habicht und drückte ihn an sich.

»Das ist unfaßbar. Mein Gott, wie bringen wir das nur Gerda bei?« Der Arzt sah Wortke und Reiber ratsuchend an. »Sie ist eine sehr sensible Frau. Sie kann einen Herzinfarkt bekommen.«

»Darum nehmen wir Sie ja mit, Doktor«, sagte Wortke nüchtern.

»So eine Belastung kann tödlich sein. Was hilft da unser ärztliches Wissen?«

»Es gibt doch Beruhigungsspritzen, Kreislaufstabilisatoren ...«

»Ob Sie es als hartgesottener Kriminalbeamter glauben oder nicht: Ein Mutterherz reagiert in solchen Situationen anders als ein normales Herz.«

Wortke schwieg. Das ist mir neu, dachte er. Ich wußte nicht, daß sich auch Ärzte an Heftromanen orientieren. Das blutende Mutterherz. Mutterherz, sei stark. – Wie viele zusammenbrechende Mütter habe ich schon gesehen, aber nach dem ersten Schock waren sie härter als die Männer, die Gott und die Welt anklagten.

»Ich werde es ihr sagen«, mischte Habicht sich ein. »Im Beisein von Dr. Heimes. Wenn ich eine Bitte aussprechen darf, meine Herren von der Kripo: Bleiben Sie zunächst im Hintergrund. Betreten Sie mein Haus erst, wenn ich Sie rufe.«

»Es wird sich nicht vermeiden lassen, mit Ihrer Frau einige Worte zu wechseln«, kündigte Wortke vorsichtig an.

»Wenn das möglich, ja, überhaupt notwendig ist.« Dr. Heimes ärgerte sich über Wortkes Ton. »Das werde ich als Arzt bestimmen. Ich befürchte, wir werden sie sofort in ein Krankenhaus bringen müssen. Sie wird nicht vernehmungsfähig sein.«

»Spekulieren wir nicht mit dem Schlimmsten.« Wortke drängte zum Aufbruch. Lange theoretische Diskussionen waren nicht seine Sache. Eine heiße Spur wird nicht heißer, indem man sie zerredet. »Können wir jetzt fahren?«

Habicht nickte. Dr. Heimes holte seinen Wagen aus der Garage und fuhr hinter ihnen her. Erst vor Habichts Haus überholte er sie und hielt als erster. Es war Zufall, daß Gerda Habicht gerade in diesem Moment aus dem Wohnzimmerfenster blickte und die Wagen vorfahren sah. Dr. Heimes und ein zweiter Wagen ohne Anmeldung, das war merkwürdig.

Gerda lief in die Diele, ordnete im Spiegel schnell ihre Haare und öffnete dann die Haustür. Erst jetzt sah sie ihren Mann, der aus dem zweiten Wagen stieg. Ihr Herz begann wild zu schlagen. Hubert kommt ohne das eigene Auto nach Hause? Ein Unfall? Und Dr. Heimes dabei? War Hubert verletzt? Mein Gott, er muß Glück gehabt haben, denn er kann ja noch gehen. Und wer sind die beiden anderen Herren in dem fremden Wagen?

Habicht straffte sich mit der letzten Kraft, die er noch in sich zusammenraffen konnte, warf einen Blick zu Dr. Heimes hinüber und kam Gerda entgegen, die auf ihn zulief.

»Hubert! Was ist passiert? Was ist mit deinem Wagen? Bist du verletzt?« Sie ergriff beide Hände, die Habicht ihr entgegenhielt, und klammerte sich daran fest. »Wie siehst du denn aus? Du weinst ja ... Hubert, du weinst ... Was ist denn los? So sag doch ein Wort ...«

Dr. Heimes zog sie sanft von Habicht weg und legte den Arm um ihre Schulter.

»Gehen wir erst hinein, Frau Habicht«, sagte er in einem Ton, mit dem ein Vater sein Kind tröstet. »Ihrem Mann ist nichts passiert ... Ich erkläre es Ihnen gleich.«

Sie ließ sich ins Haus führen. Ihr Schritt war unsicher und tastend. Erst als die Haustür hinter ihnen zufiel, löste Gerda sich aus Dr. Heimes' Arm.

»Wer sind die beiden anderen Herren?« fragte sie.

»Später. Komm ins Wohnzimmer und setz dich, Gerda.« Dr. Habicht nahm sie bei der Hand; es kostete ihn alle Selbstbeherrschung, nicht laut aufzuweinen. Er führte seine Frau zu einem der tiefen Ledersessel, die sie nie hatte leiden mögen, weil man sie beim Putzen kaum verrücken konnte, aber er liebte diese Sessel, weil sie im englischen Stil gepolstert waren und Gediegenheit ausdrückten.

Als Gerda sich gehorsam gesetzt hatte, ohne Widerspruch, wie sie es gewöhnt war in ihrer Ehe, sagte sie, und ihre Augen weiteten sich unnatürlich: »Du bist nicht verletzt ...«

»Nein, Gerda.«

»Du ... du hattest keinen Unfall ...«

»Nein.«

Ihre Stimme sank zu einem Flüstern hinab. »Dann ... dann ist etwas mit Robert?«

»Wir ... wir müssen jetzt ganz stark sein, Gerda.« Es war einer jener dummen Sprüche, aber Dr. Habicht fiel nichts anderes ein. Worte! Was sind jetzt noch Worte? Es gibt nur eine nicht wegzuredende Wahrheit ...

Gerda straffte sich im Sessel, als drücke man eine Eisenplatte gegen ihren Rücken.

»Was ist mit Robert? Hatte er einen Unfall?«

»Nennen wir es so.« Habicht ballte die Fäuste und preßte sie unter sein Kinn. »Robert ist ...«

»... tot!« vervollständigte sie den Satz.

»Ja.«

Sie sah Habicht an, als habe sie von ihm den ersten Schlag ihres Lebens bekommen. Einen Schlag aufs Herz, der durch den ganzen Körper drang und das Herz zertrümmerte, der Gerda Habicht zerriß und auslöschte. Sie schrie nicht auf, sie begann nicht zu weinen ... Sie seufzte nur einmal tief, ihr Kopf sank auf die Brust, und dann rutschte sie aus dem Sessel, fiel auf den Teppich und rührte sich nicht mehr.

»Julius!« brüllte Habicht. »Julius!« Er kniete neben Gerda, drückte ihr Gesicht an seine Brust, küßte sie, rief ihren Namen, und als Dr. Heimes ins Zimmer stürzte, stammelte er:

»Sie stirbt ... Sie atmet nicht mehr ... Gerda ... Gerda! Hör mich ... Wir müssen doch jetzt zusammenhalten ... Gerda, geh nicht weg ... Hörst du mich? Hörst du mich?«

Er schüttelte sie, aber Dr. Heimes riß ihn zurück, legte Gerda auf den Teppich, riß ihre Bluse auf und horchte mit dem Stethoskop ihre Herztöne ab.

»Laß die Finger von ihr!« schrie er Habicht an, der wieder nach ihr greifen wollte. »Du schüttelst ja das letzte bißchen Leben aus ihr heraus. Ruf einen Krankenwagen! Den Notarzt! Wir kriegen den Kollaps unter Kontrolle ...«

Habicht taumelte zum Telefon, aber ehe er die Notrufnummer gewählt hatte, vergingen einige Sekunden.

Unterdessen hatte Dr. Heimes eine Spritze mit einem Kreislaufmittel aufgezogen und Gerda Habicht die Injektion gegeben. Draußen vor dem Haus waren Wortke und Reiber aus dem Wagen gestiegen und warteten.

»Sie ist wirklich eine schöne Frau«, stellte Reiber fest. »Das wundert mich immer: Die farblosesten Männer haben oft die hübschesten Frauen.«

»Da bist du eine Ausnahme«, sagte Wortke trocken.

»Erlaube mal ... Elli war eine besonders hübsche Frau ...«

»Deshalb hat sie sich auch von dir scheiden lassen. Ich habe nie verstehen können, wie sie es mit dir so lange ausgehalten hat.«

»Du bist wirklich ein selten guter Freund.« Reiber blickte auf seine Armbanduhr. »Jetzt dürfte er es ihr aber gesagt haben. Wir stehen hier schon über eine Viertelstunde.«

Die Antwort gab ihm ein schnell näher kommendes Sirenengeheul. Um die Ecke bog ein Notarztwagen des Roten Kreuzes und hielt quietschend vor dem Haus. In der Haustür erschien Dr. Heimes. Zwei Sanitäter und ein Arzt sprangen aus dem Fahrzeug.

»Hätt' ich mir ja denken können, sie hat schlapp gemacht«, sagte Wortke aufgebracht. »Komm!«

Sie folgten dem Rettungsteam ins Haus und wurden dort von Dr. Habicht aufgehalten. Er trat ihnen in den Weg.

»Sie können nicht weiter!« rief er mit sich überschlagender Stimme. »Meine Frau ist besinnungslos. Ich habe es Ihnen gesagt: Das überlebt sie nicht! Wenn sie stirbt, hat die Mafia zwei Opfer auf dem Gewissen ... und die unfähige Polizei!«

Wortke wandte sich ab und stieß Reiber in die Seite. »Ich habe jetzt genug von Arschtritten. Für heute reicht's!« Und zu Habicht: »Wir melden uns wieder.«

Sie warteten vor dem Haus, bis Frau Habicht mit dem Notarztwagen weggebracht worden war, und fuhren dann zurück zum Kommissariat.

»Das hätten wir hinter uns«, sagte Reiber erleichtert. »Ich kann mich nicht daran gewöhnen – mir steht dann immer die Galle bis zum Hals.«

»Dagegen helfen eine Maß Bier und eine Schweinshaxe mit Knödeln.« Wortke leckte sich über die Lippen. »Ich hab vielleicht einen Hunger, Peter ...«

»Wie kannst du jetzt ans Essen denken!«

»Ein Knödel regt die Ganglien an.«

»Du mußt in der Brust statt eines Herzens zwei Pfund Geselchtes haben!«

»Ein guter Vergleich!« Wortke reckte sich im Sitzen. »Wenn ich bei jedem Toten geweint hätte, wäre ich schon längst weggeflossen! Fahren wir zum Franziskaner. Da gibt's einen Tisch in einer Nische, da sind wir völlig ungestört.«

Man brachte Gerda Habicht sofort auf die Intensivstation und schloß sie an Infusionen und Schläuche an, an

Monitore und Herzrhythmusverstärker. Der leitende Oberarzt handelte schnell und sicher. Er strahlte Kompetenz aus.

»Wie geht es meiner Frau?« fragte Habicht, als der Arzt von Gerdas Bett zurücktrat.

»Wir tun, was medizinisch möglich ist.« Es war eine ausweichende Antwort. Habicht verstand sie.

»Reicht das?«

»Darauf kann ich Ihnen keine Antwort geben. Jeder Mensch reagiert anders. Herz ist nicht gleich Herz. Jeder Organismus ist ein individuelles Wunderwerk der Natur. Manchmal stehen wir vor einem Patienten und können nur sagen: Hier kann nur Gott helfen.«

»Und was sagen Sie zu meiner Frau?«

»Hier *muß* Gott helfen.« Der Oberarzt ging mit Habicht auf den Flur und holte sich aus einem Wandautomaten ein Glas Mineralwasser. »Wie ist es eigentlich zu diesem völligen Zusammenbruch gekommen?«

»Wir haben heute vormittag unseren Sohn Robert verloren.«

»Ein Unfall? Ich spreche Ihnen ...«

Habicht winkte ab. »Er ist ermordet worden.«

»Mein Gott!« Der Oberarzt starrte Habicht an. »Das ist furchtbar. Ermordet?«

»Von der Mafia. Genickschuß!« Habicht lehnte sich gegen die Wand. »Kann das eine Mutter ertragen?«

Eine Frage, die auch nur Gott beantworten konnte.

Im Franziskaner schrieb Wortke auf eine Serviette, was die Ermittlungen bisher ergeben hatten. Es waren klare Tatbestände, aber ohne Hintergründe. Man konnte ein Gebäude zusammenzimmern, aber viele Balken fehlten noch.

»Mit Sicherheit wissen wir eins«, stellte Wortke fest und malte Strichmännchen auf die Serviette. »Robert Habicht und Christa Helling kannten sich so gut, daß sie zusammen in einem Zelt am Wörthsee übernachteten. Dort kam es zu Intimitäten, wie die gerichtsmedizinische Untersuchung ergab. In dieser Nacht muß Habicht der Helling Ecstasy gegeben haben, und zwar mehr, als sie vertragen konnte. Sie starb in seinen Armen, er legte sie unter einen Busch und verschwand. Habicht war also mit Ecstasy vertraut, die Pillen gehörten zu seinen Lebensgewohnheiten. Der brave Junge des Herrn Oberregierungsrates hat also ein Doppelleben geführt, in das er in den letzten drei Wochen voll hineingerutscht ist. Er hat sein Elternhaus verlassen, um – das liegt auf der Hand – in seinem Zelt irgendwo zu wohnen. Das freie Leben, wie er es nannte. Aber das kann nicht alles sein. Hinter dem ›neuen Leben‹ steckt eine größere Triebkraft als nur ein Freiheitsdrang. Er muß in gewisse Kreise hineingeraten sein, die ihn, weil er zuviel wußte, sofort liquidierten, als Christas Tod ihm die Augen öffnete, wohin er da geraten war.«

»Eine Drogenmafia«, sagte Reiber und schob seine Maß Bier weg.

»Kein Zweifel. Und jetzt bist du dran.«

»Die Ecstasy-Organisation, speziell was München betrifft, ist nach unseren Erkenntnissen nicht in den Händen der uns bekannten organisierten Kriminalität. Die bisherigen Morde – und dabei ging es offensichtlich um Gebietsmonopole – wurden immer an Polen verübt, und zwar auf asiatische Art mit einer Stahlschlinge. Habicht aber wurde erschossen.«

»Wir müssen anscheinend umdenken. Die Vietnam-Morde in Berlin waren immer Genickschuß-Hinrichtungen. Erwürgen mit einer Stahlschlinge passierte bisher nur in München. Wer sich aber auf diese Tötungsart spezialisiert, greift nicht zur Schußwaffe. Er bleibt dabei. Das kennen wir doch: Jeder Mörder hat ein Muster. Der Würger schießt nicht. Der Messerstecher vergiftet nicht. Der Bombenleger hängt nicht auf. Im Fall Habicht muß ein Außenseiter am Werk gewesen sein, der nach alter Mafia-Manier hinrichtet.«

»Das widerspricht einer Verbindung zur Münchner Ecstasy-Szene.« Reiber schüttelte den Kopf. Das Puzzle lag schief; es paßte vieles zusammen, und trotzdem ergab sich kein Bild. »Gehen wir also wieder an unsere geliebte Öffentlichkeit. Wo ist Habichts Wagen überall gesehen worden, vor allem bei Eintritt der Dunkelheit? Wer hat Habicht in Discos oder In-Lokalen gesehen? Wer hat am Sonntag den 2 CV am Wörthsee gesehen und etwas Außergewöhnliches bemerkt? Irgendwelche Zeugen muß es geben. Der Junge hat sich doch nicht versteckt.«

»Hoffen wir also wieder auf den Kommissar Zufall.« Wortke rieb sich die Hände. Seine Schweinshaxe, in Braunbier gebacken, und zwei Semmelknödel wurden serviert. »Die aufmerksame Bevölkerung wird viel zu wenig gelobt. Ohne sie sähen die Aufklärungsstatistiken grauenhaft aus.«

Die nächsten Tage vergingen mit dem Sammeln von Informationen, Anzeigen und Augenzeugenberichten.

Roberts Leiche war freigegeben worden, nachdem der Obduktionsbericht bei der Staatsanwaltschaft vorlag. Im engsten Kreise wurde er begraben. Habicht wollte niemanden um sich sehen, nicht die Klassenkameraden, nicht die Pfadfinder, nicht seine Kollegen von der Staatsregierung, keine Nachbarn oder weitläufige Verwandte. Nur der Pfarrer, Dr. Heimes und er gingen hinter dem hellen Eichensarg her, warfen Blumen und drei Schaufeln Erde in das Grab und setzten sich dann in Habichts Bibliothek zu einer Flasche Bordeaux zusammen. Eine stille Gedenkfeier war es, bei der kaum ein Wort gesprochen wurde. Gerda lag noch auf der Intensivstation im Koma. Die Nachricht, daß Robert Habicht begraben worden war, erschien als kleine Anzeige erst drei Tage später in den Münchner Zeitungen. Der große Auftrieb für die sensationslüsterne Presse blieb aus, sehr zum Ärger der Journalisten. Einer verlieh sogar seiner Enttäuschung mit der typischen Pressefrage Ausdruck: »Was soll hier vergraben werden? Die Mordkommission hüllt sich in Schweigen.«

»Hyänen!« Habicht warf die Zeitungen in seinen Papierkorb. Er war in diesen Tagen ein anderer Mensch geworden, eine Verwandlung, die zuerst Dr. Heimes, der Freund und Arzt, bemerkte. Bisher hatte man in Dr. Habicht nur einen superkorrekten, etwas verknöcherten, unnahbaren Regierungsbeamten gesehen. Nun, nach diesem Schicksalsschlag, der einen Menschen für immer zerbrechen kann, wirkte er offener, zugänglicher, direkter und keineswegs mehr angestaubt. Wie eine Schlange schien er sich gehäutet zu haben und alles von sich abzuwerfen, woran er früher mit eisernen Prinzipien gehangen hatte. Dr. Heimes sah ihn deshalb auch erstaunt an, als Habicht eines Abends sagte:

»Die Polizei benimmt sich wie ein Blinder ohne Blindenhund. Ich werde selbst in die Ermittlungen eingreifen.«

»Wie willst du das denn anstellen? Was weißt du über Robert?«

»Ich weiß jetzt, daß er uns alle getäuscht hat. Er hat ein Doppelleben geführt. Und dem will ich nachforschen! Er ist ein Opfer dieser Verirrung – nennen wir es einmal so – geworden, und ich bin es meinem Sohn Robert schuldig, Licht in dieses Dunkel zu bringen.«

»Und wie? Hast du andere, bessere Möglichkeiten als die Polizei?«

»Für sie ist es Routinearbeit ... Für mich wird es zum Lebensinhalt. Ich lasse auf Robert nicht den Verdacht sitzen, daß er ein Verbrecher ist! Ein Mafioso! Welch ein Unsinn! Der Name Habicht soll und wird rein bleiben!«

»Du verrennst dich da in eine Illusion, Hubert.« Dr. Heimes stellte erschrocken fest, daß Habicht einem Phantom nachjagte, dem er die Schuld zuschreiben wollte. »Es ist erwiesen: Robert hat Ecstasy genommen.«

»Und jemand muß ihn zu dieser Droge geführt haben. Robert hätte nie von allein zu einer Droge gegriffen! Es muß eine dritte Person geben! Die Schlüsselfigur. Ich spüre, daß es sie gibt.«

»Es gelten nur Fakten, Hubert. Mit Gefühlen kann man gar nichts anfangen.«

»In diesem Fall doch! Ich kenne meinen Sohn Robert zu gut. Er ist verführt worden.«

»Dann gibt es nur eine Erklärung: eine Frau.«

Habicht nickte. »Es muß eine Frau sein. Aber Robert hat nie über eine Beziehung gesprochen. Niemand hat ihn mit einem Mädchen gesehen. Mir ist nie aufgefallen, daß er sich verändert hat: anderer Haarschnitt, flottere Hemden, gelockertes Benehmen ...«

»Dir ist nie etwas aufgefallen, außer daß eine Briefmarke eine Zacke zu wenig hat!« sagte Dr. Heimes bitter.

»Ich weiß, ich weiß! Der Absturz der Kinder ist die Schuld der Eltern! Eine billige Schuldzuschreibung. Bei Robert kommt in mir kein Schuldgefühl hoch. Er war ein Musterknabe.«

»Und das muß ihn auf die Dauer angekotzt haben!« sagte Dr. Heimes grob.

»Er hatte alles, was er sich wünschen konnte!« rief Habicht voller Empörung. Ihm fehlte völlig die Einsicht, daß man in einem goldenen Käfig verhungern kann. Befohlene Vollkommenheit kann einen Menschen mehr peinigen als eine Gefängniszelle. »Ihm fehlte es an nichts!«

»Und deshalb suchte er, ob es noch etwas anderes gibt!« Dr. Heimes nahm keine Rücksicht mehr auf den Schmerz, den Roberts Tod bei Habicht hervorgerufen hatte. Er kannte das Leben in diesem Hause zu gut, um jetzt noch über die bürgerliche Despotie hinwegzusehen. Oberregierungsrat Habicht war die Achse gewesen, um die sich seine kleine Welt gedreht hatte. Er nannte es schlicht Ordnung. Ohne Ordnung entsteht Chaos. Chaos ist Untergang. Eine einfache Formel, nach der er seine Familie regiert hatte. Es gab in seinen Augen nur eine gerade Straße, keine Nebenwege. Aber gerade an den Nebenwegen lagen oft die sonnigen Plätze.

»Er hat eine Frau gewollt!« sagte Dr. Heimes, als Habicht verbissen schwieg. »Und mir scheint, er hat sie auch gefunden.«

»Die falsche!« rief Habicht. »Die verderbliche!«

»Es scheint so. Da gebe ich dir recht.«

»Warum hat er nie mit mir darüber gesprochen?«

»Mit dir sprechen?« Dr. Heimes lachte bitter auf. »Wie wäre das möglich gewesen? Wer hätte das gewagt? Du hattest Frau und Kind und warst damit zufrieden. Aber in Wirklichkeit waren es für dich unbekannte Wesen. Sie waren existent, weiter nichts. Hast du dich jemals um ihre Seelennöte gekümmert?«

»Ich habe sie geliebt wie nichts auf dieser Welt.«

»Beleidige deine Briefmarken nicht.«

»Ich möchte dich jetzt hinauswerfen, Julius!«

»Das befreit dich auch nicht.« Man muß jetzt brutal sein, dachte Dr. Heimes. Gemein brutal, sonst begreift er es noch immer nicht. Er hat sich in seinen Prinzipien eingemauert, und plötzlich merkt er, daß die Luft dünn und dünner wird, aber er ist nicht gewillt, diese Mauer aufzubrechen. Also helfen wir ihm dabei. »Hast du jemals erkannt, daß Gerda eine Heilige im Erdulden ist?«

»Gerda? Was ist mit Gerda? Was willst du damit sagen?«

»Sie war in den letzten Jahren öfter bei mir und hat sich ausgeweint.«

»Geweint? Ja, wieso denn? Warum hat sie geweint?« Habichts Augen verrieten völlige Ratlosigkeit. Gerda hat bei Julius geweint? Sie hatte doch nie Grund, traurig zu sein. Sie war doch eine glückliche Frau. Ein Haus, ein schöner Garten, keine wirtschaftlichen Sorgen, ein geregeltes Leben, einen prächtigen Sohn, ein Ehemann, dem sie vertrauen konnte und der sie auf Händen trug. Dazu Urlaubsreisen, schöne Kleider, Bridge-Abende, Kaffeekränzchen, Opernbesuche, Konzerte – du lieber Gott, was verlangte man vom Leben noch mehr? Bitterkeit kam in Habicht hoch. »Gerda hatte keinen Grund zum Weinen«, sagte er laut. »Sie war eine glückliche Frau!«

»Ja. Sie hatte alles. Alles Materielle. Aber sie fror innerlich. Sie war allein.«

»Um ein Uhr kam Robert aus der Schule, um halb sechs bin ich vom Amt gekommen. Sie war nie allein.«

»Sie war einsam unter euch. Sie kam sich vor wie ein gut poliertes, gepflegtes Möbelstück. Ein Teil deines Haushaltes, deiner Einrichtung. Und wenn ihr wirklich mal miteinander geschlafen habt, war sie eine Matratzenauflage.«

Habichts Gesicht verzerrte sich und wurde blaß. »Sie ... sie hat mit dir über unser Intimleben gesprochen?«

»Ich bin euer Arzt. Ein Arzt ist auch immer ein Beichtvater und der beste Vertraute. Ich hatte mir in diesen Jahren öfter vorgenommen, einmal mit dir über Gerdas Seelenzustand und Roberts Pubertätsprobleme zu sprechen ... Ich habe es leider nicht getan.«

»Dann bist du, wenn es eine Schuld gibt, mitschuldig. Ich habe das alles nicht gewußt und gesehen, aber du hast es gewußt! Dein Arzt – dein Vertrauter! Du hast versagt, Julius!« Habicht sprang auf und lief im Zimmer hin und her. Was Dr. Heimes ihm jetzt eröffnete, war das völlig verzerrte Bild einer Ehe, die er, Hubert, für vorbildlich gehalten hatte. Die Musterfamilie wurde zum seelischen Horrortrip. Es kostete ihn große Mühe, zu fragen: »Und deshalb ist Robert ausgebrochen?«

»Ich vermute es. Nur das kann der Grund gewesen sein. Hat er nicht zu dir gesagt, er wolle frei sein?«

»Ich habe es für eine dumme Redensart gehalten. Für eine provozierende Floskel. Ich fand es sogar lächerlich. Mein Sohn Robert war nie ein Provokateur.«

»Du hast ihn – ungewollt – dazu gemacht.«

»Und daran ist er gescheitert?«

»So kann man es nennen.«

»Und durch eine Frau!«

»Ich bin mir fast sicher. Sie hatte die Funktion einer Zeitbombe.«

Habicht blieb stehen, und Dr. Heimes atmete auf.

Endlich scheint er es begriffen zu haben. Er erkennt jetzt die ganze Tragödie, den Zerfall einer Familie, aus der Aeschylos ein griechisches Drama gestaltet hätte.

»Eine Frau!« Habicht starrte in den Garten hinaus. Die Rosen blühten, Blumenrabatten leuchteten, die Wipfel von vier Scheinzypressen wiegten sich im schwachen Wind, ein Rasensprenger drehte sich zischend auf der Wiese. »Wenn es diese Frau gibt, dann suche und finde ich sie, Julius. Ich schwöre dir jetzt in dieser Minute: Ich finde sie! Das wird ab jetzt meine alleinige Aufgabe sein. Ich werde sie finden und meinen Sohn Robert rächen.«

»Gott möge dir dabei helfen.« Dr. Heimes erhob sich, ging zu Habicht und legte ihm den Arm um die Schulter. »Nur weiß keiner, wo du suchen sollst …«

Am neunten Tag nach Roberts Tod hörte Gerda Habicht auf zu atmen.

Sie erwachte nicht mehr aus dem Koma. Es halfen die besten medizinischen Geräte nichts. Es war, als habe ihre Seele gesagt: Nein! Schluß! Dieses Leben ist nichts mehr wert. Gib es an Gott zurück.

»Wir haben alles versucht«, sagte der Chefarzt, als er mit Habicht vor dem Bett stand. Alle Infusionen und Schläuche waren entfernt worden. Schmal, friedlich und von der majestätischen Schönheit des Todes verklärt, lag Gerda unter dem Laken, die Hände gefaltet. »Aber auch wir Ärzte sind nur Menschen. Und Gott hat nicht geholfen.«

»Irrtum, Professor. Er hat geholfen.« Habicht wandte sich vom Bett ab. »Aber das zu erklären, wäre zu weitschweifig. Sehen wir es so: Dieser Gott, den wir alle anrufen, hat gewußt, wann ein Leben wertlos wird. Wir

Menschen aber erkennen es nicht immer. Hier hat er eine gute Tat getan ...«

Der Chefarzt sah Habicht betroffen an. »Ihre Frau war ansonsten gesund. Wenn dieser Schock nicht gewesen wäre ...«

»Ihr Leben wäre eine Qual geworden. So muß man es sehen, so muß ich mich trösten, sonst gäbe es keinen Trost für mich.« Habicht gab dem Chefarzt die Hand. Der Händedruck war auffällig kräftig, nicht der eines vom Leid Geschwächten. »Ich danke Ihnen für Ihre Mühe, Herr Professor.«

»Ein merkwürdiger Mann!« sagte der Chefarzt zu seinem Oberarzt, als Habicht das Krankenhaus verlassen hatte. »Zwei Tote innerhalb von zwei Wochen. Sohn und Ehefrau – und er benimmt sich, als sei es das Natürlichste von der Welt. Der muß als Herz einen Granitstein in der Brust haben. Der Mensch ist wirklich ein Rätsel.«

Die Ermittlungen der Kriminalpolizei wurden zu einem Bild, das Robert Habichts Leben deutlich illustrierte.

Es war das Leben eines behüteten, braven Sohnes integrer Eltern, der es einfach satt gehabt hatte, noch Strampelhöschen zu tragen. Das Schicksal eines Jungen mit großen Idealen und einer anerzogenen Gegenwartsfremdheit. Ein fast tragischer Fall, nannte es Reiber. Eine Fehlleistung einer beinahe pathologischen Elternliebe.

Die Ergebnisse der polizeilichen Kleinarbeit besagten:

Robert Habicht hatte eine Freundin besessen, laut Aussage des Schulfreundes, bei dem er angeblich Mathe-Nachhilfe genommen hatte, dies aber nur als Ausrede benutzte, um sich mit dieser Frau zu treffen.

Aussage des Freundes: »Es muß eine Frau gewesen sein, die viel älter als Robert ist. Von Beruf angeblich Bardame. Den Nachnamen kenne ich nicht, den Vornamen habe ich vergessen.«

Folgerung: Durch diese Bardame ist Robert Habicht in Drogenkreise oder sogar in kriminelle Zirkel geraten. Er ist mit der Modedroge Ecstasy bekannt gemacht worden, vielleicht auch noch mit anderen Rauschgiften, und hat selbst Ecstasy genommen. Diese Droge hat ihn abhängig werden lassen. Er wurde hörig.

Auswirkung: Robert ließ rapide in der Schule nach, schlief während des Unterrichts, machte eine Charakterveränderung durch. Er wurde aufsässig; es folgten eskalierende Streitigkeiten mit dem Vater, Auszug aus dem elterlichen Haus. Seitdem Wohnort unbekannt, möglicherweise das Zelt oder die Wohnung der Bardame.

Durch Ecstasy Bekanntschaft mit Christa Helling. Liebesaffäre, Verabreichung von Ecstasy an Christa. Tod des Mädchens durch Kreislaufzusammenbruch.

Folge: Robert Habicht will sich aus den kriminellen Kreisen lösen, wird eine Gefahr für die für Ecstasy zuständige Organisation. Liquidation durch Genickschuß.

»Alles sonnenklar!« sagte Wortke zufrieden bei der Übersicht der Ermittlungen. »Genauso muß es gewesen sein. Die Entwicklungskette ist lückenlos. Was uns noch fehlt, ist die Frau, die Robert um den Finger gewickelt hat. Und natürlich der Mörder ... Aber den haben wir, wenn wir diese Barfrau hier vor uns auf dem Stuhl sitzen haben.«

Nach den Zeitungsaufrufen hatten sich viele Zeugen gemeldet. Einige hatten ausgesagt, daß man Habichts 2 CV oft in Schwabing gesehen hatte. Geparkt über Nacht, an verschiedenen Stellen. »Das ist wieder Mist!« stellte

Wortke fest. Aber eine wichtige Aussage kam von einem jungen Ehepaar, das in jener Sonntagsnacht, in der Christa Helling starb, am Wörthsee entlanggefahren war.

»Plötzlich sahen wir«, erzählte der junge Mann, »wie auf einer Wiese im Mondschein ein Mädchen herumtanzte. Völlig nackt. Wäre ich allein gewesen, hätte ich angehalten. Aber meine Frau neben mir ...« Er grinste. »Ich mußte ja weiterfahren. Ich hab' nur gesagt: Die hat 'n Knall, oder die hat gefixt! Aber Mord? Wer denkt denn an so was?«

»Zu dieser Zeit hätte man das Mädchen noch retten können«, sagte Reiber ernst.

»Wer kann das denn wissen? Außerdem war sie nicht allein. Auf der Wiese stand ein Zelt, und auf der Straße parkte ein Citroën.«

»Alles klar. Wir danken Ihnen für die Aussage.«

»Cherchez la femme! Das geht nun los.« Wortke rieb sich die Hände. »Jetzt werden wir alle Bars in München und Umgebung durchkämmen. Reiber, du Drogenstrolch, da kennst du dich ja bestens aus.«

»Und wie! Ein Lauf gegen Gummimauern!« Reiber wiegte zweifelnd den Kopf. »Wonach sollen wir fragen? Wir können mit keinem Foto herumlaufen. Wir haben keins.«

»Aber eine muß doch mit einem jungen Burschen gesehen worden sein. Und von Robert Habicht haben wir ein Foto.«

»Keine Bardame wird eine andere verraten. Es gibt da einen Ehrenkodex. Und keine will mit zerschnittenem Gesicht weiterleben. Roberts Foto nützt uns wenig. Wenn wir ein Foto der Frau bei ihm gefunden hätten ... aber Fehlanzeige. Wir haben alles durchsucht. Nicht ein Hinweis auf eine Frau.«

Wortke winkte mit beiden Armen. Er war bester Laune bei dem Gedanken, zwei Todesfälle fast im Griff zu haben. »Hallo!« rief er. »Kollege Kommissar Zufall, kommen Sie mal her! Wir brauchen Sie mal wieder.« Und zu Reiber sagte er: »Peter, ich hab's im Urin ... wir sind nahe dran, ganz nahe ...«

»Vergiß den Fall Lisa Brunnmeier nicht.« Reiber war mit seinen Prognosen vorsichtiger. Die Tote in dem Abbruchhaus war noch immer ein Rätsel, was ihr Leben außerhalb des Elternhauses betraf. Bis heute gab es nicht einen einzigen Zeugen.

»Auch da werden wir fündig werden. Das hängt alles miteinander zusammen.«

Ein Irrtum, den Wortke noch nicht erkannte.

Auch Gerda Habicht wurde im engsten Familienkreis zu Grabe getragen. Wieder folgten nur der Pfarrer, Dr. Habicht und Dr. Heimes dem Sarg, und diesmal regnete es sogar. Man kürzte die Zeremonie am Grab ab und kehrte unter den Regenschirmen zu den Wagen zurück. Aber einen Satz ließ Habicht seinem Rosenstrauß noch folgen, als er ihn auf den Sarg geworfen hatte.

»Gerda ... verzeih mir«, sagte er leise. »Verzeih mir alles. Und eines schwöre ich dir: Ich werde Robert rächen ...«

Von diesem Tag an rührte er seine Briefmarkensammlung nicht mehr an. Er verkaufte sie an ein Auktionshaus. Der Auktionator blätterte verwundert und begeistert in den Alben. Eine selten schöne Sammlung, eine Fundgrube.

»Und von so etwas trennen Sie sich, Herr Oberregierungsrat?« fragte er. »Das brächte ich nicht übers Herz.«

»Ich habe keinen Erben mehr.« Habicht sagte es ohne

innere Bewegung. »Für wen soll ich die Sammlung behalten? Der Kirche vermachen? Die hat genug Geld. Dem Staat überlassen? Der saugt uns mit Steuern genug aus. Dann lieber zu Lebzeiten verkaufen und das Geld sinnvoll anlegen ...«

»Anlegen?« Der Auktionator grinste verhalten. »Sie haben doch keine Erben.«

»Anlegen bei mir. Investieren in eine große Aufgabe, die ich noch zu erfüllen habe. Ich muß jemanden suchen, und das kostet vielleicht eine Menge Geld. Doch das ist für Sie ohne Interesse.«

In seinem Haus begann Habicht noch einmal, Roberts Zimmer zu durchsuchen. Obwohl die Kripo nichts gefunden hatte, was Robert hätte entlasten können, ging Habicht systematisch vor, geleitet von einer inneren Stimme, die ihm sagte: Du entdeckst etwas. Du findest einen Hinweis auf diese Frau, die Robert in ihr Leben und damit in den Tod gerissen hat. Du wirst etwas finden. Sei ganz sicher.

Im Zimmer, in den Kleidern und der Wäsche, in den Büchern und Notizen, in den Schulheften und Noten, in einem Haufen Papiere fand Habicht nichts. Ein paar Telefonnummern hatte Robert sich auf einem Block notiert ... Habicht rief jede von ihnen an und entschuldigte sich dann. Es waren eine Buchhandlung, zwei Klassenkameraden, die Klavierlehrerin, das Büro der Pfadfinder, eine Notendruckerei, eine Musikalienhandlung, das Prinzregenten-Bad, ein Klavierstimmer, eine Studentenband, ein Sportartikelgeschäft ... Telefonnummern eines braven Jungen.

Habicht gab nicht auf.

Er ging in das Musikzimmer, den zweiten wichtigen Raum in Roberts Umfeld. Auch hier hatte die Kriminal-

polizei alles gründlich untersucht. Sie hatte alle Noten-
alben durchgeblättert, die von Robert aufgenommenen
eigenen Tonbänder mitgenommen und abgespielt,
sogar der Stutzflügel war untersucht worden, ob im Inneren etwas versteckt worden war, Briefe vielleicht,
denn wer im Hause Habicht würde schon den Flügel
aufklappen ... Aber auch hier gab es keinerlei Erkenntnisse, wie es so schön im Amtsdeutsch heißt.

Habicht sah sich suchend um. Drei Bilder hingen an
den Wänden, Fotografien, die Robert hatte vergrößern
und einrahmen lassen: Karajan, mit geschlossenen
Augen dirigierend, ein Bühnenbild, 2. Akt »Fidelio«, eine
düstere Verließszene, und eine Aufnahme des gesamten Berliner Philharmonischen Orchesters, stehend,
den Applaus entgegennehmend. Davor, klein, schmal,
weißlockig, mit einem Lächeln, wieder Karajan.

Beim Anblick dieses Fotos erinnerte Habicht sich an
einen Abend. Da hatte Robert ein Klavierkonzert unter
der Leitung von Karajan im Radio gehört. Solist Rada
Lupu. Und Robert hatte, wie einen Traum beschreibend,
gesagt: »Einmal mit den Berlinern und Karajan zu spielen ... Tschaikowsky, das wäre der Himmel in meinem
Leben.« Nun waren beide nicht mehr auf dieser Erde,
der eine sogar ermordet.

Habicht blickte sich weiter um. Links und rechts
neben dem Fenster standen zwei Gipsbüsten auf einem
hölzernen Podest. Wagner und Beethoven. Als irgend jemand – wer, das hatte Habicht vergessen – diese Büsten
Robert zum Geburtstag geschenkt hatte, hatte Habicht
am Abend gesagt:

»Geschmacklosigkeit läßt sich eben nicht ausrotten!
Du willst doch wohl diesen Kitsch nicht aufstellen, Robert?«

Aber Robert plazierte die Büsten doch im Musikzimmer, für Hubert Habicht eine scheußliche Beleidigung seiner Wohnungseinrichtung.

Er wollte sich schon von den Gipsköpfen abwenden, als ihn eine Idee durchzuckte. Ein läppischer Kriminalfilm fiel ihm ein, der vor einiger Zeit im Fernsehen lief. Es ging um Rauschgift – was täten Autoren, wenn es kein Rauschgift gäbe? Sie wären verzweifelt! Raffiniert, wie nun einmal Drogendealer sind, hatte einer der Hauptdarsteller einen Porzellangroßhandel gegründet, importierte kunstvolle Figuren aus allen Ländern, aber jede dritte Figur war innen hohl und mit Heroin vollgestopft. Im Film brauchte die Kripo zwei Stunden, um das zu entdecken. Nach dem Drehbuch war es ein halbes Jahr, in dem neun Tote auf der Strecke blieben.

Eine hohle Figur!

Waren die Gipsköpfe von Wagner und Beethoven auch hohl?

Mit bebenden Händen hob Habicht Beethoven vom Ständer. Die Büste war verhältnismäßig schwer, also massiv. Darin konnte man nichts verstecken. Auch Wagner bestand vollständig aus Gips. Trotzdem hob Habicht die Büste ein Stück vom Sockel.

Und dann stutzte er.

Unter der Wagnerbüste war mit Tesafilm ein Foto angeklebt worden, die Bildseite nach innen. Habichts Blut klopfte in den Schläfen. Noch bevor er das Foto ablöste, wußte er, daß er den Schlüssel zu Roberts heimlichem Leben gefunden hatte. Die Kriminalpolizei hatte die Gipsköpfe nicht in die Hand genommen. Auch versierte Ermittler machen einmal Fehler. Wagners Kopf war ihnen harmlos erschienen.

Habicht zog das Foto ab. Er drehte es um und blickte

in das Gesicht einer schönen Frau. Schwarze Haare, dunkle Augen, ein sinnlicher Mund, ein lockendes Lächeln … Das ist sie! So, nur so konnte sie aussehen, die Frau, die Macht über Robert bekommen hatte.

Er fand seinen Eindruck bestätigt, als er die wenigen Worte las, die auf der Rückseite des Fotos standen. Mit einer schnörkeligen Schrift.

Wir gehören zusammen.

Ein klares Bekenntnis, aber kein Name.

Habicht ließ sich auf einen Stuhl sinken. Er drehte das Foto zwischen den Fingern, blickte dieser Frau immer und immer wieder in die Augen. In Augen, die zu ihm zu sprechen schienen: Ja, ich habe euch Robert weggenommen. Ich habe ihn für mich erobert. Ich habe ihn zum Mann gemacht. Er ist mein Eigentum geworden. Wir gehören zusammen … Willst du noch mehr wissen? Die stärkste Macht der Welt regiert zwischen den Schenkeln einer Frau. Sie hat schon Königreiche und ganze Völker vernichtet. Es ist die Urkraft, die alles beherrscht.

Habicht steckte das Foto in seine Brieftasche.

Das Bild der Kriminalpolizei zu übergeben, kam ihm gar nicht in den Sinn. Mit diesem Foto würde er die Frau finden, die seinen Sohn Robert zerstört hatte, und zur Rechenschaft ziehen. Es war eine reine Privatsache, in die ein Wortke oder Reiber nicht hineinreden sollten. Ein Jäger treibt sein Wild nicht in ein fremdes Revier, damit es dort abgeschossen wird. Und Rache ist immer individuell, außerhalb der Norm, oft jenseits des Gesetzes. Das Gesetz, diese lauwarmen Strafandrohungen, diese Streicheleinheiten für Kriminelle! Menschenrecht und Menschenwürde für Menschenverächter und Menschenzerstörer. Für Habicht gab es von diesem Augenblick an keine Gesetze mehr als nur das eine private Gesetz: Rache!

Mein Sohn Robert, du kannst dich auf deinen Vater verlassen.

Die Wandlung des Oberregierungsrates Dr. Habicht war erschreckend, aber folgerichtig. Ein Mann, von allem Lieben beraubt, das er besessen hatte, schlägt um sich.

Acht Tage lang verhielt sich Franz von Gleichem ruhig und wartete geduldig auf Ulrikes Verkaufsabrechnungen. Er brachte Verständnis dafür auf, daß eine Frau nach einem solchen Erlebnis einige Zeit brauchte, um sich seelisch wieder zu festigen.

Salvatore hatte ihm berichtet, wie problemlos das »Problem Robert Habicht« bereinigt worden war.

»Ulla hat fabelhaft gearbeitet«, lobte er. »Wie ein Profi. Auf die kann man sich verlassen. Natürlich hat sie auf der Rückfahrt durchgedreht. Kann man ja verstehen ... Jetzt ist ihr Bett leer.«

»Was heißt durchgedreht?« fragte von Gleichem. Der Begriff gefiel ihm nicht.

»Weinen, zittern, klagen, der ganze Weiberquatsch ...«

»Klagen?«

»›Ich bin keine Mörderin!‹ hat sie geheult. Immer dasselbe: ›Ich bin keine Mörderin!‹ Als mir das zuviel wurde, habe ich ihr eine geknallt. Da war sie still. Bei hysterischen Weibern helfen keine Worte ... klatsch-bumm, das überzeugt.«

Nun waren acht Tage herum. Die Aufregung in der Bevölkerung, von der Presse geschürt und durch knallige Schlagzeilen unterstützt, hatte sich gelegt, sehr zur Zufriedenheit von Reiber und Wortke, der sagte:

»Wenn ich einen Journalisten sehe, verstehe ich einen Mörder!«

Von Gleichem verfolgte jeden Tag den Stand der Ermittlungen. Von Robert Habicht und Christa Helling wußte die Kripo eine Menge, aber dann endeten die Spuren. Die Ecstasy-Szene lieferte zwar genügend Gesprächsstoff, aber dort traf die Kripo auf eisernes Schweigen.

Um so gespannter war von Gleichem darauf, was Ulrike berichten würde. Wie reagierten die Kunden, was dachten die Techno-User? Was er bisher aus seinen Barbetrieben gehört hatte, waren verhaltene Vorsicht und die allgemeine Ansicht: Der Junge hat sich reichlich dusselig benommen. Pumpt die Kleine voll und weiß nicht, wohin mit der Toten. Nur der Genickschuß gab Rätsel auf.

Von Gleichems Geduld hatte an diesem achten Tag ihre Grenze erreicht. Er fand, daß man Trauer nicht übertreiben sollte. Das Leben ging weiter. Um Millionen zu verdienen, muß man sich regen. Er ließ Salvatore kommen und bot ihm eine Zigarre an. Der Mann für alles nahm sie mit Dank an, obwohl er keine Zigarren rauchte. Für eine gute Zigarre braucht man Zeit. Wer sie nur so dahinpafft, ist ein Ignorant des Genusses.

»Ulla fängt an, mir Sorgen zu machen«, sagte von Gleichem. »Die ganze Sache muß sie mehr erschüttert haben, als wir dachten.«

»Soll ich sie mal besuchen?« fragte Salvatore.

»Genau daran habe ich gedacht. Wir waren da zu kurzsichtig. Wir haben Ulla vernachlässigt, sträflich vernachlässigt! Sie hätte unsere Hilfe gebraucht; statt dessen lassen wir sie einfach allein. Bei allem Haß, den sie gegen diesen Robert am Schluß empfand – sie ist eine Frau, und Frauen reagieren in solchen Situationen oft konträrer, als sie vorher gemeint hatten. Fahr zu ihr und bring sie her. Aber nicht mit Gewalt, Salvatore!«

»Und wenn sie nicht will?«

»Sie wird eine Begründung dafür haben. Ich spreche dann selbst mit ihr.«

Salvatore machte sich auf den Weg. Aber nach einer halben Stunde kam er schon wieder zurück, sichtlich verstört und sogar ein wenig ängstlich. Er rannte in von Gleichems Büro und lehnte sich dort schwer atmend an die Wand.

»Sie ist nicht da!« Dabei wedelte er mit beiden Händen durch die Luft. »Sie ist weg! Einfach weg! Die Wohnung ist leer ...«

»Was ist sie?« Von Gleichem sprang aus seinem Sessel hoch. Die Mitteilung war wie ein elektrischer Schlag. »Leer?«

»Ausgeräumt. Die Nachbarn sagen, vor drei Tagen hat der Wagen einer Gebrauchtmöbel-Firma alles abgeholt. Die ganze Einrichtung ist verkauft.«

»Es war doch eine Eigentumswohnung ...«

»Ein Makler hat sie übernommen.«

»Wie heißt der Makler?« schrie von Gleichem. Er verlor die Beherrschung.

»Keine Ahnung.« Salvatore wischte sich den Schweiß von der Stirn. Er schwitzte nicht vom schnellen Laufen, es war Angstschweiß. »Und Ulla ist verschwunden.«

»Ich habe ihr viel zugetraut, aber das nicht.«

»Es war ein Fehler, Chef, sie nicht gleich mit umzulegen.« Salvatore wagte es, von Gleichem zu kritisieren. Er sah, daß sein Chef angeschlagen war. »Ich habe sie nie gemocht. Sie war die falsche Besetzung.«

»Sie war eine Hure!«

»Aber aus 'm bürgerlichen Lager. Die suchen immer 'nen Blümchengarten.«

»Sie war eiskalt! Und sie hatte eine blendende Zukunft!« Von Gleichem hieb mit der Faust auf den Tisch. »Salvatore, wir müssen das Weibsstück finden.«

»Wo? Sie kann in Berlin sein, in Hamburg, Köln, Stuttgart, Essen, Dresden, Leipzig und Chemnitz. Überall kann sie sein. Zu verschwinden ist doch so einfach.«

Von Gleichem nickte. »Du kannst gehen, Salvatore«, sagte er, etwas ruhiger geworden. »Wir müssen jetzt nur verdammt vorsichtig sein.«

»Sie meinen, Ulla läßt uns hochgehen?«

»Jetzt traue ich ihr einen Verrat zu. Aber das hätte auch eine für sie fatale Folge: Wir wüßten dann, wo sie ist. Warten wir ab.«

Salvatore verließ das Büro. Er war wütend. Seine Mafia-Erfahrung hatte ihm schon am Wörthsee geraten, Ulla in einem Waldstück zu »bestrafen«. Weiber, die zuviel wissen, haben auch zu lange gelebt, das ist eine alte Cosa-Nostra-Weisheit. Frauen sind für Haus und Kinder da. Diese Lebenseinstellung war die Basis aller Tätigkeit gewesen. Das Geschäft den Männern, den Frauen der dicke Bauch, so war es immer gewesen und hatte bis heute funktioniert. Bei aller Ehrfurcht vor dem Chef: Von Gleichem war kein Profi. Er stank nach Vornehmheit, das vernebelt die Fähigkeit, gefürchtet zu sein. Selbst der elegante Al Capone, Ur- und Vorbild allen Mafia-Nachwuchses, hielt sich nicht zurück, im Frack seine Zigarre auf der Haut eines Mißliebigen auszudrücken. Das erst läßt jemanden zum Chef werden.

Von Gleichem war mit anderen Gedanken beschäftigt. Sie waren bedrohlicher als Salvatores historische Mafia-Überlegungen.

Es ging um Geld, um Ecstasy, um einen neuen Aufbau der Dealer-Organisation und – am gefährlichsten – um den Vietnamesen Lok. Von Gleichem wußte schon jetzt, daß Lok nicht das geringste Verständnis aufbringen würde für die Affäre Ulrike-Robert und deren Endlösung. Die Lieferung der neuen kleinen Ecstasy-Pyramiden, des Öko-E, hatte begonnen. Jede Störung wuchs sich zu einem Hindernis aus, das Hunderttausende kosten konnte. Für Lok und seine Organisation waren nur die Absatzzahlen wichtig – jede Behinderung hatte von Gleichem zu verantworten. Auch die Polen hatten sich nach den Drahtschlingen-Morden bisher bedeckt gehalten, was nicht bedeutete, daß sie den Ecstasy-Markt kampflos den Asiaten überließen. Eine Großaktion schien sich vorzubereiten. Es war wie bei der Erwartung eines Taifuns: Erst wird es windstill wie in einem Vakuum, und dann bricht die Urgewalt vernichtend herein. Wer um Millionen kämpft, zählt keine Opfer. Das hat die Unterwelt mit den Kriegs-Politikern gemeinsam, nur setzt man ersteren später keine Denkmäler und nennt sie die »Großen«.

Von Gleichem sah sich zunächst gezwungen, einen großen Verlust aus seiner Tasche zu bezahlen: Mit Ulrike war auch das gesamte »Warenlager« verschwunden. Es fehlten 43 000 Stück der Sorten Barney, Chanel, Playboy, Pond, Love und Anker, Tabletten, die mit der letzten polnischen Lieferung gekommen waren. Die Hauptsendung von 870 000 Ecstasy hatte von Gleichem auf Loks Befehl abbestellt. Hinzu kamen die noch nicht abgerechneten Verkäufe, die von Gleichem auf über 100 000 Mark schätzte.

Ein guter Einstand für Ulrike an ihrem neuen Wohnsitz.

Von Gleichem hatte keine Schwierigkeiten, diese

Finanzlücke aus eigenen Mitteln aufzufüllen. Was ihn schmerzte, war die Verletzung seines Stolzes. Er hatte Ulrike sein Vertrauen geschenkt, und das war, wenn man von Gleichem kannte, eine Schenkung aus Überzeugung. Eine Ehrensache. Ulrike hatte diese Ehre weggeworfen; für von Gleichem war eine solche Kränkung unverzeihlich. Nur der Tod konnte sie tilgen.

Von dieser Stunde an wartete er auf das Erscheinen von Lok.

Und – das gab er vor sich selbst zu – er hatte höllische Angst davor.

Der erste Weg nach der Entdeckung des Fotos führte Hubert Habicht an das frische Grab seiner Frau.

Auf dem Hügel, in das nur ein schlichtes Holzkreuz gesteckt war, bis das Grabmal aus poliertem rosa Marmor, das Habicht bestellt hatte, aufgestellt werden konnte, lagen noch die zwei einsamen Kränze von Dr. Heimes und Habicht selbst. In der verspäteten Todesanzeige hatte er darum gebeten, von Blumenspenden abzusehen. Er hatte die Kontonummer der Pfadfinder angegeben und um Zuwendungen an diese Organisation gebeten. Eigentlich eine unüberlegte Bitte, denn diese Gruppe war kein gemeinnütziger Verein, und so kassierte jetzt das Finanzamt kräftig mit.

Habicht blieb vor dem Grab stehen, blickte eine Weile stumm auf den Hügel und holte dann das Foto aus der Tasche. Er hielt es der Stelle entgegen, wo Gerdas Kopf liegen mußte, und beugte sich dabei etwas vor.

»Das ist sie«, sagte er ohne ein Schwanken in der Stimme. »Gerda, sieh sie dir an. Diese Frau hat uns unseren Sohn weggenommen, hat ihn getötet, hat auch dich auf dem Gewissen. Nein, sie hat kein Gewissen. Sie hat auch dich ermordet! Wir wissen jetzt, wie sie aussieht. Hübsch, nicht wahr? So schön kann sich ein Satan maskieren. Aber ich finde sie, Gerda. Ich habe es dir versprochen. Ich habe jetzt keine andere Aufgabe mehr, als diese Frau zu finden.«

Er blieb nur wenige Minuten am Grab. Beim Abschied sagte er: »Versteh mich recht, Gerda, wenn ich sage: Ich bin froh, daß du jetzt glücklich bist. Bei mir warst du es nicht ... aber glaub mir, ich habe dich geliebt.«

Zum Beten war er nicht bereit. Er sah keinen Gott mehr in seinem Dasein, und er konnte ihn auch nicht gebrauchen. Wer für die Rache lebt, entzieht sich der Gnade. Gnade ist Vergeben, und das war jetzt das Letzte, an das Habicht dachte.

Sein zweiter Weg führte ihn zu seinem Amt. Zur Bayerischen Staatsregierung.

Er ließ sich bei seinem Vorgesetzten, einem Leitenden Regierungsdirektor, melden und wurde sofort vorgelassen. Dr. Volker Hassler, so hieß er, kam ihm mit ausgestreckten Händen und einem mitleidigen Gesicht entgegen.

»Ich habe es gestern in der Zeitung gelesen. Was soll ich sagen ...«

»Nichts, Herr Regierungsdirektor«, antwortete Habicht kalt.

»Sie haben uns nicht unterrichtet ...«

»Ich hielt es für besser so.«

»Wir haben Ihre Gattin sehr geschätzt. Mein Gott, so plötzlich! Die Tragödie mit Ihrem Sohn ...«

»Mein Sohn Robert hat seine Mutter mitgenommen.«

Dr. Hassler starrte Habicht an. Er wußte darauf keine Entgegnung. »Mitgenommen?« fragte er nur gedehnt.

»Meine Frau ist an dem Schock gestorben, den der

unbegreifliche Tod unseres Sohnes bei ihr ausgelöst hat.«

»Schrecklich! Da sind alle tröstenden Worte sinnlos. Und Sie sehen krank aus, Herr Habicht. Ich schlage Ihnen vor: Sie fahren jetzt erst einmal in Urlaub. Sonderurlaub. Der wird nicht angerechnet, dafür sorge ich. Erholen Sie sich erst einmal. Bringen Sie Ruhe in Ihr Inneres.«

»Deswegen bin ich gekommen, Herr Direktor.«

»Sofort genehmigt.«

»Keinen Urlaub. Ich bitte um eine Beurlaubung auf unbestimmte Zeit und ohne Gehalt. Und zwar ab sofort.«

Dr. Hassler schwieg einen Augenblick völlig überrascht. Solche Anträge eines Beamten waren äußerst selten, vor allem ohne Gehalt. Meistens wies man eine Krankheit durch ein fundiertes Attest nach, das auch für eine Frühpension nützlich war. Einmal nur hatte ein Beamter um Beurlaubung auf unbestimmte Zeit ohne Gehalt nachgesucht. Er hatte im Lotto sechs Richtige angekreuzt und war Millionär geworden. Eine Beurlaubung hielt den Pensionsanspruch aufrecht, und darauf wollte der neue Millionär auf keinen Fall verzichten. Was man sich ersessen hat, soll auch eines Tages ausgezahlt werden. Ein raffinierter Schachzug, den die Kollegen neidvoll diskutierten.

Auf diesen Vorfall spielte Dr. Hassler an, als er fragte:

»Haben Sie im Lotto gewonnen, Herr Habicht?«

»Ich habe nie gespielt. Ich möchte einfach beurlaubt werden, das ist alles. Da ich in dieser Zeit auf mein Gehalt verzichte, dürfte es keine Schwierigkeiten geben.«

»Das sagen Sie so forsch daher.« Dr. Hasslers Trauermiene wich einem dienstlichen Ausdruck. »Ich brauche für den Regierungspräsidenten eine Begründung.«

»Ich habe mir eine besondere Aufgabe vorgenommen.«

»Und welche?«

»Das ist absolute Privatsache, Herr Direktor.«

»Bei einem solchen Antrag ist Offenheit von Nutzen. Der Regierungspräsident muß doch eine Notwendigkeit für die Beurlaubung erkennen.«

»Dann einigen wir uns darauf: Ich will nicht mehr. Ich will einfach nicht mehr.«

»Herr Habicht, diese ganze Tragödie muß innerlich überwunden werden. Ich verstehe.« Die Trauermiene zog wieder über Hasslers Gesicht. »Aber Urlaub auf unbestimmte Zeit …«

»Ich habe es gegenwärtig gründlich satt!«

»Also doch Frühpension?«

»Nein. Verstehen Sie mich nicht, Herr Direktor? Spreche ich chinesisch?« Habichts Stimme wurde unbotmäßig laut. »Ich will nach Erledigung meiner Aufgabe wiederkommen. Ich werde ins Amt zurückkehren. Nur weiß ich nicht, wann das sein wird.«

»Ob ich das durchbekomme, Herr Habicht?« Dr. Hassler wiegte den Kopf. Präzedenzfälle zu schaffen ist immer eine mühsame Arbeit, die einem keine Freunde beschert. »Ich schlage vor …«

»Ich überlasse es Ihnen, wie Sie entscheiden.« Habicht machte vor Dr. Hassler die Andeutung einer Verbeugung. »Ab heute stehe ich nicht mehr zur Verfügung. Ich betrachte mich als beurlaubt.«

Er verließ das Büro, ohne eine Antwort abzuwarten. Dr. Hassler blieb in der Mitte des Zimmers stehen und starrte auf die geschlossene Tür.

»Na so was!« sagte er entgeistert. »In solch einem Ton! Der stille Dr. Habicht. Wer hätte das gedacht!«

Wie erwartet: Lok saß mit regungsloser Miene vor von Gleichem und hatte sich seinen Bericht wortlos angehört. Diese Schweigsamkeit war für von Gleichem alarmierend. Er hatte keine Übung im Umgang mit Asiaten, aber soviel wußte er: daß der Verschluß des Mundes die Gedanken schärfte.

»So ist die Lage, Herr Lok«, sagte er. »Sie haben allerdings keinen Schaden davon, wie Sie aus den Abrechnungen sehen.«

»Der Schaden liegt im Psychischen.« Loks Maskengesicht verzog sich bei diesen Worten um keinen Millimeter. »Die Geschäfte laufen weiter, das weiß ich. Die Ecstasy-Welle schwillt von Tag zu Tag an. Je mehr warnend darüber geredet wird, um so mehr Kunden bekommen wir. Die Neugier! Kann man mit Ecstasy wirklich Glück kaufen – auch wenn es verboten ist? Das reizt, das macht neugierig. Und wenn jetzt unsere Öko-Pille auf den Markt kommt, ist sowieso jede Warnung in den Wind gesprochen. Öko macht nicht krank, das ist ein Slogan, den man sich auf das T-Shirt malen kann. Wie heißt es bei uns: Der Wind weht das Korn über das Land, und überall wachsen neue Felder. Nein, darum geht es nicht, Herr von Gleichem.«

»Wo sehen Sie dann die Gefahr?«

»In dieser Frau. In der Psyche dieser Frau. Sie haben ihr den Liebhaber genommen.«

»Sie hat dabei geholfen, Herr Lok!«

»Eine betrogene Frau ist wie eine angeschossene Tigerin. Sie reißt alles. Aber dann leckt sie ihre Wunden. Die schließen sich, und mit der Heilung der Wunden heilt auch ihre zerstörerische Wut. Dann beginnt sie wieder klar zu denken. Und was denkt eine solche Frau? Man hat mir meine Liebe genommen ...«

»Ulrike ist ein anderes Kaliber. Sie kennen sie nicht, Herr Lok.«

»Und warum ist sie dann verschwunden?«

»Um unter alles einen Strich zu ziehen. Hätte sie uns verraten wollen, sie hatte dazu Zeit genug.«

Lok sah von Gleichem fast mitleidig an. Es war ein Blick, den dieser nicht ertragen konnte. Es kam ihm vor, als sähe ihn ein Raubtier an, bevor es gefüttert wird.

»Sie mögen ein großer Frauenkenner sein«, sagte Lok. »Aber die alten Weisheiten sind bessere Ratgeber. Wir sagen: Aus dem Versteck trifft man am besten den Gegner ... Und sie hat sich versteckt!« Und dann lauter, fast befehlend: »Wir müssen sie finden!«

»Die Jagd ist schon angeblasen. Salvatore und eine Menge Freunde sind ausgeschwärmt.«

»In München!« Lok winkte abfällig ab. »Und wenn sie in Berlin ist? Geben Sie mir ein Bild von ihr. Sie haben doch ein Bild?«

»Nur ein Foto als Bardame hinter der Theke. Da ist sie stark geschminkt. Tagsüber sieht sie anders aus. Aber wenn sie eines Tages wieder in einer Bar arbeitet, könnte man sie erkennen.«

»Auch wieder ein Fehler von Ihnen, Herr von Gleichem. Von jedem Mitarbeiter sollte man ein natürliches Foto haben. Ein Bild kann die Wirklichkeit ersetzen, sagt man. Auch von Ihnen haben wir gute Fotos ...«

»Von mir?« Von Gleichem verspürte eine leichte Übelkeit im Magen. »Ich habe nicht gesehen, daß mich jemand ...«

»Unsichtbarkeit ist unsere Stärke.« Lok lächelte verhalten. »Wir wissen sehr viel.«

»Nur bei Ulrike Sperling und Robert Habicht habt auch ihr versagt!«

»Das gebe ich zu. Um so wichtiger ist es, diese Frau zu finden. Wir wollen unser Gesicht nicht verlieren.« Lok streckte die rechte Hand aus. »Das Foto, bitte.«

Von Gleichem suchte in den Schubladen seines Schreibtisches. Endlich, unter einem Stapel Barabrechnungen, fand er Ulrikes Bild. Er reichte es Lok über den Tisch.

»Sehr attraktiv.« Der Vietnamese steckte das Foto ein. »Wir werden es vervielfältigen und in alle Städte schicken. Auch an die Bars auf dem Lande. Unsere Freunde sind überall.«

»Ich weiß. Wo ein Asiat auftaucht, kommen die anderen hinterher wie die Ameisen.«

»Die Welt gehört den Fleißigen, und wir sind fleißig.« Lok erhob sich und wandte sich zum Gehen. Aber er streckte nicht die Hand zum Abschied aus. Von Gleichem empfand das als Flegelei. »Ich hätte noch eine Bitte.«

»Wenn ich sie erfüllen kann …«, sagte er beleidigt.

»Sie können! Wenn Ihr Jagdkommando diese Frau gefunden hat, geben Sie mir Nachricht. Wir möchten sie gerne übernehmen.«

»Übernehmen«, wiederholte von Gleichem stumpf. Er ahnte, was Lok damit ausdrücken wollte.

»Wir möchten Sie nicht belasten.«

»Ich verstehe.«

»Es ist immer von Nutzen, wenn Partner sich verstehen. Das macht das Leben leichter und fröhlicher. Wie sagt man bei uns: Ein Mann kann fünfzig Eimer Wasser tragen. Zwei Mann aber hundert – und die Felder blühen.«

Von Gleichem wartete, bis sich die Tür hinter Lok geschlossen hatte. Erst dann sagte er aus tiefster Seele:

»Du mit deinen verdammten Sprüchen! Auch wir haben einen Spruch: Lob nicht die Ernte, bevor der Regen kommt! Ich werde dir Ulrike nicht ausliefern. Sie soll in keiner Stahlschlinge hängen ...«

Bei Wortke und Reiber hatte sich Hochstimmung eingestellt.

Ein neuer Zeuge war aufgetaucht. Ein brisanter Zeuge, der das große Rätsel lösen könnte.

Es war ein kräftiger Mann in einem weißen Leinenanzug, der vor Wortke und Reiber saß und sich in dieser Umgebung, der Mordkommission, sichtbar unwohl fühlte. Wortke versuchte, ihn ein wenig aufzulockern.

»Sie sind also Bademeister im Prinzregenten-Bad?« fragte er. »Ein schöner Beruf. Immer frische Luft, schöne Mädchen Tag für Tag ...«

»Nicht immer, Herr Kommissar.«

»Sie heißen Toni Pulver, und so sehen Sie auch aus. Muskeln wie ein Stier. Wo Sie hinschlagen, verdorrt alles.«

»Ich schlage nicht, Herr Kommissar ... ich rette, wenn notwendig. Und den Toten, diesen Robert Habicht, kenne ich. Als ich das Foto in der Zeitung sah, hab ich zu meiner Frau gesagt: Du, das ist er. Der war Stammgast bei uns.«

»Und er war immer allein?« fragte Reiber.

»Lange Zeit hindurch immer solo.«

»Und nach der langen Zeit?«

»Da hat er 'ne tolle Frau aufgerissen. Die war auch schon öfter da, und irgendwann hat's dann geschnakkelt. Jei, waren die verliebt! Und dabei war sie bestimmt älter als er, aber mit 'ner Figur ... Da kannste unruhig werden.«

Wortke und Reiber warfen sich einen Blick zu. Hurra! Hurra! Wir haben sie! Das ist sie, Habichts »Lehrerin«.

»Können Sie diese Frau beschreiben, Herr Pulver?« fragte Wortke.

»Ich glaub' schon. Hab sie ja oft genug gesehen. Wenn die da auf der Wiese im Bikini lag ... wie eine Berg- und Talbahn ...«

»Uns interessiert weniger der Busen als das Gesicht. Auch mit dem Hintern können wir nichts anfangen.«

»Aber der war sehenswert. So 'n richtiger strammer, geiler ...«

»Stopp!« Reiber hob die Hand. »Wir sind hier nicht beim Stammtisch, Herr Pulver! Wie sah das Gesicht aus?«

»Da lief einem das Wasser im Mund zusammen, Herr Kommissar.«

»Spucken Sie es aus!« Wortkes Jovialität hatte Grenzen. »Blaue Augen? Braune, grüne, graue? Spitze Nase, breite Nase, Stupsnase, schmale Nase ...«

»Das ... das kann ich so genau nicht sagen.« Bademeister Pulver wurde verlegen. »Ehrlich gesagt: Das hat mich nicht interessiert. Ich hab woanders hingeguckt.«

»Titten und Arsch!«

»Genau.« Pulver fühlte sich unwohl. Ein Rindvieh, wer sich freiwillig als Zeuge bei der Polizei meldet! Die sprechen mit dir, als hättest du 'nen blutigen Dolch in der Tasche. Fünftausend Mark Belohnung sind für Hinweise ausgesetzt, aber wenn man dann auspackt, wird man zusammengeschissen wie beim Kommiß. Er gab sich einen Ruck und sprach weiter: »Ja, und da waren die Haare. Schwarze Haare, aber wenn die Sonne draufschien, leuchteten sie rötlich. Wie Kastanien. Genau, das ist es: Kastanien. Das fiel neben all dem anderen besonders auf. Wenn sie da am Becken entlangging ...«

»... auf langen schlanken Beinen«, ergänzte Reiber.

»Sie sagen es, Herr Kommissar.« Pulvers Augen bekamen Glanz bei dieser Erinnerung. »Beine, lang wie bei den Models. Diese Frau haute einen einfach um!«

Wortke winkte ab. Er sah die Geheimnisvolle plastisch vor sich und verstand, daß ein junger Mann wie Robert Habicht, unerfahren und nun sexuell erweckt, ihr hörig werden konnte. Hörig bis zur Kriminalität.

»Könnten Sie das Gesicht zeichnen?« fragte er.

»Nein.« Pulver schüttelte den Kopf. »Ich kann schwimmen, tauchen, turmspringen, Erste Hilfe leisten, Tennis, Golf spielen ... aber zeichnen? Nie gemacht.«

»Wir haben einen Computer, der das Bild herstellt. Er braucht nur präzise Angaben von Ihnen.«

Wortke wurde wieder leutseliger. Wenn es gelang, das Gesicht der Frau im Bild zu rekonstruieren, hatte man für die Fahndung den besten Trumpf in der Hand.

»Hilft es Ihrer Erinnerung, wenn wir ein Bier trinken?« fragte er.

»Ein Bier von der Kripo?« Pulver grinste verhalten. »So was gibt's? Bei der Mordkommission?«

»Wir transportieren nicht nur Leichen.« Wortke ging ins Nebenzimmer, schickte eine Sekretärin zur Kantine und ließ drei Flaschen Bier kommen. Reiber und Pulver waren unterdessen in den Computerraum gegangen und saßen vor dem Wunderwerk, das ein menschliches Gesicht zeichnen konnte. Ein junger Beamter, speziell für dieses Gerät ausgebildet, hatte auf dem Bilschirm bereits die Umrisse eines weiblichen Kopfes, das Grundschema, eingestellt. Jetzt kam es darauf an, nach Pulvers Angaben diesen Kopf zu formen und mit Einzelheiten auszustaffieren.

Zunächst trank Pulver ein halbes Glas Bier, blickte dann auf das Computerbild und sagte: »Die Nase schmaler.«

Ein Zucken lief über den Bildschirm, und eine andere Nase saß im Gesicht.

»Toll!« sagte Pulver fasziniert. »Einfach toll! Das ganze Gesicht etwas schmaler und länglicher, nicht so rund ...«

Tack-tack-tack ... Das Gesicht veränderte sich. Pulver war begeistert. »Wie kriegen Sie das bloß hin?« fragte er.

Der junge Beamte an der Tastatur lächelte. »Wir haben im Computer einige tausend Möglichkeiten gespeichert. Ob Europäer, Kongoneger oder Chinese, wir stellen jeden Kopf zusammen.« Er nickte. »Weiter, Herr Pulver.«

»Das Kinn etwas spitzer. Ja, so! Und die Augen ... Ich meine, sie waren etwas schräger.«

»Doch keine Asiatin?« fragte Reiber sauer.

»Nein! Nein! Nur ein bißchen schräg. Sonst große Augen. Gezupfte Augenbrauen. Der Mund ... vollere Lippen. So 'n Kußmund. Und dann die Haare. Lockig, nein, nicht so kurz, ziemlich lang ... höhere Wangenknochen ... Verdammt, das ist sie!« Das Klicken des Computers hörte auf. Pulver lehnte sich auf seinem Stuhl zurück, griff nach seinem Bier, das Glas zitterte in seiner Hand. »Das ist unheimlich«, stotterte er. »Direkt unheimlich! Das ist die Frau! Das ist sie ...«

»Gratuliere!« Wortke klopfte Pulver auf die Schulter. »Sie haben ein gutes Erinnerungsvermögen. Die Frau sieht aus wie eine Magazinschönheit ...«

»Das ist sie auch.« Pulver starrte begeistert auf das Computerbild. »Die haut jeden Mann um.«

»Sie irren sich nicht?« fragte Reiber. Ihm kam das Bild zu idealisiert vor. Zu vollkommen. So eine Frau tänzelt bei Versace oder Lagerfeld über den Laufsteg, aber nicht am Beckenrand des Prinzregenten-Bades.

»Nein. Das ist sie!«

»Geben wir also das Bild frei!« Wortke klopfte Pulver noch einmal auf die Schulter. Solche Leutseligkeit war bei ihm selten. Sie bewies, wie sehr er sich über Pulvers Aussage freute. »Sie haben uns sehr geholfen.«

»Wirklich?« Pulver trank sein Bier aus. »Und wie ist das mit den fünftausend Mark?«

»Die bekommen Sie, wenn Ihr Hinweis zur Festnahme der Frau und des Mörders führt. Ich drücke Ihnen die Daumen.«

Das Phantombild wurde ausgedruckt und an alle Zeitungen, Magazine, Fernsehsender und Polizeistationen verschickt. Unterschrift: *Wer kennt diese Frau? Wo ist sie gesehen worden? Zweckdienliche Angaben an ...*

»Und jetzt können die Telefone rappeln!« sagte Wortke fröhlich. »Eine solche Frau fällt überall auf.«

Die Sache hatte nur einen kleinen, aber entscheidenden Fehler.

So wie auf dem Phantombild sah Ulrike Sperling nicht aus.

»Weißt du, daß dein Gehirn geschädigt ist? Du gehörst in ein Sanatorium mit Türen ohne Klinken!«

Dr. Heimes sah keinen Grund mehr, mit seinem Freund Habicht noch schonend umzugehen. Sie saßen im Herrenzimmer, wie Habicht sein Arbeitszimmer nannte, Heimes hatte das Foto von Roberts Geliebter lange angesehen und konnte verstehen, daß ein Junge wie er ihr verfallen war. Nicht verstehen konnte er, daß Habicht sich weigerte, das Bild der Polizei zur Verfügung zu stellen. Auf alle Vorhaltungen Heimes' gab er nur immer die eine Antwort: »Nein! Nein! Das regele ich selbst!« Kein Argument konnte ihn vom Gegenteil überzeugen.

»Ich habe Robert und Gerda am Grab versprochen, diese Frau zu suchen. Und ich halte Versprechungen!« Habicht nahm Dr. Heimes das Foto aus der Hand und legte es zwischen ihnen auf den Tisch. Dr. Heimes blieb bei seiner groben Art.

»Am Grab verspricht man vieles …«

»Ich nicht!«

»Du schädigst dich doch selbst, Hubert! Die Polizei hat ganz andere Möglichkeiten als du. Presse, Fernsehen, flächendeckende Fahndung … Die können Millionen ansprechen! Diese Frau ist nicht unbekannt! Es wird eine Menge Hinweise geben. Nur die Polizei kann ein weites Fahndungsnetz spannen.«

»Nicht die Polizei soll sie abführen in einen sicheren Gewahrsam … *Ich* will sie in die Hände bekommen.«

Dr. Heimes hielt den Atem an. Dann fragte er entsetzt: »Willst du sie töten? Hubert, was denkst du da? Willst du als Mörder von der Bildfläche verschwinden?«

»Es wäre kein Mord, höchstens Totschlag im Affekt. Da gibt es mildernde Umstände.«

»Zehn Jahre Knast sind immer drin.« Dr. Heimes hieb mit der Faust auf den Tisch. »Oder eben das Haus ohne Klinken! Willst du da landen?«

»Was hinterher kommt, ist mir egal!«

»Aber mir nicht! Als Freund …«

»Als Freund solltest du mir helfen.«

»Das werde ich … indem ich dich festhalte!«

»Ich habe eine andere Idee. Ich lasse das Bild kopieren, du bekommst ein Foto und klapperst die Nachtlokale ab wie ich. Wir teilen uns die Stadt und die Umgebung.«

Dr. Heimes war über den Vorschlag so verblüfft, daß er zunächst keine Worte fand. Aber dann sagte er, mit dem Zeigefinger an die Stirn tippend: »Ich mache mich doch nicht zum Mittäter an einem Mord!«

»Du hilfst der Gerechtigkeit, wirklich gerecht zu sein! Das ist in diesem Land selten geworden. Humanität für den Täter, dem Opfer ist sowieso nicht mehr zu helfen.«

»Ich bin entsetzt, wie du dich verändert hast!«

»Ich betrachte mich auch als einen anderen Menschen. Was bin ich bisher gewesen? Ein Aktenwurm. Das wirkliche Leben ist an mir vorbeigeflossen. Obwohl ich Gerda geliebt habe, war sie unglücklich. Das hast du mir selbst erzählt! Ich habe mein Leben gelebt, und es war für mich selbstverständlich, daß alle anderen mir dabei folgten. Ich muß ein Ekel gewesen sein!«

»Du warst ein in sich selbst ruhender Mensch. Auf dich konnte man Hochhäuser bauen. Du warst ein Fundament. Jetzt bist du chaotisch, entwurzelt, von aller Vernunft verlassen! Hubert, bring der Polizei das Foto!«

»Zum letztenmal: Nein! Und jetzt will ich kein Wort mehr darüber hören.« Das klang endgültig. Dr. Heimes zuckte mit den Schultern. Sinnlos, hier noch weiter zu argumentieren. Die Beurlaubung vom Dienst auf unbestimmte Zeit ohne Gehalt, der Verkauf der wertvollen Briefmarkensammlung sowie zweier Perserteppiche und einem Speiseservice aus Meißner Porzellan als finanzielle Rücklage, wenn die Ersparnisse aufgebraucht sein sollten – nein, es gab kein Zurück mehr.

Oder doch? Ein heimlicher Wink an die Polizei? Eine anonyme Zuschrift: *Dr. Habicht besitzt das Foto der gesuchten Frau.* Oder noch besser: Die Kopie, die Habicht anfertigen lassen wollte, der Polizei zuschicken?

Dr. Heimes rang mit sich und kapitulierte. Man kann

einen Freund nicht verraten. Man kann sein Vertrauen nicht mißbrauchen. Die schäbigste Kreatur ist ein Verräter. Ich will weiterhin jeden Morgen in den Spiegel blicken können, ohne mich anzuspucken. Nur bleibt da die Frage: Bin ich im Sinne des Gesetzes dadurch kriminell geworden?

»Du glaubst, daß diese Frau sich noch in München befindet?« fragte Heimes.

»Ja.« Habicht steckte das Foto in seine Tasche. »Sie fühlt sich sicher. Sie ahnt ja nicht, daß wir ein Foto von ihr besitzen. Robert muß ihr versprochen haben, es so gut zu verstecken, daß keiner es findet. Und das hat er ja auch … unter Wagners Büste. Sie ist in München.«

»Trotz deiner Intelligenz bist du erstaunlich naiv. Ich an ihrer Stelle hätte schon am nächsten Tag die Stadt verlassen, fluchtartig.«

»Das wäre zu auffällig gewesen.«

»Wem sollte das auffallen?«

»Den Nachbarn sicherlich.«

»Wer könnte eine solch attraktive Frau mit einem Verbrechen in Verbindung bringen … zumal in keinem Bericht die Rede von einer Frau war. Selbst die Kripo scheint nicht daran zu denken. Nur wir zwei wissen es bisher! Hubert, diese Frau kann längst in Berlin sein.«

»Warum Berlin?«

»Oder anderswo. Berlin fiel mir nur so ein. Es kann auch jede andere Stadt sein. Du suchst sie vergeblich, Hubert.«

»Sprechen wir darüber noch einmal in zwei oder drei Monaten.«

»Dann ist die Spur kalt …«

»Oder meine Aufgabe hat sich erledigt.«

»Dann sehen wir uns hinter einer dicken Glasscheibe

im Besuchszimmer von Stadelheim wieder. Totschläger Dr. Habicht ...«

»Du wirst mich nicht geknickt vorfinden, sondern fröhlich!«

Dr. Heimes verabschiedete sich bald darauf. Mit Habicht war nicht mehr zu sprechen. Er war zum einsamen, hungrigen Wolf geworden.

Das Phantombild, das Ulrike darstellen sollte, erschien in allen Zeitungen, flimmerte über alle Bildschirme. Auch Zimmermanns Sendung »XY-ungelöst« schaltete sich ein. Das ganze deutsche Volk begann, diese Frau zu suchen.

Franz von Gleichem saß in seinem Büro und lachte schallend. Auch Salvatore platzte fast vor Lachen, und Lok rief an und fragte:

»Wie kann die deutsche Polizei so ein Bild veröffentlichen? Da stimmt doch gar nichts.«

»Jubeln wir! Ich weiß nicht, wie die Polizei zu diesem Phantombild kommt, wer Ulrike da so geschildert hat, daß sie keiner wiedererkennt, aber mit diesem Bild kann die Polizei hundert Jahre lang suchen. Wie ist es bei Ihnen, Herr Lok?«

»Unser Foto ist bereits in allen Händen, die uns nützlich sein können. Man soll die Kirschen ernten, ehe die Vögel sie fressen.«

»Gibt es überhaupt eine Lebenssituation, für die Sie keinen Spruch haben?«

»Ich glaube nicht.« Lok lachte kurz auf. »Die östliche Weisheit beschreibt Himmel und Erde, Tag und Nacht, Sonne und Finsternis, Blumen und Tiere. Und mit allem ist der Mensch verwachsen.«

»Ich wünsche Ihnen viel Erfolg, Herr Lok.«

»Danke. Wir werden ihn haben.«

Auch Dr. Habicht rief Dr. Heimes sofort an, als er die Zeitung am Morgen aufgeschlagen hatte. Seine Stimme überschlug sich fast.

»Hast du den Blödsinn gesehen?« rief er.

»Natürlich. Ich wollte dich auch schon anrufen.« Dr. Heimes schien Habichts Fröhlichkeit nicht zu teilen. »Das ist eine Tragödie ...«

»Ein Witz!«

»Du willst die Polizei auf dieser falschen Fährte lassen?«

»Etwas Besseres kann ich mir gar nicht ausdenken! Soll sie diesem Phantombild nachjagen. Es ist wirklich ein Phantom!«

»Aber es beweist auch noch etwas anderes, Robert: Ein Zeuge hat diese Frau gekannt, nur falsch beschrieben! Er muß Robert mit ihr gesehen haben. Ein Augenzeuge. Mit schiefem Blick.«

»Du solltest seinen Namen herausbekommen. Er weiß bestimmt mehr als das, was die Kripo herausgegeben hat.«

»Er kann nicht mehr wissen als wir alle. Die Polizei würde diese Frau nicht suchen, wenn sie ihren Namen und die Adresse wüßte. Also nützt mir der Augenzeuge gar nichts.«

»Aber wenn die Polizei das richtige Foto ...«

»Schluß!« Habicht legte auf. Das war kein Thema mehr.

An diesem Abend trank er ein Pils und rauchte nach langer Zeit wieder eine Zigarre. Er genoß seinen Triumph, als einziger das richtige Foto zu haben.

Ein halbes Jahr ist ein Zeitraum, der rasend schnell vergehen kann. Wo Blumen üppig blühten, liegt Schnee, und der ehemals sonnenheiße Asphalt glitzert vom Eis.

Das Jahr geht zu Ende, und man meint, es habe gerade erst begonnen. Die Zeit verrinnt, das war schon immer so, nur hatte es Dr. Habicht bisher nicht so bewußt wahrgenommen.

Nun ging es Weihnachten entgegen, und das Haus war still und leer. Kein Geruch nach Plätzchen, nach Zimt und Anis, Koriander und Rum erfüllte es mehr, Zutaten, aus denen Gerda sonst das Weihnachtsgebäck gebacken hatte, es in große bemalte Blechdosen gefüllt und an jedem Advent-Sonntag den Tisch mit Printen, Spekulatius, Vanillekipferln und Zimtringen gedeckt hatte. Kein Aussuchen des Weihnachtsbaumes mehr, natürlich immer eine Fichte, weil Habicht eine Edeltanne oder gar eine Blautanne zu teuer waren, kein Auspacken der bunten Glaskugeln und des mehrfach verwendeten Lamettas, kein Schmücken des Baumes, wobei Habicht im Sessel saß und kommandierte: »Links noch eine Kugel, rechts ist noch eine Lücke. Die Kerzen nicht so weit nach vorn, da biegen sich die Zweige durch! Warum zwei rote Kugeln nebeneinander? Da kann doch eine goldene hin! Man muß Gefühl für Farbkompositionen haben ...«

Nichts. Nichts. Stille, Einsamkeit, Leere, Verlassenheit. Ein Berg voller Erinnerungen, die jetzt zu Anklagen wurden. Kann man das Lied auch so sehen:

»Stille Nacht ...«?

Die Stille, die wie ein Würgegriff ist ...

Die vergangenen Monate hatten Habicht auf keine Spur geführt. Er war nach einer Liste, die sämtliche Bars, Discos und andere Vergnügungsstätten enthielt, von Lokal zu Lokal gezogen. Überall, wo er das Foto zeigte – ein Kopfschütteln als Antwort. Unbekannt. Nie gesehen. War nie bei uns. Wer soll das sein?

»Eine Mörderin«, erwiderte Habicht. »Sie hat meinen Sohn Robert und meine Frau Gerda umgebracht.«

»Schrecklich! Die Frau sieht so toll aus! Gar nicht wie eine Mörderin.«

Und überall gab man Habicht aus Mitleid einen Drink aus. Viermal ließ er sich danach mit einem Taxi nach Hause bringen, betrunken und abgeschlafft. Wann war er jemals dem Alkohol unterlegen? Zuletzt als Student. Da wurde bis zum Umfallen gesoffen, aber schon als Referendar zog er sich aus der Kneipe zurück und orientierte sich am biederen Bürgertum. Selbst in die Münchner Biergärten konnte ihn nur Dr. Heimes entführen, und das selten genug. »Was soll ich unter schwitzenden, gröhlenden Männern?« hatte Habicht immer abgewehrt. »Dazu ist mir meine Zeit zu wertvoll.« Wie gerne hätte Gerda Habicht mal in einem Biergarten ein paar Weißwürste oder ein Eisbein mit Sauerkraut gegessen. Habicht hatte nie danach gefragt. Jetzt aber nahm er jeden Drink an, zumal er ihm geschenkt wurde.

Zwangsläufig besuchte er auch das Toscana. Es stand ziemlich unten auf seiner alphabetischen Liste. Natürlich geriet er zunächst an Bolo, den Stier mit dem Gehirn eines Hahns. Bolos geübter Blick ordnete ihn sofort ein: Mittelalter, gepflegt, Ehemann auf Lusttour, Mäuse genug in der Tasche.

Tür auf.

Das barbusige Garderobenmädchen nahm Habicht den Mantel ab. Draußen war es feuchtkalt, richtiges Novemberwetter. Ohne Aufforderung legte Habicht dreißig Mark als Eintrittsgeld auf die Theke. Darin hatte er jetzt Erfahrung gesammelt.

»Braun, rot oder blond?« fragte Bolo beflissen. »Deutsch, russisch oder thailändisch?«

»Den Geschäftsführer, bitte.«

Bolo zog den Kopf ein und eilte davon. Sein Instinkt sagte ihm, daß von dem neuen Gast kein großer Umsatz zu erwarten war. Habicht lehnte sich gegen die Wand und wartete. Er hatte in dieser Nacht schon vier Besuche hinter sich, das bedeutete vier Drinks. Er war in eine aufgeheizte Stimmung geraten. Auch im Toscana erwartete er keine Information; schon das entblößte Mädchen in der Garderobe schien zu beweisen, daß Robert in solchen Kreisen nicht verkehrt hatte. Habicht wollte schon wieder gehen und hatte seinen Mantel verlangt, als Salvatore durch die Schwingtür in den Vorraum kam.

»Sie wollten mich sprechen, Signore?« fragte er höflich. »Ich bin der Geschäftsführer.«

»Es hat sich, glaube ich, erledigt.« Bolo half Habicht in seinen Mantel. »Ich habe mich geirrt.«

»Im Toscana irrt sich niemand, Signore. Wir haben für jeden Geschmack die richtige Speise. Wir kennen keinen unzufriedenen Gast.«

»Es war ein Irrtum.«

Salvatore blieb höflich und geschmeidig. Er hatte täglich Begegnungen mit komischen Käuzen, deren Wünsche manchmal ins Absurde abglitten. Er erinnerte sich an einen Gast, der ihm mit einem Tausendmarkschein vor der Nase herumgewedelt und gefragt hatte:

»Hast du eine Zweizentner-Wumme mit grünen Haaren hier?«

Natürlich hatte Salvatore so etwas nicht in seiner Kollektion, aber er hatte geantwortet: »Wir werden Ihren Wunsch erfüllen, Signore ... nur ein wenig Geduld.« Und dann hatte er herumtelefoniert und präsentierte eine Dame mit 211 Pfund Gewicht, allerdings mit lila Haaren. Der Gast war trotzdem sehr zufrieden. Er war übrigens ein in München sehr bekannter Industrieller.

»Sie suchen ein Lokal mit unzufriedenen Gästen?« sagte Salvatore jetzt. Verrückte muß man schonend behandeln. »Das wird ein Problem werden, Signore.«

»Ich suche eine Frau.«

»Eine unzufriedene Frau?«

»Reden Sie nicht solch einen Blödsinn!« Habicht holte das Foto aus der Tasche. »Ich suche diese Frau. Aber da bin ich hier am falschen Platz.«

Salvatore starrte auf Ulrikes Gesicht. Vorsicht! Vorsicht! Wer ist der Kerl? Ein Bulle tritt anders auf. Außerdem sucht die Polizei mit einem lächerlichen Phantombild. Hier aber ist ein Foto der wirklichen Ulla. Ein sehr gutes sogar.

Salvatore spürte die Gefahr. Das muß der Chef entscheiden, dachte er. Ich gehe in Deckung und schraube schon mal den Schalldämpfer auf die Pistole.

»Kennen Sie diese Frau?« fragte Habicht, wie so oft in den vergangenen Wochen.

»Nie gesehen.«

»Ich habe auch keine andere Antwort erwartet.« Hubert streckte die Hand aus, aber Salvatore gab das Foto nicht her.

»Sie sollten das Foto mal dem Chef zeigen«, sagte er.

»Sie sind nicht der Chef?«

»Ich leite das Toscana, aber der Besitzer ist Signore von Gleichem.«

»Ist er im Haus?«

»Zufällig ja.«

»Dann bringen Sie mich zu ihm.«

»Ich werde sehen, ob das möglich ist.«

Salvatore verschwand wieder hinter der Pendeltür.

Aus dem Lokal wehte Musik heraus. Kein Jazz, keine progressive Hämmerei, sondern eher romantische Klänge. Wer in einer Nische mit einem hübschen willigen Mädchen sitzt, mag es zärtlich.

Habicht brauchte nicht lange zu warten, Salvatore war schnell wieder da. Die Pistole steckte bereits hinten in seinem Hosenbund. Ein Toter mehr belastete nicht, im Gegenteil, er reinigte die Luft.

»Kommen Sie mit, Signore«, sagte er, ging voran, führte Habicht durch die Bar mit den barbusigen Kellnerinnen, klopfte an die Tür des Büros und stieß sie auf. Hinter seinem Schreibtisch erhob sich von Gleichem. Der erste musternde Blick verriet ihm sofort, wer der Besucher war. Er wies auffordernd auf einen der Sessel.

»Von Gleichem«, stellte er sich vor. »Bitte, nehmen Sie Platz, Herr ...«

»Habicht.«

Also doch. Richtig geraten. Roberts Vater. Von Gleichem empfand die Situation als sehr außergewöhnlich und pikant. Der Vater eines Ermordeten sitzt dem Mordauftraggeber gegenüber und hat keine Ahnung. Und der Mörder steht hinter der Tür und wartet auf ein Signal.

»Sie suchen eine Frau?« begann von Gleichem das Gespräch. »Sie haben ein Foto von ihr, sagt mein Mitarbeiter Brunelli. Kann ich es einmal sehen?«

»Bitte.« Habicht holte das Foto aus der Tasche und reichte es von Gleichem über den Tisch.

»Eine wunderschöne Frau«, sagte dieser. »Ein sehr gutes Foto. Warum suchen Sie diese Madonna?«

»Sie hat zwei Menschen auf dem Gewissen.«

»Aber nein!«

»Meinen Sohn Robert und meine Frau Gerda.«

»Unglaublich!« Von Gleichem drehte das Foto zwischen seinen Fingern. Zum erstenmal hörte er, daß Ulrike eine Frau getötet haben sollte. Er hielt das für unmöglich. Ulrike war vieles zuzutrauen, aber nie ein Mord. »Diese Frau hat Ihre Gattin erschossen?«

»Ich habe nicht gesagt, erschossen, sondern getötet. Meine Frau starb an dem Schock, den der Tod unseres Sohnes Robert auslöste. Es war ein indirekter Mord.«

Von Gleichem atmete auf. »Ich habe von der Tragödie Ihres Sohnes in der Zeitung gelesen«, sagte er und gab seiner Stimme einen bedauernden Klang. »Mein Beileid. Es muß für Sie fürchterlich gewesen sein.«

»Ich habe das Gestern abgestreift ...«

»Darf ich Ihnen einen Cognac anbieten, Herr Habicht?« Von Gleichem holte die Flasche aus seinem Schreibtisch. »Ein dreißig Jahre alter Prince de Polignac.«

»Ich sage nicht nein.« Habicht zeigte auf das Foto, das auf dem Tisch lag. »Sie haben diese Frau noch nie gesehen?«

»Da muß ich passen.« Von Gleichem goß den Cognac ein. Er nahm das Foto wieder in die Hand und blickte Ulrike an. Ja, das ist sie. Ein sehr gutes Bild, viel besser als die Aufnahme, die Lok in ganz Deutschland verteilt hatte. »Dieser Frau traut man alles zu, nur keinen Mord. Vor allem nicht nach einer solchen Widmung: Wir gehören zusammen. Das ist eine Liebeserklärung für die Ewigkeit.«

»Eine bewußte Täuschung. Eine Lüge. Sie hat meinen Sohn Robert mit Ecstasy vollgepumpt, zum willenlosen Hampelmann gemacht, dann muß es Streit gegeben haben, weil eine neue Freundin Ecstasy genommen hat und daran gestorben ist. Mein Sohn Robert wird dieser Frau hier mit Enthüllungen gedroht haben, und da sah sie als einzigen Ausweg den Mord! So hat es die Kriminalpolizei rekonstruiert, und auch ich glaube an diese Version.«

»Und nun suchen Sie diese Frau? Warum?«

»Können Sie sich diese Frage nicht selbst beantworten?« Habicht stürzte den Cognac in einem Zug hinunter.

»Sie sehen nicht aus wie ein blutiger Rächer, Herr Habicht.«

»Mein Äußeres mag geblieben sein, aber innerlich bin ich ein neuer Mensch.«

Von Gleichem legte das Foto wieder auf den Tisch. Es ist das einzige wirklich deutliche Bild von Ulrike. Nur wer dieses Foto besitzt, hat eine Chance, sie zu finden. Ein Foto, das unbedingt in die Hand von Lok gehörte.

»Ich könnte Ihnen vielleicht helfen«, sagte Franz von Gleichem.

»Aber Sie sagten eben ...«

»Nein, ich kenne sie nicht ... Aber außer dem Toscana besitze ich in München und Umgebung vierzehn Nachtlokale. Da könnte ich das Foto herumwandern lassen. Vielleicht kennt eines der Mädchen oder die Bedienung diese Frau. Lassen Sie mir das Foto hier.«

»Nein.« Habicht griff schnell nach der Fotografie und steckte sie ein. »Ich gebe es nicht aus der Hand. Geben Sie mir die Adressen Ihrer Lokale, ich frage selbst nach. Seit fünf Monaten tue ich nichts anderes. Niemand kennt sie! Und das glaube ich nicht. Eine solche Frau fällt auf ... Vor allem in der Ecstasy-Szene muß sie bekannt sein.«

Wie wahr! Die Gefahr war greifbar. Von Gleichem erkannte seine Lage mit aller Klarheit: Wenn dieser Habicht mit dem Foto wirklich eine Spur von Ulrike fand, war es sicher, daß sie alles aufdecken, daß sie um ihr Leben reden würde.

Das Foto durfte nicht mehr im Besitz von Habicht bleiben.

Und es gab nur zwei Möglichkeiten, es an Lok zu übergeben: Entweder tötete Salvatore Habicht lautlos hier im Büro – oder man überließ es Lok, an das Foto zu kommen. Das kam im Endeffekt auf das Gleiche heraus, aber man behielt die Finger sauber. Von Gleichem entschloß sich sofort, Habicht an Lok auszuliefern. Die Stahlschlingen-Methode schien ihm am elegantesten zu sein.

»Ich gebe Ihnen die Adressen meiner Betriebe«, sagte von Gleichem zuvorkommend. Für ihn war Habicht bereits nicht mehr existent. »Und ich wünsche Ihnen den Erfolg, den Sie brauchen. Nur … ich zweifle daran.«

Habicht erhob sich aus dem Sessel. »Ich habe Zeit. Ich bin mit 48 Jahren noch kein alter Mann. Ich kann warten, weil ich weiß, daß ich einmal, wann auch immer, dieser Frau gegenüberstehen werde. Ich bedanke mich für den Cognac.«

Salvatore begleitete Habicht bis vor die Tür und wartete, bis er abgefahren war. Die Pistole drückte in seinem Hosenbund, weil der Schalldämpfer zu lang war. Bolo verschloß wieder die eisenbeschlagene Tür.

»Wer war denn das?« fragte er.

»Ein Toter.«

Bolo verzichtete auf weitere Erklärungen. Man soll Salvatore Brunelli nicht zuviel fragen …

In seinem Büro dachte von Gleichem noch einmal kurz nach und griff dann zum Telefon.

»Bitte Herrn Lok!« sagte er, als sich eine helle Mädchenstimme meldete. »Es ist wichtig.«

Wider aller Erwartung verharrte Lok in Schweigen.

Er ließ nicht Hua Dinh Son aus dem polnischen Wolomin nach München kommen, um seine Stahlschlingenkunst auszuüben ... Er brauchte ihn an anderer Stelle. Über die holländische Grenze bei Limburg kamen aus den heimlichen Labors in Nordbrabant Hunderttausende von Ecstasy-Pillen nach Deutschland, Belgien und Frankreich und überschwemmten den Markt. Wie gefährlich diese Konkurrenz war, illustrierte ein einziger Fall: Fahndern gelang es auf einen Tip hin, ein geheimes High-Tech-Labor auszuheben, bei dem allein an Grundstoffen für die Herstellung von Ecstasy Mittel im Wert von 23 Millionen Mark beschlagnahmt wurden. Die hergestellten Pillen waren von einer hervorragenden Qualität, bei weitem nicht so unsauber wie die polnische Ware. Auch die Namen hatten einen gewissen Reiz, vor allem bei den Jugendlichen: Adam, Eva, Spatz, Popey, Häuptling, Dino und Herzpfeil. Die Dealerkolonnen waren bestens organisiert, der Absatz ein Millionengeschäft. Lok erkannte es mit aller Klarheit: Wenn diese Ware bis nach Bayern vordrang, würde sie die Öko-Pyramide verdrängen. Die Gefahr wuchs mit jedem Tag.

Die vietnamesische »Geschäftsleitung«, in der Lok nur einer der Direktoren war und deren Sitz in Monaco lag, beschloß daher, Hua Dinh Son an die deutsch-holländische Grenze zu schicken. Man nennt solche Aktionen »Marktbereinigungen« oder »Konzentrationen« und sie gehören zum üblichen Management.

In Wolomin hatte Son seine Übungen im Keller wieder aufgenommen. Ein neuer Holzkopf war hinzugekommen, schmaler als die anderen, mit dünnerem Hals und einer langhaarigen Perücke auf dem Schädel. Ein

Frauenkopf. Der unbekannte Anrufer hatte ihm den Tip gegeben, daß es möglich sein könnte, auch eine Frau dem ewigen Wind zuzuführen.

Son stellte keine Fragen, aber es widerstrebte ihm, Frauen mit eigener Hand zum Glück der Wiedergeburt zu verhelfen. Damals mit Nungjei war das anders gewesen. Son hatte sie nur ins Meer gestoßen. Daß sie nicht schwimmen konnte, war ihr Fehler gewesen. Er hatte sie, nach seiner Auffassung, nicht getötet, sondern ihr nur einen anderen Weg gewiesen.

Trotz einer inneren Abwehr begann Son mit den Übungen. Die langen Haare einer Frau stellten ein Hindernis dar. Sie waren wie ein Polster, das ein schnelles Zuziehen behindern konnte. Das aber war die Kunst des Blitztodes: kein Laut, kein Umsichschlagen, wie es bei Nichtskönnern vorkam, kein Aufbäumen, es mußte wirklich wie ein Blitzschlag sein. Ein Sekundentod. Bei Männern hatte Son noch nie Probleme gehabt, bei Frauen fehlte ihm jede Erfahrung.

Also üben, üben, üben! Ein schlanker, gebogener, längerer Hals braucht eine Spezialschlinge, dünner und kürzer, beweglicher und leichter. Damit umzugehen, mußte man lernen. Von hinten über den Kopf werfen, dann ein kräftiger Ruck mit gleichzeitigem Zuziehen. Das hört sich einfach an, aber Son begann zu fluchen.

Die langen Haare, diese verdammten langen Haare! Sie bremsten wirklich.

Tagelang warf Son seine Schlingen um den schmalen Holzkopf. Oft setzte er sich resignierend auf einen Stuhl zwischen seine Köpfe und fragte sich, ob es nicht besser und sicherer sei, von hinten mit einem fein geschliffenen Messer die Kehle durchzuschneiden. Dabei würde allerdings viel Blut fließen, und Blut hatte Son von jeher verabscheut. Er hatte in Vietnam zuviel davon gesehen und an seinen Händen kleben gehabt.

Nur kurz, wirklich nur ganz kurz dachte er daran, seine Geschicklichkeit an seiner Frau Marika auszuprobieren, aber dann verwarf er diesen Gedanken. Bei einem gespaltenen Kehlkopfknorpel konnte man schlecht behaupten, Marika sei an einem Herzinfarkt gestorben. Man konnte sie hinterher nur noch aufhängen und erklären, sie sei immer unglücklich gewesen und hätte vom Tod gesprochen. Vor allem ihr linker Klumpfuß hätte sie über Jahre hinweg depressiv gemacht. Eine wahre Tragödie.

Für Son war das alles zu kompliziert. Man soll vor einer Gefahr weglaufen, aber sie nicht ins Haus holen. Darum weiter üben, immer üben; ein Frauenhals ist ein Kunstwerk der Natur.

Hua Dinh Son war deshalb sehr erfreut, als ihm die fremde Stimme eines Tages befahl, an die holländische Grenze zu fahren. Im Hotel Kerkenhof würden die üblichen Informationen liegen. Honorar: 7000 Dollar.

Die Summe löste bei Son große Freude aus. Er kochte ein Huhn auf vietnamesische Art, wärmte eine Flasche Pflaumenwein, zündete acht Räucherkerzen an, weil acht eine Glückszahl war, das hatte er von den Chinesen erfahren, und berichtete seiner Marika jubelnd: »Wir werden ein großes Geschäft machen. Holz aus dem Norden! Ich werde morgen für zehn Tage verreisen.«

Marika fragte nicht nach Einzelheiten, sie hatte das nie getan. Sons Reisen hatten immer Geld gebracht, und das war wichtig. Und ab und zu brachte er auch ein Schmuckstück mit, einmal sogar einen Rosenkranz aus rosa Quarz. Marika war eine gläubige Katholikin und fehlte an keinem Sonntag in der Kirche.

Das alles war Franz von Gleichem unbekannt. Er wunderte sich nur, daß Lok die Tatsache, daß Dr. Habicht mit einem Foto nach Ulrike suchte, so gelassen hinnahm.

Über den »Fall Robert Habicht« hatte sich Schweigen gelegt. Längst gab es wichtigere Sensationen für Presse und Fernsehen. Prominente Steuersünder wurden unter die Journalistenlupe genommen, das Volk empörte sich über die geschröpften Lohntüten mit dem Weihnachtsgeld, Scheidungen von Berühmtheiten sorgten für Häme, die Pleitewelle animierte viele zu Protestmärschen, in Brüssel stritt man sich um so elementare Dinge wie den Krümmungsgrad der Bananen oder genmanipulierte Kartoffeln. Ein bekannter Filmschauspieler wurde in der Karibik nackt fotografiert und verklagte den Fotografen, was die Zeitungen zu dem Kommentar reizte: *Soviel Lärm um ein Würstchen.* Die Affäre Habicht war vergessen.

Große Verwunderung herrschte auch in den Dezernaten von Wortke und Reiber. Die Verbreitung des Phantombildes war ein blamabler Schlag ins Wasser gewesen.

Natürlich hatten sich eine Menge »Zeugen« gemeldet, aus ganz Deutschland, nachdem das Fernsehen dazu aufgerufen hatte. Die Kriminalpolizei zählte 176 Hinweise, die allesamt unbrauchbar waren. Die geheimnisvolle Frau wollte man in Berlin, Hamburg, Hannover, Saarbrükken, Emden, Lübeck, Würzburg, Stuttgart und Leipzig gesehen haben. Sogar aus der Lüneburger Heide kam eine Meldung: »Diese Frau hat gestern im Supermarkt Brot, WC-Reiniger und vier Brühwürstchen gekauft.«

»Es ist zum Kotzen!« rief Wortke enttäuscht und deshalb wütend. »Es muß doch unter fast achtzig Millionen Deutschen einen geben, dem das Gesicht dieser Frau aufgefallen ist. Und Bekannte muß sie auch haben; sie hat ja nicht in einer Höhle gelebt. Sie hat eine Wohnung, hat eingekauft, war beim Friseur, muß Freundinnen haben ...«

»Die werden die letzten sein, die sich melden. Wer will in einen Mordfall verwickelt werden«, gab Reiber zu bedenken.

»Von Mord steht nichts unter dem Bild! Das kann also keiner wissen.«

»Aber wer öffentlich gesucht wird, dazu noch von der Polizei, ist eine Person, von der man die Finger läßt.« Reiber konnte Wortke verstehen; auch er war voller Hoffnung gewesen, als Bademeister Pulver eine so genaue Beschreibung der unbekannten Frau geliefert hatte. Wortke hatte den Bademeister sogar noch einmal ins Amt bestellt und gefragt:

»Sieht sie wirklich so aus, wie wir sie im Computer rekonstruiert haben?«

»Genau so!« Pulver war fast beleidigt. »So eine Frau behält man doch im Gedächtnis!«

Dagegen wußte auch Wortke kein Argument. Aber der Fehlschlag zerrte an seinen Nerven. »Ich bin 43 Jahre alt«, sagte er voller Selbstanklage. »Da ist man doch noch nicht verkalkt! Ich frage mich immer wieder: Was habe ich falsch gemacht? Was habe ich übersehen?«

»Nichts, Theo.« Reiber wußte auch nicht, wie man Wortke trösten könnte. »Es lief alles routiniert ab, wie immer.«

»Routiniert ... das war eben zu wenig! Wir sind ins Leere gelaufen! Wir haben den Schlüssel in der Hand, aber er dreht sich nicht im Schloß! Diese Frau ...«

»Ist das dein einziger schwebender Fall? Doch wohl nicht.«

»Die Aufklärungsquote der Münchner Mordkommission liegt bei 83 Prozent. Aber die fehlenden 17 Prozent hängen an mir wie Blei. Kaum ein Fall ist klarer als diese Ecstasy-Affäre, alles paßt zueinander ... Nur diese verfluchte Frau fehlt uns. Dann haben wir auch den Mörder! Mir will einfach nicht in den Kopf, daß niemand diese Frau kennt. Das gibt es einfach nicht!«

»Vielleicht sieht sie doch anders aus?« Reiber hatte schon lange diesen Verdacht gehegt, aber nach Pulvers zweiter Aussage wieder fallenlassen. Wortke fuhr herum wie angestochen.

»Das wäre eine Katastrophe! Denk nicht an so etwas!« Aber plötzlich wurde er ganz still und sank auf seinen Stuhl zurück. »Das ist es«, sagt er, überwältigt von seiner Erkenntnis. »Genau das ist es!«

»Was?«

»Wir waren zu gutgläubig. Peter, wir haben versagt! Wir haben uns nur auf diesen Toni Pulver gestützt, den Mann, der Habichts Geliebte kannte. Aber wenn er sie im Bad gesehen hat und wenn sie eine so auffallende Erscheinung war, haben auch andere sie gesehen. Und die haben wir zu verhören vergessen. Die Bedienungen im Restaurant, die Leute an der Kasse, die anderen Bademeister, die Eisverkäufer ... Was sind wir doch für Idioten! Stümper sind wir! Versager nach zwanzig Dienstjahren! Wir sind unser Gehalt nicht wert!«

»Die Verhöre können wir sofort nachholen.«

»Kluges Jüngelchen.« Wortke lachte bitter auf. »Jetzt ist Winter. Das Bad ist geschlossen. Der Eisverkäufer verkauft jetzt irgendwo gebrannte Mandeln oder heiße Kastanien.«

»Dafür ist die Eisbahn offen, das Restaurant läuft weiter, und an der Kasse sitzen dieselben Leute.«

»Und die Spur ist inzwischen kalt.« Wortke erhob sich und holte seinen Mantel aus dem Schrank. »Versuchen wir es trotzdem.«

In der ersten Dezemberwoche hatte Habicht alle Betriebe besucht, die von Gleichem ihm aufgeschrieben hatte. Er hatte die Liste per Post geschickt, was Habicht als sehr kooperativ empfand. Telefonisch bedankte er sich für die Hilfe.

»Aber das ist doch selbstverständlich«, hatte von Gleichem abwehrend geantwortet. »Wo ich Ihnen helfen kann, setze ich mich ein. Ich habe die einzelnen Geschäftsführer schon informiert und Ihren Besuch angekündigt. Viel Glück.«

Natürlich lief Habicht offene Türen ein. Überall Kopfschütteln, Achselzucken, Bedauern. Zu lügen brauchte niemand ... Man kannte diese Frau wirklich nicht. Erstaunt war nur von Gleichem, daß Lok sich so still verhielt und keine Anstrengungen unternahm, in den Besitz des Fotos zu kommen.

Um so aktiver zeigte sich die vietnamesische »Geschäftsgruppe« an der deutsch-holländischen Grenze. Das Landeskriminalamt Nordrhein-Westfalen mußte eine Sonderkommission ASIA bilden. Im Bereich der Städte Mönchengladbach, Viersen, Krefeld, Geldern, Nettetal, Emmerich und Goch, also entlang der Niederländischen Grenze, wurden Deutsche und Holländer in Gebüschen, an Bahndämmen oder unter einer Rheinbrücke gefunden, erwürgt mit einer Stahldrahtschlinge. Ein Hinweis des BKA auf ähnliche Morde in München löste Alarm beim LKA aus. Asiatische Mafia im Rheinland – und keinerlei Hinweise auf ein Motiv. Die Getöteten waren harmlose Bürger, sogar ein Architekt und ein Facharzt für Homöopathie waren darunter. Ein Holländer war sogar ein angesehener Fabrikant und Chemiker: Er besaß in Tilburg eine chemische Fabrik, wie die Kollegen der Kripo von Tilburg mitteilten, und stellte Düngemittel her. Ein reicher Mann mit vielen Verbindungen bis hinauf in die Ministerien in Den Haag. Ein Wohltäter, der Kinderheime und Sportstadien bauen ließ und sogar ein Sinfonie-Orchester finanzierte. Es mußte hauptsächlich Bruckner spielen. Warum dieser Mann ermordet wurde – ein absolutes Rätsel! Er lebte nur unter Freunden. Natürlich gab es Neider, wie jeder Erfolgreiche von den weniger Tüchtigen bespuckt wird, aber zu einem Mord reichte dieser Neid nicht aus. Vor allem aber war eine Frage unlösbar: Warum wurde er auf asiatische Art umgebracht? Oder war es ein Nachahmungstäter, den die Münchner Morde angeregt hatten, auf diese seltene Art zu töten?

Aber sieben Opfer auf einmal? Ein Massenmord mit Ablenkungscharakter? Und warum gerade diese sieben Männer, die einander völlig unbekannt waren, sich nie gesehen oder gesprochen hatten? Auch als vom bayerischen LKA Informationen eingingen, man vermute, die Münchner Morde könnten im Zusammenhang mit Ecstasy stehen, konnten die rheinischen Kollegen nur Zweifel anmelden. Was haben ein Architekt, ein Arzt und ein Düngemittelfabrikant mit Ecstasy zu tun? Auch die vier anderen Toten übten unverdächtige bürgerliche Berufe aus – einer war Bäckermeister –, und gaben keinen Anlaß, bei ihnen kriminelle Hintergründe zu vermuten.

Hua Dinh Son hatte hervorragende Arbeit geleistet.

Nicht nur die 7000 Dollar, die wie immer in einem Kuvert in seinem Hotel abgegeben worden waren, erfreuten ihn, nein, er war stolz auf sich selbst und auf die Perfektion seines Tötens. Das machte ihm keiner nach, darin war er wie ein Weltmeister. Nur wurde er bisher nicht wie ein Weltmeister bezahlt. Das wollte er in Zukunft ändern, die neuen Aufträge sollten das Doppelte bringen. Für ihn gab es keinen Ersatz.

Der Erfolg der ASIA-Morde, wie die Sonderkommission sie getauft hatte, zeigte sich schnell, ohne daß die Kriminalpolizei es merkte: Der Zustrom von Ecstasy-Pillen aus Nordbrabant und Limburg wurde deutlich geringer. Nach dem siebenten Mord ließ er völlig nach. Kein Abnehmer wagte sich mehr zu den heimlichen Übergabestellen. Sons Stahlschlinge erwürgte auch den Export. Dafür erhielt ein Dr. van der Lorre, der in Breda einen Blumen- und Gemüsegroßhandel besaß und mit zweiundzwanzig Lastwagen Frischware nach Deutschland karrte, einen sehr höflichen Anruf.

Eine wegen des Akzents etwas fremdländisch klingende Stimme sagte in einwandfreiem Deutsch:

»Herr Dr. van der Lorre, wir schlagen Ihnen ein Geschäft vor.«

Van der Lorre trommelte mit den Fingern auf seine Schreibtischplatte. Diese höfliche Stimme empfand er als sehr unangenehm. »Wer sind Sie?« fragte er abweisend.

»Jemand, der die Möglichkeit hätte, Ihre zweiundzwanzig Trucks mit Panzerabwehrraketen in die Luft zu jagen.«

Van der Lorre schwieg. Er wußte plötzlich, daß er sich mitten in einem Krieg befand, einem Krieg, wie er erbarmungsloser nicht sein konnte.

»Sie ... Sie haben die sieben Morde veranlaßt ...«, sagte er und bemühte sich, seinen schweren Atem zu unterdrücken.

»Und es könnte noch einen achten geben. Einer Stahlschlinge widersteht auch Ihr Hals nicht.«

»Sie können mir keine Angst einjagen! Keiner kann das. Ich habe ständig vier Bodyguards um mich. Mein Wagen ist gepanzert.«

»Wir wissen das alles, Herr Dr. van der Lorre.« Die höfliche Stimme wurde für Lorre jetzt widerlich. »Warum sollen wir es auf einen Versuch ankommen lassen? Man kann sich doch einigen. In aller Freundschaft ...«

»Sie wollen bei mir in den Fruchthandel einsteigen? Oder wollen Sie asiatische Naturalien über meine Firma in Europa vertreiben? Ich nehme an, Sie sind Asiat ...«

»Mir war bisher nicht bekannt, daß Holländer einen außergewöhnlichen Humor besitzen, vor allem in Ihrer Lage. Sprechen wir doch in aller Klarheit: Wir sollten über Ecstasy reden.«

»Über was?« Van der Lorre gab seiner Stimme den Klang maßlosen Erstaunens. Gleichzeitig aber wurde ihm bewußt, daß der Anrufer bis ins Detail über die Geschäfte seiner Firma, der Flora-Exportes, informiert war.

Die freundliche Stimme wurde etwas härter, die ölige Sanftheit verschwand.

»Jeden Morgen fahren Ihre zweiundzwanzig Lastzüge, davon siebzehn Kühlwagen mit verderblicher Ware, unkontrolliert über die Grenze. Früher hatten Sie eine Ausnahmegenehmigung des Zolls und damit freie Fahrt, heute ist Holland Mitglied der EU und der Staaten des Schengener Abkommens. Das heißt: offene Grenzen. Und mit jedem Ihrer Trucks kommen außer Frischgemüse und Blumen auch Millionen Ecstasy-Tabletten nach Deutschland, Belgien und Frankreich und von dort nach ganz Europa. Ihre Zulieferer sind illegale Labors in Ihrem Land, auch eine Düngemittelfabrik bei Tilburg, deren Besitzer, Herrn Schouwendijk, wir leider in den vorzeitigen Ruhestand schicken mußten, als Warnung für Sie und Ihre Freunde. Ich nehme an, daß Sie Ihre Partner nach unserem Gespräch sofort verständigen werden. Das ist ganz in unserem Sinne; deshalb haben wir uns auch der Mühe unterzogen, sieben deutliche Zeichen zu setzen. Verstehen wir uns, Herr van der Lorre?«

»Ich verstehe Ihre Worte, aber nicht den Zweck.« Lorre zündete sich nervös, mit bebenden Fingern eine schmale lange Zigarre an, aus deren Mundstück er vorher einen Strohhalm zog. Eine Virginia. »Wollen Sie mich erpressen?«

»Erpressen? Wir sind – wie Sie – Geschäftsleute. Ein internationales Unternehmen mit vielen Filialen, auch in Amsterdam, Rotterdam und Utrecht. Wir operieren weltumspannend. Deshalb sind wir sicher, daß es für Sie eine Freude sein muß, mit uns zu kooperieren ...«

»Ich sehe dazu keinen Anlaß!« sagte van der Lorre mutig. »Und was Sie da von Ecstasy phantasieren – geradezu lächerlich!«

»Morgen früh werden an der Grenze von Venlo zwei Ihrer Kühlwagen explodieren. Sie werden jetzt, nach unserer Ankündigung, kein Ecstasy geladen haben, und das brauchen Sie auch nicht. Uns kommt es nur darauf an, Ihnen zu beweisen, daß wir jederzeit und überall Ihre Trucks zerstören können. Auch wenn Sie andere Routen fahren werden, es sind sinnlose Umwege. Jeder Ihrer Lastzüge wird von uns unsichtbar begleitet.«

Van der Lorre sog an seiner Virginia und blies den

Rauch senkrecht gegen die Decke. Es gab kein langes Nachdenken mehr, diesen Krieg hatten die Asiaten schon gewonnen. Entweder Vernichtung oder weiße Fahne ... Lorre entschloß sich, erst einmal in Verhandlungen zu treten, um überhaupt den Umfang der »Geschäftsbeziehung« zu erfahren.

»Was wollen Sie? Was schlagen Sie vor?«

»Wir sehen, daß die Vernunft noch immer die beste Basis für ein gutes Gespräch ist. Wir dachten an eine ganz einfache Teilung.«

»Ich kann mir darunter nichts vorstellen.«

»Weil Sie noch zu kompliziert denken. Wir werden Partner zu gleichen Teilen.«

»Ich erkenne keine Notwendigkeit dazu.«

»Die Notwendigkeit läßt sich an einer Umformung des Marktes erkennen. Sie liefern Ecstasy in verschiedener Pillenform und Zusammensetzung, je nach Labor. Wir stellen her, Öko-E! Nicht als Tablette gepreßt, sondern als Pulver, geruch- und geschmacklos. Dieses Öko-E besteht aus Substanzen, die nicht verboten sind, die man zum Beispiel in den USA in jedem Shop kaufen kann, auch in europäischen Drogerien. Reine Naturprodukte, die niemals verboten werden können, denn dann müßte man den Reform-Markt völlig einstellen.«

»So etwas gibt es nicht!« Van der Lorre schüttelte den Kopf. Dieser Anrufer war ein Spinner, anders war es nicht zu erklären. Er hängte sich an die sieben Morde an, um die Angst auszunutzen. Ein typischer Trittbrettfahrer. Man konnte darüber nur lächeln. »Sie stellen Ecstasy aus getrockneten Pflaumen her?« Spott troff förmlich aus seiner Stimme. »Stehlen Sie mir nicht meine Zeit!«

»Es kommt auf die Mischung an. Wir füllen das Pulver in kleine, bunt bedruckte Papierpyramiden.«

»Und nennen Sie Aida oder Ramses.« Van der Lorre unterdrückte ein Lachen. Papierpyramiden! Ein Verrückter! »Können wir das Gespräch beenden?«

»Wir haben erst die Mitte erreicht.« Die höfliche Stimme wurde wieder ölig. »Wir denken uns die Partnerschaft im einfachsten Sinne: Sie übernehmen fünfzig Prozent vom Vertrieb unserer Pyramide, wir übernehmen fünfzig Prozent Ihrer bald veralteten Ware. Den Gewinn teilen wir uns.«

»So einfach ist das?« sagte van der Lorre spöttisch. »Ich habe aber nicht ein halbes, sondern ein ganzes Gehirn, und das behalte ich. Es war amüsant, Ihre Phantasien anzuhören.«

Damit legte er auf. Aber er ergriff sofort Schutzmaßnahmen. Irre können gefährlich werden. Und asiatische Irre muß man als eine akute Gefahr ansehen. Ob Chinesen – oder wer sonst sich hinter diesem Pyramidenunsinn versteckte, sie besaßen die unheimliche Macht, aus dem dunkeln zu zerstören.

Van der Lorre verstärkte seine Bodygard-Truppe und rüstete sie mit den besten und modernsten Maschinenpistolen aus. Es war für ihn keine Schwierigkeit, sie zu beschaffen. Aber es blieb still in Breda. War alles nur ein Bluff gewesen?

Drei Wochen vor Weihnachten gaben die Anrufer ihre Visitenkarten ab: Drei Lastwagen der Firma Flora-Exportes explodierten jenseits der deutschen Grenze noch auf holländischem Gebiet. In Venlo, Roermond und Tegelen. Die Fahrer starben in einer Feuerwand.

Van der Lorre, von ohnmächtiger Wut gequält, wartete auf einen neuen Anruf.

Er war bereit zu verhandeln.

Dagegen suchte in München Franz von Gleichem nach einer Erklärung, warum Lok noch immer diesen Dr. Habicht mit Ulrikes Foto herumlaufen ließ.

»Haben Sie kein Interesse mehr an Ulla?« fragte Franz bei einem der nächsten Telefonate. »Das Foto in Habichts Händen ist eine immerwährende Gefahr. Es ist das einzige brauchbare Foto von Ulla!«

»Die holländische Aktion ist wichtiger. Ulrike ist zweitrangig.«

»Das sehe ich anders. Wenn Sie ...«

»Das ist Ihr Denkfehler, weil Sie Angst haben. Aber die ist unnötig. Wenn Ulrike Sie, Herr von Gleichem, vernichten wollte, hätte sie das in den vergangenen fünf Monaten längst getan. Sie hätte keine Woche nach ihrem Untertauchen gezögert. Aber sie hat geschwiegen. Und sie wird weiter schweigen. Ich sehe in ihr keine Gefahr. Soll Habicht sie ruhig überall suchen. Wir haben ihn im Auge, er wird von uns überwacht, und sollte er Ulrike wirklich finden, werden wir schneller sein als er. Vergessen Sie Ulrike, Herr von Gleichem. Sie spielt bei uns keine Rolle mehr.«

»Trotzdem habe ich ein ungutes Gefühl«, sagte von Gleichem.

»Stimmen Sie es um!« Lok lachte. Er war zufrieden mit den vergangenen Wochen. Der Aufbau des europäischen Netzes zeigte Erfolge. »Wir brauchen keine Gefühle, wir brauchen analytisches Denken.«

Eine Woche vor Weihnachten, an einem Montag, brachte die Post einen dünnen Brief zu Dr. Habicht. Ein billiges, hellblaues Kuvert ohne Absender, die Adresse mit der Schreibmaschine geschrieben, noch nicht einmal frankiert. Habicht mußte das Nachporto bezahlen.

413

Aufgabestempel München, Postamt 1. Früher hätte er solche Post zurückgehen lassen mit dem Vermerk: Annahme verweigert. Aber jetzt reizte ihn die Frage: Wer schreibt mir ohne Absender?

Er riß das Kuvert auf. Es enthielt einen kleinen Zettel, ein Stück von einem linierten Schulheft, auf dem nur wenige Sätze standen, ebenfalls mit einer Maschine geschrieben:

Sie waren vor einiger Zeit bei uns und haben ein Foto gezeigt. Wir haben Sie belogen. Wir kennen diese Frau. Sie heißt Ulrike Sperling. Sie ist nicht mehr in München, sie ist heute in Hamburg. Wir haben Mitleid mit Ihnen.

Keine Unterschrift ... aber Habicht wußte sofort, daß man ihm hier die Wahrheit geschrieben hatte. Ulrike Sperling, jetzt in Hamburg. Dr. Heimes Vermutung, sie sei längst nicht mehr in München, war damit bestätigt.

Hamburg also. Untergetaucht im Dschungel des Kiez. Aber auch durch einen Dschungel kann man sich durchschlagen. In der Natur nimmt man dazu eine Machete ... Habichts Machete war das Foto. Er steckte den Zettel in seine Brusttasche, rief Dr. Heimes an und fuhr zu ihm in die Praxis. Dort wartete er geduldig, bis der letzte Patient behandelt worden war, und betrat dann die Ordination. Dr. Heimes saß hinter seinem Schreibtisch und füllte eine Patientenkarte aus. Bei Habichts Eintritt blickte er kurz auf und trug weiter die Therapie ein.

»Sie brauchen sich nicht freizumachen«, sagte er dabei. »Ihr Wurm sitzt im Gehirn.«

Habicht setzte sich auf einen Stuhl und schwieg. Dr. Heimes legte die Karteikarte zur Seite und lehnte sich auf seinem Stuhl zurück. »Beginnt die linke Hirnhälfte zu jucken?« fragte er. »Mein Rat: Güsse mit kaltem Wasser.«

»Julius, ich bin gekommen, um dir zu sagen, daß ich verreise.«

»Eine deiner besten Ideen der letzten Monate.«

»Für längere Zeit vielleicht.«

»Und bitte möglichst weit weg von München.«

»Das ist relativ. Ich fahre nach Hamburg.«

»Hamburg?« Dr. Heimes beugte sich vor. »Was heißt das?«

»Ich weiß jetzt, wer die Frau ist, die Robert und Gerda auf dem Gewissen hat. Sie lebt jetzt in Hamburg.«

»Und dort willst du wie hier von Lokal zu Lokal ziehen und das Foto präsentieren?«

»Ja. Und ich finde sie …«

»Weißt du, wie lange du in St. Pauli und St. Georgen, und wie all diese Vergnügungsviertel heißen, unterwegs sein wirst? Das ist eine Welt für sich. Dagegen ist München tiefste Provinz. Du wirst es mit Zuhältern und verschiedenen Rotlichtorganisationen zu tun haben, die dich nicht als armen Witwer behandeln, sondern als eine Laus, die in ihren Pelz kriecht. Wie heißt übrigens diese Frau?«

»Das sage ich dir nicht.«

»Bist du ein guter Freund!«

»Ich habe dich im Verdacht, daß du den Namen sofort an die Kripo weitergibst.«

»Ich stelle fest, du hast logisches Denken doch noch nicht verlernt.«

»Wir kennen uns so gut, Julius.« Habicht winkte ab. »Ich wollte dich nur bitten, ab und zu nach meinem Haus zu sehen. Deine Haushaltshilfe kann ja mal lüften, staubwischen, nach der Heizung sehen, dir die Post bringen …«

»Die ich dir dann ins Hotel nachschicke …«

»Ich werde in keinem Hotel wohnen. Zu teuer. Ich nehme ein möbliertes Zimmer in St. Pauli.«

Dr. Heimes hob beide Hände und streckte sie nach Habicht aus. »Bleib sitzen, Hubert!« sagte er in beschwörendem Ton. »Bleib ganz ruhig sitzen. Leg die flachen Hände auf deine Knie … Du bekommst wieder einen paranoiden Anfall …«

»Ersticke in deinem Sarkasmus!« Habicht sprang auf und ging zur Tür. »Das war alles. Ich dachte, ich hätte einen Freund. Aber du bist eine Giftkröte!«

»Damit liegst du leider falsch!« Dr. Heimes winkte Habicht zu. »Es gibt nämlich keine Giftkröten, es gibt nur Giftfrösche …«

Türenknallend verließ Habicht die Praxis. Dr. Heimes zögerte. Sollte er die Polizei anrufen? Ihr einen Tip geben? Dr. Habicht kennt den Namen der unbekannten Frau. Sie soll in Hamburg sein …

Nach langem Überlegen griff er doch nicht zum Hörer. Er kam sich bei diesem Entschluß sehr elend vor. Um sich von diesem inneren Druck zu befreien, flüchtete er in eine Schutzbehauptung: Habicht war als Patient zu ihm gekommen und hatte ihn ins Vertrauen gezogen. Einem Arzt aber ist Schweigepflicht auferlegt wie einem Priester und einem Rechtsanwalt. Jemand kann gestehen: Ich bin ein Fixer, ich hänge an der Heroinspritze, ich bin ein Krimineller … Es ist ein Geständnis, das mit Schweigen behandelt wird. Ein Arzt ist immer auch der Beichtvater des Patienten.

Mit dieser Erklärung beruhigte Dr. Heimes sein Gewissen und schwieg.

Am nächsten Tag stand Dr. Habichts Villa leer. Er hatte den ersten Flug von München nach Hamburg genommen.

Er war zum Dschungelkämpfer geworden.

Ein kurzer Anruf von Lok schreckte Franz von Gleichem auf.

»Dr. Habicht ist gestern nach Hamburg geflogen«, sagte er, und von Gleichem sah im Geiste wieder das lächelnde Gesicht des Vietnamesen. »Er muß eine Spur aufgenommen haben.«

»Sie glauben, Ulrike hat sich nach Hamburg abgesetzt?«

»Habichts Reise nach Hamburg deutet darauf hin. Er muß eine heiße Information bekommen haben! Von wem, fragen wir uns. Das völlig falsche Phantombild der Polizei war Ulrikes bester Schutz. Von dort kann kein Hinweis gekommen sein. Er muß aus Ihrer Bar gekommen sein, Herr von Gleichem!«

»Unmöglich! Meine Mädchen sind stumm wie Fische.«

»Das wäre schlecht.« Loks Stimme blieb gleichmäßig höflich. »Nach neuen Forschungen können Fische sich verständigen, durch für uns nicht hörbare Leute, durch Flossen- und Schwanzschläge … Sie sehen, die Welt ist voller Wunder und unentdeckter Tatsachen. Ich rate Ihnen, Ihren Mädchen zu mißtrauen.«

»Ich werde sie gleich in die Zange nehmen!« rief von Gleichem. Der Verdacht, unter seinen Mädchen eine Verräterin zu haben, belastete ihn und machte ihn wütend, aber zugleich unsicher. Hinzu kam die Frage: Warum hat man Habicht den Namen genannt und nicht die Polizei informiert? Eigentlich war es undenkbar, daß aus dem Toscana Intimes an die Öffentlichkeit gelangte.

»Habicht kann doch auch aus ganz harmlosen Gründen nach Hamburg gefahren sein, um dort die Feiertage zu verleben«, gab von Gleichem zu bedenken.

»Ausgerechnet in Hamburg?«

»Warum nicht? Die einen fliegen nach Mallorca oder Teneriffa, andere ziehen die Großstadt vor.«

»Dann hätte er in München bleiben können.«

»In seinem leeren Haus? Mit all den Erinnerungen? Ich wäre an seiner Stelle auch geflüchtet. Eine Flucht vor der Einsamkeit. Man muß sich in die Seele dieses Mannes hineinversetzen.«

Lok schien für Seelenanalysen nicht aufgeschlossen zu sein. »Wir werden ihn Tag und Nacht nicht allein lassen«, sagte er. »Wir werden jeden Schritt mit ihm tun. Wir werden sein Schatten sein. Und findet er Ulrike wirklich, werden wir schneller sein als er. Beruhigt Sie das, Herr von Gleichem?«

»Ich war nie unruhig, Herr Lok. Warum auch?« Von Gleichem freute sich, den nachfolgenden Satz zu sagen. »Im Gegensatz zu Ihnen habe ich keine Angst mehr, wie ich schon sagte, daß Ulrike uns verraten könnte. Sie wird es nie tun!«

»Eine Frau ist wie eine Blume: Von der Knospe bis zum Welken vergeht die Zeit. Sie verstehen?«

»Nein.«

»Der Entschluß einer Frau braucht mehr Zeit als bei einem Mann. Sie speichert mehr und schüttet dann den vollen Trog aus.« Loks Bilder waren plastisch, von Gleichem mußte es zugeben. Sie überzeugten. »Ich möchte nicht abwarten, bis sie den Trog ausschüttet.«

In der letzten Woche vor Weihnachten hielt Hauptkommissar Peter Reiber noch einmal einen Vortrag über die »aktuelle Lage«.

Reiber war mittlerweile als der Beamte bekannt geworden, der mit Akribie alle Fakten sammelte, die eine

Behinderung der Polizei darstellten. Bei den Polizeipräsidien, den Landeskriminalämtern und dem Bundeskriminalamt häuften sich die Vorfälle, die den Vorwurf entkräfteten, die deutsche Polizei sei ein Haufen halbblinder Invaliden, ein brutaler Schlägertrupp oder einfach ein Gesangverein, der ständig falsche Töne von sich gab. Die Kritik an der deutschen Polizei nahm geradezu groteske Formen an, vor allem in der Presse und den Medien, die ja bekanntlich einen maßgebenden Einfluß auf die Stimmung und das Urteilsvermögen des Volkes ausüben. Das Zerrbild, das dadurch entstand, verminderte das Ansehen der Polizei derart, daß der Ausdruck »Bulle« schon fast ins Lächerliche abglitt.

Das alles sammelte Reiber, um einmal eine fundierte Dokumentation herauszugeben, die beweisen sollte, daß die deutsche Justiz im allgemeinen sich in einer gefährlichen Krise befand und das Rechtsdenken im besonderen. Eine gefährliche Aufgabe, die sich Reiber da gestellt hatte; nicht nur die Presse würde sich auf ihn stürzen, sondern auch Politiker, vornehmlich in Bonn, würden sauer reagieren und sich den Namen Reiber merken. Denn nichts ist in einer Demokratie verhaßter, als einem vom Volk gewählten Vertreter zu beweisen, daß seine Arbeit dem Willen des Volkes widerspricht. Und für diese Arbeit gibt es eine Menge Beispiele von hirnrissigen Entscheidungen oder Anträgen.

Man war im Präsidium deshalb immer gespannt, wenn Reiber zu einem seiner Vorträge einlud. Vieles, was er sagte, war bekannt, aber wie er es vortrug und mit welchen Folgerungen, das war immer ein Erlebnis und schürte Aufsässigkeit und Empörung. Man hatte dann Diskussionsstoff genug, um aus tiefster Seele über diesen Staat zu schimpfen!

Mit Recht?

Eine Frage, die jeder beantworten konnte, der Reibers Vortrag gehört hatte.

Wortke hatte die »Akte Habicht« beiseite gelegt zu den schwebenden Fällen. Auch die zu spät erfolgten Verhöre bei den Angestellten des Prinzregenten-Bades hatten keine neuen Erkenntnisse ergeben. Man konnte sich zwar an diese Frau erinnern, aber keiner war mehr in der Lage, genaue Auskünfte zu geben. Und – was Wortke fast zum Platzen brachte – alle bestätigten das Phantombild, das man nach Bademeister Pulvers Angaben angefertigt hatte.

»Ja, so hat sie ausgesehen. Genau so!«

Wortke machte seiner Enttäuschung Reiber gegenüber Luft, indem er sagte: »Ich hätte nie gedacht, daß ein Idiot wie ich einmal Kriminaloberrat wird!«

Und dann hatte er die Akte in den Schrank gefeuert.

Der große Sitzungssaal im Präsidium war überfüllt, als Reiber das Rednerpult betrat. Er sah die Spitzenkräfte der einzelnen Behörden vor sich, den Präsidenten des LKA, den Polizeipräsidenten, einige Ministerialdirektoren, den Oberbürgermeister der Stadt München und Landtagsabgeordnete, was Reiber besonders freute, denn die würde er attackieren. Außerdem noch Manager der Wirtschaft, Gewerkschaftssekretäre, Parteivertreter, eben der ganze Block von Verantwortlichen, von denen einige nicht wußten, was Verantwortung überhaupt ist.

Reiber warf noch einen langen Blick über die Versammlung, ehe er mit seinem Vortrag begann. Ihr werdet staunen, dachte er. Es wird auf euch niederprasseln wie eierdicker Hagel. Zieht die Köpfe ein.

»Meine Damen und Herren!« begann er mit ruhiger

Stimme, nachdem er seine Unterlagen auf das Rednerpult gelegt hatte. »Ich möchte heute zu Ihnen von der aktuellen Lage der Kriminalarbeit sprechen. Um es vorwegzunehmen: Die Lage ist miserabel! Erschrecken Sie deshalb nicht, wenn Sie mit Tatsachen konfrontiert werden, die Sie nicht für möglich halten. Beginnen wir mit dem Gebiet, das uns in den letzten Jahren am meisten Sorgen macht und das in die Zuständigkeit meines Dezernates fällt: Die verschiedenen Formen der Mafia und ihr Wirken in Deutschland. Wir haben erst in jüngster Zeit erlebt – und erleben es noch –, wie die vietnamesische Zigarettenmafia Berlin bedroht und mit brutalstem Mord, nämlich Hinrichtungen per Genickschuß, um Marktanteile anderer Mafiabanden gegenüber kämpft. Berlin ist dadurch in die Schlagzeilen geraten, aber so wie in Berlin sieht es fast in allen Großstädten aus. Man spricht bloß nicht darüber. Und warum diese vornehme Zurückhaltung? Es geht um ein Tabuthema, das bei den Politikern eine Art Nesselfieber erzeugt: die Ausländerkriminalität oder in freundlichem Amtsdeutsch: die Kriminalität der Nichtdeutschen.«

Er blickte dabei die vor ihm sitzenden Politiker an. Ihre Mienen verrieten Abwehr, sie taten, als fühlten sie sich nicht angesprochen. Reiber griff nach seinen Dokumenten.

»Lassen Sie mich das Mafia-Problem mit konkreten Zahlen belegen. Die Mafia, gleich welcher Couleur, dringt immer mehr in das allgemeine Wirtschaftsleben ein. Nach einem Geheimbericht des Bundesnachrichtendienstes werden große Teile der Weltwirtschaft bereits jetzt schon von der Mafia beherrscht. Allein in Rußland kontrolliert die Mafia über viertausend Banken und Industriebetriebe. In diesen Bankfilialen werden die Milliardengewinne der ›Organisationen‹ aus aller Welt gewaschen. Dazu braucht man keine Schweiz und kein Luxemburg mehr. Es ist auch bekannt, daß die Russen-Mafia einige Milliarden Mark in Objekte an der Costa del Sol investiert hat. Ferienanlagen, Night-Clubs, Supermärkte, Appartements, Hotels und Campingplätze sind über Scheinfirmen fest in Russenhand. Wer sich also von der Sonne der Costa del Sol bräunen läßt, zahlt in Russenkassen. Die italienische Mafia hat den Osten entdeckt: In Polen besitzt sie Hotels, Beteiligungen an Industriebetrieben und Spielcasinos, mischt beim Menschenhandel mit, bei Prostitution und der Herstellung von Drogen, besonders in neuerer Zeit von Ecstasy! Damit schlagen ich und mein Dezernat uns zur Zeit herum. Übrigens mit geringem Erfolg, und das erkläre ich Ihnen später. Auch in Ex-Jugoslawien und Rumänien haben die Mafiosi Fuß gefaßt, während Rumänien seine Banden eifrig nach Deutschland exportiert. Bekannt ist die Bande der Tankstellen-Räuber, die auch vor Mord nicht zurückschreckt. Die höchste Gefahr aber ergibt sich aus Erkenntnissen der allerjüngsten Zeit: Es ist das Zusammenrücken von Mafia und Terrorismus! Es steht fest: Mafiosi aus Estland versorgen die britische IRA mit Waffen und Terrormaterial. Kolumbien, die Hochburg des Drogenmarktes, wird von mehreren Mafiagruppen geleitet. Auch in Peru laufen der Transport und die Produktion von Drogen über die Terrororganisation ›Leuchtender Pfad‹. Ich zitiere aus dem Bericht des BND: ›Die organisierte Kriminalität hat sich zu einer ernstzunehmenden Bedrohung für Gesellschafts- und Wirtschaftssysteme auf der ganzen Welt entwickelt.‹ Ende des Zitates. Sie werden nun denken: Peru, Kolumbien, was geht das uns an? Da sollen die Amis aufräumen, das liegt vor ihrer Tür. Ein fatales Abwimmeln, meine Damen und Herren!«

Reiber griff nach weiteren Statistiken, genehmigte sich einen Schluck Mineralwasser und warf einen Blick zu Wortke hinüber. Er saß in der ersten Reihe ganz links außen und ballte kurz die Fäuste. Gib's ihnen, Junge! Hau rein! Sie sollen den Schock bis in den Hintern spüren, auf dem sie ihren Pensionsanspruch absitzen. Vor allem der Feiglingsriege der Politiker hau die Zahlen um die Ohren! Es fragt sich bloß, ob sie dann hellhöriger oder noch tauber werden.

»Mir liegen deutsche Mafia-Zahlen vor«, setzte Reiber seinen Vortrag fort. »Sie sind durch einen Bericht des BKA belegt. Seit 1991 haben Mafia-Banden durch kriminelle Taten in Deutschland einen Schaden von 10,5 Milliarden angerichtet und einen Gewinn von 4,1 Milliarden eingesteckt! Das BKA spricht von einem ernstzunehmenden Kriminalitätsphänomen. Welch treffende Bezeichnung: Es ist wirklich ein Phänomen, dem wir fast machtlos gegenüberstehen. Sehen wir uns die Statistik weiter an: Bis heute, also kurz vor Jahresende, ist gegen die Mafia in 787 Fällen ermittelt worden. Allein schon das ist lächerlich. 7922 Tatverdächtigen aus 87 Ländern – bitte, begreifen Sie die Zahl: 87 Länder! – wurden 52 181 kriminelle Taten nachgewiesen. Die Beteiligten gliederten sich auf in 36,4 Prozent Deutsche, 14,6 Prozent Türken, 7,5 Prozent Ex-Jugoslawen, 5,7 Prozent Italiener, 5,7 Prozent Polen. Dabei ist nicht berücksichtigt, wie viele Straftaten auf das Konto russischer und asiatischer Mafia-Banden gehen wie etwa die chinesischen Triaden oder die Vietnamesen, da wir hier völlig im dunkeln tappen. Informationen sind fast nie zu bekommen; die Angst lähmt alle Zungen. Was ein

Verräter zu erwarten hat, braucht nicht geschildert zu werden. Trotzdem gab es in diesem Jahr 128 Kronzeugen, die von der Polizei eine neue Identität und Personenschutz erhielten. Nur durch sie konnten wir einige wenige Türen aufstoßen. V-Männer oder verdeckte Ermittler in asiatische Kreise einzuschleusen, ist fast unmöglich. Außerdem hat die internationale Mafia sich eine undurchschaubare Maske zugelegt: Immer häufiger werden Straftaten über normale Firmen abgewickelt. Über Restaurants, Handelsfirmen, Computervertriebe, Immobilienhändler, Billigjuweliere, Friseure, ja, sogar Bäckereien und Gemüsehändler. Da blickt keiner mehr durch. Das BKA sagt dazu: ›Legale Geschäftsstrukturen bieten grundsätzlich eine ideale Basis für illegale Geschäfte.‹ Ich lese in Ihren Augen, meine Damen und Herren, die Frage: Ja, was nun? Ich frage mich schon seit Jahren: Ja, was nun? Warum dämmert die Polizei angeblich, wenn man den Medien glauben kann, im Halbschlaf dahin? Es gibt darauf nur eine Antwort: Weil man der Polizei immer und immer wieder in den Rücken fällt, weil wir Polizisten zu den Parias des Staates geworden sind. Uns engen Gesetze und Verordnungen ein, die ein zielbewußtes Durchgreifen verhindern. Es ist allein die Angst der Politiker, man könne in der Welt wieder sagen: Deutschland, der Polizeistaat! Und so wird Deutschland zum Eldorado, zum Goldenen Land der organisierten Kriminalität. Wir sind für die Gangster zu lächerlichen Figuren geworden.« Reiber holte tief Atem. »Ich werde Ihnen nachher einige Beispiele vorführen, die dazu anregen, an einer effektiven Justiz in Deutschland zu zweifeln. Ein großer Teil der Bürger tut das bereits!«

Im Saal breitete sich verhaltene Unruhe aus. Gemurmelter Protest der Landtagsabgeordneten, zustimmendes Zischen der Kriminalbeamten. Der Polizeipräsident nickte seinem mutigen Hauptkommissar zu. Der Chef des LKA lehnte sich zufrieden zurück. Auch wenn er sich jetzt um Kopf und Kragen redet ... bravo, Junge! Nenn das Kind beim Namen. Wenn morgen die Presse über diesen Vortrag berichtet, sollen den Herren in Bonn die Kragen eng werden.

Der Oberbürgermeister von München hatte die Hände über seinen Knien gefaltet. Er kannte die Stimmung des Volkes am besten von allen Anwesenden und mußte Reiber recht geben, wenn auch manches, was noch zur Sprache kommen würde, den Spitzen seiner Partei zur Last gelegt werden konnte. Dazu gehörte der Große Lauschangriff, gegen den sich die Partei vehement wehrte, weil man eben Opposition zeigen wollte.

»Ein Problem, das vor der Öffentlichkeit verborgen gehalten werden soll, hat das BKA in einem internen Papier aufgeschlüsselt«, fuhr Reiber fort. »Es ist das traurige Kapitel der deutschen Beamten-Kriminalität. Immer mehr Straftaten werden von deutschen Beamten verübt. Das BKA listet in diesem Jahr insgesamt 8500 kriminelle Tätigkeiten unserer Staatsdiener auf. Das sind 1300 mehr als im vergangenen Jahr. Ein erschreckender Zuwachs. Die Delikte gliedern sich wie folgt auf: Bestechungen, Rechtsbeugung, Körperverletzung, Verfolgung von Unschuldigen, Raubüberfall mit der Waffe – erst kürzlich wurde ein Tankstellenräuber als Polizist erkannt – und vor allem Fahndungsvereitelung bei Mafia-Verbrechen. Hinzu kommen die ›sonstigen Delikte‹, die mit 5600 angegeben werden, um die Hälfte mehr als im Vorjahr. Darunter fallen vor allem Erpressung von Aussagen, Falschbeurkundungen, Korruption, Ermittlungsweitergaben und Strafvereitelungen. Sie werden nun sagen: Da steht einer, der das eigene Nest beschmutzt. Nein, auch das muß gesagt werden, um die Situation der Polizei zu erklären. Denn diese Kriminalität in den eigenen Reihen führt unsere Arbeit manchmal ins Absurde. Gehen wir wieder zurück nach Berlin. Bitte kein triumphierendes Lächeln – auf München komme ich noch zu sprechen. Also Berlin: Die Ermittlungsgruppe ›Rumänien‹ observiert wochenlang das als Hochburg der Rumänen-Gang festgestellte ›Objekt Otawistraße‹ in Berlin-Wedding. Am 11. Mai, einem Samstag, um 16.30 Uhr, stürmt eine Sondertruppe der Kripo das Gebäude. Die SEK-Männer, gut geschützt mit schußsicheren Westen, Helmen und MPs, erreichen den ersten Stock und werfen Blendgranaten. Die überraschten Verbrecher können nicht mehr zu ihren Waffen greifen, aber sie leisten erbitterten Widerstand. Karate, Kung-Fu, Boxen, Tritte, alle Register werden gezogen. Ein Bulle von Kerl, ein Karatekämpfer, konnte nur unter Einsatz von Gewalt festgenommen werden. Das Ganze dauerte zwanzig Minuten. Es wurden sechzehn Bandenmitglieder verhaftet, Angehörige der Gangster-Gemeinschaft ›Garde‹. Der diensthabende Haftrichter bei Gericht wird verständigt. Bis es zu dem Abtransport der Mafia-Mitglieder kommt, vergehen wiederum etwa zwanzig Minuten, weil der Karatekämpfer immer wieder um sich schlägt. Endlich erreichen die Männer vom SEK das Gericht, um die Haftbefehle ausstellen zu lassen. Aber: Kein Richter ist mehr da, der die Haftbefehle verhängen kann. Es ist ja Samstag abend, und der Haftrichter wollte nicht länger warten. Der pünktliche Feierabend war ihm wichtiger. Folge: Kein Haftbefehl, keine

Festnahme. Die rumänischen Verbrecher mußten wieder freigelassen werden! Kommentar eines der SEK-Männer: ›Mitunter denke ich, die Justiz will uns nicht helfen, sondern behindern.‹ Welch ein bitterer Satz! Aber, meine Damen und Herren, sehen Sie das nicht als einen Einzelfall an! Vor dem Landgericht Dresden steht ein Kerl, der mit einem Baseballschläger zwei harmlose Passanten halb totgeschlagen hat. Nur so, aus Freude am Schlagen. Der Staatsanwalt fordert drei Jahre Gefängnis. Schon da wird es ein wenig lächerlich. Aber nach dem Plädoyer ist Mittagszeit. Der Richter hat Hunger und verkündet: ›Mittagspause!‹ Er geht hinaus und fordert zwei Polizisten an, um den Angeklagten in Verwahrung zu nehmen. Aber es sind im Gericht keine zwei Polizisten vorhanden. Während der Richter gemütlich sein Mittagessen verzehrt, paßt niemand auf den Angeklagten auf. Der nimmt die Gelegenheit wahr, sich von voraussichtlich drei Jahren Knast zu befreien, spaziert seelenruhig aus dem Haus und verschwindet. Urteil in Abwesenheit: Dreieinhalb Jahre Gefängnis. Jetzt ist die Dresdener Polizei auf der Suche nach dem Sitzunwilligen. Wäre das nicht reif für eine Witzsammlung?«

Reiber blickte wieder zu Wortke hinüber. Der lachte tatsächlich, und zwar so laut, daß viele ihn schockiert anstarrten. Der Polizeipräsident schüttelte den Kopf. Es sah so aus, als wolle er damit ausdrücken: Bei uns unmöglich! In Reibers Gesicht erschien ein leichtes Lächeln. Warte es ab, lieber PP … noch bin ich nicht am Ende.

»Und noch mal Berlin«, sagte Reiber. »Ein Fall, der eigentlich vor den Staatsanwalt gehört. Landgericht Berlin-Moabit, 11 Uhr, Saal 731. Vor dem Richter steht zitternd eine junge Vietnamesin, angeklagt wegen Diebstahl. Immer und immer wieder fragt der Richter nach den Hintermännern, denn man weiß, daß das Mädchen nur im Auftrag gestohlen hat. Aber die Vietnamesin schweigt und bebt vor Angst. Schließlich stottert sie: ›Zwingen Sie mich bitte nicht, auszusagen. Draußen wartet ein Killer auf mich.‹ Der Richter läßt sofort das ganze Gebäude sperren, die Polizei greift einen Vietnamesen auf, der sich in einer Nische verborgen hielt. In seinem Hosenbund steckt eine Pistole. Pausenlose Verhöre, der Vietnamese gibt auf unter der Zusicherung, daß man ihn beschützt. Nach seinen Aussagen stürmen Spezialfahnder der Ermittlergruppe ›Vietnam‹ eine Wohnung. Auch zwei weitere Verstecke werden ausgehoben. Die SEK-Beamten nehmen neun Vietnamesen fest, sie finden Waffen, Pistolen und zwei russische Kalaschnikows, die begehrten Killer-Maschinenpistolen. Und man stellt fest: Aus diesen MPs stammen die Schüsse, mit denen in einem Berliner Hochhaus sechs Vietnamesen hingerichtet wurden. Fahnder und Staatsanwalt sind sich sicher: Wir haben jetzt die Killerbande! Nach stundenlangem Verhör fährt man dann die mutmaßlichen Mörder zum Termin vor den Haftrichter. Die Polizei trifft auf einen jungen Mann, der noch Richter auf Probe ist, und dieser junge Mann zweifelt an der Täterschaft der Verhafteten. Ihm reichen die Beweise nicht aus! Der Staatsanwalt, der Chefermittler, der Chef des SEK reden auf ihn ein, flehen ihn geradezu an, wiederholen immer wieder: ›Alle haben mit dem Massaker am 10. Mai zu tun!‹ Sie reden in die Luft! Der Richter auf Probe verweigert die Haftbefehle für sechs der Mafiosi wegen mangelnder Begründung. Nur drei bleiben in Haft – wegen illegalen Waffenbesitzes. Die Polizei muß die sechs Gangster freilassen! Auf Protest des Chefermittlers und einer Beschwerde der Staatsanwaltschaft erließ drei Tage später ein neuer Richter doch die Haftbefehle. Nur: Die Gangster sind längst untergetaucht. Und das bedeutet: Die Berliner Fahnder beginnen wieder von vorn. Ich frage mich bei einer solchen Justiz: Sollen wir die Mühe der Fahndung überhaupt noch auf uns nehmen? Machen wir uns nicht lächerlich, wenn wir Mörder von Amts wegen freilassen müssen? Sind wir Polizisten nicht die Hampelmänner bei einer solchen Rechtsauffassung? Wie geschildert: Das war im Mai. Jetzt haben wir Ende Dezember. Ich habe noch nicht gehört, daß der Richter, der auf seinem pünktlichen Feierabend bestand, und der Richter auf Probe zur Rechenschaft gezogen wurden. Die blinde Justitia ist wirklich blind! Oder – wie der Volksmund es ausdrückt – eine Krähe hackt der anderen kein Auge aus!«

Reiber unterbrach den Vortrag durch eine Pause. Um vorzeitigen Diskussionen zu entgehen, verschwand er in einen Nebenraum und trank ein Glas Orangensaft. Daß kurz darauf Wortke zu ihm kam, war fast selbstverständlich.

»Mut hast du, Junge!« sagte er anerkennend. »Die Fakten kennen viele von uns, aber wie du sie servierst, sind es für gewisse Leute Tritte in den Hintern. Mir ist nur nicht klar, worauf du hinauswillst. Bis jetzt gibst du der Journaille recht, daß sie uns Laschheit vorwirft.«

»Warte es ab, Theo.« Reiber stellte sein Glas zurück. »Eine normale Oper besteht aus einer Ouvertüre und drei Akten. Ich habe die Ouvertüre hinter mir.«

»Wenn du wüßtest, was draußen im Saal los ist! Die vom Landtag sind schon jetzt dabei, politische Verantwortung zurückzuweisen. Da reden sich bereits einige die Köpfe heiß. Deinen Namen wird man in Bonn auf die schwarze Liste setzen.«

»Das ist mir egal.« Reiber blickte auf seine Armbanduhr. Noch zehn Minuten bis zur Fortsetzung des Vortrags. »Ich habe nichts zu verlieren. Ich bin Beamter auf Lebenszeit.«

»Frühpensionierung!«

»Mit dreiunddreißig Jahren?«

»Da gibt es noch ganz andere Staatsspaziergänger. Staatssekretäre, die nach einem halben Jahr zu Blumenzüchtern werden, weil ihre Nase dem Minister nicht gefällt. Und wenn man dir auch noch ein Dienststrafverfahren anhängt ...«

»Mit welchem Tatbestand?«

»Preisgabe geheimer Dienstsachen.« Wortke wiegte den Kopf. »Immerhin sind einige Fakten, die du da von dir gibst, interne Informationen des BND und des BKA. Das könnte ins Auge gehen.«

»Ich lasse es darauf ankommen.« Reiber stand auf. »Ende der Zigaretten- und Pinkelpause. Theo, jetzt kommt München dran.«

»Komme ich auch darin vor?«

»Zwangsläufig, Theo.«

»Als Oberdepp der Mordkommission?«

»Als tragisches Opfer der von den Politikern vernachlässigten Polizei.« Reiber lachte und klopfte Wortke auf die Schulter. »Theo, in einer halben Stunde trägst du den Heiligenschein eines Märtyrers!«

Die Versammelten setzten sich, als Reiber wieder an das Rednerpult trat. Er hielt sich nicht damit auf, an den Gesichtern die Stimmung abzulesen, er wußte, daß es ohnehin zwei Gruppen gab: Die Kollegen von der Polizei und die anderen ...

»Kommen wir jetzt zu einem sehr heiklen Thema«, begann Reiber den zweiten Teil seiner Philippika. »Ein Kapitel der Polizeiarbeit, das immer mehr die Kriminalität bestimmt: Das bei den Politikern geltende Tabu der Ausländerkriminalität und die alarmierende Zunahme der Jugendkriminalität. Mit beiden Themen hat sich vor allem auch mein Dezernat zu beschäftigen, ich kann also aus Erfahrung sprechen. Jeder von uns weiß, daß das Vordringen der verschiedenen Mafia-Banden in Deutschland ein bisher nicht zu bewältigendes Problem ist. Ich betone: Die jetzigen Möglichkeiten der Polizei, das Bandenunwesen effektiv zu bekämpfen, sind minimal! Rumänische, italienische, polnische, albanische, türkische, russische, vietnamesische und chinesische Mafia-Organisationen arbeiten in Deutschland fast ungehindert wie legale Industriekonzerne. Ab und zu gelingt der Polizei durch verdeckte Ermittler, anonyme Anzeigen, Observationen oder durch den Kommissar Zufall, einige Tatverdächtige zu ermitteln und festzunehmen, aber das ist, als vernichte man einen Pilz, und tausend andere wachsen unentdeckt weiter. Unterirdisch, wie es Pilze so an sich haben. Schon aus der unvollständigen Aufzählung der Mafia-Banden – ich habe nur die wichtigsten genannt – ist ersichtlich, daß es sich ausnahmslos um Banden von Ausländern – pardon, es muß ja heißen – Nichtdeutschen handelt. Das Wort Ausländer ist ja ein Reizwort der Politiker geworden. Dennoch: 60 Prozent aller Straftaten gehen auf das Konto der organisierten Kriminalität. Und die besteht nun mal aus Ausländern! Werfen wir noch einmal einen Blick zurück nach Berlin. Dort herrscht die vietnamesische Mafia mit zwei sich untereinander bis aufs Blut bekämpfenden Gruppen: die Quang-Binh-Bande und

die Ngoc-Thien-Bande. Ihr Arbeitsgebiet: Zigarettenschmuggel. Die Banden sind unterteilt in Bezirksleiter,
genannt Kapos, die direkt aus Vietnam von den großen
Bossen geleitet werden. Nach unseren Erkenntnissen
gibt es hundert Kapos, die sich Berlin verteilt haben.
Diese Kapos beschäftigen wiederum Kolonnen von
Straßenverkäufern, also Kleinhändlern, deren Zahl
man allein in Berlin auf zehntausend schätzt! Jeder
Kapo ist verantwortlich für etwa dreihundert Händler,
die eine ›Standgebühr‹ für ihren Bereich zahlen müs-
sen, nicht unter tausend Mark pro Monat. Wer aus-
steigen will, auf eigene Rechnung etwas abzweigt oder
Angebote der Konkurrenz annimmt, wird liquidiert.
Bisher zählen wir in Berlin 59 Hinrichtungen von Viet-
namesen. Die Killer kommen direkt aus Vietnam – als
Touristen mit dem Flugzeug. Erste Konsequenz: Die
Ermittlungsgruppe ›Vietnam‹ wurde verstärkt. Erster
Erfolg: Mitte Mai stürmten die Beamten ein Lager der
Schmuggler und stellten fest, daß allein diese Bande
von 1993 bis heute 470 Millionen Zigaretten nach
Deutschland geschmuggelt hat. Das ist ein Steuerverlust von 110 Millionen Mark! – Nicht nur in Bonn, sondern in allen Bundesländern ertönt laut die Klage, daß
das Geld nicht reicht, daß das Steueraufkommen nach-
läßt, daß zu radikalen Sparmaßnahmen aufgerufen
werden muß, daß Steuererhöhungen sein müssen ...
Und auf der anderen Seite werden wir durch ausländische Mafia-Banden um dreistellige Millionenbeträge geschädigt. Und warum? Weil die Schlagkraft der Polizei
durch Politikergezänk immer wieder behindert wird!«
»Ich protestiere!« Ein Landtagsabgeordneter war aufgesprungen. Sein Gesicht war hochrot vor Zorn. Er hob
die Hand und fuchtelte damit in der Luft herum. »Die

Polizei kann sich über politische Unterstützung nicht beklagen!«

»Die Polizei ist der Mafia allein schon in der Ausrüstung hoffnungslos unterlegen. Und Sie sprechen eine politische Unterstützung an?« Reibers Stimme wurde lauter und aggressiver. »Darf ich an einen Vorfall erinnern, wo Politiker voll in Deckung gingen, anstatt die Polizei zu unterstützen! Eine Kurden-Demonstration im März dieses Jahres auf der Autobahn A 3. 1500 fanatische Anhänger der verbotenen terroristischen Kurdischen Arbeiterpartei, kurz PKK genannt, schlagen mit Eisenstangen, Holzknüppeln, Schlagringen, Kanthölzern auf die Polizei ein. 22 Beamte werden zum Teil schwer verletzt, darunter ein Polizeikommissar, der noch heute nur in einem Laufgestell gehen kann. Nur durch das Eingreifen einer Abteilung des Bundesgrenzschutzes, das viel zu spät erfolgte, wurde verhindert, daß einige Polizeibeamte totgeschlagen wurden. Die Führung der Polizei sprach von einer blanken Tötungsabsicht der kurdischen Angreifer, darunter über hundert ›Soldaten‹ des Kurdenführers Abdullah Öcalan. Und was geschieht nun? Der zuständige Oberstaatsanwalt aus Kleve ermittelt gegen die mordbereiten Kurden nur wegen Verdachtes des schweren Landfriedensbruchs und der schweren Körperverletzung! Streicheleinheiten für die Kurden ... Es sind ja die Tabukinder der Politiker, nämlich Ausländer! Erst auf einen Protest hin gibt der Oberstaatsanwalt eine butterweiche Erklärung ab: ›Es liegt nahe, die Ermittlungen auf versuchten Totschlag auszudehnen.‹ Geschehen ist aber bis heute nichts! Im Gegenteil: Die deutschen Fernsehanstalten holten den PKK-Chef Öcalan vor die Kamera und ermunterten ihn zu einem Interview über die Vorgänge vom 16. März.

Und was sagt Öcalan mit einem süffisanten Lächeln: ›Man muß doch gerecht sein: Zwei Polizisten wurden die Nasen blutig geschlagen.‹ Und die deutsche Justiz schluckt das! Aber der niedergeknüppelte Polizeikommissar wird Zeit seines Lebens nie wieder richtig laufen können! Die Politiker übersehen so etwas! Doch das ist noch nicht alles, was von diesem 16. März 1996 zu sagen ist. Zwei Tage nach diesem Schlägertag in Elten hat ein Polizist, der am Einsatz beteiligt war, den Mut, vor der Jahreshauptversammlung des GdP-Kreisverbandes in Viersen Tatsachen zu schildern, die einem Skandal sehr nahe kommen. Der Kollege nannte schonungslos die Pannen beim Einsatz an der A 3: ›Stundenlang standen Verstärkungskräfte führungslos herum. Der Funkverkehr untereinander wurde durch kurdische Störsender massiv beeinträchtigt.‹ Ferner wurde bekannt, daß Einheiten des Bundesgrenzschutzes und eines Sondereinsatzkommandos in sicherem Abstand zu den Kurden herumstanden, ohne den Befehl zur Entlastung der hoffnungslos unterlegenen Polizisten zu bekommen. Im Gegenteil, sie wurden wieder abgezogen, um – so die offizielle Begründung – die Kurden nicht zu provozieren! Aber 22 Polizisten wurden niedergeknüppelt! Man nahm das hin, um die lieben Kurden, die gestreichelten Ausländer, nicht zu ärgern! Es ist wirklich unglaublich, was da mit der Polizei passiert ist. Und warum? Auch das ist mittlerweile bekannt geworden: Es war zu erheblichen Kommunikationsschwierigkeiten zwischen dem Innenministerium in Bonn und dem Innenministerium in Düsseldorf gekommen. Die Politiker waren sich wieder einmal nicht einig! Die Polizei wurde allein gelassen ... wie immer. Geliebte Ausländer, schlagt sie zu Krüppeln; politischer Weitblick braucht nun einmal Opfer.«

»Ich protestiere!« schrie der Landtagsabgeordnete erneut und sprang wieder auf. »Was wir hier von Herrn Reiber hören, ist blanke Demagogie! Wir unternehmen alles, was in unserer Kraft steht, das Ausländerproblem in den Griff zu bekommen! Wir werden eine zügigere Abschiebepraxis durchsetzen, Gewinne aus kriminellen Geschäften werden radikaler beschlagnahmt, ein Gesetz zur Verschärfung des Ausländerrechts wird vorbereitet, der Große Lauschangriff steht zur Debatte … Was wollen Sie denn noch mehr? Ihr Vortrag ist eine Provokation, Herr Reiber!«

»Sie erwähnten eben die Abschiebepraxis.« Reiber ließ sich nicht aus der Ruhe bringen, er hatte mit solchen Attacken schon gerechnet. »Das ist nun ein ganz heikles Gebiet, über das sich die Parteien in Bonn die Haare raufen. Wieder ein Beispiel aus neuester Zeit: Die Abschiebung von kriminellen Vietnamesen. Zwischen den Regierungen in Vietnam und Bonn wurde ein – wie immer elegant ausgedrücktes – Rückführungsabkommen geschlossen, und zwar schon 1995. Danach sollten in Deutschland straffällig gewordene Vietnamesen in die Heimat abgeschoben werden. Hanoi verpflichtete sich, jährlich drei- bis viertausend Kriminelle zurückzunehmen. Zufriedenheit bei den deutschen Politikern. Ein Schritt weiter zur Sicherheit in deutschen Landen. Nur – Hanoi denkt gar nicht daran, Tausende von Verbrechern wieder an die Mutterbrust zu drücken. Das Abkommen wird einfach blockiert, ignoriert, verschoben. Lächerliche 65 Mafia-Mitglieder wurden nach Vietnam zurückgeschickt, dann hob Hanoi die Abschiebung auf. Eine glatte Brüskierung der deutschen Regierung! Und was macht Bonn? Köpfchen in den Sand! Der diplomatische Samthandschuh: Nur keine Provokation. Der Vorschlag, den der Innensenator von Berlin von sich gab: ›Wenn Hanoi unsere Bemühungen weiterhin unterläuft, muß die Entwicklungshilfe eingestellt werden.‹ Das verbreitete Entsetzen in Bonn! Vietnam ist doch ein zukünftiger wichtiger Markt wie China. Wie kann man Hanoi drohen wegen ein paar Krimineller? Und während man in Bonn noch überlegt, wie man Hanoi um die Einhaltung von Verträgen bitten kann, werden 1996 geschätzte dreitausend Vietnamesen von der Mafia nach Deutschland eingeschleust. Aus gutem Grund: Die Milliardenbeträge der Mafia-Gewinne fließen nach Vietnam! Die organisierte Kriminalität ist international stärker als jede Regierung. Sie ist eine Wirtschaftsmacht geworden!« Reiber beugte sich etwas über sein Pult und wandte sich gezielt an einige Anwesende. »Haben die Politiker dazu noch etwas zu sagen?«

Schweigen. Nur Wortke klatschte wieder Beifall, auch ein strafender Blick des Polizeipräsidenten konnte ihn nicht daran hindern. Was sollte man darüber auch sagen? Internationale Beziehungen sind ein subtiles Geschäft, bei dem man über kleinliche Unstimmigkeiten hinwegsehen muß. Darum auch ist das Ausländerproblem der ständig bittere Kaffee, den die Politiker schlucken müssen. Deutschland als das große Asylantenparadies muß vorsichtig taktieren, um nicht böse Erinnerungen wachzurufen an eine Vergangenheit, die den Deutschen noch immer anhängt. Also tretet auf mit leisen Sohlen.«

Reiber wühlte wieder in seinen Unterlagen und straffte sich dann. »Verlassen wir das Tabu-Thema Ausländer und sehen wir uns an, wie es mit der Jugend ist. Dazu gibt es nur eine Feststellung: Die Jugendkriminalität nimmt beängstigend zu! Diebstähle, Einbrüche,

Überfälle, Körperverletzungen, Drogenhandel, Banden-verbrechen aller Art werden immer mehr von Jugend-lichen ausgeübt. Hier kann ich jetzt auf eine Statistik des Landeskriminalamtes zurückgreifen, die sich ›Al-tersgruppenvergleich bei der Gewaltkriminalität in München‹ nennt. Und auch hier, liebe Politiker, kann nicht verschwiegen werden, daß 71,5 Prozent der Täter minderjährige Ausländer – Verzeihung – Nichtdeutsche sind. Bei schwerer Körperverletzung, also oft mit irrepa-rablen Spätfolgen, sind es 65,9 Prozent! Im Bereich der Gewaltkriminalität im Raum Bayern wohnen 76,3 Pro-zent der deutschen und 82,1 Prozent der nichtdeut-schen Tatverdächtigen in München! Aber da sind wir keine Ausnahme; so sieht es in allen deutschen Groß-städten aus. Nur die Aufgliederung des LKA nach Alters-gruppen ist interessant! Bei Tätern unter vierzehn Jah-ren – bitte beachten Sie – unter 14 Jahren sind 52,6 Prozent Nichtdeutsche. Und das geht dramatisch in die Höhe: Von 14–18 Jahren sind es bereits 56 Prozent Ausländer, bei den 18- bis 20jährigen ebenfalls 56 Pro-zent, bei den 21- bis 25jährigen sogar 57,5 Prozent, um dann ab dem 26. Lebensjahr kontinuierlich abzusinken. Verblüffend ist die Prozentzahl bei den über Sechzigjäh-rigen. Da stellten die Deutschen 86,3 Prozent der Straf-täter! Sind wir ein Land der Kriminal-Opas?«

Verhaltenes Gelächter im Saal. Die Zahl war wirk-lich unglaublich. Gibt es eine Rentner-Kriminalität? Der Oberbürgermeister schüttelte zweifelnd den Kopf, und Reiber sprach weiter:

»Im Alter also sind die Nichtdeutschen friedliche Bürger. Ihr krimineller Prozentsatz: Nur 13,7! Diese Sta-tistik des LKA zeigt deutlich, daß die meisten Straftaten in den Altersgruppen von 14 bis 25 Jahren vorkommen.

Gibt es dafür eine Erklärung? Rechnen wir einen großen Teil der über 20jährigen zu den Mafia-Banden, so kann man die Kinderkriminalität nur weiträumig analysieren. Unser sehr verehrter, unter uns anwesender Polizeipräsident hat dafür eine Erklärung, die ich für sehr aufschlußreich halte. Ich zitiere: ›Der Anteil von jugendlichen und heranwachsenden ausländischen Tatverdächtigen ist deutlich überhöht. Ihre Zahl nahm im Zeitraum von 1984 bis 1993 um rund 28 Prozent zu. Sie haben ihren Wohnsitz überwiegend in München und sind Kinder der seit langer Zeit in Deutschland lebenden Gastarbeiter. Allein deshalb ist das Bild – die in München wohnhaften Ausländer sind ›brave Ausländer‹, die Straftäter unter ihnen kommen von außen – leider nicht richtig. Mehr als die Hälfte jugendlicher oder heranwachsender Täter bei der Gesamtkriminalität sind Nichtdeutsche.‹ Ende des Zitats. Erst kürzlich gelang es unseren Kollegen in Fürth, sieben Türken im Alter von 16 bis 19 Jahren festzunehmen. Sie hatten eine Schülerbande gegründet, auf deren Konto 66 Straftaten gehen, davon allein 30 Einbrüche. Die Beute verjubelten sie in der Spielhalle. Wir in München beobachten mit Sorge noch ein anderes Phänomen: Den Drogenkonsum der Jugendlichen. Nicht mehr Hasch oder Speed – Koks oder Heroin sind ohnehin nicht bezahlbar –, sondern die Mode- oder Designerdroge Ecstasy. Damit beschäftigt sich mein Dezernat, und ich muß Ihnen gestehen: Wir stehen fast hilflos vor dieser Entwicklung und können sie nicht aufhalten! So dringend es notwendig ist, bei der Bekämpfung der organisierten Kriminalität der Polizei endlich mehr Mittel und staatliche Unterstützung zukommen zu lassen – der Ecstasy-Markt, der langsam, aber sicher die Jugend verseucht, muß geschlossen werden. Was in den Discos und auf Techno-Partys geschieht, wo man sich die Pillen wie Pfefferminzdrops einwirft, kann sich ein Außenstehender gar nicht vorstellen. Eine Jugend, die mit der Pille Glück, Liebe, Vergessen, Kraft und Streßüberwindung sucht und von ihr innerlich zerfressen wird, wird zum Problem auch des neuen Jahrtausends werden! Und wir schaffen es nicht, diese Entwicklung aufzuhalten, ohne die Hilfe der Politiker, ohne neue, schärfere Gesetze, ohne neue Vollmachten für die Polizei und erweiterte Kompetenzen bei Fahndung und Verhaftung. Allein schon der Paragraph über die Strafmündigkeit eines jugendlichen Verbrechers muß modernisiert werden. Ein 13jähriger Junge, der einen Rentner totschlägt, um ihm 59,45 DM aus der Tasche zu rauben, weiß ganz genau, was er tut! Da finde ich es lächerlich, einem Kinderpsychologen zuzuhören, der von einem ungeordneten Elternhaus spricht, von Umwelteinflüssen und einer geistigen Minderentwicklung. Ein solcher Junge ist schuldfähig, weil er die Tat bewußt begangen hat! Ich weiß, ich greife damit heiße Eisen an, aber die bedrohliche Entwicklung in der Jugendszene fordert eine Gesetzesänderung. Wer aber kann nur die Gesetze ändern? Die Politiker! Und hier ist das Ende der Fahnenstange. Man wird sich in Bonn nie einig werden. Das große Wort, unsere Gesetze reichen aus, ist eine Lüge! – Ich danke Ihnen für Ihre Geduld, meine Damen und Herren.«

Applaus begleitete Reiber ins Nebenzimmer. Er wischte sich den Schweiß von der Stirn und sehnte sich nach einem Bier. Er blieb sitzen, als der Oberbürgermeister, der Polizeipräsident und Wortke den Raum betraten.

»Das haben Sie alles gut gesagt«, lobte der Polizeipräsident. »Das war – wie man so sagt – die Stimme des Volkes. Glauben Sie, daß sich etwas ändert?«

»Nein, Herr Präsident. Ich habe es schon einmal gesagt: Der Krümmungsgrad der Banane ist wichtiger. Erlauben Sie mir ein ehrliches Wort?«

»Bitte ...«

»Es ist zum Kotzen!« stellte Reiber fest.

Bertha Hellenkamp war eine rüstige Witwe von 63 Jahren, in St. Pauli geboren, in St. Pauli aufgewachsen, in St. Pauli verheiratet. Sie hatte drei Kinder geboren und in St. Pauli ihren Mann Eduard zu Grabe getragen. Es gab nichts, was sie erschüttern konnte. Wer St. Pauli so kannte wie sie, dessen Haut war zur Hornhaut geworden.

Bertha bewohnte eine Vierzimmerwohnung in der Roosenstraße, also am Ende der vielbesungenen Großen Freiheit, ganz in der Nähe der Puff- und Vergnügungswelt. Zeit ihres Lebens hatte sie Huren gesehen, in den umliegenden Wohnungen hausten in möblierten Zimmern Heerscharen von ihnen und Strichjungen. Nach dem Tod von Eduard hatte Bertha ein Zimmer zuviel und vermietete es, aber nie an Zugehörige des horizontalen Gewerbes. Sie hielt ihre Wohnung rein, wie sie es nannte, und auch ihr letzter Mieter war ein Student gewesen, der nun ein neues Semester in Freiburg belegt hatte. Er hatte im Rahmen der Biologie Insektenkunde studiert und ihr erzählt, daß es etwa 750 000 verschiedene Insekten gäbe, die man kenne, aber Hunderttausende, die man noch erforschen müsse. Bertha Hellenkamp hatte nie begriffen, daß ein Mensch sich für so etwas interessieren und es auch noch studieren konnte.

Nun war er ausgezogen, das Zimmer war frei, und Bertha hoffte auf einen neuen anständigen Mieter, der nicht gleich am nächsten Tag eine Bettgefährtin mitbrachte.

Sie war etwas erstaunt, als ein Mann im mittleren Alter an ihrer Tür klingelte, sich höflich verbeugte und fragte:

»Stimmt es, daß Sie ein Zimmer zu vermieten haben?«

Es war drei Tage vor Weihnachten. In Berthas Wohnung roch es nach frisch gebackenem Zimtgebäck. Auch nach Eduards Tod backte sie Weihnachten ihre Plätzchen und brachte sie dann in ein Waisenhaus.

»Es stimmt!« Bertha musterte den Frager und konnte sich nicht denken, daß ein so eleganter Herr ein möbliertes Zimmer auf St. Pauli sucht. »Woher wissen Sie das?«

»Ich habe zwei Tage im Hotel gewohnt. Ein Hausdiener gab mir den Tip, als ich ihn danach fragte. Kann ich das Zimmer mal sehen?«

»*Sie* wollen das Zimmer mieten?«

»Ja. Ist das so ungewöhnlich?«

»Ich hätte gedacht, daß Sie ein Vater sind, der für seinen Sohn ein Zimmer sucht. Einen Studenten vielleicht ...«

»Das ist lange her, daß ich ein Student war ...«

»Sie haben studiert?« Für Bertha war das schon wie eine Visitenkarte.

»Ja.«

»Aber keine Insektenkunde ...«

»Nein. Jura.«

»Oh! Rechtsanwalt?«

»So ähnlich.«

441

»Und Sie wollen bei mir ein möbliertes Zimmer mieten? Als Rechtsanwalt?«

Bertha sah ihn mit schief geneigtem Kopf an. Achtung! Da stimmt etwas nicht. Wie kann ein vornehmer Herr, der so etwas wie ein Rechtsanwalt ist, in St. Pauli ein Zimmer mieten? Umgeben von Nutten und Homos! Da steckt doch etwas anderes dahinter. Der wird etwas ausgefressen haben und muß sich jetzt verstecken! Und morgen hat man die Polizei am Hals! Nichts da, mein Herr ... Bertha Hellenkamp hatte noch nie etwas mit der Davidswache zu tun gehabt.

»Ich komme aus München.«

»Das mag sein.« Berthas Stimme wurde energisch. »Das Zimmer ist nichts für Sie.«

»Sie sind mißtrauisch, nicht wahr? Mit Recht. Darf ich mich Ihnen vorstellen. Ich bin Dr. Hubert Habicht aus München.«

»Sogar ein Doktor!« Bertha wurde der Besuch fast unheimlich. »Sie wollen als Doktor in meine Bude ziehen? Das ist doch ... ungewöhnlich.«

»Ich will es Ihnen erklären. Ich habe in Hamburg einen Auftrag zu erledigen, von dem ich nicht weiß, wie lange er mich in dieser Stadt festhält. Es kann Wochen, aber auch Monate dauern. Im Hotel zu wohnen ist mir zu teuer. Deshalb suche ich ein möbliertes Zimmer. Ihres wird mir gefallen.«

»Sie kennen es doch noch gar nicht.«

»Aber ich habe Sie kennengelernt und habe das Gefühl, daß ich bei Ihnen bestens aufgehoben bin.«

Bertha Hellenkamp zögerte. Dieser Doktor wurde ihr sympathischer, und was er erklärte, klang glaubwürdig. Aber immer noch wollte es nicht in ihren Kopf, daß ein solcher Herr ihr Zimmer mieten wollte.

»Sehen Sie sich das Zimmer erst mal an«, sagte sie freundlicher. »Um es vorwegzunehmen: Wir sind hier von Huren eingekreist.«

»Das stört mich nicht.« Habicht lachte kurz auf. »Ich werde mich nicht verführen lassen.«

»Sie sind in München verheiratet?«

»Ich bin Witwer.«

Dr. Habicht wurde Bertha noch sympathischer. Ein Witwer. Das gemeinsame Leid schlug eine Brücke. »Kommen Sie«, sagte sie und ging voraus. »Das Zimmer hat ein Fenster zum Hinterhof. Gegenüber wohnen sechs Huren. Manchmal zieht eine nicht die Gardine vor, und Sie können alles sehen.«

Das Zimmer war lang und schmal. Ein Bett stand darin, ein alter Kleiderschrank, ein Tisch mit zwei Stühlen, ein Bücherbord hing an der Wand, auf einer Kommode befand sich ein alter Schwarzweißfernseher, auf einem anderen Bord waren Tassen, Untertassen, Teller, Gläser und Bestecke untergebracht. Ein alter Wollteppich bedeckte die Dielen. Ein Rolladen vor dem Fenster verwehrte die Einsicht. Ein spartanisches Zimmer.

»Das Badezimmer und die Toilette sind gleich nebenan. Sie können immer baden … Ich bade mich nur sonntagmorgens.« Bertha schielte zu Habicht hinauf, er war einen Kopf größer als sie. »Gefällt Ihnen das Zimmer?«

»Sehr …«

»Wirklich?«

»Ich werde mich hier wohl fühlen.«

»250 Mark im Monat mit Frühstück. Für das andere Essen müssen Sie selbst sorgen. Meine Studenten aßen immer in der Mensa.«

»Keine Sorge.« Habicht lächelte wie ein großer Junge.

»Ich werde nicht verhungern. Und wenn – ich weiß, daß Sie das nicht zulassen werden.«

Bertha lächelte zurück. Ihr Mißtrauen war dahingeschmolzen. Welches Geschäft der Doktor auch in Hamburg zu erledigen hatte – er war ein Mieter, mit dem man auskommen konnte. Ein seriöser, gepflegter, gebildeter Mann im besten Alter. Ein Witwer. »Ich könnte ab und zu für Sie kochen«, sagte sie. »Wenn Ihnen das fünf Mark wert ist ... Ich will ja nichts daran verdienen. Ich koche gern. Hausmannskost natürlich.«

»Die liebe ich besonders, Frau Hellenkamp. So eine richtige Erbsensuppe mit durchwachsenem Speck ... dafür lasse ich jedes Steak stehen.«

»Und Labskaus?«

»Ich esse alles, was auf den Tisch kommt.«

Bertha strahlte, auch wenn es noch immer rätselhaft blieb, daß ein Doktor sich gerade in St. Pauli in der Roosenstraße, inmitten von Puffs und Stundenhotels niederlassen wollte. Da gab es noch Fragen ... Aber die zu stellen, hatte man ja Zeit genug.

»Wann ziehen Sie ein, Herr Doktor?« fragte Bertha Hellenkamp.

»In zwei Stunden. Ich hole nur noch mein Gepäck aus dem Hotel.«

»Haben Sie ein Auto?«

»In München. Ich bin nach Hamburg geflogen. Hier nehme ich ein Taxi.«

»Ich möchte auch mal fliegen. Ich bin noch nie geflogen.«

»Vielleicht machen wir zusammen mal einen Rundflug über Hamburg.«

Habicht verabschiedete sich und fuhr zu seinem Hotel.

Der nächste Schritt war getan. Ein Zimmer im Herzen von St. Pauli, mitten unter den »Damen«, die das Foto identifizieren konnten. Die sagen konnten: Ja, das ist sie. Wir kennen sie. Du kannst sie in dem oder dem Lokal treffen. Und dann würde er ihr gegenüberstehen und sagen:

»Du hast meinen Sohn Robert umgebracht und meine Frau Gerda ... Nun rechnen wir miteinander ab!«

Ein Gedanke, bei dem sich Habichts Herz verkrampfte. Er sehnte diesen Augenblick herbei, wie ein verdorrtes Land sich nach Regen sehnt, aber er wußte nicht, zu welcher Handlungsweise er dann fähig sein würde.

Konnte er wirklich einen Menschen töten? Mit eigener Hand töten? Wie denn? Erschlagen? Erwürgen? Aufhängen?

Man müßte eine Waffe haben, dann wäre es leichter. Eine Pistole, das wäre am besten. Ein Fingerkrümmen, ein Schuß – es war die eleganteste Lösung. Ohne Anstrengung, ohne körperlichen Einsatz. Nur Abdrükken ... einmal, zweimal, vielleicht aus Sicherheit dreimal ... Nicht einmal zu zielen brauchte man auf diese geringe Distanz, man traf immer.

So einfach hörte sich das an, ein Menschenleben auszulöschen. Und doch würde das Fingerkrümmen eine fast unmenschliche Überwindung kosten und noch mehr das Zusehen, wie die Kugeln in den Körper schlugen und vielleicht sogar Blut aus den Einschußlöchern quoll. Würde sich dieses Bild nicht unauslöschbar in das Gehirn brennen und die Nächte zur Qual werden lassen? Gab es danach überhaupt noch ein normales Leben? Konnte man noch einem Menschen gegenübertreten, ohne zu denken: Ja, sieh mich nur an. Du blickst jemandem ins Auge, der einen anderen Menschen getötet hat. Nicht aus Habgier, nicht aus Mordlust, nicht aus niedrigen Motiven, nein. Ich habe es einfach tun müssen, ich habe nur ein Versprechen eingelöst, eine Verpflichtung, die einen Abschnitt meines Lebens beendet. Was dann folgt, ist die Lethargie, das Warten auf deinen eigenen Tod.

Reue? Kann, darf es Reue geben? Sie haben Robert mit einem Genickschuß hingerichtet, regelrecht hingerichtet, und sie haben Gerda das Herz gebrochen, ihren Lebenswillen getötet. Und Schuld muß gesühnt werden. Das hat man uns schon in der Schule gelehrt. Wie kann eine Hand zittern, wenn sie Gerechtigkeit ausübt?

Habicht holte sein Gepäck aus dem Hotel. Der Hausdiener, der ihm den Tip mit dem Zimmer bei Bertha Hellenkamp gegeben hatte, lud die vier Koffer auf einen Kofferwagen.

»Hat es mit dem Zimmer geklappt, Herr Doktor?« fragte er.

»Es war eine gute Empfehlung. Wie heißen Sie?«

»Fritz Poller, Herr Doktor.«

Habicht griff in die Tasche, holte einen Hundertmarkschein heraus und hielt ihn Poller hin. »Ich brauch' noch einen Tip, Fritz.«

»Wenn ich helfen kann, sehr gern, Herr Doktor.« Poller griff schnell zu und steckte den Geldschein ein.

»Ich brauche eine Pistole …«

»Was brauchen Sie, Herr Doktor?« Pollers Miene verschloß sich.

»Eine Pistole.«

»Mit so etwas habe ich nichts zu tun, Herr Doktor.«

»Ich weiß, daß man illegal Waffen aller Art kaufen

kann. Vom Klappmesser bis zum Raketenwerfer. Ich brauche nur eine Pistole.«

»Da kann ich Ihnen nicht helfen, Herr Doktor.« Poller igelte sich ein. »Ich weiß wirklich nicht …«

»Ich brauche nur eine Adresse. Ich weiß, daß Sie eine kennen.« Habicht holte einen zweiten Hundertmarkschein hervor. »Erinnern Sie sich, Fritz.«

Poller nahm auch den zweiten Schein an und überlegte, ob es strafbar war, einen Namen zu nennen, der nur in eingeweihten Kreisen einen Doppelklang besaß. Auf dem Kiez war Waffenhandel fast normal, nur sprach man nicht darüber.

»Interessieren Sie sich für russische Kunst?« fragte der Hausdiener.

Habicht sah ihn erstaunt an. Was soll das? Russische Kunst? Aber nach kurzem Zögern verstand er Pollers Gedankengang. Eine Kalaschnikow zum Beispiel ist eine russische Maschinenpistole.

»Ich mag russische Kunst«, sagte Habicht gespannt. »Es kommt aber immer auf das Objekt an. Eine gute alte Ikone würde mich reizen.«

»Da hätte ich etwas für Sie, Herr Doktor. Ich kenne einen Importeur für russisches Kunsthandwerk. Außerdem ist er Besitzer der Bar Taiga. Der Mann heißt Rutkin. Die Bar Taiga kennt jeder. Tolle Mädchen, alles Russinnen.«

»Und dieser Rutkin verkauft Ikonen?«

»So sagt man …«

»Ich danke Ihnen, Fritz.« Habicht atmete auf. »Hoffentlich ist dieser Tip so gut wie der mit dem Zimmer.«

»Bestimmt, Herr Doktor. Aber nennen Sie bitte nicht meinen Namen. Auf dem Kiez ist Schweigen wie eine Lebensversicherung.«

Habicht war so erfreut, daß er noch einen dritten Hunderter in Pollers Hand drückte. Er nahm sich vor, Rutkin noch an diesem Abend einen Besuch zu machen. Er ließ von Poller seine Koffer zu einem Taxi bringen und fuhr in die Roosenstraße.

Bertha Hellenkamp erwartete ihn schon mit Ungeduld. Sie hatte einen echten friesischen Tee aufgebrüht und vier Stücke Nußkuchen gekauft. Der Herr Doktor sollte sich vom ersten Tag an bei ihr richtig wohl fühlen. Warum sich ein so vornehmer Herr mit einem solch bescheidenen Zimmer zufrieden gab, diese Frage verdrängte Bertha jetzt völlig. Er würde seine Gründe haben.

Bertha verspürte ein wahres Glücksgefühl, als Habicht an ihrem weiß gedeckten Tisch lobte: »Der Tee ist vorzüglich. Ich habe selten einen so guten Tee getrunken. Und der Nußkuchen … einfach Spitze!«

Am Abend zog Habicht sich um und fragte auf der Straße einen Taxifahrer nach der Bar Taiga. Er brauchte nicht weit zu laufen, das Lokal lag mitten in dem Vergnügungsviertel. Varietés, Kabaretts, Sexfilmtheater, Bars, Showbühnen, Imbißstuben, Tanzcafés – es war eine ganz besondere Welt, die Habicht in dieser Zusammenballung noch nie gesehen hatte. Dagegen war das Nachtleben von München, das er nun monatelang durchstreift hatte, von provinzieller Bescheidenheit, geradezu unauffällig. Bisher kannte Habicht St. Pauli nur aus Fernsehfilmen und Illustriertenberichten, die ihn nie besonders interessiert hatten. Jetzt lebte er mittendrin und schlüpfte in ein Kostüm, das zu dieser turbulenten Szene paßte. Der Mann im mittleren Alter, der Verpaßtes nachholen wollte, der im Leben zu kurz gekommen war und nun kräftig auf die Pauke haute.

Oder – wie man machomäßig sagte – endlich die Sau rausließ.

Vor dem Taiga stand ein livrierter Portier, der gleichzeitig der Aufreißer war. Als Habicht vor dem Fotokasten neben dem Eingang stehen blieb und die aufreizenden Bilder betrachtete, junge, halbnackte Mädchen in erotisch wirken sollenden Verrenkungen, kam der Mann sofort auf ihn zu.

»Na, junger Mann! Wollen Sie das Glück mit beiden Händen greifen? Kommen Sie herein, die russische Seele – und nicht nur die – wartet auf Sie! Zögern Sie nicht! Wir garantieren Ihnen einen unvergeßlichen Abend mit Tatjana und Ludmilla.«

»Ich möchte einen Herrn Rutkin sprechen«, sagte Habicht und schüttelte die Hand ab, mit der ihn der Portier am Ärmel gepackt hatte. Der Aufreißer ließ ihn sofort los.

»Was wollen Sie von ihm?« Seine Stimme klang jetzt fast drohend.

»Das geht dich einen Dreck an, mein Junge!« sagte Habicht grob. Diesen Ton hatte er in München geprobt, er stellte in solchen Kreisen schneller einen Kontakt her. Der Portier ging auch sofort auf den Ton ein. »Du kennst Rutkin?«

»In zehn Minuten spätestens bestimmt.«

»Sag doch gleich, daß du ’n maskierter Bulle bist!«

»Seh’ ich so aus?«

»Bei uns ist alles sauber. Alle Mädels haben ordentliche Papiere, keine Schwarzmarktware.«

»Das interessiert mich nicht. Ich will Rutkin sprechen, mehr nicht. Von mir aus könnt ihr eure Mädels in Frischfleisch-Containern nach Deutschland schaffen.«

»Komm rein.«

Der Portier ging voraus in einen großen, halbdunklen Raum mit einer riesigen Bartheke an der Stirnwand. Die Wände waren mit rotem Samt bespannt. Habicht sah ein Gewirr von Tischen und Stühlen, am anderen Ende des Raumes eine Bühne und einige Türen in den Längswänden, die zu »Betreuungszimmern« führen mußten. Auf der Bühne zeigte ein nacktes Paar gerade, wie man auch in einer Schaukel kopulieren kann. Die Darstellerin quietschte dabei wie eine rostige Türangel. Der Portier stieß Habicht grinsend in die Rippen.

»Das ist Marfa! Eine tolle Nummer! Die tritt nachher noch mal auf und läßt sich von drei Kerlen bumsen. Gleich drei auf einmal. Ein echter Star!«

»Ich will zu Rutkin.« Habicht gab seiner Stimme einen drohenden Klang. »Marfa kannste dir an den Sack hängen!«

Der Portier führte Habicht an der Bar vorbei zu einer Tür, die unter der roten Samtbespannung kaum zu erkennen war. »Warte hier«, sagte er knurrend. »Ich melde dich an. Wie heißt du?«

»Nishni Nowgorod …«

»Scheiße!« Der Portier verschwand hinter der Tür.

Habicht lehnte sich an das Ende der Theke und sah sich weiter um. Die Bar war gut besetzt bis auf einen Hocker. Meist waren es Männer in Habichts Alter, die Bier, Cocktails oder ein Glas Sekt tranken und sich nicht um die Schaukelnummer auf der Bühne kümmerten. Die Kellnerinnen trugen russische Kostüme, hochgeschlossen und züchtig. Nur wer sie von hinten sah, bekam einen Vorgeschmack von dem, was die Mädchen auch noch servieren konnten: Die Kosakenhosen waren kreisrund ausgeschnitten und zeigten die blanken runden, einladenden Hintern. Ab dreihundert Mark plus

Getränke konnte man sich in den Nebenräumen näher damit beschäftigen.

Hinter der Bar bedienten sieben Mädchen die Gäste. Sie zeigten keine Blößen, ihr Kostüm war korrekt. Das hieß: Hände weg! Hier gibt es nur Getränke oder Gespräche, denn nirgendwo wird mehr vom Leben erzählt als an einer Bar. Da sprudelt aus einem Mann alles heraus, was er in letzter Zeit an Frust geschluckt hat. Einer Bardame wird oft mehr gebeichtet als einem Priester, und ihre Absolution ist ein verstehendes Lächeln.

Habichts Blick blieb an einer Bardame hängen, die gerade einen giftgrünen Cocktail servierte und mit dem Gast, einem Mann mit weißen Locken, ein sichtlich witziges Gespräch führte. Sie hatte hellblonde kurzgeschnittene Haare, eine Ponyfrisur, die ihrem Gesicht etwas Koboldhaftes gab. Die Kosakenuniform paßte zu ihr. So müssen früher die Mädchen am Don ausgesehen haben, dachte Habicht. Oder besser: So stellt man sich eine Russin aus der Steppe vor, eben genauso verkehrt, wie ein Amerikaner, der noch nie in Deutschland gewesen ist, von einem Deutschen denkt, er trüge nur Lederhosen und Gamsbarthut und äße Sauerkraut mit Eisbein. Habicht hatte vor Jahren, zusammen mit Gerda, den Film »Dr. Schiwago« im Kino gesehen, weil so viel von dem Buch gesprochen wurde. An diese Russinnen erinnerte er sich jetzt, als er das Kosakenmädchen hinter der Bar sah. Woher konnte sie kommen? Aus der Ukraine? Aus Weißrußland? Aus den ehemaligen Nordstaaten der Sowjetunion?

Der Portier unterbrach seine Gedanken. Er stand hinter ihm, lautlos herangekommen, und tippte ihm auf die Schulter. Es war, als stäche ihn jemand mit eisernen Fingern.

»Rutkin läßt bitten. Arme hoch!«

»Warum denn das?«

»Darum.« Der Portier tastete schnell und geübt Habichts Körper ab und nickte dann. Habicht mußte grinsen.

»Glaubst du, ich komme mit 'ner Waffe zu Rutkin?«

»Ich habe schon Pferde kotzen sehen! – Da hinein.«

Habicht ging durch die Tür, kam in einen Vorraum, in dem ein alter Billardtisch stand und der sonst leer war. Im hinteren Winkel zwischen Wand und Decke starrte ihn das Auge einer Videokamera an – wie in einem Gangsterfilm. Habicht lachte und winkte in das Objektiv hinein. Das schien zu überzeugen. Vor ihm schnarrte es, und eine automatische Tür rollte in die Wand.

Grigorij Semjonowitsch Rutkin war ein noch junger Mann von 31 Jahren. Wie alle reich gewordenen Russen kleidete er sich in bestes Tuch, vom besten Schneider verarbeitet, trug nur weiße Hemden und diskrete Krawatten und bewies, daß man im Auftreten ein Gentleman sein konnte. Er konnte leise, aber betont sprechen, doch man traute ihm auch zu, zu brüllen wie Rasputin. Er trug die schwarzen Haare mit Pomade eng an den Kopf geklebt, hatte braune Augen und einen forschenden Blick. Seine Gestalt war mittelgroß, schlank, aber kräftig. An der rechten Hand glitzerten zwei Brillantringe.

Rutkin war vor vier Jahren in Hamburg aufgetaucht. Woher er kam, wußte niemand genau. In seinem Paß stand Njenjalinsk. Wo liegt Njenjalinsk? Irgendwo im weiten Rußland, vielleicht in Sibirien, wer weiß das? Als Beruf gab er Kunsthändler an, eröffnete ein winziges Ladengeschäft, in dessen Schaufenster er zwei unechte Ikonen und die berühmte Matruschka, die Puppe in der

Puppe, stellte, und begann, sich auf dem Kiez umzusehen.

Es geschahen dann merkwürdige Dinge.

Zuerst beklagte man in der Zuhältergemeinschaft zwei Tote, die mit sauberen Stirnschüssen in Hausfluren lagen. Da niemand einen Schuß gehört hatte – und es waren belebte Straßen mit einem ertragreichen Straßenstrich – wußte man, daß hier jemand mit einem Schalldämpfer arbeitete. Also ein Profi.

Das zweite Ereignis versetzte die Szene in helle Aufregung: Boxer-Ede, ein Berliner »Bienenzüchter«, der neun Bienchen durch St. Pauli schwirren ließ, wurde in seiner Wohnung tot und mit abgeschnittenem Gehänge aufgefunden. Die Mutmaßungen überschlugen sich, die Polizei lief ins Leere, Motive gab es genug, aber keinen Verdächtigen. Immerhin ging die Tat als »Schwanzmord« in die Geschichte des Kiez ein.

Kurz nach dieser unappetitlichen Affäre erhängte sich der Besitzer der Erotik-Bar Sirene. Er hing eines Morgens von der Decke über einem dicken Schaumgummiboden, in einem Raum, den man die Spielwiese nannte und auf der sich Pärchen im Rudelbumsen üben konnten. Swinger-Joe, so hieß er, hatte keinen Grund gehabt, sich das Leben zu nehmen, sein Laden lief wie geschmiert, er hatte nie ein krummes Ding gedreht, er war auf dem Kiez überall beliebt, was sehr selten ist, und die Polizisten der Davidswache hatten seinetwegen nie ausrücken müssen. Warum hängt sich ein so erfolgreicher, integrer Mann auf? Aus Schwermut? Wohl kaum, denn Swinger-Joe testete vorher jedes Mädchen auf seine Tauglichkeit, bevor er es einstellte.

Joes Witwe, die Hamburg so schnell wie möglich verlassen wollte, war deshalb hoch erfreut, als sich ein zahlungskräftiger Käufer für die Sirene-Bar bei ihr vorstellte.

Es war Grigorij Semjonowitsch Rutkin.

Man wurde sich schnell einig, der Kaufvertrag wurde unterschrieben, Rutkin baute das Lokal etwas um und eröffnete es neu unter dem Namen Taiga.

Der Kiez nahm es hin. Ein Russe mehr, na ja! Wenn er sich gut eingliedert, soll er seine Geschäfte machen. Was keinem auffiel: Die neun Bienchen von Boxer-Ede schwirrten jetzt als Bedienerinnen im Taiga herum, und die neuen Bardamen waren sehenswerte Importe aus Rußland.

Das Taiga bekam einen guten Namen in St. Pauli. Es wurde akzeptiert.

Rutkin empfing Habicht auf russisch. Wer sich Nishni Nowgorod nennt, muß die Sprache der Heimat sprechen. Von seinem Schreibtisch aus musterte er den Besucher mit zusammengekniffenen Augen.

Habicht winkte ab. »Spielen wir kein Theater, Rutkin«, sagte er. »Ich bin kein Russe.«

»Das habe ich sofort gewußt.« Rutkin sprach ein akzentfreies Deutsch. »Welcher Russe heißt Nishni Nowgorod? Was wollen Sie? Wer sind Sie?«

»Ich bin Dr. Habicht aus München. Und was ich will? Sie handeln doch auch mit russischen Kulturgütern, hat man mir gesagt.«

»Das stimmt. Was suchen Sie?«

»Eine schöne, gepflegte Ikone ... 7,65 oder 9 Millimeter ...«

Rutkin schwieg und lehnte sich in seinem Sessel zurück. »So klein soll sie sein, so klein?« sagte er gedehnt. »Eine Miniatur? Schwer zu suchen und schwer zu finden.«

»Eine Kalaschnikow ist mir zu unhandlich. Reden wir im Klartext, Rutkin. Ich brauche eine Pistole oder einen Revolver. Sofort.«

»Was wollen Sie damit?«

»Jemanden töten.«

»Das sagen Sie so öffentlich?«

»Hier ist keine Öffentlichkeit; wir sind allein. Und wenn Sie ein Tonband laufen lassen – Sie werden es nicht verwerten.«

»Wen wollen Sie töten und warum, Herr Doktor?«

Habicht griff in die Tasche, holte das Foto heraus und warf es Rutkin auf den Tisch. »Ich suche eine Frau. Diese Frau. Sie hat meinen Sohn Robert und meine Frau Gerda auf dem Gewissen. Rutkin, Sie werden einsehen, daß ich sie töten muß. Mir fehlt nur die Pistole, die ich von Ihnen bekomme.«

Rutkin drehte das Foto zwischen seinen Fingern und betrachtete es mit fachmännischem Wohlwollen.

»Eine schöne Frau«, sagte er anerkennend. »Eine sehr schöne Frau. Und so etwas mordet? Dr. Habicht, Sie können tausend Frauen kennen, und jede ist anders. Wer traut einer solchen Frau solche Taten zu?« Er gab das Foto zurück. Habicht steckte es wieder ein. »Sie wissen, daß sie in Hamburg ist?«

»Aus sicherer Quelle. Sie ist von München nach Hamburg geflüchtet.«

»Und ausgerechnet in unser Milieu?«

»Es ist ihre Welt. Ich weiß von Freunden meines Sohnes Robert, daß er ein Verhältnis mit einer Bardame gehabt hat. Mit ihr! In Hamburg wird sie wieder in ihren alten Beruf eingestiegen sein. Was sollte eine Bardame sonst tun?«

Rutkin hob zweifelnd die Schultern. »Sie suchen ein

Weizenkorn in einem Wagen voller Roggenkörner. Und wenn Sie das Weizenkorn gefunden haben, wollen Sie es zerquetschen. Und ich soll Ihnen dabei helfen ...«

»Ich möchte nichts weiter von Ihnen als eine Pistole, Rutkin.«

»Sie bekommen sie, zum Selbstschutz. Unter einer Bedingung: Sie gehen auf einen Handel mit mir ein.«

»Ich höre.«

»Diese Frau interessiert mich. Ein Madonnengesicht, hinter dem sich der Tod verbirgt. Ich habe Frauen gesammelt wie andere Leute Bierdeckel. Eine Mörderin war noch nicht darunter, das reizt mich. Mein Vorschlag: Ich helfe Ihnen bei der Suche. Wenn diese Frau wirklich in einer Bar in St. Pauli arbeitet, finden wir sie. Und dann, wenn wir sie gefunden haben, kaufe ich sie Ihnen ab.«

»Ich lehne ab, Rutkin!« sagte Habicht hart.

»Wieviel ist sie Ihnen wert? Nennen Sie eine Zahl.«

»Sie können mir nicht meinen Schwur abkaufen. Mit Millionen nicht!«

»Was können Sie ohne Pistole tun, Dr. Habicht?«

»Es gibt in Hamburg genügend illegale Waffenhändler. Sie sind nicht der einzige.«

»Das stimmt.« Rutkin lenkte ein. Sein Plan stand bereits fest. Bevor Habicht sie entdeckte, lag diese Frau längst in seinem, Rutkins, Bett. Ich werde den gesamten Kiez nach ihr suchen lassen, dachte er. Ist sie hier, gibt es kein Entkommen mehr. Nur das Foto brauche ich. »Holen Sie morgen Ihre ›Ikone‹ ab. Eine 9 Millimeter Smith & Wesson. Gut eingeschossen. Und es bleibt dabei: Ich helfe Ihnen. Ohne Kaufabsicht. Einverstanden?«

»Einverstanden. Wo kann ich die Waffe abholen?«

»Hier bei mir. Morgen gegen 22 Uhr.«

»Preis?«

»Ein Sonderpreis für Sie. Tausendfünfhundert Mark, einschließlich fünfzig Schuß Munition.«

»Ich brauche höchstens drei – um sicherzugehen. Ich weiß nicht, ob ich in diesem Moment noch eine ruhige Hand habe.«

Nachdem er Rutkin mit Handschlag verlassen hatte, stellte Habicht sich noch ein paar Minuten an die Bar. Er hatte Durst, außerdem spürte er in sich ein Zittern. Er bekam eine Pistole, zum erstenmal in seinem Leben würde er eine Waffe in der Hand halten, und er wußte gar nicht, wie man damit umgehen sollte. Er mußte also üben, in Frau Hellenkamps Zimmer. Und es sollte schnell gehen, schneller als aufkommende Skrupel, wenn er der Frau gegenüberstand. Ziehen, entsichern, abdrücken – das mußte eine Sekundenreaktion sein. Mit jeder Sekunde würde sein Arm mehr zittern, das wußte er.

Jetzt ein Bier, das würde ihn beruhigen.

Die Russin mit dem blonden Pony und der Kosakenuniform kam zu ihm und warf ihm ihr eingeübtes Lächeln zu. »Was kann ich für Sie tun?« fragte sie.

»Ein Pils. Haben Sie ein Pils vom Faß?«

»Wir haben vieles anzubieten, auch ein Pils vom Faß.«

Sie hatte eine angenehme Stimme mit einem leicht singenden Tonfall, der einen besonderen Reiz ausmachte. Die Barhocker waren jetzt kaum besetzt, alles saß an den Tischen und starrte auf die Bühne. Dort war eine Arztpraxis aufgebaut, ein Arzt, nackt unter seinem weißen Kittel, behandelte eine ebenfalls nackte Patientin auf dem gynäkologischen Stuhl und zog gerade ein Plastikhuhn aus der Vagina. Das Publikum johlte und applaudierte. Die Nummer gehörte zum Standardprogramm des Taiga.

Habicht riß sich von diesem ekelerregenden Anblick los. In München wäre so etwas unmöglich – in St. Pauli gehörte es zu den gemäßigten Darstellungen.

»Sie mögen so was nicht?« hörte er eine Stimme in seinem Nacken. Die blonde Bardame schob ihm das schäumende Pils zu.

»Nein. Woran merken Sie das?«

»Sie haben nicht geklatscht.«

»Es gibt ästhetische Sexszenen und widerliche Sexszenen. Die hier ist absolut widerlich.«

»Warum sind Sie dann zu uns gekommen?«

»Aus Neugier. Man muß alles einmal sehen.«

»Sie sind selten in St. Pauli?«

»Zum erstenmal.«

»Und wie finden Sie uns?«

»Ich kann mir noch kein Urteil bilden.«

»Woher kommen Sie?«

»Aus dem Rheinland«, log Habicht.

»Ein Rheinländer! Kölner?«

»Bonner.«

»Rheinländer mag ich. Die sind immer so lustig und kontaktfreudig. Und wenn sie Witze erzählen, platzt mir die Uniform.«

»Ich bin leider gar kein guter Witzeerzähler ... Ich vergesse sie immer und verderbe dann die Pointe. Aber Sie muß ich etwas fragen.«

»Bitte?«

Habicht beugte sich etwas über die Theke. »Ich werde vielleicht jetzt öfter ins Taiga kommen. Wie heißen Sie?«

»Sissi Huber.«

»Oha!« Habicht mußte lachen. »Ich denke, hier arbeiten nur Russinnen?«

»Ich bin Halbrussin. Mein Vater war Österreicher, Alois Huber aus Wien. Aber meine Mutter war Russin … aus Charkow. Deshalb hat der Chef mich eingestellt. Sonst sind hier wirklich alle Mädchen Russinnen.« Sie schwieg, während Habicht das Pils in sich hineingoß wie ein Verdurstender. »Sie waren beim Chef …«

»Haben Sie das gesehen?«

»Hinter der Bar sieht man alles. Ich denke, Sie sind zum erstenmal hier?«

»Ich kenne Herrn Rutkin als Kunsthändler.«

»Ja, das ist er auch.«

»Und ich will von ihm eine Ikone kaufen. 18. Jahrhundert, Nowgoroder Schule, einfach wunderschön. Aber wir feilschen noch um den Preis.«

»Da müssen Sie einen langen Atem haben. Der Chef ist knallhart.« Sissi Huber zog das leere Glas an sich heran. »Noch ein Pils?«

»Weil Sie so lieb lächeln … ja! Sie haben schönes blondes Haar. Es wird viele Männer geben, die Ihnen Angebote machen.«

»Daran gewöhnt man sich.«

»Und wie wehren Sie sie ab?«

»Da spreche ich russisch: Njet! Oder Nitschewo! Meistens hilft das. Warum wollen Sie das wissen?«

»Ach, es war nur eine rhetorische Frage.«

»Sind Sie ein Studierter?«

»Woran erkennt man das?«

»Die sprechen immer so. Remotorisch …«

»Rhetorisch.« Habicht lachte und blickte ihr nach, wie sie das zweite Pils zapfte. Auf der Bühne lief die Sexshow weiter, Habicht blickte nicht mehr hin. Im Grunde waren es doch immer nur Variationen des gleichen Themas. So etwas dauernd anzusehen wurde langweilig. Sissi Huber kam mit dem Pils zurück.

»Soll ich Ihnen ein Mädchen rufen?« fragte sie.

»Ich wüßte nichts mit ihm anzufangen.«

»Aber sie mit Ihnen. Russinnen sind berühmt für ihre Liebe.«

»Liebe! Ist das Liebe, was man hier anbietet? Sissi – darf ich Sie so nennen – was verstehen Sie unter Liebe? Für dreihundert Mark die Beine spreizen? Zahl, Junge, und mach schnell, und dann raus mit dir! Das nennt ihr Liebe?«

»Sie haben recht.« Sissi strich sich über die Ponyhaare. »Hier ist es ein Geschäft. Sie kaufen eine lebende Ware.«

»Das klingt fast traurig.« Habicht widmete sich wieder seinem Pils, aber beim Trinken blickte er über den Glasrand zu ihr hin. »Ich habe einmal eine Frau sehr geliebt. Sie gehörte zu meinem Leben.«

»Sie sprechen in der Vergangenheit.«

»Ich bin Witwer. Meine Frau starb vor einem halben Jahr.«

»Das tut mir leid.« Sie blickte über Habicht hinweg ins Leere. »Ich kann es Ihnen nachempfinden. Ich habe auch einen lieben Menschen verloren.« Sie zuckte zurück und schüttelte den Kopf. »Aber warum erzähle ich Ihnen das? Es ist lange her. Damals war ich noch in Wien.« Sie zog das Glas wieder an sich und fragte wie einstudiert: »Noch ein Pils?«

»Nein, danke. Jetzt habe ich Hunger. Wo kann man hier gut essen?«

»Bei Maxe ... nein, noch besser beim Chinesen-Otto gleich um die Ecke. Mögen Sie chinesisches Essen?«

»Ab und zu. Ich hatte wenig Gelegenheit, Restaurants zu testen. Meine Frau kochte zu gut. Aber ich werde Ihren Rat befolgen: Ich vertraue mich Chinesen-Otto an.«

»Sagen Sie mir, wie es Ihnen geschmeckt hat?«

»Soll das heißen, ich soll wiederkommen? Sie haben Glück, Sissi, ich bin morgen bei Herrn Rutkin, um mir die Ikone abzuholen.«

Es war ein Wortgeplänkel, ein Hin und Her wie bei einem Pingpongspiel, und Habicht gefiel es. Er konnte es nicht genau begründen, aber er mochte Sissis ehrliche, offene Art zu sprechen. Seine Erfahrungen mit den »Damen« in München hatten ihn in den vergangenen Monaten abgehärtet. Er war in eine Welt eingedrungen, deren Existenz er bisher zwar wahrgenommen, aber nie zum normalen Leben gerechnet hatte. Männer, die in Bordelle gingen, um sich dort für teures Geld die Illusion von Liebe zu kaufen oder sich nur einfach zu entleeren, die sich stundenlang auf Barhocker klemmten, um einen Ausgleich zu ihrem tristen Alltag zu suchen, hatte er, der Urtyp des braven Bürgers, immer für Menschen gehalten, die eine gewisse Primitivität verdecken wollten. Jetzt, eingetaucht in diese Welt, in ein Leben zwischen Ekstase und Depression, zuckenden Farbscheinwerfern und schwüler Dämmerung, hatte sich sein Menschenbild grundlegend geändert. Eine Frau wie diese Sissi Huber war für ihn kein Schattengewächs mehr, sondern ein hart arbeitender Mensch, der um sein Dasein auf dieser Erde kämpfte.

»Wenn Sie morgen kommen, mixe ich Ihnen einen Spezial-Cocktail«, sagte Sissi und kassierte den Preis für das Bier. »Mögen Sie es scharf oder mild?«

»Sagen wir: eine milde Schärfe.«

»Einen Spice Island?«

»Keine Ahnung, was das ist.« Habicht lachte. »Von Cocktails verstehe ich nur soviel, daß sie schmecken müssen. Und jetzt gehe ich zum Chinesen-Otto.«

Das chinesische Restaurant von Otto Fuhrmann, den man Chinesen-Otto nannte, weil er von Geburt an schrägstehende Augen hatte, war ein kleines Lokal von drei ineinander übergehenden verwinkelten Räumen und einer so kleinen Küche, daß man es als Kunstwerke betrachten mußte, was der chinesische Koch und seine Küchenhilfe auf die Teller zauberten. Man saß auf geschnitzten chinesischen Holzstühlen und unter einer bunt bemalten Glasdecke, auf der sich einige Drachen anfauchten. Alles war so, wie sich ein Europäer ein chinesisches Restaurant vorstellt. Am Eingang stand ein großes Aquarium mit exotischen Fischen, für Kenner der Szene ein Beweis, daß auch Chinesen-Otto Schutzgelder an die Triaden zahlte.

Das Lokal war halb leer, Habicht fand einen Tisch im dritten Raum, von dem aus er alles überblicken konnte, suchte sich aus der umfangreichen Speisenkarte ein Gericht aus Schweinefleisch, Bambussprossen und chinesischen Pilzen aus, bestellte dazu ein Viertel leichten Rotwein und sah Otto Fuhrmann entgegen, der auf ihn zukam. Chinesen-Otto hatte die Angewohnheit, jeden Gast persönlich zu begrüßen, nach dem Motto: Dem Gast schmeckt es besser, wenn gute Worte ihn begleiten.

»Ich fühle mich geehrt«, sagte Otto, »daß Sie gerade mein unwürdiges Lokal ausgewählt haben, um besonders köstlich zu speisen. Mein elender Koch wird Sie verwöhnen.«

Es war die alt-chinesische Höflichkeit, so wie man sie sich in Europa vorstellt, wenn man China nur vom Film oder durch Bücher kennt. Aber es war die richtige Masche; Chinesen-Otto hatte mit solchen Reden immer Eindruck hinterlassen. Die Gäste waren geschmeichelt und kamen sich wie Mandarine vor.

Habicht lächelte zurück. »Ich lasse mich überraschen«, antwortete er. »Sie sind mir von Sissi empfohlen worden.«

»Vom Taiga? Eine ganz besondere Lotosblüte. Eine von den Göttern geküßte Blüte. Man könnte dauernd ihren Duft einatmen, aber sie läßt keinen an sich heran.«

Die Karaffe mit dem Rotwein wurde gebracht, Otto goß selbst ein. »Eine gute Wahl, wirklich«, sagte er dabei. »Ein Tropfen vom Blut des Drachen.«

Habicht nahm einen Schluck, sah Otto lächelnd an und stellte das Glas auf den Tisch.

»Ein Kalterer See – und dann aus irgendeiner versteckten Ecke ...«

»Sie sind Fachmann? Weinkenner?« Chinesen-Otto wurde etwas verlegen. »Die kommen selten zu mir. Zu den normalen Gästen sage ich immer, der Wein ist von den sonnigen Hügeln von Jinan.«

»Gibt es dort überhaupt Wein?« keifte Dr. Habicht.

»Keine Ahnung. Ich hab mal auf eine Chinakarte geguckt, und da fiel mir der Ort Jinan ins Auge. Warum soll es in Jinan keinen Wein geben? Wer will das nachprüfen? Meine Gäste werden nie nach Jinan kommen. Die Hauptsache: Sie glauben es.« Otto blinzelte Habicht zu. »Ich habe aber auch einen guten Burgunder im Keller.«

»Und der kommt aus einem spanischen Dorf ...«

»Ehrlich, es ist ein Burgunder.« Chinesen-Otto schien Gefallen an Habicht gefunden zu haben. So etwas gibt es: Man sieht einen Menschen und mag ihn sofort. Es muß die Ausstrahlung sein. Auch Habicht fand Chinesen-Otto sympathisch. Ein ausgekochtes Schlitzohr, dachte er. Aber wie er das an den Mann bringt, läßt sogar Fröhlichkeit aufkommen.

Das Essen war nicht überragend, aber gut und der Burgunder wirklich ein Burgunder. Otto saß Habicht am Tisch gegenüber und erzählte Anekdoten aus St. Pauli, unter anderem von einem Mann, der nach einem Rudelbumsen nach Hause kommt und sich auszieht. Benebelt vom Alkohol hat er aber die Unterhose eines anderen Gastes angezogen. Seine Frau sieht ihn an und sagt dann: »Wie kommst du in die Unterhose von Willibald?« Willibald war der Nachbar.

»Wie lange sind Sie schon in St. Pauli?« fragte Habicht. Otto hatte zum Nachtisch ein Porzellanschälchen mit warmem Pflaumenwein spendiert.

»Ich bin hier geboren.«

»Dann kennen Sie ja eine Menge Leute.«

»Und alle kennen mich.« Das klang stolz.

»Kennen Sie auch die Mädchen hinter den Bars?«

»Unmöglich! Wissen Sie, wie viele wir davon haben?«

»Ich kann es mir denken. Aber alle kennen Sie.«

»Chinesen-Otto gehört zu St. Pauli wie die Davidswache«, erklärte der Wirt stolz.

»Dann könnten Sie mir vielleicht helfen.« Habicht holte das Foto aus der Tasche und legte es vor Otto auf den Tisch. Otto betrachtete es, ohne es zu berühren.

»Schön, schön. Tolle Frau. Ihre Frau?«

»Nein, ich suche sie. Sie heißt Ulrike Sperling und ist Bardame.«

464

»Hier in Hamburg?«

»Sie ist von München nach Hamburg gezogen. Vor etwa einem halben Jahr.«

Über Ottos Chinesengesicht zog ein breites Grinsen. »Ist sie Ihnen ausgerissen?« fragte er sachverständig. »Und jetzt laufen Sie ihr nach wie ein Kater? Ist das so? Mein lieber Mann ...«

»Ich heiße Hubert ...«

»Mein lieber Hubert, keine Frau ist es wert, daß man ihr nachläuft.«

»Diese Frau ist es wert, Otto.«

»Was die hat, haben Millionen andere auch.«

»Es geht hier nicht um Sex.«

»Um was sonst? Bei so einer Frau ... Und Sie wissen genau, daß sie in Hamburg ist?«

»Ganz sicher.«

»Kein Sex?« Ottos Gedankenbreite war begrenzt. »Warum suchen Sie diese Ulrike dann?«

»Sie hat meinen Sohn Robert und meine Frau umgebracht.«

»Die? Das Marienköpfchen?«

»So reagieren alle, die das Foto sehen. Aber sie hat es getan, und deshalb muß ich sie finden. Helfen Sie mir dabei, Otto? Bei Ihren Beziehungen in St. Pauli. Seit einem halben Jahr ist sie in Hamburg, sie muß also Bekannte haben. Und wenn sie wieder in einer Bar arbeitet, müßte man sie finden. Otto, helfen Sie mir, bitte. Diese Frau ist eine Mörderin!«

Chinesen-Otto nahm nun doch das Foto in die Hand und zog es näher. Er las die Widmung und blickte zu Habicht hinüber. »Wir gehören zusammen ... Wen meint sie damit?«

»Meinen Sohn Robert.«

»Und killt ihn dann?«

»Sie hat ihn in die Ecstasy-Szene hineingezogen. Und da muß irgend etwas, was wir nicht genau wissen, passiert sein. Es gibt da nur Vermutungen. Aber das ist alles unwichtig. Wichtig ist nur, daß sie meinen Sohn Robert und Gerda ...«

Chinesen-Otto gab das Foto an Habicht zurück. »Ich werde mich darum kümmern«, sagte er. »Ulrike Sperling ... Sie tun mir leid, Hubert, und deshalb helfe ich Ihnen. Aber versprechen kann ich nichts. Doch ich habe Hoffnung. Man erzählt mir vieles, was sonst verschwiegen wird. Ich muß mich erst daran gewöhnen, es ist meine erste Menschenjagd. Trinken wir noch einen Burgunder? Mein lieber Hubert, Sie sind ein armer Hund ...«

»Dr. Habicht ist in Hamburg.« Loks Stimme klang am Telefon so ruhig und höflich wie immer, obwohl diese Mitteilung von größter Wichtigkeit war. Franz von Gleichem reagierte darauf auch erregter als sein Gesprächspartner.

»Hamburg!« rief er. »Dann ist Ulrike in Hamburg?«

»Wir vermuten es.«

»Er kann ja aus irgendeinem anderen Anlaß nach Hamburg geflogen sein.«

»Dann mietet man sich kein möbliertes Zimmer in St. Pauli!«

»Woher wissen Sie das?«

»Ich sagte Ihnen schon öfter: Wir wissen alles. Dr. Habicht wohnt bei einer Frau Bertha Hellenkamp in der Roosenstraße und hat als erstes die Bar Taiga besucht. Wir haben sofort feststellen lassen, daß es im Taiga keine Ulrike Sperling gibt. Er hat also die Suche aufgenommen, nachdem er einen Tip bekommen haben muß. Wer konnte ihm in München einen Tip geben, daß Ulla in Hamburg untergetaucht ist?«

»Keine Ahnung.« Von Gleichem tat es gut, hinzuzufügen: »Ich denke, Sie wissen alles?« Lok schluckte diese Ironie ohne Entgegnung.

Die letzten Wochen waren für die »Organisation« sehr zufriedenstellend gewesen. Aus dem süddeutschen Markt hatte sich nach den drei erwürgten Polen die polnische Drogenmafia zurückgezogen; in Holland hatte Herr van der Lorre nach der Exekution seiner wichtigsten Abnehmer die Erkenntnis gewonnen, daß es sinnvoller war, sich mit den Asiaten zu verbünden, als sie zum Gegner zu haben und selbst in einer Stahlschlinge zu hängen. Die noch unbekannten Partner hatten nach den Morden und den Explosionen der beiden Kühllastwagen noch einmal ihre Visitenkarte abgegeben: Ein ganzer Vorratsturm mit Düngemitteln war plötzlich über Nacht mit Zyankali verseucht worden. Herr van der Lorre kapitulierte. Sowohl in Süddeutschland wie in West- und Norddeutschland wurden die Ecstasy-Pillen von den Öko-Pyramiden abgelöst. Das Millionengeschäft war perfekt und nur noch in einer Hand.

Verunsichert war dagegen die Polizei. Auf dem Schreibtisch von Peter Reiber standen die kleinen Papierpyramiden in Reih und Glied wie aufgebaute Zinnsoldaten. Bei einer Razzia in einem Techno-Lokal hatten seine Beamten die neuen Glücksbringer entdeckt und 624 Stück beschlagnahmt. Die Verhöre mit den jugendlichen Konsumenten verliefen wie immer. Keine Namen, keine Quellen, nur verbissenes Schweigen und Freilassung nach Registrierung des Wohnsitzes.

Aber bei den Verhören stieß die Polizei jetzt auch auf Spott. So sagte einer der User: »Jetzt habt ihr nur noch heiße Luft, ihr Bullen! Das sind Öko-Schätzchen! Da ist nichts drin, was nicht erlaubt ist! Das ist legal! Oder wollt ihr Öko vielleicht auch noch verbieten?«

Die ersten Laborberichte aus dem LKA waren erschreckend: Es waren tatsächlich frei verkäufliche Präparate, nur auf die Mischung kam es an. Und diese Mischung verursachte die gleiche Wirkung wie bei den bisherigen Ecstasy-Pillen.

»Die neue Generation«, sagte Reiber bitter, als er Wortke die Pyramiden vorführte. »Das Jahr 2000 kündigt sich an: Wahnsinnige durch Öko-Trips! Ehe man diese Pyramiden auf die Liste der verbotenen Drogen setzt, vergehen Monate. Da müssen erst große Forschungsgruppen beschäftigt werden. Wir werden diese Pyramiden natürlich wie die normalen Ecstasy-Pillen bekämpfen, aber wehe, wenn jemand auf die Idee kommt, gegen eine Beschlagnahme Klage zu erheben. Ein geschickter Anwalt kann da einen Musterprozeß inszenieren und uns die Hände damit binden. Das heißt: Wir müssen hilflos zusehen, wie die Jugendlichen sich mit den Pyramiden zugrunde richten. Das sind apokalyptische Aussichten.«

»Die kriminelle Intelligenz hat die höchsten Wachstumsraten.« Wortke nahm eine der kleinen Papiertütchen hoch und roch daran. »Hast du schon eine Pyramide geknackt, Peter?«

»Noch nicht, aber es reizt mich.«

Wortke grinste breit. »Die Glückspille! Nimm sie, nimm sie … Dann sehen wir endlich mal einen glücklichen Kriminalbeamten!«

»Mir ist alles andere als zum Lachen.« Reiber schnippte mit den Fingern die Pyramidenreihe um. »Wir haben es jetzt mit einer neuen Verbrecherorganisation zu tun, über die wir nicht die geringsten Informationen haben.«

»Außer ein paar Morden«, ergänzte Wortke. »Das genügt mir.«

»Wir müssen in diesen Mafia-Ring hinein!«

»Bei Asiaten? Unmöglich. Das weißt du. Die lassen sich eher kastrieren, als ein einziges Wort zu sagen. Und wenn alles über eine legale Firma läuft, etwa Im- und Export von Elektroartikeln, pinkeln wir gegen eine Wand.«

Wortkes plastische Rede traf genau den Kern aller Probleme: Gegen eine gut und straff organisierte Mafia hatte die Polizei ohne einen Zeugen keinerlei Chancen. Doch in diesem Bereich einen Zeugen zu finden ist seltener, als einen zwanzigkarätigen Diamanten zu schürfen.

Am Morgen des Heiligen Abends holte Dr. Habicht seine »Ikone« bei Rutkin ab. Am Abend vorher – wie vereinbart – war sie noch nicht lieferbar gewesen, und Rutkin hatte ihn auf den nächsten Morgen vertröstet. Habicht hatte danach noch zwei Stunden an der Bar gesessen und sich mit Sissi Huber unterhalten.

»Was werden Sie am Heiligabend machen?« fragte sie.

»Nichts.« Habicht hob die Schultern. »Was soll ein einsamer Witwer schon machen? Ich werde in meinem Zimmer hocken und fernsehen. Früher – ach Gott – früher war das immer einer der schönsten Abende des Jahres. Geschmückter Tannenbaum, Gänsebraten, Kartoffelknödel, Rotkohl, Bescherung. Mein Sohn Robert spielte Weihnachtslieder auf dem Klavier und dann Beethoven und Schubert; wir tranken einen guten Rotwein, meist einen Bordeaux, und ich rauchte eine Zi-

469

garre, eine Davidoff, die ich mir nur an Feiertagen gönnte ... Es war ein richtig schöner Familienabend. Heute? Ich werde in Erinnerungen baden und vielleicht traurig sein ...«

»Und sich betrinken ...«

»Nein. So ein Typ bin ich nicht. Alkohol ist keine Lösung von Problemen, nur ein kurzzeitiges Betäuben.«

»Und an den Weihnachtsfeiertagen?«

»wird es das gleiche sein, Fräulein Sissi ...«

»Sie können das Fräulein weglassen, Herr Doktor ...«

»Und Sie das Doktor. Woher wissen Sie denn, daß ich ein Doktor bin?«

»Ich habe es gestern beim Abschied vom Chef aufgeschnappt. Wie soll ich Sie denn anreden?«

»Wenn ich Sissi sagen darf, nennen Sie mich Hubert.«

»Also, Hubert, an den Feiertagen haben Sie auch nichts geplant?«

»Gar nichts. Ich nehme an, Frau Hellenkamp hat einen Braten gemacht und lädt mich dazu ein.«

»Und am Abend?«

»Die Glotze ...«

»Wollen Sie nicht zu uns kommen?«

»Sie haben Weihnachten geöffnet?«

»Ab 21 Uhr ... für so arme Einsame wie Sie. Nur Barbetrieb, keine Mädchen, keine Show. Der Chef sagt, am ersten Weihnachtstag könnte man mal aufs Bumsen verzichten.«

Sissi hatte ihr Versprechen gehalten und Habicht einen Spezial-Cocktail serviert, einen Blue Ridge, der je nach Mischung entweder anregend oder vom Hocker fegend wirkte. Dieses Mal hatte sie einen sanften Cocktail gemixt. Habicht nippte daran und nickte zustimmend.

»Sehr gut.« Er stellte das Glas zurück und blickte in Sissis Augen. Sie sah ihn erwartungsvoll an. »Möchten Sie, daß ich Weihnachten komme?«

»Das überlasse ich Ihnen. Es war nur ein Vorschlag.«

»Ich überlege es mir.«

In seinem Zimmer hatte Habicht später wirklich überlegt, ob er Weihnachten im Taiga verbringen sollte. Er entschloß sich, sich von seinen drückenden Erinnerungen ablenken zu lassen und zu Sissi zu gehen; er fand sie irgendwie sympathisch. Sie war anders als die vielen Bardamen, die er bisher kennengelernt hatte, ohne eine Erklärung zu haben, was sie von ihren Kolleginnen eigentlich unterschied. Es war eine Ausstrahlung, ein Anflug eigener Persönlichkeit, die zu mehr berufen war, als nur Männer zu animieren und vor einer Bühne zu arbeiten, auf der sexuelle Praktiken in allen Variationen dargestellt wurden. Verleben wir also Weihnachten in einer Bar, dachte Hubert Habicht. Das ist eine neue Erfahrung in meinem Leben.

Heute nun, am Morgen davor, empfing Rutkin ihn im neben dem Taiga liegenden Antiquitätengeschäft, einem kleinen Laden mit russischer Kunst, meist Kopien alter Meisterwerke, modernen Ikonen, Holzschnitzereien, Teppichen und Keramik. Grigorij Semjonowitsch hatte damit eine gute Tarnung gewählt; seinen wirklichen Umsatz machte er mit Waffen und Mädchenhandel. Bei ihm konnte man alles bestellen – von einer Boden-Luft-Rakete bis zu einer grusinischen Bauchtänzerin. Nur mit Drogen handelte er nicht mehr, nachdem seine junge Geliebte, Tatjana Iwanowna, ein neunzehnjähriges Model von der Schönheit einer Elfe, sich den Goldenen Schuß gegeben hatte. An ihrer Leiche hatte Rutkin geschworen, daß in seiner Bar nicht ein Hundertstel Gramm Rauschgift mehr auftauchen würde.

»Ich habe für Sie, Herr Doktor, eine sehr gute Pistole besorgen können«, sagte Rutkin und legte die Waffe auf eine gestickte ukrainische Decke. »Ein Fabrikat aus Israel, 9 Millimeter, ladehemmungssicher, eingeschossen, mit fünfzig Schuß Munition. Zusätzlich ein Schalldämpfer, der aber hundert Mark extra kostet. Damit sind Sie bestens ausgerüstet. Zufrieden?«

»Sehr.« Dr. Habicht nahm die Pistole und zielte gegen die Wand. Zum erstenmal hielt er eine Waffe in der Hand, und es war ein eigentümliches Gefühl, die Finger um einen Gegenstand zu schließen, der einen Menschen töten konnte. Hochheben, abdrücken – das ist alles. So einfach ist ein Leben ausgelöscht. Mit einem innerlichen Schauer legte er die Pistole auf die ukrainische Decke zurück. Rutkin starrte ihn verunsichert an.

»Stimmt etwas nicht?« fragte er.

»Doch, doch. Es ist alles in bester Ordnung.«

»Haben Sie schon einen Hinweis, wo sich die schöne Mörderin versteckt?«

»Noch nicht. Aber wenn Sie – wie versprochen – mir helfen ...«

»Ich werde alle meine Beziehungen ausnutzen.« Rutkin sah zu, wie Habicht die Pistole, den Schalldämpfer und die Munitionsschachtel in die Manteltasche steckte und den Kaufpreis auf den Tisch zählte. »Sie wollen sie wirklich erschießen?«

»Ich weiß es nicht. Es kommt darauf an, in welcher Verfassung ich bin, wenn ich ihr gegenüberstehen werde.«

»Sie verpfuschen damit Ihr ganzes Leben.«

»Es ist schon verpfuscht.«

Grigorij Semjonowitsch lehnte sich gegen die Wand

und verschränkte die Arme vor der Brust. Dieser Dr. Habicht gefiel ihm; zu einem künftigen Mörder kann man offener sprechen als zu einem normalen Kunden. »Sehen Sie mich an, Herr Doktor«, sagte Rutkin. »Ich bin erst 31 Jahre alt, aber ich habe viele Leben hinter mir. Und immer habe ich zu mir gesagt: Brüderchen, scheiß auf die Vergangenheit, fang noch mal von vorn an. Und ich lebe weiter und habe alles Vergangene abgeworfen. Das sollten Sie auch tun! Denken Sie daran, was ich Ihnen vorgeschlagen habe: Wir suchen diese Frau, und dann übergeben Sie sie mir. Das wird eine größere Strafe sein als der Tod. Tod – das heißt: Es ist vorbei. Leben – wie sie es ertragen wird – heißt: die Qual der Stunden zu ertragen.«

»Woher kommt Ihr Interesse an dieser Frau? Weil sie schön ist?«

»Ihre Schönheit wird sie ernähren, weiter nichts. Nein … sie hatte mit Drogen zu tun, nicht wahr?«

»Mit Ecstasy.«

»Ich hasse alles und alle, was mit Drogen zu tun hat. Ich hasse es bis in die Tiefe meines Herzens! Herr Doktor, überlassen Sie mir diese Frau!«

»Ich überlege es mir.« Habichts Haltung wurde abweisend. »Überlassen wir alles dem Augenblick.«

In seinem kleinen möblierten Zimmer bei Frau Hellenkamp übte er am Nachmittag mit leerem Magazin das Ziehen, Entsichern und Abdrücken der Pistole. Nach fünfmaligem Üben steckte er die Waffe weg, er kam sich zu blöd vor. Ich bin kein John Wayne, dachte er. Ich brauche nicht der Schnellste zu sein. Es kann ganz langsam gehen, ich will die Angst in ihren Augen genießen, diese flatternde Todesangst, so wie Robert sie gehabt haben muß, als man ihm den Lauf ins Genick preßte. Ich will sie um ihr Leben betteln hören, ich will, daß sie vor mir auf die Knie fällt. Und dann werde ich die Pistole an ihre Stirn halten und abdrücken.

Er ließ sich auf das Bett fallen und verkrampfte die Finger in der Bettdecke. Mein Gott, was ist aus mir geworden? Woran denke ich? Hat es in Wahrheit drei Tote gegeben? Ist auch der Oberregierungsrat Dr. Habicht gestorben, seelisch gestorben? Gibt es uns alle nicht mehr? Mit welchen Gedanken lebst du jetzt?

Er stellte sich nebenan unter die Dusche, zog sich dann um, einen dunklen Anzug, ein weißes Hemd, eine silbergraue Krawatte, so wie er es immer zum Heiligabend getan hatte, setzte sich vor den Fernseher und stellte ihn an. Das Vorabendprogramm lief. Ein Kinderchor sang in einer barocken Kirche.

Dr. Habicht lehnte sich auf dem Stuhl weit zurück. Jetzt, Einsamkeit, komm. Fall über mich her. Überschütte mich mit Erinnerungen. Ersäufe mich in Traurigkeit. Halt nicht die Tränen zurück ...

Robert und Gerda neben dem Weihnachtsbaum. Die Kerzen flackern. Ihr Schein bricht sich in den Glaskugeln. Das Lametta flimmert. Auf der Spitze des Baumes breitet ein goldener Rauschgoldengel seine Arme aus. Gelobt sei Gott in der Höhe ... Stille Nacht, heilige Nacht ... Denn euch ist heute der Heiland geboren ...

Ein Klopfen ertönte an der Tür. Habicht schrak auf und erhob sich von seinem Stuhl.

»Ja?« rief er. »Bitte ...«

Die Tür öffnete sich zaghaft, das Gesicht von Frau Hellenkamp erschien in der Türspalte. Sie war beim Friseur gewesen, ihr weißes Haar umrahmte in Löckchen ihren Kopf.

»Sie sind hier?« fragte sie.

»Wo soll ich sonst sein? An diesem Abend …«

»Verzeihung, Herr Doktor. Es war eine dumme Frage von mir. Sie gehen nicht aus?«

»Nein. Wohin?«

»Darf … darf ich Sie einladen?« Die Frage klang so, als habe ein schüchternes Mädchen sie ausgesprochen.

»Wenn ich nicht lästig falle …«

»Auch ich bin allein. Wir Verwitweten sollten zusammenrücken. Ich habe ein Hähnchen gebraten. Mögen Sie Hähnchen, Herr Doktor?«

»Eines meiner Leibgerichte. Gerda kochte dazu immer einen Wildreis und machte einen frischen Salat.«

»Ich habe Bratkartoffeln und Apfelmus …«

»Fabelhaft. Frau Hellenkamp …« Dr. Habicht machte eine Verbeugung. »Ich nehme die Einladung mit großer Freude an.«

Es wurde ein stiller, besinnlicher Heiligabend. Berthas Kochkünste waren lobenswert, nur der Wein, den sie dazu ausgesucht hatte, war nicht besonders. Habicht trank ihn tapfer; wie konnte man auch von Frau Hellenkamp verlangen, daß sie Weinkennerin war. Habicht beschloß, ihr einige gute Flaschen nach den Feiertagen zu schenken.

Es war gegen Mitternacht, als Habicht zu Bett ging, das Licht ausknipste und gegen die dunkle Decke starrte. Er streckte sich aus, faltete die Hände über der Bettdecke und sagte leise:

»Gute Nacht, Gerda … gute Nacht, mein Sohn Robert … Das erste Weihnachten ohne euch – aber ich habe es überstanden. Verdammt, ich habe es überstanden. Ich habe nicht gedacht, daß ich das schaffe …«

Weihnachten ...

Vor dem Taiga stand kein Portier mehr und lockte die Kunden in das Lokal. Die sonst hell beleuchteten Schaukästen mit den nackten Darstellern der Sexshow waren dunkel, über dem Eingang brannte nur eine Art Notbeleuchtung. Keine Musik dröhnte auf die Straße, nur an der Ecke und in drei Hauseingängen warteten einige Nutten auf Kundschaft, auch hier nur eine Notbesetzung für die ganz Einsamen oder Abgebrühten, die in der heiligsten Nacht der Christenheit zur Fleischeslust flüchten wollten. Ein mageres Geschäft, das sich kaum lohnte, aber Dienst ist Dienst. Die straffe Zucht der Zuhälter kannte keine Feiertage.

Im Inneren des Taiga brannte auch nur schwache Beleuchtung. Es gab keine barbusigen Mädchen, die Bühne mit dem grellroten Vorhang war verschlossen. Ein trostloser Anblick. Nur die Bar im Hintergrund war erleuchtet, auch sie ohne einen Gast auf dem Hocker. Nur Sissi Huber stand hinter der Theke und trank eine Cola. Langsam ging Habicht durch den Raum.

»Bin ich allein?« fragte er.

»Bis jetzt ja.« Sissi reichte ihm die Hand über den Tresen. »Schön, daß Sie gekommen sind, Hubert.«

»Zu früh?«

»Wir haben schon 21 Uhr.«

»Und Sie sind allein hier?«

»Ich habe mit einer Kollegin getauscht, die jetzt eigentlich Dienst hätte.«

»Sie machen sich nichts aus Weihnachten, Sissi?«

»Sonst schon ... Aber weil Sie kommen wollten ...«

»Sie haben meinetwegen getauscht?«

»Dafür habe ich morgen frei ... und da ist Betrieb«, wich sie aus. »Bier, Cocktail, Cognac oder Wein?«

»Heute trinken wir einen Wein. Einen Bordeaux. Habt ihr den? Aber eine verschlossene Flasche ...«

»Sie kennen sich aus.« Sie lächelte ihn an. Ihr weiß-blondes Haar schimmerte, als hätte sie Goldstaub hineingekämmt.

»Seit einem halben Jahr bin ich Barfachmann. Ich kenne die offenen Flaschen mit dem Bordeaux-Etikett, aber drin ist billiger Landwein.«

»Wir haben auch echten. Die Flasche 270 Mark!«

»Ihr Halsabschneider!«

»Unsere Kalkulation. Die Gäste zahlen das ja freiwillig. Wer gut leben will, muß auch gut bezahlen.«

Habicht setzte sich auf den Barhocker und sah zu, wie Sissi aus dem temperierten Weinschrank eine Flasche holte. Einen Château Limoge. Nicht übel. Hubert wartete, bis die Flasche entkorkt war, probierte, nickte und hob dann das Glas gegen das Licht.

»Eine gute Farbe. Und ein guter nussiger Aprikosenhauch. Prost, Sissi!«

»Auf Ihr Wohl, Hubert.«

Sie stießen an, blickten sich dabei in die Augen und senkten dann schnell den Blick, als habe er schon zuviel verraten.

»Ich habe lange über Sie nachgedacht«, sagte sie, als sie die Gläser abgestellt hatten.

»Betrachten Sie mich als ein Rätsel, Sissi?«

»So in etwa. Ich habe mich gefragt: Warum ist er Weihnachten in St. Pauli? Auch wenn er keine Frau mehr hat – er muß doch Verwandte haben, zu denen er gehen kann. Er kann doch nicht völlig allein sein? Kein Mensch ist völlig allein; das gibt es nicht.«

»Ich bin ganz allein. Sie sehen, daß es so was gibt.«

»Keine Freunde?«

»Alle verheiratet, mit Familie. Die wollen keinen Fremden, auch wenn er ein Freund ist, Weihnachten mit herumschleppen. Da stört er bloß. Das Leben ist nun einmal so. Sie sind ja auch allein, Sissi.«

»Freiwillig heute. Ich könnte hundert Freunde haben ...«

»Wer würde daran zweifeln!«

Sie beugte sich etwas über die Theke. Ihr ausgeschnittenes Kleid ließ dabei einen straffen Brustansatz erkennen. »Ich frage mich auch: Was macht er gerade über Weihnachten in Hamburg? Urlaub? In einem Hotel in Hamburg? Da ist doch jedes Zuhause gemütlicher. Geschäfte? Nicht über Weihnachten. Warum also ist er hier?«

»Soviel und so lange haben Sie über mich nachgedacht? Ich könnte Ihnen vieles erzählen ...«

»Tun Sie es, Hubert.«

»Ich langweile Sie nur.«

»Ich höre gerne zu.«

»Das ist eine unendlich lange und doch kurze Geschichte. Ich habe nicht nur meine Frau, sondern auch meinen Sohn verloren. Innerhalb einer Woche ...«

»Oh!« Sie senkte den Kopf. »Das konnte ich nicht ahnen.« Ihre Stimme schwankte. »Verzeihung ...«

»Sie wurden beide ermordet ...«

»Wie schrecklich! Mein Gott, und ich frage so dumm.«

»Ermordet von einer Frau ...«

»Sprechen Sie nicht weiter, Hubert. Das konnte ja keiner ahnen ...«

»Und ich bin hier, um diese Mörderin zu suchen und zu finden!«

»Hier in Hamburg. In St. Pauli?«

»Ja, sie ist hier! Es ist nur eine Frage der Zeit, bis ich sie finde.« Habicht griff in seine Rocktasche und holte das Foto heraus. Er legte es vor Sissi auf die Theke und schob es ihr hin. »Das ist sie. Ulrike Sperling ...«

Sissi betrachtete das Foto, ohne es anzufassen. Ihre Augen starrten auf das Bild, als wäre sie von dieser Frau fasziniert. Eine ganze Weile schwieg sie, dann fragte sie mit etwas brüchiger Stimme:

»Diese schöne Frau soll eine Mörderin sein?«

»Alle sehen nur ihre Schönheit, auch Sie, Sissi. Aber sie ist eine Mörderin!«

»Sind Sie sicher, Hubert?«

»Sie hat meinen Sohn Robert umgebracht, mit einem Genickschuß, und meine Frau ist an dem Schock gestorben! Ein Doppelmord! Diese Ulrike Sperling hat die Familie Habicht vernichtet.«

»Du heißt also Dr. Hubert Habicht?«

»Ja. Aber Hubert genügt.«

»Und woher hast du das Foto?«

»Mein Sohn Robert hatte es im Musikzimmer unter einer Büste von Richard Wagner versteckt. Ich habe es durch Zufall entdeckt. Diese Ulrike war die Geliebte meines Sohnes – oder präziser: Er war ihr hörig! Hörig durch die Droge Ecstasy, mit der sie ihn vollgepumpt hat! Kennst du Ecstasy?«

»Ich habe davon gehört. Hier bei uns im Taiga ist sie verboten. Mein Gott, und du glaubst wirklich, daß diese ... diese Ulrike deinen Sohn erschossen hat?«

»Wenn nicht sie, dann hat sie ihn töten lassen! Das ist in meinen Augen dasselbe.«

»Und wenn sie wirklich in St. Pauli ist und du sie findest ... Was geschieht dann mit ihr?«

»Ich weiß es nicht.«

479

»Du bringst sie zur Polizei ...«

»Bestimmt nicht!«

»Du wirst sie töten?«

»Vielleicht. Erst muß ich sie vor mir stehen haben. Muß ihr in die Augen schauen. Muß von ihr wissen: Warum hast du das getan? Und da es für ihre Tat keine Entschuldigung gibt ...«

Habicht schwieg, trank seinen Wein aus und wischte sich über die Augen. Sissi goß ihm ein neues Glas ein, ihre Hände zitterten dabei. »Willst du auch ein Mörder werden, Hubert?« fragte sie. Sie duzte ihn plötzlich ... sie war ihm jetzt so nahe, daß sie es einfach mußte. Es war wie selbstverständlich.

»Mörder? Ich vervollständige nur ein lückenhaftes Gesetz. Außerdem – mich kümmert wenig, was hinterher kommt.«

»Aber mich!« Sie sagte es so klar, daß Habicht den Kopf hob.

»Dich? Du hast nur eine Geschichte gehört, wie du wolltest. Eine böse Geschichte, kein Weihnachtsmärchen. Vergiß sie.«

»Das kann ich nicht mehr.« Sie griff nach seinen Händen und hielt sie fest umklammert. »Ich will dir helfen. Ich will dir helfen, diese Ulrike zu finden, und dir helfen, keine Dummheit zu machen.«

»Jetzt habe ich drei Verbündete.« Habicht zwang sich zu einer verzweifelten Fröhlichkeit. »Da muß der Fisch ja ins Netz schwimmen ...«

»Wer sucht sie denn noch?«

»Dein Chef Rutkin und Chinesen-Otto.«

»Dann muß es gelingen. Vor allem Chinesen-Otto kennt jeden in St. Pauli und St. Georg. Und der Chef hat viele gute Verbindungen.« Sissi trank einen großen

Schluck Rotwein, als sei ihre Kehle verdorrt. »Das wird ja eine Menschenjagd …«

»Es wird die Suche nach Gerechtigkeit.«

»Und wenn sie keine Mörderin ist?«

»Laß dich nicht von ihrem Äußeren täuschen. Es gab Maler, die haben Teufelsfratzen mit Engelsköpfen übermalt …«

Erst gegen ein Uhr nachts bestellte Habicht ein Taxi und ließ sich nach Hause bringen. Er war nicht mehr fähig, die kurze Strecke zu gehen, und kriechen wollte er nicht. Sissi konnte ihn nicht wegbringen; es waren noch drei späte Gäste gekommen.

In seinem Zimmer fiel Habicht auf das Bett und breitete die Arme aus.

»Frohe Weihnachten!« schrie er gegen die Decke. »Und Friede auf Erden und den Menschen ein Wohlgefallen … Kotz dich aus, Junge …«

Die beiden ersten Wochen des neuen Jahres gingen ohne einen Hinweis dahin. Habicht entmutigte das nicht, er kannte das von München her. Erst nach fünf Monaten war die anonyme Nachricht gekommen, an deren Richtigkeit er nicht zweifelte. Der Hamburger Kiez wurde durch Angst zusammengehalten. Verrat brachte körperliche Schmerzen, wenn nicht gerade den Tod, so doch wochenlanges Krankenlager. Da schienen auch die besten Verbindungen von Rutkin und Chinesen-Otto nichts zu nützen, eine Ulrike Sperling war nicht bekannt. Auch ihr Foto wurde mit Kopfschütteln kommentiert.

»Es gibt nur zwei Möglichkeiten«, sagte Chinesen-Otto bei einem Abendessen. »Entweder ist sie gar nicht in Hamburg, oder sie hat ihr Aussehen verändert. Gründlich verändert. Für Geld können mich die Chirurgen schön machen wie Robert Redford. Oder häßlich wie Quasimodo.«

»So, wie du bist, reicht's!« Rutkin lachte kurz auf. »Daran habe ich auch schon gedacht. Eine Gesichtsoperation.«

»Sie wird sich niemals ihr schönes Gesicht verunstalten lassen.« Sissi schüttelte energisch den Kopf. »Ihr versteht das nicht ... aber ich als Frau! Ich ließe mich doch nie, nie häßlicher machen! Auch nicht für zehn Jahre Knast!«

»Hier geht es ums Leben, Süße!« Rutkin säbelte an seiner Ente herum. »Schon eine schiefe Nase verändert dich gründlich. Dazu hängende Lider, ein schmaler Mund ...«

»Gräßlich! Außerdem wird kein Schönheitschirurg einen Menschen häßlicher machen. Nie! Das geht gegen seine Ehre!«

»Auch Ehre kann man kaufen«, sagte Rutkin sachverständig.

»Soviel Geld hat sie nicht.« Habicht putzte sich den Mund mit einer Serviette ab. »Woher auch?«

»Wenn sie im Drogenhandel hing, hat sie genug Geld.« Chinesen-Otto schlürfte sein Bier und rülpste genußvoll. »Dann hat sie genug, um sich einen goldenen Arsch tätowieren zu lassen.«

»Wir suchen keinen Arsch, sondern Ulrike Sperling.« Habicht warf die Serviette auf den Tisch. »Ich habe gedacht, daß wenigstens ihr das Schweigen aufbrechen könnt. Warum schützen eure Kollegen eine Mörderin?«

»Sie wird im Bett 'ne Wucht sein!«

»Schweine!« rief Sissi dazwischen. »Hier sitzt eine Dame!«

»Um das festzustellen, brauche ich ein Fernrohr!«

Rutkin schlug mit der flachen Hand auf den Tisch. »Schluß mit den dummen Reden! Der Herr Doktor hat das Problem genau erkannt: Wer sie unter der Bettdecke hat, verrät sie nicht. Und ihre Kolleginnen? Wer möchte mit einem zerschnittenen Gesicht herumlaufen?« Er blickte zu Habicht hinüber, der mit düsterer Miene vor sich hin starrte. »Warum geben wir denn nicht der Polizei einen anonymen Wink?«

»Nein!« Habichts Stimme klang hart.

»Und warum nicht, frage ich noch mal?«

»Wenn die Polizei sie findet, ist sie mir entzogen.«

»Aber man hat sie! Und sie wird bestraft.«

»Sagten Sie bestraft, Grigorij Semjonowitsch?« Habicht schnippte nervös und wütend mit den Fingern. »Gibt es für ihre Tat eine Strafe?«

»Sie sind Jurist, Herr Doktor, nicht ich.«

»Und deshalb überblicke ich die Lage genau. Der Mord an meinem Sohn Robert wird durch einen geschickten Anwalt als Totschlag abgetan. Der Schocktod meiner Frau hat juristisch mit einem Mord überhaupt nichts zu tun. Es ist ein normaler Tod ohne Fremdeinwirkung. Eine Folgeerscheinung. Dagegen kann keine Anklage erhoben werden. Bleibt Roberts Tod. Nach einem guten Plädoyer können dabei höchstens zehn Jahre Strafverbüßung herauskommen. Resümee: Wir haben zwei Tote, der Schuldige daran bekommt zehn Jahre. Nach fünf Jahren wegen guter Führung Begnadigung. Fräulein Ulrike Sperling läuft also nach fünf Jahren wieder vergnügt durch die Welt, aber mein Sohn Robert und meine Frau Gerda sind tot. *Die* können nicht wiederkommen! Es gibt im Strafgesetz nicht den seelischen Tod, nicht den Tod aus Kummer, nicht den Tod durch Zerstörung des Lebenswillens. Ein solches Gesetz ist auch gar nicht durchführbar. Und deshalb erfinde ich für mich dieses Gesetz! Der Tod meines Sohnes Robert war direkter Mord, der Tod meiner Frau Gerda indirekter Mord. Also ist der Täter ein Mörder. Und als solchen will ich ihn in meiner Hand haben, nicht vor mir im Gerichtssaal.«

»Das ist Wildwest, Hubert«, sagte Sissi fast entsetzt. »Du kannst dir doch keine eigenen Gesetze machen!«

»Ich kann! Ich bin ja bereit, später auch dafür zu büßen.«

»Auch als Mörder!«

»Nein, bei mir wird es glatter Totschlag sein. Totschlag im Affekt. Totschlag aus tiefster Verzweiflung.«

»Und es ist in Wahrheit doch nur billige Rache. So wie in dem Film ›Ein Mann sieht rot‹.«

Habicht sprang auf. Sein Gesicht war gerötet und etwas verzerrt. »Wem wollt ihr eigentlich helfen?« rief er laut. »Mir – oder dieser Mörderin?«

»Wir wollen dich nur vor einer großen Dummheit bewahren, Hubert.« Sissis Stimme klang begütigend und sanft. »Dich frißt dein Haß auf.«

»Mich frißt der Mangel an Gerechtigkeit auf! Rutkin, wenn man deine Frau und dein Kind getötet hätte ...«

»Ich weiß es nicht ...«

»Aha! Und du, Otto?«

»Ich hätte da einige, die mir die Arbeit abnehmen würden.«

»Und du, Sissi?«

»Man sollte erst richten, wenn die Wahrheit offenbar ist«, sagte sie zögernd. »Und dann sollte man dem Gesetz vertrauen und selbst im Sinne Jesu verzeihen können.«

»Jetzt wird es mir zu blöd.« Habicht stieß den Stuhl

zurück, so heftig, daß er umfiel. »Soll ich auch noch für das Seelenheil der Mörderin beten?«

»Auch sie hat eine Seele, Hubert.«

»Aber ich bin nicht Christus. Ich bin, wenn schon eine biblische Gestalt, der rächende Gott des Alten Testamentes. Mein Gott, ist das alles dämlich, was wir hier reden! Laßt uns weiter nach dieser Ulrike Sperling suchen ...« Damit stürmte er nach draußen.

In diesen Januarwochen rief Habicht einmal in München an – seinen Arzt und Freund Dr. Heimes. Was er zu hören bekam, waren die altbekannten Töne.

»Ist dort die Vereinigung freiwilliger Idioten?« fragte Dr. Heimes, als Habicht sich meldete. »Spreche ich mit dem Oberidioten?«

»Nein! Hier ist die Verwaltung des Privatfriedhofes von Dr. Heimes. Wie viele tote Patienten liefern Sie heute?« antwortete Habicht.

»Hamburg scheint dir gut zu bekommen. Da in den Zeitungen nichts von einem Frauenmord steht, nehme ich an, daß du diese Sperling noch nicht gefunden hast.«

»Du warst schon immer ein kluger Junge. Aber ich finde sie.«

»Phantast!«

»Was tut sich Neues in München?«

»Wenig. Die Polizei hat die Akte Habicht noch nicht geschlossen. Dieser Hauptkommissar Reiber wollte dich sprechen und landete dann bei mir. Man ist bei der Kripo der festen Ansicht, daß Robert ein Opfer der Mafia geworden ist. Alle Umstände deuten darauf hin. Drogen, Genickschuß, der Tod von Christa Helling – Robert muß tief im Sumpf gesteckt haben. Und ihr habt nichts bemerkt!«

»Ich nicht. Aber Gerda ...«

»Gerda? Wieso denn? Das sagst du erst jetzt?«

»Jeder hätte mich ausgelacht, du auch. Gerda hat ein paarmal gesagt, wenn Robert Klavier spielte: ›Hör dir das an! Er spielt Chopin wie Beethoven.‹ Damals habe ich gedacht: Na gut, der Junge spielt falsch. Er wird's noch lernen. Heute weiß ich, daß er seine innere Zerrissenheit durch diese Musik verarbeitete, daß er sich entlud, daß er sich befreien wollte – nur wir haben es nicht verstanden. Julius, war ich ein guter Vater oder ein schlechter?«

»Ein unbeteiligter Vater.«

»Das ist ja noch schlimmer!«

»Dein Familienleben lief wie eine gut geölte Maschine, immer im gleichen Rhythmus. Sie verarbeitete Alltägliches und produzierte Alltägliches. Hier die brave Hausfrau und Mutter, der wohlgeratene Sohn, dort die Bayerische Staatskanzlei und die Briefmarken. Dazwischen Gähnen. Warum wohl hat Gerda bei mir heimlich geweint?«

»Ich werfe dir vor, daß du mir nie einen Tip gegeben hast.«

»Konnte ich das? Dir einen Tip geben? Du warst doch vollkommen mit deiner widerlichen Selbstgefälligkeit behangen. Durch diesen Panzer drang niemand durch. Du hast dich immer als vollkommen angesehen und warst doch nur ein armer Kümmerling.«

»Danke. Aber das hat sich grundlegend geändert.«

»Stimmt! Jetzt bist du ins andere Extrem verfallen!« Dr. Heimes wechselte das Thema. Es war sinnlos, mit Habicht über seinen Charakter zu diskutieren. »Wo wohnst du in Hamburg? Ich weiß nicht, wie ich dich erreichen kann.«

»Ich möchte nicht erreicht werden.«

486

»Wenn irgend etwas Wichtiges ist …«

»Es gibt in meinem Leben nichts Wichtiges mehr.«

»Ich könnte zum Beispiel sterben.«

»Ist das so wichtig?«

»Hubert, mit Verlaub, du bist ein Arschloch!«

»Das hat schon Joschka Fischer im Bundestag gesagt. Rede nicht in Plagiaten.« Habicht lachte amüsiert auf. »Aber zu deiner Beruhigung: Ich habe ein möbliertes Zimmer bei einer sehr netten Witwe. Das Zimmer liegt in St. Pauli, hat ein Fenster zum Hinterhof, und gegenüber wohnen acht Huren, die ab und zu die Gardine nicht zuziehen und ein interessantes Schauspiel darbieten.«

»Du bist also mittendrin!« Dr. Heimes räusperte sich. »Und wie lange willst du diesen Irrsinn noch praktizieren?«

»So lange, bis aus Irrsinn Vernunft wird. Greifbare Wahrheit.«

»Das heißt: Wir sehen uns nicht wieder!« Dr. Heimes hatte Mühe, seiner Stimme einen gleichgültigen Klang zu geben. »Ruf mich ab und zu mal wieder an, damit ich höre, wie sehr sich deine grauen Hirnzellen vermindert haben, du Geisterfahrer!«

Dr. Heimes legte auf. Und wieder, wie in den vergangenen Wochen, beschäftigte er sich mit dem Gedanken, der Polizei einen Wink zu geben, daß Dr. Habicht im Besitz des einzigen authentischen Fotos der bisher unbekannten Frau sei und jetzt in Hamburg wohne – nach einer Information, daß diese Frau sich in Hamburg aufhalte. Man sollte diesem Spuk wirklich ein Ende machen, dachte der Arzt, und doch schwieg er weiter, an Habichts Worte denkend: »Ich erzähle es dir als Arzt. Unter dem Siegel der Verschwiegenheit. Und wenn's dir noch so weh tut: Du mußt den Mund halten!«

Dr. Heimes seufzte, griff nach einem Röntgenbild und hielt es gegen das Licht. Ein kleines Magen-Karzinom. Eine Frau von 36 Jahren, Mutter von drei Kindern.

Es gab wirklich Wichtigeres als Dr. Habicht ...

In diesen Januarwochen aber geschah noch etwas, das Habicht früher als völlig absurd bezeichnet hätte: Er suchte Sissis Gegenwart. Er saß jeden Abend auf dem Hocker an der Bar. Er brauchte Sissis Nähe, ihre Stimme, den Blick ihrer Augen, das Leuchten ihrer blonden Haare, ihr Lachen, die geschmeidigen Bewegungen ihres Körpers in dem engen Abendkleid, das Spiel ihrer schmalen Hände, und wenn sie miteinander sprachen und sie sagte: »Hubert, hör mal zu«, dann klang sein Name völlig anders, als er ihn 48 Jahre lang gehört hatte.

Ein paarmal waren sie sogar am Nachmittag, nachdem Sissi ausgeschlafen hatte, in Hamburg spazieren gegangen. An der Binnenalster, über die Mönckebergstraße, über den Neuen Wall, sie in einem dunkelbraunen Nerzmantel, er in einem gefütterten Paletot und einer tief in die Stirn gezogenen Sportmütze, die er früher als proletarische Kopfbedeckung nie angefaßt hätte. Sie tranken Kaffee im Alster-Café, durchstreiften die feudalen Einkaufspassagen, aßen Pizza beim Italiener auf der Großen Bleichen und fütterten die Möwen, die sie in Schwärmen am Ballindamm umkreisten.

Rutkin, dem diese Annäherung natürlich nicht verborgen blieb, fragte Sissi einmal: »Wart ihr schon zusammen im Bett?«

»An etwas anderes kannst du wohl nicht denken«, antwortete sie aufgebracht.

»Also noch nicht. Dann wird's aber Zeit, Süße. Wenn jemand ihn von dem verrückten Gedanken, diese Ulla

488

hier zu finden, ablenken kann, bist du es. Nur du kannst ihm klarmachen, daß es keine Ulrike Sperling in Hamburg gibt. Mehr als wir kann auch die Kripo nicht tun. Und wenn Chinesen-Otto keinen Erfolg hat, wer soll ihn dann haben? Sissi, leg den Doktor auf die Matratze, damit er den ganzen Unsinn vergißt.« Rutkin hatte sie forschend angesehen. »Ehrlich, Süße, du hast dich in den Doktor verknallt. Gib's zu.«

»Ich ... ich mag ihn. Er ist ein armer, entwurzelter Mann geworden. Er irrt umher, sucht einen Menschen und findet keinen, der ihn versteht.«

»Und du verstehst ihn?«

»Nein. Er sucht eine Mörderin, die gar keine ist. Er ist blind vor Kummer und Haß und redet sich eine Person ein, die er vernichten muß. Eine, die es gar nicht gibt.«

»Dann überzeuge ihn davon.«

»Wie? Worte sind da sinnlos.«

»Worte! Mädchen, du hast deinen Körper! Das ist immer noch das stärkste Argument seit Beginn der Menschheit. Dein Körper! Du mußt den Doktor dazu bringen, daß er wieder normal wird. Bis er nur noch an deine Titten denkt, an das Dreieck ...«

»Halt's Maul!« sagte sie grob. »Soll ich ihn ausziehen? Er muß von allein kommen. Er muß von sich aus einsehen, daß er einen anderen Weg gehen muß.«

»Aber du mußt ihm die Richtung zeigen, sonst verirrt er sich wieder. Du mußt wie ein Blindenhund sein. Führ ihn dahin, wo er hin soll: in dein Bett. Und dann deck ihn zu und sage: Hier gehörst du hin! Das wird er verstehen.«

Ende Januar schien Habicht zu begreifen, daß die Suche nach Ulrike Sperling auch in Hamburg ein Fehlschlag war. Rutkin hatte sich schon von dieser Jagd zurückgezogen, und als nun auch Chinesen-Otto bekannte, daß er alle Möglichkeiten ausgeschöpft hatte, war es, als falle von Habicht ein schwerer innerer Druck ab.

»Ich werde, so wie es aussieht, mein Versprechen nicht einhalten können«, sagte er zu Sissi.

»Welches Versprechen?« fragte sie.

»Ich habe am Grab von Robert und Gerda geschworen, nicht eher zu ruhen, bis ich ihre Mörderin gefunden habe. Aber ihr habt alle recht: Sie ist irgendwo auf dieser Welt verschwunden. Wo soll ich sie suchen?«

»Nirgendwo. Leb jetzt dein Leben, Hubert.« Sissi griff nach seiner Hand, und es tat ihm gut, ihre Berührung zu spüren. Ihre Wärme, ihren Trost, ihr Verständnis. Hubert Habicht war froh, daß Sissi jetzt neben ihm saß und seine innere Einsamkeit ausfüllte. Sie war ein Mensch, der mit ihm fühlte und mit ihm einen Weg aus der Vergangenheit suchte.

»Soll ich nach München zurückgehen?« fragte er.

»Das mußt du ganz allein entscheiden.«

»Würdest du mitkommen?«

»Nein!« Es war ein klares, deutliches Nein.

»Was hält dich in Hamburg?«

»Darauf gibt es viele Antworten. Was soll ich in München?«

»Ja, was sollst du in München?« Habicht suchte nach Worten. Alle Erklärungen würden verwunderlich klingen, ja, absurd, und Sissi würde darüber lachen, den Kopf schütteln und nicht den Ernst verstehen, der dahinter stand. »Es ist ganz einfach: Ich fühle mich wohl in deiner Gegenwart.«

»Und wieso München?« Sie schien verwirrt zu sein. »Du kommst doch aus dem Rheinland, hast du gesagt. Aus Bonn.«

»Habe ich das gesagt? In Bonn habe ich mal zwei Semester Jura studiert. Das ist lange her. Nein, ich wohne in München.«

»Ich mag München nicht.« Kalte Abwehr lag in ihrer Stimme.

»Kennst du es denn?«

»Ich möchte es nie kennenlernen.«

»Und woher kommt dann diese Abneigung?«

»Das ist eine lange Geschichte. Bitte, frag mich nicht.« Sie faßte wieder nach Huberts Händen. »Wann willst du fahren?«

»Ich weiß es noch nicht.« Er senkte den Kopf. »Ich habe noch immer das Gefühl, daß diese Ulrike Sperling in Hamburg ist. Daß sie mir eines Tages über den Weg läuft, vielleicht ganz zufällig. Es ist wirklich nur ein Gefühl, es ist so, als spüre ich ihre Gegenwart, aber ich sehe sie nicht. Die Vernunft sagt mir: Gib auf. Aber mein Gefühl befiehlt mir: Laß nicht nach! Auf wen woll ich hören?«

»Darüber sollten wir gemeinsam nachdenken. Nicht hier, sondern in meiner Wohnung. Das ist kein Caféhaus-Thema.«

»Du nimmst mich mit in deine Wohnung?«

»Es sind nur zwei Zimmer, aber gemütlich. Die Wohnung ist meine Insel. Niemand kann sie erreichen, wenn ich es nicht will.«

»Aber ich darf sie betreten?«

»Du bist etwas Besonderes für mich. Aber das wirst du nie verstehen und sollst es auch nicht.«

Nach Schließung des Taiga fuhr Sissi mit Habicht in ihre Wohnung in der Haubachstraße. Der Sudgeruch der nahegelegenen Holsten-Brauerei wehte über die Dächer; es war eine feucht-kalte Nacht, in der man sich nach Wärme, Behaglichkeit und menschlicher Nähe sehnte.

Die Wohnung bestand aus zwei mittelgroßen Zimmern, einer kleinen Einbauküche und einem Bad, in dem gerade Platz für eine Duschkabine war. Die Möbel waren Billigware, aber geschmackvoll in der Zusammenstellung. Was Habicht auffiel, waren die vielen Topfblumen, die Sissi mit Hingabe zu pflegen schien und die der kleinen Wohnung eine fröhliche Note verliehen.

»Nimm Platz«, sagte Sissi und zeigte auf die mit einem geblümten Stoff überzogene Couch. »Sieh dich um. Gefällt es dir?«

»Es ist herrlich warm und weiblich gemütlich bei dir.«

Sie lachte. »Gibt es auch eine männliche Gemütlichkeit?«

»Und wie! Mit Zigarettenqualm und Bierdunst!« Habicht fiel in ihr Lachen ein und setzte sich auf die Couch. Sissi hängte ihre beiden Mäntel an einen Kleiderständer und wirkte in ihrem schillernden Abendkleid in dieser Umgebung wie ein verirrter exotischer Vogel. Sie schien das selbst zu merken und deutete auf die Tür zum Schlafzimmer.

»Ich zieh' mich schnell um. Hast du Durst? Im Kühlschrank stehen Bier, Fruchtsaft, Whisky und Wodka. Bedien dich.«

»Bist du ein heimlicher Säufer?« rief Habicht ihr nach, als sie im Schlafzimmer verschwand, aber die Tür offen ließ.

»Das ist nur für Gäste«, rief sie zurück. Eine Schranktür klappte.

»Gäste? Ich denke, das hier ist eine einsame Insel?«

»Ab und zu verpflege ich Schiffbrüchige ...«

Ihre fröhliche Antwort versetzte Habicht innerlich

einen Stich. Es war völlig unsinnig, dieses plötzliche Gefühl, aber es war gegenwärtig und drückte ihm aufs Herz. Er wehrte sich dagegen, doch er konnte nicht verhindern, daß er etwas spitz fragte: »Wie fühlt man sich als Lebensretterin?«

Sissis Lachen erzeugte Schmerz in ihm. Sie kam aus dem Schlafzimmer zurück und setzte sich neben Habicht auf die Couch. Ihr seidener Morgenmantel war fast durchsichtig und ließ ahnen, daß sie darunter nur einen BH und einen knappen Slip trug. An den Füßen leuchteten goldene hochhackige Pantoffeln, mit weißem Fell besetzt.

»Was trinken wir?« fragte Sissi. Habicht starrte geradeaus. Sissis Schönheit anzusehen und ihre Nähe zu spüren, erzeugte bei ihm auf einmal Widerstand. Wie viele Männer mochten schon auf dieser Couch gesessen haben? Wie viele lüsterne Blicke hatten diesen schönen Körper abgetastet? Wie viele Hände ihn berührt?

Steh auf, Habicht, sagte Hubert sich, und verkriech dich in deinem Zimmer bei der Witwe Bertha Hellenkamp. Sieh in dieser Frau hier nicht mehr als eine Animierdame aus der Bar. Steh auf!

Aber er blieb sitzen und sagte sogar: »Wenn du mir einen Wodka mit Orangensaft mixen kannst ...« Dann verfolgte er Sissi mit seinen Blicken, wie sie in die kleine Küche ging, Gläser aus einem Wandschrank holte, dazu Wodka und Fruchtsaft aus dem Kühlschrank, und wie sie zurückkam, leichtfüßig, fast tänzelnd, die Gläser in den Händen balancierend, das Gesicht umrahmt von ihrer hellblonden Ponyfrisur.

»Bitte!« Sissi hielt ihm sein Glas hin. Hubert nahm es, aber er trank noch nicht. Auch als sie ihm zuprostete, reagierte er nicht. »Was ist?« fragte sie verwundert.

»Ich muß dir etwas sagen.«

»Dann sag es.«

»Es ist vielleicht eine Riesendummheit.«

»Dummheiten können ein ganzes Leben verändern.«

»Du sagst es.« Habicht suchte wieder nach Worten. »Ich ... ich weiß nicht, wie es gekommen ist, aber es ist nun einmal so: Ich habe mich an dich gewöhnt. Ich empfinde ein besonderes Glücksgefühl, wenn du bei mir bist. Ich merke, wie ich die Vergangenheit hinter mir lasse und in die Gegenwart zurückkomme. Verstehst du, was ich meine?«

»Ich ... ich glaube schon.«

»Ich möchte, daß du bei mir bleibst. Ich bin Witwer, ich habe niemanden zu fragen, sondern bin völlig frei in meinen Entscheidungen.« Er holte tief Atem und schrie es dann fast heraus: »Verdammt, begreif es doch! Ich liebe dich!«

»Weißt du, was du da sagst?« antwortete sie ganz leise.

»Und du?«

»Ich liebe dich auch ...«

»Dann komm mit mir nach München.«

»Überall hin, nur nicht nach München! Ich ziehe mit dir ans Ende der Welt, nach Feuerland oder zum Nordpol, aber nie, nie nach München! Und bitte, frag mich nicht, warum! Bitte, frag nicht!«

Habicht blieb die Nacht über bei Sissi. Es war eine Nacht, die für ihn zum letzten Anstoß wurde, ein neues Leben zu beginnen. Eine Nacht, der keine Reue folgte, sondern nur ein Glück, das sich in den ganzen Menschen einbrannte, eine Seligkeit, von der Habicht nicht geglaubt hätte, daß es sie überhaupt gab. Er lieferte sich ganz einer Liebe aus, die ihm völlig neue Welten öffnete.

Ein paar Tage später sprach er mit Dr. Heimes darüber.

»Noch immer auf Phantomjagd?« fragte der Freund, als er Habichts Stimme am Telefon erkannte.

»Nein. Ich habe kapituliert.«

»Bitte? Wiederhole das!«

»Ich gebe auf«, erwiderte Dr. Habicht einfach.

»Du hast noch nie drei vernünftigere Worte gesagt! Wann kommst du wieder nach München?«

»Nie mehr ... Oder nur noch zu Besuch.«

»Du bist also immer noch auf der Suche nach deinem Verstand?«

»Ich habe mir das alles reiflich überlegt, Julius. Ich habe hier eine Frau kennengelernt, eine phantastische Frau. Sissi Huber heißt sie ...«

»Das klingt wie ein Wiener Wäschermädel aus der Operette ...«

»Sie ist Wienerin. Wir lieben uns, und wir wollen zusammenbleiben. Aber hier in Hamburg.«

»Je älter du wirst, um so anfälliger wirst du für Dummheiten.« Dr. Heimes tippte sich mit dem Zeigefinger gegen die Stirn, aber das konnte Habicht ja nicht sehen. »Hast du vergessen, daß du Oberregierungsrat in der Bayerischen Staatskanzlei bist? Was willst du in Hamburg?«

»Ich werde aus dem Amt ausscheiden und hier in Hamburg in eine Anwaltskanzlei eintreten. Ich kann von mir sagen, daß ich ein guter Jurist in Verwaltungsfragen bin. Natürlich werde ich ab und zu nach München kommen und die Gräber von Robert und Gerda besuchen, aber mein zweites Leben will ich mir in Hamburg aufbauen. Kannst du das verstehen?«

»Nein.« Dr. Heimes schüttelte den Kopf. Diese Sissi

Huber! Zum erstenmal in seinem bisher biederen Leben bricht Hubert aus und stolpert in die Arme einer Frau, die er gerade ein paar Wochen lang kennt. Sie muß ihm im Bett Dinge gezeigt haben, von denen Gerda nie geträumt hätte. Und das hat dem lieben Hubert den Verstand geraubt. »Woher kennst du diese Sissi?«

»Aus einer Bar.«

»Und so von Hocker zu Hocker seid ihr euch näher gekommen?« fragte Dr. Heimes ironisch.

»Nein, sie stand dahinter und hat mir ein Pils gezapft.«

Aus München antwortete Schweigen. Dr. Heimes hatte Mühe, diese Mitteilung zu verdauen. Hubert ist wirklich verrückt geworden, das war sein erster Gedanke. Gerda ist an dem Schock gestorben, ihm hat er das Gehirn geschädigt. Hubert ist behandlungsbedürftig. Er muß in eine Klinik. Man kann ihn jetzt nicht mehr allein lassen.

»Ich komme nach Hamburg!« sagte Dr. Heimes bestimmt.

»Hast du meine Adresse?« fragte Habicht hämisch.

»Du wirst sie mir sagen.«

»Einen Teufel werde ich tun!«

»Ich werde dich von der Polizei als gemeingefährlichen Idioten suchen lassen.«

»Dafür hast du keine Beweismittel.« Habicht lachte. Dr. Heimes' Aufregung traf ihn nicht mehr. Er hatte auch nicht darauf gehofft, für seinen Schritt in die Zukunft Verständnis zu finden. »Aber du kannst mir helfen. Verkauf mein Haus.«

»Ich habe das überhört. Hubert ...«

»Ich werde in Hamburg ein neues Haus kaufen. Alle

Vollmachten für den Verkauf schicke ich dir zu, und wenn du einen Käufer hast, komme ich zur Vertragsunterzeichnung nach München. Darüber sollten wir nicht diskutieren. Das ist ein klarer Weg. Du hörst in Kürze wieder von mir.«

Habicht legte auf. Uff, das war geschafft. Es gab jetzt nur noch eine Schwierigkeit: die Begründung, warum er aus dem Staatsdienst ausscheiden wollte. Vielleicht war es einfacher, als er dachte, nachdem er einfach nicht mehr zum Dienst erschienen war und die Entscheidung von Regierungsdirektor Dr. Hassler nicht abgewartet hatte. Es konnte sogar sein, daß ein Dienststrafverfahren eingeleitet worden war; das beschleunigte seine, Habichts, Kündigung. Es gab da nur eine beamtenrechtliche Hürde: Er war Beamter auf Lebenszeit, und ein Fernbleiben vom Amt ist keine so schwere Verfehlung, daß man den Beamtenstatus verliert. Die Versetzung in den vorzeitigen Ruhestand, das würde die Konsequenz sein. Mit einer verminderten Pension, aber man brauchte trotzdem kein trockenes Brot zu essen.

Die Witwe Bertha Hellenkamp war erschüttert, als Habicht ihr Mitte Februar mitteilte, daß er ausziehen wolle. Sie hatte in den vergangenen Wochen mit Sorge gesehen, daß der Herr Doktor nächtelang nicht in seinem Bett geschlafen hatte, daß sie ihn nur noch selten mit Kaffee und Kuchen verwöhnen konnte, und zum Abendessen kam er überhaupt nicht mehr in die Wohnung.

»Gefällt es Ihnen nicht mehr bei mir, Herr Doktor?« fragte Bertha und war dem Weinen nahe. »Ich kann mir das denken ... die Huren gegenüber. So ein feiner Herr wie Sie – und immer diese Bumserei vor Augen. Aber ich kann es ja nicht ändern, Herr Doktor. Sie waren ein so guter Mieter, so einen kriege ich nie wieder. Wo werden Sie denn wohnen?«

»Es war sehr schön bei Ihnen, Bertha. Ich habe mich richtig wohl gefühlt, aber ich habe eine Frau kennengelernt. Wir wollen zusammenziehen.«

»Gratuliere, Herr Doktor. Hoffentlich werden Sie nicht enttäuscht.«

»Bestimmt nicht.«

»Ich wünsche Ihnen viel Glück.« Bertha wischte sich ein paar Tränen aus den Augenwinkeln. Es ließ sich nicht vermeiden, daß sie weinte. »Wann ziehen Sie aus?«

»Übermorgen.«

»Schon?«

»Natürlich zahle ich Ihnen die Miete für diesen Monat und für die nächsten drei Monate auch. Sie können sich in aller Ruhe einen neuen Mieter suchen.«

»So was wie Sie gibt es nicht wieder. Sind Sie heute abend wieder fort?«

»Möglich.«

»Bleiben Sie diesen letzten Abend bei mir, Herr Doktor.« Bertha Hellenkamp begann zu schluchzen. »Ich möchte Ihnen zum Abschied einen Schweinebraten machen, mit Klößen ... den aßen Sie doch so gern.«

Auch in München wußte man über die Pläne von Dr. Habicht Bescheid.

Lok rief Franz von Gleichem an. »Unser Habicht hat ein Nest gefunden«, sagte er fröhlich.

Von Gleichem zog die Brauen zusammen. »Wie soll ich das verstehen?«

»Der Doktor hat eine schöne Frau kennengelernt und zieht in ihre Wohnung.«

»Das ist ja beinahe unfaßbar! Kein Irrtum?«

»Ich habe Ihnen schon oft gesagt ...«

»Sie wissen alles.« Von Gleichem verdrehte die Augen. Diese Allwissenheit, die gleichzeitig wie eine Drohung klang! »Er hat also endlich seine Jagd auf Ulrike eingestellt?«

»Sie ist nicht mehr nötig.«

Von Gleichem zuckte zusammen. Das war ein alarmierender Satz. Was wußte Lok, um so etwas zu sagen?

»Lok? Deuten Sie nicht an, reden Sie! Sie haben eine Spur von Ulrike?«

»Wir müssen nur noch die letzten Zweifel beseitigen.«

»Und Habicht kennt diese Spur auch?«

»Wir werden ihn davon unterrichten.«

»Dann wird er Ulrike töten!«

»Wir werden schneller sein.«

»Und obwohl er so nahe am Ziel ist, verliebt er sich in eine Frau und zieht zu ihr?«

»Kein Angler weiß vorher, was er fängt. Das ist der Reiz des Angelns.«

Lok legte auf und ließ von Gleichem voller Aufregung zurück.

Er hat sie entdeckt! Lok weiß, wo sich Ulrike versteckt hält. Zumindest vermutet er, daß es Ulrike ist. Hat er einen Wink bekommen? Wird sie jetzt Tag und Nacht beobachtet, bis es keinen Zweifel mehr gibt? Warum zögert Lok noch? Welch ein Spiel wird da in Hamburg aufgeführt? Für einen kurzen Augenblick hatte von Gleichem sogar den Gedanken, nach Hamburg zu fliegen, um irgendwie dabei zu sein. Es war aber wirklich nur ein ganz kurzer Gedanke.

In Wolomin klingelte das Telefon. Als Hua Dinh Son sich meldete und die bekannte Stimme hörte, machte er unwillkürlich eine demütige und ehrende Verbeugung.

»Ich höre«, sagte er mit verhaltener Stimme. »Ich höre, großer Bruder.«

Und die Stimme sagte: »Du fliegst in drei Tagen nach Hamburg, wohnst im Hotel Fischer-Klaus und wartest dort auf weitere Befehle.«

»Wie immer. Und wieviel Dollar liegen im Kuvert?«

»Dreitausend.«

»Weniger als sonst?«

»Es ist auch eine leichtere Arbeit. Son, handele nicht mit uns! Gehorche! Du bist ein Soldat!«

»Ich werde allem folgen, was du sagst, großer Bruder. Es ist eine Ehre, dein Soldat zu sein.«

Ein Knacken in der Leitung unterbrach das Gespräch. Mit einer nochmaligen Verbeugung legte Son auf. Dann stieg er in den Kellerraum, griff nach seinen Stahlschlingen und übte weiter mit den hölzernen Köpfen.

Auch ein Meister bleibt nur durch Üben ein Meister. Das wußte Hua Dinh Son genau.

»Wollt ihr wirklich heiraten?« fragte Rutkin.

Es war Mitte März, ein Hauch von Frühling wehte durch Hamburg, aber auf den Straßen blitzte noch das Eis. Über den Fleets kreischten die Möwen oder hockten unter den Brücken auf kleinen Eisschollen. Wenn Dr. Habicht und Sissi jetzt spazieren gingen, hatten sie immer Tüten mit Futter bei sich und warfen es den Vögeln zu. Hand in Hand standen sie dann an den Wasserläufen, ein selig verliebtes Paar in seiner eigenen, neuentdeckten Welt.

Bei einem neuerlichen Anruf in München hatte

Habicht von Dr. Heimes erfahren, daß es verschiedene Interessenten für das Haus gab und die Bayerische Regierung tatsächlich ein Disziplinarverfahren gegen ihn eingeleitet hatte.

»Mußte es soweit kommen?« fragte Dr. Heimes vorwurfsvoll. »Mußtest du es so auf die Spitze treiben?«

»Es macht alles leichter, Julius. Wenn wir uns wiedersehen, wirst du mich kaum noch erkennen. Von dem alten Habicht ist nur noch der Name übrig geblieben.«

»Das ist eine Tragödie!« rief Dr. Heimes schmerzvoll. »Soll ich wirklich verkaufen?«

»Ja. Aber vorher komme ich nach München. Ich gebe dir Nachricht.«

Völlig außer Fassung war Hua Dinh Son geraten. Seit drei Wochen saß er in seinem Hotel »Fischer-Klaus« herum und hörte nichts mehr von dem großen Bruder. Das Zimmer war bezahlt, in einem Umschlag fand er Geld genug, um nicht zu verhungern, aber sonst herrschte Schweigen. Zweimal mußte Son in Wolomin anrufen und seiner Frau Marika erklären, er sei auf zähe Verhandlungspartner gestoßen, aber das Geschäft werde er trotzdem abschließen, da sei er ziemlich zuversichtlich. Marika wünschte ihm viel Glück. Ob Son in Wolomin oder irgendwo anders war, änderte ihr Leben nicht. Auch wenn er neben ihr im Bett lag, hatte sie nichts von ihm. Daran hatte Marika sich gewöhnt, und sie vermißte auch nichts. Statt mit Sex fütterte sie ihren Körper mit Schokolade, Kuchen und Torten und wurde so rund wie ein Speckknödel.

Was Son in diesen drei Wochen am meisten störte, war, daß er nicht mehr üben konnte. Den Gedanken, irgendeinen Menschen an einem stillen Ort mit der Stahlschlinge zu erwürgen, nur um in der Perfektion des Tötens nicht nachzulassen, schob er immer wieder von sich. Es konnte ja sein, daß der große Bruder dadurch in Zorn geriet. Aber seltsam war es doch, dieses Schweigen!

Dr. Habicht hatte sich wenige Tage, nachdem er zu Sissi gezogen war, bei verschiedenen Anwaltskanzleien vorgestellt und die Aussichten sondiert, als Sozius oder Mitanwalt einzutreten. Man zeigte überall großes Interesse, aber jedesmal mußte er die Frage beantworten, warum er den sicheren Staatsdienst aufgeben wolle.

»Es sind rein familiäre Gründe«, erklärte Habicht. »Ich bin Witwer, habe eine neue Frau kennengelernt, wir werden heiraten, aber meine zukünftige Frau möchte in Hamburg bleiben. Ich will ihr diesen Wunsch erfüllen.«

Das war eine plausible Begründung. Was Liebe doch alles bewirken kann! Die Anwaltskollegen fanden Habicht sehr sympathisch, und vor allem die Kanzlei Dr. Hübner, Wachenfels & Partner war bereit, in weiteren Gesprächen die Möglichkeiten eines Eintritts in die Kanzlei zu diskutieren.

Rutkins Frage, ob eine baldige Hochzeit geplant sei, konnten weder Sissi noch Habicht beantworten.

»Wir lieben uns«, sagte Habicht, »aber bis zu einer Heirat ist noch vieles zu regeln. Der Verkauf des Hauses in München, die Kündigung bei der Regierung, ein neues Haus in Hamburg, der Vertrag mit der Kanzlei … Tausenderlei Dinge kommen auf uns zu. Es wird noch etwas dauern. Aber wenn das alles hinter uns liegt, dann – das verspreche ich – wird es eine Hochzeit geben, die so schnell keiner vergißt!«

Und Chinesen-Otto sagte: »Ehrensache, daß sie bei mir stattfindet!«

»Und ich bekomme einen eigenen Anwalt!« Rutkin lachte. »So etwas kann ich immer gebrauchen.«

Nur Sissi schwieg. Sie blickte wie geistesabwesend vor sich hin, als habe sie alles gar nicht gehört.

An einem späten Vormittag im März fragte sie Habicht: »Ich will mir einen Rollkragenpullover kaufen. Kommst du mit?«

»Muß das sein?« Habicht hatte es sich auf der Couch bequem gemacht und las in der morgendlichen Zeitung.

»Ich möchte, daß er dir gefällt, Schatz.«

»Du hast einen hervorragenden Geschmack. Du wirst schon das Richtige aussuchen. Und außerdem: Mir wird immer alles gefallen, was du kaufst.«

Sie kam zu ihm, beugte sich über ihn und küßte ihn. »Ich liebe dich wahnsinnig«, sagte sie.

»Und du weißt, wie sehr ich dich liebe.«

»Ich habe Angst ...«

Er ließ die Zeitung auf seinen Schoß sinken. »Angst? Wovor?« fragte er erstaunt.

»Daß es einmal nicht mehr so ist. Daß alles zusammenbricht.«

»Uns kann nichts, gar nichts trennen.« Er griff nach ihrer Hand, küßte sie und hielt sie fest. »Nichts!«

»Wenn wir uns trennen, ist das mein Tod ...«

»Red nicht solch einen Unsinn! Nur der Tod kann uns trennen.«

»Genau das meine ich.«

»Du bist gesund, ich bin gesund – es müßte da schon ein Unglück passieren.«

»Daran denke ich immer.«

»Die Chancen sind gering, daß mich ein Auto überfährt!« Es sollte ein Scherz sein, aber Sissi legte ihm sofort ihre Hand über den Mund.

»Mir könnte etwas passieren!« sagte sie.

»In unserem täglichen Leben ist jeder gefährdet. Da kann ein Ziegel vom Dach fallen, ein Bullterrier kann dich beißen, ein Lustmörder schlitzt dich auf ...«

»Du machst Witze, du nimmst mich nicht ernst.«

»Wie könnte ich das?« Habicht lachte und küßte sie auf den Arm. »Wieso bist du plötzlich so depressiv? Eine glückliche Braut hat immer fröhlich zu sein! Und nun saus los und kaufe deinen Pullover. Vergiß eines nicht: Ich mag kein Grün und kein Grau. Sonst ist mir jede Farbe recht.«

Als Sissi die Wohnung verlassen hatte, begann Habicht aufzuräumen. Das Kaffeegeschirr stand noch auf dem Tisch, die Butterdose, der Brötchenkorb, der Teller mit Wurst, die Glasschalen, aus denen sie Joghurt gegessen hatten, Sahnekännchen und Zuckerdose, hölzerne Frühstücksbrettchen und die Bestecke. Habicht trug alles in die kleine Küche, stellte die verderblichen Sachen in den Kühlschrank und das Geschirr in die Spülmaschine, das Glanzstück der Küche.

»Ohne Spülmaschine sähe es hier aus wie bei den Pennern!« hatte Sissi einmal gesagt. »Ich bin eine faule Hausfrau.«

Habicht kehrte zu seiner Couch und seiner Zeitung zurück und überlegte, ob er wieder Dr. Heimes anrufen sollte. Der Eintritt in die Hamburger Anwaltskanzlei würde ihn bestimmt zu giftigen Kommentaren veranlassen, und gerade darauf freute sich Habicht. Er zog eine Zigarette aus der Schachtel, suchte nach einem Feuerzeug oder Streichhölzern und fand keine.

Es war durchaus nicht Habichts Art, herumzuschnüffeln, aber als er auch in der Küche keine Streichhölzer entdeckte, ging er auf die Suche. In den Schubläden, die

504

er herauszog, lag alles mögliche, nur keine Streichhölzer. Auch in dem schmalen Sekretär im Wohnzimmer fand er nichts, mit dem er seine Zigarette anzünden konnte. Resignierend wollte er schon aufgeben, als er neben einer kleinen Tür des Sekretärs einen unscheinbaren Hebel entdeckte. Neugierig tippte Habicht dagegen und zuckte überrascht zusammen, als die Rückwand des Faches nach vorn klappte.

Eine Doppelwand. Ein Geheimfach. Ein schmales Versteck, das niemand vermutete.

Habicht zögerte. War es ein Vertrauensbruch, wenn er die Rückwand ganz aufklappte? Andererseits: Was hatte Sissi zu verstecken? Hatte sie das Geheimfach überhaupt benutzt? Habicht überwand seine moralische Zurückhaltung, zog das Türchen auf und blickte in den Hohlraum dahinter.

Es war leer bis auf ein Foto. Eine kleine Amateuraufnahme: ein Schwimmbecken, eine Liegewiese, eine Menge Sonnenanbeter – und auf einem rot-weiß gestreiften Badetuch liegend ...

Habicht zog das Foto an sich, ging langsam wie eine aufgezogene mechanische Puppe zur Couch, ließ sich auf die Polster fallen und legte das Foto auf die gläserne Tischplatte.

So saß er noch da, unbeweglich, wie aus Stein gemeißelt, als Sissi von ihrem Einkauf zurückkehrte. Er hörte, wie sie im Flur etwas auspackte. Papier knisterte, und dann kam sie ins Zimmer, hielt einen neuen Pullover vor sich und strahlte Habicht an. Ein Pullover in Fliederfarbe, seiner Lieblingsfarbe.

»Wie gefällt er dir, Schatz?« rief sie fröhlich.

Habicht antwortete nicht. Mit unbewegtem Gesicht nahm er das Foto vom Tisch und hielt es ihr entgegen.

Wie zurückgestoßen prallte Sissi gegen den Türrahmen, der Pullover entglitt ihren Händen und fiel zu Boden.

»Wer ist das?« fragte Habicht unnötigerweise. Seine Stimme klang wie verrostet.

»Hubert ...« Es war nur ein Hauch. Das Entsetzen kam über Sissi wie eine Lähmung.

»Mein Sohn Robert ...« Habicht hielt das Foto höher, und seine Hand begann stark zu zittern. »Auf einer Wiese. In einem Schwimmbad.« Und plötzlich schrie er: »Wie kommst du an das Foto? Wie kommst du an das Foto?«

»Ich ... ich kann es dir erklären ...«

»Wer bist du? Nein! Sprich es nicht aus! Sprich es nicht aus! Du hast dir die Haare blond färben und kurz schneiden lassen. Du trägst blau getönte Haftschalen, damit man deine braunen Augen nicht sieht. Du hast einen gefälschten Paß auf den Namen Sissi Huber. Du ... du bist Ulrike Sperling!«

Sie hielt sich am Türrahmen fest, um nicht umzusinken. »Ich will dir alles erzählen, Hubert. Es ist ja alles ganz anders ... bitte, hör mir zu ...«

Ihre Stimme versagte wieder. Habichts Kopfschütteln schnitt ihr das Wort ab.

»Du hast Robert und Gerda ermordet ...«

»Ich habe nichts getan.«

»Du hast mir hier Liebe vorgespielt, nur um mich von meiner Suche nach dir abzubringen!«

»Nein. Ich liebe dich wirklich!«

»Du liebst den Vater eines Mannes, den du umgebracht hast? Bist du überhaupt ein Mensch, der lieben kann? Bist du überhaupt ein Mensch?« Er sprang auf, stürzte auf sie zu und umklammerte ihren Hals. Sie hing förmlich in seinen Händen und starrte ihn flehend an. »Für das, was du bist, gibt es kein Wort!«

»Warum willst du nicht die Wahrheit hören?« keuchte sie. Der Druck seiner Hände nahm ihr die Luft. Habicht schüttelte wild den Kopf.

»Die Wahrheit ist: Robert und Gerda sind tot!« brüllte er. »Gibt es da noch Erklärungen? Was und wie es auch gewesen ist – es ist immer deine Schuld! Du hast sie auf dem Gewissen ... Aber du hast ja kein Gewissen! Du bist ein eiskaltes Monstrum.«

Er stieß sie gegen die Wand, rannte in das Schlafzimmer, riß die Nachttischschublade auf und zog die Pistole heraus. Als er ins Zimmer zurückstürzte, stand Sissi noch immer an der Wand, mit hängenden Armen und tränennassem Gesicht. Sie nickte, als sie die Pistole sah.

»Erschieße mich«, sagte sie, »aber hör mich erst an. Ich werde dich nicht belügen, jetzt, wo alles vorbei ist. Und wenn du alles weißt, dann ziele genau auf mein Herz und drücke ab. Es ist das Herz, das dir gehört.«

»Red nicht so einen romantischen, kitschigen Scheiß!« schrie Habicht und hob die Pistole. »Mit solchen verlogenen Worten und mit Ecstasy hast du auch meinen Sohn Robert hörig gemacht! Hast du Robert Ecstasy gegeben?«

»Ja.«

»Schon das genügt. Als nicht in diese Zeit passender, gesetzesuntreuer, das geltende Recht leugnender Jurist verurteile ich dich zum Tode!«

»Jedem Urteil muß ein Beweis oder ein Geständnis vorausgehen.«

»Dann rede.« Habicht ließ die Pistole sinken. »Das erste Geständnis hast du bereits abgelegt. Du hast Robert mit Ecstasy willenlos gemacht.«

»Es ging um ein Millionengeschäft, an dem Robert beteiligt war. Er wurde süchtig, ohne daß ich es wollte.«

»Lüge! Und dann hat er dieses junge Mädchen, diese Christa kennengelernt, sich in sie verliebt und ihr auch Ecstasy gegeben. Als sie daran starb, wollte er euren ganzen Drogenhandel verraten. So war es doch?!«

»So ähnlich.«

»Und deshalb mußte er sterben. Und nicht nur wegen der Drogen! Er hatte dich verlassen, er hatte sich ein junges Mädchen genommen, das konntest du nicht ertragen. Du kamst dir als die große Betrogene vor, die Verratene, Weggeworfene. Das war der zweite Grund, ihn zu töten.«

»Ich habe ihn nicht getötet! Traust du mir einen Genickschuß zu?«

»Ich traue dir jetzt alles zu.« Habicht hob wieder die Pistole und zielte Sissi zwischen die Augen. Es war kalt in ihm, er empfand nicht die geringste Erregung mehr, nichts, was ihm Einhalt gebieten konnte, jetzt abzudrücken. Es war ganz einfach, den Finger zu krümmen, ohne eine innere Empfindung. Sissi starrte mit weit aufgerissenen Augen in das kleine schwarze Loch des Laufes, aus dem der Tod kommen würde.

»Sie haben mich gezwungen, Robert in eine Falle zu locken«, stammelte sie. Todesangst verzerrte ihren Mund.

»Wer hat dich gezwungen?«

»Franz von Gleichem. Der Besitzer vom Toscana. Du kennst ihn. Und geschossen hat Salvatore Brunelli. Er ist ein Killer der Mafia gewesen ...«

»Und du standest daneben!«

»Nein, ich habe mich im Auto verkrochen. Ich habe geweint. Ich bin fast wahnsinnig geworden. Und ich wußte, daß sie mich auch umbringen werden. Da bin ich nach Hamburg geflüchtet. Ich wollte ein anderer Mensch werden, es sollte nie, nie mehr eine Ulrike Sperling geben. Es wäre mir gelungen – und dann kamst du.« Sie straffte sich, stellte sich gerade an die Wand und breitete die Arme aus. »So, und jetzt erschieß mich. Du hast lange darauf warten müssen.«

Habicht kniff die Augen zusammen und zielte, wie er es in seinem Zimmer bei Bertha Hellenkamp geübt hatte. Da war der Zwischenraum zwischen den Augen, und fünf Zentimeter höher über der Nasenwurzel lag der Punkt, an dem die Kugel direkt ins Gehirn schlagen mußte.

Die Augen ... diese Augen mit den blau getönten Haftschalen – der Blick starr, hoffnungslos und doch bettelnd ... Die Augen, von denen er einmal gesagt hatte: »Wenn man eine Seele sehen kann, dann liegt sie in deinen Augen ...« Und gleich würde Blut über diese Augen fließen und die Seele ertränken.

Habicht ließ die Pistole sinken. Seine von ihm selbst gefesselte Vernunft wurde frei. Er kam sich unsagbar elend vor, wie ein aufgerissener Leib, aus dem alle Kraft wegfloß.

»Wir ... wir gehen zur Polizei«, sagte er dumpf. Er glaubte es jedenfalls zu sagen, denn er hörte sich selbst nicht mehr. »Dort wirst du alles erzählen. Ich ... ich kann dich nicht töten! Aber für mich bleibst du eine Mörderin!«

Lautlos fiel Sissi in sich zusammen. Habicht hob sie vom Boden hoch, trug sie auf die Couch und legte die Pistole neben sie auf den Tisch.

Eine Weile saß er neben der Ohnmächtigen, sah sie mit einem Gefühl aus Liebe und Zerstörungswillen an, stand dann auf, kleidete sich an und verließ die Wohnung.

Bis zum nächsten Morgen zog er durch St. Pauli, von Bar zu Bar, von Spelunke zu Spelunke und betrank sich bis zur Besinnungslosigkeit. Er merkte noch, daß Chinesen-Otto ihn in sein Lokal zog, und wachte am anderen Morgen in Sissis Wohnung auf. Er schrak hoch und starrte um sich. Als er ihren Namen rief, kam keine Antwort.

Er war allein.

Sissi war verschwunden ...

Gegen Morgen, genau um 4 Uhr 27 laut Polizeibericht, fand ein Angetrunkener im Möller Park, in der Nähe des Jüdischen Friedhofes, eine Frauenleiche. Als er sich über sie beugte, mußte er sich erbrechen und rannte sofort zur nächsten Polizeistation.

Die schnell herbeigekommene Mordkommission unter Kriminalrat Lohse stellte fest: Mord durch Erdrosseln mit einer Stahlschlinge. Name: Sissi Huber, 34 Jahre alt. Eintritt des Todes: gegen ein Uhr nachts.

»Unser erster Stahlschlingen-Mord!« sagte Kriminalrat Lohse. »Das kann heiter werden. Bisher haben die Chinesen sich auf alle möglichen Arten umgebracht, das ist eine neue Variante. Oder eine neue Organisation. Da steht uns noch allerhand bevor.«

Man legte Sissi Huber in einen Zinksarg und transportierte sie in die Gerichtsmedizin.

Gegen halb acht Uhr morgens klingelte es an der Tür. Habicht, noch vom Alkohol benommen, schwankte in den kleinen Flur und öffnete. Zwei Beamte – Habicht erkannte sofort, daß es Beamte waren – zeigten ihre Marken. Kriminalpolizei. Habicht starrte die Männer verständnislos an.

»Ja?« fragte er. »Kommen Sie rein, meine Herren! Kriminalpolizei? War Frau Huber schon bei Ihnen?«

»Wer sind Sie?« war die Antwort.

»Dr. Hubert Habicht. Oberregierungsrat in der Bayerischen Landesregierung in München.«

Die Herren von der Kripo zeigten Wirkung. Ein Oberregierungsrat im Kaschemmenviertel von St. Pauli, dazu noch angetrunken, ist selten.

»Was machen Sie hier? Hier in dieser Wohnung?«

»Sie gehört Frau Huber. Wir sind verlobt.«

»Verlobt?« Eine gedehnte Frage. Habicht wurde ungehalten.

»Ist es für die Polizei so ungewöhnlich, daß Verlobte eine gemeinsame Wohnung beziehen?«

Die nächste zwangsläufige Frage: »Wo waren Sie heute nacht?«

»Hier. Betrunken! Sie können es noch riechen.« Habicht wurde grantig. »Was berechtigt Sie zu dieser Frage? Wenn Frau Huber, beziehungsweise Frau Sperling, bei Ihnen war, dann sollten Sie über alles informiert sein. Ist meine Verlobte noch auf dem Präsidium? Ich werde sofort einen Anwalt für sie beauftragen.«

»Nicht nötig, Herr Oberregierungsrat.« Der ältere der Kripobeamten druckste herum. »Wann haben Sie Frau Huber zum letztenmal gesehen?«

»Ich lebe nicht mit einer Uhr, aber es muß so gegen 15 Uhr gewesen sein. Dann bin ich weggegangen. Und dann habe ich getrunken bis heute morgen. Wir ... wir hatten eine Auseinandersetzung. So, wie man sich eben mal streitet ...«

Der ältere Beamte räusperte sich wieder. Jeder Kriminalbeamte scheut sich davor, das Endgültige auszusprechen.

»Wir müssen Ihnen, Herr Oberregierungsrat, eine betrübliche Mitteilung machen«, sagte er zögernd. »Frau Huber ist tot ...«

Durch Habicht fuhr ein eiskalter Strahl. Er erstarrte und spürte, daß sein Herz aussetzte.

»Was sagen Sie da?« stotterte er. »Was sagen Sie da?«

»Frau Huber wurde heute nacht ermordet. Mit einer Stahlschlinge erdrosselt. Es ... es tut uns leid ...«

Es war der Augenblick, in dem für Dr. Habicht zum zweitenmal eine Welt zerbrach. Er ließ sich auf die Couch fallen, starrte gegen die Decke und sagte mit ungeheurer Beherrschung:

»Ich danke Ihnen, meine Herren. Und jetzt – bitte – lassen Sie mich allein. Ich stehe Ihnen später jederzeit zur Verfügung.«

Und als er allein war, weinte er, so wie er beim Tod seines Sohnes Robert und seiner Frau Gerda nicht geweint hatte.

Dr. Habicht kehrte nach München zurück.

Er meldete sich wieder bei der Bayerischen Regierung, das Disziplinarverfahren wurde eingestellt, er bekam eine neue Abteilung und wurde Leiter des Jugendschutz-Referates. Dann fuhr er in Urlaub, nach Mallorca ... Dr. Heimes bescheinigte ihm einen Nervenzusammenbruch. Dr. Habicht flog an einem Montag ab, kam aber erst an einem Mittwoch an. Niemandem fiel das auf, denn keiner fragte danach.

An dem Mittwoch aber, als Dr. Habicht in Palma de Mallorca landete und sich zu seinem Hotel bringen ließ, kaufte er im Flughafen die neueste deutsche Zeitung. Die Schlagzeile auf der Titelseite sprang ihm sofort in die Augen:

Doppelmord in München
Gestern wurden in München-Schwabing die Leichen zweier
Männer gefunden. Es handelt sich um den bekannten Nacht-
clubbesitzer Franz von Gleichem und dessen Geschäftsfüh-
rer Salvatore Brunelli. Alles deutet darauf hin, daß es sich
um einen Rachemord der Mafia handelt. Die Polizei ist über-
zeugt, daß die Toten Opfer eines Bandenkrieges geworden
sind ...

Dr. Habicht faltete die Zeitung zusammen und steckte
sie in seine Jackentasche.

Es war warm in Palma, trotz des Windes, der vom
Meer herüberwehte. Aber die Palmen, die blühenden
Büsche, das fröhliche südliche Leben und die Freude,
dem naßkalten Wetter in Deutschland entronnen zu
sein und drei Wochen ausspannen zu können, ließen
Dr. Habicht beschwingt durch die Sonne gehen.

Wieviel lag noch vor ihm? Welche Pläne konnte man
noch verwirklichen? Erinnerungen würden verblassen,
das Neue, die Zukunft bestimmend werden. Du mußt
jetzt nach vorne sehen, hatte Dr. Heimes zu ihm gesagt.
Und das wollte Hubert Habicht. Nach vorn! Alles, was
hinter einem liegt, auch das, worüber man nicht einmal
zu sich selbst sprechen will, ist Vergangenheit, die das
Gegenwärtige nicht belasten soll. Man muß nur die
Kraft – oder die Unmoral – besitzen, alles Gewesene zu
verdrängen.

Dr. Habicht fühlte sich rundum wohl. Er wußte, für
ihn war das Leben noch nicht zu Ende.

Band 12670

Konsalik

Der Herr der
zerstörten Seelen

In den Fängen einer skrupellosen Sekte

„Du magst Dich meine Mutter nennen, aber mit meiner Seele
und meinem Herzen und allem, was ich bin, hast Du nie etwas
zu tun gehabt..."
So steht es in dem Abschiedsbrief, den Dorothea Folkert bei
ihrer Heimkehr vorfindet. Ihre Tochter Kati ist verschwunden.
Dorothea macht sich auf die Suche nach ihr, und je mehr sie
über das Leben erfährt, das Kati bisher geführt hat, um so
größer wird ihre Angst. Die Spur führt nach Schloß Schön-
berg, Sitz einer internationalen Sekte, die sich „Gottes Welt"
nennt.
Gottes Welt? Eine Welt hinter elektronisch gesicherten Mauern,
von glühenden Fanatikern beherrscht, eine Welt, aus der es
kein Zurück gibt. Aber Dorothea Folkert nimmt den Kampf
auf...